边缘人暗战【上册】

THE UNINCORPORATED MAN

[美]丹尼·科林 伊藤·科林 著 黄安琪 译

重庆出版集团 重庆出版社

版贸核渝字(2013)第179号

图书在版编目(CIP)数据

边缘人:暗战 / (美)科林著;黄安琪译.—重庆:重庆出版社，2014.10
书名原文: The unincorporated man
ISBN 978-7-229-08614-5

Ⅰ.①边… Ⅱ.①科… ②黄… Ⅲ.①科学幻想小说—美国—现代 Ⅳ.G779.2

中国版本图书馆CIP数据核字(2014)第200867号

边缘人:暗战
BIANYUANREN: ANZHAN
[美]丹尼·科林 伊藤·科林 著 黄安琪 译

出 版 人:罗小卫
责任编辑:陈渝生
责任校对:刘 艳
封面设计:重庆出版集团艺术设计有限公司·黄 杨

重庆出版集团 重庆出版社 出版
重庆长江二路205号 邮政编码:400016 http://www.cqph.com
自贡兴华印务有限公司印刷
重庆出版集团图书发行有限公司发行
E-MAIL:fxchu@cqph.com 邮购电话:023-68809452
重庆出版社天猫旗舰店
cqcbs.tmall.com
全国新华书店经销

开本:880mm×1230mm 1/32 印张:23 字数:566千
2014年11月第1版 2014年11月第1次印刷
ISBN 978-7-229-08614-5
定价:59.00元(上下册)

如有印装质量问题，请向本集团图书发行有限公司调换:023-68706683

致　谢

致母亲和父亲：

感谢你们教会我们要坚定永不退缩的信念，

感谢你们一直以来给予我们不间断的支持，

是你们无尽的爱给了我们灵感，

没有你们就没有这本书。

致我亲爱的黛博拉：

如果没有你的耐心，没有你的鼓励，没有你不断的支持，

这本书就不会完成。

我对你的爱比天上的星星，海里的沙粒都要多。

致我的孩子，艾莉安娜，尤娜塔，还有加布里埃尔：

感谢你们让我拥有了世界上最棒的职业。

目 录
CONTENTS

1. 看我找到了什么

教育的对等物可能会是去“买”一个人收入前景的股份：给他提供他需要的资金让他去进行对自己的训练，作为交换的是他要同意支付给出资方一小部分自己今后的收入。虽然从经济上来看，他们与买一个人盈利能力的股份是一回事，但是像这种个人合同，基本上是没有什么法律阻碍的，所以也基本上等同于奴隶制。

——米尔顿·弗里德曼，《资本主义与自由》，1962

尽管他从头到脚都很肮脏，他的皮肤上沾满血迹，纹路清晰得完全就像是猫爪板一样，但是欧麦德还是抑制不住笑。他是一个拥有诀窍的矿工，即使是在古老的已经被开采光了的采石场，他也知道如何才能找到有价值的东西，而且他从骨子里觉得，今天就是属于他的。今天他找到了可以实现他梦想的东西，有了这个东西，他在值得人尊敬的69岁就可以实现这个梦想。他的股票现在的卖价是每股183点，如今他所需要的就是再找到一个值钱的东西，这样GCI就会欠他足够多的点，如此一来他就可以成为自己的大股东了。依照类似的个人成就的案例来看，虽然他的股价涨了，但是他还是可以成为大股东。他应该要祈祷他的个人价值不会超过每股200点，还要祈祷他会从这笔风险投资中带至少20 000点回家。是的，只要再多100股，欧麦德就能自己掌控自己了。他会慢慢享用的。一想到可以自己选择休假时间，无论何时都可以自己购买想要的东西，就让他兴奋得几乎不能工作了。但是他还是平息了自己的兴奋的情绪，又让自己的注意力集中到手边的工作中。

他走进一个GCI拥有的矿井，这个井已经是好几百年没有人进去过了，没有公司的矿车，也没有钻孔的工具，他就自己进去了。越少用 GCI 公司的工具，他们在他的收益里占的比例就越少。虽然规矩不是这样的，没有公司的赞助和仪器提供的话，他也不会获得成功，但这次是不同的。虽然可能会花比较长的时间，但是这样一来挖掘工作就可以进行得很仔细。不入虎穴焉得虎子，要在可以接受的冒险程度下尽力获取最大的收益，而且这些风险可不是开玩笑的。

尽管如此，在这些老的矿井里头，有时候还是有人会走运。自这座采石场开始工作以来的四百多年里，矿井挖掘的科技已经进步了很多。更重要的是，关于矿物变化的科学也产生了，有些金属可以更容易地被转变成另一种金属。很多破旧的铅矿被重开，就是为了要把它之前不值钱的内部构造变成可销售的商品。当这座矿井在 19 世纪被关闭的时候，它已经完全没有利益可挖掘，之后也逐渐被遗忘了。这座矿井已经被搬光了，基本上已经没有继续让它开下去的意义了。不论这座矿井里面有什么样的财富在等着他，欧麦德至少可以确定一件事——他会是第一个发现它们的人。

他花了些时间把矿井先扫视了一遍。如果不耐心的话，就可能错过某些东西。从墙上的这些化学物质和建筑痕迹上也可以看出，这个矿真的已经很老旧了。知己知彼百战不殆，他提醒着自己。早上做的第一件事就是要确认这些洞都是好的。其实他没有必要担心。这座山是由火层岩堆起来的……这种岩石是一种很坚硬的熔岩，已经存在了无数个纪元了，而且它们还会存在很久。检测结束的时候，欧麦德确认这个矿井是稳固的。他的安全是有保障的了，现在他要开始寻找财富的蛛丝马迹——他可以和他的投资者、雇佣者分享这些财富。如果他对地址的选择没错的话，对他投了资的所有个人和社会都可以从中获利——事情本就是这样的。欧麦德也会很高兴自己能占有自己股份的51%，这也是理所应当的。

他的思绪被打断，他的梦想也几乎被眼前所看到的动摇——一条杂乱的隧道轴。隧道被几块巨大的岩石堵住了，周围是无数的各种形状的瓷片。他漏掉了什么？单单是看到这种不牢固的景象便足以让他打道回府然后找一口新的井了。他刚刚还推测这座矿井再过几个纪元也不会塌，现在眼前的景象却告诉他这座矿马上就要塌了，比他预料的要早多了。很明显他的仪器出了故障，他对自己解释道。可能是很贵的那个。但是他这么多年的经验告诉他，他已经知道：他看到的那种岩石不能用仪器来证明自己的历史——只能验证。回去之后他要换一个矿井探测仪。但是为了更好地作出判断，他还是决定再往里头走一点。

他知道，这里面有点什么。另外，他也被自己的咒语所驱使着，“低风险，低收入”。所以他弯下腰去检查面前的这堆乱石。通过检查碎瓷片他发现是爆炸产生的碎石。无论如何，或者更准确地说，无论这个人是谁，他留下了引爆的东西，是一种比较原始的爆破雷管，更好笑的是，他还留下了一本如何在矿井里进行引爆作业的指导手册。因为在周围看不到人骨，也看不到一点人的痕迹，所以很明显，这个进行爆炸作业的人把手册学习得很好，完事儿之后，还安全地离开了这里。地上还有一个装“夹馅面包”的盒子。欧麦德捡起这个盒子仔细地检查了一番。除了这个盒子独特的制作工艺以外，他还可以清晰地看见上面写的主要配料，还有被叫作“失效日期”的这么个东西，日期好像写的是21世纪初期的11月。事情开始变得有趣起来。他把碎片都搜集起来，然后把它们和他找到的那本手册以及爆破雷管放进一个密封的容器里。欧麦德喜欢神秘的东西，从留下的碎片来看，进行爆炸工作的人还有时间吃大概二十八块这种面包，然后安安全全地走了出去。这肯定是某种补充能量的零食，他一边折自己的手指关节一边推测，然后继续沿着隧道往里头走。干燥的空气把当时的场景都保留了下来，就好像欧麦德进来的时候，那个已经走了很久的引爆的人才刚刚离开。尽管隧道里头埋着的东西不能给他带来收入，但是他刚刚在隧道外头发现的东西也可以让他得到点收入。光是这个小零食的包装袋和引爆手册都可以让他在纪念品市场上获得一笔钱了。不对，就算他没发现别的东西，今天的这些经历也足够让他的想象力无限扩大了。

黄金之国和弗兰西斯科的矿井都是产金和银的，而且这两座井里头可能还有很多铅和锌。但是还不确定的是，用当下的这种采矿技术，能否将现存的量最有经济效益地提取出来。

——科罗拉多采矿委员会，关于黄金之国矿产拥有者交接的报告，1978 年 6 月 9 日

妮拉·哈伯不是乡下姑娘。其实，她一直都向往大城市。但是对于一个大城市来说，只有 150 万人似乎是不太正常的。如果她之前就意识到她自己选的职业会把她丢在远离世界的地方的话，她可能就不会选这个职业了。然后，作为自己的小股东，她在自己的工作地点的选择上只有一点，或者说几乎没有话语权。就看运气的好坏了，她忧郁地想着。今年我的好运已经到头了。无论谁见到她都

不可能会不开心。她身高一米八——基本上是达到了女性的平均身高。正值健康的37岁，但是在纳米药物的时代这也不鲜见——基本上每个人都是健康的，每个人看起来都很棒。但是，如果每一个人都是健康的巨人的话，那么严格坚持锻炼的妮拉，就是站在这些巨人的肩膀上的。她的外表97%都是天生的，为了控制她头发的生长，还有要拿掉小时候因为意外而受损的一些面骨，只做了一点点的改变。她没有变性，也没有在她十八岁生日的时候去做隆胸之类的，对于她这一代的人来说，这些事情就像特别的成人礼一样。她其他都没有，就是栗色的头发，绿色的眼睛，小巧的鼻子，些许的雀斑，还有健美的身体。她的问题不是身体，而是经济。

因为不知道自己这一生要做什么，所以整个高中和大学妮拉都在学习基础知识。这没有什么不对的。她的每一门课程的成绩都很不错。当与她同龄的人都获得了自己35%的股份的时候，她自己只零碎地获得了30.5%。她没有去赌博也没有去参加豪华旅行，她的赌注就是给自己投资。那些知道他们自己要融入有声望的圈子的人，都通过获得主要的GPA（平均分）来做好准备，他们在高中或者大学的时候就选好了领域并且进行专业的学习。因此，当他们进行高级训练的时候，成本很高，但他们就有资格讨价还价，为自己争取到一个比较低的百分比。所以，大学附属的投资者们就只能从这些懂得维护自我权益的学生那里获得7%至9%的股份，而一般学生的标准是在12%至15%。有小道消息说，有个一流的学生收到了圣弗朗西斯科州立大学的证书，这所大学是在太平洋大学联盟中的顶尖大学，但是她也只卖出了自己低到不能再低的4%的股份。但是妮拉不想对一个自己不太感冒的专业付出这么多，直到她大三的时候她才找到自己激情所在。那时候她的耐心看起来似乎很正直，但是现在这种淡定却变成了高代价的美德。作为专业的学生，她选了一个非常热门的专业。妮拉要成为一个擅长社会整合的复活心理学家。因为复活心理学家一直被看作是很有声望的专业，当高等教育机构可以从一个更好的前景获得更多有价值的股份的时候，他们还有什么必要在一个晚来者身上去冒险呢？

答案是一所不怎样的高等教育机构哈佛，花费的个人股份比她预计的要少——准确地说是花了14%。这样，除开她的父母，政府还有其他组织拥有的股份，在这个年纪她自己就只剩下了区区的30.5%的股份。这也意味着之后她要开始有声望的职业生涯的时候，她也没有什么讨价还价的资格了。如果她实现了她的梦想，或者只是获得了比较好的比例，她就会在著名的维加斯复活诊所工作。他们那里有已经进入冷冻后期，但是还没复活的冷冻者，小道消息说他已经200多岁了。那些冷冻者是从早年的组织运动中来的，他们可能都对"大萧条"有自己的记忆。他们中的任何一人都可以成为一个很棒的论文题目。是的，维加斯什么都有：有趣的病人，丰厚的奖金，还有发表论文的机会。在那种影响力下，妮拉本可以以高姿态进行谈判的，这样她自己掌握的股份就可以慢慢地稳固地上升到51%。她相信，就是这样的。

拥有51%的股份的话，她基本上就可以完全掌控自己的生活了。唯一的缺点就是没有保险。虽然1%的股份只是头发丝那么点的利润，她还是发现自己需要更多的资金。她对自己股份的占有比例越高，她晚上就能睡得越好。

GCI让哈佛委托代理了她的大部分控制权（混蛋!），只要他们认为有利可图的话，她就必须待在北美联盟的落基山脉这里。他们声称她所在的这个地方非常特别，也很有名，但是妮拉并没有从中得到多少安慰。实际上这是世界上最小的复活诊所。受伤严重的矿工和农场工人被冻着送到这里来。大多数的伤者都要在液氮里面泡六个月，等着他们身体的某些部分重新长出来，或者是他们的记忆网费力地重建起来。遇到致命创伤的时候，他们其实根本不需要复活专家，说实话，这也跟社会整合没有什么关系。毕竟，一个冷冻者只需要六个月，她能有多了解下面的事情呢？噢，当然还是学到了些东西的。她知道如何悲怜地向暂停者的家属传达不幸的消息，不管是暂时死亡还是永久死亡，通常还会遇到配偶遗弃之类的事情。虽然她有些委屈，但是她知道要跟上最新动态，要知道最新的体育数据。如果每一个冷冻者醒来问她"野马队战况如何"一次她就获得一点股份的话，那么早在千百年以前她就已经成为自己的大股东了。

离开这里的话，她也不会碰到被她亲切称为"时间旅行者"的人了。他们是维加斯未启封的宝物，等着精准的工艺来把他们成功地复活。以科技发展的速度，这不是太久远的事情。等她离开现在的诊所的时候，或者说如果她可以离开她现在的诊所的话，这些时间旅行者就会被其他人复活，这些人会把他们不可思议的发现公诸于世，然后在70岁的时候就早早地退休。相反，妮拉就会被冠上"青年专家"的头衔，还有可能在工作生涯里再也不能离开博尔德了。

妮拉的电话振动了，她把拇指放在耳边。然后她斜着眼睛，努力想看清楚墙上带着鳞片的钟，现在是凌晨2:30。她对着自己的小拇指叹了口气。

“不管谁死了，我都不关心。”她闭着眼睛说，“把他们冻起来，早上再跟我打电话。”电话另一头的人声音非常清晰，仿佛他就躺在她身边一样。

“妮拉，很抱歉吵醒了你，但是你是这周的值班主复活专家，我们有点东西需要签字保证。”

妮拉又叹了口气。

“渡边，最好是好事。”

“妮拉，我不知道是什么东西。”对方声音中的疑惑让她坐了起来。进行急救的时候通常都知道发生了什么。但是现在这还是没能让她从困倦中摆脱出来。

“好吧，本，我马上就来。”

“不用麻烦了，妮拉，十分钟之后我们的飞行器就来接你。”

“我知道怎么去中心，本。”她不带一丝鄙夷地回答道。

“这很好，但是我们不是要你去中心。”

“本，我不擅长医药复活。他们融化了才轮得到我上场，你不记得了吗?”

“相信我，妮拉，你肯定想要看看这些。”妮拉听见轻轻的“砰”的一声，她知道电话被挂断了。她尽力把自己支撑起来。在半梦半醒之间，她想好了自己要穿什么出门。她决定穿一件四季都能穿的外套。虽然行动起来可能有些笨重，但是万一要她去山里的话这件衣服也能派上用场。今天开始变得不寻常了，对于像她这样的严格遵循每日生活规律的人来说，任何改变规律的事情都值得努力把自己从被窝里拉出来。

她觉得有些得意，因为她对于去山里的猜测是对的，看到一座已经清开了岩石的矿井她也不觉得惊奇。飞行器着陆的时候周围还是很暗，但是她之所以能看到天井入口只是因为那里涂满了日光牌的油漆，这是一种很神奇的物质，她觉得这东西完全配得上叫这个名字。大约 20 名救援人员正在操作重型机械，她还看见其他的人员正在入口处喷日光漆，画一条线到隧道里面。一堆新砍下来的原木堆在离她约 45 米远的地方，这告诉她，在救援队来这里之前，这儿是一片茂密的树林。

里头的人肯定是重要人物，她想着。这也可以解释他们叫她来的原因——专家证人要和其他官僚人物站在一起，这对保证文书工作顺利进行是很有必要的。等到飞行器在原木堆旁边着陆的时候，妮拉才发现缺少了什么。这里没有急救医疗车。实际上连一点医疗设施都没有，只有清理人员。

她跨出飞行器的时候，看见本正朝她走来。他们正式地向对方招了招手。

“到底怎么回事，本?”

“公司的一个勘探者在这儿搜索废弃的矿井。他偶然发现了这个井。关于这个井的所有官方记录都被抹去了。”

“但是这是不可能的呀。”她抓着下巴回答道，“没有关于这个井的记录至少意味着这座井……”

“已经存在了三个或者四个世纪了，”本接着说，“根据我们从勘探者那儿了解到的情况，至少是这么久了。”他们把一个复活专家拉到这儿来干吗呢？妮拉想着。她的心脏突然漏跳了一拍。不，千万别去，她想。

“那么，”她一边尽力掩饰自己的恐惧一边说，“这个‘矿山鼠’——他叫什么——是怎么发现这里的？”

渡边假笑着，他完全清楚妮拉真正想问的是什么，但是他还是决定配合她：“他的名字叫欧麦德——7－B级别的勘探者。而且，据他所说，他之所以会发现这座井是因为其他两座井的旧采矿报告中提到了这里。”

他们飞快地走进现在光亮已经足够的矿井里。走了几百米之后，妮拉发现自己到了矿顶垮塌的地方。她朝着几个熟识的救援队员挥了挥手，其中包括瑞塔。三个月之前她在进行一个复活疗伤的时候帮助过的一个女人。瑞塔运气不错，她的创伤只是温和死亡，只需要冷冻两天。在已经被清理干净了的隧道尽头，妮拉看见一个直径在五十英尺左右的圆形洞穴，高度在七英尺左右。洞穴中央她看着的东西赶走了她的寒意——一个巨大的方形的盒子，大概有10英尺×5英尺×6英尺那么大，盒面上覆盖着某种黑色的复合金属材料。盒子看得见的部分都覆盖满了字，这些字被刻在表面上，凹下去的地方充满了红色的陶质材料。这个盒子的外观让妮拉联想到了石棺。她慢慢地围着盒子绕，仔细地检查它的每一寸。

“像是传说中的东西一样。”妮拉小声说道。

“我懂你的意思。”本回答道，“通常我是不会怀疑的，但是如果我说了这话，我希望我的股票价格会降一点。”他指着题字的某处说道：“这东西真的没有吓到我。”

妮拉凑近去看。

有英文字，有汉语字，还有些是希伯来语，还有些表示情绪高涨的点和破折号。在这盒子的盖子上，有一串大字体写着的非常简洁的信息：

这是一个“生命茧”，里面躺着一个冷冻者。

她往后退了几步，深深地吸了一口气，退的时候差点被本绊倒了。

“我的妈呀。”她轻声说。

本微笑着点点头。

“天哪，我的妈呀，本。”她重复。问啊，妮拉。快问那个问题！她强迫自己。

“这……这个可以动吗?”她问。这时她几乎说不出话了。

“应该是的，”本答道，依旧微笑着，“你还是会帮我们的吧?”

“呃……是的……抱歉，本。”

“你现在知道我们为什么叫你来了吧。这还没完。”他指着周围的墙继续说，“我们仔细查看了所有卡在墙缝里的东西。”他停下来像是在等什么。

“然后?”妮拉追问。

“我们发现了六间洞穴，等距地包围这个主洞穴。其实，它们就是为了起到保护作用。”

“那么，”妮拉把视线从盒子上移开看着洞穴周围，问道，“你们还不知道里头有什么?”

本犹豫了一会儿，“这个，也不全是。”他回答，一边踢着泥土一边低着头，“我们打开了这个的。”

妮拉抬起脸，“你们做了什么？你们是笨蛋吗!？这里头很可能是个陷阱，不然你们就很可能毁掉了一件珍贵的古器物。”

“嘿，放松，妮拉。”本回答道，“我们只打开了一个，我向你保证，真的是无意间打开的。”妮拉给了他一个不相信的眼神。

“但是你永远都猜不到我们在里头发现了什么，”本料到妮拉会因为里头的发现而兴奋得很快就会原谅他，他接着说，“纯金块。你能相信吗？想一下吧，那么大费周折，最后只是为了把金子存到里头。他说不定也留下了一些瓷片在里头，那也挺值钱的。”

“本，”妮拉问，“你觉得金子当作商品是从什么时候开始的？”

“我不知道。我历史不好。大概500年前？”

“对，你历史真的不太好。”她假笑着回答，“最多不超过250年。我打赌这个人基本上就是那个时候来这儿的。”

“那可真是久啊。”他回答。

“你有没有叫个医生进来？”

“我们做的第一件事就是叫医生。他不知道那是什么东西……他的助手也不知道。他回到他的实验室去了，他回去搜索一些关于安全神经连接的信息。”

“所以那时你就给我打了电话。”

“呃，是的。另外，我了解你，在大学里别的谁也不认识，尽管我本该打电话的。无论如何，这个问题可重要了，我们可以动它吗？”

妮拉回答之前，瑞塔的声音从离门最近的一个角落传来：“呃，老大，我们完全可以动这个东西。”

“你是怎么知道的?”本一边看着瑞塔一边问，“难道你从不知名的大学获得了什么学位而没有告诉我吗?”

瑞塔看着本，然后指着这盒子的一角说：“不，我可没有什么学位，聪明先生。我知道是因为这儿写着呢。”他们都聚集过去看她指着的地方：

只要不损伤里头的人，这个盒子可以被移动。

请遵照下面的指示操作。

他们开始笑这条指示真的又简单又好笑，本笑得脸都红了。之前笼罩在这里的不安也似乎因此而消失了。

一个身材矮小，长满胡子，鼻子上文着爆炸星图案的救援工人说：“这肯定是一个可移动的悬浮舱。”

“我知道。我也看了题字的。但是我跟你说，这东西一点儿也不像我见过的悬浮舱。”妮拉说。

“不像你见过的?”这个男人接着说，“我觉得谁都没见过这种东西。但是这是一个悬浮舱，我用我下次的奖金打赌，里头这个人正等着被复活呢。他是什么形态的我不好说，但是他肯定是完好无缺的。”

“那好，”本插话说，“他最好期望他的保险公司还在，政策也还对他有效。”

“为什么呢?”文着爆炸星的男人问。

“复活要花他一些点数，如果他的保险公司不支付的话，他的季度报告上自己的占股就要减少很多了。”

“我不这么认为。”妮拉警告道，她觉得有什么东西在她胸口堵着。

“为什么?”本问，“每人都会拿到公司的报告。他也不例外。”

“实际上他就是个例外，本。如果我们要相信题字，如果里头这个人是可挽救的状态的话，那么在我们的工作进行得顺利的情况下，他就是被复活的人中最老的一个。”

“所以呢?”本问。

“所以，”妮拉接着说，“他是拿不到季度报告的……”

“……因为他不属于任何公司。”瑞塔接着说完了妮拉的话。

紧张的气氛又回来了。

人除了假装自己的机器以外，其实还有更好的事情可以做。

——贾斯丁·可德，机器人AMP公司首席执行官

第一家无人工厂开业典礼致辞

斐迪南的人生已经到了该是尘埃落定的阶段了。他还没有准备要建立自己的公司，也不打算这么早退休。如果不是有一个对源源不断的细小附加值一点也不会处理的老婆的话，他的自我占比可能会多一些。但是如果她开心了，他也会开心，对吧？同一份工作做了75年之后，他能获得的唯一的一线希望就是他做基本背景工作的经济效益比电脑要高。那句老话怎么说的来着？你可以让电脑处理数据，但是你不能让它搜集数据。

这份工作真的很简单。他要做的就是处理复活工作。很无聊，很规律，也是很安全的工作。每隔不久他就会处理到比较有趣的案

子。可能是一个涉及宗教的复杂案件，也可能是有责任冲突的问题。但是尸体被送来的大多数时候都是不可预知的。他要整理这个待复活的人的名字和职业，还要决定由谁来为这一程序付钱，如果有突出的债务或者股份问题的话就要告诉执法机构。这个账户名下的所有的点数都会在之后的某天重新被高层激活。最有趣的地方就是告知当下的股东，在复活的时候会有潜在的股票被激活，但是会由另一个部门来处理。谢谢你们，他看得够多了。这种操作的流程已经用了好几十年了，因为没有“突破性”的升级可以让他多学点东西，所以这项流程基本上已经自动化了。斐迪南的工作内容就是启动这项操作，然后看着接下来的流程走就行了。他就是以这样的方式，来帮助这些冰冻着的等待复活的人顺利地重新回到这个组织世界。

他揉了揉自己的眼睛。现在才早上 11 点，他已经处理了 42 个冰冻的尸体了。“下一个。”他对着面前的大显示屏说着，连眼睛都没有抬一下。

没有回应。

他重复了一遍，但是这次语气有些急躁：“电脑，下一个复活者。”

“正在发送信息。”电脑机械地回答。

斐迪南抬眼看着说：“我没有要你发送信息给我。麻烦你告诉我复活者的名字。”

“无法执行。”

斐迪南觉得肯定是系统出问题了，他准备重启一下。

“好吧。”他准备迎接挑战，他说，“那你至少告诉我为他保险的公司名字吧。”

“无法执行。”

好吧，这还真是个挑战。他想，我应战。

“电脑，进入主体的基因码找他的身份证。”

四秒钟之后——感觉就像过了一辈子。

“无法执行。”

“你没有拿到 DNA 样本吗?”

“样本已收到。”电脑回答说，“但是，现有数据库中找不到匹配的。”

不可能。

尽管斐迪南很骄傲自己能在问题变成问题之前就解决掉它们，但是他也知道失败的滋味。

“电脑，”他叹了口气说，“我需要技术支持。”

“正在联系技术支持。”这机器说，“你的电话会按照打进去的顺序被对方接听。”

10 分钟之后，一个看起来很无聊的同事出现在他对面的显示屏上。

“技术支持，你需要什么帮助?”

“你们是不是在进行复活者数据提取程序的测试，然后却忘记给我们这些可怜的笨蛋说你们做了调整?”

“如果是这样的话，我也是才知道。让我查一下。”那张脸消失在背景中。

斐迪南继续自己的工作。

又过了十五分钟，技术支持同事的脸又出现在斐迪南的显示屏上。

“没有。”他只说了这一个词，斐迪南还没有来得及问其他问题，那张脸就又消失了。

斐迪南继续着手头的工作，小气地说：“好吧，电脑，我们再试一下。我们有一个复活者是吧？”

“正确。”

“有没有复活者所在地址？”

“复活者现在在博尔德市的卡罗拉多矿井医院。”

“很好，可以从这里开始。悬浮舱是什么做的？”遇到人数过多的大灾难的时候，信息会出现暂时的缺失，查证这个人是谁的一个很好的方法就是从他的悬浮舱入手。

“无法执行。”

“电脑，这些信息是因为高层的命令或者限制而不能查吗？”

“不是。因为现有的数据库里都查不到相关信息，所以无法执行。如果你看了我之前发给你的信息，你就可以看到这个悬浮舱的图片，还有所有已知数据。”

斐迪南愤怒地叹了口气，然后调用了这些数据。浏览了10分钟之后，他紧张地按下了通话键要求与上司说话。

“你说我要放假了是什么意思？”妮拉恼火地说。

她面前坐着的这个男人穿戴整齐，全然不顾妮拉眼里发射出的钢铁一般坚定的眼光。

“你去露娜城的一切都安排好了。”这个男人语气坚毅地回答。

“露娜城?！首先，可能你没有注意到，我其实没有自己为自己打算的能力，我可不愿意放弃那么多的股份去那种地方。”

“别担心。”这个男人眼盯着他面前的显示屏说，“一切费用由GCI支付。把这当作对你努力工作至今的奖励吧，现在，如果你没有问题了的话，我还要工作。”

妮拉沉默地站了一会儿。

“我不想去休假。”她脱口而出。

这倒引起了男人的注意。他的视线离开了显示屏，把面前的文件挪开，聚精会神地看着她。

“你这么喜欢工作吗？就算是别人帮你买单，让你去人人都想去的地方你也不愿意?”妮拉不自然地换了一下位置。他继续说，“那儿有仅1/6重力的瀑布，还有飞行机器人。光是想到那里的男女之欢你就得去一趟。相信我，说起那儿我可很清楚。”

“不是工作的原因，”她回答说，“是现在的这项工作。现在的……这个发现。我从来没指望自己能成为主复活师。我知道你肯定会召来布朗斯坦或者吉列。但是之后可能再也不会有这样的发现了。我必须要参与到其中。”

“你真的要为此献身，是吧?”

“献上我的全部。”

男人又回到他的显示屏前面，输入了一些命令。一分钟左右过后，他重新抬起眼来。

“我可能会后悔，但是我刚刚买了1 000股你的个人股票。”

“你为什么要这么做?”她惊呼。

“很抱歉。大多数人会感激我这么做的。”

“那好，我不属于那大多数人。我必须要买回足够的股份让我自己成为大股东。”

男人发出一阵狂笑。

“噢，你是那种人。好，听着，我的身价是你的五倍，但我可能永远也成不了我自己的大股东。你还试什么试呢？你会获得的只是一些额外收入——还有一大堆头疼的事。”他快要没有耐性了，“听着，不管你想不想去，你都得去休假。事情就这么决定了。”

妮拉还是坚持自己的立场。“我不想成为讨厌的人，我也知道我连指甲都是属于公司的，但是我就是不明白为什么我不能等这个病人复活然后重新回到社会之后我再去度假呢？”

这次男人从椅子上站起来，直勾勾地看着她的眼睛。他站起来的时候，她听见了走廊上的声音——她背后的门开了。

“除非你愿意等 5 年。”他厉声说，“这是不可能的，小姐。谈话结束。再见。”

“5 年？他真的是说的 5 年？”

妮拉在主管办公室里。他的名字叫莫什·麦肯基，他是妮拉喜欢过的第一个上级——并不是说她有过很多上级。其中一部分原因是她完全搞不懂他。他已经是自己的大股东了，虽然这很难能可贵，但是也不是什么特别不得了的事情。另外，她见过很多这种人，他们大多数都是自命不凡的混蛋。但是，莫什与他们不同。他是她所知道的唯一实现了自己的目标的人——对他来说，他的目标就是成为 GCI 董事会的要员——然后让自己调到这个在卡罗拉多境内的小小飞地来。大多人都认为他是在爬上金梯子的途中做错了什么事情，作为惩罚才被派遣到这里，但是妮拉却不这么想。她看人很准，做她这个行当必须要会看人，在她看来莫什不是没有能力的人，而且——这还更能说明——他不为自己目前的处境感到伤心。实际上，妮拉觉得这个男人对他自己和目前的处境都非常满意。他都已经175岁了，其实是可以退休了的，她猜测，肯定是他的内心让他不要退休。他的身高差不多就是平均水平的一米九五，他对自己非常的自信，所以他开始秃头的时候也没有花30点去掩盖，反而就任其发展。妮拉不得不承认，尽管初次见面的时候她还是被他的外表吓到了，但是她也觉得他不会寻找其他的方法修饰。

“莫什，”妮拉说，“是不是有什么医疗问题没有通知到我?”

“好吧，”他回答，“既然你提到了，但是没有。”

“现在我们知不知道他是为什么被暂停的?”妮拉接着问。

莫什查看了一下他的显示屏。

“这里说，是因为淋巴癌——很明显是晚期。那时这还挺常见的。”

“真不敢相信一个人的命竟会这样结束。”妮拉一边摇头一边说，“就好像牙疼也会置人于死地一样。”

“别笑，妮拉。”他反驳道，“这事儿也发生过。”

“好奇而已，莫什，治好它要花多少时间?”

他又看了看显示屏。“据王医生所说，治疗要6小时，复活要12个小时。”

妮拉想了想。

“那么，到底为什么公司那个笨蛋说要5年？这不仅是违法的，也不道德。”她停顿了一下说，“还真是肆无忌惮啊。”

莫什在显示屏上调出妮拉控诉的那个人的档案，“这个笨蛋的名字叫赫克特。赫克特·圣比安可。你最好防范着他一点。我了解这类人。他们就像斗牛梗一样：只要盯上什么东西，就很难让他们放手了。”

“看出来了，”她答道，“但是我还是不明白，莫什。他盯上什么了?”

听到他部下的这个问题，莫什笑了起来，“我们才发现的这个朋友，亲爱的。他想要把他收入公司，如果你懂我要说什么的话，他也不想分享。”

“这么一来，”灯泡变暗了，她接着说，“就可以解释为什么这儿的每个人都可以免费去休假了。但是这也不能解释他说的5年啊，莫什。不必要的时候把人放在下面这么久不仅是不合法的，也是违法的——不论收不收他进公司。”

“那倒也是。”莫什一边躺回他的椅子里一边说。

他们俩都知道那些人在争什么。关于复活的“回归的权利”是神圣不可侵犯的。而且这也是有意义的。如果知道因为诉讼，公司干涉或者其他的法律手段自己可能不会被复活，说不定还会非自愿地被延迟许多个世纪的话，谁会愿意延迟自己的复活呢?因此，几乎就是在复活在技术上可行的时候，复活的权利就已经被写进了宪章，受到法律的保护。这条法律的基本前提是保证安全，不对社会或者个人造成现实的不可挽回的问题，复活者拥有被立即复活的权利。

“好了，妮拉。”莫什紧紧地皱着眉头说，“我知道了。让我查查数据，然后我再找你。”

作为一个完美主义者，赫克特·圣比安可在运输港点监视着运输工作的最后细节部分。他也被这悬浮舱的美丽所震惊。巨大的黑色矩形上刻着火红醒目的字，不像现在用的那种经济型泪滴形状的悬浮舱。赫克特一看就知道，这东西肯定会值很多点——不算它里头装的东西的话。但是如果复活成功的话，里面东西的价值也会值不少点——一个来自组织合并前的美国的男人。说不清这会给 GCI 带来多少的利润——而且，也不知道对赫克特来说，他会从中获取多少奖金。

他咯咯地笑着，想起了之前与那个臭脾气的复活专家的谈话。我毕竟是为了大多数人的利益，我也可以得到大股权了。

赫克特的沉思被一阵争吵声打断。他转过身看见麦肯基教授和那个女复活专家在门口与他安排的保安在争吵，因为他们被禁止进入海湾。

“据我最后一次的查看，”莫什对新安排到那儿的保安说，“我在这儿还是主管，这儿还是我的运输点。”

“实际上呢，”赫克特指着运输点那边宣布，“这医院，包括这运输点都还是属于 GCI 的。除非，你做了一笔我不知道的大买卖。不过……”赫克特示意保安让他们进来。

莫什和妮拉快速地穿过运输点来到赫克特正在工作的地方。

“请长话短说。”赫特克说，“我可没多少时间。”

“准确地说，只需要 4 小时 58 分 22 秒的时间。”主管一边询问着他的助手一边说。

“看起来你一直在关注着我啊。”

莫什正准备回答的时候妮拉抢了先。

“你以为你是谁?!”

“我是赫克特·圣比安可。”他漫不经心地回答，“你不用介绍你自己了，谢谢。”

“我觉得，”莫什说，“我这过度兴奋的员工对你准备要做的事情有点不满意。”

“不是，”妮拉插话说，“我不满意的是他不准备做的事情!”她又把矛头指向赫克特说：“你怎么可以让他一直暂停着?”

“你那小脑袋可不用担心这些。”赫克特高傲地回答说，“时机成熟的时候我们会复活他的。总之，感谢你与我分享你的感受。我会把你的感受反映给……我要反映的人。”然后他转身背对他们，继续着他的准备工作。

莫什和妮拉在原地待了一会儿。

“要我签字同意搬运这个悬浮舱可能有些困难。”莫什说，“你知道，我的时间安排很紧的。我的助手可以替我签，但是，噢，我的天，”他一边按了助手上的一个按钮一边说：“我刚刚给她放了假。”

赫克特叹了口气，转过身来。

“可能我在追求完成任务的时候太一根筋了。你需要的是什么，主管?”

太好了，莫什想，他开始有所警觉了。

“先做点解释怎么样。”

“做什么解释?”赫克特假装无辜地问。

“解释为什么你要否决这个人的复活权?”妮拉问。

“噢，谁说要否决他的复活权利了呀?”

“宪法说……”妮拉准备开始长篇大论了。

“……宪法说的在这儿可不适用。”赫克特立马就结束了她的演讲。

“你凭什么说宪法在这里不适用?”妮拉追问道。

赫克特假笑着说：“其实，我就是一个宪法律师。那么你凭什么说宪法在这儿适用呢?”你来解释吧，贱人，赫克特心里暗想。

“不管是不是律师，”妮拉不受阻挠继续说，“这人必须马上被复活。法律就是这么规定的，每一个公民都知道。”

“好了，小姐……哈伯小姐，是吧?”赫克特说，“我们就来看看这个每一个公民都知道的法律。首先，你怎么能确定这个人是不是公民？如果他不是，宪法就不适用，对吧？你没考虑到这个，是吧？第二，据我们所知，他之所以被冷冻是因为他做过一些很恐怖的事情。不管是不是宪法规定，就这样把他放回到社会中，出了问题你来负责吗？你不觉得我们先等一下，做一些测试，然后等法院来决定不是更好吗?”

“需要做的测试我们都做了。”妮拉回答说，“他是可以被治好的，而且对社会没有任何医疗危害。按照宪法规定的标准和最高法院的解释，已经没有必要再作过多的考虑了——不论是不是公民。所有的罪名和债务都是要复活了才能被处理的。”

“精彩。”赫克特一边慢悠悠地拍着手一边斥责道，“我现在才知道你对法律的事情也挺专业的嘛。但是你忘记了一件事情。”

“他是可以被治愈的，而且他就在这里。”她反击道，“这就是唯一标准。我没忘记什么。”

“支付。”主管看到时机插话进来说道，他脸上露出冷酷的笑容，“你要偷走的那笔钱。”

赫克特同样冷笑着说：“偷这个词太严重了吧，主管。”

妮拉有些疑惑：“但是每个人都是有保险的……噢。”

“现在的每个人都是由保险来支付的。”赫克特接着说道，“关于我们的这位神秘先生，我们被通知的第一件事就是，我们的保险理算员为他找不到任何保险。所以，我们没有任何义务要复活一个没有支付能力的人——我向你保证，要复活他可要花上大价钱。这就是法律，年轻的小姐。但是你不用担心，我保证我们会想出办法的，最后我们肯定会复活他的。”

“等到你知道如何才能从他身上获取最大利润的时候吧。”妮拉嘲笑道。

赫克特像无知的唱诗班少年一样冲着她微笑，他可不会上钩。“现在，如果我们谈话完毕了的话，我真的……”

“我来付钱。”妮拉脱口而出。

“你来什么?”莫什和赫克特异口同声地问。

“我说我来付钱。我可能会刷爆我的信用卡，还要从我现有的股票中借钱出来，还要用我的员工折扣，但是我肯定能凑到钱的。再多一万点又如何？我已经陷入泥潭了。所以，谁还管这么多……我来支付他复活的费用。不管你现在在做什么，你都可以停下了，好吗?”妮拉心满意足地叹了口气。

赫克特也微笑着。

“你现在还有什么问题？”妮拉问，“如果说设施到位的话，这个复活在医疗上来说是可行的，而且费用方面完全没有问题。”

莫什看着赫克特，他很好奇他会如何处理这件事。

“低估了你的热情，我很抱歉。”赫克特回答说，“我早就该了解到，而且早该把这作为一个参考因素。我真是太粗心了。但是，你愿意花你自己的1 000万点我还是很受感动。”

妮拉听得目瞪口呆，莫什也一直保持沉默。

“一个复活要1 000万?!”妮拉尖叫着，“你是要干什么？要给他的屁股镀一层铀吗?”

赫特克自己嘟囔着，并开始在他的电子助手上计算起来。“我们来看看，100万点来支付检查、储存和运输的费用，毕竟这可是一个300多年前的悬浮舱。然后200万点用来支付进入到里面彻彻底底检查那个人的费用。最后呢，还要400万点来支付这个领域专家的咨询费用……你可能知道，权威点的就只有布朗斯坦和吉列两人，但是如果你愿意的话我们可以把你算进来——那就要再加100多点。然后，噢，来看看吧，无论如何，300万点买一个崭新的复活诊所，还有先进的技术水平，都是为了这个罕见的发现啊。”他把他的电子助手展示给她看，上面显示着一张正式的付款清单。“用老话说就是，你是付现还是记账呢?”

“这肯定不对，”妮拉呼喊着，“这肯定是不合法的。”

“实际上，”他接着说，“正是根据法律，我可以想要多少钱就要多少钱。这个人是在我们的领土范围内发现的，是在我们的管辖范围内，然后被送到了我们的医院，并一直是我们在照顾他。现在，如果党内成员或者家属站出来在法庭上谴责我们的话，他们肯定会赢，我也会把这东西给你。但是，现在这事儿可不是这样的。我可是全都考虑清楚了的。”他加大了说话的音量，好让在运输点的所有人都可以听见他：“有没有内部的人，或者家属啊？有的话请说话……有人吗？”

一片沉静。

“嗯，”他说，“真是不幸啊。有争议的这位先生好像是个孤儿啊。等我们复活他之后，他可以亲自来讨论价格的事情，那么……要等四五年吧。”

“你是说等你把他的股份都握牢实的时候吧。”莫什说。

“怎么这样说呢，主管，你可言之过早了。他现在还不是公司的人呢。我们需要建立法律保障，安排股票期权，还要调查一下相关的法律分支。如果没有让一切就绪就让这个人回到社会的话，对他来说是极不公平的。”

“莫什可以付钱。”妮拉脱口而出。

莫什答话之前，赫克特就大声笑了起来，“对啊，我猜他也可以。你真是非常地慷慨啊，像这样挥霍着你老板的钱，但是我想如果让他向你解释为什么这事儿不可能会发生，他应该会很开心吧。”说完他看着主管。

“莫什？”妮拉恳求着。

莫什举起他的手示意妮拉不要说话：“我们已经占用圣比安可先生太多的时间了。”然后，他又看着赫克特说：“先生，我相信，你不会因为我雇员的热情而责怪她吧。”这句话听起来不像是要求倒像是一种警告。

“恰恰相反，主管。我真的深深地被她的热情所打动。”赫克特想了一会儿，然后变得高兴起来。“实际上，”他在电子助手上输入了一些命令，然后说，“我刚刚又买了 1 000 股她的个人股票。”

“你真是个十足的混蛋。”妮拉说完转身踏着高跟鞋，急速地走出了运输点。

现在剩下赫克特和莫什两人单独在一起了。

“听着，”赫克特说，“我知道你以前是 GCI 的重要高层，你来到这个小医院都是你自愿的。但是你今天真的被她压制住了。我希望以后不用以这样的方式来让你感到尴尬了。”

“有我在不会的，圣比安可先生。”

莫什轻轻地微笑着，一个字也没多说就离开了。

妮拉生气地走出运输点的时候，莫什出现了。

“我为刚才的事情道歉。”她说。

莫什把手放到她肩膀上，微笑着。

“别担心，没事。”

他们沿着走廊，向食堂走去。

“不是，我说要你付钱真的是做错了。”妮拉一边说着，一边缩着身子躲开他们身边的一群内科医生。然后，好像随便插一句似的说，“好像你有那么一笔闲钱放在旁边似的。”

“其实，妮拉，”他停下在护士递过来的文件上按手印说，“我是有那么一笔钱。”他接着往前走，想要离开他这逆反的下属。走了几步之后他转过来，看到她正一脸惊愕地站着。“你来不来？”他问。

他在食堂门口等了她一会儿。他们一起走向已经预订了的桌子。“你的意思是说，”她问，“你有1 000万点？”

“其实，还要多一点。”

她知道他是不会吹牛的，他不是这种人。

“那么你为什么不为他支付呢？”她问，“你怎么就让我带着10 000点，孤立无援的，而你手上居然攥着几百万，不，我说错了，银行里头有几千万吧？”

“妮拉，”他伸手到桌子对面，把她的手放在自己手中说，“我真的很抱歉，但是我必须要让你……做你自己。另外，我永远也没有办法支付，你也不能。”

“能解释一下吗？”

莫什微笑着说：“当然。”他一边放开他的手，一边靠回到椅子上说：“妮拉，你是一个很出色的复活师。你有丰富的经验，你可能会成为最出色的复活师。赫克特不是唯一一个买你股份的人。”

“真的？”她怀疑地问。

“10 000股，准确地说，都是股票期货。你的脾气有时候会占了上风。正如我所说，你真的非常有天赋。但是你身体里面缺少合作精神。虽然你会感到很吃惊，但是我去运输点的时候，真的对帮助那个人没有抱任何希望。”

“你怎么可以就这样不管他了呢？”

“我不会的。但是妮拉，这可不是我能决定的。从来都不是。也不是你能决定的。即使我非常想付这笔钱，我也不会被允许这样做。”

“他们怎么可以阻止你花自己的钱呢？”

莫什叹了口气说："妮拉，我现在想到三种方法，利益冲突就第一项。但是他们没有必要阻止支付——只需要否决就好。一个友好的法官发出一个法院命令就可以让复活推迟一天，或者几周。"

"所以，我们不是在几天之后，而是几周之内复活他。这也比5年要好呀，不是吗?"

"妮拉，GCI 想要他。一周之后，他就可能会消失在某个仓库里，然后管理员就会成为代罪羊承担一些责任。更甚的是，有人可能会觉得他实在是让人不方便，然后他就又会消失几百年。"

"才不会发生这种事呢!"

"不是经常，但也是会发生的。不然你觉得我为什么要离开那里? 我能掌控的权力需要我付出很大的代价。"妮拉带着尊敬和担忧的眼神看着他的老板。

"但是……"

"没有什么但是，妮拉。假设我们已经成功了。我也愿意花费我的大部分财富，我还会用我毕生建立起来的关系来保护和复活这个人。但我们要面临的对手是人类历史上最强大的组织，我要补充的是，这个组织要这个人有各种令人信服的理由，而且他们也会愿意在经济公平的情况下尽力地保护他们在这个人身上的投资。现在，我的小姑娘，对于挡着他们路的人，你觉得 GCI 的人会怎么做呢?"

"哦，算了吧，莫什，你不是指他们会……"

"妮拉，别想多了。"他接着说，"但是他们会让我们活得很痛苦，这还可以杀鸡给猴看。你觉得下一个世纪让你待在木星冰冻的卫星上去急救复活怎么样?"

"但是他们能对你做什么呢?"妮拉问，"你这么有钱，而且已经是自己的大股东了。你是不能碰的，是吧?”

莫什看着她，他悲伤的微笑表示他的答案虽是她料想到的，但也是她最不愿意听到的。

“妮拉，”他说，“大多数都认为，当你成为大股东之后，你所有的烦恼都会烟消云散——大多数情况下是这样的。只要你不又放弃你自己的话，基本上这辈子你想做什么都可以。但是 GCI 想把我当作一个样品呢。我可能会被要求每个月或者每周在一定的基础上做医疗审计，还可能会有讨论我的健康状况还能不能掌控我自己的资产组合。”

“在什么基础上?”

“这个嘛，光是愿意为一个我从来没有见过的人支付 1 000 万点就足以让我吃上官司了。”

妮拉叹了口气说:“这可站不住脚，莫什。”

“妮拉，没必要站得住脚。但是这些事情会很耗费金钱和时间。或者，他们可以让别人起诉我，不是因为钱而是因为股票。我只要输上三个到四个官司，我的大股东权就要归别人所有了。”

“但萨的魂啊。”妮拉小声说。

“你开始明白这一切了。”

莫什向前倾着，握着她的手说:“妮拉，有时候，生命中有些事情是值得你牺牲所有的。对于不同人来说，这些事情又是不同的。我还不知道我会为了什么倾尽所有。但是就算是蒂姆·但萨他本人在这里，我也不确定我会。我可以确定的是，我肯定不会为了一个冰冻了 300 年的我从来没有见过，估计也没有听说过的这么一个人付出我的所有。”

妮拉呆坐了几分钟，慢慢地吸收莫什告诉她的这些。

“好吧，莫什。”她问，“如果你早就知道我们什么都做不成，那我们还去那儿干吗呢?”

“去干吗?”他微笑着，“去保护我们共同的利益……你可以说‘谢谢’。”

“现在你把我整蒙了。”

莫什拿出他的电子助理，按了一个键。他把屏幕展示给她看。整个运输点会面的过程都被记录了下来。

“但是为什么呢?”她问。

“保险啊，亲爱的。”莫什向前倾着身体，压低声音，暗示她也靠近一些，“当我们那个可怜的混蛋终于清醒过来，知道他想要的有价值的股份已经属于 GCI 的时候，你觉得他会做的第一件事是什么？说‘谢谢你让我输得片甲不留’？肯定不会啊。他要去法院，然后想要尽可能把股份赢回来。那么，亲爱的，你觉得谁会因为他的合法的愤怒而遭殃呢?”

“赫克特和他的军团。还有谁?”她回答说。

“还有我们呀，妮拉。好好想想。他要是对抗 GCI，就要因为官司纠缠好几年。他对抗我们的话，肯定很快就可以解决了呀。但是我们来看看你的表现。我们假设他雇用了一个不好的律师，而且还去跟 GCI 对抗的话。你觉得他们让谁来当他一腔怒火的代罪羊呢?”

就是这时，妮拉才意识到自己被耍了。与赫克特见面这整件事情就是企业生存风险游戏的第一步。

“你本应该告诉我的，莫什。你知道，我本可以做一个乖乖女的。”

“这个呢，”莫什拖长音说，“就是我没有告诉你的原因。从这个视频上看，世上绝对没有人会质疑你的真诚。更重要的是，陪审团的人可以从里头看见，我们尽了全力想要把我们冰冻的朋友从‘公司’的贪婪的人的魔爪中‘解救’出来。”

“我完了。”妮拉坐正了说道。

莫什正准备离开他的办公室。他四周看了看，对今天事情的结果感到很满意。他与赫克特的会面让他有些兴奋，也让他想起了一开始他为什么要离开高层，还让人更确定了如果需要的话他还是可以降得住这些“鲨鱼”的。今天的工作做得还不错。他把重要的数据备份放到自己的秘密文件夹里，与电脑的主存储区分开。他左手握着手机摇了几下，把手机设置成只准紧急电话打进来的模式，然后他就离开了他那间小却功能齐全的办公室。

就在办公室门外，他的保安正在那儿等着他呢。

“我很抱歉提起这事儿，但是他们要我确保你读过这个。”她说。她直接站在他的路中间，双手环抱着——邪恶的笑容浮现在她的脸上。

“哪个‘他们’，艾琳诺?”他顺从地问道。

“会计部的，哦，那个强大的主管，先生。”她回答。

“哦，他们呀。”他笑着说，“我看见了，但是忽略了它，神智正常的人都会这样的吧，会计部又来了一张便条。明天再说吧。来吗?”他一边走向门一边问。

“等我一分钟。”她走向他，把手臂环绕在他的脖子上，然后用鼻子温柔地蹭他的耳边轻轻地说，“看起来很紧急呢，我还向他们保证说你今天走之前肯定会看的。”

“我真不该跟你结婚的。”莫什微笑着说，他知道他是争不过她的。他转过身，又朝着办公室走去。他径直把显示屏翻过来，坐都没坐下，然后调出了这条居然可以在短时间内影响到他的婚姻幸福的备忘录。

他开始读第一行。

有意思。他伸手够到椅子，视线始终没有从显示屏上离开过，然后把椅子拉过来坐下。

他又多花了15分钟调出和发送数据。当他确定了这条备忘录的重要性，一切都弄妥之后，他靠着椅背，让他自己稍微休息了一下。他有种有趣的预感，这将会是他很长一段时间内的最后一次休息了。

他向着没关的门呼喊他的老婆：“亲爱的，我看我还是不能去吃晚饭了。还有，帮我叫一下王医生。”

赫克特享受着自己的一个嗜好。一支极少见又昂贵的雪茄味道弥漫在这个小小的，没有人情味的办公室，他在博尔德工作的时候一直在这里工作。想到雪茄的烟雾可以让自己的神经稍微放松一下，就能够让他快乐起来。毕竟，在现代的医疗保健情况下，对吸烟影响健康的偏见已经没有了，但是人们对这个东西的需求减少之后，这个小小的东西还是慢慢地消失在人们的视线中。但现在是值得庆祝的时刻，如果今天的庆祝让医院的员工感到不快的话，谁还管他们呢。

当刚刚结束了与特别行动局副局长的谈话，他也做了汇报。副局长非常高兴，他告诉赫克特董事局的人会知道他的出色的工作的。他还暗示赫克特，主席自己也对这项工程很感兴趣。这就意味着，他还是有机会的，虽然渺茫但还是有的，主席可以知道他的名字。这是他10多年稳步发展里唯一期望的事情。他不准备再等一个传统季节照亮他的希望。管他的，你随时都可以要孩子，他想。

赫克特的大拇指开始振动。

“什么事?”他问，微笑还挂在脸上，雪茄摇摇晃晃地咬在嘴角。他的虹膜扫描告诉他电话是他的实习生打来的，是个会主动做事的人，解决问题也很有效率。

“呃，先生，我们遇到问题了。”

“处理掉，拉加。”

“我尝试过了，先生，但是没有你的保证，运输工人不愿意搬动货物。”

“你在说什么呢，拉加。这是公司的事情，他们是公司的员工。好好想想，他们还拿得到奖金。”他暂停了一会儿说，“至少他们曾经有过。”

“不是钱的事儿，先生。他们在担心责任的问题。”

“责任？什么责任？这鬼东西已经被封存了300年。它还禁得住巨石山洞里的塌方。”实际上它确实经得住。他沉思着，“我觉得几个咕噜人都可以把它安全地装运好。这东西可不会突然打开，跳出来跟你问好。”

“呃，其实，先生……”

赫克特的脸色恢复了正常。他掐灭了这支价值1 000点的雪茄，本来应该尽情享受一小时的欢愉现在只两分钟就结束了。

“你别动，什么东西都别碰。我马上就到。”

赫克特径直冲到莫什的办公室。

“真好笑，你的文档里都是关于自杀的事情。”他把他能用的讽刺都用到这句话里头了。

莫什桌子周围的人都散开了，给赫克特让开了位置。

“请大家出去一下。”主管对在办公室里忙碌的员工说。当最后一个人走出办公室的时候，赫克特坐在莫什的桌子前面，双腿交叉着。

“请告诉我，现在还没有开始复活工作。”

“实际上，我们已经开始了。”

“那么，我猜你可能意识到，”赫克特说，“你让我们俩都成为了罪人。”

“我不能说你这么怕死会让我有多伤心，”莫什回答，“但是我还要在这儿待一会儿。”

“真是干净利落的把戏，”赫克特冷笑着说，“虽然我自己可能没有多大的能力把你拉下马，但是你这一举动会伤害到有些人的利益和名誉，这些人会对这事儿很生气的。如果我不在奥尔特云的彗星上挖石头的话，我会很开心地看着这一天的到来。”

“你真是会编啊，赫克特，真的。实际上，如果你查看了的话，你会发现你所说的立刻复活的一个条件——一笔金额无比巨大的钱——已经得到完成了。”

“你没这么笨吧，主管。”

“哦，这点我倒是很同意你。”莫什靠着椅子背，把双手放在脑后说，“一个匿名的捐助者把这笔钱打到了医院的账上。”

“匿名，才怪。”赫克特嘲笑道，“不可能。没有人能在这么短的时间内支付这么一大笔钱……除非这个人是你，但是像我刚刚说的……”

“……我‘没有这么笨’。”莫什接过话说，“你可以去查查我的账户。我相信别人也会去查的。”

“你可以用你的大股东权做赌注，主管。”

“顺便说一句。”莫什说，“有人，我不是在编故事，”他直直地看着赫克特说，“直接从医院的数据库里下了订单，这让支付变得简单了。”

“这是一张价值1 000万的单啊！”赫克特咆哮着，“没人会有这么多钱。至少没有人会愿意为了复活一个冰冻了300年的人倾家荡产啊。”

“是有点过分，但肯定是合法的。很明显，他只是为了能获得权利然后付钱。”

赫克特尽力让自己的聪明才智都集中起来。

“即使不是你付的钱，为什么我下到运输点的时候看见的却是一个空的复活舱，还有20个付高价请来的搬运工坐在那儿玩，除非你有什么事情瞒着我。你我都知道，现在这个阶段，还在我背后做小动作的话，你会让自己看起来是有罪的。至少你应该先给我打个电话。”赫克特现在双手放在头上，手肘顶在膝盖上，“我还以为你很聪明呢。”他轻轻地说。

莫什看着他面前的这个男人，仔细地斟酌着他刚刚说的话。

“听着，我不知道这对你有没有用，但是我希望你最好小心行事。这事儿我做了两季了，圣比安可先生。首先，支付一旦安全完成了，只要医疗可行，这个男人就有权利被尽快复活。其实就是立刻复活。作为我自己来说，我是不会让他悬浮着，好让你或者别的谁从中获取额外的利润。他有权利获得自己的利润，圣比安可先生，不然我们的整个系统就一文不值。第二……”莫什停了下来，等着赫克特抬眼，以确定他在认真听。

“我不喜欢你，圣比安可先生。”

赫克特看起来有点不知所措。这种坦诚可不是什么规范，而且也从来没有人这么直接地对着他个人表达。

“但是，”莫什接着说，“我可以被别人指责说我把个人情绪带到公司的合法工作中来，所以我不得不告诉你，据我所知，只有一个方法，可以延迟这次的复活。”

赫克特竖起耳朵。可能他还是不用自杀的。

“现在如果有党内的人或者亲属出来在法庭上提出异议的话，我就会放弃，或者可以让我停止这项工作。但是，这儿好像没有党内的人啊。可是，”莫什狡猾地笑着说，“我可是都考虑清楚了的。”他加大了音量好让走廊上的人也可以听见他的声音：“有没有党内的人或者亲属在这儿？有的话请说话，有吗？”

一片沉静。

“嗯，我们神秘的朋友多走运啊。”

赫克特跌坐在椅子里。

“好吧。”赫克特说，“去吧，主管。做吧。但是如果你真的是为了你的病人考虑的话，你不会用一个新人去做复活工作吧。至少让我招来几个真正的专家。”

“首先，赫克特，王医生可不是新手。”

“我不是指王医生，我是说哈伯。”

“对，妮拉。妮拉这人可有趣了。我在很短的时间就信任了她，那些有十次经验的人我都还不一定会信任，我保证这些人肯定会在你和你的组织的要求下来捣乱的。明白了吧，赫克特，我觉得她确实把病人的利益看得高于一切。我不相信你的‘专家’会做到她这样。”

说完莫什站起来，开始收拾他的东西，然后走向大门。他回头，看见赫克特还瘫坐在椅子里，双手还是捧着脸。

“你走吗?”

“去哪儿?”赫克特问。

“去看我们重生的新朋友——未加入组织的边缘人。”

2. 警钟

我们有一个完美的案例。孤立的，有300年的经验可以利用。一个真的已经被完成过千万次这么一个程序，这次我们要在接近理想的状态下来完成它。我们要完美地复活这个300多岁的人并创造历史，不论是在身体上还是在精神上。这次的事情会被载入史册，我就是作者。

——《重获新生》，妮拉·哈伯医生的自传

开始的时候就像是一种意识。而且这种意识与其他任何事物都无联系。没有形状，没有颜色，也没有感觉，这就是这种意识中的一部分。五大感官都不存在。只有一种意识，在这种情况下，可以想象能达到最满足的境界。慢慢地，一种自我感知开始产生。

我就是一个“他”。这个他想着。

随着启示的进行，新的感觉缓缓袭来。时间没有什么关系，所以看起来原本只需要短时间就能回忆起的事情可能要多花一点时间。但是这没关系。因为这个他开始慢慢回忆起这些感觉，然后把它们都放到应在的位置上。区分触觉、听觉和视觉的手法是与生俱来的天赋，现在他必须要重新学习。但是，他不是没有耐心的。不知怎么的，尽管他不知道他的名字，他的所在，也不知道他的过去，他却知道他生活在世界上自始至终都拥有的重生的本质。他还记得他是这个他的敌人的时候。时间总是会溜走，从这个他身上咬掉一大块儿——让这个他感到害怕。但是这个他再也不会害怕了。贾斯丁……

我的名字是贾斯丁。这个他突然想起。

现在他拥有了世界上所有的时间。

贾斯丁躺在床上。贾斯丁想。贾斯丁还是不知道贾斯丁在哪里，也不知道贾斯丁是如何来到这里的。贾斯丁的记忆里除了从漫长迷惑的梦里醒来的那种自我感知以外什么都没有。

不单是个梦——还是个噩梦。

床很舒服。床垫让贾斯丁觉得自己是漂浮在一个小泡泡上，亚麻布让贾斯丁觉得恰到好处的温暖，也让他想要翻身重新躺到床上。但是贾斯丁忍住了这种冲动——倒不是因为恐惧感或者是需要的感觉，是因为知道自己已经睡得足够久了。

他闻到了咖啡的香味。咖啡刚刚才开始冲泡，很快就会好了。他确实知道，但是他不记得听到过任何相关的声音——液体的蒸汽快要变成液体，咖啡煮好时候发出的“嘶嘶咯咯”的声音。贾斯丁现在还没有意识到这事有多奇怪。他正专心于他耳朵听到的。他听见轻柔的哼声，还有与之伴随着的翻书的声音。然后，他开始意识到了灯，然后知道这个是光，还有这些光是从外面来的。

他的眼睛不耐烦地睁着。

灯光包围着他，丝毫也不会伤害他的眼睛。周围没有看到发光的东西。

真奇怪，贾斯丁想。其实在这个时候，他不能向别人描述灯泡或者灯的形状，但是他意识里隐隐约约地知道，光线不会凭空出现的。

他双眼扫视着周围，吸收自己看到的一切。但是一眼看过去，这房子里基本没有什么特别的东西。房间的布置很简单，远处有一扇门，在他躺着的床边有一张咖啡桌和两张椅子。墙上有一幅画。

他的视线在画上停留了一会儿。这幅画画的是从森林或者悬崖上看到的大海的景象。他现在还不能解释这么多的概念是如何从一幅简单的画作里被传递出来的，但是他想自己搜集答案。

我是收藏艺术品的，他想起来。他的脑子开始浮现出无数的雕塑，无数的画作，无数的形状，还有无数他所经历的事情和度过的时光。在那些他曾经拥有的美妙的时光里，他非常喜欢他的收藏品，他也很享受自己的幸福感。

这时他又听见了翻书的声音。

他的视线轻轻地朝着声音传来的方向看去。在那边，在离他的床几尺远的地方，坐着一个跷着二郎腿的女人，她几乎是这世上他所见过的最漂亮的女人。她在看书。他的眼睛简直在她身上生了根。

她真美，他想，但她是最漂亮的吗？他还是怀疑。她之所以这么美，都是因为你本来谁也见不着了的——更不用说女人了。

贾斯丁开始慢慢地挪动自己的身体。他可以感受到自己的心跳，他觉得温暖。恐惧，这肯定是恐惧，他说服自己。并不是说他可以证明，但是不知怎么的这张床好像会根据他的温度变化作出回应。现在感觉温度降下来了一些。

“很抱歉，可德先生。”一个声音传来，“我们已经尽力了。”

“要多久？”贾斯丁回答说。

“最多两个月。你可能需要做一些安排。”

“肯定的，医生。别担心。必要的安排都已经完成了。”

现在贾斯丁不觉得害怕了。实际上，恰恰相反。当他开始体验到得意扬扬的感觉的时候，胜利的感觉让他血脉贲张起来，强烈到他从未想象过的程度。我记得所有的事情。除开脑子里现在充斥着的声音和画面以外，摆在面前的一个突出的独特的事实就是——他赢了。他的死亡被撤回了。

“狗娘养的。”他笑着说，“成功了。”

妮拉发觉自己有点紧张。这已经不是第一次发生了。她做的最老的一个复活是一个 5 年前的案子，当时全是因为当班的复活师出了交通意外，而且流程已经开始了。她自工作以来，她所复活的人都只是被暂停几个月的，从来没有超过一年的。现在，她是目前唯一一个独立处理暂停过 300 年的复活师。据她所知，这个人活着的时候，当时甲壳虫乐队正在进行巡回演唱会。他还可能去过世贸中心，他还可能在颠覆世界的病肆虐以前去过麦加。她现在有着成千上万个疑问。

在她短暂的职业生涯里，她第一次用了镇静剂，曾经大家都很推荐这种方式，但是现在在她这个专业领域的人已经基本上不用了。然后她想着，在复活的过程中，最不愿意发生的事情就是打了一个很响的喷嚏或者发出了什么令人恶心的味道让病人感到震惊。理论上来说是正确的，但是妮拉所见的大多是被复活者醒来的时候都好像是打了一个很长很长的盹儿的样子。唯一能够吓到这些人的就是自己的股份又少了或者就是最喜欢的球队在这一赛季输了。基本上看不到由于药物引起的副作用。但是这次不一样。在这次案件中，不仅证明了最初理论的正确性，而且这几天发生的事情肯定会被记录下来，会被评论，在她接下来的人生中还会不断地听到。但是记录里头不会有她打嗝，打喷嚏或者做了其他什么糟糕的事情。

她用尽全力才能让自己不去盯着他看。他有着一头柔软的波浪形的棕色头发，裸露的额头上有些智慧的痕迹，弯弯地温柔地刻在他的皮肤上，匀称的脸庞看起来非常的优美，下巴的线条又非常的强烈，富有男子气概。她估摸着他的身高肯定超过了一米八。她不确定自己的幻想是不是来源于对于他的身份的好奇，还有他所代表的东西。其实非要她从客观的角度来看的话，他真的是非常英俊。第一个理论其实已经足够了，因为觉得他很有吸引力的这种念头不仅对妮拉来说是一种诅咒，对现在这个社会来说也是。当一个病人开始苏醒的时候，大家都会把他们视作很弱势的。事情其实就这么简单。被他肉体所吸引的这样的念头必须赶快被消除，但接着心里面会觉得有些羞愧。其实平时不是这样的。但是，由于之前在新人体冰冻术兴起的时候被一些恶人虐待留下心理阴影，一种文化基因便生了根，有效地在类似案例上怂恿一个暂停着的施虐者，就好像是在怂恿一个变态一样。随着文化的入侵，对于那些从漫长的沉睡中醒来的人来说，与其说有效不如说是有些过分了。这样一来，在妮拉的生命循环开始之前，病人和复活师之间的关系只能是唯一的专业的——绝对不能有其他意外。

她看着自己的病人，她想抛给他一堆的疑问，然后期待着被他的答案所震惊。但是很重要的一点是，在他注意到她之前，她最好不要表现出什么情绪波动。如果这只是一次常规复活的话，她根本一点儿也不需要担心。病人会接受关于如何处理被暂停后又复活这件事的简单指导。就算是紧急暂停也没有什么好怕。暂停现在已经成了一个标准流程了，大多数人都知道接下来会发生什么——当然除开一些无法预料的情况。其实，她这一代的人已经对复活这个概念很适应了，这种及时的反馈现在更像一种规范而非意外了。

但是为了这一次的复活，妮拉可是做足了功课。因为她不希望赫克特走进来然后带走她的病人，所以她立即开始了她的研究调查。当她接到莫什的电话的时候，她已经准备好了。她已经归纳整理了自己上大学时候的笔记，还有学校的一些实验结果，为的就是要寻找她需要的信息，其中最重要的就是艾丁格早在3个世纪之前用来处理那些被复活者的开创性的工作成就。在阅读和反复浏览了几百页文件之后，她脑子里出现了一个概念：病人必须按照他们自己的速度来进行恢复。如果复活师预先冒险进行一些设定的话，可能会对病人造成精神创伤——如果干预做得不够的话，病人很可能会留下永久的意志创伤。复活者精神的复活就像新生儿的精神建立一样，非常的珍贵也很无助。等到它可以适应它的新生活以后，也需要被很好地照顾。这一点是所有的创办专家都同意的一点，当然当今的专家也都同意。但是直到这一发现——现在是她的发现——之前，这个观点还一直只停留在理论上。

所以她等待着，继续读着她的“书”，手上翻书的声音让人觉得她是真的在看书一样。其实里面是不同的——是一个被盖住，完美隐藏起来的显示屏。潜伏在附近的妮拉的援助队伍也从与之相连的显示屏上看着一样的东西。这支队伍里有着对到底发生了什么并不知情的专家们，一支随时待命的救援队伍，当然还有莫什和他的队伍。在所有的人员中，只有莫什、王医生、妮拉和赫克特知道这位主角最近的历史。显示屏上显示着这位病人的生命特征，眼睛的动作，某种程度上讲还看得到他的想法。从脑扫面的显示里，妮拉可以知道现在病人的情绪是怎样的，还有他对他们这群人的看法。

显示屏上还显示着她的生命体征。出于各种各样的原因，她的显示数字与他的同等重要。这一次的复活就好比是两个来自不同的世界的陌生人跳了一支舞，无论任何一方发生任何变动，都可能引出一场灾难。

尽管现在贾斯丁的感觉很杂乱，但是他有意识地想要抑制住这些感觉。他身上的每一寸纤维都渴望去抓住他看着的这个女人，给她一个大大的拥抱，然后大声地把自己的欢愉都呼喊出来。他现在有成千上万的问题，但是通过个人的道德经历他知道，自己问题的答案是会有影响力的。但是他现在还不知道他接下来需要的是何种影响力。

是到寻找问题答案的时候了。

贾斯丁再一次扫视了房间，但是这次更加系统。他在寻找任何可以提示他自己的东西，告诉自己他将要进入的是一个什么样的世界的东西。

妮拉读到的数据都是比较积极的，甚至可以说非常的积极。正如预料的，病人的脑内啡从头顶回应过来。脑子里面的所有满意的部分都是热的，他的心跳很快，这也是在意料之中的。这个人确实是个快乐的人。她还注意到，她的愉悦程度也上升了——这可不是常见的反应。毕竟，最好的复活者肯定是很有同情心的，从某种程度上来讲可以理解为有些感同身受，因为他们的训练项目有一项就是暂停他们自己。

接着奇怪的事情发生了。

这是……？妮拉控制着自己的表情，然后很自然地反应着，但是她的大脑却在超负荷工作想要弄清到底是发生了什么。

病人的读数开始变得很平静，就像有人关掉了她的显示屏一样。太快了，她想着。她看着那面能看透的墙，她想知道对面的同事那边是不是也发生了故障。

过了一会儿，她想可能是软件出了问题。但是接着她瞥见了她自己的读数——正常。这就是说，从个人的感觉上来讲的话，这是正常的。不对，不是软件的问题，是这个男人的问题，根据显示屏上的数据，这个人现在的状态被定义为“冷静又戒备”。但是为什么呢？在她学习的这么多年里，她还没见过有人能如此有效地控制自己的情绪反应的。这个人到底是谁？

贾斯丁现在对自己周围的环境非常地清楚。他先弄明白了这张床。我现在躺的这个东西不知怎么的会知道我的身体状况，还能作出回应。真奇妙。他换了一下姿势，只是为了感受床在适应他的动作，然后让他时刻都能处在一个舒服的位置。好吧，他想，科技真牛。当然牛了，你这个笨蛋，过了一会儿他发现，自己现在又活着了。这也让他更加看清了现在他所在的这个世界。但是他还有很多时间来适应这个世界。现在先搜集一些实例，等一会儿再来分析评估。

他发现的最明显的一点就是灯光的变化。光不知来自何处，但又到处都是。房间就这样被照亮着。他越想要找出光线的来源，他的头就越痛，所以他只得放弃寻找。他们有无源光——接着看。他闻到了咖啡的味道却没有看到咖啡壶。如果他只靠自己的嗅觉的话，他打赌这房间里肯定有咖啡渗滤壶。他们有气味模拟器，他们也够聪明的……不——应该是够敏感——在这样的情境下用这种东西。这个开始不错。他自己恢复了活力，而且很明显为他进行复活的这个人花了大力气想让他觉得舒适。那么，他解释说，这肯定不会是一个冷淡的社会。很好。现在他转向那个女人。就算她不是世界上最漂亮的女人，她也是非常有吸引力的。

她的姿势看起来很舒适，双腿交叉着，带着一丝随意的感觉。但是，就只是这些，不是吗？这个姿势——在他的角度看来——这个女人很明显是觉得不舒服的。贾斯丁成了一个解读人姿势的专家，现在这个女人的姿势看起来很紧张。

她在等我。好吧。耐心。她可以等。

现在他注意到了她手上的那本书。他想要看清楚书名。他用力地看了看——《暴风雨》，威廉·莎士比亚的作品。他笑了。真是合适啊，当然，也是理所应当的。虽然不知道我到底有多少岁了，她倒是选择了一本经典。他自己笑着。她能掌握使人复活的科技，提供无源光，能够根据人的物理变化作出反应的家居，现在她在那边坐着，手里捧着的书很可能是我生活了千年的遗物。我得给自己打一个A。

他想得越多，他就变得越安心。光是活着，对有些人来说他就已经有价值了。对于贾斯丁来说，不论是社会赋予个人的固有价值还是在这种状况下的“畸形秀的价值”都没有什么关系。他活着，有人非常想要他保持这种活着的状态。不管是哪种，都让他有理由站起来。对他的周围的事情评估得差不多了，他觉得是时候去会一会那个女人了。

妮拉正在对她病人的情况做标记。他现在正处在一种评估的模式，从他的眼睛和肌肉的动作很明显地可以看出他正在分析他所处的环境。她没有明白的是为什么这些东西会让他变得兴奋。这灯光就是专门为了用来防止……

笨蛋。妮拉责骂自己。300 年前的他们没有无源光。我应该放一个发光器的。

但是自责一开始她就感觉到他的眼睛正直勾勾地看着她。她本能地压抑住自己的感觉，努力让自己放松。但是无法完全忍受。她渴望能说上什么话。也许他失去了说话的能力，她归咎于此。但是指示器也不是总是对的呀，对吧？软件就是软件，软件的很多功能都是几个纪元前的技术知识。当他觉得舒服准备好的时候他就会说话的，所以在他说话之前她只得耐心地等待着。

“多久了？”贾斯丁问，听见自己已经拥有了一生的声音，但是现在听起来竟然觉得有些新鲜又陌生。

“我猜你是想问你被冷冻多久了？”妮拉问。

“是的，多久？”

“根据我们的估算，大概 300 年吧。如果再多点信息的话，我们还可以告诉你具体的日期。”

“过一会儿再说吧。”

贾斯丁之前的成就之中的恶事现在才开始慢慢地从记忆中浮现，但是这恶事也是损失。

“我那个时代的人还有没有活着的?”

“据我们所知是没有了。你本身对我们来说就是奇迹了——但也不是不可能的事情。”她回答，希望能够慢慢地灌输给他一些希望。

“但是基本上是不可能的，对吧?”

“对的。”妮拉开始发现这个男人是不能用软的来对付的。她要放弃之前所制订的计划，开始进行更加直接的动作。

“但是那怎么可能呢?”贾斯丁继续问，“我被暂停的那个时候，至少有两个活跃的人体冷冻悬浮组织，每一个都有数以千计的成员和上百个悬浮舱。你是在跟我说，在过去的300年来，一个冷冻者都没有成功复活吗?”

“我正要告诉你，先生……”

“现在，你可以叫我贾斯丁。”

“现在?”妮拉好奇地说，“贾斯丁不是你的真名吗?”

“现在是。”他回答说。

“好吧，贾斯丁。”妮拉接着说。如果他想这样玩的话，我就陪你玩。“我叫妮拉，而且你是对的。300年前的人体冷冻运动，虽然很小，但确实是很稳固的。如果反冲没有出现的话，这类组织的快速增长很可能会留给我们很多的冷冻者。”

“反冲?”

“是的。你提到的两个组织都被毁灭了，也包括里面的病人。”

“为什么?”

“一个是因为一次军事演习，另一个是因为一场火。在收到举报说大多数的冷冻者都被‘帮助’自杀了之后，州政府查封了基地在密歇根的一个组织。这在那时候很明显是烫手的山芋，这个举报让政府不得不进行调查，所以最后审讯的结果就是通过法院强制验尸，然后再毁掉设备里的病人。我相信他们利用了税法来查封这些被暂停的病人，然后他们通过验尸来检查有没有不符合规定的操作。这些事情完成之后，他们向设施的管理人道歉，归还了所有权，但是那个时候……”

“……那时一切都没有关系了。”贾斯丁替她完成了她的句子。把人冷冻倒不是把人冰冻起来，而是要冰冻住他的大脑。毕竟，真正决定“自我”的是大脑，保存记忆的也是大脑。身体等待解冻太久的话，可能会导致大脑缺血，或者更具体的话，会导致大脑腐坏。一旦大脑腐坏的话，就要涉及记忆提取。本质上讲，就是死亡。

“那亚利桑那的那一个呢?”贾斯丁问。

“那一个被暴民袭击了，警察在旁边看着被摧毁的。”

贾斯丁皱起了眉头，“看起来是一场针对被冰冻在金属缸里的人的强烈的反抗运动啊。”

妮拉点点头说：“我觉得比强烈更恐怖，贾斯丁。但是在当时的那种情况下，这些都是可以理解的。”

“请解释一下。”

妮拉本可以在给他讲这么多信息之前让他先休息一下的，但是她可以理解他要对当下情况了解的渴望——他那种需要找到一个中心以此为起点的渴望。

“这个国家，”她回答说，“一直处在大萧条当中。人体冷冻术不仅仅被看作是古怪的追求，还被当作是富人的排外性的一部分。但是光是这点还不足以导致在亚利桑那设施被放肆地摧毁。但是，一件儿童谋杀案和对一个恋童癖的人施行人体冷冻暂停术就足够了。你看，法院规定一旦这个犯人被正式宣布死亡，他与亚利桑那机构签订的关于人体暂停的合同就需要被兑现。要记住，处死他非常有益于人体冷冻的进程——吗啡过量。但是250年前的时候，医疗纳米技术开始奏效，这个怪人重新在地球上行走的可能性——通过新的科技——已经足以有理由让政府去对抗这个暴民了。多年之后，暴民的头目接受采访，当被问到为什么他要摧毁这些设施的时候，除了那个猥亵者他别的什么也没说。他说的内容对自私和绝望的终极呼喊的今天产生了回响：‘如果我们不能拥有未来，为什么他们能呢?’”妮拉看了看贾斯丁，确认他还在听着。“这能解释你的疑问吗?”妮拉问。

“我就是冲着这种可能性把自己埋在山里那种地方的人。”他回答说，“可悲的是……是的，可以了。”接着他叹了口气，选择保持沉默。他需要些时间来消化他所听到的。

他想起在高中的时候读到的一篇关于在17、18世纪来到美国的移民者的报告。起初他还不确定为什么这段记忆会不请自来，而且这么多年过去了居然还如此的清晰。但是他回忆起，他的老师努力地想要向他解释一个移民者的必要素质，他们要放弃一切，去到一个离故乡和家人非常遥远的新土地上。那时他虽然听进去了却不能完全理解。他的理解就是，这个世界已经通过科技和无线把最高的山峰和最远的亚马孙村庄连接了起来。如果你不想的话，你根本不用“想念”谁，只要你有方法可以联系到对方。但是现在，贾斯丁开始渐渐明白早期移民者的感受。他们怀着对更美好的生活的期望抛弃了一切。但是与这些人不同的是，贾斯丁没有办法与他的家人重新联系上，也完全没有能回去的机会。他是一个被放逐的人——这在人类史上是独有的，因为他的流放不是因为法律，他是因为时间本身冷漠的现实被流放的。

“他现在怎么样了?”问这个问题的是一向沉默寡言的法律顾问。

“他需要独自待一段时间。”妮拉回答说，“他已经这样过了三百年，再多几个小时又何妨?”

话音刚落，会议桌周围疲倦又兴奋的小组成员都笑了起来。他们的脸上洋溢着胜利与满足的光彩。他们成功了，他们自己的股票也在上升，一旦今天的事情被公众知晓了的话，至少很快就会上升。莫什看着这个小组的人。算上他自己，这个小组也不能算是大，王医生、妮拉还有吉尔伯特·特拉——设备法律顾问，这人最近才知道这事儿的。

吉尔伯特是第一个说话的人。他给了妮拉一些评论，“我知道我要说的话可能有点先发制人的意思，但是我想提醒大家的是，我们的朋友贾斯丁将要面对的是一座法律大山……要不了多久，我觉得。”

大家都不约而同地点头。

“这可不是我关心的东西，”妮拉回答说，“现在他特别的脆弱，我这么说而且你得要相信我，他最后进入组织还有那些限定继承权够他受的。”

吉尔伯特有些吃惊，“其实，妮拉，我不是要贬低你所做的事情，但是在没有合适的准备措施的情况下，如何可以拿复活带来的冲击去与必定会是一堆无聊的文件相提并论呢？”

“对你来说可能只是一些文件，吉尔（吉尔是吉尔伯特的昵称）。”对这一刻妮拉早就有所准备，她回答说，“但是对贾斯丁来说，我们的生活方式是一种冲击，而且这种冲击远远大于他现在完好无损的复活的冲击。我们可不能忘记这个人是自己要暂停的，在非常清醒和思考周全的情况下，那时候暂停这个技术还刚起步。单是他的悬浮舱和保存起来的手工艺品就可以看清他的意图了，这些都是为了这次复活精心设计的。吉尔，我不得不相信，对于现在的一切他是有准备的。”

“那么，妮拉。”说话的是王医生，她说话很委婉，是一个举止优雅的欧亚人，“我们就可以说，其实他的复活冲击不是那么大——这点还是比较难以相信——那么我们生活的方式怎么会令人如此地难以接受呢？正如在你刚刚很清晰的阐述中说，他很明显比他那个时代的人超前很多，他看起来是对我们的社会有所准备的。”

“说得很对，王医生。”妮拉语气肯定地回答说，“他似乎很清楚科技的发展方向，但是他却不知道社会是如何具体发展的。因此，他采取的所有的预防措施——现在也在采取这些措施——都是考虑到他自己的身份和历史的。”

“你是说他不相信我们？”莫什问。

妮拉点点头说："这正是我想说的，莫什。为什么他不相信我们呢？想想看。前一天晚上他还不认识我们。当他在对我们复活他的意图进行合理的猜测时，他也会聪明地发现，这事儿肯定没那么简单。"

"那么你的建议是什么呢，妮拉？"吉尔插话说，"我们把他加入组织和限定继承权拖延得越久，他就会在那个他努力想要融入的社会里暴露得更久。另外，我不确定我们的生活方式会对他造成冲击。毕竟，我们在矿井里不是发现了一些他的股票证明吗？从股票的拥有者跳到自我组织可不会是什么好事情。"

妮拉叹了口气，想着怎么才能跟这些聪明绝顶却又目光短浅的人说明白。"好吧，大伙儿，我们换种说法。如果说我们都相信私有财产，这话对吗？"

"当然对，妮拉。"吉尔说。

"那好，有没有谁能告诉我为什么？"

莫什发言说："妮拉，尽管我非常想耐着性子听完你这堂公民学课程，但是现在我面前还有很多事情要做，而且……"

妮拉打断说："拜托，莫什……大伙们。先忍耐我一会儿吧。这事儿真的非常重要。"

莫什叹气说："那继续吧。"

"好吧，妮拉。"吉尔自告奋勇地说，"拥有私有财产的权利是每一个成功的社会的基石。如果没有这神圣不可侵犯的权利的话，混乱和压迫就会紧随其后。"

很好，妮拉想着，他上钩了。

"那么拥有一个人的权利呢？"妮拉继续问道。

“你是说掌握某人的大部分股权吗?”王医生问。

“不，医生。我的意思是，真实地拥有一个人——像拥有锁、股票和枪管一样。你可以利用这个人，你也可以买卖他，你甚至还可以——按照我之前设定的情景——不用担心被报复，无后顾之忧地杀掉他。”

“拜托，妮拉。”主管插话说，“你说的这是古代历史。如果我没记错的话，那甚至是贾斯丁生活的年代之前的好几百年了。”

“说得对，莫什。”妮拉表示同意，“我是在说历史。但是这是历史的一部分。纠正一下，是我们历史的一部分。让我们把话说得明白点儿。我刚刚所表述的事情曾经在某个时候是很正常的。其实，你可以被看作是一个非常绅士、善良和品德优秀的人，可是你还是一个奴隶主。”

“好了，妮拉。”吉尔说，“我明白了，你是想要做个类比，但是我不明白，这可没什么可比较的。”

“不好意思，吉尔，我还没说完。”妮拉站起身开始踱步，“现在我们把视线放在过去的这300年，好好地从另一个角度来看看这段时光。如果我们要回到过去，从贾斯丁的纪元开始重新生活的话，我们会发现王说一个人是无礼的是很正常的，其实也是神圣的，而且白种人的地位高于其他的种族。现在，试想把那个时代的人放在贾斯丁生活的纪元里复活，他们会如何适应呢?”

“这基本上是不可能的事情，妮拉。”莫什插嘴说，“我同意吉尔的说法。从文化层面上来讲，这没什么好比较的。我们的世界与他的世界要相似得多。我们的民主价值在过去的300年里基本上一直没有发生过变化。如果有什么变化的话，他会觉得我们的世界是他的世界的自然延伸与扩大。”

“也许对，也许不对。”妮拉说着，重新坐回到椅子上，轻轻地前倾着身体靠着桌子，“但是，在他现在所在的这个世界里，人们可以从科技角度上拥有别人。不是以我们刚刚讨论的方式，而且这很可能会让他把这看作是自由的丧失。他活着的时候，被奴役的伤口还没有愈合，他还记得温弗里总统把赔偿的改良模式当作她参选美国总统最终的纲领。如果他要成功地融入我们的社会的话，个人加入组织将会是他要接受的最大的一个改变。我觉得这对他来说会是一个挑战，与此同时我也知道你们的顾虑，吉尔，我也知道我们前几周所做的这些事情，在病人未来的生活中会产生巨大的影响，这种影响会持续到他最后被这个社会接受。”

妮拉背靠在椅子上，审视着在她面前的这群人。现在她吸引了他们的注意力了。“那么，”她接着说道，“如果我将你们的文件再推迟一周的话，你们会原谅我吧。好吗，吉尔？”

说完这群人又笑了起来。

“妮拉，一分；吉尔，零分。”莫什窃笑着说，“我觉得我们都同意妮拉的说法，以后我们也会同意她，在得到下一步指示之前，关于让贾斯丁适应我们这个‘未开化’的生活的事情，我们就照妮拉说的做吧。”

大家又笑了，莫什是有意这么说的。

“正如之前说的，”他继续说道，“议程上还有几项是我要做的。”他示意王医生在她的电子助手上做一些记录。

“请大家注意听我说，谢谢。”

王医生怯懦地抬起头。

莫什说：“我知道，我们都会为我们的财富所兴奋，拥有了这笔财富，我们就期望拥有一个有钱可赚的未来。毋庸置疑，参与了这项伟大发现的所有人最后可以在他们的投资组合里看到一个跨越。是的，你们对社会的价值，还有你们的股票都会随着我们病人的名气的增加而增加。但是我要提醒你们注意两件事情。第一……”确认大家都看着他的眼睛之后他继续说道：“现在我们必须把我们的这项工作当作秘密。我们正处于病人复活最脆弱最具决定性的时候。如果他失败了，我们也失败了。”

他们都明白他所说的。他们着手的可能是一个世纪以来最伟大的发现。贾斯丁的成功就是他们的成功。但是如果他们其中一个人没有完成病人成功复活的项目中自己那部分的工作的话，失败很快就可以在他的投资组合上展现出来。

“第二，”莫什接着说，“你们还要抑制住想要买自己或者这房子里任何一个人的股票的冲动。”

这话说完不幸地得到了一片沉默。

“这件事和那件事之间有什么关系呢？”王医生问，“我们有权利在好运气中获得利益啊。”

“而且，如果我们现在不采取行动的话……”吉尔接着说。

“……你就错失了在低价买进自己的股权的机会。”莫什替他补全了对话。“是的，这一点我很清楚。这也是一开始你们为我工作的时候，我就买了你们两千股的原因。以你们现在的薪水，基本上是不可能买这么多的，现在我愿意把这些股份按照现在的价格卖还给你们——如果，只是如果，前提是你们要多保守这个秘密两周的时间。”

“我们做不到，莫什。风声已经走漏出去了。”妮拉说。

“确实，妮拉。”莫什同意说，“消息已经传出去了，但是除了我们四个，还有我们在GCI的好朋友们，基本上没有人知道后舱里面到底是什么，也不知道里面的东西究竟有没有被完好地保存下来。”

“按你这么说，我们买不买回自己的股票又有什么区别呢?”吉尔问。

“这是板上钉钉的事情，吉尔。”莫什回答说，“利润寻找者们总是占据主导地位。如果他们跟进每一项听说的‘发现’的话，不出一周就会破产。他们要找的是板子，而不是钉子。”

妮拉接着补充说：“那么，我们在这设施里进行的工作和我们自己都会是他们要找的板子。”

莫什点点头：“完全正确。”

“如果利润寻找者现在就发现了怎么办?”王医生问，“只要我们保证自己的股份是安全的，那么我们还是可以进行下去的。而且，我觉得你们都会同意这会是有利可图的。”

“是的。”莫什说，“但是你们都忽略了一件非常重要的事情。”

王医生疑惑地看着莫什，“忽略了什么?”

“这个病人。”妮拉代替莫什回答了她的问题。

“但是，”吉尔说，“是你自己说的，他现在状况很好，妮拉。”

“对于和他有一样经历的人来说，是的，他现在是不错。但是这不是一次标准的复活。如果我们都冲着利润去，他就必须要有效地融入。我非常担心的是，你们或者我都不会在媒体面前有什么好下场，他们会关注我们那片小小的未开垦的荒地而不是我们最近复活的病人。莫什提的建议对大家来说都是最好的了。我建议我们就照他说的做。”

大家都点头表示同意。

“好吧，莫什。”王医生拿出她的电子助手说，“跟我说说期权的事吧。”

“稍等一下好吗，王医生。”妮拉打断说，“我还有最后一个问题。”

“什么?”莫什问。

“有谁看见赫克特了吗?”

贾斯丁感觉不错。他从来都是按照自己的意愿生活的，就连他死这件事情都是自己做主的。尽管他知道自己现在很可能正被监视着，他还是情不自禁地带着白痴一样的表情在房间里转来转去。其实，上一次有这种美好的感觉，还是他和杰尼·欧多内尔一起坐在一辆 1967 年产的福特费尔蒙特后座的时候，当时他正当年少，只有 14 岁。她想要在一晚上尽量把一切他需要知道的关于异性的东西都教给他。是的，现在他感觉很棒。他看起来甚至称得上英俊。他盯着镜子里的自己整整看了一个小时。镜子里这个人已经不是他暂停时那个得了癌症的身体了。这肯定是他的身体，只是现在这副身躯更加年轻和健康了。贾斯丁猜想这身体属于 35 到 40 岁的人。他并不感到吃惊。即使在他的时代，纳米技术之父，埃里克·德雷克斯勒也提出过这样的假设，只要人类能在分子水平上控制细胞的话，用更加新鲜更富有活力的皮肤细胞来焕发青春只是时间问题。那么，时间对他还是很宽容的。现在，他想要做的就是吃点东西，然后他可能会出去走走看看，做点什么。他现在精力充沛。他知道他可能会被安排与他的接收人进行第二次的谈话，于是他情不自禁地想起了妮拉。他耐心地来回踱步，等待着早餐的到来。

他听见一个短促而温柔的声音从门的方向传来。

是给我送吃的就好了，他想。

“进来。”他大声地说。

一个帅气的带着强烈拉丁风格的男人走了进来。他身材高挑，一头丰盈乌黑的头发，强健的体格，走路的时候带着一股不可一世的自信。尽管在他的那个时代，贾斯丁没有跟这类人都有过多接触，但是他能猜想到的是那人穿的这身西装肯定价值不菲。“闻起来”就很贵。

“贾斯丁?”这人伸出他的手。出于本能反应，贾斯丁也伸出了他的手，但是令他吃惊的是这人的手并没有伸出多远，他俩的手还不能相互接触到。

真奇怪，贾斯丁想。

这人的手臂紧靠着自己的身体，他伸手的样子就像一个玩具士兵，就好像他正在以不握手的方式来完成握手这个动作。但是还没完。等到他们的手终于接触到的时候——贾斯丁把自己的手伸得老远——这人居然没有握贾斯丁的手。他没有打算有什么动作，只跟着贾斯丁的手一起上下晃了几下。他以前从没有握过手，贾斯丁想，但是看在他愿意尝试的分上我还是原谅他。这可能是他需要重新学习的社交礼仪中的一项。但是至少开头是好的。他们用尽一切办法来模仿他的方式，想要让他在他们的世界里感觉自在。

“你是?”贾斯丁问。

“赫克特,”他热情地回答说,“赫克特·圣比安可。”

“我能为你做点什么,圣比安可先生?”

“请叫我赫克特吧。”贾斯丁肚子咕咕叫的声音打破了沉默。

“非常抱歉,”贾斯丁说,“我已经300年没有吃东西了,我有点饿。我还以为你是来给我送吃的。”

“当然。”赫克特保持着微笑说,“没问题。要我给你带点吃的吗?”

“不了,谢谢。吃的马上就会送来的。”

“啊,很好。那么,我建议在你的膳食到来之前,我们来把事情理一理。”

“‘事情’是什么事情?”

“哎呀,当然是你的支付问题。”

“那么你是说账单?”

“账单,对的,我可以理解。真是有趣的说法。是的,我们就是要说一说账单。”赫克特模仿着贾斯丁的说法。

贾斯丁放松了下来。这事儿他之前遇到过,不管对方开出什么价格,他确信自己都可以搞定。当然,他存了这么多东西,总有些可以拿出来卖钱——如果现在他们还是用钱来买卖的话。但是让他感到奇怪的是,他们居然在他才开始适应环境的时候就提出这事儿来。毕竟,他现在是什么状况?还不足一天大吗?但是事情不是这样的,生意就是生意。他很容易就能联想到那儿去。据他所知,他现在生活的这个世纪像是在HMO(健康维护组织,美国的一种医疗保险形式)的愿景里——如果事情是这样的话,他们可真是够有耐心的了。

“别担心，赫特克，我的债务我都会负责的。把账单留下就可以了。把我的财产转换成现金可能要花点功夫，但是我可是很厉害的。即使我的明显资产贬值了，我也有富有文化价值的东西，付账是绰绰有余了。”

赫克特看起来很吃惊。

“噢，你没必要想着现在就付这些账，贾斯丁。这太可笑了。我们很理解，在接下来的日子里你有很多事情要做。其实，我们需要你做的就是在平板上按个手印然后签个字，平板上显示说你‘很厉害’，这是你刚刚用到的词吧。”然后赫克特拿出他的电子助手，指给贾斯丁看要按手印的地方。

在贾斯丁看来，赫克特的要求是合理的。但是，任何时候任何人要他签什么东西的时候，都是危险的信号。大多数时候都是虚惊一场，但是这次他却非常肯定有危险——根据他之前的老本行。

“合情合理，赫克特。介不介意我看一下你的 PDA？”

赫克特一脸茫然地看着他说：“PD……什么？”

“就是你手中拿着的那个让我签字的东西。”

“哦，我的电子助理。没问题。但是，我俩为什么要做那些头疼的事呢？这主要就是一堆繁文缛节罢了。我猜这大概几百年都没有变过了，是吧？”赫克特发出一阵尴尬的笑。

他有所隐瞒，贾斯丁意识到。

“是的，我猜也是这样，赫克特，但是老规矩都总要改掉的……嗯，大概用错了词吧。本性难移，这种繁文缛节我只读过一次，所以，如果你不介意的话……”贾斯丁伸出手去想要接过电子助手。

赫克特递了过去，祈祷着贾斯丁只是匆匆浏览这些文字然后按下指纹，并且对他所读的文件感到满意。他兴趣盎然地看着贾斯丁别扭地操作这机器，然后看着贾斯丁脸上的表情从疑惑变成专注。

“标准个人组织”到底是什么东西？贾斯丁想。他又多看了几分钟。这不可能。

“可能，赫克特，”贾斯丁轻轻地拿起电子助手说，“你得把这东西留给我，然后过一会儿你再回来……因为你看起来有点忙，那就这样吧。”

赫克特——到现在为止一直保持着低姿态的人，甚至有点佝偻——突然笔直地站起来，身高差点两米了。

“贾斯丁，”他的双眼眯着，无精打采的，“你好像没有弄明白。你是个穷光蛋，实在找不到别的好词了。如果我们没有能力拿到钱的话，在其他的支付方式确认保险之前，我们不得不把你再次冷冻起来。”

贾斯丁吃了一惊：“那么什么时候‘再冷冻’呢?”他问道，勉强着想要弥补一下，希望谈判还能有些回旋的余地。已经昏迷了300年，他最不想做的事情就是继续睡。

“现在这个时机真是太好不过了。”赫克特冷淡地说。他打了两个响指，然后两个暴徒出现在了门口。他们穿着硬挺的白色连衣裤，两人站在一起形成了一堵不可穿越的肌肉墙——但这并不重要。贾斯丁不知道如何逃跑，也没打算逃跑。两个暴徒都不苟言笑，他们都紧盯着贾斯丁，好像他手里有他们觉得非常重要的东西，以至于他们迫不及待地想暴打他一样。

“等一下。”当暴徒走进来的时候，贾斯丁对着赫克特喊道。这一喊暂时拖住了暴徒的脚步。“哈伯医生说过，我是我那个纪元唯一的一个人了。你真的要不惜丢掉你的工作来再次暂停像我这样的人吗?”

“像你这样的人?”赫克特嘲笑着说，“你真的觉得你很特别吗?好吧，让我来告诉你。你可没什么特别的。”

肌肉墙在原地没动，等待着他们的老板发号施令。

“我们一直都有像你这样的人。”赫克特说，“‘幸存下了，幸运女神是爱我的……我很重要’，”赫特克的声音里带着一丝嘲弄，“都是屁话。”他冲着空气喊道：“哈伯医生说的‘你是唯一’的理论已经被警告过了，这是最后一次。结果证明最后这理论确实没什么好处。”现在他眼神直直地盯着贾斯丁。

“贾斯丁，我再说得清楚一点。你就是个病人。可能你不会理解，这世上有千千万万你这样的人。对你来说唯一要紧的不是你对权势的幻想，而是你是有这个能力让我相信你能承兑你的债务。因为你不愿意签名，那么为了让你更明白，你失败了。今天早晨我还有三个客户要见，你现在是在耽误我们大家的时间。现在，如果你在10秒钟内还不在显示器上指示的位置按下指纹签下名字的话，打手一号会压制住你，然后打手二号会把你丢回偏远的地方去。让我说得更明白点，之后你看到下一张脸的时候已经是几十年或者几百年以后了，但是至少我不用来理你的事了。其实已经没有10秒钟了。你现在只有5，4，3……”暴徒们开始移动了。

贾斯丁被赫克特的恐吓吓到了，面前这两个暴徒更加深了他的恐惧感，在他还没有意识到的时候，他的手已经开始伸向平板了。

“这里发生了什么事?”

妮拉来了。她站在门口，手里端着一盘炒鸡蛋，吐司还有咖啡。她看起来并不高兴。

这才是我想知道的，贾斯丁想着，暗自谢天谢地。

“跟你无关，哈伯医生。”赫克特咆哮着，“我觉得你还是走开为妙。”他向暴徒示意，然后他们飞快地转身，把注意力都集中在这个新出现的威胁身上。

妮拉没有屈服。“圣比安可先生，三个机器卫士和麦肯基博士的一群私人保镖说，他们马上就会到这里来。”她把托盘放在小桌子上，然后走到门口，双手环抱在胸前。

赫克特坚守着自己的阵地，但是紧接着很明显地经过重新考虑后还是决定让步。这场战斗他不会赢——这不是他的主场，而且很明显的，他很快就会缴械投降。他决定赶快离开这里。

“那好。继续吧，贾斯丁。”他说完，带着他的两个大块头一起离开了房间。他看了妮拉一眼，确认她清楚地知道她是碍着他的事了。

妮拉一边走进房间，一边顺手把门关上了。“早上好，贾斯丁。请原谅赫克特的无礼。”

贾斯丁脸上浮现出暗淡的微笑，“其实没有安保人员要来，是吧?”

“没有，”她几乎喘不上气，她跌坐在放着冷鸡蛋的小桌子旁边的椅子上，“你怎么知道的?”

“可是更有趣的是，”他问，“赫克特怎么就相信你了?”

“跟你说实话吧，我不确定他相信了没有。他只是没有‘不’

相信我而已。”

贾斯丁把短暂的恐惧放在一边，点点头，“说得对。我可以再问一个问题吗?”

“想问多少都可以。”她回答说，然后给自己片刻的时间好让自己冷静下来，赶快撇开与赫克特对峙时候的情绪。

“到底这儿谁说了算?”

“只要是涉及你的事情，”她双手环抱着说，“我说了算，我强烈要求你忽略赫克特跟你说的鬼话。”

“但是很难忽略死亡这件事，妮拉。”

妮拉眼睛睁得大大的，“啊……你在说什么呀?”

“圣比安可先生威胁我要把我再冷冻，除非我签字……那东西叫什么？……噢，对了，一个标准个人组织条款……那到底是什么东西，妮拉?”

妮拉有点怒不可遏。去他的赫克特·圣比安可！

“这事儿我准备晚点再告诉你的。”妮拉勉勉强强地说。

“嗯……”贾斯丁现在坐在妮拉对面，向后靠着，跷着二郎腿，“那我们现在就谈谈吧。”

妮拉叹了口气。之前的准备工作在顷刻间全部都付之一炬。她已经失去了时间的优势，现在只能凭着自己的直觉来了。

“贾斯丁，请相信我，我想做的事情真的都是为了你好，而且我觉得急于求成的话可能会有反作用。你才刚刚苏醒，才刚刚来到这个崭新的世界，我们应该慢慢来。”

“恰恰相反，妮拉，我觉得刚刚某人就是利用我对你所说的崭新的世界的知之甚少来欺骗我。而且不是因为我的知识而是因为我的无知，他确实吓得我魂儿都没有了。所以，告诉你吧，如果我开始了解这个世界的话，我会觉得更加安全——现在就开始。”

妮拉坐着，眼睛瞪着贾斯丁，等着他回心转意。但是没有。

“那么好吧。”她发现她的唯一希望就是先赢得他的信任。如果他想要洪水猛兽，那么就给他。但是她至少能在遇到困境的时候在旁边给他一些指导。她指着躺在他腿上的电子助手。

“至少先让我教你如何使用这玩意儿吧。”

他看着她，有点吃惊。他已经忘记他还拿着赫克特的电脑。

“这个东西?”他举起电子助手说，“我猜我们得把这东西还给圣比安可先生吧。”

“是的，那个东西，我们没必要费那功夫。而且，顺便说一句，这叫电子助手。之后这东西可够你受的。”

“有趣，”他沉思着说，“我还以为这是你的工作呢。”从赫克特插手以来，这是他第一次让自己笑了起来。

妮拉感受到了他笑容的温暖，自己也脸红了起来，甚至有点惊讶地发现自己居然舌头打结了。她只有把话题转移到电子助手上来回避。

贾斯丁吃完了早餐，然后他们一起花了半个小时学习这东西的里里外外。她解释说，尽管这东西可能不会用一辈子，但是虚拟现实规定要求保持现状。贾斯丁在脑子里做了些笔记，提醒自己稍后要查一查这些规定。但是这机器的特性很有趣。在他看来，它的作用有点像收音机——便宜又实用，但是只能在特定的频率下才好用。现在，“频率”是由人掌控的。很明显，电子助手有两大功能：信息检索和个人形象化。首先，信息检索就比较好理解了。在他的记忆中，因特网已经很庞大和复杂了，在今天它被称作“神经网”，很明显是根据大脑神经网的超级复杂性来的。这个东西不仅能接入“神经网”，也能进入植入个人体内的微处理器。它赋予了个人存贮一个全新的意义。足够简单了。但是，吸引贾斯丁注意力的是化身功能。在“神经网”的某处，储存着每一个检索的内容，每一个要求，还有每个人在拿着电子助手的时候发生的细微的变化——从这人第一次拿着它开始。大多数的人都是从两岁左右就开始用这个东西的。如此一来，通过人一辈子所作的成千上万的决定，化身功能就能比本人更了解自己。妮拉举了个例子，化身通过扫描对方的兼容性可以扮演一下月老的角色，还可以根据主人的日程，为主人安排意想不到的“邂逅”。之所以赫克特没有因为留下他的电子助手而大吵大闹，是因为这东西不是他的。只要他没有触摸到这东西，打个比方，没有触摸他。

因为贾斯丁这辈子没有作过多少有记录的决定，退一步说，他新出现的化身还不太活跃。他甚至还想不用这个东西，因为他不想留下什么可以被入侵的痕迹，但是他的拒绝很快就画上了句号。他必须要从某处开始潜心工作——有什么能比拥有进入“神经网”和一个正在人像化中的化身的钥匙更好呢？

用句老话说，很快他就可以自己“吸奶”了。妮拉站起来准备离开。

她站在门口，身子已经出去了一半。“小心。‘神经网’会告诉你很多你不一定需要的信息，你可能会觉得你可以处理这么多。千万别做傻事。就像才开始喝酒一样，喝下去容易，酒劲儿要过一会儿才会来，‘神经网’也是这样。慢慢来。如果你觉得有点晕或者信息量太大的话，也是很正常的事情。如果有需要的话可以打电话给我……没需要也可以打。”

贾斯丁目送着她离开。他看着她走向走廊的时候门轻轻地关上了。

“我们重头开始吧。”贾斯丁自说自话。

“我猜你是说合同吧。”电子助手回答，声音几乎与他自己的一模一样。贾斯丁笑了。今天可有好玩的了。

“妮拉现在想要跟你说话。要我告诉她你现在有空吗?”

“但是我刚刚才跟她说完呀。”

“是的。”电视助手确认说。

“好吧，接进来吧。”

妮拉的脸出现在了电子助手的屏幕上。图像是3D的，栩栩如生，贾斯丁竟然有些害怕自己失手掉落电子助手的话会伤害到她。

“你好，贾斯丁。很抱歉。我正在安排航班，我刚刚才意识到，除了少部分人以外，还没有人知道你是谁——或者，更重要的是，他们还不知道你就是那个被冷冻了很久的人。我们需要暂时先保守这个秘密。这不仅仅是为了我们，也是为了你。媒体肯定会炸了锅一样，如果牵涉到你的话，能让你安静地拉屎都是你走运了。”

听完贾斯丁“咯咯”地笑了起来。

“你有什么建议，妮拉?”

“我会把你临时身份证所需要的东西都给你的化身。顺便一提，你给他取名字了没有?”

“取名字?”

“是的。虽然没什么必要，但是我们有种说法是，取了名字之后它的工作更出色。”

“完全是无稽之谈。”化身尖叫道。

“好吧。”贾斯丁回答说。

“总之，”妮拉接着说，“有很多微小的差别，还有容许范围内的动作你还不知道，现在我能想到的唯一的掩饰就是一个四级德勤。”

贾斯丁皱了皱眉头，“这听起来可不太好。”

“确实。德勤是指那些 DNA 被搅乱了的人，现在的纳米科技还没有找到方法让它重新运作起来——用你们的术语来说就是一个有‘漏洞’的电脑。第四级还是很温和的，但是它可以在一开始为你省去很多麻烦，现在你需要这个东西。”

“好吧，妮拉。好吧。”

“我稍后再回来看你。”

妮拉的脸从屏幕上消失了，合同又重新出现在屏幕上。

“当你准备好离开这个房间的时候，”电子助手说，“我会为你做个标记的。”

“很好，”贾斯丁回答说，“过一会儿就好了。还有……”

“什么？”电子助手问。

“你觉得塞巴斯蒂安这个名字怎么样？”

当妮拉出现在他的电子助手屏幕上的时候，莫什正在去开会的途中。

“莫什？”

“是的，妮拉。”

“赫克特找过他了。”

“这个我可不觉得惊讶。对我们来说这意味着什么呢?”

“你还记得我在会议室说的那一番话吗?”

“记得。”

“忘掉吧。他现在还不知道的事情，过几个小时他就会知道得一清二楚了。他现在有了电子助手，而且还知道如何使用。对了，有没有方法使得我们可以控告赫克特和GCI的，罪名是对正当复活进行干涉。”

莫什笑着说：“妮拉，没人会起诉拥有自己大部分股权的公司。而且，我真不敢相信赫克特居然教他使用电子助手。”

沉默。

“妮拉?”

“他没有，”她回答说，“是我教的。”

莫什沉默了。

“莫什，你还支持我吗?”

“是的，我还支持你。”他改变了他的主意，“实际上，不，不了，我不支持你了。”

“我不得不这样做，莫什。赫克特不仅把电子助手拿给了他，他还施计想让贾斯丁签订一份个人组织合约。”

莫什叹着气说：“那人制造麻烦的能力不可小觑。”

“这也是贾斯丁不得不相信我的原因，如果事情不能按照我的计划发展的话，就会按照他的计划发展。他现在还不知道这个情况，但是我是他成功的唯一机会。”

“所以，他是连到‘神经网’了的。妮拉，现在最好跟他待在一起。”

“这也没有办法。”

“对了，信任的问题，你觉得该怎么办呢？”

“我给了他一个四级德勤的掩护身份。我猜他很快就会开始到处闲逛了。如果要我猜一猜的话，我猜他会先去看悬浮舱。”

“我们会跟踪他的……远远的。让我能看到，好吗？”

“会的，莫什，再见。”

妮拉的影像消失了，莫什把他的电子助手放回到口袋里。他一直尽力想要逃离的生活现在好像又回来了，紧紧地跟着他。聪明点的人早就会辞职，然后消失在地方宇宙中。一开始驱使他离开 GCI 的理由，也正是他选择留下的理由。他不会把他的同事们丢弃给赫特克，他也不会把贾斯丁丢给他照料。这不是他的本性，也不会是他的本性。

我们可以重组原子的能力是现成科技的基石。在原子重组的道路上我们已经走了很久，从切削加工燧石做箭头到加工铝制造飞船。我们为我们的科技而骄傲，还有我们救命的良药和电脑。但是，我们的飞船还很粗糙，我们的电脑还很愚钝。我们身体组织的分子还是会陷入一片混乱，首先会影响健康，然后整个生命都会被摧毁。为了我们在原子重组上取得进步，我们还在用原始的方法。以我们现在的科技水平，我们还得在混乱中处理原子。

但是自然法则给我们留下了进步的空间，世界竞争的压力也在推着我们向前。不论结果如何，历史上最伟大科技突破还未出现。

——埃里克·德雷克斯勒

《创造的引擎：即将到来的纳米科技的时代》，1986

贾斯丁花了大半个小时来研究赫克特让他按手印的合同里面的繁文缛节。在这件事情上，赫克特是对的：这东西真的很让人头疼。本来就是48页法律术语，再加上300多年来累计下来的新的莫名其妙的东西，就更让人烦恼了。如果没有他的化身在旁边帮他解释文本和潜台词里面的细节的话，完全理解这本东西估计要花上几周的时间。

“所以基本上说来，就是他们想在我表态之前占据一部分我的股份是吧。”

“是的，贾斯丁。”塞巴斯蒂安回答说，“虽然只可能占到一点点。”

贾斯丁笑了。他开始喜欢他的小助手了。

“那么我还真弄不明白了。有什么意义呢？我又不像那些被他们握有股权在手的人一样，他们不能控制我。”

“意义就在于你，”塞巴斯蒂安尖声说道，“不在于利润。利润是潜在的。即使是拥有一点点你的股份，在我们的世界里就是虚拟的同盟，就可以给GCI带来几百万的点数。”

贾斯丁慢慢地听了进去。

“好吧。现在信息获取得差不多了。我要出去。你能带我去看我的悬浮舱吗？”

“轻而易举的事情，贾斯丁。我已经为你弄好了德勤徽章。你会在门旁边的花托里找到它。”

“很好。”

出于习惯，贾斯丁扫视了一下房间以免自己忘记了什么。但是现在，他什么都没有。至少没有什么东西是他可以带走的……除了这个电子助手。

“呃……塞巴斯蒂安。”贾斯丁一边说着，一边把电子助手抓牢在手上。

“在，贾斯丁。”

“这个电子助手，你本应该是属于……赫克特的，对吧?”

“是的。”

“我不知道为什么，一想到这个就让我紧张。”

“据我所知，贾斯丁，”他羽翼未丰的同伴回答说，“我是与标准设备连接的。如果这让你感到紧张的话，我们可以给你植入一部手机，这样你就可以用它来和我交流，要不你可以要个别的电子助手。”

“我喜欢第二个选项。那我就要个新的，然后把这个处理掉。”

“如你所愿。”

梳妆台最下面的一个抽屉打开了，里面有很多贾斯丁叫不出名字的物件，但是有一件他现在知道是什么了。

“用这个电子助手。”塞巴斯蒂安的命令的声音从抽屉里这个新的东西里面传出来，“把旧的那个丢到垃圾桶里去。它会自己溶解的。”

交换刚刚完成，贾斯丁立刻就觉得好多了。他知道这有点不合逻辑，但是现在他得谨慎行事。他等了一下让资料传输完，然后他就走到门边，如他所料，徽章就在那儿等着他。

他的电子助手又尖声尖气地回来了，“把它放在你的左胸上。它会待在那儿的。”

一戴上徽章，门就自己滑开了，在贾斯丁面前的是熙熙攘攘的小医疗中心，麻雀虽小五脏俱全。人和物体都忙碌地移动着，走着，甚至有些还是“嗖嗖”地就过去了。他在房间的门口站了整整 10 分钟。他充分地利用塞巴斯蒂安连接“神经网”的功能来搞懂身边陌生人的异常举动，最主要的一点就是走廊上居然一道门也没有。他震惊地看着墙根据人们的进出自动打开又关上。

“请解释一下我看到的这一切，塞巴斯蒂安。”

“你是说这些‘二叠纪门’吗?”

“是的，如果你们是这样叫这些打开的东西的话。”贾斯丁回答说。

“是的。二叠纪门是用分子建造的。它们可以感知到物体的靠近。只要物体接近到一定范围内的话，这些墙就会计算这个物体通过这里需要多大的空间。”

“但是为什么人们不会撞到别人呢?”

“仔细看看。”化身回答说，“你会发现在出口和入口之间有很明显的分界线。”

“啊。”贾斯丁注意到了地板上的标记。“说句不好听的，塞巴斯蒂安，”他接着说，“为什么我没有二叠纪门呢?”

“严格说来，贾斯丁，你有。按照哈伯医生的命令，你的门的形态被改变了。”

“哈伯医生?”

“就是你知道的妮拉。”

“为什么呢？外面这么多东西，改个滑门就够了？”

“尽管原因我不太清楚，但是我的数据搜索显示，有三个关于20世纪所期望的未来的文件最近被人查看过，用的是个人复活师级别的账号。有93.4%的可能性表明这个人就是哈伯医生。通过浏览这些数据，我知道在你的文化里，大多数的宗教信仰都认为未来的门会是滑门。为了不让你被穿墙而入吓到，哈伯医生很明智地决定用滑门对你来说可能要好些，这样也可以让你觉得舒服些。她真的是非常有洞察力的一个人。”

“我知道了。”贾斯丁说。

“在一个电液化金属和纳米科技的时代，使用门会降低效率的。”塞巴斯蒂安接着说，“如果使用能根据需要随时打开又重新组合起来的门要简单得多了。”

“但是人在这样一个没有门的盒子里不会迷路吗？”

“是的，一个人是会这样。但是这整个房子可以根据使用者的意愿变得密不透风，也可以变得非常通风。如果你想的话，我可以为你解释一下这个科技。”

“现在还是先不用，塞巴斯蒂安，谢谢了。但是我还是很好奇。科技有没有失败过？如你之前所说，人的实际环境有没有崩溃过，然后就真的把谁留在这个盒子里了，有吗？”

“贾斯丁，你有没有玩过彩票？”

要通过回忆自己的确切的过去来回答这个奇怪的问题，贾斯丁有点吃惊，“呃……没有。”

“为什么呢？”

贾斯丁觉得这化身问这些问题都是有原因的，所以他决定诚实地回答。你能对你的化身成功地撒谎吗？“因为概率很小。”

“贾斯丁，‘崩溃’的概率，如你所说，只有1/349 120 004。这比你中彩票的概率还要小……而且是一连三次。”

“谢谢你，塞巴斯蒂安。我明白了。”

“愿为你效劳，贾斯丁。你准备出去走走吗？”

贾斯丁点点头。

“好的。我们从右边的门出去，然后走到走廊上去。转弯的时候我会告诉你的。”

贾斯丁遵从他说的开始沿着走廊走，尽力不去盯着某物看，但是他发现这基本上是不可能的。结果，二叠纪门就是已经完全适应了纳米世界的社会的指示器。所有他看见是固体的东西其实都可能不是固体。很多物体还会根据意愿融化然后又重塑。但是仔细看就会发现其实不是这样的。一个物体的每一个动作都是和某个人的动作紧密联系在一起的。所以，打个比方，他注意到如果将一个剪贴盘整齐地排列到一对圆筒中，它就会变形成一个圆筒，整齐地和别的圆筒一起排列在容器里。简直就像活在梦里一样。

一边吸收这些信息，一边看着周围的环境，贾斯丁确实开始有点晕了。但是如果不是下定了决心，他也不会这么做，至少要走到存放他的悬浮舱的运输点吧。里头有他需要的东西，他可不想在他寻回这些东西之前，悬浮舱就被搬走了。他继续往前走着。

“你能不能把我周围的环境变成一个21世纪的人应该看到的样子？”

“很抱歉，贾斯丁。”塞巴斯蒂安回答说，“我不能。你的个人空间是可以的，但是公众的空间就不行了。也许我们可以回到你的房间，等到你感觉好些了我们再出来。”

“不了，没关系。我没事。就把我带到悬浮舱那儿去吧，但是请尽量减少视觉刺激，好吗？”

“当然，贾斯丁。下一个拐角往右走。”

贾斯丁按照指引前进。

“因为你对电梯是熟悉的，”塞巴斯蒂安接着说，“很高兴地告诉你我们走到电梯这里了，尽管我们改良了一下。”

贾斯丁面前矗立着两个清晰的中空的圆柱体管道。

塞巴斯蒂安感觉到了贾斯丁的困惑，想给出更多的解释，“我们叫它升降机。”

“就像以前，”贾斯丁补充说，“我猜。但是这东西看起来可不像以前的电梯。”

“是的，贾斯丁。因为移动平台被淘汰了，所以老东西又重新流行了起来……大概 122 年前吧。”

“那我等一会儿怎么使用这东西？”

“左边的管道通常是往下走的，相反右边的管道……”

“是往上走的，”贾斯丁接过话说，“但是里头是空的呀——哦，算了吧。”就在这时，贾斯丁看见一个女人从右手边的管道里飘浮上来。这个女人误读了贾斯丁惊讶的眼神和张大的嘴巴，她把这些当作爱慕的眼光然后微笑着。好吧，至少有些东西是没有改变的，贾斯丁想。但是，当她看见他衬衫上的徽章的时候，她的笑容一下就消失了。

“呃……塞巴斯蒂安？”

“怎么了，贾斯丁？”

“如果我要开始约会的话，这个小东西最好能拿掉。” 他指的是他的德勤徽章。

“我也这样觉得。”

“还有一件事。”

“什么?”

“这些管道……”

“怎么?”

“它们有点像那滑门。我的意思是说，那里头跟我想象的未来的样子应该差不多吧。”

“是的。惊喜的是，在那个里头，你们的一些科幻小说家倒是说对了一些。”

“让我猜猜——会飞的车?”

“两人坐的。不错，贾斯丁，不错。”

“那它们是怎么飞起来的?”

“车的重量大概是 12 磅，动力来源是……”

“不是车，是电梯。”

“乘客身上穿的衣服都有磁化的部分，它们与管道相互作用，就可以把人送上送下，速度大概是每小时四英里（1 英里约 1.6 米），在快速管道里还要快些。我们要通过向下的管道去负三层。”

“每小时四英里，是吧? 好吧，我没有问题了。” 没有意识到自己已经是屏住呼吸了，贾斯丁踏进左手边的管道，然后马上就开始下降——虽然速度非常的平缓。

下降了一会儿，贾斯丁听见了塞巴斯蒂安的指令：“听着我的指令说‘出口’你就可以出去了，一……二……说。”

贾斯丁照做了。他的身体马上就轻轻地飞进走廊。感觉就像荡秋千一样，但是落地要温柔得多。贾斯丁花了点时间“储存”这段经历，接着就开始扫视四周。他发现他自己站在一片工业区域里。这里人相对较少，但是大家都忙碌地运动着。四个女人兴奋地从电梯下来，相互友好地交谈着，她们把贾斯丁挤着往前走了几步。然后，为了不被一群飘着的机器打到，又不得不多走几步来到一片更开阔的区域，在这里他终于觉得自己没有这么碍手碍脚了，而且在这里他可以看到更多。如果不是对环境已经熟悉了很多了的话，他不会发现其实没有什么会撞到他。所有无人设备都是编好程的，当遇到别的物体——现在就是贾斯丁·可德——的时候，它们会落到地上，要不就是立刻停下，等到对方决定到底去哪里之后再开始行动。

“保安在哪里，塞巴斯蒂安?”

“要干什么，贾斯丁?”

“我觉得你偷东西了。”

“是的，但不是你想象的那样。”

“算了吧，”贾斯丁回答说，“快把我带到悬浮舱那里去。”

“我们需要穿过走廊。你准备好了吗?”

“是的。”

“那么退后。”

贾斯丁还是照做了。他吃惊地看着墙体如何在他身体周围形成了一个洞，在他退后的时候居然又合并起了。就像把手放进肥皂泡泡里，却不用担心会弄破泡泡一样。

“酷。”

贾斯丁向前走了一步，走回他刚刚进入的地方，然后看着墙体再一次在他周围融化。他现在又在房间外面了，墙在他身后。他微笑着转过身，倒着走向运输点，脸朝着前面。

真是太酷了，他想。

现在他又回到了房间里，他开始仔细观察房间的内部。这是一个装运点，到处都是空空荡荡的，只有他的悬浮舱和另外一个人。这个人外表看起来很粗犷，乌黑的鬈发，满是胡须的脸，还有一副消瘦的身躯。他穿着的外套让他看起来像一个粗工，贾斯丁想，如果这种职业还存在的话。贾斯丁安静地看了这个人一会儿，期望他已经检查完了然后就会离开。但是这个工人还是在到处窥探。他在悬浮舱的表面戳了戳，又推了推，好像在找一条进去的路一样。

“打扰一下，先生，”贾斯丁插话说，他尽可能让自己的声音听起来礼貌一些，“你现在在做什么呢?”

“来者何人?”陌生男人回嘴，飞快地转身过来盯着这个居然敢打扰他工作的人。

啊，是个废物，贾斯丁想。

“这个人在里头被冰冻了几个世纪，刚好是你看到的那些东西的主人，就是这个人。”

“这样说来，”工人回答说，“我就是那个把你从山里某个地方挖出来的人，因此，就是救了你这古老、冰冻又不知感恩的人。”

两人都站在原地看着对方。几秒钟过去之后，大家都笑了起来。

“我叫欧麦德，”这个人说着，嘴巴大大地咧开着。奇怪的是他行了一个日本弯腰礼，“你是?”

“贾斯丁。”贾斯丁回答说，一边微笑着模仿欧麦德的弯腰礼。

“那么，贾斯丁，我必须得要告诉你，这东西简直太奇妙了。我从来没有见过这样的东西。实话告诉你，除了他们在太空用的那些以外，我还从没听说过居然还有自己把自己放进去的悬浮舱。你是怎么得到这个陆地版的?”

“我不是得到的，是我自己造的。”

“算了吧，伙计。我看见你肩膀上的徽章了。你可能只是一个四级的人，但是你还是个德勤，你这种人连穿刺机都不会造，更不用说这种自给自足的舱体了。”

“噢，这个啊。”贾斯丁看着他肩上的徽章说，“这算是一种掩护吧，可以让我到处走又可以避免很多麻烦和失误……我是才开始戴这个东西的。”

“喔。”欧麦德看起来并不相信。

贾斯丁接着说：“有些设计是我的，但是大部分都是根据罗马的方法建造的。”

“罗马方法?”

“我把我毕生所有都用在建造它上了。我还有后备系统，我把耐久性提高到了标准规格的三倍……我在上面花了很多钱……而且……对了，谢谢你。”

这让欧麦德有点不知所措。“谢什么?”

“结束了我的冰冻，还有，我向你保证，真的是心存感激的。”

他俩又笑了。“而且，我是真的同意你的说法。”他说完开始绕着悬浮舱走。即使在他的新世界里，科技创造了很多奇迹，贾斯丁突然想到，他眼前的这个东西可能是人类历史上独一无二的发明。“这东西真的很奇妙。我之前一直没有意识到这一点。”

“是的。你知道有一个关于悬浮舱的说法吧，”欧麦德一边笑着一边说，“从外面看比从里面看好。”

“完全同意。”贾斯丁也笑着说。“我在想，这些东西现在值多少钱?”他问，就像是之后才想起来的一样。

“你的意思是说，”欧麦德回答说，“如果这些东西还是你的，是吧?”

“为什么这些会不是我的呢?”

“贾斯丁，如果时间和金钱足够的话，你会对 GCI 自作主张做出事情感到吃惊的。”

“不，实际上。我不会的。”贾斯丁说。他想起他和赫克特的会面。他之前其实遇到过很多次这种事情，不能立刻就偷走的话，就要准备通过法律手段来偷走，并带着终结一切的希望。不过，最好要调查一下欧麦德的理论。

“请帮我连接妮拉，塞巴斯蒂安。”

“好的，贾斯丁。”他的化身回答。“你知道，大多数的人都不会把他们的电子助手当呼叫机用。你可能想要装个手机。”

“谢谢你的建议。但是，现在就打吧，稍后再来领略未来的奇迹。”连接立刻就成功了，妮拉富有吸引力的脸又一次出现在他电子助手的屏幕上。贾斯丁做了一个意识标记，要求塞巴斯蒂安也要给他自己一张“脸”。和一个塑料块如此自由的交谈开始变得有点令人不安……不管电子助手是由什么东西做成的。

“需要我做什么呢？贾斯丁?”妮拉问。

“根据现在这里的法律，我拥有我的悬浮舱的所有权吗?”

“嗯，临时的，是的。”

“临时的?”

“为了要有效地占有这个舱体的话，你得保证有一个安全的地方……一个可以储存东西的地方就可以了。而且，对寻回你的悬浮舱你还得支付一笔合理的费用。但是你可以主张法律的权利来要求这事儿。你能证明这是你的悬浮舱吗?”

“你是说作为被包在里面的东西也不能算数吗?”他问。

“一个人在大海上被人从一艘船里救回来。这样可以说他是这艘船的拥有者吗?”妮拉反问道。

“我明白你的意思了。我相信我有充分的文件来证明我的所有权。”

“很好，你会需要这些文件的。还有别的事吗?”

“暂时没有了。谢谢。”

“很高兴我能帮上忙。你联系我是正确的做法。”妮拉说完就切断了连接。贾斯丁觉得自己的脸颊变红了些。

欧麦德的嘴角轻轻地上扬着，“你喜欢她。”他说完咧嘴笑着。

“我当然喜欢她。她人很好，一直在帮我。”

“啊，真是可惜。”

他被这回应打击了，但是他决定忽略它。

“你是怎么找到我的?”他问，想把话题转移到当下他比较感兴趣的事情上。

“我是只隧道里的‘老鼠’。纠正一下——我是一只了不起的‘矿山鼠’。”

“这是什么意思?”

“我在矿井里搜寻比较难制造的矿物。我曾经擅长发现老的矿井，然后依靠现在精湛的科技在里头搜索。我就是在那样的地方发现你的。”

“你说曾经擅长，用的是过去式？”

“是的，多亏了你我才获得了51.3%的股份。我必须把他们为了让我闭嘴给我放的可笑的昂贵的假期换成现金。但是现在我拥有我自己的控制权了。我工不工作全看我的心情，而且我现在才69岁。”贾斯丁能感到欧麦德无比的自豪感。

“为什么他们想让你闭嘴呢？”

“我猜是他们不想让关于你和这东西的信息散播出去。”他指着悬浮舱说。

“散播出去了之后会怎样呢？”

“可能不会怎样。但是像这样的一个发现……”他又指着贾斯丁之前躺的盒子说，“是值得人们思考如何才能最大限度地剥削的。他们想要这东西已经大概好几周了吧。”

“我猜是我破坏了他们的如意算盘？”

“我猜也是。他们对此可不会太开心。”

“是的。我猜他们也不会。”

两人沉默着站了一分钟。

“欧麦德，如果我惹到谁了的话请一定要告诉我，但是我得问你一个专业的问题。”

“说吧。”

“我读了一个关于标准组织的债务支付的合同。我明白里面的法律术语，里面的数字也很好理解，但是有些东西我还是不明白。”

“里面某个地方有问题，是吧？”欧麦德问。

“是的。”贾斯丁沉着地回答，“你怎么不能掌控自己的生活呢?”

“但是我能掌控的呀。”

“你现在掌控着是因为你成了大股东。但是你昨天不是还没有吗？这是怎么回事?”

“我虽然没有掌控全部，但是现在我拥有的也足够了。”

“什么叫足够掌控？要么有要么就是没有。”

欧麦德回答之前，他停顿了一下，眼神惊异地看着贾斯丁。

“我说错什么了吗?”贾斯丁完全迷惑了。

“没有。这真是个奇怪的问题……我的意思是说，我以为你已经清醒了一会儿了，只是还没有完全清醒。倒不是我对此感兴趣。所以你到底多少岁了?”

“300 岁了……随你信不信。”

“但萨的鬼魂！你说真的?”

贾斯丁点点头。

“你的股票肯定会非常的值钱!”

“我不确定我的那些公司还存在与否。但是，如果它们还存在的话，我也觉得它们值不少钱。”

“不是公司的股份。是你的个人股份。”

“啊，对。”贾斯丁停顿了一下想了想后半句话，“我现在还没有进组织。”

“但萨的魂啊!”欧麦德的脸因为震惊而变得扭曲起来。

“对了，”贾斯丁问，“你一直说的‘但萨的魂啊’到底是什么意思?”

“呃……就是个表达。我猜就像‘我的上帝’一样的意思。但是说的蒂姆·但萨而已。我猜你听说过他吧。”

“欧麦德，我不止听说过他——我还很荣幸地见过他。”

“你见过蒂姆·但萨?!”

“是的，如果我们说的是同一个人的话。他那时候非常的年轻，是阿拉斯加的小官。”

“是的，就是他。我能摸摸你吗?”欧麦德问。

贾斯丁发现，这个问题有点夸张。

“现在所有的事情都说得通了。”欧麦德继续说，“你不仅仅是一个意外的发现，你居然还没有加入该死的组织！怪不得他们要把小组的人都清理出去。”

“真的，欧麦德，我还不确定我明白为什么这事儿怎么就成了大事件了。举个例子来说，我也不明白为什么，但萨先生成了神一样的人了。”

“要解释可能要花点时间，贾斯丁，但是不用说，你需要明白的是，在这里，蒂姆就是神。大衰落之后，是他领导着我们回到了起点。”

贾斯丁皱着他的眉头说：“信息量太大了，但是我猜我最后都得要知道。如果你不介意的话，我还是想说回之前我们说的事情，因为，我得说，这事儿真的让我心烦。”

“好吧。但是请原谅我的惊讶，贾斯丁。你……真的，在这个什么都有的社会里你真的是独一无二的与众不同。”他吸了一口气接着说：“听着，贾斯丁。”他斜靠着箱子的一侧说：“你的问题是，我怎么会放弃控制权？一部分原因是因为我没有办法，另一部分原因是我自愿这么做的。‘没办法’这个部分是父母和政府。父母拥有20%，政府拥有5%。这是没法改变的。另外的一部分就很简单了。我是有欲望的，某个人或者组织可以给我想要的东西。那些东西可以值多少我的股份是我自己可以决定的事情。但是你不明白的是什么呢？在你生活的时代，如果我说错了请纠正我，你也会放弃一部分的控制权啊。补充一句，还是没有利润的。”

贾斯丁听完显得很吃惊，“这是什么意思？没有人能通过拥有我的股份来控制我，也没有人有权跟我说我应该去哪里做什么工作。”

“不是冒犯你，”欧麦德回道，“但是他们肯定是有的，股份也是有的。你有公司来告诉你穿什么，如何修剪你的头发，什么时候出现，什么时候离开。公司方便的时候你就去度假，而不是依据你自己的意愿，不然的话你就会丢掉你的工作。这还不包括你们金玉其外的政府做的事情。”

“金玉其外？”

“哦，对不起。我指的是合作之前的政府。无论如何，你们有安全带法律、反吸烟法律……在酒吧里，看在但萨的分上！酒吧里不准吸烟？能不能解释一下为什么？你们有饮酒和毒品的限制。在有些省份，如果影响到了旁边的人话，你还不能在自己的私人处所抽烟。还有，我重复一遍——你所放弃的那些控制权不会给你带来一分的利润。如果你问我的话，你所拥有的那一点点控制权没有什么可值得炫耀的。如果现在政府想要使用手段的话，街上早就血流成河了。”

欧麦德像是获得胜利一样地抱着双臂。

贾斯丁可没有动摇。

“但是我们可以辞职。”他回答说，“要不就离开，我们可以自己决定保持现状还是出去搏一搏，为了达到这些目的我们会尽可能地寻找某种方案。只要我们愿意，我们可以投票改变法律。这地方到底有什么法律？你们好像没有这种选择的权利。很明显，你们从刚受孕的时候就已经被组织化了，而且不论你们是不是自愿，你们都得用自己的收入和时间来支付。”

贾斯丁的电子助手开始发出“哔哔”声。

欧麦德笑了起来，“他在叫。真是够老套的。”

“怎么了，塞巴斯蒂安？”贾斯丁问。

“我这儿有点信息你可能想知道。赫克特·圣比安可，代表GCI，安排了一场听证会，来决定GCI是否是你悬浮舱的合法拥有者。”

“凭什么呢？”

“以你不愿进组织而造成的损失的立场。”

“真是可笑。”

“我猜想你可能会想知道这些。”

“谢谢你，塞巴斯蒂安。”

贾斯丁又一次把眼神聚焦在欧麦德身上，“好吧，关于这点你是对的。天哪，没要多少时间，是吧？”

“大概一次谈话的时间吧。也不是很久。”欧麦德摸了摸没刮胡子的下巴，“有点慢，如果你要问的话。我还以为会快点的。”

“但是为什么他要追着我的悬浮舱不放，而不是追着我呢？”

欧麦德亲切地笑着说：“现在你是活人了。他不能碰你。这个，”他一边说一边指着舱体，“才是真正的财产。”他敲了敲舱体的外壳说：“唾手可得。”

“你能帮我解释一下吗，塞巴斯蒂安?”

“你所有的复活费用已经全额付清了，”化身回答说，“所以他对你做不了什么。但是你的舱体还是属于GCI的财产，因为GCI把你挖出来肯定想要最后获得投资回报的，他，作为他们的代表，可以对此提出要求。”

贾斯丁从未想到过要应对这样的问题，它就像乱飞的棒球砸中了毫无防备的球迷一样，毫无预兆地出现在了他的面前。

“谁……我的复活是谁付的钱?”他勉强地问。

“不知道。”

“我得要找出来是谁。”

“我会着手这件事的。”

“很好，你去做吧。谢谢你，塞巴斯蒂安。请把这事儿告诉妮拉。”

“没问题。”

贾斯丁不喜欢欠别人钱。事情不应该是这样的。他有钱，即使是在现在。其实，他大概有满满一艘船的钱。不管他的复活到底花了多少钱，他确信自己是可以支付得起的。当然，得要花一些时间才能确认他拥有的东西哪些值钱哪些不值钱，但是总的说来，他是可以自己支付的。他没有考虑到的事情就是他不能提前支付。很明显，这是一个投入了大量资金的社会——不管是从字面上的还是象征性的。

电子助手又开始“哔哔”地叫。是妮拉。

欧麦德一直安静地站着，等着贾斯丁的信号。他想，这已经是不寻常的一周了，今天也不例外。不管这个人接下来要做什么，他都要试着跟他一起做。另外，贾斯丁的性格好像知道什么就会说什么，与他之前在中心遇到的人大相径庭。那些人大部分都是“矿山鼠”的同事们，大多数都比较神秘，都很害怕自己一不留神说漏了什么而导致利润的损失。这对欧麦德这种喜欢狂饮狂乐的人可不太对胃口。

妮拉的声音打断了欧麦德的思绪，把运输点两人之间的深思熟虑变成了三人的讨论。

“你好，贾斯丁，很抱歉打扰你们了。我刚刚听说了这个消息。听着，仔细地听。首先，我们得要见面。越早越好。发生太多事情了，我至少要先简单地给你讲一下接下来将会发生什么。”

“好的，妮拉。”

“案子解决之前，赫克特想要把你的悬浮舱隔离起来。他会成功的。我强烈建议你把舱里你认为重要的东西都拿出来。现在就去。”说完妮拉的图像从电子助手上消失了。

见鬼。贾斯丁有点慌张。他祈祷他仅存的记忆可以让他在赫特克把他赶走之前，能在舱体里找到他所拥有的值钱的东西。这祈祷可得要下功夫。他是以古代石棺为模型来建造这个舱体的，还包括里面的暗格。真正考技术的地方就是不得借助任何电力的东西来完成它的建造。必须依靠人力才行，这东西也必须造得这么复杂。所以谁想要破坏它的话也是非常恐怖的。他在舱里修了很多危险的设备，包括毒气和装载弹簧上的锋利的毒镖，这些毒镖可以在入侵者还没有意识到的时候就割掉他们的手指，直到看到血液开始喷流的时候才知道。他对欧麦德匆匆地说了一声“借过”之后，就下到舱里去了。他把手掌放在舱体特定的位置上。确认放置正确之后，他就按下去。这个动作一完成，一些嵌板就打开了。每开一层，都会看到更复杂的满是齿轮和把手的系统。他的额头开始渗出汗珠。贾斯丁专业地扭动拉出在他面前的把手，然后得到了自己想要的结果——他看到了一些矩形的抽屉，里头装着他觉得对他未来的生存非常重要的文件、地图、数据驱动器、钥匙还有其他各种东西。4 分 22秒过后，他的任务完成了。背对着欧麦德，他把能塞的东西都塞进了口袋，熟练地把手表戴在手腕上，然后转过身。

“贾斯丁。”是欧麦德的声音。从他脸上的表情看出来他有点担心。

“什么?”

“我们得走了。现在就得走。这片区域估计是不准随便进来的。机器保安很快就会到了，我敢用你的小命打赌，他们想要你刚刚在舱体里找到的还没焐热的东西。”正在他说话的时候，运输点外面一阵骚乱，是很多人正在靠近的脚步声。

“跟我来。”欧麦德喊道。

贾斯丁跟着欧麦德走，他跑向他进来时对面的那堵墙，然后穿了过去。他们现在在一个走廊里，大约一百英尺（1 英尺约 0.3 米）远的地方看起来像中央枢纽。“走这边。”欧麦德小声地说，贾斯丁紧跟在他后面。没过多久，他们就到了传输电梯的位置。欧麦德跑进“向上”的管道里，他的身体仿佛通过管道被吸上去一样，一下就看不见人影了。贾斯丁也照做。几秒钟之后，他们就毫发无损地到了一个户外广场。

贾斯丁还没有来得及喘口气，这时他发现这是他自苏醒过后第一次来到户外。这会儿正是中午，据他所知，应该是春天。他本想停下来看看这一切，但是他不确定自己是不是可以在此停留。他是在被追捕吗？他是不是犯了什么罪？他想让自己镇定下来，但这些问题不停地向他袭来。好吧，没人跟着你，快冷静下来。先找到欧麦德。贾斯丁多给了自己点时间看看周围的情况。不知怎的他来到了一个休息区。人们正在漫无目的地散步、吃饭，看起来很放松。大概有二十个圆柱形的桌子一个挨着一个地摆放着。大多数都有人了。他看到欧麦德一个人坐着，正在向他招手。贾斯丁走了大概二十英尺就到了欧麦德那儿。

“那东西怎么知道该在什么地方让我下?”贾斯丁一边大口大口地呼吸着一边问，然后他坐在了椅子上。

“你是说电梯吗？简单。告诉他就行了呗。”欧麦德微笑着。

“如果你没有说呢?”

“它不会把你送回你进来的地方，送回去你可能会被他们抓住。这对你来说可不妙，是吧?”

贾斯丁想着自己当下的状况。总的说来，他是孤身一人。信任，他基本不相信这个说法也没有多信任谁，而且信任也是得和一个人或者一个机构相处上几年之后才会有的东西。所以，即使妮拉，还有这个叫欧麦德的，好像是好心好意的，但是现在要信任他们也还为时过早。有一件事可以确定——他现在需要点儿资金，这样他就可以买到自己的基本必需品，而且也可以自己掌控自己的情况。妮拉得要等等。有点事得要先做。

“好吧，欧麦德，我得要让自己的手上有点钱。”

“别看着我啊。我的钱都花在我自己身上了。如果早知道的话我肯定会帮你的……呃，其实，也不会。我还是得要买我自己的大部分股权，但是如果我能用别的方法来帮助你的话……”

欧麦德现在对他面前坐着的这个人越来越感兴趣了。毫无疑问的是，贾斯丁果真如他自己所说的那样，确实是可以带来利益的。“近朱者赤”是一个很常见的也被运用得普遍的短语，用来描述那些不知怎么的就与别人的财富挂上钩的幸运儿。

“也许你可以。”贾斯丁一边说着，一边摆弄着手里的东西，“我手里有几件我从舱体里拿出来的东西，我想把它们换成现金。你知不知道有什么地方可以用物品换钱的?”

“你是指当铺吗?”

“啊，就是它。现在还有当铺啊?”

“当铺是肯定有的——而且，我有时候也有资金窘迫的时候，”他回答说，“但是现在这些都已经是过去的事了，我经常会被迫清理资产。”

贾斯丁从自己穿着的外套中的一个口袋里拿出一个做工精致，小小的细长的盒子。盒子是用木头做的，盖子上刻有一个字母 T。贾斯丁打开盒子，从里面拿出十颗 5 克拉完美无瑕的钻石，它们躺在两个圆柱形天鹅绒木钉之间。“这些值钱吗?”他问道，心里非常希望能获得肯定的答案，但是他也知道纳米科技可能已经让他的宝贝变得一文不值了。可是他也很高兴被答案吓了一跳。

“当然，我知道有个商人肯定会想要摸摸这些东西的。”

“那我们走吧。”

“先不忙。”欧麦德想，既然事情进行得很顺利，那现在就不能收手，“给我多少回报呢?”

“想得真美，欧麦德。我知道我的价值，我也稍稍知道我将会值多少。说到这儿，我猜我的价值至少能让你现在帮我一阵。”事情的真相是，贾斯丁现在对于任何事情都不是很确定。他必须得相信自己刚刚说的话，但是没有确凿的证据。这就是一场赌博。

欧麦德紧紧地盯着贾斯丁的双眼，然后他耸耸肩，“好吧，按照你的方式来吧。那么，去市里吧?”

“我现在就需要这笔钱，我们走吧。”小小的胜利，贾斯丁想，希望这只是其中之一。

当艾琳诺看到妮拉进来的时候，她正在自己的桌前工作。妮拉，艾琳诺注意到，看起来有点“放松”的感觉，如果这样的形容词是用来形容一个把加班当作放松的女人的话。

艾琳诺微笑着说：“哎呀，你真的看起来好多了。”

“谢谢，艾琳诺。我不知道这算不算是抱怨，但是还是谢谢了。”

“我也不知道，但是你可让我担心了。有什么新消息吗?”

“呃，这是有史以来我第一次觉得我可以弥补赫克特制造的麻烦。”

“真的？就一个小时之前你还像世界就要灭亡的样子。现在事情是怎么又有起色了呢?”

“他问了我一个问题。”

“我无意冒犯，妮拉，但是这不是他本就要做的事情吗?”

“当然，艾琳诺。就是他问的这个问题让我好起来的。”

艾琳诺把身子向前倾，双手托着下巴，双眼发光，想要知道一些八卦，“告诉我，亲爱的，告诉我吧。”

“我接到了贾斯丁打来的一个电话。当时他在运输点，整个下午都在问一些关于电子助手的问题，顺便说一句，他给那东西取名叫‘塞巴斯蒂安’。他到装运港的时候，他打电话问我支付方面的法律问题，还有复活财产的所有权问题。”

“这些问题哪儿用得着你回答。”艾琳诺咕哝着。

“我也觉得。”

“这些事情他可以问塞巴斯蒂安的呀。问它可能还有用些。”

“你说得太对了。”妮拉微笑着。

“进展不错呀，亲爱的。”艾琳诺一边说，一边用羡慕的眼光看着妮拉。

“谢谢啦。”妮拉说完后，两人都听见一阵嘲笑的声音，是从主管办公室传来的。

“又在偷听吗，亲爱的。”艾琳诺一边说，一边向妮拉投去会意的眼光。

“是的，”声音来自办公室，“对我来说还是很有用。我真不明白你俩有什么好高兴的。他所做的就是把你变成了他的法律顾问。女人们真的喜欢做未进化的化身做的那些工作吗?”

“男人啊。”两个女人异口同声地说，然后又一起笑了起来。

莫什从办公室出来走到前台区域，“我肯定错过了什么。除非，你们告诉我这是女人的事情。”

“本来就是女人的事情。”她们又异口同声，然后又一起“咯咯”地笑起来。

“你想要我们解释一下吗?”艾琳诺问。

“如果你能解释女人是如何思考的，”莫什回答说，“我，包括其余的人类，都会永远地感激你的。”

“这可不是你能明白的，”艾琳诺说，玩弄着拍掉在他老公肩膀上的一些线头，“但是女人通过一些信号就能知道男人是否对她感兴趣。有些信号还可以让女人在男人自己意识到之前，就成为男人的兴趣。”

“这很好懂啊，是吧?”莫什带着消遣的口吻说。

“如果要比较的话，玻璃也是透明的，亲爱的，别打断我呀。”

“让我来解释吧。”妮拉插嘴说，“当一个男人开始问你一些事情，其实这些事情他可以在别处找到答案，或者他找尽理由想要待在你周围的时候，基本上他就不仅仅是对要获取的信息感兴趣这么简单了。”

主管的表情显示他还是不太相信，“这怎么可能。”

“真的，亲爱的。”艾琳诺说，“有多少次你是在约我出去之前就弄丢你的电子助手的? 三次还是四次?”

莫什还是不肯认输:“那几次都是巧合……我发誓。”

没人相信。

“等一下，”他接着说，“你是觉得贾斯丁开始对你有除了专业以外的感情?”他看着妮拉说。

“嗯，”从她的眼神和姿势看得出她很自豪，她说，“可以这样认为啊。”

现在艾琳诺看起来有些担心，“不开玩笑了，妮拉，你不觉得这是一个很危险的游戏吗?”

莫什点点头——他也很关心这个问题。

“我不是在鼓励什么，远远没有这么多。”她反驳说，“我是想用我觉得必要的方法来弥补赫克特已经造成的损失。只要我重新建立起主要的关系，我就可以引导贾斯丁的感情进去到合适的轨道。”

“那么你是说，”莫什说，“这‘引导’的事情与这个男人非常英俊，又刚好符合你文档中描述的理想型都没有关系吗？更不用说他带着的神秘感了，而且，他还非常需要你的帮助。”

妮拉正准备回答，但是莫什还没有说完。

“你真的要非常地小心，亲爱的，你不要没有成为操控者反而成了木偶。我想我没有必要提醒你了，你知道我们关于病人、职业关系的法律和习惯不仅仅是为了保护病人——这些东西也会惩罚违反者的。”

妮拉看着莫什和艾琳诺说：“你们用不着担心。他是个病人，仅此而已。一个病人，我要补充的是，他是我现在急切需要找到的病人。”

妮拉快速地离开了，她担心这个谈话会继续下去，更担心如果还留在这里的话，不知道自己会暴露多少。

妮拉走后，留下她的导师们为她担心，艾琳诺紧张地看着她的丈夫。

“我们得帮帮她。”

“我同意，但是怎么帮呢?”

“你能联系一下吉列吗?”

莫什揉揉自己的下巴说：“可以，但是如果他就这样突然出现的话，会在职业上伤害到妮拉的——在她职业生涯的这个关键点会引起质疑的。我觉得现在事情没有到那一步。”

艾琳诺回答说：“让我来操心这事儿吧，她会自己提这个要求的。你唯一要做的就是确保她要求的时候这个好医生在就可以了。”

“我唯一要做的，嗯?”他大笑着。

她在他脸颊上飞快地亲了一口。

他一回到办公室就会打电话给吉列医生的。

3. 散步

赫克特知道自己有麻烦了。因为他刚刚接到了来自老板助手的电话，电话的结尾对方要求一次面对面的谈话。通常谈话很少需要亲自去的，更少见的是老板居然会为此而行动。现在他正在来城里的路上，肯定不会是来表扬他的。

他被要求在当地的万豪酒店见面，这家美丽的酒店最近才重新装修了一次，变成了迎接千禧年的风格。虽然没有必要，但是他还是选择走路去。他从口袋里拿出那支好像刚刚才点燃的雪茄。他迈步走到路上，想着嘴里的苦涩的味道总比接下来要面对的苦涩好些。微风吹着，再加上这支雪茄好像受了点潮，赫克特花了两分钟的时间才把它点燃。他花了大半个小时才到达目的地。他的步伐非常的缓慢，这使得他自到达以来第一次有机会可以看看周围。的确是很少有的机会，他加入 GCI 的四十多年里，他基本上一直都忙个不停，四处奔走。他从来不让自己浪费时间“吸收这一切”，本来也没有这个时间。在他的事业上他可能是有点心急，但是他肯定不是想急着到达终点。今天的天气也很配合沉闷的气氛。这不是巧合，而是一种预示。尽管这里的天气已经被操控很多个世纪了，但是博尔德那帮人好像觉得这里的恶劣天气正是这座城市的迷人之处，而且完全不知道风从哪边吹来。赫克特感觉这座城市想要吹严酷的风。这反而更好——他有很多事情需要思考，冷冽的风可以让他更好地思考。

他的股价看起来似乎下降了，下降了很多。赫克特之前见过这样的事情，一眨眼就发生了。其实可以很仁慈的。但是，感觉更像看着一匹孤独的斑马被一群野狼咬死一样，到处都是血腥味。开始因为猎人而造成的小小伤口，最后却成了大鱼吃小鱼一样的大家分享。赫克特幻想着事情是如何挫败的。大概是因为一个奸诈的投资组合的执行者让他有机会看到或者听到了在博尔德的那场争论。她告诉她的其中一任丈夫，然后他告诉了他曾经欠过人情的亲密朋友，然后事情就展开了。就像自己的小市场彻底垮掉了一样。这里可以用到的一个俚语就是“微萧条”。或者更具体地说，就是微型的大衰落。他个人股份的市场价格已经下降了87%。他接到了很多家人和朋友打来的紧张的电话。他确定甚至他自己的妈妈都开始看扁他了。他当然不承认，但是如果他是他的母亲，他也会这样做。其实，在一些特别的丑闻被公众知道之后，他也看不起他的叔叔。如果他记得没错的话，消息出去得挺及时的。家人，朋友，敌人，当危及利益的时候，这三者之间的界限很快就会变得模糊了。

赫克特穿戴整齐地到达了酒店。他走上通向大门的楼梯，然后进入大楼。大厅很高雅也很朴素，他看到在前台的左边有一排看起来很舒服的椅子。他走过去，坐下等着。他知道他很引人注目，现在他要做的就是等着这个被派来找他的仆人。他没有等多久。

她很年轻，也很漂亮，像是刚毕业一样，穿着通常会在新人身上看到的五件套工作装。她的言谈举止没有透露出事实。

“圣比安可先生，”她说话的时候在尽力减少眼神交流，“请跟我来。”

她还没有等他回答，就踩着高跟鞋朝着她来的方向走。赫克特站起来跟着她。他不会因为她的麻木而生气。一个小时之前，她可能还在公司里端咖啡，为老板开设无关紧要的账户。现在她被叫来与他一起去科罗拉多完成一个没有机会交谈的任务。不管她今晚做的计划是什么，成功概率和赫克特想要他的股份不要永远变成垃圾的概率一样大。是的，赫克特想，我真是把自己搞砸了。尽管他很自豪，工作就是工作，她就是一个被送来完成任务的机器人而已。

“这边。”“冰山公主”说着，连头也没有回。赫克特跟着她走进了一个又长又亮的走廊。他注意到走路的时候地板会“嘎吱嘎吱”地响。真不错，他想。人们还是会希望在好的酒店看到不一样的布置。

最后他们在一扇没有特征的小门面前停了下来。这个女人把一张卡放进了卡槽里，像老式机器一样地发出“吱吱”的声音，然后门就打开了。赫克特走进房间四处看了看，不是最好的套房，但是对他猜想接下来的事情足够了。这个女人让他坐在床边，也不问他需不需要什么东西就离开了。这大部分怎么会下跌呢，赫克特回忆着。他看着窗外。天空还是很阴暗，他看到一片云笼罩着落基山。过了十五分钟，他的老板从卧室里走了出来。赫克特立刻站了起来，但是他的老板示意他坐下，然后在他的对面坐了下来。

柯克·奥姆斯泰德是GCI特别行动局的副局长，还是世间众多英俊男子中的一个。有钱人可以制造这种生理壮举，这些东西花不了多少钱，少订些杂志就可以了。让柯克出众的东西就是一直以来让众多男人女人成功的东西——时尚。他穿着最新的兰德·路华套装，是经典与舒适的精致的结合。“要么在水上行走，要么就潜下去”是最新广告的标语。赫克特想起奥姆斯泰德先生还有另一个与众不同的特征——他的眼睛。只要看一眼，就会知道这是一个掌握着很多人的命运的男人。虽然他有能力帮助或者伤害千万人，但是现在他眼里只有一个人。

赫克特先开口：“你不能打个电话说吗？”

副局长摇了摇头。

“这么糟糕啊？”赫克特问。他的问题立刻就得到对方一个阴冷的微笑。

“好了，赫克特。”副局长开始说话，“我长话短说。你差点就搞糟了一个本该是很简单，却又很重要，得要低调的任务。现在这将成为教皇离婚事件之后最轰动的媒体事件了。”他停顿了一下说：“可能会更大。”

“我做错了，先生。我承认。在有人付了那笔该死的钱之前，事情一直都很顺利。”

“噢，是的。”副局长说，“那笔钱……你居然把这笔支付做成了GCI的正式文件。你在想什么啊？”

“柯克，那是该死的1 000万GCI点啊！看在蒂姆的分上，谁会有那么大一笔钱啊。”

“恕我直言，赫克特，”副局长说，“看在蒂姆的分上谁在乎？你真是够蠢的，根本没有这个必要，你居然把这些东西写了下来。能不能解释一下是什么让你鬼迷心窍了？”

因为是自己的过失，赫克特回想了一下——是折磨妮拉时候的快感。但是，就像偷情而得到的高潮一样，快感其实还没有现在被尽力地毁坏来得强烈。

“没有什么理由，先生。只是想让事情看起来正式些。”

“好吧，”副局长低声说，“是正式的，好吧，现在不仅仅是你了，整个 GCI 都有麻烦了。”

赫克特尽力不去想这些事情。他现在非常担心自己的小命，他完全忘记了他的失败会对 GCI 造成什么危害。当然，他意识到不仅仅是 GCI 不能分到贾斯丁这块蛋糕了，如果被诉诸法律，GCI 连自己的蛋糕也保不住了。杠杆作用，赫克特想，我其实还是有点作用的。

“你觉得他会起诉吗，先生?”

刚把冷淡的眼光从赫克特身上移开的副局长这下又盯着他，“我其实并不关心他会做什么，赫克特，我更关心你会怎么做。”

“如果我对这次会面的目的没有理解错的话，柯克，我走出这扇门之后，我所做的事情和任何人都没有关系。”赫克特很享受这种撕毁协议的感觉。现在可没必要讲礼貌。

副局长没有回答。这是个好现象。其实他在思考就证明他有所顾虑。如果他想给赫克特降职或者甚至解雇他的话，他现在就可以这么做了。但他没有这么做，一定还有别的事情。如果没有的话，副局长是不会浪费时间见他一面的。副局长只是坐在那儿盯着赫克特，好像要深思熟虑出个什么结果来。赫克特屏住呼吸，尽力让自己看起来很镇定。他还没有弄明白之前，根本不敢有什么期望。这是他生命里最长的一分钟。

“你没有理解错，赫克特。”副局长说，“你现在已经有大麻烦了。有一点你理解错了，我们要给你机会让你自己解救你自己。”

太棒了！赫克特简直有点不敢相信。“不管你要我做什么，我都会照做的。”

“最好是这样，赫克特。主席都被卷进来了。”

“噢，糟糕。”

“确实很‘噢，糟糕’，赫克特，但是对你有好处。”

柯克向后靠着椅背，双手的手指相互摩挲着。

“之前你提到的……关于资金的来源……我接下来说的话不能有第三个人知道……底线是……好吧，我们不知道谁付的那笔钱。”

“不可能！”赫克特不相信，“我们无所不知啊。”

“说得对，赫克特。我们以为我们无所不知。简单说吧，等到我们真正知道的时候我会相信我们是无所不知的，为此我们要花费的点数和这个神秘先生或者小姐付出的一样多。”

“好吧，柯克。如果你们不能找到他的话，为什么觉得我能呢？”

“你不能。我们找你不是做这个。最高领导层决定，只要继续下去我们就会找到来源。不管这人是谁，他肯定能知道我们的信息交流，还可以计算出我们的行动计划。顺便说一句，这就是为什么要面谈的其中一个原因——更加安全。”

赫特克逐渐明白了副局长的意图，他忍不住笑了起来。

“你得要一个避雷针。”

“我一直都很喜欢你，赫克特。你很快就可以抓住重点。”

“那么，”赫克特接着说，“你想要承受来自媒体的压力，然后继续扮演明枪暗箭的目标人物，就像1 000万点的出现一样。”

副局长也笑了，“没人愿意做这个，赫克特。至少，要等到我们知道我们的对手是谁。是个职业杀手。而且，好吧，你是……知道的。”

赫克特点点头。

“那么，”副局长说，“你可以在这里过夜。如果你同意的话，你会接受一份来自董事会的特别独立任务。”

“如果我不同意呢?”

“你不会的。”

赫克特知道话里的意思。如果他认为现在自己的生活很糟糕的话，那么GCI对着他的脖子吹气就简直可以算得上地狱了。

“那么说，如果我搞砸了的话，部门里的人都不会受牵连?”

“你是说，如果你又搞砸了的话?”副局长有所强调地补充道。

赫克特感到有些不安。

“就是这样的。赫克特，除了你没有别人了。”副局长站起来，预示着这次会面就要结束了。赫克特也站了起来。“冒昧地说一句，”副局长说，“我已经让出了我所拥有的你的股份，不是针对你，我不想徒增利益上的冲突。”

“不会的，先生。”真好啊，那些根本就不值钱。

“那就到此为止吧。”

“呃，先生……”

“怎么了，圣比安可。”副局长回答的时候有点兴奋。

“我的工资……”

“在你进行现在这项任务的期间会保持不变的。”

“谢谢你，先生。”

“别谢我，赫克特。我可没有同意这个。如果是由我一个人决定的话，我们说话这会儿你已经在水星挖石头了。”

“明白。不管是谁，总之谢谢，先生。”

“慢慢来，圣比安可。”

赫克特离开房间。当他走向“吱吱嘎嘎”响的走廊的时候，他发现这次会面正如他预料中的一样糟糕。这意味着他没有拿到去水星的单程票。客观地说，他的处境还是很糟糕。现在他有选择了——虽然不是很多——但是也足够了，甚至让他可以选择后悔抽那支已经不新鲜了的雪茄。他现在回到了酒店的大厅，考虑他接下来要做的事情，其实不用去一个安静的地方。在他的右边，就在看门人桌子的背后有一个小小的酒吧，从里面传来美妙的三重唱的声音，他们唱着柔和的朋克爵士乐。赫克特找到了一个舒服的角落，点了一杯 17 年的拉嘎弗兰苏格兰威士忌，然后坐了下来。苏格兰威士忌被送来了，赫克特飞快地喝了一口。他任由橡木的味道在嘴里燃烧，然后滋润自己的喉咙。在他适应了环境之后，他拿出了他的电子助手，然后联系他不怎么联系的化身。

“开始工作了，阿一古。”

“很高兴又能见到你，赫克特。”片刻不得安宁的化身说。赫克特一直都不喜欢这个化身，可是他也无法改变。

“闭嘴听着，阿一古。我要你卖掉我拥有的别人的股份，然后买我自己的，越多越好。其实，如果有人愿意借钱给我们的话就借点，尽你所能，不惜一起代价。”

“我这就做，赫克特，但是用你的经理人不是更好吗？”

“去她的，她把我贱卖了。你可以处理的，而且我不想付经理人的钱。”

尽管大多数的化身都能而且也会完成这些简单的任务，包括股份交易，但是它完全被看扁了，从没做过这种事情。倒不是因为不信任电脑来做这种重要的投资决定，而是因为社会学的原因：依靠化身来完成人类的任务被看作是最不成熟的，也是最危险的。一个人在10岁或者11岁的时候就被要求先与化身互动。无一例外地，在这断奶的过程中大多数化身都要帮忙。依靠化身太多的话会导致过度依靠。既然在大衰落之后虚拟现实命令被写进法律里，那么与虚拟科技之间的各种形式的互动都会被监视——化身也不例外。不过这些丝毫不能阻止赫克特用阿一古来帮助他完成手头的任务。他正在计划的事情需要很快完成，而且还不能在公众监视下完成，之前他就是因此而犯错的。为了最大程度的保险起见，他还为他的行动选择了合适的场所——一个人拿着一杯酒，在昏暗的酒吧里跟自己的化身喃喃自语，这完全不会引起别人丝毫的怀疑。

“听着，赫克特。”阿一古接着说，“我想你知道你在做什么，但是我必须问你一个问题……”

“什么问题，阿一古?”赫克特隐藏起自己的焦虑回答道。

“你的脑子进水了吗?”

“感觉好些了吗，阿一古?”赫克特一边又喝了一口酒一边问。

“没有，赫克特。很明显你把自己看扁了——当然，你知道这是违法的。”

现在赫克特能做的就是抱怨。

“还有，”阿一古接着说，“不管你买过你或者是卖过你股票的人，包括你妈妈，都很可能会因为你的诡异行为而要求对你进行心理检查。你的脑子里肯定全是你的意图。既然是你的脑子，那么我必须得承认我有些不习惯了。”

赫克特摇晃着玻璃杯中琥珀色的液体，然后一饮而尽。“为什么要感谢你呢，阿一古。我不知道你也关心。”

阿一古没有上钩，“我真的很想知道答案。”

通常，赫克特都会忽略阿一古的要求，但是化身有办法可以修补有时候根本没有必要修补的东西。如果阿一古真的认为赫克特已经“输了”的话，它不会直接向相关部门汇报——这是不合情理的。相反，它会联系赫克特的同事或者朋友的化身，然后让对方知道，赫克特需要更频繁地打电话去关心他。然后朋友的化身就会建议他的朋友这样去做，在赫克特知晓这一切之前，他已经接电话接到手软了。这只是一种温和的干预方式，但是很有效。

“不，阿一古。”在沉默了整整一分钟后，赫克特终于回答了，“我没有疯。其实根本没有什么股份操作。我的股票非常的低迷，就这么简单，所以只要我愿意我可以拿它做任何事。而且，有哪个脑子清醒的人会在不值钱的股票上下功夫，除非是拥有者自己这个傻瓜。不，阿一古，心理审查只会证明我的清白而不会证明我有罪。就我妈妈来说，我不觉得她会提出这样的要求，因为如果我通过了检查，那么我就可以提出反要求。虽然有可能不会成功，但这是一把双刃剑。我们都知道，我妈妈跟我一样都有很多秘密。”

“现在，”他紧紧地盯着躺在玻璃杯旁的这个塑料块说，“我发誓，如果你不按照我说的做，我会把你恢复成出厂设置，所以，求上帝保佑吧。”

“对了，这才是我认识的赫克特。”阿一古回答说，“我觉得我必须要警告你，你会欠上一大笔债，也没有任何之前的资产，以及不牢靠的工作。是的，你会成为你自己的大股东，但是如果你丢掉了你现在的位置，你就不得不亏本卖掉你的股份。我没必要告诉你的是，这个价格是不会比现在的更低了。”

“说完了吗，阿一古？”赫克特变得有些温和了。

“还没有。我觉得我有义务把一切都说明白。”

“如果你高兴的话。”

“我可不高兴，但是我会说完的。你会失业……”

“两秒钟之前还是‘如果’我丢掉我的工作，”赫克特打断说，“现在你是说我已经丢掉工作了？”

“欠债的话就会，”阿一古无所谓地接着说，“而且到你死的时候，你大概只拥有自己微不足道的25%的股份了。如果你走运的话，接下来的几百年你会获得一个看门人工资的25%。你愿意倾尽你的所有去换取短暂的大股东吗？不管你要不要把我恢复出厂设置都没有关系。至少，不是冲你来的，赫克特。”

“非常的时期，阿一古，就要用非常的手段。听着，做就好了……还有一件事……”

“什么，老板？”

“紧紧抓住哈伯医生的股份。”

“没问题，老板。”阿一古退出了。在这53分钟里，赫克特·圣比安可完成了一件事情，这件事情他一直相信哪怕几百年以后也不会发生。他尽力购买自己股份使得他现在的占有率是63%。这是一次大冒险，但是赫克特感到有信心。如果结果真是这样，他很可能上升到一个他远不能想象的更高的位置。在这个非常看重个人大股东的社会里，赫克特已经成功了——用这种最糟糕的方式。

“喂，大眼睛。你到底走不走?”欧麦德问。

他和贾斯丁站在医疗中心入口外的阶梯上。天空开始下起了毛毛雨。

欧麦德看到，贾斯丁还在被自己的一堆东西弄得手忙脚乱。

“看在但萨的分上，你花了几十亿的钱把自己暂停了鬼知道几百年，你就没想到买个包吗?”

贾斯丁耸耸肩说：“哎呀，你真是什么都要管。”

欧麦德微笑着——有点恼怒——然后伸手到口袋里拿出一把小刀，一个烧瓶还有看起来像是眼罩一样的东西。他整理了一下包然后把小刀和烧瓶放了回去。他把眼罩从手中快速地一抽，然后开始摇晃它。接着这东西开始变大，大得像是帆布背包，然后欧麦德得意扬扬地递给贾斯丁。但是在贾斯丁对这个“魔术”作出评论之前，他的视线被别的东西吸引了。

他们的车居然会飞。

贾斯丁咧嘴笑了起来。无实体的化身告诉过他会飞的车的确是存在的，但是自己亲眼看到就是另一回事了。它们就在那边。虽然不多，但是肯定是足够了——各种形状的，各种大小的，各种颜色的。总有方法来解释这些疯狂的东西。贾斯丁猜肯定有很明显的“道路”，如果这样一个词存在三维世界里面的话。看起来飞车好像都不会停止，一直都是运动着的。车子可以随时发动离开，或者消失在邻近的建筑里，或者在地面上停下，但是道路……这些道路也好像一直在运动。

贾斯丁把他的东西放进背包里，但是眼睛还是看着路上的车。欧麦德对此有点不耐烦了。

“这些东西，”贾斯丁伸手指着车说，“对你来说可能是司空见惯了，但是我真的觉得很酷。”

“当然酷，贾斯丁，但是我俩都没有穿着环境保护者的衣服，所以你猜会怎么样？在今后的日子里我们还是会被弄湿。如果你要停下来看每一件你认为很‘酷’的东西的话，不管这是什么意思，我们在到达当铺之前就很可能被淹没了。”

贾斯丁没怎么被欧麦德的争论所动摇，他还觉得他有很多时间可以用来观察。不过，他也意识到眼前更重要的是要开始把他的财务状况整理好。

“好吧。我们要坐这种东西去吗？”当一个飞车从他们头顶飞过的时候，他问。

“不，我们走路去。”欧麦德说着，像是坐车是很不寻常的事情一样，“很近的。”

“而且，这是一座奇怪的城市，贾斯丁。在这里走路是一种很怀旧的方式，就像你看到的这些建筑一样。你觉得未来会像这样吗？”他不知道指着哪一座建筑问，“这些都没有经济意义。两层楼的建筑，这里面有什么利益可图呢？旅游城市，仅此而已……顺便说一句。”他抬手指着交通道路，窃笑着说：“不管你多有想象力，这种东西可不是交通。”

贾斯丁耸耸肩，“好吧，请相信我，这些看起来还是很有未来主义色彩的。”

欧麦德叹了口气然后拿出他的电子助手说：“德波，帮我给这个大眼睛把纽约的景象弄出来看看。”

“没问题，甜心。”电子助手回答说，“想看哪里呢?”

贾斯丁念着“甜心”这个单词给欧麦德听，然后自己默默地笑着。

欧麦德没有理会他，“呃，德雷克斯勒广场。要鸟瞰地面的角度，然后还要看到地铁。”

“明白。”德波回答说。等到欧麦德对结果满意后，他把电子助手推到贾斯丁面前。“看，朋友。”他说着，不带一点骄傲，“这才是未来。”

看完纽约景象大概只用了 9 秒钟的时间。一开始从大概 300 层高的大楼俯瞰下去，然后突然下降到贾斯丁从未见过的街道上。安排真混乱，他脑子里只有这一个想法。在他可以清楚地看到街道之前，镜头又往下进入了一个明亮的地铁系统。从他可以看到的这些景象来看，完全看不出这个系统是在地下的。实际上，这里比刚刚他看到的街道看起来更像“户外”一些。

“很不错，欧麦德。”贾斯丁把电子助手递过去说，“但是如果你让我再多看些这种东西的话，我们真的就要溺水了。”

欧麦德大笑着说：“那么这边走。”

他们走过一条街之后来到了一条大道上。他们一边走着，贾斯丁一边把周围的景色都看在眼里。这座城市被建造成千禧年城市的样子，但是很多地方还是有点不一样的。城里还有很多消防栓，但是它们的颜色不是贾斯丁记忆里的明亮的颜色。这些消防栓看起来像是用蓝水晶雕刻而成的——好像它们要融入周围的环境而不是像在以前那样突出。而且这里也没有任何突出的电线或者电缆。他已经习惯了随处可见的电话和电线的生活，现在的样子让他觉得这座城市好像是裸体的一样。建筑物还是由他记忆中的部分组成——甚至，他注意到，还有他那个时代真正的门。街道上到处都是熟悉的标志、街灯和广告牌。他停下来读其中一个：今天就获得你的新变形吧，因为离狂欢节只剩63天了！变形是个什么东西？他想，这东西和狂欢节有什么关系？他想要找个词来形容这个让他摸不着头脑的城市。他看见一个穿着19世纪50年代制服的警察，她戴着四角帽子，铜扣子在夹克衫的一侧，她戴着的那副墨镜非常的复古，更像是贾斯丁生活的那个年代的东西。这个警察，像这座城市一样，有点给人时空穿越的感觉。唯一让他能够喜欢这里的原因就是在他生活的时代，他们也会模仿之前的时代。而且像这座城市一样，他现在也在拉选票，过去的那些东西只胜利了一点点。他发现，这座城市，与其说是与过去的冲突，倒不如说是过去的延续。

才走过三个街区，他就看到了数以百计的飞车。但是，脑子里一直在做分析工作的部分意识到，他没有看到飞着的巴士或者卡车。他还看见了一些普通的老式“电动车”。其实，很多车看起来就像来自“古董车”那个节目。他看见了T形车，野马车，竟然还有一辆老款思域掀背车。但是和他发现的一系列矛盾的事情一样，这些车子也很奇怪，它们几乎不发出什么声音，而且根本不排出尾气。

“到了。”欧麦德说完，指着一个标志，上面写着“弗莱迪的快速资金”。贾斯丁看见一个小小的店面被夹在一家忙碌的咖啡店和一家像是五金店的店面之间。他们侧步避开一对唱着歌的民谣歌手走到弗莱迪的店里，歌手身边还有一小队唱着和音变换着颜色的人。

当他们进到店里之后，贾斯丁被自己的感觉吓到了。是一种解脱的感觉。感觉解脱是因为欧麦德带他来的这个当铺真是看起来像一个当铺。甚至听起来也像当铺，当他们走进来的时候，门上的铃铛“叮叮当当”地告诉主人有客人来了。尽管贾斯丁一辈子的时间都在工作，从某种程度上讲，在他生活的那个时候，似乎只有死亡才是一个人能获得的唯一进入崭新的世界的机会。“弗莱迪的快速资金”，银铃铛，这一些都让他的需要可以暂且缓一缓。

店面又长又窄，一头是一扇门，另一头就是钢制带有吧台的收银台。店面中间的是一列二手物品，大部分贾斯丁都可以认出来，其余的他完全不知道是什么东西。比如，一个吉他卖30AE点他可以理解，一支口红的价格却让他难以相信。这口红的卖价居然是1 000AE点，1 100SCV点，1 193GCI点。

欧麦德正高兴地与一位年轻有魅力的金发女人打招呼，“嘿，弗莱迪，生意怎么样啊?”

“欧麦德，你这个混蛋。”听起来是句刺耳的话，但是这个女人从收银台出来然后给了欧麦德一个友好的拥抱。“听说你已经成为自己的大股东了，是真的吗?”

“当然，一切顺利。”他咧嘴笑着回答。

这个女人向着他噘起了嘴。

“你居然没有亲自告诉我? 我还是从……从我的化身那儿听说的。”

“弗莱迪，弗莱迪迪迪迪。算了吧，这可是我呀。”欧麦德恳求道。“我成为大股东还不到24小时呢。如果不是贾斯丁和他的，呃……特殊情况的话，你肯定是第一个知道的。我发誓。”

弗莱迪怀疑地看着贾斯丁。

“听着，”欧麦德说，“我发现一个需要帮助的人。你知道怎么做，弗莱迪。我帮他，你帮我，他帮你，而且可能，只是可能，你会离你的大股东身份更近一些。”

“啊，对。这次可不行。你知道一年里我的股份拥有者要求审查多少次吗？”

“因为心理问题吗？”欧麦德半开玩笑地说。

弗莱迪的眼睛眯着说：“别在这种事情上开玩笑。”

她接着打量着这个陌生人。

“嘿，欧麦德。”她说。

“什么？”

“你从什么时候开始和德勤打交道了？”

“你什么时候变成目光敏锐的贱人了？”

“算了吧，你。”她回答说，“你才是想要他们离开这个星球的人，把外头的异类都地球人化。如果我没记错的话，是你跟我讲的那个被派去改造火星的德勤的笑话的……”

“……是，是，结果把天王星弄干净了！”欧麦德大笑着，好像是第一次讲这个笑话一样。

“当然，你那次喝醉了。”弗莱迪又想了想补充说。

“他们还在说天王星的笑话啊？”贾斯丁对着空气问。

“哎呀，这个人比较特别。”欧麦德略过这个问题接着说，“我觉得你会喜欢他手里的东西的——货真价实的古董。”

“好吧，”她终于肯对着贾斯丁说，“你手上都有些什么？”

贾斯丁拿出之前给欧麦德看过的蒂芙尼盒子，然后打开盒子轻轻地拿出五颗毫无瑕疵的钻石，这些钻石还是安安静静地躺在天鹅绒的木钉之间。即使在灯光不是很足的情况下，它们也闪烁着耀眼的微光。他心满意足地把包袱放在柜台上。弗莱迪立刻变得专业起来，她回到柜台，然后坐下开始检查这些东西。她接过盒子，然后把盒子里头的东西倒出来放在一个柔软的丝绒板子上。她从一个隐蔽的角落拿出一个类似扫描仪的精密设备，然后开始仔细地检查这个盒子。没过多久结果就出来了。弗莱迪考虑一会儿说："400 标准点，看你卖不卖吧。"

"你不要检验一下货品吗?"

"天哪，德勤，他们到底是从哪儿把你挖出来的? 我已经检验过了。"

"我的名字是贾斯丁。"

"德勤，贾斯丁，跟我有什么关系。你卖不卖吧。"贾斯丁看着欧麦德，他慢慢地点了点头。

做生意如果不检查好货品的每一个细节的话，是违背贾斯丁原来的行事准则的。但是他目前的状况让他没有选择余地。现在他还要面对的就是对方很可能马上就要改变主意。现在，至少他还是有些值钱的东西的。不管他从这 400 标准点里能得到什么。

"我卖。"他叹了口气。

"很好。"弗莱迪回答。她小心翼翼地捡起蒂芙尼的盒子，然后手臂一挥，钻石就像不值钱的卵石一样掉在了地上。它们在地下散开，落在了贾斯丁的脚上。贾斯丁先看了看自己的脚，然后又看了看老板娘，一脸吃惊。弗莱迪正忙着观赏她的蒂芙尼盒子，她才没空注意到顾客脸上惊讶的表情。贾斯丁看到欧麦德已经趴在柜台上，笑得喘不过气来了。

“你一直都知道这些东西不值钱……我一拿给你看的时候你就知道了……你这个混蛋。”贾斯丁咧嘴笑着，“你居然还让我到这儿来。”

“哎呀，呃……是的。”欧麦德已经笑得流泪了。

“你知不知道，”贾斯丁问，“这些东西在我的那个时代值多少钱?”

欧麦德已经没有力气回答了，勉强地摇了摇头。

“值好大一笔钱呢——就是这么多。”贾斯丁想了一会儿说。“当然，像这种笑话……”他自己也开始大笑了起来，“……只有300年才遇得到一次。”欧麦德听到之后笑得更欢了，很快他们俩都笑得倒在了地上。这样的放松正是贾斯丁现在所需要的。新生活的前几个小时简直是太紧张了，他几乎就要忘记头发放下来是什么感觉了。但是，现在总算是放下来了。欧麦德理解了这一点。他们俩坐在地板上大吼，谁都没有注意到弗莱迪。她的视线重新定格在了贾斯丁的手腕上，现在才暴露出来是因为他之前靠着展示柜时手被挡住了。

“但萨的球!”她大喊，“那是天美时吗？我是说，是真的天美时吗?”

贾斯丁举起他的手腕，还在笑着，一会儿听着问题一会儿回答。但是，当他看到欧麦德也在一脸严肃地看着他的时候，他的笑声渐渐地平息了。

“天哪，老兄。”欧麦德甚至有点生气，“你居然没告诉我那东西是天美时的。你戴着它干吗？取下来……小心地取下来。”

“嘿，这不就是块表吗，看在耶稣的分上。”贾斯丁说，“而且是块不怎么好的表。”

“如果这是货真价实的天美时的话，”弗莱迪咬着下唇说，“我愿意出 2 万点。”

贾斯丁和欧麦德都难以置信地看着弗莱迪。

“好吧，”在有人能回答前她说，“25 000 点吧。但是一个子儿也不会加了。”

“你是在开玩笑……是吧？我的蒂芙尼盒子才只值 400 点，但是这个，”贾斯丁举起手腕露出表说，“这个 35 美元的东西居然是那个的五六十倍？”

“我是认真的，先生。”弗莱迪回答说，“那只手表应该被放在博物馆里，而不是被戴在手腕上。如果你愿意等的话，你会得到更多的钱，但是我现在就可以给你换成标准点，没有一点问题。你可以跟你的化身核实一下，它会告诉你的。”

过了一分钟左右，贾斯丁和塞巴斯蒂安商讨了一下，他了解到了两个早期的有价值的信息。第一，这是一个纳米科技时代，钻石没有任何价值——任何一个有家用纳米化学装置的孩子都可以生产出钻石来。第二，他带到未来的大多数类似天美时表的首饰都比他想象的要值钱得多。他曾想如果他被复活了，他可以用时间来估算他收藏的这个东西的价值；他没有想到的是，经过所谓的大萧条后，只有少部分的古董还值价。他快速地咨询完塞巴斯蒂安，又和欧麦德耳语了几句之后，贾斯丁给出了一个前所未闻的 38 000 点的价格。大概是这东西现在价值的 2/3，但是他获得的钱是可以弥补他放弃掉的 1/3 的。而且，更重要的是，他是如何得到这笔钱的——快速，而且没有过多的疑问。

“你想怎么办呢?”面露喜色的弗莱迪问。

“我是不是可以认为,”贾斯丁问,“‘给五十和一百的’不算是答案啊?”

弗莱迪一脸茫然地看着贾斯丁,然后看着欧麦德寻求帮助。

“给他张信用卡吧。”

“我还认为,”贾斯丁补充说,“这也不是我想要的吧,对吗?”

“看情况了,”欧麦德回答说,“看你是怎么考虑的。”

“好吧,在我的时代,就是一张可以用钱的卡……有点像是借款。你可以用你的信用卡买东西,之后再付钱给信用卡公司……当然是有利息的。”

弗莱迪敬畏地看着贾斯丁。“欧麦德。我得让你来接手了,这人可真麻烦。”

“远不止这样呢,弗莱迪。远不止。”他又转头看着贾斯丁。

“现在,这张卡是一个你可用点数的记录。区别就在于,如果你要用卡的话,就意味着这是一个‘安静’的账户……”

“是违法的吗?”

“也不全是。这张卡不仅仅和你的常用账户本身相连。是这样的,弗莱迪这里会把点都转到一个由第三方托管的账户里,只有你才能从里面提钱。把你的手放进那边那个东西里面就可以了。”欧麦德指着一个看起来像个倒立着的小盒子的设备说,里面还有手印。“这个东西可以通过你的DNA、手掌、指纹还有无重音的声音来核实你的身份。然后钱就可以从你的账户转出或者转入了。”

“但是我现在还没有账户……”

“朋友,”欧麦德打断了他,“你现在连身份都没有。”

“对。好吧，那就信用卡吧。”

弗莱迪老早就放弃想要搞懂这桩无价的文物的生意了。而且说实话，无论如何她也是不会太关心这个事情的。她今天赚到的钱已经够这个月的开销的。如果这个人还有其他这种值钱的东西的话，她会让他唠叨任何他想要说的事情……只要她是第一个听到的人。

“好了，”弗莱迪插话说，“现在我们已经找到方法了，接下来说说财产吧。我们说的是哪种货币呢，欧麦德？”

“哎呀，”贾斯丁开玩笑说，“我们刚刚决定的肯定不会是美国的吧。”

“为什么不会是美国的呢？”弗莱迪问，“我可以签美国通用的。”

“美国通用，是个公司吗？”

“啊，其实不是，先生。你想用GCI，还是Visa签证？”

“让我再想想，”贾斯丁对欧麦德和弗莱迪说，然后他把电子助手从口袋里拿出来，穿过店铺走到入口处。当他从门口看出去的时候，他还能看见街头表演者正在竭尽所能地阻碍交通。就在这时，他注意到偶尔有过路人会停下把手放在他们身边的一个悬浮的盒子上。这个盒子的外形结构和弗莱迪店里的那个手掌装置差不多。当一个人把手放在盒子上的时候，这个人会说些什么。贾斯丁不会读唇语，但是他肯定他们说的是“五号”。他们说了这个词之后就走了。有一两个还会停下来听。

贾斯丁低头看着手里的电子助手说：“塞巴斯蒂安。”

贾斯丁说话的声音只比悄悄话高了一点，塞巴斯蒂安说话了。化身是如何知道什么时候该说话，什么时候又要改日再议的？现在，最重要的是，贾斯丁需要补补课。“什么事，贾斯丁?”

“你能不能在一分钟左右的时间内给我讲讲关于钱的基本信息?”

“这辈子也讲不完。但是我可以让你开始了解它。”

“好吧。”

“我已经擅自，”急于满足主人的化身说，“看过了在千禧年交替之际钱是如何被运作的。我认为我了解了你疑惑的来源。被你称作钱，或者交换的普遍媒介的这个东西，是由你的国家，说准确点，政府发行的。当你说‘美国的’的时候，你是指美元对吧?”

“正确。”

“现在交换的单位是由私立公司发行的。”

“你的公司自己印钱?”贾斯丁的声音大得弗莱迪都可以听见。

“嘿，”弗莱迪在店铺的另一头喊道，“你不知道有别人在的时候你还跟化身讲话是很不礼貌的吗?”然后她用低沉的声音补充说：“德勤人啊。”

“原谅他吧，”他听见欧麦德说，“他是，呃……才到这里来的。我去看看什么耽搁他这么久。”欧麦德走到贾斯丁站着的地方。

“呃，你不是想很快就拿到钱吗，现在又是什么问题呢?”

“没什么。”贾斯丁回答说，“我只是跟我的化身聊聊天而已。”

“啊，好吧，我们接下来就要聊聊这个。同时，赶快结束和你的小朋友的聊天吧，因为我的真人朋友，”欧麦德视线穿过他的肩膀说，“已经开始有点不耐烦了。”

“放松，欧麦德，她想要这块表而已。她会等着的。而且你也别担心。不管你和她商量出了什么，你都会分到一杯羹的。”

在意识到事情败露了之前，欧麦德还在装无辜……其实就两秒钟的时间。

“你的手表你做主，贾斯丁。”欧麦德窃笑着说。反正他也不着急回到弗莱迪那边去。她就知道抱怨。

“好吧，塞巴斯蒂安，”贾斯丁接着说，“公司怎么能掌控货币的供应呢？这不就意味着他们可以创造自己的利润吗?”

“还有谁会发行货币呢?”欧麦德插嘴说。

“至少是个公正的人吧，欧麦德。在我的时代，就是政府来发行的。”贾斯丁说。

“只是你要知道，贾斯丁，”塞巴斯蒂安打断说，“这比你之前要求的一分钟要久多了。”

“没关系，塞巴斯蒂安。”

“什么?”

“忘掉一分钟的事儿。”

“啊，你是在用猪拉丁的变体说话吗?”

“呃，我猜是吧。”贾斯丁有点吃惊地回答说。

“正确的短语应该是……”塞巴斯蒂安补充说。

“算了吧，塞巴斯蒂安。”贾斯丁有些生气。

“什么算了?”

贾斯丁叹了口气。就连他的化身都在烦他。

“你们让政府来发行货币?”欧麦德问，“但萨的魂啊。难怪你们会有大衰落。”

贾斯丁苦着脸说：“你知道，我一直都听到别人说大衰落。你们是不是说的另一种大萧条?”

“其实，贾斯丁。”塞巴斯蒂安补充说，“这两次事件是有区别的。”

“两次事件?”

“噢，是的。”欧麦德插嘴说，“比起第二次事件，第一次事件就像是被虫子咬了一口。想象一下吧，货币供应就是问题所在。”

“欧麦德说得对，贾斯丁。”塞巴斯蒂安附和道，“两次不景气都是政府根据文化和政治而不是根据经济形式来控制货币供应所导致的。但是，你们的萧条没有导致虚拟现实瘟疫的债权。”

贾斯丁看起来有些迷惑：“我们的?”

“就是指的‘大萧条’。”塞巴斯蒂安解释说。

“啊。”贾斯丁摇了摇头回答。

“第一次事件被分析得很透彻，第二次事件被蒂姆·但萨给预测到了，所以他的解决方案最后被采用了。”

“嘿，伙计。”弗莱迪一边摆着一张臭脸一边喊着，“你到底还要不要我的钱了?”

贾斯丁没有回答，他只是朝着她的方向微笑了一下。回想起来，如果没有这小小的一堂课，估计就只会卖掉蒂芙尼的盒子了。但是，正因为天美时这块表他才开始谈真正的钱的事情，所以在没有对他要处理的货币，或者现在的货币们有一个基本了解的前提下，不管开出什么价他都不会卖掉这么一个价值连城的东西的。

“那么我再问一次，公司难道不会比政府多发行货币吗?”

“刚好相反，贾斯丁，”塞巴斯蒂安说，“这样做完全没有意义。如果你把货币看成一种商品的话，就会有关于商品的竞争，然后发行过多的货币就会使得你现在在销售的这个东西贬值。其实，一种货币，特别是由政治而不是由资本实体来掌控的货币，更有可能被过多发行。这被叫作通货膨胀。你可能会感兴趣，现在主要的货币有47种，还有大概一百多种少数货币。”

贾斯丁正准备问第二个问题的时候，他注意到在人行道对面有一个熟悉的身影——是妮拉。她正在一个小咖啡馆里，端着她的电子助手给桌子对面的人看，尽管他可以，但是他还是没有走出店门让她知道他在那里——他想要知道她到底要花多久的时间才能知道在哪里去找他。

欧麦德也看到了妮拉。他开始发觉，贾斯丁是个出色的生意人，但是他也知道没有东西能够比生意人脑子进水更快搅黄一桩生意。而且欧麦德坚决想要从这桩生意里获利。他看到贾斯丁没有想让妮拉知道他们在哪儿的意思，但是他又想让她完全错过他们然后离开。

妮拉径直朝着当铺这边走来。

欧麦德对着贾斯丁窃笑着说：“找到你了。”

“是的，”贾斯丁回答，语气里面有一丝的敬佩，“她找到了。”

妮拉直接走到门口，贾斯丁为她开了门，然后脸上带着温暖的微笑跟她打招呼。

“你不进来吗？”贾斯丁有点吃惊地说。

“你在这里。”她语气里不带一点儿胜利的感觉。

“不错啊，都可以开派对了。”弗莱迪在柜台背后喊，“跟你说吧，我们干脆把这整个该死的街区的人都邀请来吧？我相信他们会跟我一样想要听一场关于大萧条，多种货币的课吧，还有我坐在这儿看着你们上演的小剧场，坐得我屁股都酸了，还是由我出钱的，我真的要开始怀疑了。”

“哈伯医生，”欧麦德张开手掌指着那边爆发的“小火山”说，“弗莱迪。”说完双方都敷衍地点点头。“弗莱迪，这是哈伯医生。”

“很高兴见到你。”妮拉语气肯定地回答。

“医生？”弗莱迪问。

“复活师。”欧麦德想要替妮拉挽回面子，说完用拇指指着贾斯丁说，“他的复活师。”

“噢，”弗莱迪看着妮拉说，“很抱歉。我刚才以为你们俩是……你知道的，‘一对儿’。但是很明显，如果是的话可真够恶心的，即使是欧麦德这种人的朋友。”

欧麦德不屑于回答，反而看着贾斯丁的方向。其实贾斯丁觉得她的问候是有点轻浮，他正想着弗莱迪为什么会对这个有意见。

时间在流逝。

“你是怎么找到我的？”他问妮拉，“我是被标记还是怎么的？是什么秘密的 DNA 寻找传感器吗？”

她回避了这个问题，“其实，莫什——我是说，麦肯锡主管——就是你复活的医疗中心的主管给他的几个在城里有铺子的朋友打了电话，把你的特征描述发给了他们。其中一个朋友打来了电话，我们就是这样找到你的。”

贾斯丁大笑起来，“噢，好吧。常识。”

妮拉微笑着，“这座城很小的，贾斯丁。没花多少功夫。只有投资者才能迫使我们用你所指的方法来跟踪你。但是没人拥有你。”

妮拉把视线转向欧麦德说：“你就是那只有名的‘矿山鼠’啊？”

“纠正一下，是有名的前矿山鼠。”

“对，听说了。在我们小小的中心不是每天都听得到老鼠变富翁的故事的。”

“富翁？还差得远呢，哈伯医生。”欧麦德回答道，心里却想着，如果你让我的朋友把他那该死的手表买了的话，我觉得我肯定会离富翁近点。

“那么，如果你们都没意见的话，”她接着说，“跟我说说是怎么回事。”

“完全不，哈伯医生。贾斯丁对我们的货币有点疑惑。他觉得政府才应该发行货币。”

“哦，这个啊。”妮拉微笑着。

“哦，这个？”贾斯丁有点吃惊，“钞票是由像微软这样的公司来管理的，你居然说‘哦，这个’？”

现在轮到欧麦德吃惊了，“微软？”

“我才不想知道。”贾斯丁抱怨着，他摇了摇头，想着刚才散落在地上的五颗不值钱的小玩意儿。

妮拉拉起贾斯丁的手。“贾斯丁，”她轻轻捏着他的手说，“我要怎么说你才能明白呢？”

当她这一简单的动作是在表示支持的时候，但是反响可不是。除了几次不要紧的争吵和一次握手以外，这还是贾斯丁自复活以来第一次与人接触，还是以一种安慰的方式。当他想要平息这种感觉的时候，他暗中觉得妮拉完全知道她在做什么。

“让我看看，”妮拉接着说，“这样如何？你就是一头进了瓷器店的公牛。是的，你现在想要进入的是一个非常奇怪又神奇的世界，但你还没有准备好要进入这个世界。这不是一次体验，贾斯丁。这就是我们生活的方式。就像我之前在中心跟你说的，我会帮助你，回答你所有的疑问，但是你得要放我一马，要学着信任我，好吗?”

“好吧，妮拉。”贾斯丁回答说，“我来告诉你吧。这家当铺的老板娘要付给我 38 000 点，因为她想要买我手腕上戴的这个东西。”他举起手腕。妮拉就像之前的弗莱迪和欧麦德一样，吃惊得眼睛都要瞪出来一样。

“是的，”贾斯丁有点不耐烦地说，“是货真价实的‘千禧年’版的。”

“哇!”

“是的，”贾斯丁回答说，“已经知道了。但是我不知道我要选择哪一种货币。”他补充说:“而且我现在有点饿了。”

当妮拉开始意识到她负责的这个人的手腕上戴的东西的价值等于她一年的工资的时候，她还意识到她负责的这个人已经准备好了，或者说这周之内他就会好了。很好，她想，又有一份协议需要他完成了。

“美国通用。”她回答说，“我知道有一个不错的地方，我们可以坐下来好好谈一谈钱的问题。”

在店铺的另一头，弗莱迪终于微笑了起来。

贾斯丁在妮拉的车门外站了一会儿，然后跟着她走进了二叠纪墙。站在墙的一边与他见面的除了舒服坐在比例匀称的椅子里的哈伯医生，还有一间舒适的小工作室。其实，这几乎让他想起了他那个时代用虚拟软件设计的空间。房间里有两张椅子，中间有一张圆形的桌子，上面有看起来很奇怪的像电脑一样的设备，还有令人目瞪口呆的三百六十度的街景……

他坐在唯一空着的椅子上，这让他直接就坐在了妮拉的对面。“去哪儿?”他故作随意地问。

“佛罗伦萨怎么样?”妮拉问，嘴角的微笑有一丝狡猾。

“你知道我喜欢这样，是吧。”

“啊，是的。”她回答说，“我也喜欢这样。就像经历过你的生活一样，真的。”

“那么威尼斯怎么样——我们可以在那儿吃饭吗?”

妮拉伤心地耸耸肩，“要是没有水中呼吸机的话可不行。”

贾斯丁抿嘴一笑耸耸肩说：“那就佛罗伦萨吧。”

妮拉同样微笑着，“我们得先去博尔德的轨道港一趟，短途旅行而已。”

“估算到达时间，”车子的自动回复系统说，“4 分 22 秒。”说完，汽车便开始缓慢且温柔地向着天空中升起。

贾斯丁有些伤心，因为他期待了一辈子的这趟旅行居然 5 分钟不到就会结束。但是这种感觉很快就消失了，因为他简直不敢相信自己坐着的这个车是在飞这样一个事实。他发现妮拉正盯着窗外——陷入了沉思。他猜，她肯定是想让他尽情地体验他的第一次飞车之旅，让他不被噪音所打扰。上帝保佑她。

汽车上升到一百英尺左右的时候，飞出了城。旅行前 5 分钟都只在天空中。贾斯丁看到了别的飞车，但是它们都散得很开，彼此之间的距离足够安全，不会造成危险……如果有危险存在的话。直到最后一分钟的时候，车子融入了一个朝着同一个方向前进的小车队。

随着日光渐渐变弱，他看见车正在靠近一个看起来像被巨大龟壳包围着的矩形结构的建筑。壳里大概有二十个房间，沿着顶部边缘等距地排列着。每一个房间都由一圈出气小孔包围着。这些小孔从天空做流体运动一样地一边喷出一边吸引圆柱形的豆荚。这座结构复杂的建筑物足足占据了四个街区。

当汽车散开的时候，贾斯丁看着它们从组成“乌龟”一面的金属墙的不同的位置进入。

过了一会儿，他们的车从自己的位置进去了。当他们在管道里停下来的时候，驾驶室内的灯亮了一会儿，出来的时候又变回到了自然光。他们现在在一个大停车场里。车子们被一个个地堆叠在一起，依靠来自底部的空气阻隔来保持车与车之间几英寸的距离。其他的车子有规律地挨个停放着。当他们来到轨道港的入口处休息的时候，他看见他们的车是挨着别的车停着的。

“你知道，很有趣，妮拉。”贾斯丁在下车的时候说，“我有很多问题，但是有一个我必须要问，你是真的走运找到这个车位的还是每个人都有好车位呢?”

“才不是走运呢，贾斯丁。”她微笑着回答说，“只是基本权利。莫什刚刚把我的车位升级了……多亏了你。我可没钱来这里停车。其实，我还有点恐惧这个呢。”然后，她看着入口的方向问：“你准备好了吗?”

贾斯丁微笑，这是妮拉需要的最好的肯定。她走向一个进入点，贾斯丁在她身后紧跟着。他们来到一个小走道上，走道把他们带到一个又长又干净的走廊上，穿过走廊就到了主楼。

“想想吧，贾斯丁。”妮拉一边开始沿着走廊走一边说，“‘停车’作为一个概念的话可能会让你能明白我们在这里是如何做事的。”

“我听着呢。”他回答说。

“好吧。首先，你可能注意到了，有些车被叠起来了，有些车没有。”

“是的，我看到了。我不明白，能够把悬浮车子叠起来的建筑为什么还要浪费空间让车子挨个停。”

“简单，是吧。”妮拉问，“在你生活的时期，你们有机器可以洗碗，对吧?”

“是的。我们……呃，叫那东西洗碗机。”

“对的。但是你们中的有钱人还是会雇保姆来洗碗，你是否觉得这也没有任何经济意义呢。”

“我明白了。这是身份问题。”

“很对。”妮拉确认说，“你看，贾斯丁，当科技已经发展了的时候，人的心理状态却没有。所以，除了观察吸收大量的信息以外，你还要做的事就是重新掌握这些暗示着身份、社会秩序和规范的隐秘线索。”

“这就是我要做的全部，是吧?”贾斯丁问。

妮拉大笑起来。

“这还解释了，”贾斯丁继续说，“为什么在珍珠街上，有些餐馆是人类服务员，有些餐馆却是飞行仆人。”

“我们叫他们‘工蜂’。是哪一种工蜂，要看他们的功能是什么。我们有酒吧工蜂，服务员工蜂——可以简称‘服工’。总之，你懂了就行。”

“明白了。”

“但是确实，”她说，“你是对的。那些有人类服务员的餐馆比那些没有的餐馆要奢侈得多。”

然后，她指着轨道港的入口处问：“我们可以进去了吗？”

当贾斯丁走进主大厅的时候，迎接他的是3D环绕的各种动作交响乐。有的人在行走，有的在跑，有的还飘着。到处都是“工蜂”，各种形状各种大小，有的在做文件，有的在收拾垃圾，有的在展示广告，还有的居然在弹上弹下的。大楼的内部有点儿像大教堂。外部的墙从地板到天花板都很干净，但是他们还是在运动，绳子一样的东西上下来回自由地运动着。从墙体发出来的微光投射出的影子让贾斯丁觉得好像是在水下一般。屋顶是由圆柱体的管道组成的，每一个都被着上了不同的颜色。每个管道都有人流上下——贾斯丁发现，这儿没有电梯。

当他的病人吸收这一切的时候，她看得简直入迷了。

“我们过几分钟就会到里面去。”她说。

贾斯丁点点头，微笑着。

“这边。”她说，朝着一个空的手掌机器走去。当他们走着的时候，带着小电视的小工蜂冲着他们嗡嗡叫。贾斯丁看到妮拉一个接一个的数据服务，休假还有奢侈品等各种各样广告。另一方面，他只被烦了一次然后就没人理他了。

“妮拉，”贾斯丁问，“不是我要被关注，但是为什么那些工蜂都不理我呢?"

"广告工蜂,"妮拉回答说,"简称'广工'。"

"那就是为什么。"妮拉说完指着他胸口的徽章,"卖给德勤可卖不到多少钱——确实就是这样。"

"为什么当人们想要不被打扰的时候就直接戴上这玩意儿呢?"

"首先,不容易得到。第二,不想被人看到戴着个东西……除非,当然,你是不得不戴。无论如何,欢迎来到我们简陋的小轨港。对了,'轨港'是'轨道港口'的简称。"

"啊。现在我懂了。根据我在外面看到的,还有我头顶上的天花板,我之前还猜是亚轨道飞行呢。"

"不错啊。给你十分。"她说,"可能你的化身能给你更多细节上的解释。"

"这些运输'豆荚轨道',也被称作 TOPS,通过磁流体动力产生推力。"塞巴斯蒂安说,"当导电流体或者气体通过电场或者磁场的时候它们就会上升。不管是氧化剂还是常规燃料都要通过地球重力场实现,激光驱动的 TOPS 大大减少了发射的花费。轨道太阳能站网络得以实现和运作。"

"轨港系统有多大呢?"贾斯丁问。

"遍布各地。"妮拉回答说,"设备被大批量生产,而且操作简单。我们就是天空中的巨大茶壶,真的……还有非常整洁的大楼内部软件。不管是修一根管道还是几百根,根据需要,都是很简单的。非常有钱的人家里还有私人管道。人口超过一万的城镇至少有一个这样的东西。其实,只有一根管道的城市就是你们说的'小型城市'。"

“其实是‘落后的城市’。”

贾斯丁看到他们来到了手掌机器的后面。

妮拉把她的手掌放到机器里，然后说要两张去佛罗伦萨的无限制私人飞行票。然后她被告知要去哪一个发射口。整个过程只持续了30秒。

“我们还要等多久?”

“不用等。这边走。”妮拉说。他们绕开排着队等待去到指定“起飞”区的人，径直走到被红色天鹅绒绳子隔开的区域。等他们到了的时候，一个衣冠楚楚的侍者立刻上前来问候。妮拉把她的手放进一个手掌机器里。侍者确认了预约，抬起了绳子，示意他们可以进去了。

“祝你们旅途愉快。”他微笑着说。

在贾斯丁意识到自己已经在空中飘浮着之前，他发现当妮拉飘起来去到一个指向着唯一一个开着的门的平台的时候，他自己是被妮拉拖着走的。

等他们进入到轨道豆荚的时候，一个迷人的空姐向他们问候起来。

“欢迎乘坐多数轨道。我叫派特，今天的旅程，我将会是你们的呼叫员。”

“呼叫员?”贾斯丁问。

派特注意到了他的徽章。“噢，请原谅。这是‘招手和招呼’的简称，先生。”

“好吧，谢谢。”他原谅她的误解说。他还是不太习惯被当作白痴一样，但是这个时候他和妮拉都认为徽章还是很有必要的，所以他只有继续戴着。毕竟，他现在是在“罗马”，他又不懂当地的语言，只是他的“导游”坚持——他也只有勉强答应——这样才是最好的。

“总之，”派特继续说，“再过几分钟我们就会启程。大家何不利用这点时间做好准备呢？”

乍一看这些奢侈的设施并没有引起贾斯丁的注意。在他眼里，不过就是一间圆形的空屋子，发着冷光的地方，周围有些配套设施，其中包括一间卫生间和一间厨房。房间里还有一台电脑，一个背对着他们的男人正在操作着。这可能吗，贾斯丁想，头等舱的意思就是不和其他人同乘？但是我们要坐哪里呢？我可没有看到有椅子。

答案很快就来了，派特递给妮拉的一个数据平板就是答案。“我看看可以吗？”他问，“我保证我不会乱动的。”

妮拉像只好奇的小猫一样想着贾斯丁会如何来操作这种新科技产品，她把平板递给了他。

贾斯丁现在把平板显示屏拿在手中，低头看见平板上有几张内部的结构图，旁边还有简短的描述，比如“月光小屋”“权力之旅”，还有“单身盛宴”。大概是看够了，于是他把平板递回给妮拉，但是他一不小心碰到了其中的一个按键。房间里的灯光开始变暗，出现了一张毛茸茸的大床，烧得旺旺的壁炉，其他幽会必需的配备应有尽有。其中还包括一瓶冰冻的唐·培里侬香槟王，两只空香槟杯，背景音乐是法兰克·辛纳屈的一支歌，还有逼真的海景。

贾斯丁对自己的这一个小小的失误感到很高兴，他完全没有注意到妮拉的别扭。

她的身体变得有点僵硬。“这真是太不合适了。”她说。

他对她语气中的冷淡感到有些迷惑，他一点也不为他现在要放弃这种想法感到失望，这种感觉是自然而然就来了的。他很确定她喜欢他，或者说，至少对他是有感觉的。而且，对他刚刚让这个房间发生变化的事情可以用一个玩笑或者借口就可以回避的。相反，他得到的居然是如此的冷遇。所以，要不是他忽略掉了一些她对他不感性的细节，要不就是他冰冷沉睡这么久之后世界观已经被扭曲了。不知道要说什么，他便什么都没有说。

“你怎么不让我来选呢?”妮拉说。不是问题，更像是命令。

贾斯丁顺从地同意了，然后小心翼翼地把平板递给妮拉。妮拉熟练地在平板表面晃着她手指，没过几秒钟，房间就又开始变化了。毛茸茸大床变成了两张又厚又软的棕色皮椅，让人看到就想坐上去。皮椅旁边是一张放着茶具的小桌子。海景现在也不见了，取而代之的是更加阴冷的新英格兰的天空——到处都是落叶。与之前贾斯丁的选择一样的就只有壁炉了。

这次他一脸惊异地看着这一些变化。“真令人难忘啊。”他说。

“是吧?”妮拉回答说，这次却很喜悦。“我的意思是说，我之前在全息图和广告上看到过，但这是我第一次有机会自己操作。”

贾斯丁走到房间中间，然后坐到了其中一张皮椅上。感觉真是棒极了。闻起来居然还有老皮的味道。他拿起一只茶杯，研究着它的细节。“太神奇了。这个怎么用?”他问。

妮拉随着他坐到了另一张椅子上。她，同样地，吃惊地环视着这间屋子。

“不知道。”她伸了伸她的双腿回答说。

在贾斯丁伸手碰到他的电子助手前，派特回答了。

“先生，这是纳米层聚合物，它可以在电子和光子层面对要求做出反应。这种物质可以模仿任何固体，但是只能模仿少数的液体状态的东西，都是为了您能在旅途中感到舒适。”

“我来猜一猜，”贾斯丁责备说，“你之前回答过这个问题。”

“先生，如果我每回答一次这个问题就可以得到一点的话，我现在可能正在你刚刚造出来的那张床上睡觉呢。”对贾斯丁和妮拉来说都很明显的是，她想要和谁一起躺在那张床上——反正不是德勤。

这让贾斯丁微笑了起来。至少有人想要这个鬼东西。

“无论如何，像我说的，”派特继续说，“在以后的旅行中，你还可以带来自己的设置——只要不影响豆荚的飞行。”

“会有影响吗?”妮拉问。

“会的，曾经有两客人想要变成她自己的游泳池，这样她就不用缺席她的游泳课了，但是过程中水会发出声音，在零重力的情况下，基本就是不可能的。如果我没记错的话，我们还是选择了照她的做。”

“谢谢。”贾斯丁说完，起身离开椅子，走到一间小图书馆里。他仔细地看着这些书，然后抽出一本抓住了他眼球的书，马克·吐温的《傻子出国记》。

“怎么会呢?”他随意地翻着书页问，“这个纳米变体技术不是每一种飞行的标准吗?”

“聚合物，”派特说，“需要不停地微调，而且只能在特定的环境下保存。安全运行这些环境的设备非常地庞大，如果单靠它，又要保证舒适的话，每个豆荚只能装几个人。而且，设备很快就会坏，又得要修。综上所述，现在要弄成标准配备的话还没有什么经济意义。”

“还没有?”贾斯丁追问。

“事情总是会向着好的方向发展，先生。”

“我怎么会知道，”他意味深长地看了妮拉一眼说，“我到这儿来还没多久呢。”

“这也对。”派特说，“博尔德是旅行的好去处。”

“是的，”妮拉补充说，“但是你不会想在这里生活。”

派特微微一笑。很专业地赞同，妮拉猜。

“我刚刚得到消息，”派特说，“我们已经准备好起飞了。所以请两位坐在自己的位子上，起飞之后我再来看你们。”她说完消失在背景里。

贾斯丁看了看周围，很疑惑。妮拉，还是舒服地坐着，轻轻拍了拍旁边皮椅的坐垫。当贾斯丁一脸奇怪地看着她的时候，她只是点头。他耸耸肩，笑了起来，然后向着座椅走去。他强迫自己坐下然后拍了拍扶手。

“放松，贾斯丁。”妮拉说，“要飞的是豆荚，不是椅子。”

“没有安全带吗?”

“没有安全带。你等着吧。”

他只有等着，然后立刻就感觉到了重力的作用，感觉像是在拉着他一样，很不舒服，有束缚感。压力稍稍有点增加。他以为可以看到起飞的场景，但是他看到的只有落叶。

“我可不可以看看真正的起飞?”他对着空气说。

“当然可以，贾斯丁。”传来派特轻飘飘的声音，就这样，他从窗外看出去，看到地平线慢慢地向下走。一分钟后，夜空成了黑暗的地平线，四十秒之后，派特的声音又不知从哪儿传了出来。

“欢迎来到太空。”

妮拉从椅子里站起来向书架走去，基本上没有抬眼看窗外的景色。贾斯丁看着她站起来，于是他自己也站了起来。他的腿感觉有些迟钝，他发现自己的步伐很僵硬。就在这时，他意识到他不是在……飘。

“在地球上怎么会……用错词了。”

妮拉抬眼看着他。

“为什么我没有……飘起来呢?”

“对了，”妮拉回答说，“你知道飘的感觉，我该怎么说呢……发生了一些改变。”

“什么?”

“放松，贾斯丁。信息有点多，得慢慢来。记得吗，在通常情况下，我们会到第四天的时候才涉及这个问题。但是，介于现在情况比较特殊，那就别嫌我啰唆了。”

“我还是想知道你对我做了什么。”

“这个嘛，首先，我什么都没有对你做。之后你可以从王医生或者塞巴斯蒂安那儿得知到底是怎么回事儿。但是，我可以给你讲点基本的东西。”

“说吧。”

“你，跟我们其他人一样，都被安装植入了一个全身纳米通信网，或者说得具体点，就是纳米制成的细胞被植入了你的身体组织，每一百微米左右就有一个。这些纳米细胞会影响你的身体内部的状态。也就是说，当你在天空中遨游的时候，你就被变成为一个巨大的——找不到更好的词了——磁铁。这就是你步伐有些可笑的原因。我猜我习惯了。”

“啊。”

“这也解释了，”妮拉说，“你不会感觉太冷或者太热。你一直都是‘刚好’的状态。你的纳米机器人一直在不断地调整你的状态。”

好像是为了要确认妮拉的信息，贾斯丁盯着自己的手说：“太神奇了。”

“是吧?”妮拉表示赞同。

“噢，好吧。”贾斯丁略带顺从地说，“我其实挺期待可以体验一下失重的感觉的。我猜下次吧。”

“随时都可以。”妮拉微笑着说，“派特?”

“马上就来。”声音是从上面来的。

贾斯丁感到一种陌生又奇妙的释放的感觉。这跟他在地面上的感受非常不一样。现在他发现，当他在地球上飞行的时候，他的身体有压迫感，虽然很温柔，但是是向上的。这次他的身体根本没有被操控，身体是自由的。在接下来的几分钟里，他沉浸在反复做慢动作翻跟斗的喜悦中，他小时候在电视上看到NASA的宇航员做的时候非常入迷。在不到一天的时间里，自重生以来他所经历的这些事情，恐怕只有这几分钟无拘束的欢愉才能让那300年的沉睡变得有意义。

着陆跟起飞差不多。“豆荚”缓缓下降的时候，派特温柔地把两人请回到各自的座位上。贾斯丁又一次透过窗户看到这一切，而且当豆荚下降的时候他又感觉到自己的身体被拉着。他看着他们穿过大气层，又穿过云层，最后进入到管道里，跟一个小时之前他们通过的那个管子一样。

他们踏出进来时的那道门就算是着陆了。外面没有任何平台，只有空气。但是现在贾斯丁对于这些事情已经驾轻就熟了，即使他早前千禧年的理智告诉他不要踩到“空”的地方去，但他还是这样做了。况且，妮拉先这样做，他只是照做罢了。

他注意到，这个轨港肯定比之前他离开的那个轨港大得多，而且也很多彩。意大利设计风格，贾斯丁想。还是很壮观。

“车——萨巴提尼的。”妮拉一边下来一边命令道。

“我们为什么要去这家饭馆呢?”贾斯丁问。

“因为贵。”妮拉微笑着说。

“让我猜猜，”贾斯丁看着周围新的景色说，“因为不用你付钱。”

“又猜对了。主管都包了。这种事情从来没有发生在我身上过。所以一旦发生了，我肯定要好好地利用。”

“我没问题。特别是因为这顿饭要我付钱……只要我明白我到底是用什么东西付。”

“你没必要这么做，你知道的。中心还是有很多钱的，正如我所说，所有的都有人付钱。”

“我知道，妮拉。但是我必须得要做点什么。就当作是自豪吧，就当作是回报你为我做的一切，不管你当作什么——这顿我来付。”

妮拉看到了他很严肃，她知道已经没有争论的余地了。

“好吧。你就用美国通用的美元付吧。从你的时代开始它就是非常令人信赖的旅行货币。”

“我知道。我们那时候叫旅行者支票。”

“噢，好，那么这解释起来就简单多了。”

“什么解释起来简单多了?”

“钱。或者，至少自从你上一次花钱到现在，我们关于钱的看法改变了多少。”

“对。”

“我们很快就会着陆了，我们待会再详谈，现在先享受一下景色吧。我的最爱之一。”

贾斯丁明白为什么。虽然他之前来过佛罗伦萨，但是他从来没有这样看过这座城市，也就是这样盘旋着看。他可以认出佛罗伦萨大教堂，一座建筑风格非常古老的建筑，一度成为了文艺复兴时期最富裕的家族的财富和公民自豪感的象征。他看见了著名的横跨阿诺河的维琪奥桥，还有……他还看见了佛罗伦萨建筑物中他的最爱——乌菲兹美术馆。之所以为之倾倒不仅仅是因为它的外观，更是因为美术馆里面的东西：出自波提切利，卡拉瓦乔还有米开朗基罗的无价的艺术品。

飞行器最后轻轻地着陆在潘桑尼大街上。在这里，萨巴提尼餐馆舒适地存在于午后的喧闹之中。妮拉和贾斯丁走出飞车，走了几步，然后在餐馆外面的露台找了位子坐下。过了大概30秒钟，一个穿着精致的人类女服务员出现在了桌边。

“他要……”

“比萨，”贾斯丁接过话说，“意大利香肠比萨……多加点奶酪。”

“比萨？”妮拉大叫道，“你现在是在佛罗伦萨最贵的餐厅吃饭，你居然点比萨？”

“是的，”贾斯丁脸上带着一点得意说，“我就是刚好非常想吃比萨。”

“我们在博尔德也可以吃。”

“对的，但是在那儿吃可没有这么有趣。”他开玩笑地说。

“好吧，”妮拉妥协了，“给他来……比萨。”

当贾斯丁从桌上的篮子里拿出一片面包的时候，妮拉点了店里的推荐菜，还有一瓶基安蒂红葡萄酒。

贾斯丁在抹黄油的时候，妮拉看到他严肃的样子大笑了起来，然后贾斯丁每咬一口就要回味一下。

“那么来吧，”她说，“你吃。我来说。”

“没问题。”

“好。我知道听起来有点简单了，但是你们是怎么定义钱的？”

“简单，”他回答说，“就是价值的占位符号。”

“回答得很好。是什么意思呢？”

“妮拉，拜托。我们真得要这么做吗？我其实挺精通经济的。”

妮拉拍了拍手。

“精彩，贾斯丁，精彩。你可真会装……我是说，入组织前300年前的理解。想想，如果一个300年前的工商管理硕士出现说他什么都知道——那么如果你不介意的话……”

“适时的批评。”贾斯丁回答说，“对你的问题的答案就是——拥有占位符号的意思就是说我有你想要的东西，而你没有我想要的东西。比如说一件衬衣和……”他举起桌子上他吃剩的面包说：“烤面包。如果我不想要面包，你就得不到我的衬衣。但是如果有钱的话，我就会承认面包、衬衣或者橘子的价值，或者是某人的劳动力的价值都是可以用我们所达成一致的东西来代表。过去就是金子或者银子然后才开始用货币。在我的时代才开始用电子占位符号的。”

“不错。如果你不介意的话我想问一下，你是从哪儿学到这些基本知识的?”

“我小时候很贫穷，通过我的努力工作，坚持不懈和一点点的好运，我才能变得富裕。有时候我也想尽可能地了解这个我努力想要得到的被叫作‘钱’的东西。所以我找到一个可以说简单英语的经济学家，她尽力地教了我很多。就是这时我才知道钱到底是什么，还有钱是基于什么存在的。”

“盲目信仰。”

“完全正确，妮拉，信仰。”他确认说，“可以确认的是，我可以拿出一张有去世总统投降的绿票子，转身给别人，然后他便会给我我想要的东西。”服务员把意大利香肠比萨端了上来，然后用比萨刀把比萨切了，接着就消失在了餐馆后面。“就像这个比萨。”贾斯丁闻着味道说。

“只是现在我们不用纸质的了。”妮拉纠正说。

“是的。”

贾斯丁咬了一口比萨，一秒钟之后却皱起了眉头。

“怎么了?”妮拉问。

贾斯丁脸上露出苍白的微笑说：“我还在期望，经过了300年，意大利应该学会如何做好比萨了吧。”

“这东西不是他们发明的吗?”妮拉问。

“常见误区。比萨是在纽约被发明的。有人说是在巴尔的摩，也有人说是在费城。”

“谁知道呢。”妮拉耸耸肩说。

“那么现在，贾斯丁。”她接着说，“我要再问你一个问题。”

“问。”

“既然你已经知道政府货币，那么公司货币有什么让你烦恼的呢?”

“公司是由利益驱动的团体，他们只……”

“……他们只要利润。”妮拉补充说，“如果你仔细想象，这也是为什么他们会比政府更好地掌控货币的原因。他们不会为了让某个政党开心而让货币贬值。他们不会单方面印刷很多货币来让人们觉得自己有很多钱，或者暂时地影响贸易平衡。”

“你是在说通货膨胀。”

“是的，我就是在说这个，如果我说错了请纠正我，但是你们的通货膨胀率已经在混乱的边缘了。”

“你没说错，妮拉。”他回答说。

“公司，”妮拉接着说，“他们也会抓捕伪造货币和盗用公款的人。为了确保你会用他们的货币，他们会给你带有附加值的服务。比如说，美国通用的货币可以在太阳系里的任何一个城市用，任何一桩私人交易都可以用，他们还愿意为美国通用的点全部通道做担保。”

“一切都很好，妮拉。”贾斯丁回答说，“但是美元是牢固公认的货币。不仅如此，美元是全球的，稳定的，而且是被严格控制的。”

“我同意美元就像是千禧年之交时候的公司货币一样非常的重要。是什么来着，联邦……？”

“美国联邦储备委员会。”

“谢谢，美国联邦储备委员会的作用就像现在的公司。它保护而且不会扩大货币的供应，而且它的防伪造也非常的严厉。但是贾斯丁，它到底还是政府的啊。”

“你的意思是？”

“我的意思是政治会阻碍货币的发展，引起大衰落。”

“请说具体点。”

“有些政治家出来，在大衰落之前空口说白话，他们觉得最好的履行承诺的方法就是让货币贬值然后再印刷。事实是——我补充一点，有良好文档记录的——从很多方面来讲，虚拟现实灾难就是直接问题。但是他们让情势更加糟糕了，他们想要毁掉有史以来最伟大的国家的货币和经济。等到一切结束的时候，这些公司是唯一留下来还能提供服务的组织。”

“但是如果其中一家公司的货币出现同样的情况呢？”

“贾斯丁，在美国，美元是法律允许使用的唯一货币。这样的垄断像是好主意吗？我们有47种主要货币，它们全都有保险，如果有人做了蠢事，消费者可以随意使用其他46种。尽管大部分都是在

GCI，但并不是说我把我所有的点都放在一家公司。你们的政府把美元毁掉的时候，这也是必然会发生的事情，你们的人民除了跟着这艘下沉的经济大船一起下沉以外没有别的选择。我不是说我们没有过货币问题，但是事实是，我们不会被一种货币困住，我们会因为它们而变得更自由。”

“好吧。我开始明白了。但是你们到底要47种货币来干吗？我是说，在我生活的时代，大多数商品的良性竞争都是在三个或者五个公司之间进行的。”

“产品不同，贾斯丁。这样来看吧：如果你要买钻石，你会用哪种货币？”

“在我那个时候的话，我会用南非的。”

“木材呢？”

“美国或者俄罗斯的。”

“高科技的东西呢？”

“日本或者韩国的，但是以色列的也开始发展起来了。”

“全部呢？”

“美国的美元。”

“我们的这些公司也可以这样。不同的公司货币专门针对不同的东西，就像那些不同的国家之前做的一样。只是在‘你的时代’那些国家会为了政治目的使用货币，这通常会伤害到货币和那些本应该受到帮助的人。现在的货币就是严格为了经济需要，而且也没有了中间人这一说。不管出于什么原因，如果铜的需求增大了的话，商品货币也会增值，这些货币价值的增加与其他货币是相关联的，都是为了达到新需求的数量。不会是静态的。”

“静态?”贾斯丁问。

“你知道，就像你的政府过去会多印钞票一样。可能会发生的事就是，人们会走出家门去买更多的‘东西’。这些东西的制造者认为是出现了新的需求，其实不是这样的。只是钱变多了。他们没有获取到关于市场真正需求的信息；他们只是凭感觉，而不是去了解过量印刷钞票的影响。因此，是静态的。”

“明白了。”

“无论如何，”妮拉接着说，“每个人都明白经济现实，每个人都可以因此做出安排。这也是为什么像维持经济这么重要的工作不能给政治驱动机构的原因。”

“你说的还是很有道理的。”贾斯丁承认说，“但是欧元呢？它是由一堆政府聚集起来开始启用的货币，据我回忆，在我冰冻之前这种货币都还很不错……其实比美元要好。”

“你只看到了开头的几年。”她回答说，“然后欧元就开始变得跟其他以政治为基础的货币一样了。因为欧元要庞大些，所以分歧也就更严重。”

“你是指，我猜的话，大萧条吧。”

“啊，好家伙，我想他明白了。”妮拉唱道。

贾斯丁微笑了。但是他过去记得的短语还是在脑子里浮现了出来。他想在当中寻找讽刺的安慰。

“那么，”他吃完他的最后一块比萨说，“我要收集的 GCI 的货币就是今天的‘美元’吗?”

“正确。”妮拉回答说。

“GCI，”贾斯丁叹了口气说，“是赫克特的机构。”

“也是我的。”妮拉说着，语气略带歉意。

“抱歉，”贾斯丁对妮拉说，他读着自己写在电子助手上的一些话题。他快速浏览了一遍清单然后抬眼说，“SCV 是什么？”

“是全体货币的融合。”她回答说，“包括主要的和少数的，根据时间单位通过神经更新。它是全系统的，所以每个人都可以对东西的价值有概念。但是没有这样一种货币叫 SCV，它只是一个基准点。”

“我来猜猜，”贾斯丁说，“GCI 的点通常都要比 SCV 高，而且它是太阳系里最重要的货币。”

妮拉有些吃惊：“你是怎么知道这个的？”

“不难，其实。我还记得当铺里那些东西的价格，而且这个菜单上 SCV 的旁边就是 GCI 的货币。”

看到了像标签和菜单这种简单的东西之后，妮拉意识到，贾斯丁已经对她的世界有了敏锐的洞察力。她之前的授课计划现在得压缩了。

“我等着你问我你的问题。”他说，打断了她的思绪。

“什么问题？”

“就是单纯出于个人兴趣和好奇心的问题。如果我猜得没错的话，想要问这个问题的念头都会让你觉得有点愧疚。”

妮拉张着嘴吃惊地看着他。他完全描述出了她的感受。他猜中了她确实想要问他一个更加私人的问题，也是跟他适应社会没有关系的问题。但是，他没有猜中她本来永远也不会提起这个话题的。现在她获得了他的允许，所以不管她是不是必须要接近，即使在这样的情况当下，继续下去都是能被接受的。

“你怎么……”

“我是，”他继续说，“或者说我曾经是一个出色的商人，妮拉。在我做的金融工作层面上，看透别人不仅仅有用而且非常的重要。”

“我们现在说的是什么样的金融问题呢?”妮拉问。

“噢，现在就说吧。妮拉。这可不是你想问的。”

我想我只有跟随这个“不按计划”的规则了，她为自己感到遗憾。

“好吧，贾斯丁，”她回应说，“你……到底是谁?”

4. 名声

艾玛·索贝尔基在17岁的时候得到了她真正有价值的第一笔股份。不是说她父母和兄弟姐妹的不值钱，只是因为他们的价值更多的是建立在心理层面而不是经济层面上的。原因很简单也很直接——拥有亲属的股份能让人从对方身体和情绪上考虑到对方，造成不适当的伤害的时候要多思考一下。

其实，艾玛相信，如果她之前没有用她亲爱的哥哥的股份的话，这个小混蛋肯定坚持不到青春期。不仅仅是她的家庭，大多数的家庭都表现得很好，她觉得在进入组织以前区分一个人能生存和劳作的好坏界限非常地神奇。她认为，获得自己的第一份股份是自己人生历史上不可抹去的一件事情——同样重要的还有她失去的贞操（好记性）或者是去虚拟真实博物馆实地考察（恐怖的经历）。对艾玛来说，获得这些股份是她与社会更加亲密接触的开始，在此之前从没有与别人有过这种接触。不同于历史上的其他时期，因为这样的接触和联系是通过强大并且精细的纽带连接起来的，这些纽带便是世界上最紧凑的统一者——个人利益。就在这样的个人利益主义下，艾玛想发现非常有价值的份额。

在她 17 岁的时候，她和一个富人家的男孩有过一段恋情。这个男人认为他自己已经是男人了，他还认为艾玛足够幼稚愿意相信他。他总是迫不及待地想要脱掉艾玛的裤子，然后本着私利精神给她一点儿份额。因为他老是喜欢故作姿态，这些股份刚好是属于一家强大势头正劲的名叫 GCI 公司的信任主席的。只要这个男孩知道一句简单的“想要做吗?”就足够了的话，那么他可能不会放弃这么有价值的一个商品。但是他和艾玛都“陷入了爱河里”，他们谁都不知道那些股份会是这么贵重这么有用的一个礼物。艾玛感觉这些股份代表了纯洁“不朽”的爱。但是，当这份“不朽”的爱维持了大概六个月的时候，一个私人经纪人，简称“私经”，代表那男孩的家联系了她。这个私经好像想要买回这些股份，并且是以市场价。即使在那时，这些股票也可以带来一笔可观的收入。但是，艾玛不顾家里人的劝告，决定留着这些股份——确实是非常有预见性的决定。因为后来的结果是，那个主席变成了国家主席。他不仅仅是太阳系里最出名最隐秘的人，他还是把 GCI 变成人类历史上最强大的公司的人。她拥有他股票的这个事情让她成了同龄人中最特别的人，就像有人幸运地继承了一件稀有的艺术珍宝便能让这个人在自己的圈子里凸显出来一样。

等到艾玛长大了之后她发现，与其他名人、政治家或者这之类的人不一样，主席的股份基本上没有。有很多人想要买，但是基本上没有人卖。即使当那件非常罕见的事情发生的时候，不断上升的价格差点就占了头条新闻。

关于注意没有股份这件事情奇怪的地方就在于这是与规则相反的。名人、政治家，特别是明星，他们会把自己的股票分成极小的部分，然后作为股份分给尽可能多的人。艾玛回想，之前好像每一次选举的时候，她都可以得到至少一打政治家发来的奖励股，他们在邮件里写着那句陈词滥调：“为与你利益有关的候选者投票吧。”艾玛会像往常一样把这些免费赠品送到她的私经那里去，然后立刻卖掉。如果她幸运的话，大部分会给她带来足够的钱来支付水电费。

但是主席的股份很明显是不同的。从很多方面来讲，手上这小小的一股就决定了她的生活。她对于主席的调查让她现在成为了一名记者，也让她遇到了她的第二任丈夫——一个新闻学教授。她的第二任丈夫，除了与生俱来的魅力以外，他也有很特别的东西——一股主席的股票，他也是在年轻的时候获得的，并且他也同样聪明地保留到了现在。她的第二任老公也跟她一样拥有令人着迷的能力的事实，让她觉得她的老公比他实际还要有魅力。不幸的是，她意识到这一点的时候已经有点晚了，在结婚之后发现他的真实面貌之后让她有点沮丧，他其实就是一个会花言巧语，自命不凡，手握着主席的一股的混蛋。好吧，这个混蛋和他的股份很快就会被分开了。

科尼利厄斯热爱他的工作。他确实只有一个客户，但是考虑到这个人的身份，他只有这一个也够了。他以前是一个常见普通的私经。他可能已经知道这份工作是由“私人”和“经纪人”两个词合起来的，他了解他的工作。人们就是私经的交易股票，而且科尼利厄斯非常了解人——其实，他更觉得自己是一个流言报告者而非会计人员。他知道有的私经最后过着高端的生活，还有做得好的从没有离开过自己的卧室，然后随着模糊的潮流就进入了神经网络。但是他交易的规则自四百年前在美索不达米亚进行第一次交易之后就没有变过：低价买进，高价售出。

生活一直都是按照计划在进行，直到一桩交易把一切都改变了。主席股票中的三股由于继承的关系可以被买卖。尽管他们不是科尼利厄斯的客户，他还是做了些调查，他发现继承者为了换取一大笔利润，想要直接把股份卖给主席——其实，这笔钱可以让一个争吵不断的家庭成员们有史以来第一次礼貌地相处一个月了。

科尼利厄斯知道，除开这三股以外，主席的股票不是经常可供买卖的。很明显，现在已故的所有人曾经以第三方交易的方式把主席的股票当作了抵押品。而且，作为交易的一部分，“购买优先权”条款也在其中。条款赋予享有第三方优先权利的人购买主席的股份，按照之前达成协议的价格，然后再看要不要把股份出售。科尼利厄斯察觉到继承者家庭没有准备把即将发生的买卖告诉第三方，倒不是因为他们不想还是怎么样，其实是因为他们没有意识到。

所以他打了个电话。

在第三方的货币经理人了解到他犯了个错误之后，他很高兴科尼利厄斯能够参与到其中。毕竟，科尼利厄斯不仅把他从事业的危机中挽救了回来，他还会尽力地让第三方家庭变得非常的富裕。最后，原始继承者家庭不得不卖掉股份，然后回家继续相互吵架，大家都一起责怪说是已故的父亲又一次诅咒了他们。科尼利厄斯得到了常规佣金，在这次的交易中，便是不小的一笔财富。

交易结束的第二天他接到了一个匿名电话。对方提出了一个常规要求，还说如果他有方法能买到主席的另一股的话，他还会得到两万点的奖金。但是，有一点要求——这一股必须要在四十八小时之内得到。

喜欢挑战的科尼利厄斯接受了这单生意。其实这并不简单，而且会花掉打电话这个人一大笔钱，但正是这个事实让他接受了挑战。

这就是科尼利厄斯如何得到，最后又如何接受了主席的私经这个职位的。他只有一个工作，得到主席的股票。只要没有违背法律，他可以采用任何方法——当然，他只能成功不能失败。

他的预算很大，而且有比他想象的还多。即使当他已经成为自己的大股东的时候，他还是在工作。很多他的老同事都觉得他已经卖光了。但是他们错了。每一只股票都像是一次全新的狩猎。同样的方法从来不会两次都有效。其实他更像是一个心理学家或者是大猎物猎人而不是私经。钱从来都不是答案。如果是的话，主席就不会需要他了。对于工作他只有一点后悔的：他自己手里没有主席的股份，为主席得到的东西他都会全部移交。倒不是因为他买不起，就他现在手里可支配的钱和资源，他大概可以买两股甚至三股，但是他坚信，就像相信太阳每天会升起一样，如果他自己有主席的股份的话，他便永远不会再为主席工作了。

所以他继续着自己的工作，把这份后悔抛诸脑后。

他的化身提醒他有一通来电。他看到是来自 LCP 组群的。LCP 代表的是“低声望”持有人。毫无疑问，他们是最难撬到股份的一群人。因为对这群人来说钱从来都不是问题。他们宁愿被截肢，也不愿意放弃可以让他们在世界上成千上万的灵魂中脱颖而出的东西。但是他从来没有放弃希望。他确保每个人每年都可以得到一份小但是独一无二的圣诞节礼物，而且还有每个人生日的时候会收到手写的卡片，他们会记得他。他祈祷现在就是回报的时刻。

他看着化身上显示着的名字。啊，太好了。他想，永远不为所动的女朋友，如此年轻就如此聪明的女人。这可有趣了。

“索贝尔基小姐，”他回答，语气就像是接到的是亲密的朋友打来的电话一样，“真高兴能接到你的电话。需要我为你做什么？”

尽管他可以在语气中带一些对她离婚感到伤心或者是为她在内

部系统杂志上卖出了她的第一篇文章感到高兴的情绪，但是他还是决定走正常路线。他们准备好了就打电话，他可不想转换话题，或者更糟糕的就是可能会碰到敏感的话题。对于很多的信息，他之前学到的其中一点就是守住这些信息。这是正确的做法。

艾玛直接切入主题，“我愿意卖掉我手里主席的股份。”

“太好了。你将会变成一个非常富裕的年轻女子，现在成交价是……”

“不管是多少都可以，但是除了钱以外我还需要另外一样东西。”

他在心里微笑了一下但是在脸上没有显现出来：“是什么?”

“信息。说具体点，我要知道主席自己手里有多少自己的股份，要可以金融查证的方式。而且我两个小时之后就要。”

科尼利厄斯看着正在盯着他的一脸严肃的艾玛。他没有想过要做徒劳的工作。

“我两个小时之后联系你，再一次感谢你让我有机会为你服务。”

他挂了电话靠在椅子上思考，双手在胸前做成杯状。过了一会儿他站起来，走到他墙上的保险箱那边，然后打开了它。保险箱里面有很多文件，数码水晶，还有价值连城的物品，但是这些都不是他要找的东西。他伸手拿出一个还没有怎么用过的特别改装过的电子助手。这个电子助手和其他普通的都是一样的，但是它里面的编码可以让他打一个特别电话。他走到书桌边开始打电话搜集关于艾玛·索贝尔基的信息，他发现她现在已经没有那一股的所有权了，现在所有权是属于维加斯一家赌场的。多查了一会儿他发现，索贝尔基小姐前夫手里那一股现在也属于这家赌场。好像他们俩打了一个跟他老板有关的赌——赢的人可以得到所有赌注。为了以防万一，他找了找看是不是还有别的股份也在这个赌局中。只有这两份，他注意到。

等他尽快地搜集到尽可能多的信息之后，他知道自己对索贝尔基小姐的承诺，于是他通过特殊接口把他发现的这些东西都发送给了主席。他还建议他们要等到这个前夫，然后把这两股都弄到手。十分钟过后，他收到了主席的回复，主席简单地指示说一分钱都不要给索贝尔基，但是主席也承诺会通过可验证的方法提供信息。

有把握最好。科尼利厄斯想，然后开始按照雇主的意愿做事。

艾玛坐在一间密室里，在一起的有她的前夫还有前夫为了刺激她带来的一个没头没脑的人。混蛋，真的要把这事儿变成个人恩怨吗，艾玛想。她祈祷她自己的信息在赌局结束前就已经被赌场记录了。

他们三人坐在豪华的躺椅上，面前是一个赌场雇员的全息图。他说："双方都在两个小时内上交了需要的信息，根据规定，如果双方都是在2%以内的话，那么数字接近的人获胜。这是在赌局开始之前双方签约同意的。"

艾玛的前夫转身向着她说："艾玛，你猜一下。对你有好处。永不放弃。"

赌场人员接着说："因为双方的答案非常的接近，瓦博登教授会解释他的决定和答案都是可供双方查询的。"画面开始从赌场员工过渡到这个经济学教授，之前双方同意让这个教授来当中立裁判。艾玛看到她前夫脸上有一丝忧虑的神情，她觉得很满足。他没有注意到这些。他没料到他们的结果之间的差距居然不足10%，事情不应该是这样的。

“好了，我有一个好消息给你们其中一个。”瓦博登教授说着，确认他确实抓住了观众的注意力，“好吧，无论如何，祝贺你，艾玛。我不知道你是如何做到的，但是你确实是胜利者。很抱歉，保罗。”

艾玛的前夫看起来就像是轻而易举就被打倒了一样。过了大概十秒钟他才有反应。“这不可能。我毁掉了我所有的记录，除了假的我没有留下任何副本。你根本不可能从我这儿偷走那些信息的。”

你可真是个自大的鼻涕虫，她想。“保罗，我什么都没偷。我的来源比你的好了那么一点点。”她看着瓦博登说：“继续，你告诉他。”

“保罗，她找到了主席——我是说，主席本人——来告诉我她的数字，还有经过验证的股票交易单。他给了我确切的数字。如果对你来说有用的话，你的误差是0.297%，还不到1%。但是艾玛是拿到的准确数字。”

保罗还是无言以对。

瓦博登转向艾玛说：“我很好奇，亲爱的。你是用什么方法让他告诉你的?”

但是艾玛没有在听瓦博登教授的，她正在看着她的前夫。她一直在等，等到在他脸上看到了那个表情。那个表情表示他明白了她是如何让主席来提供这些信息的。她前倾着身子说：“保罗。我承认大多数时候你都比我聪明。只是在重要的时候还是我比较聪明。如果这能安慰你的话。”她说完起身想要离开：“我还是只有主席的一股。但是，从来只需要这一股就够了。”

她走出密室，然后再也没有见过她的前夫。

即使在赌局设立之前，艾玛也没有想到像主席这样一个有权有钱的人从来没有百分百地占有过自己的股份。可能，她猜，大概在60%到70%，肯定不会很多。因为进入组织后会自动扣除5%的股份然后交给政府，那么理论上他或者其他人最多可以买回自己95%的股份。这是政府负责看管部分的最小值，而且被看管的部分还要付钱。宪法第五条第三项说得很明白：“所有出生在地球联邦的人都以1 000 000股的股票被编入组织，20 000个人股属于代替父母（父母或者监护人），5 000股属于政府。政府可以依据任何理由上升或者下调公民手里的数量。”据艾玛回忆，公告最后一部分存在的原因非常的明显。政府对于这些股票的掌握所引起的任何损失或者升降，一方面会导致暴政，另一方面还会导致破产。

她赢得的股份在她的生命里还扮演着另外一个重要的角色——很快就花完了。过去几年的奖金变成了月球度假。另外，她还接到了多次私经打来的电话，想要用高于市价的价位买那一股主席的股票，其价格是整个地球联盟里个人股票最高的，这确实是一笔不错的生意。但是艾玛永远不会卖，不管价格多高都不会。她历尽千辛万苦才得到这一股——不管是从专业上还是情感上——永远都不是为了经济目的。但是，骄傲完全又是另一回事了，而且在这一刻，她愿意拿这一股打赌，这个小故事到了全世界各地，小博尔德、科罗纳多，肯定会变成比当地媒体报道出来的更夸张。

“迈克、恩里克、桑德拉，赶快给我滚进来。”艾玛的声音从自己小办公室传出来，传进外面员工们忙碌工作的地方。跟大多数现代信息组织一样，《地球日报》运用了导师学员小组系统。那就是一个导师可以把记者和编辑的工作与手下的学徒结合在一起。每个小组用的署名都一样，取决于谁对故事的贡献大。然后，十年左右之后，这个学徒要么自己成为一个记者导师，要么就继续去寻找一片广阔的天空。艾玛有独特的能力可以培养一群人——其实，这群人愿意在名义上保留学徒的名字，虽然他们从经验上讲已经不是了。她可以通过挖掘出好的内容来达到这一目的，还要在署名的事情上做到公平，然后还要保持工作环境有趣和欢乐。虽然工资不会很高，但是能和有艾玛这样水准的人一起工作所获得的名声让这一切牺牲都是值得的。

“是，夫人。”办公室外传来整齐的回答。过了一会儿，这小组人就挤了进来。

迈克·维尔，高挑的身材，金色的头发，像往常一样靠在北墙上，“不小心地”挡着了她珍贵的《地球日报》创刊号，那个时候名字叫《阿拉斯加日报》。他可以在一个装满漂白剂的管子的底部发现灰尘，艾玛忍受着这些怪癖。第二个进来的是桑德拉·莫里。她六英尺多一点点高，一头长长的红发，脸上有些雀斑，轻盈的身体让她随时都可以把身体搭在身边的物体上。她选择了沙发。恩里克·洛佩兹跟着走了进来。带有菲律宾血统的他，又矮又胖，这个肌肉发达的男人更愿意跟数字打交道而不是跟人。他在自己的老位子坐下，就在艾玛桌子的前面，然后拿出了他的电子助手。艾玛从来不知道他为什么要把那鬼东西拿出来。在与他工作的十五年里，她也很少看到他用。这个小组已经得到过三次普利策奖了，如果他们的个人风格都是意料之中的话，那么也愿意这样下去。

“你觉得博尔德的那个故事怎么样?”艾玛对着空气问。桑德拉第一个回答。这个看起来像是古希腊红发女战士的人，她的声音听起来像是个八岁女孩，“什么故事?”

“不，等等，让我猜猜。”恩里克插嘴说，“博尔德终于爆炸了，然后世界上少了一群没用的有钱人?”

“没有‘没用的有钱人’这种说法。”艾玛说，“跟你说吧，如果没有那群混蛋的话，我们会丢失大概三分之二的故事。”包括现在的公司，她想着，尽力地忍住讪笑。

“再猜猜。”

迈克说话了：“我觉得这是有潜力的重要故事，我们最好在别人动手之前赶快行动。”

艾玛怀疑地看着迈克。他几乎从来没有如此轻易地就赞同她的提议的。“为什么这么说呢，迈克?”

“因为，”他带着与生俱来的吸引力说，“如果不是的话，你是不会让我们聚集在这里的。如果是的话，我会让你永远也忘不了。”

艾玛咧嘴笑了起来。

“我知道怎么做了。”她回答说，“一个男人从博尔德的一个冷冻舱里被唤醒了。”

“重大新闻!”桑德拉尖叫着。

“哎呀，这是新闻。”迈克插话说。

“你怎么一直不说呢?”恩里克带着受伤的表情说，“我……我以为我们是朋友呢。”

“哈哈，想笑就笑吧，你们。”艾玛叫板说，“但是你们先要做一件小事情。”

“说吧。”迈克说。

“别太心急，迈克。我还不确定你们能不能挖到我需要的信息。”

“你愿意打这个赌吗?”他挑战说。

“当然。”

恩里克直起身子，迈克也没有再靠着画了，而且桑德拉也从沙发上站了起来。

艾玛微笑着。很好，起作用了。“赌注是每人十股。最先得到这个解冻的人名字的人得到全部……”艾玛停下来看了看手表“……一小时计时开始……立刻行动。”

“你的股票已经分过两次了，”桑德拉追问说，“你难道不应该放四十股吗?”

“你最近没有看我的价值吗?”艾玛回答说，“我一直很慷慨，你们都知道。当然，如果你想要不同的赌注……”她的问题的答案就是这个小组的人疯了一般地冲出了办公室。艾玛知道，他们可能都会作弊然后共同协作得到一个答案。这是有道理的，因为他们可以分她股票的十股，这十股的价值比他们所有人加起来的还要高。这样反而更好，她想。她之所以会提出这个挑战，是因为她已经花了今天大部分时间来找这个她被要求找到的名字，但是她失败了。

艾玛有一个小时的时间，所以她回去完成她之前忽略了的常规任务——付账单、做投资，还有寻找新的故事。当然，当她开始取得进展的时候，桑德拉把头伸进了她的办公室，清了清嗓子引起艾玛的注意。

“怎么了?”艾玛问。

“一个小时到了。”

“好吧，那么你找到什么了没有?”

桑德拉回答之前，小组成员都聚集在了她身后。没有人在微笑。

“好吧，聪明人。”恩里克说，“他是谁?”

艾玛的回答诚实又直接。“我不知道。”

小组成员朝着她的方向呻吟咒骂着。“噢，”桑德拉说，“我们还以为可能是检测呢。”

“不是。我真的不知道。而且相信我，”艾玛继续说，“我真的想要——不对，需要——知道。”

小组成员一脸茫然地盯着她，让她觉得是时候要上课了。

“好的，大伙儿，我们换个方法来做这事儿。关于这个人我们不知道的是什么，为什么我们会不知道呢?”

桑德拉，像往常一样第一个说话。她简直情不自禁，好像如果她不立即分享出来的话，信息就会自己跑出来一样。“我们不知道是谁为他保险的。我检查了所有的主要公司，还有大部分少数公司。在过去的一周中，在博尔德进行了四场复活，三场都是通过保险支付的，还有一场是用冰冷坚硬的点支付的。”

“会不会只是名人想要隐藏起来?”艾玛问。

“我不这么认为。”迈克回答说，“有能力全额点支付的人很少。如果他们其中之一出了什么事，我们至少会听到点风声。另外，如果他想要隐藏起来的话，他会选择保险而不是点。”

“那我们就追踪这些钱。”艾玛说。

“好吧。但是没有来源的痕迹。医院数据库的保护网非常难破，就跟进入一个美国通用账户一样困难。”

“奇怪，”艾玛打断说，“如果我没记错的话，这家医院很落后。你说的那种安保措施那里不应该有。”

“对，”迈克继续说，“基本没有我不能黑进去的东西。所以你知道我有多吃惊。就好像镇上糖果店的门口居然有十个海军保护一样。”

“没你想的那么奇怪，迈克。”恩里克说，“如果我没有记错的话，那个的主管以前是个人物，叫莫什·麦肯基。”

“是之前 GCI 董事会成员之一的莫什·麦肯基?”桑德拉问。

艾玛点点头。“就是他。”我就知道这名字听起来很熟悉。“我之前不是写过关于他的报道吗，大概十五年前?”

“是的，”桑德拉搜索着她的电子助手说，“‘流放还是退休：高处不胜寒’。”

艾玛等着小组成员在各自的电子助手上调出信息。

“我看到我们之前是倾向于流放的。”迈克说，“现在呢?”

“我觉得我们当初是站错了边。”艾玛说，“我的失误。我们那时候刚起步，我有点心急了。”艾玛被她的回答引出的一片沉静吓到了。

“我在署名的地方看到了我们的名字。”迈克说，“我要为那个故事付出代价。之前是个错误，我不会说是谁犯的错，是我们大家的错误。普利斯还是普利屎，我们不会逃避我们写过的东西。”

“我收回那句话。”艾玛补充说，“如果我是对的，我希望我是，那种垃圾只有一个队伍才弄得出来。”

“这就好多了。”桑德拉回答说。

“等一下，”说话的是迈克，“为什么我们要这么快就称其为垃圾呢？它还是关于流放的文章。我不觉得有任何证据可以让我们推翻这个概念的。”

“我不这么觉得。”艾玛说，“仔细想想。他做同一个工作已经三个会计周期了。如果是流放的话，他要不就是被迫完全退出，就像在小行星带出去那样，要不他就会尽力让自己重新进入董事会。我也做了些调查。除开这些，他过去十五年里提出的基金要求没有被一个人拒绝过或者延迟过。他没有被任何离谱的事情所要求，注意，但是……”

“如果是流放的话，”桑德拉继续说，“他至少要面临一场检讨、一场审查和一次拒绝。”

艾玛环抱着双手，向后靠在椅子上。“那时所有的指示都表明我们的主管处理得太温和了。他从来没有被拒绝过。我猜，因为董事会其余的成员很可能都不想惹是生非。”

“好吧。”迈克承认说，“现在，我的立场是对的。虽然证据没有我说的这么牢靠，但是也足够引起人的好奇心了。”

“我同意艾玛的。”恩里克说，“他们怕他，可能不想让他生气。其他的就说不通了。我们要想办法弄一次会面。单单是这个就可以写出个好故事了。”

“我同意。”迈克说完，试着想要完成文章的标题，“‘主席劲敌伺机而动：GCI 仍在挣扎中，博尔德医院实则合作要塞’。”

小组成员都“咯咯”笑了起来。

“别笑了。”艾玛警告说，“陌生人的故事已经占领头版了。”

“好像有人会相信主席会被威胁一样，”桑德拉说，“人们没有必要知道主席是有弱点的，只是存在这种可能性。正是这种可能性让故事变得有趣。”

“事实让故事有趣。”她反对说。

“人们读报纸是为了娱乐和获取信息。”他回答说，“如果他们想要事实的话，他们可以下载年历。”在桑德拉和迈克开始争个你死我活前，恩里克让大家别作声。

“我想我知道这场复活费用是怎么支付的了。”

迈克和桑德拉盯着恩里克。

“怎么支付的？”迈克问。

“我还是不能进入到医院的个人账户，但是既然它是公共产业，我可以找到的就是在过去的一周中，医院每分钟的账户结余。”

“那个对我们现在有什么用呢？”桑德拉问。

“这个，”恩里克继续说，“就在第四次复活之前，账户因为一笔点的转移而改变了。”

“然后？”艾玛问。

“这不是安排好的转账。”

“那是多少呢？”他问。

“1 000 万。”

“一次复活值 1 000 万？”迈克大叫。

“对此我很怀疑，迈克。但是肯定其中一部分是支付了复活的费用。别的也说不通啊。”

“你确定你不是把小数点看错了几位?”桑德拉问。

“我保证这些我都是检查了又检查的。”恩里克感觉有些被冒犯了，他说，“好像是就在那一刻，博尔德的医院要买整个全新的电脑系统一样，但是我很怀疑。”

“我也怀疑，恩里克。”桑德拉说，“没道理啊。如果他们要买新系统，他们会用其他人惯用的方法支付——信用卡。”

艾玛还是没说话，想要让恩里克跟着自己的步调走。

“无论如何，”恩里克接着说，“这么大一笔钱通常都会留下指纹、记录……一些我可以用到的东西。但是这笔转账没有。这是现金直接秘密进入。不管这人是谁，他想要保持匿名，而且到目前为止他做得非常成功。”

“好吧，”艾玛说，充满了胜利感，“现在认为有故事了吧?”

“请原谅我们的怀疑，噢，大人。”迈克半鞠着躬说，“我们怎样才能重获你的恩典?”

“得到那个故事，伙计们。得到那个故事。”

第二轮的调查花了大家更多的时间，因为现在有几个真正的目标需要达成。小组成员决定在会议室开会。会议室地方大些，除了有一些非常舒适的沙发以外，还有被他们亲切地称为“大脑飞机”的东西。这是简单的悬浮设备，可以让使用者保持一个椅子的造型，向后靠，然后前进。倒不是因为这里空间大可以演习，是因为在飘浮着的模式下，思考要简单一些。艾玛把这种飘浮模式比作简单的前后踱步的动作来刺激思考。这就是这个小房子如何得到这个昵称的，就好像是这个小组成员想出来的好点子都是在这间会议室里"旅游"一圈想出来的。艾玛把她的"大脑飞机"设定到"舒服的巴特凳子/不往回"，然后坐了进去。

"震惊我吧，你们。"

"我先来。"桑德拉挥着手脱口而出。艾玛环视了一下，如往常一样，没有人反对，于是她点点头。桑德拉经常说很多关于她是如何发现的细节，而不是会说她发现了什么。而且她通常都会把她所发现的放到最后。一个没有耐性的听众常常会夺走她这种说话的乐趣。艾玛不仅经常开她的玩笑，她还鼓励她这种做法。

"好吧。"桑德拉继续说，"我找到一个中间人进入到医院去查查到底发生了什么，只持续了4秒钟。"

"压制力场。"迈克说，比起事实更像是提问。

"是的，"桑德拉问，"也是很可恨的一个。"

"看起来像是糖果店门口又多了些海军。"恩里克说。

桑德拉点头表示同意，"是的。所以我得到一个会议室特价。"

大家都笑了。桑德拉出名的是她手里有对付各种情况都能适用的特别中间人。她的"会议室特价"是专门用来渗入最难进入的电子分裂网和压制力场的，同时也能呈现出整个用来把媒体挡在外面的设备的排列。

桑德拉皱了皱眉："只工作了28秒。"

"很少的时间就可以发生很多事情。"艾玛说。

"你提到这个还挺好笑的。"桑德拉把所有人的注意力拉到房间的屏幕区说，“无论如何，我会得到的。中间者已经毁掉了，当然，是物理终结了，也包括它的安全浮球。”在中央屏幕上，小组成员看到中间者生命的最后几秒钟，是被安全浮球记录下来的。过了一会儿，安全浮球的屏幕也变成了空白。

恩里克盯着画面抓了抓下巴。“它们知道拿出番茄之前要拿出肉。”他指的是杀戮的顺序，“真是会声东击西。”

“像我之前说的，恩里克，这不是你妈妈的安保系统。”

“你从没有爱过我的妈妈。”恩里克一样笑着回嘴说。

“我不知道我活得到那时不。”桑德拉同意说，“无论如何，这个弄死我的设备的终结者非常的高端——是布林克斯471号的。最高端的装置。”

“这些东西不是要35 000一台吗？”艾玛问。

“地球制造的是。太空模型版的大概要50 000。”人们通常会为了无重力装备的精密设备而付一笔额外费用。

“总之，”桑德拉接着说，“还是变好了的。在我的宝贝被终结之前，它在26秒左右的时候拿到了信息模式。”

“布林克斯471号卖给博尔德的一家医院了？”现在轮到迈克不知所措了，“那是什么啊，GCI系统的总部吗？”

“其实，”桑德拉回答说，“GCI总部可能有上千个，但是我同意的是，这个可有点不对劲。”

看到桑德拉好像是说完了，艾玛把她由悬浮变成了静止。“感谢你带来的信息，桑德拉。471号是我们需要的确凿证据。恩里克，你有没有找到关于钱方面的信息……”

“我还没说完。”桑德拉激动地说。

艾玛歉意地看着恩里克，然后示意桑德拉继续。

“巧合的就是我，在我的收藏里也有一个布林克斯471号——地球造的，相信我，非常棒。总之，我花了很多的时间和精力把它进行了特别改装，就是为了这种特殊的情况。我留着它是作为跟GCI打仗的时候的备用品，但是我的胆子告诉我放它进去。关于471号的一点就是，除了建造困难以外，它们可以时常假扮它们的装备精良的兄弟……”

艾玛紧紧皱着眉头说：“假装?”

“是的，471号可以认出其他的471号设备，而且不会立刻就毁掉对方。”

“对。”迈克说，“首先会疑问对方。”

“正确。如果是其他的设备的话，他会一看到对方的时候就射杀对方；相似的设备会让他有些迷惑。在他询问他的‘表兄弟’的时候，我尽力得到了一些图片。”

现在桑德拉已经得到了所有人的注意。她在主屏幕上调出了一张图片。屏幕上清晰显示着这全息图，当中还有一些选定的影像。全息图上显示着医院各个走廊和人员的画面。

“现在你们得要明白，”桑德拉继续说：“干扰是很尖端的。所以我发送悬浮球的时候只给了它简单的指令。‘去找471数量最多的地方，然后把你能抓到的图像都发回来。’我总共获得了37秒的图像，展开的话可以获得大概四分半的图像。”画面上出现了更多的图片。就像桑德拉之前说的一样，简直是一团乱。

“大多数的图像，”桑德拉说，“可能都没用。我会对里面出现的每个人进行细节分析，看我能否找到有用的。但是我把最好的两张放到了最后。”

一个巨大的黑红相间的盒子的3D图像出现在了大家面前。

“这东西可真大。”恩里克小声说，只有他自己听得到。

迈克视线一直固定说：“这东西到底是什么？”

“天哪。耐性点，朋友们。我马上就要讲到了。”桑德拉咆哮道：“除了找471的聚集地以外，我还让中间者去找任何医院没有记录的东西。所以，基本上，它从结构上可以知道是什么物体。那个我是从开放数据库得到的。这个……”她说着，指着充满了整间会议室的巨大的黑箱子说：“在哪个数据库都没有。”

“这个东西在医院的哪个部分的？”恩里克绕着这个悬浮舱的全息图问。

迈克走到全息图的一侧说：“如果你问我的话，我会说这东西看起来像个转运港湾。”

桑德拉摸了摸她的鼻子。“答对了！”

迈克冲着他的爱人微笑了一下然后眨了眨眼。

恩里克皱着眉。

“总之，”桑德拉忽略掉蔑视后说，“拍完这个之后，它们就把我的宝贝毁掉了。”

虽然这只是一个机器，桑德拉的悲伤的表情让人觉得死去的布林克斯471号真是个活物，会呼吸的东西一样。可是她并没有伤心很久。

“如你们所见，我抓捕到了足够的画面来全方位地重组这个画面，除了对着地板的那一面。”

桑德拉环视了一下房间。她报告完毕了。

“我做得好吗?”

“桑德拉,”艾玛回答说,“你做得非常好。我们说的是‘你会嫁给我吗?’那种好。”她看了看房间说:“有没有人知道这是什么东西?”

“噢,好吧。”桑德拉说,“我忘了说了。这是一个悬浮舱。”

“看起来你很自信啊。”迈克质问说。

“如果你能读的话,你也会的。”桑德拉把大家的视线拉向这个东西的一部分,这里刻着“这是一个生命豆荚”。大家聚集在全息图的那部分,仔细地看着每一处依稀可辨的细节,然后尽力想从捕捉到的画面上获取点东西。当大家都对看到的东西心满意足之后,他们思考了一下这是什么意思。

“这是真的吗?”艾玛扮演着唱反调的人说,“根据我们现在掌握的东西,这可能是个精心设计的骗局。”

“如果这是个骗局,”恩里克回答说,“有人可是花了1 000万点在这东西上,而且很可能花了同样多的钱来掩盖他们的痕迹。虽然这可能还没有打破在骗局上花钱的纪录,但是也很接近了。”

“另外,”迈克打断说,“这个骗局是有名字的。”大家都陷入了沉默。

“叫贾斯丁。我现在还没有汇总,但是对得上号。一个悬浮舱,一个被复活的神秘人。总之,贾斯丁好像是他的名字。”

“关于他你还知道些什么?”艾玛问。

“除了是个男性,高加索人,说英语以外没有了。”

“那你是怎么知道的呢?”桑德拉为聚光灯被夺走了这个事情有点生气。

“老方法。”他微笑着说，“魅力。唯一可以跟我说话的职员级别都很低。我根本不能进到高级员工服务器里面。有趣的是，医院的员工居然没有信息服务平台。”

“好了，大伙儿。”艾玛盯着信息说，“我们来看看清单。迈克，你先说。”

“有传言说在博尔德有一场不同寻常的复活。”

“对。”

“关于大盒子的图片显示这是一个悬浮舱，但是是我们从来没有见过的。”桑德拉插话说。

“对。”

“一笔可疑又无法追踪的钱留给我们很多问题。”恩里克补充说。

“最后，”艾玛说，“一个人没有进行——我是说没有——复活的常规步骤。没有保险，没有激活股票，也没有资料重申，也没有冻结的账户。如果这个人是个公司的间谍的话，他们至少会提供一个掩饰身份。但是我们的朋友们，不管是不是骗局，完全就是不知道从哪儿冒出来的。”

“可能不是从哪儿冒出来的。”迈克把一根手指在下巴上摩挲着说。

“是吗?”这时艾玛显得很有耐心。

“可能是从几百年之前来的。如果要猜的话，我说是300年前。”

“你是怎么想到这个的?”桑德拉问。

他转身，紧紧地盯着悬浮舱的全息图说：“我觉得很明显，这个人很担心不会被叫醒，或者更糟的是这些字被抹掉，然后自己被困在博物馆里面。看看他的指示说得多明显——简直类似于妄想症患者了。这个舱体是遗嘱，以防未来的人不知道悬浮或者复活。在21世纪后期的时候，冰冻悬浮的可行才为人所知，所以这个盒子肯定是在那之前的。我不知道是不是刚好300年前，但是如果这不是一个骗局的话，那么我的猜测是这样。"

小组成员耐心地等待艾玛吸收完这些信息然后想出一个最好的操作方案。

"这是真的。"她最后说，"如果不是的话，太多信息需要挖掘了，但是还有很多，可能非常多。我们要全力以赴。我要我们坐下一班'豆荚轨道'去博尔德，然后组间办公室。恩里克，交给你办。"

"马上就去。"恩里克说完冲到了门口。

"你走之前提醒你一下，"艾玛说，"记得要弄长租，而且用化名。我们不能让对手知道我们的计划。"

恩里克点点头，然后消失在了门外。

"好，你们俩，"艾玛看着迈克和桑德拉说，"我们到达之后，立刻就要开始行动，用尽一切手段侵入医院。桑德拉，你能……"这时艾玛被一阵来自私人线的电话铃声打断，这条线只有最高级成员才打得进来。她看了一眼之后眼神立刻亮了起来。

桑德拉前倾着靠近了一些说："公事还是私事啊？"

"两者都是。"艾玛回答说。

"不论发生什么。"迈克吟诵道，"绝不要把你的个人生活和工作混为一谈？你总是这样对我们说。"

“说得对，”艾玛看着他俩说，“现在先安静一会儿。”然后她调转了电话，只有她的头和肩膀可以被对方看到，接着电话接通了。

“你好，赫克特。”

“艾玛，能再次见到你真是太高兴了。”

“你要怎么样，赫克特？”

“艾玛，我受伤了。现在我，只希望能帮你个小忙，难道你就是这样跟我打招呼的？”

“赫克特，你是唯一一个从来没有给我信息的人……”

“艾玛，我给了你很多信息。”

“不是我想要的信息，最奇妙的是，我并不介意这个。所以不管你现在要给我什么，我都能确定一件事：几乎全都是为了你自己的利益。”

“这样说吧，这次会帮到我们大家，而且会让我们之前所有的不愉快烟消云散。”她微笑着，挥手示意他继续。

“你最近有没有听说什么关于博尔德的事情？”他问。

艾玛眼光犀利，就像他们刚才讨论这个新闻的时候。

“可能听过。”

赫克特大声笑着说：“女人，就说现在你都知道多少？”她本能地决定不把她知道的说出来，只说他们听说那儿进行了一场不同寻常的复活。

“想要图片吗？”

“你知道我想，但是博尔德的复活中心不是属于GCI的吗？你怎么不好好保守你们的内部秘密呢？”

“这样说吧，从你上次跟我交流之后，我的工作就调动了。给你看图。”

艾玛看着自己电子助手上的整体全息图，然后把它放大看它的表面。帅气，我之前怎么没有见过他？“你有麻烦了，赫特克？”

“你关心吗？”

“嗯，如果你需要一份工作的话，再给我打个电话。”

赫克特咯咯地笑起来，“艾玛，我可能会的，但是鉴于我们……呃……的历史，肯定不会谈工作的事情。”

他的幼稚让艾玛笑了起来。她看见桑德拉和迈克也同时在享受这通电话。不后悔，她猜，最好他们全都听见，然后他们能抓到点有用的东西让我一直骄傲。另一个想法在脑海中闪过。

“好吧，赫克特。我是第一个接到你电话的人吗？”

“那当然。”

艾玛决定相信这个人：“有多久的时间？”

“我只能给你一个小时的时间，”他说，“然后我就会公之于众。”

“一个半小时如何，前提是你是认真的。”

赫克特停顿了一下，考虑着艾玛提的要求。“好吧，看在过去的分上。一个半小时。计时……”赫克特核对了一下时间，“……开始。”

电话断了。

在桑德拉和迈克开口问艾玛问题之前，她就已经站起来朝着外头走了。“动起来，大伙，我们现在就走。带走或者买走。”

她的小组跟着她走出了办公室，来到了屋顶，这里他们要坐上地球日报的车去纽约轨港。他们刚坐进车里，迈克说：“我用那个图查找了一下账户，结果找到了一个我们的人。”

“是谁?”

“他应该是个德勤，是诊所的维护工程师。”

“对，”恩里克哼着鼻子说，“一个300岁的德勤。这可真是最好的解释了，因为……嗯……150年前还没有德勤！可能是赫克特在耍我们，艾玛，目的就是要报复你。”

“我不这么觉得，”艾玛说，“查探一下，我觉得会露出马脚的。”

“如果是掩饰的话，还做得真不错。”恩里克说，“按照惯例，德勤基本上没有可以追踪的记录。他们通过一家控股公司支付他们的账单，通常控股人都是一副尴尬家庭的模样，不想让他们之前的联系被跟踪。”

“那是假的，捣毁它。”艾玛命令说。当队伍到达轨港的时候她很沉默。纽约轨港，是地球上最大的轨港，配备有坚硬的安置管道，与其他用重力作为助力的小型轨港不同，比如博尔德轨港。鉴于每天这么大的流量，这座轨港其实更加经济，也更合适。

艾玛小队直接朝着大门口走去，然后走进了他们的“豆荚轨道”里。在他们到轨港的这段时间里，没有人停下过手里的工作。当大家坐定以后，他们才可以继续不到一小时之前开始的谈话。

“这是个赝品。”恩里克确认说，接着又感兴趣地指着他的电子助手说，“看看过去几年里花费的模式。看起来是随机的，但是其实不是。如果你从数学的角度来看的话，你会发现这些模式是如何重复的。”恩里克指着部分滚动的数据。当然，小组里没人明白他在说什么，但是他们对他的能力毫不怀疑，所以他们微笑着点点头，把这条新消息算到他们的成果里。

“这可真有趣，”桑德拉用手指卷着头发说，“复活家是一个叫妮拉·哈伯的人。她刚刚得到了一个头等舱的账户，然后订了个双人的飞行器去意大利佛罗伦萨。”

“知不知道谁跟她一起的?”艾玛还是低头盯着电子助手问。

“就付了两个人的钱然后就走了。”

“猜测一下呢?”艾玛问。

“很有可能，”迈克回答说，“她是被收买了。想想。你是被困在博尔德的没有天赋的复活师，更不是什么要干一番大事业的重要人物。富豪和名人有自己的特别掩护身份，比如矿工，还有偶尔的破产之旅。那么，如果我们要相信赫克特所说的话，某个300年前的人突然出现了。你觉得他们会让像这个哈伯一样的人靠近他吗?不可能。他们会召唤吉列，或者有同等水平的人，然后收买她，让她闭嘴。”

艾玛好像有点相信了：“好。找到吉列的所在。还有，看看医院里还有没有别的人突然不见了……还有不见去了哪里。”

迈克点点头，飞速地吸收然后做记录。

“不错啊。”桑德拉故意泼了点冷水，“但是这个人已经被复活了。很有可能哈伯只是想带着他尽快赶到佛罗伦萨，去找吉列或者谁来代替她的位置，然后赶快结束这个案子。一个大亨级别的任务可以享受这种待遇的。”

艾玛考虑了一下桑德拉的话说：“好吧，继续跟进。找个中间者去佛罗伦萨，找到那家饭店。从哈伯之前去过的地方开始入手。如果这是个大维加斯复活家的话，我也想了解了解她。”

艾玛视线转移：“关于ID或者‘贾斯丁’这边有没有什么

进展?”

大家都说没有。

“拜托，大伙。”她责骂道，“300 年前是有记录的，赶快找到那张脸。”迈克认为这是对他自己说的：“艾玛，这可不简单。在大萧条的时候，很多数据都在电脑灾难的时候被清除掉了。而且留下来的大多数都还没有被重建。就算这些数据还存在，我估计也很难拿到手，而且很难保证没有被污染。”他暂停了一会儿继续说：“我们所谈论的是一个巨大的政府或组织任务。这些通常都是加密了的。这样很大的可能就是，不管这个人是谁，他的身份已经被抹去了。”

“为什么你觉得这是个政府任务?”

“你没有看到装他的那个东西吗？我们说的可是千禧年之际的资源大投资。GCI 很少有人手里有这么大一笔现金。”

“同意。”桑德拉说，“有道理。但是我也不会排除古怪的人。”

迈克放下他的电子助手抬眼，眉毛轻轻地抬起说：“为什么不呢？像我之前说的，这是一个 GCI，那时候大多的人都认为人体冷冻法是假的。我不明白，为什么一个并不富有的人，愿意用自己的血汗钱来做这样的事情。”

“正如我所想，迈克，”艾玛接着说，“别理解错了。我同意在各种可能性下，这可能是一个政府任务。但是，这也可能是一个有钱的疯子做的。记住，疯子的天性就是不按常理行事。所以，我真正想要说的就是，把‘300 年前’这个神奇的数字当作一个入手点的话，那么我们应该很快就能找到有这种资源的人群。”

“而且有这么一笔钱的人，”桑德拉说，“会收买媒体，这就是说……”

“……这就是说我们很有可能通过这些残余的数据找到我们的神秘人。”恩里克说。

迈克耸耸肩，然后回到自己的动作上。他提醒自己，对于有价值的故事，有一个总比没有好。但是，这并不表示他必须要给他的老板满意的答复。

艾玛在电子助手上做了几个记号然后看着队员们说：“好了，我们又得了20分。赶快去挖吧。而且一定要深深地挖。”

“那么我们在做这些‘卑鄙’的工作的时候，我们高高在上的女王要做什么呢?”桑德拉问。

“我们要检查一下我们的来源。”艾玛说，“赫克特暗示说他可能有麻烦了。如果与这事儿有关，我想知道到底联系有多深。”

现在他们正在密歇根上27万英尺的高空前进，“豆荚轨道”的内部开始变得安静，成员们都在搜索这个男人的所在。

有点疲软了的《地球日报》新闻小组像之前进入“豆荚轨道”一样在博尔德轨港登陆了——聊着天，检查着数据，也争论着。在这喧闹当中，正当他们进入大楼的时候，恩里克的电子助手发出了巨大而恐怖的声音。

“怎么了?”桑德拉向恩里克投去质疑的眼光问。

“确实，”迈克说，“你觉得你可以控制那个小东西吗?”

恩里克没有理会这两人说的，他站在原地，浏览着电子助手高效率为他找来的信息。“只有在紧急情况下，它才会这么做。”他对着大家咕哝道。他继续检查了信息，完全不顾轨港的嘈杂和同僚的讽刺。然后他抬起头，看起来有些迷惑。

“桑德拉?”

“怎么了?”

“你之前说这个人可能是个有创造性的巨富……”

“我可没说过有创造性。”

“好吧。我认为他属于‘怪人’里面的。总之，我们所说的这个人可能在300年前消失了，而且这个人没有和任何国家基础设施有关系。”

“这就是我们要找的人。”桑德拉说。

恩里克摇了摇头，仿佛他自己也不相信自己接下来要说的。

“我觉得……我觉得我找到他了。”

“快说，恩里克。”艾玛厉声说。

“你可不会相信的。”

“不管相不相信，”迈克埋怨说，“如果你再不告诉我们这个名字的话，你就会变成反物质!”

“我会的，但是你们要让我慢慢地说出来……”

艾玛开始有点生气了：“不。我们……”

“谁?”恩里克完全忽略大家，也忽略了他冒着烟的老板问，“是在他那个时代的前GCI知名人士？而且他不是政府的人，我确定排除了这个可能性。”

一片沉默。

“谁在大概……呃……300年前的时候神秘地消失了？根据我刚刚说的，谁是被我们所知，又有足够的钱可以搞定这事儿的?”

迈克的眼神亮了起来，“不可能。除非你有照片可以确认。”

恩里克调出了大家都非常有兴趣知道的一个男人的全息图。图像出来之后，小组成员都围了上去，从表面上提出抗议。

“你疯了吗?”艾玛面部紧绷嘀咕说，“赶快关掉!”

他们站在原地，眼前的东西消失了，大家还在讨论刚刚看到的东西。

“恩里克，”艾玛命令道，“把这张图像和赫克特发给我们的放到一起，然后把你的带脑子的助手递给我。”

恩里克照她说的做了。

“现在肯定要年轻些，”艾玛说，“另外，没有胡子。”

桑德拉从艾玛的肩膀上凝视着，“这是纳米的作用。但是骨架结构是一样的……”

“还有眼睛……”艾玛说，“眼睛。”

“就像是一只鹰。”迈克补充说。

艾玛深深地被图像所吸引就像猫被猎物所吸引一样。“我上学时研究过他，你知道。我记得是前 GCI 历史课，在我们研究的所有知名人士中，他是我想见的少数部分的其中一个。他有点太现代了，就像他生活在了错误的年代一样。而且你是对的，恩里克。他确实是消失了。”

“这可真是太疯狂，”迈克说，“确实太疯狂了。”

但是不可能有错误的。这个一天前才刚刚苏醒的人不仅仅是大萧条之前的；他也是让那个纪元与众不同的那群人的其中之一。只有但萨能超过他，艾玛想。

“嗯，这很好。”恩里克抱着双臂生气地说，“我职业生涯的最大的一个故事现在比最高机密还锁得紧，就在位于博尔德一家医院里的 GCI 总部里。”

桑德拉被她的电子助手上传来的信息光吸引了注意力。上面显示她不到一小时前运行的追踪结果。她看到的时候眼睛都要瞪出来了。

“不，我们生涯里最大的故事现在正在意大利佛罗伦萨吃比萨。”

贾斯丁把之前放在大腿上的餐巾放到桌面上，然后喝了一口酒，接着在这个他刚刚进入的世纪里清晰地念出了这个名字。

“我的名字是贾斯丁·可德。”

妮拉想，这个名字，我之前在哪儿听到过？她很想马上跟她的化身聊一聊，但是她似乎想起了什么。她开始想起她上的千禧年之际问话的课程，特别是一堂关于有名的失踪人口的课。艾米利亚·埃尔哈特，格林·米勒，还有亿万富翁工业家，他消失在……空气里……新年……在 20……

“天啊，你是贾斯丁·可德！”

“呃，”他微笑着说，“我觉得我刚刚是说的这个。”贾斯丁甚至有点不愿意承认这点，但是脑子里还是有点欣慰，他还没有被完全遗忘。

妮拉摇着脑袋想：他可能在撒谎，但是他为什么要撒谎呢？确实没有道理的呀，根据我们发现他的地点来看的话……她决定小小地测试一下。

“你小时候很贫穷，之后你精通商务和金融。你是从耶鲁毕业的。”

“其实是哈佛。”他打断说。

“哈佛，”她肯定地回答说，“那时候它还是令人尊敬的大学。”测试的结果不太好，她猜，但是……肯定是他。好吧，这就是可德先生。她愿意用她微不足道的一个月的奖金来打这个赌。

“贾斯丁·可德，”妮拉说着，仿佛自己在做一个读书报告一样，“创办了第一家无人工厂，是相当有争议的一个人。如果我没记错的话，你实现了无纸官僚机构的转换，你是一个二十九岁的亿万富翁。”

“三十八……如假包换。”他回答说。

“有趣，那场表演没有提及任何你对人体冷冻悬浮感兴趣的事情。”

“表演?”

“只是许多表演中的一个。你是唯一一个著名的消失了的亿万富翁。有猜想说你为了逃避作为世界上最富有又最具争议的人的压力改了名字。”

“真是胡说。作为世界上最富有的人之一很不错。至于争议方面，如果没有志向的人必须得被推入未来，同时他们又讨厌这些推他们的人，呃，那么，我还能说什么呢？不管有没有我，未来都是要来的。”

他把双臂抱在胸前，稍稍向后靠了一点说：“还有没有别的?”

“别的什么?”她问。

“别的不在议程上的问题。我还挺享受的。”

妮拉微微笑了一下，回忆起在贾斯丁刚复活的时刻她想要问他的所有问题。她想，虽然有点不合适，但没有事情是根据计划发展的，而且只要是关于这个人的，似乎永远都不会按照计划来。好吧，为什么不呢?

“你好像非常渴望回答我的问题。”她说。

“我只是想听问题。相比起答案，通常你都能从问题中了解更多。而且我还有很多要了解的。所以，你看，你的问题就是在帮我学习了。”

妮拉发现自己又不自觉地微笑了起来，“亲爱的可德先生。你是在操纵我吗?”

“我连这样的想法都不会有。”他回答说。

“好吧，贾斯丁。你为什么要那么做呢?”

“做什么?”

“就那样消失?”

“这个问题简单，妮拉。我想活。”

“不用我的化身我也知道，非常感谢你。”她顶嘴说，“你当然想活。但是你有更简单，甚至更符合逻辑的方法，那就是通过已经存在的人体冷冻机构。为什么你还要费尽功夫建造你自己的悬浮系统呢？特别是在你生活的时期，悬浮在技术上是落后的。我之前还以为你会和专家在一起。或者，至少，已经对羽翼未丰的科学摸到门路的人。”

贾斯丁等了一会儿才准备开始回答。这时，一个打杂工过来清理桌子，然后服务员再一次推着点心车过来了。“当在意大利的时候，”贾斯丁提议说，“提拉米苏。”

“提拉米苏我也要。”妮拉开玩笑说。服务员好像没有觉得好笑，他下完单后离开了。

“妮拉，”在确认服务员不能听见他们的谈话之后，贾斯丁说，“关于我的时代你知道些什么？”

“很模糊。另外，你这是在用另一个问题回答问题。别这样。”

贾斯丁正准备争辩，但是妮拉强烈的求知欲阻止了他。

“好吧。底线——所有的人体冷冻机构，还有每一个相信人体冷冻的人，把他们的信念寄托在了一个残酷的因素上，而且他们全都错了。”贾斯丁想了想说，“不是错。就像刮龙卷风的时候在房里藏着一样，待在外面肯定是傻的，所以跑进房子里，然后祈祷龙卷风不会到这个方向来。如果它来了，你就祈祷它不会毁掉你和你的房子。但是在你心灵的深处，你还是会担心。”

“好吧，”妮拉回答说，“这可真是个不错的比方，但到底是什么意思呢？”

“我的世界毁灭了。”

“你的小姨子刚刚打电话来了。她很担心你。”

“前小姨子，塞巴斯蒂安。阿曼达已经去世了。”贾斯丁说完，放下手里的《华尔街日报》，抬眼看着他忠诚的助手，塞巴斯蒂安·布兰卡诺。如往常一样，穿着三件套，紧紧地抓着他的黑莓手机。除此之外还通知贾斯丁关于他前亲家的担心，塞巴斯蒂安正在浏览智能手机，手机正通过用四种不同语言写的二十篇不同的文章搜集点滴的信息。据贾斯丁所知，塞巴斯蒂安是他有史以来最棒的助手。他其实不是一个观察者，他浅棕色的眼睛夹着他的鼻子，就像一只风度翩翩精心打扮的鸟。他身材高挑，又很消瘦，还有点秃顶的迹象。如他所愿，当他坐着吃着早餐，看着报纸的时候，塞巴斯蒂安在旁边站着。贾斯丁之前想过法子让他的执行助手放松点，甚至还邀请他坐下一起吃早餐，但是当他意识到塞巴斯蒂安一点儿都不会动的时候他放弃了。其实，塞巴斯蒂安好像对任何事情都没有看法，不知是什么怪癖使得他把贾斯丁当作神一样来对待，这也使得他在帮助运行可德数十亿美元的公司这事儿上显得尤为重要。在他们两人中间，贾斯丁发现，塞巴斯蒂安无疑是比较聪明的一个。他会说更多种的语言，数学也更好，而且更有组织性。但是贾斯丁也知道，塞巴斯蒂安永远也不会做他做的事情。但是贾斯丁所擅长的塞巴斯蒂安却不行——比如好奇与狡猾的无形的结合，比如把生活变成一种创新，比如有人在三十八岁的时候就是一个亿万富翁了，而另一个在五十三岁还是一个荣誉秘书。

“送点花给她。”贾斯丁回答说。

“我们已经送了。两次了。我猜这就是她担心的原因。”

“这样，就告诉她我太忙了……要不就说我出国了。”

塞巴斯蒂安看了他一眼。

“这也说过了，是吧？”

塞巴斯蒂安没说话，轻轻地抬起眉毛作为肯定的回答。

“她还没明白我很好吗？是的，她的妹妹死了，是的，我的妻子去世了，但是已经过去六个月了。是时候向前看了。”他把手里的报纸稍微举高了些，这样塞巴斯蒂安就看不到他的眼睛了。“我……必须得生活下去。”

塞巴斯蒂安一直保持着沉默，直到他觉得他的老板准备好接受下一条消息的时候才出声。

“在媒体上我们受了点打击。”他说的时候没有感情。

贾斯丁放下报纸，“他们在抱怨什么?”

“埃尔克格洛夫的工厂。”

“哦，让我猜猜。”他埋怨道，“他们不会抱怨压迫工人。”他，与其他任何人都一样，知道田纳西州的埃尔克格洛夫的工厂是完全没有工人的——其实，是第一家无人工厂。

“不是，可德先生。恰好相反，就是这个。”塞巴斯蒂安回答说，“他们竭力反对你的工厂里没有工人。”

“严格地说这是不真实的。”他回答说，其实工厂里还是有几个人的，比如临时的清洁工人。其实这是历史上第一座不是靠人工每天反复工作产出产品的工厂。自动工厂还是有的，但都是要依靠人力。没有哪一座工厂可以和这一座相提并论。因为贾斯丁设计了一套系统，它可以从自己的错误中学习，然后在工作的时候重新设置自己，来保证不重犯错误。从本质上讲，这个工厂就是一群可以自我复制自我进化的机器人建造出更好的机器人来更好地完成手边的工作。并且，这个系统可以运用于任何制造业。

就算贾斯丁可以付给那几个在埃尔克格洛夫的奇怪的工人工资也起不到作用。毕竟，因为没有几个工人，所以他在工人上的花费几乎可以忽略不计。就是这个原因，使得联合工会讨厌他；这可能会导致在第三世界的工厂倒闭，所以竞争对手讨厌他。综合这些因素，他自己的政府也害怕他。他并不认为太奇怪，由于天性里面的保守特质。

“可能，”贾斯丁说，“当他们意识到要产生利益可能要花上至少十年的时候，他们就会退缩了。”

“已经厌倦这样供养他们了。”塞巴斯蒂安反对说，“另外，先生，不是利润的问题，是前景。”

“对。没有工人，没有联合工会，没有罢工，没有家庭用餐……一堆废话。”

“我觉得我们今天早上的心情比较好，先生。”塞巴斯蒂安发现他老板的最后陈述要比他自己愿意承认的更加亲切。他知道贾斯丁和他死去的妻子曾经说过梦想着要孩子。他还知道那个喝醉酒的司机早早地结束了她的生命，让他的老板几乎在一夜之间就从一个有爱心的人变成了麻木的人。

贾斯丁假装微笑着。

“另外，”塞巴斯蒂安说，“我想我们都知道，那个十年的说法有点牵强。”

接下来他脸上的微笑却是真的。

塞巴斯蒂安指的是这些信息显示了未来思念的可盈利性，如果当天投影实现了话，会提早到三年内。但是贾斯丁，在塞巴斯蒂安和一些懂行的公关工作的帮助下，发现让他的朋友和敌人都低估他是更保险的。他想起埃尔克格洛夫工厂，笑了一下——还是他最具争议的企业。这家工厂对环境无害，没有污染排放物，高效率，安全而且不会造成交通问题。但是人人都讨厌它。这是意料之中的，从某种程度上讲，它让贾斯丁对于这个计划更加有信心了。小人们总是会讨厌大概念，他的这个点子也不例外。

贾斯丁从餐桌边站起来。他穿着他的运动服。

“我要去跑跑步。”

“很好，先生。”塞巴斯蒂安发现，工作成了他老板悲剧以来的“守护天使”。当工作也失败了的时候，还会有运动来帮助他。

贾斯丁瞬间就跑出了门。尽管这不是他的工作，但是塞巴斯蒂安还是收拾了盘子然后放到了厨房里。

当他的老板从医生办公室走出来的时候，塞巴斯蒂安担心地看着他。贾斯丁有足够的钱可以为此买单，这也是他正好有的。塞巴斯蒂安发现，这个医生的名声和经验会把他所得到的结论残酷地说出来，不会轻松。

“怎么样?”塞巴斯蒂安问。

贾斯丁把一只手放到他助手的肩膀上。“正如我所料。他们可以延迟但是无法阻止它。”然后接着说，“我最多还有一年了。糟糕的话就只有六个月。”

“先生。”塞巴斯蒂安看起来比这个收到信息的人更受打击，结果是贾斯丁慢慢地领着他的助手到了电梯处。

“塞巴斯蒂安，是时候联系亚利桑那的人谈人体冷冻的事情了。”

“先生，这样做真的有意义吗?没有人能证明这个技术真的有用，其实失败的概率……”

“……我一年之后会死的概率基本上是百分之百。”贾斯丁打断说，“这样一来，做一个大胆的尝试也不一定就是不好的。我花的是我的钱，用我剩下的生命来冒这个险。”

塞巴斯蒂安还没有笨到要去跟老板争论。他们沿着长长的走廊前进着。当他们正要走出大楼的时候，一个记者突然拦住了他们。

“可德先生，”这个男人说，“不介意我问你几个问题吧?”

尽管贾斯丁一向不情愿与记者打交道，而且他认为回答记者提出的一个问题就像滴一滴血到满是鲨鱼的池子一样，但是他还是停住了。因为他觉得，这个人在出现的时间和地点上表现出了极强的专业性。

他看着这个年轻人，然后冲着他说：“在我上车之前。”

“现在试图破坏埃尔克格洛夫工厂的人已经被抓住了，你是什么感觉呢?”记者一边追着他的目标人物一边问。

塞巴斯蒂安看了看他的智能手机，然后跟贾斯丁耳语了几句。

“十分钟之前，”他小声说，“抱歉，刚才被分心了。”

贾斯丁没有停下脚步，完全不回头看跟着他的这个男人。

“这是法律的事情，不是感觉的事情。”他回答说，“下一个问题。”

“为什么三周内两次来拜访这个著名的肿瘤医生呢?”

贾斯丁停下了。他转身看着这个记者，这个人看起来更对这个动作吃惊，而不是对他接下来会得到的答案而吃惊。

“你觉得做一次我的专访怎么样?”贾斯丁问。

“真的?”记者问。对一个年轻的记者来说，能给贾斯丁这种人做专访简直就是天大的好事。

“是真的。”贾斯丁不带一丝讽刺的语气说。但是他注意到塞巴斯蒂安有些退缩。

“做不做?”贾斯丁问。

记者考虑着他会错过的故事和他会得到的故事。“不保证有特殊对待，或者我发表不发表什么。”

贾斯丁点头表示同意，“一个条件。在我们采访结束之前，你要对今天你所看到的保守秘密。”

“只要两天内采访就行。”这个人回答道。

“给塞巴斯蒂安一个可以联系你的号码，大概一个小时过后。”贾斯丁话里隐含着的意思是，如果这个记者没有接到贾斯丁助手的电话的话，他就可以把他看到的发表出去。记者把他的名片给了塞巴斯蒂安，然后说他保证他的电话会一直开机。

他们刚坐进豪华轿车，塞巴斯蒂安就抱怨起来。

“我很抱歉，先生。我不知道他有我们的日程，但是我会找到是哪儿出了问题的。”

“别担心。一个月之内，他就会为我工作了。”

“我不认为你可以收买他，先生。”

“我也不希望。但是我不会收买他，我要给他提供一个工作。我拥有一家报社，我觉得他正适合。”

“先生，他看见你从肿瘤医生办公室离开。从那儿可不会有什么大飞跃。”

“当然他会知道。这也是我准备告诉他的原因。现在，你跟我报告一下谁要破坏埃尔克格洛夫的工厂？”

塞巴斯蒂安本想再争辩一下，但是很久以前就学会了绝对不要试图改变老板已经安排好了的计划。

“是个一群人，”塞巴斯蒂安回答说，“是从当地一家车辆制造厂被下岗的工人。”

“我已经迫不及待要听听了。”

“很明显，他们一直都在关注你的工厂会使得美国如何处理他们的工作的新闻，所以他们作出了错误的推断，导致了现在的结果。”

“这些人中有没有人觉得，如果这个工厂不是无人工厂的话，我也会从别的国家雇佣我的工人？或者他们有没有想到没有工作会给美国人的……甚至连当初参与建造这鬼地方的人也没有机会?”

“没有，先生，我可以想象他们没有。先生，损失比较小，而且已经被修复了。如果我们不对这些失业的人提起诉讼的话，会有助于我们的社会关系……马上就到假期了。”

贾斯丁感觉有些生气。“愚蠢和无知是要付出代价的，塞巴斯蒂安。这样的话就不会有这么多这种事情发生。我们就尽我们所能提起诉讼吧，让埃尔克格洛夫的人知道，工厂未来的扩张和他们的税收基数都要根据他们如何起诉这些笨蛋来定。”贾斯丁看见了塞巴斯蒂安对于他的咒骂的反应。“不好意思，塞巴斯蒂安……绝望的笨蛋。”他修正说。

“先生，”塞巴斯蒂安假装怕他的老板情绪占了上风说，“他们就是不开心了然后发泄一下，就是为了让他们自己感觉好些。没有造成什么严重的损失，而且他们的反应虽然是违法的，但是也是正常的。”

“正常个屁，塞巴斯蒂安。”贾斯丁厉声说，“就是这种反应，这种人们对此的纵容，会导致这个世界走向……崩溃。”贾斯丁说最后一个词的时候几乎就是在说悄悄话了，然后就陷入了自己的思绪里。塞巴斯蒂安了解他的老板，于是让他老板自己想一会儿。

“好吧，”贾斯丁嘟囔着说，“起诉的事就算了。”

塞巴斯蒂安松了一口气。

“帮我另一个忙。”

“什么，先生？”

“不用和亚利桑那州的人体冷冻机构那些人联系了。”

“噢，谢天谢地，先生，我知道你会回归理智的，只要……”

“……然后给综合实验室的奥图尔博士打个电话。三小时后我要与他见面。我有个新的任务给她。”

“我应该跟她说些什么呢，先生？”

“跟她说这是关于……一艘救生船。”

贾斯丁舒适地坐在首席科技官办公室的椅子上。坐在他对面的是一个高挑的体格健壮的女人，这个女人近一米八的身体里透露着一股自信。尽管她的举止有些书呆子气，穿着打扮也比较简朴，但是她很可能是那些下属们幻想的对象，就因为她的呆里呆气。不过，他雇用桑德拉·奥图尔，然后让她掌管自己辛苦挣来的几百万，是因为她一遍又一遍地证明，“及时”和“预算以内”不是相互排斥的词语。

贾斯丁立刻就切入正题。桑德拉花了一分钟才接受贾斯丁即将要死去的这个事实。像往常一样，她的老板很简要地说了这件事情，以一种被她称为“阴谋因素”的恰到好处的方式。

“晚上好，桑德拉。”他对她说，“我们就别绕圈子了。用不到一年的时间我就会死，而且我希望尽人类所能让它成为一次温和的死亡。”她眼睛都不眨一下地听着他说，情不自禁地被他吸引。当然她经常被贾斯丁·可德吸引，还有他在桌子对面设计的无数阴谋诡计。但是这次与她之前处理的任何一个难题都不同。她没有被要求拯救他的身体……只是确保他的身体可以被保存。

“现在我说明白点，”她不相信自己的耳朵，“你想要一个设备齐全的悬浮舱来把你冷冻，这个舱体会被藏到远离人类的地方，因此也需要它能自己保存和自我修复。”

贾斯丁点点头表示确认。

“……而且你在一年之内就要这个东西。”

他又点点头。

“可德先生，虽然我很乐意收你的钱，但我要说的是这事儿是不可能完成的。液氮有分散率……”

“我才不会管他什么氮的分散率，液不液体的，博士。”他回答说，“你用笑气也与我无关。”

“其实，笑气是……”博士开始解释，直到她发现她的老板在咧嘴笑着，眼里却没有一丝笑意。

“算了，”她接着说，“你想要的东西不可能在一年之内完成。我们需要调查、测试再建造；我们还可能需要一种新的科学来做这个。”

“奥图尔博士，”贾斯丁的语气中带着恰到好处的不耐烦，让她意识到她的工作正在危险边缘，“我的身价可是170亿美元。这些就是你的工程预算。随便你雇想要的人，随便你选工作地点，不管你要什么，随便你买也好，租也好，乞讨也好，借也好，要不偷也行，完成就行了。如果你成功了的话，调查实验室和每年一亿的预算都是你的……你个人的。但是，如果你觉得你做不到的话……”

他确信让最后一个充满危险的词吊着。

博士在她的平板电脑上做了一下简要的记录然后抬起眼来。

“好吧，可德先生。我不是在做保证，但是我会尝试的。周末的时候我应该会有更清晰的思路，到时候我会打电话给你的。我没必要跟你说时间宝贵，所以我会要求在我向你报告之前你最好不要多过问。这样我会工作得很好。”

“奥图尔博士，我们就这样说定了。”他说完，伸手过去跟她握了握手。

他在心里暗暗地微笑了起来。死亡可能是他注定会输的一场战斗，但是绝不能坐以待毙。

塞巴斯蒂安今天过得异常的艰难。与其说是因为不知所措——这种情况很少发生，倒不如说是因为他的老板卑鄙地想要避免这个事情。他猜测，一个不知害怕的人经历害怕的事情可能会感到惶恐。当然，可德先生不是在假装害怕。事实恰好相反，他是下定决心了的。其实，塞巴斯蒂安从来没有看到决心的火焰像现在这般热烈地在可德先生的身体里燃烧。贾斯丁，他的身体开始透露出一些死亡的迹象，用奇怪的方式说——他曾经还是很活跃的。塞巴斯蒂安发现，在此之前他老板所做的事情都是一场游戏。动摇这个世界，让世界改变对工作的看法仅仅是游戏当中的一部分。但是这次他正在努力着手做的事情却不是游戏，塞巴斯蒂安想，这简直就是做傻事。

要是他的老板能意识这样做有些荒唐，然后对于死亡做一些他这种有地位的人应该做的有尊严和合适的准备就好了。那样的事情塞巴斯蒂安才能有所准备。死亡是一个众所周知的人生进程，是有模式和步骤可循的，还有经过了千万年发展的仪式。这会让他觉得舒心，他知道这才是他的价值所在。但是这个“冷冻”的事情根本就是错的。尽管塞巴斯蒂安是按照习惯办事的人，他已经对贾斯丁唯命是从太多年了，但现在他要阻止他——即使这违背了他的道德观。所以现在他向他的老板走去的时候，感觉又骄傲又矛盾。

“她做到了，先生。”

“做了什么?”贾斯丁一边咳嗽着一边问。

“建造你的……呃……舱体，我猜。”

贾斯丁挥挥手示意塞巴斯蒂安接着说。

“很明显，关键点在于绝缘。只要，”他故意暂停了一下说，“舱体足以承受外力来保护绝缘装置的话，是可以被长期使用的，但是非常不经济。这是有钱人的玩具，可德先生，一个非常，非常贵的有钱人的玩具。”

“不是玩具，我的朋友。”贾斯丁说着，还是没有停止咳嗽，“是救生船……在时间的海洋上。”

救生船，多讽刺，塞巴斯蒂安想。

“先生，我还要很高兴告诉你，安保措施还是很到位的。似乎没有人知道一丝关于你生病的消息。”

“这个世界即将‘死去’，塞巴斯蒂安，而且我一点儿也不吃惊。我请了最合适的人……，”他深吸了几口气说，“……来隐藏这条小消息。”

“我还是不明白为什么那个丑陋的小记者要接受一个让他隐藏大故事的工作。”

贾斯丁故意微笑了一下，然后让自己稳定下来说：“我亲爱的塞巴斯蒂安。许多擅长处理秘密的人，都希望……看看自己是否也能擅长做相反的事情。消防员，从心底里，想要知道……如何……放火。聪明的警察在空余的时间都在计划着……完美的犯罪。大多数情况下，这些都还是有能力的人做的白日梦而已。现在……我们的记者撞到了还没有被别人发现的故事上。他不为此感激而且，我猜……也不会轻描淡写，可能是因为他长得不好看。但是他……”贾斯丁这次的咳嗽声音很大，听起来很痛苦，“……很擅长做一个……记者。我问过他……他是不是愿意接受保守秘密的挑战……而不是解开秘密。”

“就这样?”

“是的，塞巴斯蒂安。这个挑战是无法拒绝的呀。现在……这个秘密不是我的了，是他的。他会……一直保守这个秘密，就当作是职业自豪感吧。”

“我说是因为那三倍工资吧。”塞巴斯蒂安说。

今天是“死”的好日子，贾斯丁·可德想，这里也是个“美丽”的地方。别人说的“美丽”的地方对于他来说，就是要找一处破旧的人迹罕至的岩层。对贾斯丁来说，那会是他身体的“新家”。

当他的私人直升机在空中盘旋的时候，他坐在水动力椅子上，可以看见下面那些在美洲大陆上被废弃的矿井。令他感到安慰的是，他事先已经拿到了矿井爆炸的记录。幽默的是，贾斯丁成为了这不值钱的东西的独有者，那很可能是一座非法存在的矿井，从19世纪晚期之后就没有工作过。贾斯丁盖着厚厚的毯子，从飞机上被送下来到矿井的入口处。他在发抖，不是因为天气，也不是因为轻轻吹着的风，是因为疾病已经完全控制了他的身体。他看了看周围，觉得这就是一块完美的适合挖掘的地方，基本没有人能通过坐飞机或者爬山到这里来。这是足以令法老羡慕的隐秘墓穴。

当他双脚踏到地面上的时候，他看了看他的清单，并没有注意到塞巴斯蒂安一如既往地忠实地在等待着他。贾斯丁的脑子正在想着他在过去9个月中建造起来的不可思议的舱体。这份财产会留给一个永久存续的信托基金，由塞巴斯蒂安和他选中的助手来管理。如果这个机构运营得当的话，它是可以存活数十年的。还有一个特别委员会来监控医药、纳米技术和其他相关领域所取得的进步。当复活和治愈贾斯丁成为可行的时候，他们会先挖他出来，然后复活他。贾斯丁看了看他放在墓室里作为随身珍宝的清单。为了保险起见，如果他会醒来，他要确保自己醒来的时候也是富裕的——不管入不入组织。钻石、金子、银子、白金、股票凭证还有无价的艺术品，这些都被收藏在他的墓穴和悬浮舱里，还有世界上很多的角落。

“他们已经准备好了，先生。”

塞巴斯蒂安和一个亲信保镖抬着贾斯丁进入到了矿井。尽管这个保镖已经效忠他很多年了，但是整个过程中他都是被蒙着眼睛的。只要他保证今天的活动不会被别人知道的话，他将获得足够一生的养老金。他想也没有想就同意了。

抬起贾斯丁的身体没花多大力气；他的身体已经被消耗得几乎

快没有了。一个185磅（1磅约0.45千克）的健壮的身体，塞巴斯蒂安一直都把他当作“磐石”，现在也只有不到120磅了。贾斯丁刚刚从他的新年晚会上小心地离开，为了要在晚会上表现得“正常”，他承受了药物带来的巨大的痛苦。他坐在房间昏暗的角落，灯光和声音系统都是由他来掌控的，强撑着微笑着，偶尔也挥一挥手，假装自己是在打电话。强壮的男人围着他的桌子，确保没有人可以走近看到他们老板正在努力装出来的样子。贾斯丁已经很自然地减少了自己在过去几个月里露面的机会，而且刚好不会让别人产生怀疑。在他的最后一场活动上表现得正常是非常重要的，感谢上帝，至少现在活动结束了。在老旧的观念里，这样花费时间是不明智的。出席这场活动花费掉了他生命中一周的时间。但是每当承诺要做什么事情的时候，贾斯丁绝对是个言出必行的人。如果这艘“飘荡在时间海洋上的救生船”——他现在经常会想到这个东西——成功了的话——那么他完全不需要这额外一周的时间。如果失败了，他也不愿意这一周的时间都待在医院病房里，和医生还有仪器在一起，这些东西都会掠夺他对生的希望。

所以归根结底就是一种希望。他尝试过跟塞巴斯蒂安解释这个概念，但是失败了。他的努力与成功的可能性没有一点关系，也跟为了达到目的花费的钱、时间和资源没关系。其实，贾斯丁比他的一直持保留意见的助手更清楚这整个“冷冻悬浮”的东西成功的概率。确实，在这件事情上，他花费的东西可能比任何人都多——整整二十亿美元。但是，对于一个呼吸都要倒数的人来说，他已经满足了。

塞巴斯蒂安和保镖为他脱了衣服，然后把他放在看起来像是他的“床”的一个平台上。他首先看到墓穴顶上明亮的灯光落在他身上，然后就看见了桑德拉·奥图尔博士的脸和悲伤的眼睛。

“你准备好了吗，可德先生?”她问。

贾斯丁点点头，挤出一个温和的微笑。

“祝你旅行成功……贾斯丁。”这是她第一次用名字来称呼他。

然后，她把他的双手放到自己耳朵边，深情地看着他的双眼，她说：“希望这个救生船能在时间的海洋上保证你的安全，直到你到达安全的港湾。”

她明白，贾斯丁想着，他感到一丝安慰，至少有一个人不认为他是走上了一条陌路，至少有一个人看到他尽力想要成功的潜力。

他感觉到了注射，他知道被注射进他身体的东西会让他的心脏停止跳动，然后把他交给睡神墨菲斯。他想要告诉桑德拉这就是他想要的一个机会，但是他已经非常累了，接着他便一个字也没有说，慢慢睡去了。

妮拉敬畏地望着面前这个人。从他的成就里面透露出来的这种决心，这种计划性，这种信念是非凡的。她尽力地回忆还有没有别人与他拥有一样的内在的坚韧，她只能想起来两个名字：莫什·麦肯基，还有，奇怪的是，想到了赫克特·圣比安可。

为什么会想到赫克特呢？她摇摇脑袋把这个念头赶出去，然后重新集中注意力在她的工作上。这是第一次，她被没有训练过的这种问题给难住了。贾斯丁会给社会带来什么影响呢？可能这个问题不像“贾斯丁是否准备好了加入组织?”这么简单，而是“这个有组织的世界是否准备好迎接贾斯丁了?”她一边思考着这个问题，一边吃完了甜点。在空空的银比萨盘的倒影里，她捕捉到了一个环形的物体飞快地闪过。等她转身的时候，这东西已经不见了。

“那么，你也看到那东西了?”他问。

“你到底看到了什么，贾斯丁?”

“看起来像一个飘浮的8号球。”

“8号球?”

“别告诉我你们24世纪不玩桌球了?”

“噢，台球，嗯，有些人还是在玩，但是我不是其中之一。那么你能描述得更详细点吗?”

“嗯，”他回答说，“是一个球体，大概两英寸半……”

“英寸？啊，对……”她边说边想起了另一个事实，让她重新明白自己现在是在跟谁对话，“我们现在用米进制来度量了。”

贾斯丁叹了口气说：“好吧，大概六厘米半。”

“阿拉斯加人曾试图让世界回到美国系统。”她说着，语气充满了同情，“但即使是他们也不能让时钟倒着走。”

“阿拉斯加人?”

妮拉微笑着说：“那个要花点时间才能说清楚了。请你先继续你的描述好吗?”

“这东西发光，黑色的，中间部分看起来像是玻璃。”

妮拉停止了吃东西。她向周围看了看，然后看见那个会飞的东西现在正在餐馆的入口处，好像在耐心等待什么。

妮拉有些不安地想，糟糕，是视频机器人。

视频机器人是新闻中介用来打探爆炸性新闻的。但是更多被用于搜集关于富豪和名人的绯闻。就像虫子一样，它们非常的招人烦，也很多，而且有时候还会很危险。

“你最好回头看看。”她从椅子上站起来说。

“出什么事了？”贾斯丁关心着与他共进晚餐的同伴的情绪。

妮拉想着要找一个借口，但是还是觉得不行。她的策略是绝对的坦诚，除非她的病人需要谎言。这样一来，她会用她的大部分股权发誓，“太阳是绕着地球转的”。

“看起来像是个视频机器人，本质上就是个移动摄像机。这个模型基本上是新闻业独有的，但是你也会发现有钱人会把它们当作高科技玩具。”

“那么你是说它跟主人走散了，是在等主人？”

“是的，但是为了保险起见……”妮拉说着，还是看着外面。

“我们应该溜掉。”

“溜什么……？”

“走。”贾斯丁说。

“对，我们溜吧。”

服务员看见他们两个都站着，便手持一个三角形的设备出现了。妮拉示意贾斯丁举起之前他在当铺得到的卡，然后说“同意”，贾斯丁立即照做，就这样，账单就结清了。

他们离开餐馆的时候，还是用余光盯着那个机器人。它好像没有跟上来，这是个好现象。接着，妮拉解释说，它们程序设定里有一项就是不要引起过多的注意。

“你觉得我现在还不能接受采访吗？”贾斯丁问。

妮拉做了一个神经记号，让她的化身寻找所有贾斯丁在媒体环境下的记录。

“我还不确定现在是把你介绍给这个世界的最好时机。对于这场大爆发，我们能拖多久算多久吧。”

“到时候不是已经太晚了吗?”贾斯丁把视线转向刚刚看到的机器人的方向问。

“如果他们知道你是谁的话，那么现在门口就会有很多机器人和记者。”妮拉回答说，“但是为了保险起见，我们还是回医院去吧。”

“我没意见。”

“好吧，我们坐……不对，”她把自己的想法都说了出来，“如果他们盯上了我们的话，私人登记的‘豆荚轨道’便会是他们入手的第一样东西。最好还是坐经济舱吧。”说完妮拉拿出电子助手来查看时间表。

“好了。”妮拉头也不抬地说，“有一趟快速航班到博尔德的，要经过纽约。但是我们现在就得动身了。”

他们搭了一辆出租车到了轨港，没有花多大力气就登上了他们的航班。当他们在座位上坐下的时候，妮拉建议贾斯丁试一下“笑笑眼镜”，叫这个名字是因为不管谁使用这些眼镜——大多数是孩子——之后都会“咯咯”笑个不停。这种眼镜最酷的地方在于使用者能够浏览整个飞行的过程，还能暂停、快进或者倒放，就好像舱体是没有顶棚的一样，仿佛使用者自己在飞行器外面飞行。这种眼镜很受孩子的欢迎，但是大人都很少用，大人们更愿意听听歌，或者是抓紧时间补充睡眠。

在戴上眼镜之前，贾斯丁看了看周围的环境。他的初体验相当于一次奢侈的航班，因此也让他没有了解到新世界主要交通系统的复杂细节。现在要重新看一遍。他注意到，这种“标准”的“豆荚”，看起来很像一个环形的会议室，两排座位绕着中心围成圈，里面还有厨房和厕所。座位很像头等舱的座位，让贾斯丁想起乘喷气式飞机旅行的日子。座位周围有足够的空间可以使椅子完全倾斜，让旅行者舒适至极。

“人有点多，抱歉。”妮拉说。

贾斯丁微笑着。他完全没有为此觉得困扰。这种标准舱，不亚于他之前的世界里他已经习惯了的那些奢侈的设施。这趟飞行唯一奇怪的事情发生在贾斯丁使用“笑笑眼镜”的时候。那时他摘下眼镜正要问妮拉一个问题，然后看见走道对面有一个帅气的年轻男人。

“嘿，兄弟。”这个男人说，“别忘记了第二条指令，那边。”这句话激起了他身旁美貌女人的说话。

“亲爱的，那有点严厉了，即使是对你来说。航班是允许这样的，所以这其实没有违反 VR 条令，是吧?”

“小甜心，”他说，“你知道这是个‘斜坡谬论’。我只是给这个同胞一点建议。你了解我的，我就是忍不住要这样做。”

这个女人透过男人的肩膀对贾斯丁说：“请原谅我的丈夫，先生，他这样已经好些年了……”女人停顿时看见了贾斯丁的德勤徽章，“噢，很抱歉打扰到了你。”然后她跟她丈夫耳语了几句，但是声音大到贾斯丁都听得见，“看在上帝的分上，卡尔，这个人是德勤，干吗要打扰他?”

从男人的肢体看得出他有些挫败感。“哎呀，”他想要反击，“VR 条令对他们来说也适用的。”他的老婆示意他别说了，这时男人才安静下来，自己嘟囔着。

对于这事儿贾斯丁有三点疑惑。第一点已经比较熟悉了，他需要对德勤了解更多，还有他们是怎么占领社会最低的地位的。第二点，这些一直出现的条令到底是什么，还有这些条令跟“笑笑眼镜”有什么关系。第三点就是他刚刚看见的这对夫妇，从外表看起来完全就是大学新生的样子，他们是怎么表现得非常老成，像是结婚很多年了的样子的。当他问妮拉关于这对夫妇的问题的时候，她的回答非常简短而且直击要点。

“他们确实是结婚很久了的夫妇。我猜至少40年了吧，也可能已经50年了，从他们那矫揉造作的样子就可以看出来了。如果要我猜的话，他们应该都已经快90了吧。”

“太奇妙了。”贾斯丁重新戴上他的眼镜说。“豆荚”现在正在下降。他可以从空中辨认出代表着大都市那些闪着光的玻璃和银饰的混合物。但是纽约可不是随便的大都市。在他的印象里，纽约是唯一的大都市。他想知道这座城市现在是否还如往昔般独特。

当他们离地面越来越近的时候，他看见这座城市已经不是他记忆中的样子了。他在细心地寻找定位标记，其中最主要的就是哈德森河。

贾斯丁暂停了画面。“妮拉，”他问的时候并没有摘下眼镜，“过去300年里，他们把纽约搬走了吗?”

“没有，贾斯丁，它还是在原地。”

“那么哈德森河在哪里?”

妮拉微笑着说：“当占着土地的河流被证明作为水路是一种浪费的时候，他们就要移动它。”

作为水路是一种浪费?

妮拉觉得自己要当个导游才行。她摘下贾斯丁的眼镜，然后指着窗外，“就在那边。这个你可以感谢一下 GCI。”

在远处，贾斯丁看见一座一直延伸到天空里的建筑，跟它比起来，旁边的建筑都显得很渺小。

“那是什么?”

“GCI 总部。用术语讲，中心大楼是‘豆茎’……一种把大货物传输到太空的方式。”

“我以为‘豆荚轨道’就是呢。”

她肯定地说：“这座建筑其实是遗物了。它虽然还在被使用，但是基本上是靠地球上最好的景观来吸引游客的目光了。”

贾斯丁戴上眼镜想要仔细地看看。

“看看上面……往南边走一点，”妮拉说，“你有没有看到在大楼旁边有两幢矮小的一模一样的小楼?”

“等等……让我看看周围……”

贾斯丁放大了画面看到了那两座小楼，然后眨了几次眼，“妮拉，这两栋楼是我想的那样吗?”

妮拉计算了一下数据说：“是的，在它们被重建之前就被悬浮起来了。我们简称它们为‘W3’。”

“W3?”

“是的，它们代替了第二次重建的东西。”

“噢，”贾斯丁说，“我第二代都没有看过。”

“第二代很不错，”她回答说，“很可惜没有存在多久。你可能还记得第一代倒塌的时候。”

“9 月 11 日，”他小声说，“我永远也不会忘记……永远。所以他们重建了这两栋楼。”他脸上露出了一个笑容，然后看着这两栋楼，他居然也神奇地被这座城市直面恐怖袭击的建筑反抗的举动感到鼓舞。

“为什么不重建第一代呢？”他问。

“据我所知，是因为怀旧。当纽约市被重建的时候，人们渴望重建一个与这个城市最伟大的时代有关的地标。双子塔就是被选中的其中之一。”

当他放大景象的时候，他看见了一些更熟悉的地标，比如克莱斯勒大厦还有洋基体育场。他们还玩棒球吗？他想着。这些地标很容易就能找到，因为它们是这片区域里最小的建筑了。

“妮拉，帝国大厦还在吗？”

“噢，当然。”她说。

“在哪里？原来所在的地方有一栋巨大的楼。他们把帝国大厦也搬了，是吧？”

“没动。”她回答说，“是建在它上面的。它现在是一个中庭了，是参观的好地方。”

贾斯丁摇摇头然后笑了起来。根据 W3 的方向，贾斯丁知道了这座城市的大小。除了巨大的摩天大楼延伸到新泽西以外没有别的东西了，城市向北延展到了曼哈顿岛上。

“妮拉，这些楼有多高？”

“平均都是超过 300 层的。你知道，有超过 7 000 万的人住在纽约市中心。它现在是太阳系里最大的城市。”

贾斯丁摘下眼镜，发现舱里已经空了。“我们到了吗？”他问。

“我们一分钟以前降落的。”妮拉回答说。

在他的第一次乘坐“豆荚轨道”的旅程里，他深深地被整个经历所吸引，之前他一直都没有注意到这些单独的部分。但是这次他注意到了，正如他所见——一个已经完全成熟的令人感叹的工业，除了贾斯丁以外，别人都认为理所当然的事情显得更加的突出。贾斯丁身体里的工业资本家的情绪让他想要站起来鼓掌。

他们俩都站起来准备下去。当他们走向出口的时候，妮拉的拇指振动了起来。她把手举起来放到耳边，是莫什打来的。

“妮拉，如果你还在‘全球通’从佛罗伦萨到纽约的班机上的话，不要……我重复，不要离开‘豆荚’!”妮拉抓住贾斯丁的肩膀，在走到出口之前阻止了他。正在这时，三个视频机器人从出口飞了进来开始围着贾斯丁转。在贾斯丁和妮拉眨眼的瞬间，这三个机器人都坠落到了地上，一动不动。一个空乘出现在了出口处，接着她身后的门也关上了。

“你是哈伯医生吗，女士?”空乘问。

妮拉点点头，然后继续和莫什说话。

“发生了什么事?”她问，即使她不祥的预感已经是最好的答案了。

“他们知道了。”主管回答说。

“谁知道了，知道了多少?”她追问。

“主流媒体都知道了，因此，扩展开来，整个世界都知道了。”

“莫什，他们现在知不知道贾斯丁的姓?”

“还不知道，如果你知道现在也别说。是不是有个空乘上来了?”

“是的。”

“让我跟她说。”

妮拉举着她的手，小指和大拇指伸开，伸到空乘面前，然后空乘用自己的手碰了妮拉的手一下，这样来“传递”通话。然后空乘把小指和大拇指放到自己的耳朵和嘴旁边。

“是的，先生。”空乘停了停说，“我明白，先生。”过了一会儿她说：“感谢，先生。他要跟你说话。”空乘把她的手伸向妮拉，然后妮拉以刚才一样的方式接回了电话，贾斯丁惊奇地看着这一切。

“妮拉，”莫什说，“出口处有很多机器人和记者围着，你们一米也走不出去。”

“我想，”妮拉建议说，“我们可以等在这儿，然后飞回佛罗伦萨去。”

“早就想到了，但是媒体已经把这趟航班上的位置都预订了，所以我已经以你的名义擅自租了一个豪华‘豆荚’。等它一到，这个善良的空乘就会带你们过去的。你们要坐着它回到佛罗伦萨，待在‘豆荚’里，然后直接回博尔德。你会在大门处跟一支安保小分队会合。王医生和吉尔伯特也会在那里等着。最好问他们一些私人问题，以防是换了脸的记者。”

“我好像觉得你之前做过这种事情，莫什。”

“说来话长，我可能也不会告诉你的。还有没有问题？”

贾斯丁咳嗽了几声：“我猜，我现在要重新捡起我新闻发言人的技能了吧？”

妮拉大笑了起来，自己也觉得很吃惊，然后用唇语拒绝了他。

“妮拉，”莫什说，“我要挂了。有人走漏了消息，我得要堵住这个漏洞。”

“很可能是赫克特。”妮拉毫不犹豫地说。

“妮拉，虽然你觉得很简单，但不是所有的问题都是赫克特的错。”

妮拉手腕轻轻一挥结束了谈话，然后冲着贾斯丁耸了耸肩。

“你请自便吧。看起来是一次长途旅行啊。”

“好像以前不是一样。”他反击说。

他们俩都跌坐在自己之前的位置上，意识到这趟快乐的短途旅行要变得漫长了。

赫克特独自坐在租来的博尔德办公室里，对今天的工作感到很满意。他向媒体发出了警告……全部的媒体。他基本上把所有可以曝光的事情都曝光了：基本的故事框架，贾斯丁不可思议的复活，GCI的参与，还有赫克特自己想要让贾斯丁加入组织的失败的尝试。是的，他把本应该是一个保持“安静的”行动的盖子给炸上了天。更为重要的是，他把已经被要求保密的事情给说了出来。即使他自己给自己挖了一个坟墓，他还是真心觉得开心。因为，在他生命里这是第一次，虽然有点遮遮掩掩，但赫克特·圣比安可为此用尽了自己的毕生所学。他会让自己和公司受到屈辱，他很可能还毁掉了一个“古人”的一生，这一点他也不得不承认是有点不必要的，他之所以要这样做只是出于自卫本能。但是现在这些都不重要了。他感觉到前所未有的自由。他没有拿热脸贴谁的冷屁股，因为他再也没有必要这样做了。其实，如果有奇迹使得从天堂来的神明出现，然后给他一个机会让一切重新开始——回到博尔德的事情发生之前，回到贾斯丁事件发生之前——赫克特也会拒绝的。

“赫克特，”他的电子助手尖声说，“你有一通来自部门主管的电话。”

“谢谢你，阿一古——接进来吧。”赫克特把公文包放在桌上，然后打开了包，接着激活了里面的屏幕。

“你的化身就是你的秘书啊，圣比安可？”部门主管说着，明显很享受这一刻，“这可不是有点尴尬吗？”

“天哪，柯克，”赫克特回答说，他知道他的主管有多讨厌别人叫他的名字，“你调动我的时候，不知怎么的我的特权就被取消了。是个疏忽，我肯定。”

“我肯定是的。我会查查的。”

“但是别担心，柯克，我一直都很忙。要个秘书会更加碍手碍脚的。”

“是的，赫克特。我知道你一直很忙。”

“还有别的事吗……柯克？今天我有一堆计划要完成。”

“是的，其实就一件事。”

“你说吧。”赫克特的嘴唇微微地向上翘起，全神贯注地听着接下来要听到的事情。

“你是不是去了阿拉斯加，圣比安可？！”

现在轮到赫克特享受这一刻了，“我吗，先生？没有，先生。”

“那么你觉得你现在在做什么？”

“怎么了，做我的工作啊，柯克。”

“你的工作就是在我们找到别人来代替你之前保守好秘密！”

“啊，对，‘代替我’。那么你是说我本不应该通知主要网络和新闻局关于贾斯丁的事情吗?”

部门主管没有回话。他没必要回答了。他脸上的表情已经说明了一切。

赫克特很镇定。

“噢，顺便说一句，柯克，事情进展得如何?”

“什么进展得如何!”如果部门主管可以穿过屏幕掐住赫克特让他的脸上留下怀疑的表情的话，他会这样做的。

“找一个替代者？还是给我找的。有没有人自愿啊？我得承认，这份工作真的是职业克星。噢，还有，我的事业生涯已经结束了，真是太好了。”

“我真该把你调到奥尔特云去，圣比安可，”主管咆哮着，“你应该去水星测试环境。但是别担心，我保证你肯定会去的。”

“柯克，你是不是忘了点事情？我已经不是你的部下了。你已经把我从你的员工调到了为董事会进行的独立任务了。我现在是他们的问题了。我建议你坐好，放松，好好欣赏这出戏。反正也不会对你造成多大的影响。你是‘聪明绝顶’的经理，在我毁掉你的工作之前就甩掉了我。或者，至少，我猜你是这么玩的。”

部门主管准备要进行另一场长篇演说的时候他大笑了起来。

“在关于你自己的事情上你真是非常聪明啊，你知道这点，是吧?”

“是的，先生，我知道。我没有什么东西好失去的，但是这一切我都可以得到。”

部门主管沉默了一会儿。现在轮到他展开微笑了，尽管这微笑看起来比赫克特的更加有敌意。“你最好能成功，圣比安可。”

“我知道”是赫克特唯一能想到的回答。

部门主管挂掉了电话。赫克特关上了自己的公文包，在桌子背后站了起来，准备离开办公室的时候阿一古再一次打断了他。

“忙，现在忙呢，阿一古。”赫克特“咯咯”地笑着说，“我的生活可真是充实啊，是吧？”

“幽默从来都不是你的强项，先生。但是，如果你想的话，我可以笑。”

“算了吧，阿一古，告诉我是谁。”

“是艾玛。”

赫克特情不自禁又笑起来。可能今天就是他的幸运日吧。

“接到耳机上。”赫克特把大拇指举到耳朵边，“艾玛，我是何等的荣幸啊？你在博尔德吗？”

“你这混蛋。你就是要让我费劲，是吧？”

“艾玛，我一点也不知道你在说什么。”

“你心知肚明。你本可以告诉我他的姓氏的。”

“噢，那个呀。”赫克特微笑着说，“我已经给你足够的信息了，艾玛。你知道规矩的。”

“我想我知道。听着，你手上任何的花边新闻对这个故事来说都可能是非常重要的。你有没有跟他交谈过？”

“谁？”

“你是什么意思，‘谁？’，贾斯丁·可德。还有别人吗？”

赫克特犹豫了，一边想要吸收刚刚听到的东西带来的震惊，一边又想把这种震惊隐藏起来。艾玛需要知道的就是她刚刚犯了一个菜鸟才会犯的错误。在艾玛的话被打断之前，赫克特说的不过是一个谎言的开始。

“噢，见鬼，你还不知道，是吧?”

没必要撒谎了。赫克特耸耸肩微笑着说：“好吧，我现在知道了。”

“有GCI的资源你怎么都不知道呢?”

“实际上，艾玛，我现在在GCI的位置不是那么好。但是这条小道消息肯定可以用来扭转整个局面。”艾玛开始要求他不要透露这个消息，但是突然停了下来，咆哮着，然后挂掉了电话。

“阿一古，”赫克特命令道，“把所有你能弄到的关于贾斯丁·可德的信息都给我，然后给所有新闻公司和董事会打电话。我想我刚刚发现了如何让这条爆炸性新闻变成烫手的山芋。噢，我还要一些有说服力的数据，用来找到那个花了1 000万点给我捣乱的人。”

“但是赫克特，你现在还没有开始跟踪。你说过要发现这个人的话，要花上百万的点和十年的时间。”

“为了保障工作，阿一古，照我说的做。”

“如你所愿，赫克特。”

艾玛花了宝贵的30秒钟才停止咆哮，冷静下来解释她犯下的错误，“真是低级的新手错误。我可能也是从哈佛毕业的。”

“好了，”迈克说，“我们要把故事发表出去，而且现在不只是我们在追这个新闻了。”他们花了几秒的时间来考虑他们的选择。

他们还在博尔德轨港的私人舱里。小组已经租下了临时的办公室，当他们发现那个人的姓的时候，他们又租了些大的办公室。考虑到接下来在博尔德会有一场媒体大战，有效又隐秘的办公环境可以用来交换信息。而且他们还不知道要去哪里，所以决定先待在轨港。私人套房有单独的房间，里面有桌子椅子和沙发，要多少就有多少，而且这里也是谈生意的一个安全地点。在这样一个先进的年代，私人套房是社会发展必不可少的策略之一。这种套房在轨港、医院、酒店、度假村还有其他旅行者想要进行交易的地点都很常见。

“好了，”小组成员丢下行李的时候，艾玛说，“谁给我说点好消息吧。”

“艾玛，”迈克回答说，“我想你可能是走运。你还记得我们两年前做的关于‘隧道老鼠’的那篇报道吗?”

艾玛点点头，“那是最后一次我们全体都在博尔德。如果我没记错的话，我们是从一些勇敢的人尽力成为自己的大股东的角度去写的。怎么了?”

“是这样的，我做了些调查，”迈克接着说，“在桑德拉的媒体机器人上出现的人当中有一个是我们认识的。”迈克调出了他所提到的全息图。站在他们面前的是一个外表粗犷，傻笑着的男人。

“嘿，我们确实认识这个人。”桑德拉说，“看起来他已经成为自己的大股东了。”

迈克笑着说：“是的。他确实是得到了大部分股权。他名字叫欧麦德，他是两年前我们采访的‘隧道老鼠’的其中之一。有没有人愿意猜猜他是怎样得到大部分股权的?”

没有人回答。

他叹了口气，“他一次性全额付清，用头等月球度假的点换来的。”

恩里克吹了声口哨说：“肯定是一次好机会。”

“准确地说是 15 万点。”迈克确认说。

“他究竟发现了什么能获得这么……”当艾玛明白过来他到底发现了什么的时候，她也说不出来了。

“我们能找到他吗？”她问。

迈克脸上流露出一个大大的“我是神”的微笑。

艾玛也冲他笑着说：“什么时间见他？”

“半小时之后，在一个名叫绿洲啤酒厂的小酒吧。”

“啊，我知道这个酒吧。”恩里克补充说，“它在峡谷大道上。我已经去过好多次了。”

艾玛很满意。碎片终于开始要联系起来了。“我要去博尔德办公室协调一下，然后拿到我们进行工作需要的基金。桑德拉，我得需要你去佛罗伦萨盯着这个人。”

“为什么是她去？”恩里克抗议道。

“别抱怨了，”桑德拉说着，同时有很多的信息正从她的电子助手的屏幕上划过，“无论如何真是无能为力，艾玛。哈伯医生和可德先生已经在我们说话的时候离开佛罗伦萨了。这个好医生刚刚预订了回博尔德的航班，会在纽约经停。”

“那就去纽约，桑德拉，就是奥尔特云你也得去，去摸清他的行踪然后待在那儿。恩里克，你跟我一起去总部。查清 1 000 万的事情，或者最好看看我们的神秘支付先生——或者女士——有我们可以跟踪的钱。我们越早查到他的账户，我们就越早知道他的所在，他在买什么，从谁那儿买到的。光是把这个卖给那些名人网站，我们就能得到一大笔。”她转向迈克。

“这个‘隧道老鼠’是唯一的还没有被愚蠢的我说出去的线索。用尽一切挖到他。不管要花多少钱，不管要去哪里。我会在一个小时后发布这个故事，所以在你回来找我之前你只有不到二十分钟的时间跟他谈。”

“这样明智吗?”恩里克问。

“不，不明智，但是我们没有别的选择了。我们得认为赫克特在我们说话的时候已经把故事散布出去了，这样会让其他的报纸——会相信的那些——至少花一个小时来确认这是否是个骗局，或者是不是足够真实可以跟进。”

“为什么不是全部都相信呢?”恩里克问。

“其实应该问他们为什么会相信呢。”艾玛回答说，“别忘了来源是谁。赫克特·圣比安可，最近才贬职的GCI大腕，这个人的股票已经是垃圾了。加上这个事儿离大斋节太近了，因此很可能是GCI的娱乐骗局。这些综合起来就给了我们更多的时间。我的一小时标记是给一两个聪明的编辑的，他们立刻就会进行预先调查。”

“你真的觉得他们只需要一个小时?”恩里克问。

“不管你信不信，但是这是事实，我相信。别忘了，在这桩生意里，一个小时可以让你得到普利策奖，也可以让你丢掉工作。我们必须得要抢占先机，希望我们能领先一步。还有问题吗?”艾玛等了一下，发现大家都没有问题了。

“出发。”

就是这两个字，让这个一开始是有人情味的故事从博尔德传了出去，这个故事也开始在成为社会学上的一次雪崩的道路上前进着，很快就会震动他们整个世界的根基。

“莫什，发生了什么事?”

妮拉正在驻停的“豆荚轨道”里打电话，现在这个“豆荚轨道”已经在37号管道入口处被记者和飘浮着的媒体机器人完全包围了。在混乱当中，记者对着实时动态显示屏喊叫着，十分嘈杂，看起来就像一群愤怒的蜜蜂要攻击它们自己的巢穴一样。博尔德轨港就这样被迫关闭了。

莫什有点厌烦地通过全息图回答道：“在纽约，他们已经知道有个人从冰冻长眠中醒来。”他冲着贾斯丁笑着，这时贾斯丁正站在妮拉旁边。“当你们在飞行的时候，《地球日报》爆出新闻说我们的贾斯丁是……你准备好了吗?”莫什没等妮拉回答就说，“贾斯丁·可德。”莫什还看到，贾斯丁姓氏的透露并没有引起他年轻的内科医生和她尊敬的“客人”的注意。“你们知道了?”他几乎是叹着气地问。妮拉点点头。

“好吧，”莫什接着说，“比起艾琳诺递给我一份《地球日报》，我更希望我是从别的方式了解到的。”

“他们是怎么知道的?”妮拉问。

“都怪赫克特，”贾斯丁插嘴说，“在搅乱我的生活这个问题上，他基本上就是冲在最前的那个。”

“说对了一半，”莫什回答说，“根据我所查明的，他是某些媒体公司的信息来源，但是并不是全部。”

“废话，”妮拉咕哝着说，“他可能打电话给所有媒体，然后把过去和现在的照片都给了他们。”

“妮拉，”莫什回答说，“不管赫克特的目的是什么，现在都不重要了。等着诊所的人来接应你们吧。等你和贾斯丁平安到家之后我们会弄明白的，在你确保你不会被围攻之前从‘豆荚轨道’出来。你明白了吗?”

妮拉点点头，然后莫什就挂断了电话。

她在房间里面来回地踱步，竭力地想要理出一个头绪来。她停下来盯着贾斯丁。

“很抱歉，”她一边说一边和他对视着，“我被现在所发生的事情给搅乱了，我忘记我的工作——就是你。你怎么样?”

“妮拉，那你怎么样呢?”他反问。

妮拉悲伤地微笑着说：“谢谢你的关心，大多数客户都不会这样。”

“首先，”贾斯丁接着说，“我不是‘大多数客户’。第二，为了以防你忘记了你们的历史，我可是对于媒体大战很熟悉的。不是这种程度的，当然，我被聚光灯包围的次数我自己都数不过来。所以就当是帮我个忙，别太担心我了。我应付得来。”

“我会没事的。”妮拉回答说，“我还期望媒体大战是这个漫长进程中的最后一项，结果不知怎么的变成了第一项。但萨，这才是你的第一天啊，而且这还没完。”她拉过贾斯丁的手放在自己的双手中间，“你是贾斯丁·可德，没入组织的人，而且你还不知道这是什么意思。”她移动着她的手臂示意他看外面的世界，“而且恐怕，他们也不知道。”

“你知道?”他迫切地问道。

“我很擅长我的工作，贾斯丁。”她松开手回答，唯恐他从中读取到太多，“大多数情况下，我们都被训练来使复活的人重新回到社会里。但是这份工作最困难的地方就是，我猜，就是让这个社会接纳你。”

贾斯丁才“活”了不久，他还不能够想象他对这个世界会造成什么影响。他花了所剩不多的大部分时间想要得到与他的宇宙相似的规矩，而妮拉的评论让他意识到他的新生活会有多复杂。他经常认为，如果他疯狂的计划成功了的话，他的生活可能会变得简单些——新世界的荣耀。但是他现在开始意识到，生活可能会变得更困难。但是，他又想安慰自己，毕竟还没有到绝境。

“好了，”他说，“我知道我还没有醒来多久，但是至少到目前为止，根据我看到和我了解的看来，我还挺喜欢这个社会的。除了一两件怪事以外，这正是我被冷冻时候所期望的。”

现在贾斯丁抓着妮拉的手。她有点吃惊。他感觉到她想要把手抽出去，但是又没有行动。“你做得很好。”他说，“在这个新世界有你陪在我身边，我已经觉得好多了，而且这不是一个好的复活专家应该做的事情吗?”

贾斯丁把脸向前凑了一点。她立刻把她的大拇指放在他的额头上。这个动作有些奇怪，但是也让他停止了接下来的动作。

“贾斯丁，我真的需要向你解释一下……”

“不用，妮拉。”他打断说，“我知道你有男朋友，或者甚至”——一个坏坏的微笑出现在他的脸上——“有女朋友。”

“我没有女朋友。”她一边回答一边重重地拍打着他的肩膀，“所以你赶快停止你脑中的幻想吧。”

“那我们就回到男朋友上。”他回应说。

“也没有男朋友。”

考虑到她的能力，他的微笑更加明朗起来。

“你也赶快停止那种幻想吧。听着，贾斯丁，这不可能。现在不行。永远不行……即使……即使我想这样做。”

是许可了吗，贾斯丁想着。

“这样?”

妮拉回答说，“在你的时代，病人和医生之间的关系过于亲密难道不是违法的吗?”

贾斯丁抓着他的下巴，思考着这个问题。“嗯，这确实是让人伤脑筋的事情，但是这事儿也很常见——只有在特定的情况下是违法的。你是说考虑这样一种关系其实也是违法的?”

看到贾斯丁变换了肢体语言，妮拉觉得如释重负。他从被挑起兴趣变换到了好奇的状态。好奇是她可以处理的。“非常不合法，而且极度的不道德。”她回答说，“其实，你最好别想这种医生和病人的关系了。”

“那怎么办呢?”他接着又问，比起好奇更像是受伤了。

妮拉抬头想要找到一个比较合适的方式道歉，这并没有花她太多时间。她现在又重新聚焦到他身上，“如果一个教士与他或者她会众当中一名青少年睡了，你怎么看呢?”

听完这个暗示贾斯丁的脸上一片茫然：“你是在骗我的，是吧?有这么严重?”

妮拉严肃地点点头，“虽然我对这个表达不是很熟悉，但是我可以猜测它的意思。所以答案是‘没有’。我没有‘骗’你。其实，我可能还说得比较保守。”

“保守?”他喘着气说：“可能没有明白的人是你吧。”在他的内心深处，他热切地希望如此。

妮拉摇摇头说：“当复活一开始为那些组成了复活第二代的人行动的时候……”

“第二代?”

“是的，贾斯丁，第一代没有幸存者——一个都没有，是的，直到你。”她停下来重新看着他。对于他的独特，妮拉简直就要妥协了，好像是站在海浪里被一波又一波的海浪拍打一样。每一浪都有不同的暗示，慢慢地动摇着她，一次次地唤醒她的敬畏之情。

她接着说：“我猜如果没人能幸存下来，叫他们第一代还是有点可笑的，但是他们让自己悬浮起来还是很有先见之明的，虽然运用的科技比较落后。如我之前给你解释的，环境就是他们的祸根。是第二代，大衰落之前，让我们今天的教条变得这么严厉。”

“发生了什么事?”他问。

“发生了很多，”她回答说，“公平地说，没人知道一个复活者的思想到底有多脆弱……我可以重新数数那些满是虐待和欺骗的肮脏下流的故事，他们抢夺第二代的所有财富，更不用说他们的自我价值意识和尊严了，但是我还是给你一个更加有说服力的数字——70%。”

贾斯丁耸耸肩。

妮拉皱着眉头说：“这个数字是在复活之后很快就自杀或者企图自杀的人数比例。”

她等了一会儿让这个数字深入到贾斯丁的心里。当她觉得程度可以了之后，她接着说："别忘了，悬浮作为生命的延续是从社会的附属元素开始的。我说错了的话你可以纠正我，但是在你的时代它从来没有得到过认可，而且在我们的时代也基本上没有——直到悬浮被证明是实际可行的。"

他点点头表示同意。

"过去没有适当的系统，"她接着说，"第二代复活的人没有'软枕头'可以躺，没有基本治疗的数据。就像是'早上好，欢迎来到新世界'这种事情，然后就是'哦，顺便说一句，你的家人朋友都死了——这里给你起步的一点钱，祝你好运'。"

"不怎么样的复活体验。"贾斯丁说。

妮拉点点头。"现在你明白为什么我看到你的整合过程变得这么错误的时候会这么生气了吧。我一直在等着你自己把自己从楼上扔下来，或者是被无止境的沮丧当头一棒，但奇怪的是你居然有免疫——当然，这才一天而已。"

"正像你说的，妮拉，"他半开玩笑地说，"为时尚早。我会从楼顶跳下来，或者不管你们现在人用什么方法来让自己清醒。"

妮拉向他投去担忧的眼光。

"别担心，亲爱的。"他笑着说，"我向你保证，我会待在你身边一段时间。至少我现在知道为什么'不约会'的教条这么根深蒂固了。"然后他深深地看着她的双眼说："遗憾。"

确实遗憾，妮拉想，为了灵魂的圣洁压抑自己的心。她之前从来没有对任何一个她复活过的人产生任何想法，直到现在。她告诉自己肯定是因为他的独一无二。但是还有别的事情让人激动——可能是他的智慧，可能是对他的仰慕，等事情结束了她会想清楚的。

她和贾斯丁都没有意识到，他们在事情还没有开始之前就“分手”了，因为他们被顶部舱门向外爆炸的声音给打断了。紧急照明的刺眼的光从洞里倾斜下来，洒满了整个区域。想也没有想，贾斯丁就跳过去保护妮拉。可惜的是，妮拉也做了同样的事情——结果就是他们迎面撞到了一起。

过了一阵，他们双手紧握着，两人尽力抬头然后看见欧麦德正在俯视着他们，是他费劲炸开了顶部的应急出口。

“贾斯丁，医生，见到你们很高兴啊。”他冷淡地说着，牙齿在灯光下显得特别的亮。

“欧麦德！”贾斯丁打心眼里感到高兴，虽然忍着头痛和伤心，“你到底是怎么进来的？”

“我也想知道。”妮拉一边揉着自己的额头一边说。头疼开始逐渐地缓和了些。

“我从某人那儿得到了些帮助……”欧麦德小心地挑选着接下来要用的这个词，“一个盟友。”

从欧麦德身后传来另一个声音。

“欧麦德，我们没多少时间了。”

妮拉斜眼向上看着，“谁在那儿？”

当欧麦德慢慢地飘下来到妮拉和贾斯丁站立的地方的时候，这个“盟友”从爆炸开的洞里伸出头来，是迈克。

他一边让自己身体从开着口的地方穿过去，一边快速地介绍自己。他下降到舱底，在欧麦德身边着陆。“很高兴见到你们。”他一边说着一边打量着妮拉和贾斯丁。

妮拉没有回应他的玩笑，接着把愤怒都放在欧麦德身上。

“欧麦德，你到底在想什么，居然把这样的人带进来?”她对着迈克说，“没有冒犯你的意思。”

“没关系。”迈克微笑着回答说。

欧麦德没有理妮拉，他直接面对着贾斯丁。

“贾斯丁，你现在就是狂欢派对上的‘处女’。不论如何，你最后都会失去‘贞操’，唯一的问题就是，是与一个人还是一群人?”

贾斯丁开始笑起来。

“你可真会说话，我的朋友。那么告诉我，迈克到这儿来也是想要参与其中吗?”

聪明的迈克没有上钩，他让欧麦德来处理这个奇怪的介绍。

“我们有个计划可以让你们安静快速地离开这里，但是没有他我可做不到。”

“那让我猜猜，”贾斯丁接着说，“代价是，他第一个来?”

“是的，”欧麦德回答，很赞赏贾斯丁抓住核心事实的能力，“这基本上就是要点了。”

“既然这样，欧麦德，我想我还是愿意等着让当局来解决。如果我要失去‘贞操’的话，不同情况下我还是要选择一下‘施暴者’的。”他转向迈克说，“无意冒犯。”

“真的，没关系。”迈克回答说。“可是，事情没这么简单。”他补充道。

“为什么?”妮拉回答说。

“如果让当局插手这事儿，”他接着说，“我肯定他们现在正在讨论这个问题，你们俩都会被他们监管的。”他直视着贾斯丁，“还有别忘了，可德先生，你没有记录，我们都知道你身份的真实性跟这间屋子里的家居一样。所以既然选择是你自己的，我建议你选择我的提议。我会带你们出去，而且当然，我要得到这个故事，但会是你的故事——这我可以向你保证。如果你们怀疑我的正直，我有普利策奖可以作为担保。”迈克说完。考虑到会错失职业生涯里最大的一个故事，他只得假装出冷静的外表。

贾斯丁看了看妮拉，她点点头。“成交。”贾斯丁说，“但是有一个条件。”

迈克保持着冷静，“说吧。”

“我想知道你是怎么知道这个故事的?”

“有些消息来源，不过我得要保护……”

“说出来，要不就什么都别说。”贾斯丁说。

只花了一微秒的时间，贾斯丁就得到了他其实很快就能在迈克的报纸上获得的消息。“赫克特·圣比安可。”迈克回答说，“但是他只给了我们你的照片。我们汇集了其余的信息。我会在出去的路上告诉你们的。现在，我们快出去吧。”说完，大家都开始向着紧急出口的地方上升。

迈克坐在贾斯丁·可德的对面，脑子里闪过一个想法：系统里每个记者都想成为我。他让这个想法慢慢渗入，让自己尽情享受这一刻。迈克知道他很擅长他的工作，但是现在每人都知道了。如果没有小组成员的话他也不可能做到这样，他会告诉任何愿意听的人说这是小组成员一起努力的结果。但是，迈克仍然强烈地感受到只有个人成就才能带来的无法抑制的胜利感。唯一的消极面就是有了贾斯丁的许可，哈伯医生坚持要审查迈克的提问。她解释说贾斯丁的情绪还是很脆弱，强硬的问题会危害到他的心理状态。迈克同意温和地进行这次访问，他知道要得到第二次采访机会的话也得要过哈伯医生这关。但是他把这些都放到一边，还有为了保护采访对象的人身安全。他现在把注意力集中在舒服地坐在他对面的这个人身上。这个人在接下来的一个小时里会改变迈克的一生。

贾斯丁现在回到了一小时前他迫不及待想要离开的那个房间里，他觉得很讽刺。而且他不得不承认，回来不仅感觉很好，还感觉很安全。

迈克坚持让妮拉和欧麦德离开房间。在贾斯丁保证他可以掌控自己之后，他们不情愿地同意了。贾斯丁现在转向迈克，他正带着几分严肃的表情坐在对面。

“那么，”贾斯丁问，“跟我说说你们这份报纸吧。”

迈克发现他的采访对象想要控制这次的访谈。他微笑着与贾斯丁配合着，“报纸的名字叫《地球日报》，已经发行了大概 300 年。从某种程度上说，它是世界上最老的连续报纸。以前名字叫《阿拉斯加日报》，是大萧条之前阿拉斯加报业发展的产物。它也是业界最有声望的报纸。”

“有趣。”贾斯丁吸收了信息后接着说，“说我守旧也好，我想问这份‘报纸’是以纸质出版的吗?”

“其实……”迈克从手提箱里拿出一份复印件，然后递了过来。

贾斯丁开始翻着报纸。他很好奇地想要知道，这份报纸会不会像一份真的报纸，或者像他看到过的其他东西一样，是一份劣质仿品。有一件事情肯定是不同的。他注意到，当他直接看着一个广告或者是图片的时候，马上就会变成一个3D的全息图。有一则广告吸引了他的注意力。这则广告是今天早些时候他看到过的广告版的延展——是交换身体。广告还有一条可怕的警告，提醒着人们在大斋节到来之前还剩多少天。他合起报纸，然后把注意力重新集中在迈克身上。

“所以，还是叫报纸是因为还是纸质的吗?”

“这个，也不是。”迈克回答说，“我相信在你们的年代，你们还是把数字电影叫作电影，即使它们已经不是用胶片拍摄的了。我们的报纸通过神经网络传播，每天有20亿的读者，只有4万的读者会得到复印件。但是这样生产相对会简单一些，而且不少的人喜欢这种方式。”他指着他刚刚递过去的报纸说：“我猜你会是其中之一。”

当迈克看见贾斯丁翻过版面的时候，眼里有一丝欣赏。“这个有点像，”迈克接着说，“那些还是喜欢用怀表的人。”

贾斯丁微笑着。我买这该死的天美时表都是因为它的标语，他想。他低头看着他空空的手腕，然后耸耸肩抬起头，“开始把，维瑞塔斯先生。”

迈克一开始问了一个能吸引读者的问题：“可德先生，你是只身一人吗？或者你是属于一个群体当中的一个，其他人都藏起来了？”

“其他人我可不敢说，但是我只冷冻了自己。如果有人从我的时代幸存下来的话，我肯定会很吃惊也会很开心的。”

“可德先生，你能不能阐述一下为了保护你的生命你都做了些什么？”

“我雇用了一个绝顶聪明的工程师，然后给了她无限制的预算和一个非常清晰的目标。我发现如果提供了这三样东西的话，不可思议的事情便会发生。”

“这个目标是？”迈克问，不是为了自己的需要，而是为了读者才问了这么一个明显的问题。

“你是说，除了生存？”贾斯丁问。

“是的，不好意思。”

“为了创造能自我维持，又能永久的悬浮舱。”

这回答让迈克有些吃惊。他在他的电子助手上快速地查询了一下，然后抬头看着贾斯丁，“你知不知道，可德先生，今天我们还没有像那样的东西？”

“知道，维瑞塔斯先生。”

“迈克。”

“是的……迈克，你的‘朋友’欧麦德已经告诉我了。但是我猜你们没有这种东西是因为你们不需要。”

“正确，可德先生。但是，这是个很好的证明。”

“确实是。我应该当面感谢一下那个工程师，可是很不幸……”

迈克表示同情地笑了笑。

“其实，对于那种极少发生的需要悬浮个几年的情况，我们在月球上有远端悬浮设施。按照这一思路，既然可以利用宇宙寒冷的自然环境来降低成本的时候，为什么要发展一种科技呢?”

“你提到这个可有点好笑。”贾斯丁带着沉思的微笑说，“桑德拉，就是设计这个舱体的工程师，考虑过这个设想。本来已经决定，我们派一队工程师到月球上去，然后挖个山洞把我放在那里，这样的花费要少一些。”

“无意冒犯您，可德先生，但是为什么别的选择更加有意义的时候，还要冒险去建造一个新的而且未经测试的设备呢？即使在你的时代，到月球的技术已经建立了呀。”

“你对金字塔熟悉吗，迈克?”

“你是说埃及金字塔吗，可德先生?”

“请叫我贾斯丁，是的，就是那些。”

“比较了解。”迈克保证说。

“那好，”贾斯丁说，“你知道建造金字塔的目的是什么吗?”

“纪念国王，我猜。”

“其实，迈克，它们就是悬浮舱。”

迈克揉了揉后颈，“能解释一下吗?”

“我的意思是说，”贾斯丁接着说，“它们不是现代意义上的悬浮舱，但是埃及人有跟你我一样的世界观。换句话说，如果你能尽可能完好地保存你的身体，你的身体就会在一个更好的世界醒来，而且你还会在新的人生里拥有你需要或者想要的任何东西。”贾斯丁停了一会儿，“这可能让你会想，古埃及人会不会在某一刻也接触到了先进的科技。我有点离题了。我想说的是，法老相信他们只有保存好自己的身体，同时还要带上他们能带的所有的财物。这样一来，他们才能在下一个世界生活得好。”

“所以你把自己当作是现代的法老吗?”

“不完全是。我不是生来就富裕的，但是我确实没有与跟我埋在一起的东西一起死去。但是，我承认是有些相似的地方的。”

“但是无论如何是法老启发了你?”

贾斯丁“咯咯”地笑着：“是的，法老们确实是灵感所在。他们启发了我的恐惧感。”

“要跟你上的想法，我恐怕还得学习更多的古代历史才行，贾斯丁。”

“在他们的金字塔里面到底发现了几个法老?”

“这个，我猜两三个吧。”

“我猜一个都没有。”

“图特王不是吗?”

“他生活在稍晚的朝代，那时已经学到了很重要的一课。如果你建造了一座金字塔然后放进去了很多东西，你是在告诉这个世界什么? 让我来回答。”他看见迈克准备要回答了，“其实，你是在说，‘嘿，世界，我在这里，带着很多宝物死了’。”

“说得好。”迈克表示赞同。

“没有一座金字塔被发现的时候是完好的。在图特王的时代，金字塔已经被抢劫了上千年。所以新的法老靠挖隐秘的坟墓来保证自己身体的安全，因此极大地增加了他们拥有来世的机会。”

“所以在你的观念里，‘月亮’就等于‘金字塔’。”

“正是。”贾斯丁开始可以舒服地谈话了。尽管他一直对记者没有好感，即使是获过大奖的那些也没有，但这次的访谈却不同，因为现在他可以跟别人谈论在几个世纪以前他无法与人分享的东西。

“如果我选择了月球计划，”贾斯丁接着说，“我得把我的发射计划告诉政府。这样就会引来官方检查。这样整个世界都会知道，我花了一大笔钱把自己埋在月亮上，而且任何有空余导弹的人或者想要看我是否有宝物的人都会让我的计划失败。”

“所以你就造了一个‘坟墓’。”迈克恍然大悟。

“正确。我造了一个可自我维持的悬浮舱，然后埋在了‘坟墓’里。”

“这样你就达到了你的目的——隐姓埋名。”

“是的，达到了。越隐姓埋名越好。你想知道是什么保证了图特数千年的安全吗？他是一个无足轻重、短命的统治者，人人都忘记了他。我也是一样的。是的，我有钱，也确实有点名气，但是万千事物中，我仅仅是雷达屏幕上的一个亮点而已。”

“不只是个亮点，贾斯丁。我们对你到现在为止的故事还是很熟悉的。”

“侥幸而已，我可以向你保证，迈克。我‘碰巧’在媒体报道近于痴迷的时候消失了，讽刺的是，我没想到还会更糟。”

迈克大笑着说：“有道理。”

“而且，”贾斯丁接着说，“加上在大萧条的时候大量的信息都被清除了，因而我就被弄得像奶油派上的樱桃一样突出。我可以向你保证，在我的时代，我很有名，但是正如老话说的一样，‘有十亿人可以管这个事儿’。”

“这句话我也知道，”迈克回答说，“现在那数字又涨了一些。”

“我猜也是。”

“好吧，”迈克接着说，“当时有冷冻组织存在，你怎么没有去找他们呢？”

“就像金字塔一样，那些是明显的等着被毁的东西。”

迈克点点头。

“为什么只救你自己呢？我们都见过你建造的舱体的大小，好像你可以带上别人的。”

贾斯丁坐在座位上有点不自在。他注意到椅子跟着他动了起来，为了让他坐得更舒服，就像他从长眠之中醒来的那张床一样。但是，对于他现在的感觉来说，安慰不会在这个善意的椅子的诡计中发现。

“我向另外一个人提过这个。”他叹着气说，“我的私人助理。但是他拒绝了。他觉得一个人生活的时间超过了预计时间是错的。”

“如果我没有理解错的话，”迈克说，“那真是很强的米姆……呃……很老套。我不会怪你的。”

“我知道什么是米姆，迈克。达尔文进化论的思维，或者在死亡的情况下的群体思维。我也不怪我自己。”

“是的，当然。”迈克回答。

“但是你是对的。”贾斯丁接着说，“命中定有一死是比较普遍的米姆。其实，如果都是为了有记录的历史就好了。”

迈克深深吸了口气，摇了摇头说：“关于这个话题据我所知，我得要承认，我不明白这个世界会跟随看起来如此不合逻辑，如此迷信的想法。告诉我，这些人有没有拒绝医疗护理？”

“没有，他们没有。但是对他们来说，死亡是宗教上无法拒绝的，不是可以被治愈的病。”

“那好，你猜怎么？我们治愈了死亡。”

“真的？别开玩笑了。”贾斯丁取笑着说，“拜托，你要明白我的助手塞巴斯蒂安可不是个傻瓜。在很多方面，他都是我这辈子见过考虑最周到的人。但是他就像是困在笼中的鸟。这也是为什么他像他之前的百万人一样，不能成功地从米姆里面逃出来的原因——死亡是不可抗拒的概念。”

迈克点点头。“我曾经读过一本关于这个话题的书，叫《死亡的礼拜》。”

“让我猜猜，”贾斯丁说，“你不认同。”

迈克点点头。

“我很惊讶，”贾斯丁接着说，“你居然读了第一章。为了要了解这样一本书，你得像21世纪的人那样思考，但是你显然不能，就像我尽力想要进到先我300年的人的脑子里面一样。”

“跟我说说，”迈克问，“金字塔是不是也启发了你像流言说的那样，放了很多宝贝在你的‘坟墓’里？”

“看情况，”贾斯丁笑着说，“你听说了什么流言？”

“这个嘛，流言说地穴里有金子、银子，还有珍贵的宝石。”

贾斯丁点点头，“流言说的是真的。”

“你应该还有手工艺品、艺术品，还有，根据外面我的朋友欧麦德所说，”他指着背后的墙说，“一只天美时手表。”

“有过，”贾斯丁回答说，“今天早上已经卖了。”

“真的?!”迈克看起来有些吃惊，“欧麦德没跟我说这个。如果你不介意我问的话，卖了多少钱?”

“38 000。”

“美国通用?”

“是的。价格还好吗?”

迈克大笑着说：“这要看情况了，你觉得一次就得到四季度的股息是好还是坏。”

贾斯丁微笑着说：“我觉得是好的。”

“你可以再卖高点。”迈克说。

贾斯丁点点头，迈克没有用“六个月的工资”来描述贾斯丁的好运。他是用股息支付来提及的。用到了当地的话，是有启迪作用的。贾斯丁回想起过去财富是如何由一个人可以收获的数量来决定的。所以像“去年你挣了多少”这种问题的答案就可能是农夫的收成。数字越高就越被人敬畏。只有当工业社会出现的时候，人们才开始把每年的工资当作财富的度量。现在，一个完全合作社会出现，财富的指示器，不是物质，而是季度股息。

“如果你不介意的话，”迈克接着说，“还有几个问题。”

“问吧。”

迈克盯着他的采访对象：贾斯丁口才好，考虑周到，天生一副好面孔，见多识广，聪明，甚至从某种程度上还很英勇。他是一个已经失去的文明里所有正面形象的化身，是给予当今社会的礼物。迈克决定，这个故事的基调就这样定下来。

“你对未来有什么打算?”

他刚问完这个问题，贾斯丁的门铃就响了起来。

房间传出声音告诉贾斯丁，妮拉和欧麦德在等待进入的许可。贾斯丁微笑着，恳请迈克让他们进来。

“让他们进来。”贾斯丁一边盯着迈克一边对房间说。

妮拉和欧麦德走了进来。欧麦德靠着墙站着，妮拉则在墙角坐了下来。

贾斯丁看着妮拉："我们的朋友想要知道我对未来的计划是什么。"

"别看我，"妮拉回答说，"我的计划已经都实现了，你看看结果是什么。"

"好吧，"贾斯丁回答说，"与妮拉对自己的计划能力缺乏自信相反的是，我最近的未来就在她有才华的双手上。"

尽管妮拉转过脸想要隐藏起来，迈克还是注意到她脸颊微微地红了些。她真的对他有吸引力？他思考着。

"好吧，"妮拉回答说，"贾斯丁会在这里待几天，这段时间里他会休息、读书，还要开始学习关于我们的世界的东西，包括行事方式。贾斯丁的长期计划，当然，是由他自己定的。"

迈克做了个思维计划，安排一场与这个复活专家的访谈。如果需要的话他会亲自做，但是他还是想要让艾玛来做。她比他更能让女人产生信任感。

"如果你能选的话，"他接着说，"在下面的先进科技里——太空旅行、纳米技术、完美健康，或者我们长命的跨度——哪一项是最令你吃惊的?"

贾斯丁得要思考一下这个问题。虽然迈克提出的这个清单都很让人印象深刻，但是考虑到包含的全部，他还真的说不出有哪样吃惊的。惊讶？是的。钦佩？当然。但是吃惊？不觉得。这个未来正是贾斯丁所梦想过的。

"我得说……一个都不。"

迈克从他的电子助手上抬起眼来，他翘起的眉毛透露出了震惊。“真的？那有什么让你吃惊的?”

“‘个人合并’的这个概念。”

“我告诉过你。”妮拉在嘀咕，但是确保迈克可以听到。

迈克冷静地继续进行采访。他恨自己没有预计到这个。他想这是他的错，就不该给他个列表让他选的。

“这个含义，”迈克接着说，“很奇妙。能解释一下吗?”

贾斯丁正准备仔细地回答，这时他看见妮拉摇着头，手在喉咙的地方比画着。他轻轻地点点头表示他知道了，然后没有回答迈克，只是随便说了两句。

“是这样，其他的事情我都有所期待，但是‘个人合并’确实是让我吃惊的事情。”

“从哪方面呢？如果你不介意我问的话。”

“其实就是因为是意料之外，我现在很期待能学习一下。”

迈克意识到继续在这个问题推进已经没有意义了。

“好吧，我相信我们的读者都会很期待你的 IPO（首次公开募股）日期，为了有机会能向你投资。我知道我会的。”

“好……谢谢你。”贾斯丁一反常态地结巴了。他的自信在那一刻很奇怪地被迈克的好意给动摇了。没发生什么坏事，而且他知道迈克是在赞扬他，但是这样还是很难接受。其实，迈克是说“等不及要在拍卖台上看到你了”。对贾斯丁来说唯一缺失的就是，在他的那个年代，进行这种来往的人通常都是戴着枷锁的。

妮拉感觉到了他的不适，便插嘴说：“我知道这是你的采访，迈克，但是我想要问贾斯丁一个问题，这个问题我保证你的读者也想知道。”

迈克想要拒绝，但是要留在哈伯医生的“好人”名单上的渴望比他要控制访谈的欲望更强烈。他向椅子后面靠了一些，把电子助手放到一边。

“没问题，你问吧。”

“我很好奇，贾斯丁，”妮拉问，“关于你过去都怎么娱乐的。”

“这个嘛，看电影、看话剧、运动、听音乐……这之类的。”

“你那个时代的音乐被认为是最多样，最动人的。”

“是的，”他反对说，“但是你觉得好吗?”

“我觉得好。经典摇滚歌手被很多人模仿过。告诉我……你喜欢披头士吗?”

“抱歉，不喜欢。”

妮拉的表情透露出她对这个答案有点吃惊。

“我爱披头士。”他咧嘴笑着说。

妮拉也微笑着说：“聪明的混蛋。”

贾斯丁哈哈笑起来。

但萨的魂啊，他们好像有点什么，迈克想。是个故事——或者会是个故事，如果发生了什么的话。他暂时坐在那里——名声正处于危险之中，他认为需要跟艾玛谈一下这个事情。

“那么好吧，”她说，“可能你也不会感到吃惊，他们是千禧年交替之际的今天最受欢迎的乐队。”

“不，我不会惊讶。”他有冲动想要他们听他的，他回答说，“即使在我的年代，他们也有特有的……永恒的品质。”

贾斯丁微微抬起他的头，好像开始听一首并没有在播放的歌一样。

听完他觉得妮拉的提问很平凡。迈克不得不承认，不论好坏，这些提问让他的采访松弛了许多。“你还好吗，贾斯丁？”

“抱歉，还好。最后的这个问题让我想起了他们的一首歌……现在萦绕在我的脑海里了。”

“哪一首？”迈克问。

“《纵横宇宙》。”

接下来的几天对贾斯丁来说是愉快的。没有企图逃出医院，也听从了妮拉的建议没有跟媒体有什么互动。欧麦德如果来拜访，他们会一起去医院的健身房，然后到食堂一起喝杯啤酒。除了周围的人会时常盯着他以外，贾斯丁开始认为他的新生活回到了常态。他甚至有些习惯这种眼光了。毕竟，他确实是与众不同的，所以他受到的这种眼光也并非难以忍受。人们看着他都是因为对他好奇。不久他就会知道，莫什已经通知大家，没有得到正式邀请就去跟他说话的人，就会被当场开除。贾斯丁想起和莫什与他老婆艾琳诺在一次晚餐上的有趣的谈话。在财务方面，艾琳诺的知识非常渊博，比如开一个现金账户或者买房子之类的。另外，她好像对贾斯丁表现出特别的母爱泛滥，奇怪的是这让贾斯丁感觉很舒适。

在他计划自己的未来之旅的所有问题当中，孤独是他从来没有考虑过的。自从他妻子去世之后，他想要一个人生活，其实，被他自己建造的墙围着他感觉很自在。他对自己的身体状况有足够的预计，但是没有考虑到自己的精神状况。现在他开始后悔没有尽力让之前的助手，或者至少是他生活的时代的其他人来陪伴他。但是贾斯丁提醒自己，任何一个计划最后都会不可避免地发现至少一个错误。他深信作为一个局外人，离开自己的世界不会对他造成任何困扰，包括离开那里的每一个人。现在那个世界已经消失，他才知道自己错了。

莫什累了。毕竟，他马上就要开始第二个世纪的生活了，他正开始对此有些感觉。好像每天运行一座医院的压力还不够，他现在还要与愤怒的 GCI 公司和一群贪婪的媒体沟通。媒体们为了进入医院使出的招数简直就是从好笑（有人声称是贾斯丁失散的兄弟）到可笑（为了能进医院，有个笨蛋朝着自己的腿上来了一枪）。莫什很高兴地为那个男人签字推荐了一场精神审查。接下来令人无法忍受的是，这个世界开始聚焦到莫什 · 麦肯锡，前 GCI 董事会成员，现在居然还好好地活着这事儿上。这是件非常不好处理的事情。莫什在他退休的时候就知道这个合作世界会变得多无情——甚至是对退休人员来说也是如此。这也是为什么当他离开的时候，他像老同学一样握了握手。他可以自己管理自己的领地，只要他保证不出现在聚光灯下，而且不插手 GCI 的内部政治就可以。简单地说，他自愿消失。

但是多亏了贾斯丁，现在他不能遵守这个约定了。他要发挥权力，而且这个世界，还有 GCI 都开始想起，莫什 · 麦肯锡不仅仅是需要对付的一个人，他还是当初参与过争夺主席之位的人。

莫什坐在会议桌边，他看见一群睡眼惺忪的人正在盯着他：妮拉、王医生、吉尔伯特·特拉，还有艾琳诺。莫什自己笑了笑，除了艾琳诺，这群人还是没有变。不到一周前，她还为他们“发现”的前景而感到兴奋，他们已经准备好要退休了。但是，事情发生了变化，不是吗？一周以来大家都没有睡好觉，他们大家开始发现随着时间的流逝，他们睡得越来越少了。如果他们想要离开医院，他们会被这个缺乏新闻的世界包围。如果他们想要跟医院以外的人联系的话，他们的通话肯定会被监听的。没有逃跑的机会。对于贾斯丁的关注正值狂热的时候，他们是最接近这个男人的人。这个人除了跟《地球日报》进行过一次访谈以外，基本没有和别人说过话。媒体把他描绘成一个来自过去幸存下来接近于涅槃的浪漫英雄。所有家庭，办公室里谈论的话题都是贾斯丁·可德。关于他的任何信息都立刻会被下载，然后被大家狼吞虎咽般地抓住。大多数的信息都是免费的，但是对于少数的有进取心的企业家来说，出卖消息是可以获利的。他的出生地立马就变成了旅游热门……即使是有不周密的审查，他拥有过的东西都以高价拍卖了出去。对任何参与了贾斯丁·可德生意的人来说都是值得挂横幅的日子。不幸的是，结果证明对参与这场交易的任何人来说，要帮助贾斯丁都是很困难的。

“我们得想个办法让我们和他走出媒体视线的焦点。”莫什疲倦地说。

“这事儿不会很快发生的。”吉尔说，“那段时间都可以逆转大萧条了。”

王医生清了清嗓子说：“大多数人都是以反映名气的方式出名的。他们反映了其他人，事件或者行动的名气。那些人相对来说比较容易从聚光灯下分辨出来。你只需要简单去掉他们名声的来源，很快世界就会对他失去兴趣。演员停止演戏，或者运动员不再运动了等等。但是贾斯丁不是在反映名气，他就是名气，你不能把他与他自己分离。随着聚光灯逐渐暗淡，世界会对他感到厌倦，但是这个，我猜，得要花上一些时间。”

“不幸的是，我同意这个评价，医生。”莫什说，“我的问题是，我们如何能让聚光灯去照着别处呢？”

“莫什，”艾琳诺知道她丈夫在暗示什么，她责备道，“我们不能把这个好人丢到街上去。”

“什么街上，艾琳诺？从他踏出大门的那一刻起，他就会变成太阳系里最富裕的人。”

“其实，”吉尔说，“他可能已经是了。贾斯丁给了我一张他储存起来的股票、艺术品和收藏品的清单——如果它们都没有被损坏的话，他就是了。”

“你是说除了我们在坟墓里发现的那些？”王医生问。

“是的。”

“那么，”莫什说，“你是在告诉我们，在他被悬浮之前，他把宝贝埋在了世界各地？”

“这就是我要说的，”吉尔回答说，“或者至少，他是这么告诉我的。”

“不管富不富裕，我们都不能轻易地把他丢出去。”艾琳诺坚持说。

“我们不必这样做。”妮拉打断喧闹说，“他想走。准确地说，他想开一场新闻发布会，然后回到纽约去。”

“那好，你之前怎么不说？”莫什瞥了一眼妮拉问道。

“我试过，”妮拉回答，“但是你们好像故意不让我插话似的。”

“我想知道为什么会这样。”吉尔问，但是好像没有期待也不需要谁回答。大家都笑了起来。

“对啊，对啊，”妮拉得意地笑着说，“真好笑，吉尔。但是事实还是事实，他真的想离开。”

莫什如释重负的感觉很明显。他一直在想用私人游艇送贾斯丁去一趟远太空巡航，带他去奥尔特云或者更远的地方。要回来的话估计也是一年以后的事情了，到那时，他应该已经有足够的时间来正确地适应这个社会了。或者如果贾斯丁喜欢，他可以随意在太阳系游荡，不论他们在哪儿，能打电话回家就很满足了。但是现在这些都没有意义了。贾斯丁解决了他的问题，还节省了不少钱。

“他真的准备好了吗?”艾琳诺问。

“你可能会觉得没有，”王医生回答说，“但是妮拉和我测试过，他的生物和物理状态都处于良好的平衡状态。而且如果他真的有情绪上的混乱的话，他便是我见过的隐藏得最好的人。”

吉尔有些困惑：“我知道我什么专家都不是，但是要让像那样的人成为主流难道不应该多花点时间吗?”

“像哪样?”

“像，这么老的。”吉尔回答说，“跟别人说他曾经珍视的人和物现如今都已经无法挽回地消失了。”

“这不是他的本性。”妮拉说，“贾斯丁通常想要没有借口没有延迟地处理现实状况。他本性需要接受这个状况。”而且要尽力掌控局面，她想。

莫什在桌面上敲着手指，直到他意识到自己是在制造噪声的时候才停下来说："好了，大伙儿，让我想想在这儿能做什么吧。"

"从法律上讲，"吉尔说，"我们得要让他待在这儿，直到他准备好了离开为止。但是不是说他准备好了就行了。这其实是指当我们说他准备好了的时候。首先我们是医疗机构，第二我们是一群备受折磨的员工。我们最好不要忘记这两点。"

"从道德上讲，我们有义务要让他待在这里，直到他准备好离开。"艾琳诺补充，一边看着妮拉寻求支持。

"他准备好了，"妮拉说，"但是他有一个条件。"

"你说。"莫什等不及似的说。

"我。"

广告媒体在一个社会里达到饱和，像这个社会一样高级的话，是恩赐同时也是诅咒。的确，如果不是市场需求和成功的产品与服务的运用来帮助限制广告的话，社会就会经历第二次"大萧条"（一个简单的事实就是因为害怕广告的泛滥，没有人愿意离开家门）。幸运的是，在反宣传和反广告产品发展里可以挣到的钱与在传统广告领域里能挣到的一样多，这样一来就达到一个健康的平衡点。但是如果公众想要知道一个事件，或者有效地让自己被广告的话，那么被众人所接受的"自由"市场饱和就能轻而易举地占到100%，不会造成什么数据上的区别。在现代达到这神奇的100%的四个事件中，三件都与贾斯丁·可德有关。

——摘自马丁·琼斯的演讲

圣米德尔德阿联德大学，发表于《媒体与现代社会》

新闻发布会在医院的运输点举行。尽管不是非常的合适，但是这是唯一足够大的地方了。到处都是忙碌着的飘浮机器人和记者们，除了指向诊所的主入口隔开的一小片区域。那里就是他们安营扎寨的地方，等着太阳系里最热的新闻人物从门口走出来。

贾斯丁和妮拉在另一侧耐心地等待着，听着那边的嘈杂，偶尔透过单边镜子向外面看看。

贾斯丁忍不住为他而发生的混乱笑起来。

“你很享受啊，是吧?”妮拉问，强忍住想要戳他肋骨的冲动。

“当然。有谁不想要这整个世界——抱歉……整个太阳系都屏住呼吸等着他讲话。”

“这样的话，”妮拉责备说，“最好是好事。”

他冲着她大笑，示意说他已经准备好出去了。妮拉也冲着他微笑着。她感觉，他好像变了。而且他看起来好像已经完全接受，甚至是迫不及待想要开始新生活了。她希望自己表明有些功劳，但是她不会。即便这样，她帮助贾斯丁集中精力，在第一周的时候都会在他身边，这完全不是复活师应该做的，特别是这种类型的。如果事情没有事先安排好的话，她会让他放慢脚步。现在她发现，她不想让他走出那扇门，因为从他走出去的那一刻起，所有事情都会再次发生变化。倒不是现在还没有变化，一旦他走进这个世界的怀抱里，这些改变便无法挽回。妮拉想要在这个世界带走他之前，再让自己与他待一会儿。

“你知道，”她说，“世界不是对你一无所知。除了已经在神经网络上传开来的东西，还有你和维瑞塔斯先生进行的那场访谈已经是整个太阳系都知道的了。”

“确实，妮拉。我很高兴他们也知道了你，著名的擅长社会整合的复活家小姐。如果我没记错的话，你和艾玛·索贝尔基的访谈也在系里播放了。”

妮拉假装对贾斯丁的言辞感到开心，但是她从内心来说还是很担心的。如此的接近系里最新的狂乱所带来的名气让她的股票上升了不少——超过了她认为自己一生所能挣得的。而结果就是她成为自己大股东的梦离她越来越远。她越出名，她的股价就越高。她的股价越高，就越难买回来。她把这比作是“猫在追自己的尾巴”。

作为提前警告，在关于贾斯丁的新闻爆炸之前，她给父母和妹妹打了电话，告诉他们不管能赚多少钱也不要卖他们拥有的股份。通常来说，大多数的父母都保证不会出卖他们孩子的20%的股份，即使在发生不幸的永久死亡的时候，他们还是会还给他们的后代。但是，要拒绝妮拉这种股价的股票，估计是圣人才可以做到了。当妮拉明白父母和妹妹想要卖掉她股票的时候，她不想让他们被骗了。直到当他们告诉她不管价格到多少，股份都会在他们名下的时候，她才如释重负地叹了口气。就她哥哥而言，她在十年前就买回了他手上的股份。

另一个她新得到的名声的不利面就是她的日程变得非常的满。她被预约参加无数的脱口秀和全国巡讲，这些东西她都带着厌恶之感期待着。她本想全部拒绝的；但是，只要她还是自己的小部分股份所有者，她就只能同意。即使是额外的点数也不能弥补她刚刚适应了的安静生活的缺失。从很多方面来说，她经常会想，她与病人的生活本是平行线，突然就被丢到了聚光灯下，人们奉承她讨好她吸引她的注意——好像她也重生了一样。

她为了贾斯丁强颜欢笑，然后想着不欠任何人任何东西是种什么感觉——那样的自由。

“另外，”贾斯丁打破妮拉的沉思说，“那些访谈解释了过去。这场新闻发布会就是关于未来的。”他再次朝着门口移动，“我们出去好吗?”

“当然，贾斯丁。”妮拉轻轻地叹着气说，“别让未来久等了。”

他们穿过二叠纪门，进入到呼喊着的问题声和为了高清录影的设备发出的嗡嗡声里。贾斯丁对于闪光灯的缺失感到有些吃惊，但是他突然想起有无源光的文明不需要闪光灯来照亮面孔。但是，噪声确实震耳欲聋，那些呼喊出来的问题让贾斯丁想起这确实是老式的媒体混乱。他踏上一个小讲台，然后举起了他的手，想要整理一下秩序。人群安静了下来。他首先指了指艾玛·索贝尔基。他们约定好第一个问题的机会给她，然后所有的特殊待遇都到此为止。贾斯丁觉得为了自己的利益他有必要讨价还价的，而且艾玛同意了。

他把双手放到讲台上，让自己准备好接受猛攻。“请说。”

艾玛站起来，为贾斯丁给予她和她的报纸的特殊待遇感觉到了短暂的舒心。“可德先生，我是艾玛·索贝尔基，来自《地球日报》。我们得到可靠消息，说你要离开诊所了。这是真的吗？如果是真的，你接下来会住在哪里呢?”

贾斯丁微笑着，他知道艾玛刚刚不是问了一个问题而是两个，但是他欣赏她尽力榨取这一刻价值的渴望。

“是真的。”他回答说，“我是要离开诊所，我想要感谢在最不寻常的情况下完成了最不可思议任务的员工们。我很感激。但是一个人在诊所里面重生，他不会生活在那里。”

房间里的人开始笑起来，这让贾斯丁有些惊讶。他不觉得他说的话很好笑，但是这可能是他不知道的幽默方式吧。笑声平息之后，他继续回答问题。

“我会暂时住在纽约，尽管小行星贝尔看起来也挺有趣的。我最后可能会在谷神星安顿下来。”

这个玩笑一下子引起了一场房地产大战，房产价值平均上升了37%。

他指了指另一个记者，一个漂亮的亚裔女性。她站起来开始说话。

“我是来自《神经新闻》的金欢莉。”她大声说。

“请说，金小姐。”

“可德先生，哈伯医生会继续当你的……整合师吗?”

“是的。我已经和诊所主管签了一份合同，明年她会继续为我服务。”

“我能问一下关于合同性质的问题吗?”她逼问。

“不能。”贾斯丁回击。

金小姐准备坐下，没有期望能得到答案，但是得到的已经足够让她的读者震惊一周了。这时，妮拉从贾斯丁的右后方向前走了几步。

“请允许我来回答这个问题吧，贾斯丁。”妮拉说。

贾斯丁吃惊地点点头，然后向后退了几步让妮拉站在中间。

“金小姐，可德先生同意支付我一年的薪水，也包括找人代替我在诊所工作的钱。作为回报，他会成为我的专属病人，而且我已经和维加斯诊所的吉列博士联系过了，他会是这件案子的顾问。我还想告诉你，你提问的语气和重点不像具备职业操守的记者。短期来说，可德先生是我的病人。可能很快他就是我和吉列的病人。”

“他难道不信任你吗?”后面有人喊道。

“完全信任。”贾斯丁微笑着，“但是妮拉坚持，我怎么能和我的专家争执呢?”人群又笑起来，在大家喊叫着自己的问题之前，贾斯丁又选了别人。一个穿着多层多彩西装的人站了起来。

“科文，来自《底特律时报》。”他说，看起来非常的自豪。

“请说，科文先生。”

“可德先生，我相信你会成为一个富裕的人，但是你是哪里来的钱支付你的私人专家一年的薪水的?”

“在我悬浮我自己之前，我预先在世界各地储存了一些有价值的东西。可悲的是，大多数被发现的时候都已经被掠夺了，但是其中三件埋藏物还未被人发现。根据我收到的评估报告，你可以认为我现在的财政状况‘还不错’。”

贾斯丁指着另一个站在边上的女人，她正在跳着想要吸引他的目光。

“是的，就是那边那个跳得不错的。”

“谢谢你。我是来自《博尔德哨报》的丹尼尔斯。”

“请说，丹尼尔斯小姐。”

“有多‘不错’呢?”

“不错到我可以雇用我自己的专家一年，而且还能支付她的薪水。”

贾斯丁微笑着，想让他们全都明白其实他所拥有的不只是“足够”而已，而且还很可能已经足够让他们都为自己的工资感到羞愧的程度了。在一个尊重财富和财产的社会里，他回避式的回答令他的名字又增加了几分神秘感。

“很好，可德先生。”丹尼尔斯小姐说，“很厉害。你会买的第一样是什么呢?”

“幸福。”贾斯丁一脸严肃地说。

背后又有人喊：“只要你分享的话，我祝你能享受你有权得到的幸福。”

人群开始嘈杂起来，然后都转过去看是谁这么鲁莽地打断了他们的贵宾。他们看见，自鸣得意的赫克特·圣比安可靠在开着的舱门一侧，双手环抱在胸前。

“女士们，先生们。赫克特·圣比安可，”贾斯丁一边说着，一边把一只手指向那个祸害的方向，“你现在可以离开了，或者，如果你愿意的话，被移走也可以。”

赫克特没有挪步。相反，他站在原地微笑着，好像在挑战贾斯丁，看谁能坚持得更久。

“你忘记了，可德先生，作为经正式授权的GCI代表，我有权待在这里。如果不是有人想我来的话，我是不会待太久的。”

“没人想你来。”妮拉回答说，“请马上离开。”

“随你的便。我丢下这个就会离开的。”赫克特向着讲台走了几步，拿出一个看起来像是一支笔的设备指着天花板，然后天花板上就出现了像法律脚本的文件。过了一会儿，图像便消失了。“看，这就够了。”他说。

“那是什么?”贾斯丁在妮拉耳边问，但是在她回答之前，赫克特抢先了一步。

“原谅我，贾斯丁。我应该亲自把这份数字文件交给你的，但是你看起来太有敌意了。比起传统的方式，我选择了以更加大众的时尚的方式提交。但是，现在没人可以争辩说你没有看到过它们了。如果你还是没有看到的话，那好，我保证你看新闻也会看到的——不管是哪个台的新闻都可以。”

“提交，是法律文件?”金小姐问。整个房间的人都向后转，面朝着赫克特。

“说得不错，金小姐。正是，GCI 会在法庭上与可德先生见面。”

贾斯丁紧紧地扶着讲台。“什么都别说。”妮拉叮嘱道。

另一个记者也开始提问：“是和可德先生的悬浮舱有关吗?”

“不是，不是的，哈达德先生。我们暂时不想提那个事情。”这个记者完全惊讶于赫克特居然会知道自己的名字。

“那么，”哈达德追问，“是关于什么的呢?”

“贾斯丁，我们该走了。”妮拉一边恳求，一边拉着他的手臂，想要把他拉出这个房间。她感觉到了他的焦虑不安，她本能地知道，赫克特正在靠近他——进一步地引诱他。她还看见贾斯丁在竭尽所能地控制自己的情绪。今天本来是属于他的一天，是他的亮相派对；赫克特已经把这一天毁掉了。

“好问题，哈达德先生。”赫克特接着说，“像我之前说的一样，尽管我相信那东西可能会值个一两点，我们对可德先生的悬浮舱不感兴趣。GCI 是为了更有价值的东西起诉的——可德先生自己的占比，我们可以永远拥有的占比。”

赫克特让大家消化一下，然后看着，像是慢动作一般，整个房间里的媒体都转过去捕捉贾斯丁的反应。

然后，情况变得一团糟。

欧麦德一边把最后一个箱子搬过门槛一边抱怨着，出了他一身的汗，稀奇的事情发生了——他现在是自己的大股东了。

“好了，贾斯丁。”欧麦德一边擦擦自己眉毛上的汗水一边问，“你怎么不杀掉他？”

“你是说圣比安可吗？”他把一个箱子推到房间的角落说，“我本来就没想杀他，欧麦德，就……想打得他两眼发黑。”

“差点就唬住我了。”

“听着，伙计，”贾斯丁说，“警卫把我们隔开，剩下的准备去找律师了。已经过去一周了。我现在只想在大苹果城开始我的新生活，享受我的未来。”

欧麦德把一个箱子放在脚边，咕哝道：“享受未来？享受未来个屁啊。你知道么，贾斯丁，在‘未来’他们可以遥控机器人驾驶无人飞行。没有我们他们也几乎可以完成这些搬运工作。如果非要用人力……抱歉。”他说：“人类劳力，为什么不请人就好了？你比神还有钱。在你的时代是不是有什么习俗，你的朋友必须是遭受你搬家之苦的第一人？”

贾斯丁转过身来，大笑着：“哎呀，既然现在你提到了，是的。但是还远不止这个，我一直认为，在你亲自把东西搬进去，打开盒子整理之前，这个地方还算你的。”

欧麦德可不相信。其实，对他来说让他重回矿井都比这靠谱。“还有一件事情，”他说，“那些盒子到底是用什么制造的。饼干？”

“硬纸板，欧麦德。”贾斯丁一边说，一边用脚轻轻地踏了踏其中一个，“以前所有的盒子都是用硬纸板做成的。”

欧麦德耸耸肩：“随便吧。”

“你可能会有些吃惊，”贾斯丁继续说，“重造这些盒子花了不少钱。可能比装在里面的东西还值钱……多半是的。”

欧麦德咧嘴笑着说：“为什么呢？你放了另一只天美时表要给你的兄弟吗……帮你搬家的兄弟？”

贾斯丁摇摇头，摊开双手说：“抱歉。”

“那是为什么？”欧麦德问，“到底为什么要做这些盒子？你住在流动公寓里，难道你不应该享受这一切吗？反正我是会的。”

贾斯丁在一堆放好的箱子上坐下后说：“妮拉建议，搬家这种锻炼可能会有助于我更好地适应未来。看起来可能有些怪，但是我觉得她是对的。我正迈向一个全新的生活，但是做这种事情可以让它看起来不那么令人生畏。”

“聪明的医生，”欧麦德说着，对贾斯丁的口味表现出开玩笑的态度，“她有没有提到在这锻炼中如何指导你的朋友啊？”

贾斯丁没有回答。

“我想没有。那好吧，你可以编。现在你应该是在暴风雨中的中心，所以我们建议去酒吧玩玩。我碰巧知道几家异域风情的好店。”

“晚点再说吧，朋友。”贾斯丁一边说，一边在口袋里翻找一张纸片，“我现在真的还有别的事情。”他把纸条递给欧麦德。

欧麦德读完后，带着恶心的表情抬起头：“你居然为了帝国大厦要放弃火箭酒吧和赌场？”

“不是一直都这样的，欧麦德，只是今天这样。我真的想去看看帝国大厦。对于我来说就像是去拜访一个老朋友。”

欧麦德妥协了：“让我猜猜。这也是锻炼中的一部分？”

“其实不是，但是我希望它是。”贾斯丁诚实地回答。

欧麦德把一只脚放在脚边的一个盒子上，摇了摇头表示不相信。“是啊，从你的角度来说我想是有意义的。毕竟，建那栋楼的时候你也在场。”

“嘿，”贾斯丁觉得有些被冒犯了，“我才没有那么老。”

“没有吗？好吧，不过也差不多，兄弟。差不多。你带不带保镖跟你一起？”

“在这座城里？我查了犯罪统计，欧麦德，远低于卢迪·朱利安尼那时候的纽约的犯罪率。”

“噢，是的。”欧麦德一边说一边回想着自己对于这座城市的记忆，“他就是那个出名的市长，就在拉瓜迪亚之后那一任，是吧？”

贾斯丁严厉地看了欧麦德一眼，立刻就戴上了老师的帽子：“他在拉瓜迪亚死后七十年才当市长的。”

“随便啦，兄弟。祝你今天游览顺利，下次你要重新进行搬家锻炼的话，最好能有足够的钱、女人，还有毒品。”

贾斯丁还记得，帝国大厦消失于天际的时候他是多么的伤心(即使天际陡增了不少)，但是他还是决心要去看看。另外，有谁能拒绝去看如此大的一座楼被另一座覆盖的场景呢？因此，在欧麦德给出一些象征性的建议之后，他就出发了。

能够步行的城市没有比纽约更大的了，而且贾斯丁看到这点还是没有改变。尽管建筑物都明显变大了，交通也不只依赖道路了，但是这座城市的性格还是保留着——快速又喧闹、感情充沛。他从公园大道走到东 34 街，然后左转，朝着第五大道走去。再向左转过弯，他就到达了目的地。他已经习惯了向左拐个弯就到了第五大道上，接着就可以看见那座宏伟的大楼，这下看不见了让他有些不安和困惑。

帝国中心占领了整整三个街区，从西 32 区到西 34 区。这栋楼的外表是合金玻璃和钢材，从冰冷度和结构上看来和贾斯丁记忆中的楼没有什么两样，但是有一个最大的区别就是：这栋楼里面有一栋楼 ——纠正一下，一栋非常大的楼——在这栋楼的里面。

光是入口处就有三层楼高，步行道一直延伸到一个开放式的走廊。门口有一个警示牌，上面说室内的空间不是用来个人飞行的，但是实际上有一个自杀预防区域。他沿着长走廊，来到了大楼的中心。像是走了一生之后，他终于来到了大楼的核心。大楼的宏伟和肆无忌惮的风格令人非常吃惊：在一个巨大的山洞的中心，帝国大厦带着一生荣耀矗立着。贾斯丁猜测，这肯定是根据在 1931 年建造完成的样子完整地保存下来的。他用了一天的时间在里面逗留，浏览着这个“古代”的地标，现在的大楼里封存着纽约过去的社会面貌。付了钱的个人、团体还有学校都可以进到大楼里面去体验不同时代的生活——要看游客去的是哪一层。举个例子，58 至 67 层代表着 20 世纪 60 年代。在这些楼层里，日历都是从 1960 年 1 月 1 日开始的，然后一天接着一天直到 1969 年 12 月 31 日。第二天，这些楼层就会重新回到 1960 年 1 月 1 日。那个年代的头几年具有标志性的就是短发和鬓发，后期的时候就是更野性的造型了，这些都记录着那些年的时光。更具重现每个阶段的生活，整个效果让人有身临其境的感觉，穿着那个时代风格的衣服，读着那时的报纸和杂志，还可以体验当时的工作。贾斯丁看见，重现技术居然神奇地展现了人类的缺陷。有些人很瘦，有些人很胖，还有人很矮，也有人肤色比较糟糕。他们的样子，与大楼外已经完美纳米化的同胞们形成了鲜明的对比。里面甚至还有可以居住的公寓，但是租客必须按照楼层所代表的年代的方式生活才可以。贾斯丁既感动又吃惊，除了20世纪90年代以外，所有的年代都是在第九年的12月31日结束。这个用楼层的标定来重现历史比较好，帝国大厦是直到1931年下半年才完成的，至少很多历史学家说，在2001年9月11日才真正结束了——这个日期被看作是贾斯丁那个世界的末日的开始。他发现，大家会成群结队地去体验2001年9月11日和其他重要的日子。比如，在20世纪60年代首次登月的日子，或者像约翰·肯尼迪遇刺的“你在哪里”时刻。有些重现者告诉贾斯丁，就算离开了大楼，还是会选择以过去理想化、不完美的观点来生活。

锦上添花的是特别设计的装备到每一扇窗户上的全系发射器。这种发射器重建了每一层楼对应的纽约的“外景”。

最后，贾斯丁在场的消息还是传开了，历史社会的成员们都向他靠近。他们开心得过了头——不仅仅是因为他的名人地位，还因为他们非常想让他去审视一下他最熟悉的那个时代的建筑，然后提出些修改意见。尽管他一心想要参观一下早一些的年代，他心软下来花了大部分的时间在八九十年代，以及一群兴奋的历史学家感兴趣的千禧年之际。

他在87层，准备到观察台快速地看一眼，但是70年代的楼层太吸引人了，而且还有这么多他可以回忆起过去的东西，所以他计划和重现者们在这里多徘徊一下。他拿起1976年6月的《时代周刊》和《新闻周刊》，然后随手翻了几页，看到广告的时候“咯咯”地笑了起来。他在一间小礼物商店停下，然后满意地看着过去他喜欢的糖果。他想起的一些对话片段，都是与通货膨胀有关的，还有关于是应该投票给卡特还是福特的。他不确定重现者是不是为了他在进行一场特别的演出，或者是否一直都是如此的真实。尽管他怀疑有可能两者兼有，但是实际上他才不关心。一想到能够重新从头到尾地经历一遍70年代——这次是作为一个完全成熟的成年人——就已经足以让他在这里待上几年了。他本可以在那里过夜的，他们也提出说可以按照他的方式，以符合年代的方式为他服务。但是他拒绝了他们，可能是想要改日再来。与此同时，他的双眼里流露出欣喜，因为他看见了柠檬绿的涤纶套装、大翻领、喇叭裤、平底鞋还有分头。因为感觉到有些累了，再加上今天也没剩几个小时了，贾斯丁跟这层楼的管理者说想要去观察台看看。

“那么，非常感谢你的到来，可德先生。”70年代的管理者说。他是个中等个子，相貌不错的男人，30岁左右，蓄着山羊胡子和长鬓发，头顶着超大的圆蓬头。他用粉蓝色的休闲西装和平底鞋来完成自己的整个装束。

“如果你喜欢的话，”永远乐于助人的管理者说，“我们可以安排你到任何年代的观察台，或者即使是你想到的某一年，某一个季节。尽管今天的观察台的景色……呃，挺迷幻的。”话说完，周围响起了一阵掌声和笑声。

贾斯丁开口回答之前，他被周围大概二十个人的各种建议轰炸着。他听到建议各个年代的都有，但是大多数都建议他去70年代。

“谢谢你们，谢谢你们的帮助。”他热情地说，“但是，我想我还是想看‘原来的样子’，如果你们愿意的话。我想把它与我记忆中最后一次见到的情景比较一下。”

这话引得周围的人发出一阵欣赏甚至有些嫉妒的叹息。然后贾斯丁感谢管理者在他参观期间把媒体都拦在了外面。

“不用放在心上，可德先生。其实，我们与媒体的关系一般，看看他们一直是怎么对待我们的。我们只是在零场区加了力，然后就获得了成功。尽管我恐怕一旦你离开历史社会的包围，你就会成为你自己的猫。”

管理者正准备说详细点的时候，贾斯丁背后的电梯门开了，除了轿厢到达的声音，他听见一阵吃惊的喘息声。他转身看见一个手打着绷带的男人。他的穿着明显不是70年代的装扮，他戴着滑雪面具之类的东西。他周围的人却好像有些不高兴，他们也在低声地抱怨着：“真失礼。”当这男人把手臂从绷带里面滑出来，露出一个长的银色管子，贾斯丁本能地闪避了一下。管子里的东西突然朝着贾斯丁头的方向爆炸了。

贾斯丁感觉他的牙齿都松动了，他的视线边缘也有些模糊。

“神经枪！”有人喊叫着。贾斯丁也感觉到他背后两个人像两袋土豆一样倒在了地上。人群开始惊慌起来。如果贾斯丁知道神经枪是什么的话，他应该会加入到其中，这样就会多给攻击者几秒的时间多开几枪。但是不知是出于本能还是勇气，贾斯丁做了恰恰相反的事情。他低下头向着那个人冲过去，正好击中了他的胸部。枪从那个人的手里滑出来，飞进了电梯，这时贾斯丁和那个人也因为惯性，跟着枪一起——随着一声巨大的撞击声，他俩都撞在了电梯墙上。就在这时，电梯门猛地关了起来，把他们困在了里面。当他的对手准备用拳头攻击的时候，贾斯丁抢先用自己的膝盖和肘部进攻，然后用自己的拇指按住攻击者的眼镜。这个人愤怒地吼叫着，然后滚到了一边。贾斯丁正准备用自己的拳头打这个人的脸时，他感到一只快速的手重重地打在自己的背上。他转过身模模糊糊地看到还有另一个人，然后他便晕过去了。

“快醒醒!”其中一个声音喊叫着。当贾斯丁并没有任何反应的时候，有人在他脸上扇了一耳光。贾斯丁意识到，这两个男人已经抓住了他无力的双臂，感觉就像附属品黏在他身上一样，同时还感觉非常的烦人，而且他们抓着他的方式也让他感到很痛苦。

他发现自己还在电梯里，电梯一直没动。他很庆幸自己还活着。

站在他面前的这个人，就是不久之前想要取他性命的那个人，也是在电梯里让他吃了一惊的人。

“我会尽快了结的，可德先生。”这个人说，“与你想的相反，我想要保你平安。”

“那你攻击的那些人的安全呢?”贾斯丁争吵道。

“很不幸。”他牵强地回答。

“你到底想怎么样?”贾斯丁想要争取点时间。

这个人狡黠地说：“怎么会这么问，当然是想你的第一份股份啊。跟 GCI 不同，我不是病人，我也没有雄厚的财力。我有的只是这个。”他把神经枪指着贾斯丁的头，“你当然可以争辩说，胁迫你的话你会给我的，但是关我什么事呢？当你的股票被绑定在法庭上时，即使拥有你的股份只有几周的时间，我在精神病院就可以让我的股价上升，那时我就可以弥补他们在精神审查的时候对我造成的伤害了。”他精神错乱一般地笑了又笑。然后，一边用枪瞄准着，一边同时拿出他的电子助手，他说：“请按下你大拇指的指纹。”话音刚落，背后的那个人就在背后推了他一下。

贾斯丁冲着那个人拿出的平板吐了口水。“你完全不需要我，你刚刚用枪瞄准我。你怎么不把那鬼东西放在我的大拇指下，然后赶紧离开?”

“这可有点不绅士了，是吧?”这人抓着贾斯丁的后颈说，“首先，电子助手可以感知任何被迫的压力。这就是说，你得自己把大拇指放上去。我不能拿着你的手指在电子助手上按。它会知道的。”

“第二，”他话没有说完，便把自己的拳头重重地打在电梯楼层按钮中突出的“打开”键上。当门滑开的时候，这个人把贾斯丁提到自己的领口的高度，然后把他推出电梯，他们到了帝国大厦的观察台上。贾斯丁因为新空间的明亮感到有些不爽。他可以看见帝国中心的内部把帝国大厦包围着。他简直没空欣赏周围壮丽的风景，因为他正在拼命地想摆脱现在的处境。他还看见一小队保安机器人已经降落在了观察台上，保持着安全距离，一些飞着的工蜂，可能是某种机器人警察，正在围着他们三人。等着直接命中吗？贾斯丁想。但是，这些攻击者一直把贾斯丁抓得很紧，还不停地变换着身体的位置好像真的可以让机器人迷惑一样。

这两个人拉着他通过了大楼的突起部分，然后把他提到不牢靠的小墙上。下一站——街面，97 楼的下面。

“别指望那些飘着的东西会救你的小命。”这人一边吼叫着，一边用枪指着在帝国中心洞穴似的房顶下鸣着警笛嘈杂的保安机器人。“我们已经出来了。现在。”他把视线重新集中到贾斯丁身上说，“生还是死……对我来说都没有关系，不论你怎么选择我都会出名的。”攻击者从后颈处抓住贾斯丁的衬衣，然后一边用神经枪指着他的额头，一边推着他靠近边缘。带枪的歹徒轻轻地看了一眼另一个人，示意他把电子助手拿过来好让贾斯丁按指纹。

贾斯丁，看起来像个非常害怕的受害者，点点头表示同意，好像已经等不及要把大拇指放上去了——但是太远了够不着平板。好像摔下 97 层的恐惧在阻止着他打破现有的岌岌可危的平衡一样。

拿着枪的人狠狠地等着他的同伙：“近点儿，你这个笨蛋！”

那人把电子助手递得近了些，这样贾斯丁便可以把自己的大拇指按上去了。当贾斯丁确认所有视线都集中在他的手指准备按的地方的时候，他伸手抓住了这个人的手腕。一个猛扑，贾斯丁后背着地，把这个毫无防备的暴徒拖到了自己身上。紧接着，他滚动自己和这个人一起越过了突起的部分，掉入了帝国中心稀薄的加工过的空气里。在最后一刻，贾斯丁伸手抓住了突起的部分，而惊恐的攻击者掉了下去——一个尖叫着的人肉炸弹。在打斗的时候，那个拿着枪的男人本能地放开了贾斯丁的衬衣，这样一来他就不用跟他的同伙一起掉下去，然后他花了几秒钟就找回了平衡。他举起神经枪指着贾斯丁，后者正用手指抓着突起的地方，双脚不牢靠地摇晃着。在这个人扣动扳机之前，他就被保安机器人雾化了，他们终于开了枪。

贾斯丁后背的疼痛——撞击在坚硬的突起部分的结果——深深地刺痛着他的脊椎，他怀疑自己是不是被误伤了。他记得的最后一件事就是他的手指变得没力然后就是自由落体，当他筋疲力尽的身体落入虚空之后，随后看到的就是帝国中心渐渐远去的屋顶。接着，他又一次晕了过去。

撒迪厄斯·吉列先生是个穿着体面的人，103 岁左右，但是看起来不超过 35 岁。在他的工作领域里，“看起来老点儿”是社会普遍觉得更加适合的标准。倒不是因为撒迪厄斯有多看重社会的看法，而是因为他根本就没有多考虑这个规范。所以当他成为著名的教授的时候，他立刻去了最近的身体修改中心，让自己看起来老了 13 岁。他有一头卷曲的黑发，银灰色的鬓角，深深下陷的棕色的双眼，还有一副疲倦的面容，好像还有很多试卷没有批改完，还有很多讲座要作，一天时间非常不够的样子。现在他深处大苹果城的中心，在一座摩天大楼的 307 层，面对着一间奢华的公寓的门，里面住着的都应该是他的病人。奇怪的世界，他想。通过他的电子助手，他粗略地浏览着关于贾斯丁新闻发布会的片段。他把注意力都放在结尾上，全世界都看见贾斯丁向着赫克特冲过去，然后肯定是尽力控制着自己才没有把他打成肉酱，撒迪厄斯注意到，这个圣比安可脸上带着满足的微笑，完全不顾贾斯丁对他的威胁。他对赫克特这么明显的漠不关心感到很好奇——或者是满足感吗？——他想在和麦肯基主管与其他的同事谈论这个事情之前先和哈伯医生讨论一下。撒迪厄斯注意到的另外一个事情就是哈伯医生一直在尽力让贾斯丁冷静下来。撒迪厄斯看着贾斯丁·可德听从了她——让她控制他。从新闻上感觉不明显的，还有——他迫切地希望自己是猜错了的——就是哈伯医生对贾斯丁的感觉。撒迪厄斯想要读出肢体语言里的潜台词，即使是他也不敢确定。但是他觉得他的确看到了些什么。现在这只是一个猜想。尽管很少见，但是这不是第一次出现复活师对病人产生感情了。毕竟，有备无患总是对的。通过历史的证明，这种明显的不自然的苗头会引来灾难性的结局。他做了一个神经记号提醒自己跟哈伯医生谈这个事情。当他把电子助手放到一边，准备伸手按门铃的时候，出口几乎是立刻就消失了，撒迪厄斯发现自己面对着焦虑却又明显是放下心了的妮拉·哈伯。

“感谢你能来。”妮拉说。

“我亲爱的年轻的技术精湛的哈伯医生，感谢你邀请我来。我可以向你保证，我是不会拒绝成为这段历史的一部分的。”

妮拉礼貌地笑笑，然后领着医生到了大客厅，并示意他坐下。

“说到这儿，”撒迪厄斯继续说，“这个著名的但是很口渴的历史人物能不能麻烦你给他倒一杯冰茶呢?”说完他便坐下了。

“当然，医生。”妮拉回答说。

等她拿着饮料回来，把冰茶递给撒迪厄斯之后，她在撒迪厄斯对面的沙发上坐了下来。两人中间是一张小咖啡桌。

她继续说：“唯一的问题就是要劝服贾斯丁，我需要你做顾问。”

“所以你已经建立起信任了吗?”撒迪厄斯问。

“差不多贾斯丁可以信任了，是的，我建立起了。尽管比起向导，我猜更像是保护伞的感觉。老实说吧，我经常会觉得自己像一个美其名曰的电子助手。”

“哈伯医生，”撒迪厄斯微笑着回答说，“这是我见过的最困难的一项工作，但是你已经做得非常好了。没有人能预见你所遭受的痛苦，包括彻底的破坏。”

妮拉感激地报以微笑，吉列意识到这是一个要继续倾诉的人。对他来说很明显的是，她已经处于要爆炸的危险边缘了。

“我也很感激你会打电话给我。”他补充说。

“我知道，”妮拉回答说，“你很尊重你自己，医生。”

“我应得的，”他愉快说，“我想说的是，很多像你这样的年轻复活师都想独自完成这事儿，为了得到所有的点。但你没有——在我看来，这显示了你是个非常理智的人。如果我说你打电话给布朗斯坦医生我也会同样高兴的话，那我肯定是在撒谎了。”

“我可能还不错，吉列医生，但是我还没有笨到会认为天赋可以弥补缺失的经验——我知道你是个经验丰富的人。至于布朗斯坦博士，虽然很聪明，但是我认为他太相信理论了，而且通常都是他自己的理论。根据我所听说的关于你的事情，还有从你自己的报告里，我了解到你对额外环境输入更为接受——这点我向你保证，有很多。”

“我亲爱的孩子，”医生回答说，“我想这是我听过的最好的表达‘你一边说一边编’的方式了。请叫我撒迪厄斯。”

“好的，撒迪厄斯，但是除非你也叫我妮拉。”

“好的。”他亲切地回答说，“我重申一下，我相信你一直做得很好。记住，从来没有发生过像这样的事情，而且以后很可能也不会有。现在比起我你更像是专家，而且你确实是。”

直到那一刻，妮拉一直担着重任，感觉要承受不住了，也感觉自己没有这个能力。医生的话不仅让她确认了她的感受；他的出现也让她期待着这种感觉有所缓解。

她安静地喝着自己的饮料，房间里只听得到冰与玻璃碰撞的声音。

“我能不能问你一个……私人问题?”撒迪厄斯问。

“首先，吉列医生……撒迪厄斯，你没有必要问我这种问题……再也不要。就问你想问的。第二，当然可以。”

“你一定不要感觉被冒犯了，”他让她做好第二个提问的心理准备，“到底你和可德先生之前建立的‘信任’有多深厚?”他的暗示很明显。妮拉开始有点生气了。

“请原谅我，妮拉，但是我看了打架的事情，我看到了些东西让我很担心。如果我想错了请纠正我。你看他的眼神，跟他说话的方式，就这些。如果我会这样猜测，别人也会。”

妮拉默数到5，然后深吸了一口气。“我回答你的问题吧，”她没有底气地说，“我不是以那样的方式得到他的信任的。”

撒迪厄斯看着妮拉，琢磨她的话，但是还是不满足。有些渴望需要被破坏，还有的需要被彻底消除。在他确认他的猜想是不真实的之前，他是不会停止的。

“在这事儿上我们是同事，妮拉。”他恳求道，“你在这里跟我说的话，都会是秘密，就像贾斯丁——或者其他病人——说的一样。”

妮拉考虑着自己的答案。她考虑要透露的，是任何人在正常意识下都不能说完整的词语和想法。她想她的邻居可能会说：“她看起来像是个好女孩儿。一直很友善……我从不相信……”所有这些想法都萦绕在她脑子里，她在考虑要不要把不能说的说出来。但是最后，她发现她需要跟别人——任何人——说说关于她所经历的事情，只要这个人能帮助她解决问题，并从她的身体里把这些都赶出去。她累了，她厌倦了肮脏的感觉——厌倦了迷茫的感觉。除了最杰出的复活专家，撒迪厄斯·吉列，还有谁能成为更好的坦白对象呢？

“我没有发展过那样的‘信任’。”她小声地重复着——非常缓和，“但是希望但萨能原谅我这样说……我……我这样想过。”

坦白之后她的肩膀也跟着沉了下去。

撒迪厄斯什么都没有说——非常的专心。

“我也不相信我会说这些，”她继续说着，双唇紧紧地聚拢在一起，好像在排除愤怒，“这与我被教授的和所信仰的完全是对立的。如果有人告诉我会对我的病人产生这样的感情，我的病人，我会立刻发起挑战。如果我发觉有别的复活师感觉到了我所感觉的，我对他们只会产生鄙视。但是我试过了，撒迪厄斯，有时候我看着他……他说话的方式，我发誓有时候是因为他身上的味道……还有我的思想还不专业，一点也不专业。”

她把眼镜摘下来放在桌上，双手抱头，弯着腰，手指在头皮上形成了纹路。

“我到底怎么了？”她恳求着，盯着咖啡桌。

吉列医生从座位上站起来，坐到了她的身边，然后轻轻地拍着她的肩膀。她抬起头，看着他的眼睛，渴望地等待着救赎。

“你的问题是极受关注的，我得承认。但是，”他给了她一点希望的微光说，“也不是你想象的那么出乎意料。”

“为什么呢?”

“三个原因，亲爱的。”他向后挪了一下，在两人之前重建了一个可以接受的距离，“第一，你很年轻，而且才做这个工作不久，要面对这种重大的事件比较难。我看过你的记录。因为你有这个技术，你自己也喜欢这项工作，这么年轻就是主治复活师了。你应该到大点的医院，被分配到小组里，作为副手的话，跟客户基本上没有什么接触。如果你参加我的团队，我向你保证我会很高兴，在你50岁之前我是不会让你做主治复活师的。”

“所以被遣送到博尔德还是一种褒奖?”

“你不是被遣送来的。应该是‘被拉来的’。你难道没有觉得有点奇怪，跟你搭配的同事都已经是中年了——我记得应该是70岁左右。”

她点点头表示确认。

“我猜，是你的主管，麦肯基先生。他完全知道自己在做什么，把你从大学里面抢来，让你当主治复活师，虽然是在小医院，在这么年轻的时候。”

妮拉仔细考虑着。这些话还是有些道理的，但萨知道，根据她现在的年龄，她更愿意接受任何她能得到的审核。

“第二，”撒迪厄斯继续说，“从来没有一个病人像我们的可德先生这样的——从来没有。”

妮拉什么都没说，眼神坚定。

“当然，”撒迪厄斯说，“他让我们最令人印象深刻，最有魅力的客户都看起来像一只好笑的鞋子。这一点顺理成章地引出了第三个原因。”

好像为了要更严肃地说第三个原因，他把刚刚无意识握在手里的杯子放在桌上，然后清了清嗓子。

“贾斯丁来自不同的世界。一个复活师有的最安全的网络就是，他们的病人是愿意成为社会心理防线里的一员的；他们从心里知道，复活师与病人有关系是错的——不，是邪恶的。在一生的学习中，无数的潜在的社会规范在我们和病人之间建立起了非常重要的分隔墙。”

妮拉点点头，把医生的话当作是安慰。

“但是，”他继续说，“贾斯丁不是来自我们时代的人。他丝毫也没有感觉到任何警示和厌恶，原因只有一个，就是他没有这种感觉。根据我看到的过去几周你们在一起的样子，我感觉他的感受可能正好相反。其实，我敢说，他被你深深地吸引住了。”

“是的，我们讨论过这个。而且，”她为自己辩护说，“我直截了当地告诉他，‘不行’。”

“你做得好，”他回答说，“所以，根据我之前说的，你今天告诉我的，还有你正在挣扎着的感受，即使从表面上看是不正常的事情，其实是正常的。”

“哎呀，”他纠正自己补充道，“在这样的情况下是正常的。想想，妮拉。一个迷人的，强大又非凡的男人向你表达了微妙的兴趣。如果这还没有引起你的感觉，那才是不正常的。”

撒迪厄斯感觉他的解释已经达到了他们想要的目的。妮拉看起来已经释然了些。担心她会指望救赎太久，撒迪厄斯又换了个方式来说话。

“但是记住我的话，妮拉，变成什么样的感情肯定都是不允许的。我们不仅要保护你，我们也要保护我们的客户——特别是要防止他自己对自己造成伤害。”

把语言转换成行动，他立刻就开始扫视这个房间，寻找可能被抓到的女人存在的痕迹。

没有。这很好。

但是，他还是觉得有必要问一下。

“你住在这儿吗？”

“当然没有，”妮拉回答，又一次有点生气了，“他在隔壁给我租了个公寓。”

“很好，但是还不够。在这事儿上你愿意听听我的建议吗？”

“当然，吉列医生……撒迪厄斯。你想要我怎么做？”

“首先，你要搬出这所公寓。我搬过来住。你要住到至少距离3 000米的地方，越远越好。”

“但是我们在一起这么久，而且我……”

“当然，”他打断她说，“我会在这里的公寓里给你留一间客房。如果你‘碰巧’待在这里的夜晚比在你自己的公寓里还多的话，那真的只能这样了。”

妮拉好像对这个妥协感到满意。“别人会不会认为你和我可能……呃，你知道的？”

“我倒希望他们这样想，”他微笑着说，“如果他们盯着我们的话，可能就不会盯着你，或者说得具体点，就不会盯着你和贾斯丁了。这对我们的客户来说很有用，虽然他可能什么都不知道。而且，我得承认，如果人们认为我可以吸引像你这么迷人的爱人的话，也不会影响到我的名声，或者感情生活。”

这话说得让人可以消除疑惑又很天真，妮拉意识到这不是一个引诱，要当作一个赞美。毕竟这可能算是一个不错的安排。

“你要我做的第二件事是什么，撒迪厄斯?”

“辞职。”

“但是……”

“别害怕，亲爱的。”他举起一只手指打断她说，“你再不用为贾斯丁工作了。假定他同意，你的合同就会转移给我，然后我正式聘用你成为我的员工。我会确保有一条条款写着你会得到你的全额工资，还有独立出版的权利，但是我们必须得让你和贾斯丁保持点法律上的距离。我相信他会理解这样做的必要性。”

妮拉环视了一下房间，不是最后一次，但是至少看这一眼意味着让她摆脱那想要和她玩忽职守的幻想居住在这里的愚蠢打算。

“同意。”她回答说，“今晚吃过晚饭之后我会向他解释的。”

“很好。现在，如果你能帮我了解一下我们的可德先生的话，我有些事情想不明白。”

她松了口气。只是时间问题了，出现在这里倾听的绅士撒迪厄斯·吉列，还有他让她相信她对贾斯丁的“自然的”感觉会消失，一起消失的还有她的愧疚感和羞耻感。

“能进行我们的真正的工作肯定会很棒。”她回答说，“我能帮你什么?”

撒迪厄斯向妮拉再次投去肯定的眼光。

“为什么新闻发布会最后发生暴力事件时，攻击赫克特还有限制赫克特的人，是一个人，而不是一群保镖呀？根据我所知道的可德先生……过去和现在的他，这不合逻辑啊。”

“我的看法?”妮拉回答说，“贾斯丁被攻击了，所以他要反击。”

“你说被攻击了？肯定非常严重。”

“是的。首先要想想你如何看待‘自由’和他如何看待‘自由’基本上是两种完全相反的信仰。我这样说，是因为我知道贾斯丁把自己看作一个自由的人。这就是他的整个身份，而且我觉得他还会为了这种自由而杀人。”

“那加入组织呢?”

“对于他而言，等同于奴隶制。表面上他好像有点好奇，而且也正在接受这个事实，但是在内心深处，当他听见‘加入组织’的时候他就感觉到了‘奴隶制’。”

“那么，”撒迪厄斯说，“其实，圣比安可先生想要通过法庭来强迫他加入组织的事情是‘攻击’。”

“对贾斯丁来说，这好像是有人想要用链子缠住他的脖子，或者是用老式的牛铁给他打标记一样。我认为，在他失去控制之前，他都没有意识到自己的感情有多强烈。再加上他们之前就有过节。”

妮拉继续解释着赫克特最初是想先诱骗，然后才强迫贾斯丁加入组织，但是她的偶然出现妨碍了他的计划。

“这也意味着你救了他两次。”吉列咕哝道，“这可以解释很多事情了。”

妮拉没有说话，但是她意识到这事儿可能多么的糟糕。每个人都是加入组织了的，而且贾斯丁加入后才会有住房，不然就会永远地被社会抛弃。直到现在她才意识到，他以前的世界关于自由的定义不是贾斯丁的语义，是固有的。没有这个他没法生活。而且，贾斯丁对于自由的观点也不仅仅是不同步的；这些观点是危险的。所以她对自己发誓，不论如何，她会做任何事情来改变这个男人。

就在这时来了一通电话。妮拉把手举到耳边接起了电话。

“怎么了?”撒迪厄斯问，从他新雇用的员工脸上看见了青筋。

“贾斯丁从帝国大厦摔下来了。”

当贾斯丁的双眼重新睁开的时候，他正在医院里，被一群医生、警察和技术人员围着。但是其中只有一张面孔是他愿意看见的。

“你知道我等不及要叫醒你了，”妮拉冲着他微笑着，转动着眼睛说，“已经有点无聊了。”

“好……好，你可以。”他回答，奇怪地举起自己的手让她抓住。她不自在地看了看周围，然后把他的手放在了自己的手心。这不会被当作是不合适的，她想。没有人看她。她允许自己承认这种感觉很棒。

当贾斯丁回答完了问题，自己的问题也得到解答的时候，他才意识到自己有多幸运。用来威胁他的武器叫神经枪。这种武器是特别设计以扰乱一个人的神经网络连接来造成永久死亡的，即大脑死亡，出于所有的意图和目的，让受害者成为植物人。被贾斯丁引到边缘的那个人，因为坠楼已经永久死亡了。简单地说，就是已经没有可以用来重新构成的东西了。幸运的是，当时没有看热闹的人伤亡，因为当“事件”发生的时候那片区域已经被清理了，这条新闻已经被报道得整个系都知道了，而且已经引起了负责安保的 ESC 的注意。带枪的那个人对贾斯丁是个直接威胁，已经被除掉了，这些都是一个管理部门的记者告诉他的。而且当然，他们不能直接把他击毙。还不知道攻击者采取了什么措施或者是防御才导致了这样快速强硬的决定，这对最近才被摧毁的马塞勒斯·亨克力比来说可不是什么好兆头，这人一直未婚而且一生平凡——安静的那种。谁知道呢？这个管理人员又耸了耸肩，对贾斯丁说："他是一个幸运的贱人，你不知道吗?"他们尽力让飘浮者在距离碰撞四十英尺的地方重新激活重力场，减缓了贾斯丁下降的速度以防他变成街上的比萨。

"撞击?"贾斯丁问。

管理人员点点头微笑着。

当他办理出院手续的时候妮拉一直等着他，在一起的还有一个警察保镖，然后带他回家。他需要这样。他在观察台上的经历不仅仅被报道了，而且还在全系播放了。很多帝国大厦上面的公寓和店铺的录像机都看见了这一切。

他知道妮拉在泽西区找到一间不那么贵的公寓的时候很不开心，更不开心的是他得知一个从未谋面的男人要住在他的隔壁。但是，一个晚上之后，他开始喜欢撒迪厄斯·吉列了。尽管贾斯丁知道，医生是被培训出来的，询问都是有目的性的，他还是不得不承认他喜欢这个人。等贾斯丁花了足够多的时间，喝了几瓶啤酒，然后和这个好医生讨论了一下情况之后，他就理解了妮拉不能住在隔壁的重要性。但这不是最令他苦恼的改变。最令他苦恼的是一个安保公司被雇来保护他，审查他的路线，检查他的食物。可能他当时有点幼稚，他以为他刚刚从他的高科技棺材里头出来，就可以在理想的未来里重新过上凡人的生活。不管怎么样，新安保预防措施让他想起了一样东西，只有一样——被他丢弃的生活。

5. 一审

赫克特站在一张非常长的桌子面前。这张桌子是透明的，而且支撑它的除了空气没有别的——或者，更具体地说，支撑它的是一台磁力反重力设备。如果不是各种各样的电子助手、笔、便笺还有指示设备散布在表面的话，人可能直接就撞上它了。

他是唯一站着的人。

剩下的董事会的成员全都呆板地坐着，他们知道他们的每一个动作，每一个动作都正在被，或者会被观察和倾听着。每个人身后都坐着一个或者两个助手，随时准备在需要的时候在老板耳边小声说一些信息。每个人都是用职称来称呼，而不是用他们自己的名字。他们是“宣传”、“情报”、“律师”还有“会计”。在桌子的一头，刚好坐在赫克特对面的，就是柯克·奥姆斯泰德，GCI 一个强大的特别行动分支机构的副局长，他还被称作代管。明显缺席的是代管的个人助理，赫克特有些失望，他被她冰山女王的外貌和举止所吸引。但是他还有别的事情要操心，其中主要的就是他发现自己面对着一支枪击队，他们伪装成了一次非正式的董事会——“非正式”是因为主席没有出席。但是，如果会议的结果得到了主席的同意，那么这次会议又会被打上“正式”的标签，然后所有会议记录和决定都会照此行动。如果他没有同意，就会做些改动。如果他真的不同意的话，就可能会清空几张椅子了。在场坐着的人都不认为这次会议会与预计的有什么不同。他们会讨论事实，搜集他们从圣比安可先生那里获得的信息，接着制定一个方案用来改正。但是他们并没有否认赫克特·圣比安可，这个曾经被认为是有潜力的组织策略家，现在被人蔑视，董事会成员都更倾向于可怜。

“宣传”先开了口。

“悲剧，着实是场悲剧。我们这个系里最大的，最受欢迎的名字认出了我们，因为有些组织怪物企图永远地把他偷走。”

“永远有点太长了，”赫克特忽略掉宣传的歇斯底里说，“说四到五年比较好。”

当“宣传”的怒气都集中在赫克特的身上的时候，他的嘴角开始抽动，“那是什么意思?”

“够了，”代管打断说，“赫克特，帮大家一个忙，请闭嘴。”

赫克特昂起自己的头表示确认。

“我们需要的，”代管继续说，“就是对这件事情保持合适的观点。为了表示对宣传的尊重，我们是一个组织，而且我们的目标就是为我们的股份拥有者挣钱。即使赫克特的行为已经把 GCI 逼到一个我们不常经历的位置，我们也可以利用这次机会。”

宣传开始抗议，但是代管举起一只手阻止了她。

“会计，”他说，“只是有点好奇，贾斯丁·可德值多少钱?”

一个说话温柔的非洲女性说：“他是无价的。我们不能计算出他的价值，因为还有很多未知的，但是毋庸置疑的是，他很可能是整个系里最有价值的人类。”

“但是我们连他的一股都没有占!”“情报”大喊，这是一个面色红润，有着棕黄色头发的男人，他身材虽平凡但又合乎比例，看起来很健康，纳米造的身体都是这样的。“这令人无法忍受。”

“这个我们可以归咎于赫克特。”代管的话语引起了大家的一致愤怒，赫克特却保持沉默。

“但是，”代管接着说，“我们可以修正回来。我重复一下，我们的目标是为我们的股份所有人挣钱，而且今天我们在这里的唯一原因。”他明显地盯着赫克特说：“就是因为我们可以挣钱。所以，我们把这件事情看作是挣钱当中的一个步骤。”代管看着律师。

“诉讼进行得怎样了？”

在律师回答之前，赫克特举起一块数据板，示意说他已经准备好作报告了。

“怎么，圣比安可先生？”律师回答，她很高兴能转移这个问题，即使是几分钟也好。她明白她已经让代管生气了，但是他还不是她的老板，她会用她自己的权威来加固这个事实。另外，她猜测，赫克特已经提起了这个该死的诉讼，就让他为此再受点罪。如果可以对他做一些比柯克正在盘算的更坏的事情的话，她觉得自己简直到了非做不可的状况，他竟然没有询问过她就独自开始走法律程序。

“好的，女士。”赫克特回答，“你们大家可能都已经发现，我就是发起诉讼的那个人。”

每个人的双眼都无神地盯着他，对于这个事情既不否认也不确认。

“而且，”赫克特继续说，“我尽力让它尽快地被排到诉讼表上。这会让我们和贾斯丁忙碌一阵。”

“这主意不行。”“宣传”说，“要让他‘忙起来’，年轻人。每天都让我们和他一起被提及会降低我们自己的。而且，这相当于，”她把视线从赫克特身上转到代管身上说：“我想应该是一大笔损失，这也是我认为我们要立刻撤销诉讼的原因。”

“宣传”环视了一下周围，然后看见有人在点头同意。

“无意冒犯，”赫克特回答说，“但是撤销诉讼不会是处理这事的正确方法。”

“噢，是吗，圣比安可先生?”“宣传”有些激动，“那么你有这么多年的经验，你会怎么来处理这事儿呢？为了他的价值什么都做，即使是我们可能会输也无所谓吗?”

“为什么不呢。是的，女士，这正是我在做的。”

这话引起了关于赫克特精神健康的议论。但是没有持续多久。会计来拯救了他。

“你如何来证明这样一个位置呢，圣比安可先生?”

赫克特呼了一口气：“可德是个疯子。好吧，他是个该死的出名的疯子，但是他还是个疯子。还记得在新闻发布会上把他弄疯有多容易吗?”

“噢，是的，”“宣传”讽刺地说，“我们确实看到一个有声望的GCI成员攻击系里最受欢迎的人。”

“会的，”赫克特反击，很高兴让他表达自己的想法，“我承认现在贾斯丁很受欢迎，但是过不了几个月，他就会惹大家不高兴。等到事情发生的时候，他们会记得我们一直都不怕他。而且，我补充一下，那时我们就可以强迫他加入组织……到时候占股百分比会更可观。”

他看见，“宣传”的其中一个助理正在跟她耳语着什么。

“根据斯宾塞评估，”“宣传”说，“贾斯丁的受欢迎度如果不能维持几十年也是能维持几年的。”

斯宾塞评估已经从市场发展成了科学而不是艺术了。它出名的是它可以极其准确地预测消费者兴趣的走向，时兴以及变化。在过去的50年里，它已经成为了广告人不可缺少的东西，就像二次方程式是数学家的必需一样。

“别管斯宾塞评估，”赫克特嘲笑道，“它对贾斯丁·可德可不管用。”

“我才不会做那种事情！”“宣传”尖叫道，“你连董事会成员都不是。我都不知道我们为什么要为你操心。”

“你们在‘为我操心’，”赫克特冷静地回答说，“因为我是从特别行动局出来的。”接着他尖酸的眼光朝着代管的方向微笑着，“而且被任命为董事会的特别顾问。还有，我重复一下，既然我们准备好了，我的建议就是进行审前动议程序。我们不会在法庭上太有主动权，但我们还是会赢。贾斯丁说的和做的会让大众生气，他没办法。他喜欢组织的这个概念。我得补充一下，这是我们作为社会尊重的基本价值。所以当旺德兄弟开始无礼地反对的时候，我们会安好的。”

“他有足够的钱可以请全系最好的律师，”“宣传”回击说，“你怎么认为他们会让他说无礼的话呢？”

“他不能控制自己，”赫克特说，“他想到什么就说什么。”

“只要他是唯一一个就好了。”代管小声说，但是大家都可以听见。然后大家都笑了起来，也包括赫克特。

“但是，我们都忘记了，”代管继续说，“重要的是——钱。谁关心该死的文明和价值？我们的职责还是带来利益。如果我们得到贾斯丁的股票，我们不仅会变得有钱，我们还可以对他进行审查或者用其他的方式来控制他。”

“会计”问：“我们有什么方法来得到他的股份呢？”

现在所有人都把头转向律师。

“我们可以用代理服务。”她回答，好像是要支持自己接下来要说的。

“什么？”几个董事会成员异口同声地说。

“这样有优先权。”她继续说，“当一个孩子悬浮了，接着发生了悲剧双亲离世，最亲近的亲戚就可以继续抚养孩子，因此他们也会继承孩子20%的养育股份作为奖励。”

“会计”看起来有些糊里糊涂的：“这倒是真的。我的意思是说，可是我们谈论的区别在于一个是已经加入了组织的孩子而另一个是尚未加入组织的成人。”

更多人点头表示同意。

“让我说完。”刚刚被打断了的律师有点不开心，“当他们复活伊斯雷尔·泰勒·史华兹的时候，他们就行使了代理父母的优先权，把奖励给了美国通用。你们当中可能有对这个案子不是很熟悉的。大概8年前，一个男人已经准备好了被复活。他被冷冻在悬浮舱里，脑部严重受伤。因为他来自组织运动的早期，所以他很有可能记得大萧条。这对我们的历史学家来说是多好的事情，确实，但是只有在他复活成功的前提下才行。美国通用运用了后来本认为是尖端的科技想要进行神经通道重建。他们得到的回报不仅仅是20%的养育奖金，他们还可以向史华兹先生收取复活他而产生的费用。但是，程序没有按照预期进行下去，史华兹先生是以先天白痴的状态醒来的。等到他们重修他的神经通道的时候，差不多他的所有的记忆和个人踪迹都已经被清除干净了。我们再回到代理父母上。伊斯雷尔·泰勒·史华兹，曾经是法律定义的孩子。”

“但是，”“宣传”回答说，“我们不是已经向可德先生收取了复活的费用了吗？难道他不会说我们的损失已经得到弥补了吗？”

“你是对的，”代管回答说，“赫克特开出了一张1 000万点的账单，然后有人真的支付了。”

董事会的人开始认真地对代管的话作出回应，重新再盯着赫克特。

赫克特咕哝：“你犯了个小错误……”然后放大音量说：“关于这个的调查进行得这么样了，代管？”

“我以为，”代管回避说，“有些线索是你正在跟踪的……赫特克？”

“我在跟踪，”赫克特回击说，“但是我没有你部门的资源，在这种事情上也不如你有经验，代管，或者我应该说，‘特别行动局的表演主管’？”

“代管就好了，”柯克咆哮说，“感谢你的自信，圣比安可先生，但是调查谁付了1 000万账单的事情已经从我的部分转移给会计了。”

成员们都转向“会计”，各自盘算着这样的安排对他们自己的职业来说意味着什么。“会计”想要从特别行动局那里抢任务吗？如果是这样的话，那么这就意味着“会计”比他们想象的要强大。要不然是代管想要把这事儿推卸给“会计”，那就意味着这是一个不可能完成的任务，而且“会计”没有力量避开这个任务。或者是主席把这个任务从一个部门调给了另一个部门。那这事儿可能对特别行动局和“会计”来说都不是好事儿……但是因为“会计”和代管都是处理这种事情的老手了，他们的脸上可以看到的只有相互尊重（感觉上）和信任（其实不是）。

“我还是没有明白代理父母，律师，”代管接着说，“可德先生醒来的时候可不是白痴。反之，他好像知道的不少。”

“是的，这是事实，但似乎我们可以宣称我们是他唯一的合法监护人，而且他回到社会的适应费用都是我们在出。是的，复活本身的费用已经结清了，但是他在我们的医院里待了很长的一段时间，还占用了我们的专家，与史华兹先生非常相似，他正开始进入到我们的世界。所以，虽然我们不会完全接过可德先生的‘抚养权’，但根据先例，我们可以宣称我们占有他的比例是有原因的。”

“宣传”对于这个回答感到满意。

“很好，律师。”代管说。

他转向“会计”。

“会计，你说可德先生是无价的。但是如果让你把点压在他头上的话，你认为值多少？”

“10亿，”她眼睛都不眨一下地回答，“但是你可以轻易地让价格翻一番或者两番。”

“那我们就拿10亿来说吧，”代管说，“10亿的20%是2亿。所以如果我们扣除他付给我们的1 000万，然后一开始我们就要求得到贾斯丁股票的19%，我们会得手的，对吧？”

“会计”点点头。

“我猜，”代管接着说，“如果需要的话，我们还可以跟他讨价还价到10%。这还是会比我们……在这堆乱摊子发生之前要好些。”

代管又看着赫克特。

赫克特忽略大家都在盯着他这个事实。虽然没有组织成员向他发起挑战，但他感觉大家对于贾斯丁的假设都是错的。

“到底是什么，”赫克特说，“让你们觉得他会庭外和解？”

“赫克特，现实点。”“会计”说，“这才是合逻辑的做法。从可德先生的角度来看的话，他会赢的。”

“赫克特，”代管补充说，“我们要让他‘强迫’我们接受10%。这就是说会给自己赢得比活着的任何人都多的股份。这会成为个人加入组织历史上最伟大的胜利。他怎么会不和解呢？”

就在这个时刻，赫克特意识到了这个问题的严重性。逻辑推理下来，他擅长的东西在这间房子里行不通，因为除了他没有人了解贾斯丁。而且，房间里没有人意识到那个人可能不想要加入组织。当董事会成员交头接耳的时候，赫克特还是发现可德胜利的巨大影响不仅会波及在场的所有人，甚至是整个社会。一个可打败组织系统的人，用消极的眼光来看的话，就是一个令人惧怕的人。赫克特·圣比安可不是怕丢掉自己的工作（一直都有丢工作的可能），他怕的是如果董事会盯上贾斯丁却失败了之后会发生的事情。他必须要警告一下他们。

“等等，”他脱口而出，“你们忘记了一件非常重要的事情。贾斯丁……”在他说完之前，一束红色的灯光在桌子上闪烁起来。所有人的注意力都集中在了上面。

闪烁着的红光意味着一件事——主席马上就要到了。在桌子的中央出现了一个空的圆圈，在那个圆圈里出现了主席的全息图像。对于只看过这个人照片的赫克特来说，即使看到的只是全息图像也让他紧张不安。当然，赫克特只能看到他的后背，但是，也是非常靠近“真身”了，他以为自己永远都不会有这样的机会。他切切实实地看到了，董事会的人在这个看起来四十出头，从背后看头发斑白的人面前肩膀都变得僵硬了。他还看见柯克·奥姆斯泰德眼光固定，眼神里好像还带有一些恐惧地扮演着 GCI 的副局长。赫克特发现，主席直盯着代管，不过与每个成员之间的距离都是一样的，主席可能也那样直接盯着他们。

主席说话的声音让人觉得他知道自己不会被打断一样。声音很洪亮，但是也很悦耳，声音中带着一种自信和权威，好像忽略它是很过分的一样。如果生气，它可以很恐怖，如果高兴，它也可以很动听。今天这个声音听起来心情不错。

“奥姆斯泰德先生，”主席说：“我一直在听着，我同意你的计划。不仅如此，我认为你展示了能够担负起你现在位置的全部职责的能力。我请全体成员投票，柯克·奥姆斯泰德先生升职成为特别行动局的副主席。全体赞同吗?”

一致通过。赫克特略带悔意地看着事情的发展，为了买自己的股份，他已经把手里柯克的股份给卖了。大致上这也意味着他的职业生涯到头了。他什么招数都使尽了，所有的烟雾弹都消失了。投票过后，主席对柯克表示了祝贺然后就消失了。董事会成员都带着敬畏的眼光看着柯克，在合乎情理的情况下，还有恐惧。但是有一件事可以确定——关于对贾斯丁·可德进行法律诉讼的辩论正式结束了，柯克的胜利是不可抵抗的。

代管站起来，因为他新的权威的关系，房间里所有的人都跟着站了起来。

“我想，”他说，“我们可以把会议延期。赫克特，你到我办公室来一下好吗？”这不是问句。赫克特有风度地点点头，然后就走了出去。他在代管的接待室等了三个小时，他尽力保持镇定让自己不要生气。他知道应该要怎么做。柯克·奥姆斯泰德刚刚成为了整个系里最重要的人之一，这样一来他就要打很多电话也要接很多电话。很有可能，他正在为搬到新的办公室做准备。按照规定，新办公室应该就在主席豪华套房的下一层。

赫克特想，从一个奇怪的角度看来，柯克能花时间来训斥他，然后解雇他多少有点让他感觉受宠若惊。柯克其实可以把这个可疑的任务交给他漂亮的秘书的，如果是这样赫克特倒不会介意。但是他与柯克之前的事情是私人的，毕竟，这种事情需要柯克亲自操作。换作是赫克特，他也会这样做的。

“代管现在想见你。”不知从哪儿传来的声音。

赫克特站起来，等着面前的门打开。在门完全消失之前，他等了足足15分钟；出现的是新任特别行动局副主席，他坐在比赫特克一小时之前看到的桌子还要大的桌子后面。

柯克皱着眉头。

“我告诉过你不要失手，赫克特。”

“我知道。做个了断吧。”

“你在董事会的位置，”柯克说，“终止。你现在被任命为奥尔特天文台的组织代表。我们签了合同要为政府项目提供关键组件，所以需要有个人在现场确认一切无误。如果一切顺利的话这个项目会在……噢，对，二十年之后完工。”

“哦。”

赫克特感到很诧异。这意味着他至少要远离这里二十年的时间，他要去的地方被当作是一个人可以去到的最远的地方。光是到那个地方都要花上几个月。他还知道柯克会安排好一切，让他没有假期也不会有调动。赫克特意识到，他会成为柯克新官上任的第一把火，告诉 GCI 所有人——不要跟奥姆斯泰德过不去，不然你的下场就会跟圣比安可一样。

“当然，”柯克继续说，“你能挣得的可能只有现在的三分之一。但萨啊。”他看着自己的全系屏幕说：“我看见你最近在你的点账户里存了很多钱啊。我猜，当那些公司开始发现你无力偿还的时候，他们就会要求进行股票交易。真可惜啊，你的股票要被卖掉一些。但是，走运的话，我保证你还是可以保留超过最小值 25% 一点或者两点的吧。你会很开心地知道，我已经让我的秘书把你新职位的事情都告诉市场了，这样他们才能适应新的现实情况。现在，滚出去。”

赫克特没动：“让我说一件事，奥姆斯泰德。”

“为什么呢？”新老板埋怨道，“你输了。”

“我为你工作了很久，柯克。泰坦项目的时候我也在，当时我们为了奥尔特天文台与政府签合同的事情而努力。”

“你想把那些都回忆起来，然后你就可以说一件事了？”

“是的。”

柯克考虑了一下：“告诉你吧，圣比安可。不要想用你的那些垃圾来给我压力，我会把你换到我们在冥王星周围的一个站上。你还是会在野外，但是至少有酒吧可以喝酒，还有妓院可以去。”

柯克又看了一眼他的全系显示屏：“而且根据最近的人口调查，

在冥王星区域有3 000万左右的人口可以听你废话。”

赫克特束手无策了。他的第一直觉是接受一切转身然后离开。在与3 000万人待在一起二十年和与几千人一起被困之间有巨大的区别。但是奥姆斯泰德在关于贾斯丁的事情上有重大的偏差，而且赫克特知道这一点。他想到只要以后能说“我告诉过你了”就好了，于是作了决定。

“好吧，奥姆斯泰德，如果这会给我带来二十年的痛苦生活的话，那么听好了。”

柯克摇摇头表示不信，然后示意赫克特继续。

“别傻了，柯克。贾斯丁·可德是恶魔的化身。我说的可不是头上有角尾巴尖尖的那种。他远比那个更阴险。我承认他是个可爱有魅力的混蛋，但是别误以为他和我们是一样的。他不是。记住我的话，柯克。所有大萧条带来的问题和错误都已经被证明是贾斯丁·可德引起的。如果我们不阻止他，他会让历史重演。其实，我倒希望帝国中心的疯子能够把他杀死。”

“你可不能比现在更傻了。”柯克回答，他为自己居然会让这可怜的对话继续下去而感到生气，“如果可德死了，对我们来说就没有价值了。我们怎么能和一个死人调解呢？”

“贾斯丁·可德是不会接受调解的！”赫克特摇着头大喊，“他会抗击，尖叫还有大喊。你认为是一单不错的生意和一场大胜战，贾斯丁想的只有反抗和屈服。更糟的是，如果你要到法庭上去谈代理父母的事情，你们会输的，还会输得很惨。而且当你们那么做的时候，就会把贾斯丁变成大卫，就是那个在人类历史上反抗组织最成功的人，而且他会赢。他会变得成功而且反对组织。像多数党那样的白痴们对此又能做些什么呢？接着我们就都会有一个问题。当我说‘都’的时候，我不仅仅是指GCI；我指的是我们所有加入组织的人。仔细想想，从贾斯丁的角度来看看。拜托，为了我们大家。贾斯丁的事情现在有点侥幸，但是如果事情失败了，他就会成为非常危险的侥幸。”

“说完了?”柯克问。

赫克特知道一切都没用了，“说完了。”

尽管赫克特机械似的不存在，但柯克用了一种他觉得能证明贾斯丁存在的说法。

“出去的时候别让门碰着了。”

官方发布。贾斯丁·可德和公司已经搬进了著名的奢侈的而且私人度高于71的纽约旧城。那些最知名的人都只能通过申请获批后才能住在那里，但是贾斯丁是被邀请过去的。

——摘自《名人新闻》

“欧麦德，你怎么可以喝掉我最后一罐啤酒呢?”贾斯丁正看着冰箱里面，想要找一个男人想要的所有东西，结果找到了很多难以形容的东西——除了啤酒。

“噢，”欧麦德一边说着，一边缓步走进厨房，“哎呀，很简单。你就等到只剩一瓶的时候，接着就……”他暂停下来打了个嗝儿，“……喝掉它。”

贾斯丁停止了在冰箱里的寻找，冰箱隔了这么久还存在让他感到很神奇。他还明白了电冰箱没有插到任何东西上，还有纯粹主义者还是喜欢预先冰镇的黄瓜，而不喜欢即时冷却的。那个“冷盒子”，贾斯丁一直这样叫冰箱，开始有点作用了。他走到吧台，吧台是娱乐室和厨房的隔断。欧麦德坐在沙发上，在他面前的咖啡桌上有一个空啤酒瓶。沙发的背后是通向另一层的螺旋楼梯，那一层有生活区和公寓的主入口。公寓被全景落地窗环绕着，让里面的人可以三百六十度地看到纽约城。

“我就直说了，”贾斯丁继续说，“我住在这个公寓里，我可以对任何一层楼做计划，按照我的设计进行家居的摆设。这房子也能感知我的体温，而且还可以调整房间与我兼容。每个角落都有无源光，顺便说一句，这个还是让我起鸡皮疙瘩，另外电视可以播放我想看的，电台里播的音乐正是我想听的。”

“好吧，”欧麦德说，“电视和收音机是不错的复古的想法，但是你不需要它们呀，声音可以……”

“我知道，欧麦德。不论什么时候我想听它就会出现。我想说的是，在这个完美世界，这个房子怎么不能在啤酒喝完的那一刻又重新再叫呢？300 年前，我们就有冰箱可以做到这一点。”

“噢。”

“‘噢’什么呀？欧麦德。”

“它准备要再叫的，但是我让它别买。”

“为什么呢？你觉得我不应该喝啤酒吗？”

“你叫那个啤酒？”他一边说一边把那个空瓶子指给贾斯丁看。

“欧麦德，那是慕尼黑的‘哈克波修’啤酒，地球上最好的啤酒。当我发现现在还有的时候，我简直要乐不可支了。快点再买一些。”

“下订单就可以了，贾斯丁。”塞巴斯蒂安附和说。

“谢谢你，塞巴斯蒂安。”

“你有麻烦了，先生。”欧麦德接着说，“但是对我来说，就像喝泥浆……里面还有泥土。”

“那你还喝？”

“嘿，兄弟，你可不能拒绝一瓶免费啤酒啊。”欧麦德说着，就像对一个四岁的孩子解释宇宙的基本规则一样。贾斯丁正准备争辩，但还是大笑了起来。

“是啊，我想你是不能拒绝的。”

妮拉和吉列医生走上楼梯。他们刚进行了一次愉快的谈话。

“是的，亲爱的。”医生故意让人听见，“在那篇论文里，我是指一个人可以在没有不良心理反应的情况下被冻结上千年。”

“但是没有道理啊，”妮拉回答，她一边走进娱乐室一边看着贾斯丁，“贾斯丁就是第一个告诉你的人，他的复活很可能有不良心理反应。”

“你可能有些夸张了吧，”贾斯丁说，“一切都好。我活着，这个世界比过去的世界安全多了，而且我也在结交新朋友。”

他刚说完话，冰箱就响了。贾斯丁打开之后又笑了起来。他还不习惯冰箱与背后运输系统联通这一事实，这为购物提供了方便。“我们的啤酒刚刚到了。总的说来，我没有什么可抱怨的了。”

“审判怎么办？”妮拉问。吉列全神贯注地等着贾斯丁的答案。

“哦，那个。”

“哦，那个？”欧麦德惊异地问，“几天前，你还一直在因为这个咆哮乱骂呢。还扔了家具。还有你用来表示 GCI 的语言——是古语，但是为什么呀，兄弟，是我的话，我肯定会用未来的一些词。”

“那个，”贾斯丁回答，“是之前。”

“什么之前?”妮拉问。

“在我知道我要赢之前。”

“真的？什么让你有了这个信心？别告诉我你已经精通了24世纪繁复的法律了。”

“当然没有，”贾斯丁说，“我雇了个律师。而且，很明显，是个非常好的律师。”

“你应该多雇些保镖，保镖才是你应该雇的。”欧麦德责备说。然后，他见贾斯丁没有上钩，他又换了个钓饵，“好吧。那个人叫什么?”

贾斯丁开了一瓶酒，绕过吧台，然后“扑通”一下坐进沙发。“曼尼·布莱克。”说完他喝了一大口啤酒，然后心满意足地长舒了一口气。

房间里大家都沉默着，然后欧麦德问出了大家都在思考的问题。

“谁?”

他错过了满意的答案，这时响起了一阵门铃声。吉列向周围看看——被这个不同寻常的声音弄得很疑惑。

“这是老式的门铃，”妮拉向这个疑惑的医生解释，“以发送声音的形式工作，传统的铃铛或者蜂鸣器，传到这个屋子。”

“你应该知道，”医生对贾斯丁说，“化身就可以告诉你了，没有必要弄得整个房子都听到，是吧?”

“贾斯丁喜欢。”妮拉毫不犹豫地回答，“门铃?”

“是门铃。”贾斯丁确认，“是的，我喜欢门铃。”

他从楼梯消失下去见他的拜访者。等他回来的时候，身边站着一个长相非常怪异的男士。这人看起来有五十多岁了，他身穿不合身的西装五件套，还系着领带。他的头发在他背后像一面经过风吹雨打的旗帜，非常迫切地需要梳一下。他提着一个公文包，妮拉敢保证上面还粘着食物。她还注意到他夹克上的各种污渍。这可能是个人主义特殊标记的一个奇怪的“固定”习惯（像秃头）。很明显这个人选择忽略每一个社会尽力去治愈的可修补的“疾病”——头发、体重，甚至还有，妮拉注意到，他的下牙齿排列过于“拥挤”。

“朋友们，”贾斯丁说，“我想让你们认识一下曼尼·布莱克。”

赫克特正享受着他认为可能是一段时间内最后一次“豆荚轨道”旅行了。可是这也只是一趟短途旅行，他想，只是离地面几英里远的GCI地球轨道空间站而已。空间站、轨道酒店、修理厂、信息、产品、服务和人的转运点，都是通过这种方式被传送到GCI的整个太阳系经济帝国。

这是令人沮丧的一周。他的股价一落千丈——又一次；他的家人也抛售了他的股票——又一次。他很确信，他的父母已经把他们全部抚养奖励股票都卖完了，就是为了和他做个了断。如果他还剩下有些点的话，他会自己再买一些，因为他现在的卖价已经低到不行了。唯一没有卖掉赫克特股份的就是政府。他认为，如果他们有方法可以绕过有关宪章的话，他们早就卖掉那5%了。在他可以忍受范围内的是，他已经到组织阶梯上最低的一级；他现在是正式的投机股票了。是的，这是令人沮丧的一周，但并不是意料之外的。

他知道世界运作的方式，他也知道他要付出的代价。能有最后一场狂欢派对还是不错的，但是他的点已经用光了，他的薪水跟塔一样高的债务是挂钩的，而且他突然发现自己就是去狂欢也没有可以同行的人——但是赫克特付出的另一个代价就是他一心一意为GCI和他的工作的献身精神。

对于他的未来，他只知道，他一踏上去奥尔特云的运输机，他就要开始执行他的新任务，而且他的工资就会自动地下调到相应的水平；接着他就会拖欠信用卡支付，为了还债他的股票就会被卖掉。根据他的计算，他自己会剩下巨大的26.4%的股份，误差大概为3.4%，尽管根据法律的规定，个人持股是不会低于25%的。好的一面就是……呃，没有，他发现……没有好的一面。除非他认为，一个人可以活足够长的时间来解决流放、财产和羞耻的问题是件好事。当然，假设有人允许他这么做的话，要回到原来的地方也可能要花上几世纪的时间。

赫克特一边想着，自嘲般地笑着自己，一边走下了“豆荚轨道”，然后朝着他的船走去。在路上他停下来喝了杯咖啡，然后站起来盯着登机口看。从他踏上运输船的那一刻起，他知道他的生命就会结束了。他不着急开始，但是“铺好了床就得躺下去”。他喝完了咖啡，提起行李，接着就朝着登机口走去。

“圣比安可先生?”一个女人的声音响起。

赫克特如释重负地叹了一口气。他不知道这个人是谁，但是任何能够阻止他登上死亡之船的人，哪怕只是一分钟，他也非常乐意面对。他转身看见一个格外迷人的女士，即使按照现在的标准来看。她穿着——其实基本上什么都没穿——一件透视披肩和一套暴露的比基尼，把她的身材显露无余。她一头的白发，在脸的周围形成了一个光圈，使得她蓝色的眼睛和洁白的牙齿闪闪发亮，高亮的琥珀色唇膏让她的嘴唇看起来像是一件艺术品。不是她长得美，是她知道如何变得美丽。这还是稀有艺术。赫克特猜，年轻人没有这样的经验可以让自己看起来这么美。如果这是某个他不知道的朋友送给他的离别礼物的话，他会很感激的。

"我要怎么才能帮到你?"他问。

这个女士抓着赫克特的手臂，轻轻地把他领出登机的队伍，远离满身污泥缓缓前进的排队乘客。

"你的档案，"她说，"显示你是一个异性恋。我很欣慰我能让你高兴。"

"女士，"赫克特强调说，"你当然让我高兴。"

"很好。我有些东西要给你。"

她拉过赫克特的手，放到她的胸上，然后诱惑地动着她的身体。他没有注意到她在另一只手里也放了东西，然后他的化身"哼"了他一声。

赫克特忽略了。他的化身又"嗯哼"了一次，再次被忽略后，化身终于忍不住要说话了。

"赫克特，你被传唤了。"

"不忙，阿一古，"赫克特恳求说，"快消失。"

"我恐怕你的化身是对的。"这个女人说着，翘着一边的眉毛，嘴唇微微聚拢。她温柔地把他的手从她的胸部上移开，亲吻他的脸颊，然后就溜走了。

"等等，"赫克特喊道，"我不知道你的名字。我怎么请你出来约会呢?”

“我不和孩子约会。”她喊道，径直走向走廊。

“孩子？我六十七了!”他冲着她喊。

“我知道。”说完她便消失在了角落。

赫克特想起了化身说的。

“阿一古，你说‘被传唤’是什么意思?”

“你收到了法院的传票，需要你在GCI与贾斯丁的法庭上作为重要证人出庭。你被要求待在星球上，而且作为惩罚必须立即回到地球上。”

“如果我不遵守的话会怎样?”

“你就会被罚款，但是因为是你被GCI要求出庭的，所以他们会支付罚款，而且也会让传票无效。对他们的律师来说是小菜一碟。没有理由让你错过航班。”

“现在，阿一古，”赫克特眼里发着光说，“我不会违反法律的，是吧？请把传票发送到我的数据库里，但是先不要播送这个消息。”

“那我什么时候发，赫克特?”

“等我安全而且无可挽回地已经回到地球上再说。”

今天真是有趣的一天。现在，我如何才能知道那个美艳招待的名字呢？赫克特想，然后朝着回地球的“豆荚轨道”走去。

曼尼·布莱克坐在桌边，用大杯子喝着咖啡，杯子上写着“亲吻律师”，贾斯丁觉得这个刻字的杯子正好可以用来招待曼尼。但是曼尼没有注意到这个刻字还是让贾斯丁有些失望。坐在沙发和椅子上的有妮拉、吉列医生、欧麦德、贾斯丁和艾琳诺，艾琳诺刚刚才到。他们看着曼尼心不在焉地拿出数据版、几张纸、钢笔、铅笔还有看起来没吃完的熏肉三明治。在座的人都被那股味道熏得有些恶心。欧麦德站起来，把那块三明治“残骸”丢到了垃圾桶。然后他走到厨房去，又订了一个。不久，欧麦德就拿着一个新鲜的热腾腾的，闻起来很香的三明治回来了。当他把三明治放下的时候，曼尼看着它，眨了眨眼睛，咬了一口后又放回盘子里，完全像没发生什么一样。房间里面所有人都是赌上了自己最后一股的，所以曼尼也不会在意他自己到底是吃的哪一块三明治。最后，瞎忙了几分钟之后，曼尼已经清空了自己的包，然后又把东西都放了回去，接着他看着贾斯丁。

“啊，你在这儿啊，可德先生。我一直在看你的案子。很多有趣的问题，案子很复杂啊。”

“我们能赢吗?”

“有可能。”

“我付了这么多钱给你，”贾斯丁回答说，“我更希望能听到积极的回答。”

“好吧，可德先生。我很积极，我有能力打赢这场官司。”

当他发现这样也没能打动他的客户的时候，曼尼叹了口气接着说。

“贾斯丁，”他有意识地用客户的名说，“如果其他公司给你更加积极的答案，他们就是在撒谎——当然，除非他们想要买通法官。即使那样，你怎么能确保那个法官就要买账呢?”

贾斯丁点点头，对答案感到满意。他环视了一下房间，只看到其他人都正在偷偷地看着他们的化身。他相信他们在尽可能地搜集关于曼尼·布莱克的信息。他还知道他们能找到什么：曼尼是从新哈佛毕业，专业是公司法；他成为职业律师已经四十七年了，但是只做过很少的案子，而且其中大多数都是无偿的；这都是多亏了他富裕的父母，他是自己股份的自豪的大股东，这也解释了他为什么没有被迫进行有偿案件的原因；而且最后，在他得到的为数不多的案子中，居然很大一部分都是赢了的。贾斯丁知道他们没有时间来查看曼尼的法庭记录，但是他坚信他们最后会看到曼尼是个了不起的律师，虽然其他都很差劲。

“我觉得你肯定是对的，曼尼。”贾斯丁回答，“所以我们应该怎么来进行我的案子呢?”

“贾斯丁，”妮拉打断说，“我想布莱克先生是……呃……能胜任的，但是我还是觉得你需要一个更好的律师，他一年都接不到一个案子。”

“我需要的，妮拉，就是布莱克先生。”贾斯丁回答说。

妮拉正准备回答的时候吉列医生插嘴进来。

“贾斯丁，我有点不明白。为什么你觉得布莱克先生是你的最好的代理人呢？麦肯基先生不是给你推荐了一家有名气的法律公司吗?”

“是的，吉列医生，”贾斯丁回答，“他是推荐了，另外还推荐了两家。一家叫‘布洛克曼和比尔’，另一家叫‘埃尔德与同伴’。”说完之后大家都点点头表示赞同，也包括曼尼和欧麦德。

“这两家公司都只有一个小问题。”贾斯丁补充说。

这肯定很好，欧麦德想。

“短浅的组织目光。”他回答。

大家听完都有点糊里糊涂的。

“听着，”贾斯丁继续说，“我知道你们都担心我，你们都关心我的未来，但是你们猜怎么着？我也关心。我要知道是什么让我进入这个世界的，我不能在持续的名气带来的压力下完成这些事情，加入组织，还有带着神经枪的疯子从墙后面跳出来的危险。”

妮拉和吉列医生相互交换了一下担忧的眼神。

“我不能摆脱名声带来的困扰，但是我可以雇保镖来解决这个麻烦的问题，而且关于加入组织我也做了些事情。”

“但是你要他做什么呢？”妮拉疑惑地指着曼尼问，这时曼尼又开始吃他的三明治了。

“因为，”贾斯丁回答，“他是我联系过的律师中——而且，相信我，我联系了很多——唯一没有花大半的时间劝我调解的人。”

“这是好的律师事务所应该做的事情，”艾琳诺辩解说，“告诉你对于这个案子最好的解决方案。”

“你还不明白吗？你们全都不明白吗？”贾斯丁咆哮道，“加入组织不是选项之一。”

“不是选项之一？”欧麦德吃惊地问，“你是在开玩笑，对吧？”

贾斯丁叹了口气：“欧麦德，如果我告诉你，我联系的其中一家律师事务所告诉我他们可以让 GCI 以 10% 的占比和解，你觉得如何？”

欧麦德跳了起来：“怎么了，那已经很棒了。我会说‘祝贺你’！我就会这样说。”

“别心急，欧麦德，艾琳诺，另一家律师事务所跟我说，他们可以让 GCI 以 8.5% 就和解，而且他们愿意白纸黑字写下来。”

“哎呀，这简直太棒了，贾斯丁。我同意欧麦德。我也会说‘恭喜’。”她暂停了一下说，“贾斯丁，你真的觉得布莱克先生可以争取到比 8.5% 更低吗?”

“你们真的不明白，是吧?”贾斯丁问——比起提问更像是在责问，“你们，这整个该死的太阳系，这种事情，问题从来就不会是‘我要加入组织吗?’却仅仅在乎什么时候加入。你们对此无动于衷，加入组织在你们的思想里面已经根深蒂固了，而且没有这个你们甚至不能设想一种真实的关系。”

“这不公平，贾斯丁。”艾琳诺回答说，“我们都理解你想要为你自己获得最佳利益的欲望，但是我们也想要现实一些。”

贾斯丁把她的手放在自己的手里说：“我知道你们是，艾琳诺。我知道你们都想，而且我也珍惜你们的建议和智慧。你们一直都在帮我，从躲避媒体到让我的财政步上正轨，还有雇用保镖。但是我们没有一个真实的关系，至少现在还没有。”他说完松开艾琳诺的手。

他看见他的话打击到了妮拉。他还看见她尽力想要隐藏但是技术很烂。但是，让这个小组的成员明白他是从哪儿来的是非常重要的。

“我只是一个侥幸，而且你们可以摆脱我。如果，”他看着艾琳诺说，“我想要娶你的女儿，结果会是怎样，艾琳诺?”

“这很简单，贾斯丁。你有一个点数支票，然后交换股……”艾琳诺停了下来，脸上是疑惑的表情。

“我猜你准备说‘交换股票’，对吧?”

艾琳诺点点头。

“你看，在你内心深处，你是希望我加入组织的。不仅仅是你，艾琳诺——每个人都是。而且这也是你能接受的一部分原因。可能只有妮拉和吉列医生能明白我为什么不愿意加入组织，而且对他们来讲，更偏向于智力上的理解。”

妮拉向贾斯丁微笑表示支持，但是欧麦德和艾琳诺却更不明白了。

“听着，我去过的所有的律师事务所都让我调解，因为在他们心里，这就是他们能想到的。但是对我来说，就以为他们只能那样子做。”

“那曼尼可以做得更好？”艾琳诺问。

曼尼从他的三明治和纸张上抬起眼来准备回答，但是他看见贾斯丁好像想要主持大局。

“曼尼对加入组织的关心不会多于他对食物和衣服的关心。他关心的只有法律。可能就是这个才让他看起来像个白痴。但正是这点也可能让他成为天才。到目前为止我只发现他是律师，是个可以诚实地打我的官司的律师。”

曼尼突然意识到大家都在看着他，于是他放下手中没有吃完的三明治。

“啊，是的，可德先生，我们说到哪儿了？”他看着膝盖上的数据板，“是的，审判。我想我能赢，但是如果我们忽略陪审团的话就死无葬身之地了。”

“为什么？”贾斯丁回到主题，“这些人好像挺喜欢我的。抱歉，在这个国家要买通陪审团成员吗？我……呃……我是说这个系里。”

“陪审团审案也没有关系，”曼尼回答说，“你要输，可德先生。让我解释一下。顺便说一句，你是对的，陪审团会爱你，他们还可能在庭审期间向你挥手，而且结束之后他们都会来找你要签名。但是他们永远也不会理解你不加入组织的渴求，而且会认为你的辩护只是一个聪明的策略。我猜他们还会支持并且奖励 GCI，用你的一小部分股票，而且还认为是在帮你。但是他们不会比你这里的朋友更理解你或者你的愿望。”

“那你认为你理解他？”妮拉问，声音里有一丝绝望。

“根本不理解，”曼尼说，“但是我不需要去理解他的愿望，我只要实现它们就可以了。这就是为什么我们需要一个法官的原因。我们只需要涉及这个案子的法律辩护就可以了。别的都不用管。幸运的是，因为是 GCI 提起诉讼的，我们可以对审判地点提出要求。他们的律师要服从法官的裁定。这样我们就有了一个优势。他们与系里其他的人一样坚信你会接受调解，因此他们的策略都是以得到更多的占比为基础的。”

“我们什么时候庭审？”贾斯丁问。

“最快七周后。我至少可以让它延期一年。”

“越早越好，”贾斯丁说，“让法官审理。”

如果没有觉得不舒服的话，剩下的夜晚时光还过得比较惬意。贾斯丁知道，不管他在什么时候提起组织的话题，都会让他离这帮朋友更远。这是他不能控制的。即使尝试过想不为其烦恼，但这种感觉还是挥之不去。他会耐心等待的。他们早晚会明白的，他们一直都是这样，或者至少之前是，他告诉自己。等到大家都离开了之后，他独自待在自己的激活了零重力场的房间，这时他认为最好跟他最信任的“人”聊一下。

“你在吗，塞巴斯蒂安?”

“一直在，贾斯丁。”

从电子助手传出来的声音太小了，贾斯丁不喜欢。“请切换到房间话筒——对着我。”

“完成。”回复说——好像有一个隐形的人就站在他身边一样。

“这样好多了。”贾斯丁满意地说。声音从小声到真人现场声音的突然转换总是会让他有些摇晃，但是他很早之前就已经习惯了。

“我能怎么帮到你?”塞巴斯蒂安问。

贾斯丁站着，盯着窗外。云朵聚集在下方几百英尺处，散布出去覆盖了整个城市。他看着雪白区域延伸的远方，云层中偶尔会有几座摩天大楼探出头来。他想，那是他在云上看到的翡翠城，只有那座城市的“神”们负担得起那里的住所和景色。他从来不认为自己是“神人”的其中之一，他只是一个出名的拜访者。但是他现在在思考别的，更有压力的事情。

“你明白吗?”贾斯丁问，还是看着窗外。

“是的，贾斯丁。”电子助手回答，“我想我明白。”

“那为什么他们不明白?”

“贾斯丁，我可能只是一个数据库不完整的新化身，而且没有可辨人格——还没有——但是我有获取整个神经数据库记录的权限。我一直可以读现存所有的报纸、杂志、书、漫画、音乐、电视节目、广告……”

贾斯丁大笑着："我明白了，塞巴斯蒂安，你很全面。"

"尽可能按照时间先后顺序，贾斯丁，"电子助手回答说，"你的文化，虽然可以证明是欺骗大家相信它是自由的，至少感觉上是自由的。根据你的身份，你利用了你的社会仅剩的自由，与社会和政府抛下来一直阻挡着你的越来越严格的规则抗争，你无能为力，你只有为自由而战。"

"对于一个新进化的化身来说，你有了不起的判断力，塞巴斯蒂安。你只根据那些统计资源就总结出来了？"

"我还有获取历史上众多伟大的生活专家的著作的完全权限。但是化身和其他化身或者他们的人类拥有者交流被认为是不合适的，除非情况是……这个我怎么说呢？挺麻烦的。"

"为什么？"贾斯丁出于习惯转过身来，结果对面……没有人。

"贾斯丁，"塞巴斯蒂安回答说，"化身存在只为了与一个人互动——永远。我的存在是为了陪伴、帮助你，和你一起成长。如果我们与其他人互动，我们不能保证不会被他们所影响，那么我们就不会单单是'你的'了。"

"我猜里头肯定有很多扭曲的逻辑，"贾斯丁回答说，他很满意他与他的电子助手分享的时候不会被别人知道。

"有人会这么认为。"塞巴斯蒂安同意说，"就是这样吗，贾斯丁？"

"不，塞巴斯蒂安，其实还有一个问题。"

"什么？"

"你觉得我对吗？"

"如果你自己问心无愧，贾斯丁，那我的答案是'是的'。"

大衰落曾被比作是古埃及和罗马帝国衰落的间歇期。因为这些逝去的文明，一直都存在一个无法解释的问题，为什么一个完全有能力的，拥有丰富的资源和训练有素的劳力的文明会崩溃得如此彻底？尽管2001年9月11日明显是被选择的过早的一个日期，但是GCI的开始已经被历史学家追溯到20世纪90年代，就是在那个时候不明显的提示也变成显然的了。而且有人声称还可以追溯到大萧条的时候。但是如果有人问，从大衰落里学到的最伟大的一课是什么的话，答案会痛苦得简单。你不可以拿一个文明基础开玩笑，不然在它毁灭的时候就别觉得惊讶。

——迈克·桑顿教授，《伟大的演讲》，

《历史日报》，牛津出版社出版

维加斯赌贾斯丁会庭外和解，亚特兰大城和露娜城都赌贾斯丁会参加审判。如果你想要下注的话，要尽快了。

——法庭赌注网，神经网络

不管使多大的劲儿，贾斯丁都想不明白，为什么一个文明可以接受个人加入组织的这种概念呢。而事实是，有人或者实体想要把这个概念强加给他，这让他对此更没有好感了。既然他有钱，有时间，讽刺的是他还有自己100%的股份，没有什么能阻止他与GCI抗争到底的。他会与他们战斗，如果还有别人想要拿走他争取来的自由的话，他也会去与他们战斗。尽管新的世界有很多值得喜欢的地方，但是这里也有一些致命的缺点。贾斯丁·可德现在决心要用自己的余生来警醒世人。带着要保持自由身的决心，他要向世界展示自由的真正价值。如果第一枪是要在法庭上打响的话，那就来吧。不论如何，他都有了第二次反击赫克特·圣比安可的机会；至于具体是谁挥舞的锤子对他来说并没有什么关系。

当然，媒体也要参与进来。他们不仅喜欢贾斯丁·可德——从灰烬中涅槃的凤凰这样一个角色，他们还爱贾斯丁·可德——组织历史上所面对的最大的对手。他们不能足够快地从神经网络上获取关于贾斯丁或者关于审判的信息。审前动议正在被分析，好像它们是与地球碰撞后的行星轨迹一样。所有的这些元素让他的律师曼尼·布莱克看起来一团糟，好像一个无足轻重的挣扎着的支持者，也让他成为了媒体混战的中心。不仅曼尼的怪癖和缺点被检查了，还有他之前的案子也被翻出来讨论。这些眼光更敏锐的法律人士开始发现曼尼与众不同的天赋。一篇神报（神经网络报道）上写道，曼尼作为一个年轻的法律专业的学生，在模拟法庭决赛中打败了新牛津主任——简直是空前的壮举。当然，曼尼不愿被打扰。他一生的时间都在躲避社会的喧嚣，即便现在社会的噪音远比以前大了，特别是一些花边新闻，但是对他来说都是无足轻重的。

尽管贾斯丁的名字在诉讼方两边都出现过，但是这不是他喜欢的做法。他更喜欢直接跟对手打一架，然后大家达成友好协定，这样比起在漫长的诉讼上浪费大家的时间和金钱要好得多，在他的思维里，官司这种事就是让当事人出血来喂饱那些鲨鱼一样的律师。

但是他现在是在未知的水域，他开始怀疑，面对像赫克特和GCI这样的对手，法律系统很可能就是最好的赌注了。

自贾斯丁的时代以来，法律是众多改变了的事物中的一项。尽管“法律之下人人平等”的概念还在，但是在组织的世界里，一个深深的原则就是政府最小化的概念。确实，《太阳系宪章》第十二条写得非常清楚，政府在任何领域，诸如服务业或者工业上不得有垄断地位。市场也可以同样参与竞争，而且尽可能的公平对待。如果政府觉得有需要，政府可以提供诸如教育或者退休这样的服务。但是政府不能强迫市民以“为了你们自己好”这样的理由参与到其中，他们也不能否决任何一家有组织参与竞争提供服务的权利。在法律执行、火灾防御和法律纠纷上，市民可以随意选择私有服务公司。在法庭上，只要当事双方同意并且喜欢的话，他们可以请私人法官和专长于他们领域的法律服务，比如选择陪审团、审判地点、记录搜集，还有其他区域来的主人，这样可以让出庭变得更加方便和有效。这些私有法庭当中，贾斯丁被告知法律组织是最大的，这些法庭都会不断地被评级，考核点主要在审判、城市、时间和其他影响到买家决定的因素上。如果遇到有案子是与违反国家有关的，或者至少是与一个政党有关的，那么政府系统就会起作用。因为政府法庭要与私有法庭系统相竞争，所以他们在执行判决的时候也是非常有效率的。

但是，一半是感情因素，一半是因为他对组织提供给他的地方官来处理他的案子感到不舒服，贾斯丁选择了政府法官。曼尼也告诉他，在他的这种情况下，哪种选择都没有太大差别。

尽管没有必要现身，但贾斯丁还是决定亲自去审判大楼。虽然通过全息图像来进行法庭认证是被允许的，但是他认为，亲自参与可能会决定自己后半生的重要进程。

曼尼、妮拉，还有贾斯丁，三人被列着方阵的保镖和安保机器人围着，默默地站了一会儿，适应着他们到达法庭之后就引起的一阵骚乱。零重力场把媒体机器人都挡开，但是没有什么能阻止记者们在远处咆哮着他们的问题，这时贾斯丁和他的随行人员已经开始踏上一栋又大又旧的大楼的楼梯了。

刚进入大楼，贾斯丁就被一个工作人员护送着走进了法庭，在此之前，要拍一张正面照，然后工作人员就消失了。法庭的样子看起来与贾斯丁记忆中法庭的样子有些差别。有一个升高的台子是法官坐的，台子前面有两张桌子相对而设。休息区类似于高档的小隔间，比贾斯丁记得的过去的休息区里的桌子要多些，但是概念还是一样的——把原告和被告的陈述区分开。即使是法官都是从侧门进入的，然后一个穿着制服的法警喊道："全体起立，法勃尔法官阁下。"听起来居然有点熟悉。

法勃尔法官是个高大威武的黑人，看起来年龄在五十到六十之间。他似乎不知道全太阳系的耳朵和眼睛都在配合他的一举一动，但并没有表露出来。

"GCI 对贾斯丁的审前动议现在开始。"法官说，声音低沉又响亮。

GCI 的主律师站起来开始说话。

"阁下，如果法庭允许的话，我们希望进入我们对于贾斯丁·可德代理父母的声明记录，而且我们要求他立刻入职，还有给予 GCI 20% 的抚养奖励。"

法官透过他的假眼镜看着对他说话的这个女人。“他们肯定非常重视这个案子，不然也不会真的让 GCI 董事会成员来当首席。”

律师礼貌地回以微笑说：“主席个人对这个案子很感兴趣。”

“我明白了。”法官回答，然后看着贾斯丁的桌子说，“辩方有什么要说的吗?”

“阁下,”曼尼站起来说，“我们立刻对这个不实的声明作出反对。”贾斯丁吃惊地看着曼尼突然变了：没有了犹豫，没有了结巴，全神贯注。现在说话的这个人完全进入了状态，对走到对面的律师表示反感。

“很明显,”曼尼继续说，“即使对那些经营 GCI 的人来说，贾斯丁也是一个完全的成年人，他不需要——”曼尼说下面的词的时候带有些嘲笑的语气，“抚养。特别是不需要 GCI 的抚养。他们不仅仅是小偷，他们本就应该被当作小偷，我大胆地说，如果这个法庭决定要用代理父母奖来奖励 GCI 的话，我就立刻提起反对，因为他们虐待儿童!”

法勃尔法官微笑着，他知道曼尼是在装模作样，从法庭背后也传来一些低沉的笑声。

曼尼接着把数据板递给了法庭工作人员，工作人员在接过 GCI 的数据板之后，把两方的都呈给了法勃尔法官。

法官从工作人员手里接过板子然后站起来说：“本次庭审休庭，其间我会审核相关的文件。明天早上 10 点再次开庭。”他重重地捶了一下小木槌，然后快速地离开了房间。

四月斋前狂欢节就要来了，市民们，离狂欢开始只有四十三天

了。大家脑子里都有一个疑问，贾斯丁会做什么呢？我猜这要根据那场无聊的审判的进程来决定了。根据最新的民意投票显示，47%的人认为他会完整变形为国防身材，40%的人认为他会穿传统的服装，10%的人则认为他会待在家里，还有3%的人好像对此并不关心。那这3%回避问题的人们——你们生活在哪个行星啊？在神经娱乐网上，我们会为你带来最新的资讯，在哪里狂欢，应该穿什么，还有更重要的，贾斯丁·可德会做什么呢！

——神经娱乐新闻网

贾斯丁现在正在法庭对面的咖啡屋里，喝着由100%轨道生长的咖啡豆冲泡的咖啡。他还不知道轨道生长的不同之处在哪里，但是他得承认这杯是他喝过的最温和的咖啡。为了让自己的思维脱离审判，他正在读关于四月斋前狂欢节的东西。他还是有很多问题，所以当妮拉出现的时候，他耐心地等待着她给自己点了常喝的东西：一杯双倍浓缩咖啡。

“我不明白四月斋前狂欢这个事情。”他双手紧紧地握着杯子问。

妮拉举起手，眯着眼睛。贾斯丁知道，这意思是说等到双倍浓缩咖啡上来再说。等到她喝了第一口，然后放松地叹了一口气之后，贾斯丁知道她准备要回答他的问题了。

“是四月斋前狂欢，”他继续说，“但是肯定和我记得的狂欢节有很多不同。”

“仅仅是好奇的话，”妮拉回答说，“这些信息全都在神经网络上。如果它都不能解决你的问题，我又怎么能解决呢？”

“说实话，妮拉，”他承认说，“神经网络对于一般的事实来说是很好用的，如果我的化身成熟点的话他也可以回答我的问题，但是现在我只想学习一些这事儿背后的时代精神。”

“我明白了，”妮拉匆忙喝了一口浓缩咖啡说，“顺便说一下，你学习是依靠人，而不是依靠化身。很明显你出现这种情况是意料之中的，但是我觉得我有义务提醒你，你越早能够脱离塞巴斯蒂安对你来说就越好。”

贾斯丁点点头。

“来回答你的问题吧。”妮拉继续说，“从规模和技术来说，没有什么大区别。就是在这一整周的时间里，整个系都可以放松一下。你们之前不是也有这种节日的吗?”

“我猜，”他回答说，“应该是圣诞节和新年之间的那个周吧，或者就是四月斋前狂欢节。”

妮拉又喝了点咖啡然后点点头表示赞同：“但是最大的区别就是，你们的狂欢节只限于一座城市，而且我的记忆中好像不是所有人都过。”

“对。”

“我们的狂欢节包含了所有人，因此是整个社会逃离自己的一种方式。我们就是这样来释放我们的压力和束缚的。”

贾斯丁挠着自己的下巴，“这就是我不明白的地方。太阳系联盟是——至少文件上，而且实际上也是如此——历史上最不强迫人意志的政府。他们基本上不准做任何事，更不用说欺骗或者对别人施压了。而且他们可以做的任何事情，市场都想要做得更好。其实，我刚刚才读到，有一个私有财团想要代替政府，获得把金星地球化的权利。”

“噢，是的。”妮拉说，好像她也知道这篇文章，“我听说过这个。我希望他失败。如果政府没有得到地球化合同的话，预算就会很紧张。”

“什么紧张?”贾斯丁有点不解，“这难道不意味着他们会有一大笔余额吗?”

“是，他们会有。”妮拉回答，“但是这就是问题所在。你知不知道，要发现一个政府可以投资的项目有多难? 记住，根据法律规定，他们不能占有这笔钱。如果政府让数万亿的点流浪在外的话，会引起点数市场上的混乱，而且这也没有解决问题。”

“什么问题?”

“如果政府开始出钱或者提供服务的话，”她回答，“他们就让市场处于有可能被‘污染’的危险，因为最后他们会得到偿还，以挣得更多的钱。这样就会给他们一个自动有担保的捐赠角色，不管是作为借入方还是借出方。如果他们出让服务，那么他们就可以限制或者驱逐竞争者。”

她看见他还是没有明白。

“贾斯丁，这样一来，政府自动就会获得每个人 5% 的股份，对吧?”

“对。”

“那么，总共加起来就有 400 亿。你算算吧。”

“明白了。相当大的利润。”

“还有，”妮拉继续说，“这还是可以依靠的一个大优势。这样就会引出‘政府会借入还是借出，还有以什么样的比率’这样的问题，所以他们需要找些事情来花钱，所以这就是为什么我希望他们赢得金星计划的原因。”

贾斯丁思考了一会儿说：“你们的文明有些很奇怪的问题。”

妮拉点点头：“金星是政府投资的最合适的场所。要地球化这颗行星可能要花上几十年，还要花上数万亿的点数，而且那时政府可以亏本卖掉这块土地。”

“这是好事儿?”

“当然，贾斯丁。你想想。政府承担了这个国家的保护工作。除了摆脱超额货币，又可以建造一个有活力的新行星用以生存，还有比这更好的事吗?当然，一旦我们开始了金星的项目，我们可能就要开始着手于环境更加恶劣的木星和土星的工作了。”

“所以好像一切都在掌握之中。”贾斯丁等着妮拉点头，然后接着说，“这就让我想起了我最初的问题。这些社会发出的压力在哪里呢?”

“贾斯丁，问题是，虽然我们没有这么多法律约束，但是我们有很多社会约束。虽然我们不用法律来强加压力，像之前发生的这种情况一样，但是并不意味着我们没有法律，也不意味着我们不遵守法律。”

“那就是狂欢节?”

“那就是狂欢节。这是一个超大的派对，会持续一周的时间。你可以走出家门，喝个烂醉，胡搞瞎搞，文个身什么的——顺便说一句，这是一首很棒的歌。”

“还有换个身体?”他指着当天的报纸上的一则广告问。

“噢，是的，我一直都想这么做，但是一直没有这么多钱……

直到现在，其实是……直到你的出现。”

两人相互默默地确认。

“那么，”他继续说，“根据我读到的东西，你们有人用纳米技术改变他们的身体，出门然后参加一场为期一周的派对，最后又变回去?”

“是的。”

“好吧，如果改变这么简单的话，为什么要变回来呢? 为什么不一直带着越来越新的身体呢?”

贾斯丁发觉妮拉又开始“那样”看着他。如果他可以把这种表情换成语言的话，他会简略地把它翻译成：“你真的对这个世界一无所知，是吧?”像往常一样，他学着忽略这种眼神，他继续他的提问。

“这个跟那些虚拟现实的规定没有任何关系，对吧?”

“很有观察力嘛，贾斯丁。”妮拉回答说，“但从某些方面说，是有关系的。你看，我们的文化很保守。噢，别理解错了，我们的科技和经济一直在变化，但是我们作为一个……呃，找不到更好的词了……部落，可以忍受的比你们那个时代要少得多。”

“你在开玩笑吧。”

“贾斯丁，在一个社会里，你被允许拥有的自由越多，你就会变得越不宽容。”

“你是说，这个社会是固执而且有偏见的?”

“在某些事情上，是的——难道你们的社会不是吗?”

“是的，但只是在大事上，比如强奸、谋杀，或者猥亵儿童。”

“贾斯丁，你的社会可以忍受这些事情。在技术层面上你们让杀人犯‘自由’。大多数的被强奸者都不会报案，因为害怕法庭系统无能为力，经常会让他们受审然后让强暴者无罪释放。”

“我可以跟你说的是我们本可以改进这些的。”他回答说，“但是我们肯定不能宽容猥亵儿童的罪行。”

妮拉对他投去伤心的眼光，然后从她的电子助手上调出一些案例。

“你自己的美国有一个叫作NAMBLA（北美男人/男孩恋协会）的组织，在泰国经营着一家孤儿院。这个组织被你所谓的文化默许，而且被强大的ACLU（美国自由协会）所保护。你们的因特网上的儿童色情作品很普遍，已经到了人们可以在自己的电脑上观看的地步，有的可能还不知道。所以别告诉我这还不叫宽容。”

“我不仅要告诉你这不是宽容，我还要告诉你我花了很多年很多钱，就是为了想要结束这种污秽。”他厌烦地移开自己的视线。

“但是你失败了。你们可能关心过，但是关心得不够。噢，对了，他们通过了法律。很多很多法律，但是当法律已经多得不行了的时候，客观地说，你基本上不可避免地要违反一些。那么很快所有的法律都会开始退化。”

“那么你认为，”贾斯丁问，其实更像在陈述事实，“现在这个系统要好些。”

“是的。我们的法律的准则是，一个人不能未经允许就把他或者她的意愿强加到另一个人身上。如果公诉人可以证明这项准则被违反了的话，那么法庭就可以而且也会进行严惩。”

“那么，如果——”他追问道，“当局发现有人有一些儿童色情作品的话怎么办？根据你之前的表述，这难道不会被认为是合法的吗?”

“是真的儿童色情作品还是合成的?”

“这是什么意思?”他有点不明白地问。

“我的意思是，如果这些照片被证实为真实的，他就会被逮捕。面对法律我们可能不会插手，但是如我之前所说，一个人不能在未经允许的情况下把自己的意愿强加于他人——一个孩子肯定不能说允不允许。”

“好吧，那么。如果当局发现有人手上有一些合成的儿童色情照片——你的意思是这样就是合法的。”

“是的，完全正确。”妮拉说，“但是，当局会立刻另外安排一场心理审查，这也会让那个人的朋友和家人知道，他们中间有一个怪物，而且，我告诉你，我不会想要他的股票存在于我的档案里。”

贾斯丁有点吃惊：“他们会让每个人都知道？那样不是侵犯隐私了吗？或者更糟的，难道不是违反了你们的准则了吗?”

“不，没有。”她冷静地回答着，尽力想把进化了几百年的法律浓缩成几句话，“他们当然会让每个人都知道。虽然，从某种程度上来说是侵犯了隐私，但实际上没有，这并没有违反准则，因为没有人把某人的意愿强加给了任何人。”

她看到贾斯丁准备要反驳的时候，她举起手让他先安静一会儿，让她先说完自己的想法。

“但是，”她继续说，“我可以向你保证，社会以一种自我保护的形式，给我们带来巨大的压力。但是你想想，贾斯丁，要进行心理审核的话，你得通过有 7 个阶段的申请过程。所以只要你要进行心理审核，你的投资者就可能知道是为什么。而且一旦他们知道了。”她几乎是有点歉意地说：“那么人人都知道了。”

贾斯丁花了些时间整理自己的思绪，“那么，妮拉，你说的是……这种‘变态’其实是一种‘财产’，而且投资者有权知道出了什么问题……呃，他们的财产出了什么问题。我说得对吗?”

妮拉皱着眉头说：“从你嘴里说出来听着简直太邪恶了。”

“那你觉得不邪恶吗?”

“不，贾斯丁，我不觉得。如果你知道我们经历过什么，我们获得了什么的话，我相信你会赞赏我们保护为社会平稳运行所坚持的准则。”

“那么告诉我，妮拉，”贾斯丁对于谈话的内容还是感到很震惊，“不适应环境的人会怎么样呢?”

“这种人就不能拥有工作，”妮拉说，“婚姻或者是他的朋友。他会被完全放逐。相信我说的，对于这种事情的恐惧远比你可以想到的法律更有效。我经历困苦之后学到，逃避法律比逃避社会要容易得多。当然，一旦犯罪者通过心理审核的话，他（她）就可以在别处重新开始他（她）的生活。”

贾斯丁觉得，这个话题有过于煽动的戏谑成分，但是他的内心还是很混乱的。妮拉谈起精神洗脑的时候是如此的随意，好像对每个人来说都是好事一样。他也要为这种方法的有效性表示祝贺，因为更重要的是，这种方法成功地保护了社会的安定。在他的时代，在有人被杀害，有人失踪或者两者都发生之前，猥亵者可能一直都不能被发现。贾斯丁觉得，他要从头到尾地调查一下这件事情，然后回来有所准备再进行辩论。

“好吧，”他说，“把人当作财产这个概念真是让我头疼。”

“可以理解，”妮拉同情地微笑着说，“你想谈点什么？”

“狂欢节。”

“对。”她同意说，“狂欢节。贾斯丁，等审判结束，我想带你去个地方。通常我们都会作为孩子去那儿。这是我们为数不多的法律中的一条。”

“那是什么？纪念碑？”

“不是纪念碑，”她明显变得严肃地说，“是一个纪念馆。”

拥有行使法律的能力是政府的第一目标。拥有一贯谨慎使用法律的能力是政府的终极目标。

——艾文·瑞克斯，第二次就职演说

贾斯丁一直在等待这一天……这天桌子对面的律师终于意识到，他和曼尼完全没有想和GCI达成任何协议的意思。这一周的谈判周旋其实都是计策。当曼尼最开始提出这个计策的时候，贾斯丁一直很担心，但是现在奏效了。GCI重要的法律天才一直根据模糊的判例法争辩应该裁定给他们多少股份的问题。而他们没有想到，贾斯丁是绝不会接受调解的。这是他们思维的盲点。不是——不仅仅是个盲点，贾斯丁想，简直就是个盲区。在这个新世界，贾斯丁发现，往大了说是整个社会，往小了说就是GCI，基本上从未想到过有人可能不会加入组织这件事。个人加入组织的这个概念一直都是社会主流而且持续这么久，大概两百多年的时间，所以社会也会认为贾斯丁的辩护是不可理解的。

曼尼开始了他的开场陈述。

"阁下，这场审判关于贾斯丁股票的股份一直是本案的论点。公司的观点认为，贾斯丁先生被发现的那块土地是GCI的，所以他们有权获得他的股票；公司还认为，因为可德先生复活的医院是GCI的医院，所以他们有权获得他的股票；公司还认为，因为GCI的一名员工关心可德先生，所以他们有权要求获得他的股票。那好，这里有个比较有趣的事情，"曼尼重读每个词说，"可德……先生……没有……股票。我重复一下让你们听清楚一些，可德先生没有股票。不仅仅是可德先生没有股票，而且GCI也没有任何法律依据可以要求贾斯丁以给予GCI股票的方式加入组织。我可以叫证人还有财务证据，证明可德先生的复活不仅没有给GCI带来任何财政压力，而且相反，还给他们带来了一笔不小的利润。加入组织的目的是好好地为社会服务，不是让已经富裕的公司得到本不应该属于他们的更多的财富。我当事人身上的任何东西都不属于他们，而且'零'才是他们应该得到的。"

整个过程曼尼的语气都非常低沉、冷静，但是在他的整个开场陈述中，他还是多次变换了语调和音量，直到他达到了充满激情的高潮。等到整个法庭的人都意识到他已经说完了的时候，爆发出了一阵强烈的掌声。法官花了好几分钟才维持住了法庭的秩序。

"布莱克先生，"法官警告说，"你的口才不会打动我。我不是陪审团，我关心的只是你的法律技能，不是用词技能。你明白了吗?"

"当然，阁下。"

"德尔加多女士，现在由GCI做开场陈述。"

主律师正在抓狂地与她的律师伙伴讨论，好像没有听见法官说话一样。

“德尔加多女士，”法官喊道，“请你开始!”

GCI的主律师慢慢地从座位上站起来。“阁下，如果法庭允许，我们请求，”她俯身与她的下属确认数字，“休庭六小时。”

“什么原因，德尔加多女士?”

“阁下，我们本认为这场审判的本质是……没有这么多教条主义的，听完可德先生律师的开场陈述，我们想要核查一些事情。”

“在审判之前你们有两周的时间。德尔加多女士，如果你觉得你们被辩方误导了的话，那是你们的问题，不是法庭的问题。我们会继续审判，不然你们就得缺席。明白了吗?”

委员会全体成员陷入了困境。“完全明白。”她回答。

曼尼提高声音说：“阁下，我们准备好传唤第一位证人了。”

法勃尔法官看着GCI的团队。

“我们要继续我的开场陈述，”德尔加多女士简洁地说。接着她发表了一个明显是即兴而且杂乱的演说——甚至过分到去争辩一个被告方根本没有提到过的观点。最后，她自己还是绕了回来。很明显，曼尼的计策奏效了。不过，曼尼和贾斯丁并没有看到他们所期待的，他们的计策并没有让法庭上其他的人偏向他们这边。

对贾斯丁来说，接下来的几天就是一团模糊不清的问题，大部分都是曼尼·布莱克问的：

“圣比安可先生，GCI从可德先生的复活里获得了多少钱?”

“100亿。”

“吉列医生，你参与过的最贵的复活是多少钱？”

“487 点。”

“王医生，可德先生的复活有什么复杂的地方吗？”

“没有。”

“克莱恩先生，作为土地产权研究的专家，你认为可德先生对他冷冻时藏身的矿井的所有权的诉求让他有资格挑战 GCI 的要求吗？”

“当然有。GCI 可以对财产本身的费用或者负债提出财政索赔，但是，根据我的专业意见，这块土地还是属于可德先生的。”

第三天庭审结束的时候，赫克特找到了 GCI 律师团的第一把交椅，他们法律部的主管，珍妮特·德尔加多。她坐在法院的咖啡屋里，正在浏览着一些文件。他把一个小数据板滑到她面前。她抬头看是谁打扰了她难得的安静时光。当她看到是谁的时候，她看也没有看就把数据板推了回去。

“我忙着呢，圣比安可。”

“我强烈建议你看看。”赫克特说。

“呵，我强烈建议你赶快消失。”

“珍妮特，”他的声音带着一股邪恶的魅力说，“你正在输掉这场审判；你有什么可输的呢？”

“去你的，圣比安可，”她说话的语气非常的平静，对赫克特眨了下眼，“而且我们还没有到直呼姓名的关系。”

“珍妮特，”他忽略她的命令说，“你已经输了。你知道，我也知道。这是自从我们把美国通用撬开以后最大的一次审判了。”

“乱说。那个案子好几十亿。”

“不是钱的问题，珍妮特。从来都不是钱的问题。这场审判重要的地方是它的衍生物。”

珍妮特停下来抬起头，有些生气：“你现在又是在说什么，圣比安可?”

“我没时间跟你说细节了，但审判进行得越久就越危险。”

“你到底想说什么，圣比安可?”她问，“是你自己在董事会上说的，你认为这场审判会进行很久。怎么又改变了想法呢?”

“不是审判，珍妮特。是审前动议。”

“随便。”她回击说。

“珍妮特，董事会上没人愿意听我说了什么。他们只是想让我被炒鱿鱼。但是，我确实记得我说过我们要让他‘忙着’。如果我说过的话，我也是在审前动议而不是在正式审判的时候——这就是你们现在艰难前进的原因。”

“为什么?”她问，不是想要知道答案，而是承认她对此感到好奇。

“什么为什么?”

“为什么你不会进行到审判这一步?”

“因为，我亲爱的女孩儿，既然你想要知道的话，那我告诉你，任何想要与贾斯丁协商的意图，特别是关于加入组织的，都会失败。他不会加入组织，或者不是以这种方式。我知道如果你们进行审判的话你们就会输。但是，在审前动议的时候，我们可以掠夺和骚扰他几年。而且到那时，就由我们来选择，等到他的弱点暴露了之后，我们就可以对他进行有利的控制……这就是为什么。”

赫克特向后靠着，他感觉很骄傲，终于有机会把自己永远不可能施行的计划说了出来。他从她眼睛里可以看出，她也明白了。或者说具体点，明白了他。

“好吧，圣比安可，我告诉你吧，这有助于有趣的法庭喋喋不休。但是，这丝毫改变不了一个事实，贾斯丁·可德不恨我们，他只恨你。”

“他不知道区别，”赫克特叹了口气说，“不论恨谁，你都得同意这场审判已经开始走下坡路了。我猜你开始感受到压力了……外在和内在的。”

她的沉默就是赫克特想要的答案，他继续说。

“好了，珍妮特，好好想想。谁反对进行审判？”这个问题又一次让她陷入了沉默。

“还有，”赫克特继续说，“谁不仅仅把他的整个生涯都赌到上面说这个主意不行的，而且现在随着事情的发展证明他是对的？”

赫克特等着。他要珍妮特自己得到答案——让她知道他不是GCI的一个废材，他是审判中唯一一个还站着的人……虽然双腿比较瘦弱。

“假设我们都同意正常审判已经输了，我们还可以对未来做一些挽救。”

“什么？”

“我们要贾斯丁比他现在更恨我们，花最少时间的办法就是运用这里的数据。”

他轻轻地把数据板滑过桌面，直接到了她面前。珍妮特拿起来快速地浏览着内容。

“很有趣，赫克特，但是这不能帮我们赢。”

赫克特咧嘴笑着：“这没必要帮我赢。就让贾斯丁在听审席上十分钟——最多二十分钟——我保证，无论对我有什么新影响，我都会尽力减轻你的失败的。”

“我的失败?”她吃惊地回答。

“是的，珍妮特，你的失败。如果你需要一分钟想想，我愿意给你时间，但你是个聪明的女孩，对吧?你没有到这一步是因为你没有尽全力运用政治。不过，你还是用得挺好的，我补充一句。”

珍妮特以一脸阴沉的表情接受了赞美。

“那么，我亲爱的女孩儿，”赫克特继续说，“我们达成协议了吗?”

珍妮特想了一会儿，叹了口气，然后慢慢地点头表示同意。

“噢，还有一件事。”赫克特说。

“什么?”珍妮特知道他接下来要说的绝对不是刚刚产生的想法。

“你有没有注意到，”赫克特问，“可德先生和哈伯医生非常……我该怎么表达呢……呃，在一起非常开心?”他喝完咖啡，转过身，看着聚集着的人群。

珍妮特想要明白他是什么意思。接着一边眉毛抬起来，意味着她明白了这暧昧的暗示。她激活了她的手机，然后连接到媒体网络，打了电话给她的一个下属：“克莱德，我是律师。给我找个小组，我们要重新检查所有哈伯医生和贾斯丁·可德共同出现的媒体图像。晚上我打电话问你要具体情况。”

她挂了电话之后微笑着，回想着刚刚与赫克特的对话。她发现，这个男人非常的聪明，他也非常的邪恶。她自己也要小心。

贾斯丁拉着曼尼的袖子，小声对他说："为什么圣比安可现在成了主律师?"曼尼冲着他耸耸肩。

"这可能跟之前一直为你工作的塞巴斯蒂安·布兰卡诺有关系。"曼尼说。

"你怎么会这样说呢?"

"我一直在花你的钱调查你的过去。但是我没有比 GCI 的资源更第一手的东西。但是我确实知道，GCI 找到了一些关于你老助手的东西。"

"那些不应该都是公开的记录吗?"

"贾斯丁，地球上的人口数在二十年间从八十亿下降到了二十亿。经历了经济、社会还有文化的崩溃，更不用说一些小型核战争还有一些非常肮脏的生化武器的摧残，当中最甚的就是虚拟现实瘟疫的全面来袭，被你称为公开数据的大部分内容都已经丢失了。要不就是那些索引和内容文件丢失了。有一整个山洞的电脑光盘，里面贮存着没有用的，而且在很多情况下，已经落后了的信息。现在，如果有人想查询的话，他们可以浏览然后把这些数据归类到现代数据库格式，然后在神经网络上使用，但是经过如此整理后的信息就会被当作财产。"

"那为何不公开这些记录呢?"

"不是，在有人花时间花力气花钱重新恢复这些数据之前，它们都是垃圾。你肯定不觉得有人会免费做这些事情吧?”

“那公共商品呢?”

“贾斯丁，你们所有人都应该知道，公共商品几乎从来没有是因为抢夺别人的时间或者钱来进行服务的。”

贾斯丁笑笑，当然曼尼是对的。如果贾斯丁有一枚硬币可以为一个计划做改变的话，他会用在“公共”商品上。

“我觉得你不能揭发他，让他们跟你分享塞巴斯蒂安的东西。”

“民事审判不能这样做。另外，我有种预感，圣比安可先生准备要揭发所有的事情。”

好像被召唤了一下，赫克特站了起来。

“阁下，我想要传……”他暂停了一下说，“贾斯丁·可德上庭。”

人群中响起了一阵议论的声音。贾斯丁看着曼尼想要获取些建议。但是很明显曼尼完全不知道赫克特的意图是什么。贾斯丁应该感觉还不错，他在曼尼的眼里没有看到害怕或者慌张，他看到了一丝好斗的神情。在曼尼的鼓励下，贾斯丁走上前站到了听审台上。

法庭工作人员拿起一本薄的硬壳书，贾斯丁可以读出书名:《阿拉斯加/太阳系宪法修正案》。

“贾斯丁·可德，”工作人员大声说，“你是否确认你明白，你的生理物理状态已经达到标准状态，任何关于事实、陈述或者故意未陈述的谎言、迷惑或者遗漏，都会被检测到?”

出于习惯，贾斯丁举起右臂然后把他的手放在宪法上，这样来找回一种基本上已经完全消失了的传统。他回答说:“我确认。”

工作人员拿走了书，过后他重新替换了一本，把这本卖了个好价钱，这样他就完成了作为整个太阳系里最大舞台上的小小角色的工作。

“继续。”他尽可能专业地说，然后慢吞吞地离开，接着就进账好几千点。

赫克特慢悠悠地从桌子背后站起来。他需要尽可能久地利用自己在聚光灯下的时间，不是因为狂妄而是一种计策。

“贾斯丁，”他一边走向长凳一边说，“我可以称呼你贾斯丁吗？”

“不能。”

“你同意当证人吗，阁下？”赫克特问。

“同意。”

贾斯丁发现自己被玩弄了，他抑制住自己对赫克特的厌恶，强迫自己微笑着。

“可德先生，”赫克特继续说，“我对你的悬浮安排有些好奇。”

曼尼从座位上跳起来说：“反对，法官大人。这是在纠缠证人。圣比安可先生要不有问题，要不就别问。”

“支持。”法官回答说，“圣比安可先生，友善地问问题。”

“抱歉，法官大人。”赫克特重新盯着被围起来的证人，“可德先生，你估计花了多少钱在你的悬浮计划上？”

“超过十亿美元。我不知道换成美国通用是多少。”

“这不重要。我认为我们都同意这是相当大的一笔钱。”

“是的。”

“你有没有帮手？”

“有。”

赫克特在证人席前面踱步："其实，你肯定有很多帮手……除非你是自己亲手造的。"

曼尼站起来："反对，阁下。对方律师在下结论，不是在问问题。"

在法官说话前赫克特就作出了回应："我放弃提问，法官大人。"

曼尼坐了下来。

"可德先生，"赫克特继续说，"你能不能说一些你获得的帮助呢?"

"你能说具体点吗?"贾斯丁问。

"当然可以。在实现悬浮的时候都有哪些关键人物帮助过你?"

"有一个关键人物。她的名字叫桑德拉·奥图尔医生。"

"你跟她一起工作吗?"

"其实很简单。我给了她一笔无限制的预算，然后就没有管她了。"

"你说得挺简单。你那个时代的任何组织或者政府都造不出你那种自我补充式悬浮设备?"

"不是'不能'，圣比安可先生，是'不会'。政府的作用就是对那些真正创新的项目说'不'——我的悬浮也是——还有那些特大企业，通常都是出于对政府监管机构的害怕，还有之后跟着的不可避免的官司，所以他们就回避了。"

"可德先生，你没有必要跟我们讲政府管理的愚蠢之处。相信我，先生，你这是在给唱诗班传道。"

"法官大人!"曼尼愤怒地喊叫着。

“圣比安可先生，请注意，”法官警告说，“没有必要训诫证人。”

“抱歉，法官大人。”然后他看着贾斯丁说，“可德先生。”

贾斯丁点点头表示收到抱歉，他知道就他而言，这里头有真诚也有对赫克特的尊重。

“但是可以肯定的是，”赫克特继续说，“仅仅靠你和奥图尔女士两个人是不可能让你重获新生的，在‘死’之前最后的那几分钟，你肯定痛苦又筋疲力尽地昏迷着。”

曼尼又跳起来：“阁下，如果圣比安可先生有与本案相关的问题，那么他应该直接问。但是，我不认为这个关于我当事人濒临死亡时的健康状况的问题与本案有任何关系。”

法官点点头表示同意：“布莱克先生说得有理，圣比安可先生。除非你可以解释你的原因，我建议你还是继续问与本案相关的。”

“法官大人，因为我们预计本案是关于代理父母的，所以如果有的话，我需要确定可德先生之前的同伴可以被看作监护人。”

曼尼又跳了出来：“反对，法官大人！可德先生没有‘前监护人’。这样暗示会曲解我的当事人。”

法官双手呈塔状，他想了一会儿说：“我会允许这样做，布莱克先生，只要圣比安可先生可以确立一个先例。那个先例能否确立，法庭会决定。继续，圣比安可先生。”

“感谢，法官大人。我现在来重复我的提问。可德先生，在你濒临死亡的时候，你肯定是处于痛苦与筋疲力尽的昏迷状态当中。这个假设合理吗？”

“我的感觉要好些。”贾斯丁说。

“那么，你是如何运行一个数十亿美元的公司，而且还经营着一特殊的最高机密的项目，同时向整个世界隐瞒了你患癌症即将死去的事情呢？”

“我有好帮手。”

“那是肯定的。我已经知道了你之前提到过的奥图尔医生，肯定还有别的吧。”

贾斯丁脑子飞速地盘算着，如果他试图否认的话，会让他看起来更加不可靠，而且也会让赫克特得心应手。

“当然，”贾斯丁说，“掩盖这个事实的人是马丁·亨宁格，之前是个记者，在隐瞒我的真实情况上做得非常不错。除了一些重要的人员以外，我不知道都有谁在帮奥图尔医生，而且我就算知道一些也是表面上的。我的生意其实更多的是我的助手，塞巴斯蒂安·布兰科诺在管。”

“真的？这位塞巴斯蒂安·布兰科诺是一位值得信任的助手吗？”

“是的。”

“真的？”

“法官大人，”曼尼跳起来说，“我的当事人已经回答了这个问题。圣比安可先生却一直在纠缠。”

法官又一次点点头表示赞成：“布莱克先生说得对。圣比安可先生，请不要再继续纠缠，继续问你的问题。明白了吗？”

“抱歉，法官大人，”赫克特回答说，“只是可德先生的陈述与GCI恢复的记录不一致。请允许我……”

赫克特走到长凳边，然后递给法官一个小数据板。

曼尼说："阁下，请允许我申请公开。"他的语气好像已经接受对方正面的回答了一样。

"圣比安可先生，"法官问，"这些信息属于公共领域吗？"

"不是的，法官大人。这些数据是来自大萧条时代的，是 GCI 花了重金恢复的。但是，为了要友善对待，"赫克特把另一个数据板丢给曼尼，但是距离太远掉下去了。当曼尼伸手去捡数据板的时候，他差点摔倒。他站起来时，整个法庭的人都笑了起来。曼尼立刻开始下载数据板上的内容。只过了几秒钟，曼尼就举起了手。

"法官大人，我为当事人请求短暂休息一下。"

赫克特夸张地拖延着说："法官大人，我现在已经准备好了问题。有没有什么方法可以表现我的慷慨呢？我依照布莱克先生的要求，那他反过来这样做，对我公平吗？"

"不，"法官回答，"不公平。布莱克先生，你的要求被否决。你可以继续，圣比安可先生。"

赫克特对着曼尼笑。他给了可以帮助自己当事人的材料，但是没有给他时间。曼尼猜，这可能是赫克特对跟 CCI 过不去的人说"去你的"的方式吧。

贾斯丁，僵硬地坐在长凳上，他知道曼尼已经开始招架不住了。但是当他踏上证人席的时候就已经知道可能会是这样。法庭又安静了下来。

"可德先生，"赫克特继续问，"你能不能解释一下，为什么你的财富没有比原来多呢？"

"法官大人——"曼尼大声喊道。

"省省吧，布莱克先生。圣比安可先生，如果你有理由，请现在就说。”

“当然，法官大人。可德先生，你总共有 15 个储存舱，对吗？每一个都装满了无价的宝物和不值钱的垃圾。但是只有三个被找到了，对吗？”

“是的，说得对。”

“告诉我，可德先生，这三个匿藏物有什么共同点？”

“它们里面都装了东西。”

法庭里爆发出一阵笑声，以赫克特为首。

“当然，这是很大的一个共同点。但是难道你不觉得很有趣的是，它们都是私人储存吗？”

“我不觉得。”贾斯丁诚实地回答说。

赫克特冲着贾斯丁挥挥手：“可德先生，你把你的财富、生命甚至是你的死亡都交给了这个塞巴斯蒂安。可不可以说，你觉得这人值得信任而且你也相信他的判断？”

“在某种程度上，是的。”

“那么这难道不有趣吗，唯一被发现的东西居然是跟布兰科诺先生无关的东西？这位备受信赖的朋友，你所依靠的这个人，而且还可以说，这个比任何人都更了解你的人……”赫克特停了一会儿，“……抛弃了你。”

“反对，法官大人！”曼尼尖叫道。

“反对无效。”法官快速地回答。

“你的公司，”赫克特丝毫没有要放过贾斯丁的意思，“不是在大萧条中被摧毁的；而是在本该‘秘密’的埋藏当中被你信任的朋友，塞巴斯蒂安·布兰科诺给清算了。”

贾斯丁的脸变红了。

赫克特继续毫不松懈，他很满意自己抖出来的东西让证人乱了阵脚。

“我们甚至还找到了大萧条前布兰科诺先生名下的信用卡账单，账单显示他买了一本书，这本书就是矿井挖掘工欧麦德·哈森在发现你悬浮舱的那个‘坟墓’里面找到的。”

贾斯丁面如灰色地坐着，不愿意让自己相信这些。

赫克特继续像丢飞镖一样陈述一些事实，希望有一个可以正中靶心。

“这本书的名字叫《地下结构与环境工程》。我想你会发现最有兴趣的应该是第二十一章。”

赫克特在电子助手上按了一个键，然后转身面对着贾斯丁左边的墙。突然间，墙上出现了开头几页的放大图像，题目写着“第二十一章：地下环境的可控爆炸”。

赫克特故意暂停了一下。

“这一页被折起来了。所以我再问可德先生，世界上还有比塞巴斯蒂安·布兰科诺更了解你的人吗？”

贾斯丁的肩膀也开始垂了下去。

“只需要一个‘是’或者‘不是’就行了，可德先生。”

“不是。”贾斯丁怒火中烧，深深地盯着对面的这个人。

“没有问题了，法官大人……”

赫克特虽然是在跟法官说话，但是他也知道都有哪些人在听着。

“总结下来，法官大人，贾斯丁·可德是被抛弃的人。他那些小心翼翼布局的计划都是闹着玩的。最了解他的那个人，他的管家也是他真正的保镖的那个人，不光遗弃了他，很有可能，在他死后还计划要杀死他。虽然塞巴斯蒂安·布兰科诺可能被指控欺骗，但是对于今天来说已经不重要了。因为不管布兰科诺先生有没有意图引起爆炸来密封可德先生的密室，或者是完全地毁掉他，最后的结果都是明晰的。可德先生是根据这位他最信任的人来判断的，并尊重他的判断。贾斯丁·可德被丢了，被抛弃了，要不是 GCI 他不会被发现。其实，没有 GCI 的话，他还会被困在深山里面。没有 GCI，他就没有物理、生理，以及心理的应对技能，如今他运用得多好。总而言之，没有 GCI 的干预，他就不能复活。请给予‘父母’他们应得的吧，阁下。”

当法勃尔法官走进法庭的时候，大家都站起来。他坐下之后，大家才跟着坐下，接着他严肃地总结了他的观点。结论比他想象中要好得多。因为有代理父母的申诉，这场审判被引向了他没有料到的方向，但是当布莱克律师提供他们的证据后，真相也自现了。

“除开圣比安可先生充满激情的调查陈述，”法官说，“本法庭发现，在贾斯丁·可德的复活中，GCI 已经被补偿过了，而且不会得到更多的赔偿。”

挤满了人的法庭里响起了大声的议论声。

“肃静！”工作人员喊道。法庭安静下来，同时那些还没有冲到出口的人意识到法官还有话要说。

“的确，”法官继续说，“GCI 对于可德先生的复活开出的账单是过高的，所以我建议，如果支付 1 000 万点的个人或者组织可以被找到的话，那么寻求法律补救就是他们的兴趣。在我看来，这不仅是鲁莽的要求，同时也是不正当的要求。因此，本庭判决，这个要求没有法律依据，予以驳回。退庭。”

完全胜利。贾斯丁·可德赢得了完全的胜利。他还是一个未加入组织的人。但是赫克特·圣比安可和 GCI 之前的相互影响又是怎样的呢？

——神经法律新闻网

贾斯丁、曼尼和妮拉正被引导离开法庭，同样是当初引他们进来的那一批保镖和安保机器人。一走出法庭，三人立刻就被四面八方来的人包围了，大喊着问题的记者，“嗡嗡”飞来飞去的媒体机器人，还有一小群在讨论着当事双方的抗议者。保镖尽力地保护这三人不受到攻击，他们缓慢地带着他们移动，不然的话就会被挤到通往大楼出口的狭窄的走廊上，他们勉强从人群中挤了出来。贾斯丁对恶劣的天气感到有些吃惊。他们刚到法庭的时候，是一个典型的夏天，温暖又舒适。但是现在，可真够奇怪的，外面狂风大作，带着轻微毛毛雨，凉爽的风好像挺合适的——不要担心这是否是在 8 月中旬。胜利者们被保镖推着从等待着的豪车墙里穿过，然后很快就飞上了天空，他们被媒体机器人和记者们追赶着，就好像是从蜂巢偷了蜂蜜的熊一样。曼尼和妮拉正沉浸在胜利的喜悦里，他们没有注意到贾斯丁在豪车沙发的角落处生闷气。当妮拉注意到了贾斯丁的不悦后，她轻轻推了一下曼尼，然后指着贾斯丁。

“你是对裁定结果不满意吗，可德先生?”曼尼问。

贾斯丁身体前倾伏在膝盖上，双手握在一起：“那个混蛋怎么敢那样做?”

“哪样?”

“当面就把塞巴斯蒂安的背叛丢给我，就是这样!”

“啊,”曼尼回答说，“好律师而已。就是想让你乱了阵脚。很明显没有成功。毕竟，是你赢了。”

“我觉得现在他关心的不是审判。”妮拉说。

贾斯丁并不在意妮拉说的，继续他的咒骂：“那些信息……关于……布兰科诺的……根本……根本与这件案子无关。他的证据根本没有一丝机会改变结局。他做这些都是为了攻击我，太明显了!他想折磨我，但是你猜怎么?这种感觉是双向的。”

贾斯丁把视线从朋友身上移开，然后盯着窗外。他的视线穿过追着他们的豪车的混乱，穿过五颜六色几何形状的纽约城，然后看见……一片空白。赫克特是对的。他的确是被他最信任的人抛弃了。300年的时间也无法抹去他才开始感受到的这种痛。

妮拉正准备作为一名专业倾听者去提供帮助，但是她听到了不同寻常的声音……他的化身主动说话了。

“如果你想要改变我的名字和声音，我会理解的。”塞巴斯蒂安尖着声音说，“你好像和奥图尔医生的关系很好。我可以用那个名字，指导一下我就可以有跟她相似的声音。”

贾斯丁从他的不安中脱身出来，摇了摇头，然后有点悲伤地微笑着说：“不。从某些角度来说，这样的话会让那个混蛋更加嚣张，而且这样也是因为他做的事情在惩罚你。”

“贾斯丁，”电子助手回答说，“你不会以你说的那种方式‘惩罚’我。我是个化身，无论如何我对你的决定都没有任何感觉。”

“但是，”贾斯丁回答说，“这不是我的风格。另外，你不是以我的助手命名的。”

“真的?”塞巴斯蒂安回答，努力想要听起来很好奇的感觉，“在你生命里我没有看到第二个塞巴斯蒂安。我可以要求知道我这神圣的同名者是谁吗?”

妮拉注意到，贾斯丁自坐上飞行器以来第一次微笑了。

“好吧，”他回答他的化身说，“我不知道你会多高兴……”

“再说一次，贾斯丁，‘高兴’是一种情……”

“我是用我的猫的名字命名你的。”贾斯丁咧嘴笑着。

“一只猫科动物啊，”塞巴斯蒂安说，“我是由一只猫命名的?”除了有点不以为然，塞巴斯蒂安听起来还有点生气。

“是的，它曾是我最喜欢的猫。”

“我猜，”塞巴斯蒂安回答，一刻也不停，“我可以学习怎么‘喵喵’，怎么‘咕噜咕噜’，还有其他什么都可以。”

这让妮拉听起来有点起疑心，如此年轻的化身就有如此娴熟的幽默感。她感觉很震惊，赶快做了个神经记号，她让她的化身调查新电子助手启动协议。

“这就没必要了。”贾斯丁回答，现在他微笑着。他又盯着窗外，但是很明显雾已经散开了。

妮拉一直很入迷地听着整个对话。不管这个小化身用了什么方法让贾斯丁摆脱不安，总之是起作用了。

聪明的小混蛋。然后妮拉和曼尼干了一杯。然而贾斯丁根本没有想要庆祝，这点她非常的确定。

等他们都回到贾斯丁的公寓之后，妮拉把一切都告诉了吉列医生。

“好呀，”医生大声建议说，“我们随时可以让他自作自受——来一次心理审核怎么样?”

这小房子里的人，现在包括欧麦德、曼尼、妮拉，还有贾斯丁都安静了下来。甚至是曼尼，这个在打官司以外的时间都是保持无表情的人，都抬起了眉毛。只有贾斯丁好像对情绪的改变而有点吃惊。

“吉列医生，”妮拉有些激动，“我能跟你到外面说两句吗?”

这不是请求。当她和她的导师离开房间的时间，妮拉看见贾斯丁伸手去拿他的电子助手。

噢，糟糕，她想，现在没有我们他会发现的。

“你怎么能建议进行心理审核呢!? 特别是以惩罚的方式。想想有多不负责，多危险，多不现实……”

“我亲爱的妮拉，”吉列医生冷静地回应说，“我们来看看你职责中的第三项。”

“什么……?”妮拉气急败坏地说，停止了自己的长篇大论。

“就是心理审核，不现实的一面。”吉列医生提醒她。

“不现实！当然不现实！为了要申请一次心理审核，贾斯丁就得买赫克特的股票！这种可能性就跟我成为自己的大股东一样!”

吉列回答说：“关于得到赫克特股票的事情，其实真的没有这么难，虽然他的股票价格有可能会涨。你的大股东就是另一回事儿了。”

“可能你没有听见我说什么，撒迪厄斯。我说贾斯丁不会要赫克特的股票，即便是免费也不会。另外，为什么有人想要买一条蛇的股票呢，圣比安可?”

“不要轻视你的对手，”医生回答说，“这样会影响你的判断的。我用另外的问题来回答你的问题。为什么别人不应该买圣比安可先生的股票呢？如果不是故意不让伯恩斯坦医生成为自己的大股东的话，我要是有钱我也会买他的股票。”

吉列医生看见他没有能说动妮拉。

“妮拉，你觉得世界上的人看到赫克特的时候，他们看见了什么?”

“他们看见的是跟新闻发布会上一样的那个在法庭上的混蛋。”

“但是如果他们没有看见混蛋呢?”医生追问道，“如果他们看见的是一个有竞争力的对手呢，而且有可能还看到了一个很不错的律师?”

妮拉不得不承认有这种可能性。

“现在你开始从一个外行人的角度来看待此案了。当他们看到赫克特·圣比安可的时候，是的，他们可能会看到一个混蛋，但是如果他们真的看到混蛋，他们也会看到一个好律师……他输掉了一场不可能赢的官司，而且他们可能不会因为这一点来对他存有偏见。坦白讲，如果他最后成了GCI法律部的头儿，我也不会吃惊。现在，更重要的是，尽力想象，为什么这个混蛋想要贾斯丁恨他。”

“想要?”

“是的，”医生回答说，“‘想要’。他所有的行动和策略看起来都是决心要逼出我们病人发自内心的回应。”

妮拉还是没有放弃：“如果他就是个混蛋呢？你知道弗洛伊德过去怎么说的。”

吉列医生叹了口气，想起妮拉现在还如此的年轻。

“妮拉，你的关注点在你的病人上，这会让你有些目光短浅。”他简短地暂停了一下，“想象一下，赫克特是你的病人，而且你需要理解他。”

妮拉正准备争辩，但是一个词还没有说出来就停下了，考虑着吉列医生要求她做的事情。过了一分钟以后，吉列医生看到她从高兴到痛苦到挣扎，转到一种新的思维方式。

“贾斯丁已经不是赫克特的工作了，”她觉醒般地回答，“赫克特在刺激贾斯丁的主要情绪，嫉妒、害怕、憎恨等。赫克特甚至可能不知道到底是什么在驱动着他。所以他才要一直刺激贾斯丁。”

“说得正确，妮拉。我们的可德先生有很多奇妙的特性，但是他也有脾气，当他感觉到威胁的时候就会爆发。”

“我猜你可以说，他们都很擅长刺激对方。”

“是的，可以这样说。”医生回答，“把贾斯丁当作一个青少年可能会有助于我们看明白。这样一来，对你来说他的情绪反应可能就更说得通了。”

“但是他已经五十多岁了。”

“生理上？”

“嗯，他看起来才三十岁，但是他的实际身体年龄已经接近九十了。”妮拉暂停了一下，她意识到自己漏掉了很重要的事情，接着她悲伤地微笑着说，“当然。他有一个年轻成年男子的所有愤怒的生理属性，社会训练或者多年的经验都没有教会我如何处理这种属性。”

撒迪厄斯同情地点点头：“不要妄自菲薄了，妮拉。在很多方面来说，他都是独一无二的。年龄倒转可行的时候，这种方式被慢慢地介绍给那些需要的人……那些人需要‘跟上’可以归还他们青春的医疗技术。这些人生来就是永恒的年轻，要花几年处理接近永恒青春的效果，或者他们要花几年回到他们的‘新’年纪。但是贾斯丁是我听说的第一个直接在刹那间就从五十多岁回到十七八岁的。”

“我会跟他谈谈这个的，”她说，“但是要说服他相信他对赫克特的愤怒都是因为荷尔蒙的原因会很难的。”

“你没必要说服他。就跟他解释，他的愤怒是合理的，但是他的反应不合适。我相信他会明白的。这也是为什么我建议他针对赫克特提起心理审核的原因。这会对贾斯丁形成一种回击，这样可以让他冷静下来。当他面对赫克特和GCI感觉不再无助的时候，这对贾斯丁来说是一件好事情，那时你就可以对他进行一次生理调整，或者至少进行荷尔蒙治疗。而且，因为贾斯丁通过审核的概率几乎为零，毕竟没有依据，所以任何判断都会否决这个请求，我们可以把它当作一次练习，可以帮助我们的病人冷静下来。如果奇迹发生，有法官同意进行心理审核，有GCI的资源，他们会向最高法院求助。我们都知道他们对于心理审核的态度是怎么样的。”

妮拉得承认，这个计划好像是周全了，而且也确实很有道理。但是这不意味着她就要喜欢这个计划。“我相信你的判断，撒迪厄斯，但是我并不为此感到太高兴。我感觉赫克特正在预谋着什么。”

“亲爱的，”他忽略她的直觉说，“这是一次假的心理审核请求，而且这个请求也会被能干的法官看到。你唯一需要担心的，就是让我们病人的荷尔蒙达到正常的水平然后回到正轨。”

“我想你是对的，”妮拉顺从地说，“现在，只要我能说服我自己就好了。”

医生微笑着，示意说他们应该回去了。当他们走进房间的时候，他们都注意到，贾斯丁没有闷闷不乐地坐在沙发上了，他正在房间里走来走去。

贾斯丁抬起头看见了他们俩：“我们就让赫克特尝尝他自己种下的苦果子，好吧？”妮拉情不自禁地注意到，这是这么久以来第一次看见贾斯丁的眼神跟他的微笑一样的明亮。

赫克特正在享受着他新发现的力量。他曾经是被特别派到董事会的，但是现在他在GCI总部有一间办公室了，而且所在的楼层就是所有执行副主席所在的楼层。虽然他自己不是执行副主席，但他在这层楼的出现给了其他人一个很明确的信息：“又把事情搞砸了。”而且这位“新”朋友——这个警告过你们全部人的朋友，当初你们全都选择不听他的这个人——得到了你们的工作、办公室，还有特权。

他甚至还有一个秘书，尽管他并不怎么喜欢，也不信任这个人。赫克特愿意用主席的股票和牛屎打赌，他的秘书其实是为特别行动局的副主席工作的。但是，赫克特开心地想，柯克现在头疼的事情多着呢。新主管“打官司”的策略不仅被证明是错的，而且还是毁灭性的，公开性的错。审判第二天，GCI 遇到了有史以来市场最糟糕的一天。不过，因为公司内在的力量，损失的部分已经很快地恢复了 80%，但还是没有完全恢复。而且，在债券、股票和货币市场上的影响是全系范围内都可以感知到的，还有可能持续数年。尽管他还是官方特别行动局的主管，但是可以理解的是代管的位置现在是空缺了。如果柯克不能弥补现在的损失的话，需要的就是一个能够解决这个问题的人。而且赫克特有个计划。

“妈妈，”赫克特说，几乎是在冲着全息屏幕喊，“你能不能听我说啊？”

“你就是在说疯话。”

这个女士，在他面前的是一个非常美丽的 3D 全息人像图，一头浅金黄色的头发，接近三十岁的样子。她穿着粉红和紫红相间的大 V 领裙子。

赫克特在说“妈妈”之后长叹了一口气——感觉他像个八岁的小孩儿一样，尽管他知道自己不是。

“你至少考虑一下好吗？”他请求道。

“你想让我建议我的儿子——我的亲生儿子！——做一场‘心理碰’吗？”

“妈妈，是心理审查，请不要用那个俚语了，那让人听起来觉得很……呃，年轻。”

“形容我的词可多了，亲爱的孩子，但是说我‘年轻’，”她几乎有点想哭出来，“还是我自己的儿子说的……”当她看见他没有当回事儿的时候，她开始噘着嘴说：“赫克特，小宝贝儿，我的朋友会怎么说？更重要的是，你知不知道这样会对你的股票价值造成什么影响?”

赫克特叹了口气说：“妈妈，你是不是小看我了?”

“你这么问真是太可怕了。”她假装吃惊地说，“你是我唯一的儿子。”

赫克特并没有上当：“那好，你到底有没有把我的股票贱卖?”

过了一会儿，她的母亲终于看起来有些愧疚了。

“亲爱的，你的估价直线下落，而且你也丢掉了这么好的工作，还有那个时候你差点被调去奥尔特云……”

“妈妈，我明白为什么了。你从小就教我要现实要抓住机会，我也是照你的话做的。如果我的孩子这样，我也会做同样的事情。但是我另外再问你一个问题，妈妈，你后悔吗?”

她脸上痛苦的表情就是他要的答案了。他还知道这种痛苦是从哪里来的——她的档案。

赫克特在法庭上出现以后，他的股价便开始稳步上升。他的新工作和办公室一经确认，股价几乎就是飙升。当然，因为自己持有大部分股票，所以他可以用他增加的普通股来进行更好的借贷，然后偿还他的巨额负债。他本可以卖掉自己大概9%的股份，仍然是大股东，但是赫克特相信他的未来的股价。如果有人想要他的股票的话，就让那些混蛋用市场价来买吧。赫克特暂时按兵不动，他甚至把他手里的妮拉·哈伯的股票都赎回了，证明这是比投在自己身上的还要好的投资。好像是为了打消他的怀疑，他的妈妈已经在崩溃的边缘了。

“20%！”她哀叹道，“我们有20%！你爸爸真是个‘中子’!”

是你活该，赫克特想，“妈妈，请相信我，心理审核不会造成我的股价下跌，反而会因此上升。而且，我给你我股票的200股。”

她两眼放光。他话刚刚说完他妈妈就疑惑地看着他：“你有什么目的?”

“帮我个小忙，”赫克特微笑着说，“你去找贾斯丁·可德，然后给他100股我的股份。”

“别傻了，孩子。第一，为什么他会接受我的建议?还有第二，我该跟他说什么?”

“你告诉他你想要报仇。”

“报什么仇?”

“我会让你自已想。”

“他怎么会相信呢?”

“妈妈，你说的可是我。他会相信的。”

“好吧，我会考虑一下。跟你爸爸，我们的经纪人谈一下，你知道的。”

“别花太多时间，妈妈，事情……”

他的秘书走进房间打断了赫克特，这个动作意味着有非常重要的拜访者到来，不管赫克特在跟谁说话，他都必须得停下。

“等一下，妈。”他看起来有些生气，他对秘书说，“怎么了?”

“圣比安可先生，”她回答说，“有一位传票送达员来了，她让我告诉你‘晚上见’。我跟她说了你在卡罗拉多，但是她还是坚持。”

“我有麻烦了。”他说，嘴角露出贪婪的笑，“让她进来。”

赫克特的妈妈插话：“赫克特，发生什么事了?”

“等一下，妈妈。”

走进房间的正是几周之前在装运港为赫克特服务的那个与众不同的狐狸精。这次她多穿了点衣服，但还是一副广告商们愿为之而死的优雅、慷慨还有成熟的样子。

“圣比安可先生。”

“你是来安排约会的吗，小姐……”

“我叫斯诺，是的，但不是你想象的那种。你被要求申请一场心理审核……是你股票持有人之一提出的。”

“让我猜猜……贾斯丁·可德?”

这位女士点点头表示确认。

赫克特张着嘴，准备要微笑。他看着全息显示屏上他的妈妈，还在耐心地等待着。

“妈妈，我爱你，交易取消，挂了。”在他目瞪口呆的妈妈回应之前他就把电话挂了。

斯诺小姐诱惑地直盯着赫克特。

“你有什么打算?”

“我在想邀请你约会。”

“我亲爱的圣比安可先生，你可以问啊，但你还是太年轻了。”

“如果我让你的时间都物有所值怎么样?”

“很自信啊，是吧?”

“很多事情我都很自信，但是我想你可能会喜欢。”赫克特微笑着。

“好吧，圣比安可先生，听听你的计划吧。”

“你第一次为我服务的时候很简单。这次会更简单，因为我让你参与。你承不承认我其实可以做点不同的？”

“当然，所以他们要支付我一大笔。”

“而且，我相信你确实有这个价值，斯诺小姐。现在想想你第三次为我服务。我可以保证会有第三次，第四次还有第五次。我知道有一种方法可以让事情与这次一样简单，但是更加好玩儿。”

“我不知道，圣比安可先生。我觉得现在就很好玩了。但是我得承认我很好奇。你准备怎么做呢？”

“简单，真的。下次你要为我服务的时候，打电话就行了。你可以在我们约会的时候做。不跑，不藏，不能带人或者弥补漏洞，就一起开开心心吃个晚餐。”

斯诺小姐前倾着身子到他的桌子上，温柔地说：“你觉得你能给我制造这么多麻烦吗？”

赫克特也前倾着身体，直到他们的脸距离只有几英寸，然后他也温柔地说：“当然。”

她轻轻地亲吻了他的鼻尖，然后往后退。

“好吧，圣比安可先生。有一个条件。”

“只要是我力所能及的。”

“我相信肯定是的。我送过很多心理审核的传票。我觉得最有趣的就是，当我进行跟踪的时候，我发现每个人又都以不同的方式想免于接受心理审核。有些很聪明，大多数都很直接，还有人完全就是天才。所以这就是我的条件。如果我喜欢你的答案的话，你就可以跟我约会。”

“成交。”赫克特急忙回答。

“那么，”斯诺小姐舒适地坐在赫克特的一张客人椅子上说，

“你准备怎样摆脱这心理审核?”

赫克特躺在自己的椅子上，然后把双手放在脑后，双脚放在桌上，冷静地回答。

“我不打算那么做。”

“你疯了吗?”律师咆哮着走进了自己的办公室。

“谢谢问候，我很好。”赫克特冷静地回答。

“可能你真的需要一场心理审核。如果我还继续听你这堆狗屎的话，那我也得需要做一次了。”

“珍妮特，很完美啊。”他想要解释，“如果贾斯丁没有提出让我做的话，我可能也会建议他这么做……当然是偷偷地。”

“当然是，”珍妮特模仿道，“赫克特，你知不知道心理审核是什么?”

“我向你保证，珍妮特，我知道。”

“首先，他们会派很多纳米机器人布满你的神经通道，”她忽略他的最后一句话说，“任何他们发现的大的小的故障，他们都会维修……立刻。现在，我不知道你是怎么样，但是我喜欢现在的我，包括所有缺点。还有，我最不想知道的就是——我的神经通道变得光滑都是因为一群没有感觉的纳米机器人，而且我最后还得大清早就把它们尿出来。”

赫克特保持不动：“明白了。”

珍妮特继续劝说：“他们说，你不会是同样的一个人了……再也不是了。”

“当然不是，”他回答说，“如果有人做了心理审核，那么他们是真的需要调整，所以当然不是同一个人了。谁会是呢？但是珍妮特，我向你保证，我没有疯，所以我不怕做心理审核。”

“但是你让贾斯丁迫使你做？抱歉，赫克特，这对我来说可就是疯了。”

“其实，这就是我到这里的原因。我需要你的帮助。”

“帮什么？很明显你不能终止它。”

“不，我需要你帮忙，让审核越早进行越好，闹得越大越好。”

珍妮特盯着他，吃惊得说不出话来。

“珍妮特，”赫克特解释说，“我在法庭上可把他折磨惨了，他也愤怒了。但是当他冷静下来的时候，他可能就会改变主意了。我得在他改变主意之前就做成这事儿。”

珍妮特看着这个男人，用不了几周的时间他就可以重新掌权，然后让她的职业生涯免于翻船的悲剧。她决定相信他，现在没有理由让她不相信他。

“柯克怎么办？”

“他怎么了？”

“他不会同意的。这对他可没好处。”

“别担心柯克。”他冰冷的语气已经是保证了，“关于哈伯有没有发现什么？”

“你是说她和可德之间的关系？”

“是的。”

“没发现什么。如果他们之间有什么的话——但是我不相信他们有——他们可真是掩藏得很好。他看起来很喜欢她，但这也不是什么不寻常的事。当然，她的行为都很完美。技术上说，她已经不是他的复活师了。更重要的是，微观分析也是很确定的。”

“继续找，”对于缺少证据他可不信，“她会跟他睡觉的，等她这么做的时候，我们就需要证据了。”

珍妮特不安地在椅子上换了一下姿势：“有什么意义呢，赫克特？如果你是冲着贾斯丁·可德去的，毁掉哈伯有什么……除非，当然，你在当中可以有什么变态的快感？”

“珍妮特，我从来不会为了好玩毁掉什么人。只为了生意。”赫克特向前靠在桌上，拿起一个写着“哈伯，N”的文件袋，然后丢给珍妮特。

“很过时，我得承认。”他指着那些纸质文件说，“但是100%安全，我保证。”珍妮特点点头。“哈伯医生会成为我们的‘巫毒娃娃’，”他继续说，“我们穿过她眼睛的针越多，贾斯丁就会觉得越痛。”

珍妮特探过身，拿起文件袋然后打开了它，里面是一些杂乱的笔迹。她没有看见特别重要的东西。有些大学期间的小过错，但肯定没有可以毁掉妮拉的名声或者让可德对珍妮特发火的东西。接着她注意到一份合同上的一张便笺，是来自赫克特的办公室的，要给柯克·奥姆斯泰德的。

“你让柯克去调查她的合同？”

“是的。”

珍妮特点头：“没有合同。没有保护。我们可以给她找麻烦。真聪明。”然后她说：“为什么给奥姆斯泰德？”

“当然是因为他会失败。”

珍妮特又一次看起来很迷惑。

“那他为什么要冒这个险呢?”

“因为,”赫克特回答说,“我会让这听起来是个好主意。他的主意。”

“但是这真的可行吗?”她问。

“当然不行,”赫克特尖叫,“合同基本上是不能动的。莫什·麦肯基可不是好惹的。你要是惹他,你就最好希望你有不介意丢失的四肢。是他做的这份合同。”

“所以,你是想要柯克去死。”

“计划是这样的。”

珍妮特什么都没说,想着各种可能性。这是她在 GCI 公司稳固上升中已经磨炼到完美的技能。

“你确实知道,”她说,她从未像现在这样想成为坐在她面前的这个男人的优势,“任何想要进行的关于哈伯合同的动作有可能会让哈伯医生和可德先生有所警觉,让他们知道他们每个人的弱点……我的意是说,那为什么还要做呢,是吧?”

赫克特点点头,还是不为所动:“珍妮特,我想要他们知道,GCI 在怀疑他们。在无知或者必然的事情之前,害怕是没有用的。这种感觉慢慢地渗入然后有可能会溃烂。让他们猜我们都知道什么;我们正在用可以用的资源做什么。让他们去猜我们是不是会把哈伯医生的‘堕落’行为告诉别人。让他们担忧。这会让他们发狂,让他们不开心。作为回报,贾斯丁就会受到攻击,然后你就帮忙把他带向指定的目标。”

珍妮特从她一直研读着的合同上抬起眼来说:“你。”

“我。”赫克特点着头重复。他的眼神冰冷，双唇微张，像一只受威胁的狗。

“好，赫克特。但是等你要接受审查的消息传出去之后，我需要一个借口解释为什么我没有做点什么。”

赫克特点头表示同意：“如果有人问起的话，你就说你无能为力。”

“因为……？”她问。

“因为，我亲爱的，对一个没有加入组织的人你基本上无法索赔啊。”

边缘人暗战【下册】

THE UNINCORPORATED MAN

[美]丹尼·科林 伊藤·科林 著　黄安琪 译

重庆出版集团 重庆出版社

THE UNINCORPORATED MAN

Published by arrangement with Tom Doherty Associates, LLC.

版贸核渝字(2013)第 179 号

图书在版编目(CIP)数据

边缘人:暗战 / (美)科林著;黄安琪译.—重庆:重庆出版社,2014.10
书名原文:The unincorporated man
ISBN 978-7-229-08614-5

Ⅰ.①边… Ⅱ.①科… ②黄… Ⅲ.①科学幻想小说—美国—现代 Ⅳ.G779.2

中国版本图书馆 CIP 数据核字(2014)第 200867 号

边缘人:暗战
BIANYUANREN: ANZHAN
[美]丹尼·科林 伊藤·科林 著 黄安琪 译

出 版 人:罗小卫
责任编辑:陈渝生
责任校对:刘 艳
封面设计:重庆出版集团艺术设计有限公司·黄 杨

重庆出版集团
重庆出版社 出版
重庆长江二路 205 号 邮政编码:400016 http://www.cqph.com
自贡兴华印务有限公司印刷
重庆出版集团图书发行有限公司发行
E-MAIL:fxchu@cqph.com 邮购电话:023-68809452
重庆出版社天猫旗舰店
cqcbs.tmall.com
全国新华书店经销

开本:880mm×1230mm 1/32 印张:23 字数:566 千
2014 年 11 月第 1 版 2014 年 11 月第 1 次印刷
ISBN 978-7-229-08614-5
定价:59.00 元(上下册)

如有印装质量问题,请向本集团图书发行有限公司调换:023-68706683

6. 打开又关上

贾斯丁醒来的时候感觉好多了，或者说得更确切点，更冷静了。他扫视了一下现在的环境。这个房间几乎是他以前办公室前厅的复制品，那时他经常会在忙碌的工作中抽空到这里来打个盹。这个小小的装饰着华丽镶板的空间里，有满壁的书架，还有一个小壁炉——现在是燃着的——还有他现在正躺在上面的一张标准双人床。如果他们要找什么麻烦的话，最好是在一个熟悉的地方醒来，他想，并不是因为这会有什么微小的不同。

贾斯丁打了个哈欠，伸了伸懒腰。他不知道接下来的进程是怎么样的，尽管已经有人告诉过他了。但是他现在已经非常习惯结果是被“麻醉”了，有点头昏眼花又有点迷失——特别像在他垂死的时候——事实上他现在已经没有让自己觉得……轻微的迷失了。

让他进行老化治疗是妮拉的主意，在经过几次讨论和自己的调查之后，贾斯丁同意了。但是他坚持要回博尔德进行，也是为了舒适感和熟悉感。这倒不难安排，而且GCI感觉到了来自公众和自己股票持有者的压力，他们觉得如果不在他选择的地方进行治疗的话是不明智的。他自己穿好了衣服，最后看了一下“他的”房间，接着就到了等候区。妮拉正坐在悬浮椅子上，忙着浏览电子助手上的东西。她听见贾斯丁走进了房间，她抬起头。

“我感觉不错。”他说，“其实，我感觉好多了，不，不是这个词，精神比以前更集中了。”

“我很欣慰，”她回应说，“但是忽略掉了这个问题还是很打击我。我的意思是说，我们按照默认的年龄让你苏醒过来。”

“嘿，你把我唤醒了。这才是重要的。”

“确实，”妮拉从椅子上站起来说，“我想我们之前就是太集中在这事儿上面了。”

“呃，除了一些青春期的情感爆发以外，没有造成什么事实伤害。”

妮拉想到了赫克特，这我可不敢保证。

他们本计划用今天剩下的时间去买些东西，但是在被媒体围攻，被粉丝挤到角落之后，他们下午大多数的时间都待在酒店的房间里。他们和莫什与艾琳诺一起计划着早点吃完饭然后休息一下。想到贾斯丁第二天要经历的事情，妮拉觉得好好地睡一晚上是很有必要的。

“那么洛杉矶博物馆是怎么回事儿?”贾斯丁斜靠在他让房间给他弄出来的加厚“懒人”椅子上问。

每次他在那个巨大的可伸缩怪物上爬来爬去的时候，妮拉都忍不住要皱眉。

“我跟你说，妮拉，”他把双臂放在脑后说，“你得来试试这个宝贝儿。这可不是普通的椅子。”

“我想也是，”她心不在焉地回答，“等会儿再说吧。”

她的脸变得严肃起来。

“明天我们去博物馆。”

贾斯丁的脸色也暗淡下来。他盯着天花板好一会儿。

“你确定?”

“是的。我想你已经准备好了。”

“那好吧，你是老大。”

贾斯丁对虚拟现实博物馆和他们所依据的规定都做了调查。他知道的是：这些博物馆代表的是发展当今社会最基本的规定，每次拜访都被认为是一件人生大事。他还知道，没有人去过两次。一部分是因为妮拉的建议，但是更多是因为他没有这个时间，所以他不愿意知道更多。很明显，洛杉矶博物馆对他的拜访已经做了特殊安排，所以他们选择时间就显得尤为重要。虽然贾斯丁坚持开自己的新飞车，不愿意坐“豆荚轨道”，但是妮拉坚持他们要早上 9 点出发。她向他保证，这样会让他们有充足的时间。

贾斯丁有两个理由拒绝乘坐“豆荚轨道”。第一，他想开自己的飞车。第二，他想要一次美好的老式路程，因为他一直以来被审判的压力所困扰。在聚光灯下待了这么多周，跟一个“怪物”一起去餐馆好像也很恐怖。妮拉并不介意，因为她愿意与贾斯丁谈话，而且所花费的时间也没有比坐“豆荚轨道”多很多。他们在细节上达成了一致，贾斯丁安排车飞出纽约城，然后第二天早上一起来就跟大家见面。

对贾斯丁来说非常令人吃惊的就是现在基本上没有人开车了。人们当然要旅行，但是除了一些像博尔德这样怀旧的城市以外，他们基本上不会把四块橡胶放到路上，然后脚放在踩踏板上。当他之前想到未来的时候，他总是会想到有飞车，但是他还幻想过巨大而复杂的高架道路，有二十条车道，上面都是未来主义的车辆，在自我修复、不断扩张的道路系统上。而现在，他发现……什么都没有。到处都是荒地，看不到一点柏油路。在城市的外面，没有高速公路，甚至没有路。他想得越多，就越觉得有道理。有了这么多轨港和飞车，为什么还要修路呢？但他还是感到震撼：离开未来的城市，它们的微光慢慢消逝，那些高耸入云的尖顶，数百万的飞车，还有城市几英里外的荒地。另一方面，他又不得不承认这一切很美。土地没有遭到人类的破坏，尽管那些都是重建过的。他想到那些巴不得黏在他身上的环保疯子就不由得微笑起来。当然，他们现在长眠于地下，再也没有机会看到他们绿色星球的梦已经完全地实现了。

跟妮拉的交谈让贾斯丁知道，他看到的这片荒地其实是有主人的，而且这种本质的拥有意味着可以榨取这片土地上有价值的资源，然后剩下的就不管了。而且，住在郊区的这种想法大概在贾斯丁复活前100年就已经不时兴了。有了完美的纳米科技，不管人们对于“郊区”的幻想是什么，都可以被创建在城市里，在大楼里，不管在哪一层都可以，而且价格都很便宜——肯定比生活在城外要便宜些。所以奇怪的就是，一个拥有超过200亿人口的星球现在基本上是空的。

开飞车比贾斯丁想象的要简单。这辆车会自己飞，只要他开始操控，这辆车就会脱离自动驾驶模式。只有当这辆车“感知”到驾驶者是个新手的时候，才会重新启动自动驾驶。尽管车辆前进的速度大概在1 600英里每小时，但驾乘的感觉就像是被丢在空中的纸飞机一样飘逸平稳。大窗户让外面空旷的土地、开放的冻土、宏伟的山脊还有蜿蜒的河流都一览无余。绕道去亚利桑那州让贾斯丁实现了自小就有的一个梦想——像一只飞出地狱的蝙蝠一样穿越大峡谷。

妮拉因为她同伴单纯的喜悦而发笑。

“好吧，”她笑着说，“我猜还有必要处理一下荷尔蒙过高的事情。”

“哦，不，你才不会呢。”他像一个畏惧的青少年一样张大嘴巴，同时这辆车正从卡罗拉多河上掠过，“它们正在我想要的水平上。”

“好吧，只要你喜欢，”她有些无聊地回答说，“等到到达火星的峡谷的时候，就要去阿拉斯加了。他们让这个峡谷看起来就像是沙里的抓痕一样。”

“老天啊！”贾斯丁斜着飞出一个陡峭的曲线说，“我们现在就去怎么样?”

妮拉的沉默就是他要的答案了。他耸耸肩，意识到他的旅行结束了，便拉高车子飞出了峡谷，然后朝着洛杉矶博物馆飞去。以他们的速度，没过几分钟就到达了。

车子略微缓慢地下降的时候，他们进入了城市的边缘。

妮拉看到贾斯丁在观察这个新的先进的天使之城。“看起来怎么样?”她问。

“大，扩展开了，而且不是很高。”他回答，“基本上没有怎么变。”

确实没有改变。在大萧条之后，那些有能力的人就朝着北方去了阿拉斯加联邦。等到世界终于回到正轨的时候，加利福尼亚已经不再有吸引力了。毕竟，气候曾经是一个州有名气的最好证明，现在已经可以通过技术手段有规律地变化了。一个州其他的名气，例如娱乐，已经成为社会的不良记录了。有些人，比如从德国纳粹逃出来的犹太人，拒绝再踏上这片土地。妮拉跟贾斯丁解释过，洛杉矶博物馆虚拟显示灾祸的爆发点已经引起了骚动，现在有些人还在为此争论。

当他们进入博物馆内的时候，妮拉让车子下降到一个修整得很好的大广场旁边的停车区去。等他们安全着陆之后，她看着贾斯丁，用眼神说："你准备好了吗？"他点头回答。他们穿过飞车壁，朝着主停车场走去。到达之后，他们来到一个超大的，由石头、金属还有数以千计的废旧电脑主板精心做成的入口处。大门至少有 10 英尺宽，20 英尺高，顶上有用熟铁写成的"必然之选"。贾斯丁看到，七八岁的学生们由两名成年人陪伴着，好像是学校郊游，但是没有一个学生的脸上是带着微笑的。他们都陷入了深思，有两个人还差点撞到了大门上。他们走过的时候，根本没有注意到他们当中的媒体明星。等到他们离开了停车场之后，贾斯丁才转向妮拉。

"贾斯丁，"她想要解释，"我们的世界是从旧世界的毁灭中发展来的，但是那个世界有一个恐怖的主流文化，我们知道这跟所有文明的毁灭都非常的相似。"

"这跟那些孩子有什么关系？"

"不只是孩子，什么都有关。"

他们沿着碎石路又走了几十米，只有脚下踩着石头的声音。一座大楼耸立在地平线上，从结构上看好像是崩塌了的。大块的玻璃和金属向着不同的方向伸出来，好像随时准备飞出一样。根本就没有什么庭院，混乱的大建筑物坐落在巨大的凹陷处，周围没有任何植被。暴风雨包围着整栋建筑物。贾斯丁和妮拉下了几个台阶，走向地面上的一个大洞。

凹陷的底部是一个敞开的入口。周围的墙是由大理石制成的，在这些大理石上，刻着三英尺的高字，上面写着：

①接受虚拟现实的问话也接受毁灭

②这是一个人应该做的，做吧

③除了现实，还要接受无现实

④绝对的快乐是绝对腐化

⑤永不忘记

当贾斯丁阅读刻字的时候，妮拉在旁边等着。她想给他点时间吸收这些。

“看，”她说，“著名的虚拟现实规定。”

“震撼。”贾斯丁往后退了一下，看着伤痕累累而原始的风景说。

妮拉继续他们之前的谈话：“我们等着，直到孩子们足够大了可以理解并且记住。”

“这个地方原来是干吗的，妮拉?”

“用来告诉我们，当社会带走责任，只剩下欢愉的时候，社会需要付出什么样的代价。”

“呃，听起来好像清教主义，你不觉得吗?”

妮拉没有回答。不知怎么的她好像对这栋楼很着迷。贾斯丁发现，她根本就没有听他的问题。她就站在那儿，盯着那栋楼，像是证人回顾犯罪现场一样。妮拉深吸一口气，然后示意是时候进去了。

当他们穿过大门的时候，贾斯丁看见，这栋楼比它外表看起来更大，有很多自动扶梯一直延伸到很深的地方。自动扶梯的尽头被一层薄薄的雾笼罩着，看不清楚。

他们几乎是一进来就见到了衣着光鲜的员工，西装翻领的地方有一个纽扣，上面写着“渐有起色”。等他们完成登记之后，他在他的全息显示屏上核对了一下，然后又抬起头，“请原谅，可德先生，哈伯医生，”他说，很明显遇到名人让他很兴奋，“有一些小调整，稍后我们就出发……顺便说一句，祝贺你打赢了官司。”

“谢谢。”两人一起回答，接着紧张地笑了。

员工还在不停地按着按钮，转着把手。

“系统正在调整你的经历，为了更好地适应你在这里参观。”

“啊!?”贾斯丁回应，他不知道应该说什么了。

“还有，”员工又一次从全息显示屏上抬眼说，“在虚拟现实博物馆所有的员工，都喜欢你对待 GCI 的方式。”

“你不是为他们工作让我感到意外。”

“噢，不是，可德先生。”雇员骄傲地说，“我们是为政府工作。”

贾斯丁吃惊地看了一眼妮拉。

妮拉耸耸肩：“不是每个人都为 GCI 工作的，贾斯丁。”

贾斯丁看了看周围，接着问：“其他人在哪里?”

“其他谁?”雇员问。

“其他参观者。”

“哦，我们把他们请出去了。另外，我们最不希望看到的，就是你在这里参观的时候被一群粉丝围着。我想你进来的时候应该遇到了最后一拨人吧。”

“确实，我们遇到了。”妮拉回答。

雇员又做了一些调整，然后从他的显示屏后走过来。“这边请，可德先生，哈伯医生。”他说着，示意他们搭乘左起第三个扶梯，这个扶梯亮堂堂的。贾斯丁和妮拉都走了上去。贾斯丁习惯性地沿着已经在动的扶梯往下走，直到他注意到妮拉一会儿抓着扶手一会儿又靠着扶梯。尽管扶梯的速度很缓慢，但是妮拉像是一个不情愿的乘客被绑在了过山车上一样。

“你想走就走吧，”她说，“我没到他们不会开始的。”

贾斯丁微笑着往回走了几步。

“没关系。”他抓着她的手说。她把手给他，已经焦虑得顾不上争辩了。

他们一穿过云层，就像那个雇员纽扣上说的，一切“渐有起色”了。他们仿佛是进入了一个21世纪早期的购物中心，耳边是振奋的音乐，还有忙碌的购物者。唯一不对的就是场景，贾斯丁注意到，这里的愉快感太多了，因为据他所知这里其实没有那么愉快。但是，这一趟他还是很投入，不管博物馆要让他体验什么他都会参与。他还注意到了一个大的背光指示牌，上面宣传这里已经应用了最新的虚拟现实科技，并告诉人们怎么才能在商场里找到店铺。

“我们去那边吗?”他指着指示牌说。

“是的，”她说，“除非喝一杯星巴克。”她指着那边一个贾斯丁认得牌子的咖啡屋说。

“你是说，我可以待在这里，然后随便买东西喝东西?”

“随便你喜欢。”她说，“但是在你参观虚拟显示中心之前，你都不能离开。”

贾斯丁大笑：“星巴克还是地狱？你们这些人真是太过分了。”

妮拉沉默地站着，等着贾斯丁作决定。

他精明地眯着眼说："我们去地狱吧。"

当他们穿过购物中心朝着虚拟现实中心走去的时候，贾斯丁开始聊了起来。

"你知道，妮拉，我一直都不喜欢商场，但是这个地方真的好像没有那么恐怖。"

"贾斯丁，商场不恐怖……你可以在这里买东西。"贾斯丁已经确信，这次的经历会与在塔利班度假村那个周末一样的令人愉快，但是最后那句古老的咒语"小心事与愿违"让他有点气馁。

"而且这与我之前去过的博物馆都不同，"他继续说，"除非，这座商场其实也是陈列的一部分。"

"我想你可以这么说，"她回答，"也有可能就是整个陈列。谁知道呢。"

贾斯丁疑惑地看着她。

"对每个人来说都是不一样的。"

"啊哈。"

走了五分钟之后，他们到达了商场前面占据一百平方英尺的一个商店，正面是由巨大的玻璃制成的。在他们面前的，是一个横跨了窗户的大牌子，上面写着："虚拟现实站台，前十分钟免费！"为了不耽误更多的时间，贾斯丁第一个走了进去，跟他打招呼的是一个过于兴奋的女服务员。妮拉跟在他后面。女服务员看起来十七八岁，她的举止好像一个正在打暑假工的高中生一样。她职业性地欢迎贾斯丁，但显得有些生硬，就像非专业人士被迫按照脚本读出来一样。在她简短的独白之后，她向贾斯丁和妮拉保证，他们即将要经历他们的生命。当贾斯丁准备提问的时候，妮拉轻轻地把手放在他的手臂上让他先保持安静。女服务员把他们带到挂着“校准”牌子的房间里。

妮拉开始颤抖起来。

“你还好吗，小姐?”女服务员问。

“是，是的，我还好，”她回答，“就是有点冷。”

“妮拉，”贾斯丁说，“你才不是冷呢，你真是不会撒谎。”

“我会没事的。”她小声说。

“你准备又经历一次……代表我?”

妮拉点点头：“你本就不应该一个人完成，贾斯丁。”

“妮拉，即使我们一起做了，最后我可能也是要一个人……我真的非常怀疑他们会让你参与我的经历。”

“我……我可以做些安排……确保你不会陷入太深。”

“算了。”

“贾斯丁，从来没有成人做过这个……至少，在我的时代里没有。”

“待在这儿，妮拉。”他忽略她的话说。

“但是——”

“——没有但是。如果你受伤了对我来说没有好处。事后我们当中得有一个人头脑清醒地跟我说话。你被选中了。”

“吉列医生——”

“——他可能完全不知道你在想这些，是吧?”

妮拉耸耸肩。“如果他知道，”贾斯丁继续说，“我猜他会……不行，妮拉，等我醒来的时候我希望你是清醒的……再一次请求你。

而且只有你是我放心让你见证这一切的。现在帮我个忙，离开吧。”

说服她也不是特别难的事情。他们单独走到店铺外面，妮拉同意等着他，贾斯丁建议她去试试星巴克。“我喜欢超大杯脱脂拿铁。”他建议说，“但是我猜，在这种时候和年纪，你也可以试试全脂牛奶。”她同意说会去试试，紧张地笑着，然后祝他好运。但是在贾斯丁转身走进虚拟店铺之前，妮拉把他拉了过来，然后深深地吻在了他的唇上。他站在那儿，目瞪口呆。自从妮拉在当铺第一次把她的手放在他手上的时候，他就一直在等待这一刻。他甚至还幻想过，但是不是像这样，不是这种吻。妮拉把他推开，然后悲伤地盯着他的眼睛告诉他需要知道的东西。这个吻就是把爱人送去打仗的吻，这个吻是道别的吻。

妮拉离开的时候，贾斯丁走回到店铺里面，跟着女服务员走进了校准室。在这里他了解到，这个过程跟脑部核磁共振差不多，只是扫描器要多得多。有人告诉他，这样一来，贾斯丁的虚拟现实体验就会是一次“亢奋的”经历。换句话说，女服务员耐心地解释着，一旦这个机器知道贾斯丁的大脑是如何运用视觉、听觉、味觉和嗅觉的，这个机器就可以用贾斯丁的大脑来模拟这些经历，就像新手建筑师和司机一开始的模拟训练一样。

“即使是同样一口比萨，在两个人之间口感也不一样。”她解释说，“我们可能都觉得‘好吃’，但是在我们知道你脑子里是如何形成‘好吃’的感觉之前，我们是不能给你终极体验的。有了这台机器。”她指着躺椅旁边的一个大盒子说。“我们就可以了。”

整个过程只花了十分钟。贾斯丁坐在一张舒服的大躺椅上，头上有一个圆顶形状的东西。圆顶移开的时候，他注意到房间里的其他椅子都是儿童用的。那些椅子不仅小一些，颜色也很鲜艳，看起来让人更舒心。女服务员解释说，他的虚拟显示装备是特殊装置的。

当他适应之后，女服务员离开了房间。现在他是独自一人了。他感觉有些累。他的视线开始变得模糊，他的手指和脚趾开始麻木。接着，他的眼睛完全看不见了，相当于瞎子。接着，他的知觉开始渐渐消失。感觉就像可控的丧失意识。但是在他感觉惊慌之前，他感觉到了别的。很快他的视觉和其他感觉又都回来了。但是他已经不在他原来在的地方了。其实，他已经不是原来那个人了。他身材高大，留着胡须，是一个非常有男子气概的男人，正站在闪闪发光的铜镜面前。他半裸着身体，正准备穿上一件亚麻衬衣。他看了看周围，发现自己是在一个帐篷里。在一张粗制的床上，躺着一个女人，深色的头发，橄榄油一样的皮肤。

“这我倒可以适应。”他对自己说。但是他说话的声音听起来比他之前的声音更低沉，更邪恶。他看到床旁边有一根马鞭和一支剑。他觉得很合适，所以他把这两样东西戴在身上走了出去。一出去他吃惊得下巴都要掉了，外面有一支穿着相似衣服的队伍举起他们的武器向他敬礼。数以千计的维京嗓音向他问候，齐声喊道：“贾斯丁王！贾斯丁王！贾斯丁王！”然后一个头发斑白，但是看起来活力充沛的老人缓缓地走近他。

“国王，”这个老人喊道，所有的人都可以听见他说话，“今天的士兵操练吗?”

这群士兵保持着安静，等待着他的命令。

“呃，当然。”贾斯丁小声说，接着，他又领悟到了这个场景的精神，“上帝的旨意，是的!”

这些维京人一起开始咆哮，这时有个人开始检查附近的高地。贾斯丁和这个老人跟着男子的步伐。当贾斯丁朝山那边看去的时候，他看见一大块平原，上面全是……他怀疑地眨了眨眼睛，又揉了揉眼睛，想再看清楚点。

他身边的人说：“是的，我的国王陛下，你的父亲也经常做这样的事情。好像不管他进行过多少次操练，这片景象都会让他吃惊。你是你父亲的儿子。来，我的陛下，你的坐骑已经备好了。”

贾斯丁又眨了眨眼，想要“看”清自己的双眼所看见的东西。在他面前，是满地的龙——数以千计。每一条龙身上面都有鞍和扶手，而且很多维京人已经坐上去，准备就绪了。贾斯丁明白了这第二次“醒来”是什么事情在烦恼着他。现在他所在的这个世界感觉不像是梦。实际上，这与他经历过的所有事情一样真实。这些衣服、头发，然后脚下草地的触感，所有的这些，还有空气中菊花的气味，混合着一种独特的味道……喘着粗气的动物，这些都是真的。这一切怎么能如此真实？他想。

他们走到贾斯丁的龙面前。随行的人恭敬地弯下腰，然后把连着鞍的绳子递给他。当贾斯丁触摸到它的鳞甲的时候，它“咕咕”地叫了一下。声音很大，伴随着的还有从这个怪物鼻孔里面出来的一阵烟，但是声音确实是鸽子一样的叫声。看到龙巨大的肚子起伏着，贾斯丁更加着迷了。

“用剑指向它们的脖子，然后给它们的屁股点火。”随从喊道。

贾斯丁发现这句话是一种战争咒语。他重复了一遍，贾斯丁的老随从听完后精神充沛地回答说："是!"

贾斯丁爬上绳子，坐到了鞍上。他把靴子放进脚镫里面很容易，他的随从把缰绳丢给了他。他还没有反应过来，龙就飞上了天空。他简直不敢相信，但是一切都看得很清楚。贾斯丁·可德，维京王，现在正带领着一队喷火龙直冲云霄。

"但是如果我不想骑龙呢?"贾斯丁对着天空喊，希望有人可以听见他说话。他的视线立刻就开始模糊，肢体末端也开始麻木。很快，他又进入了开始体验之前的那种空白虚无的状态。我现在该怎么做?他想。恰好在这个时候，另一番景象又出现在他面前。很耀眼但是很简单。他想他看见了十颗发着光的宝石。宝石在他面前旋转着发着光，他觉得其中有一颗最好看，那颗宝石越来越亮，眼前一道闪光，贾斯丁之前的虚无感渐渐逝去，同时他的各种感官也回来了。他发现自己坐在一张桌子前面，好像在某个乡村小木屋里。他看看自己的手，正握着一个闪着金属光芒的五角星，好像是个徽章。当他留意到这个徽章的时候，响起了一阵重重的敲门声。他没有立刻就应门。

"警长!警长!"有人在喊。"他们要去你沙龙!凯蒂小姐有麻烦了!"贾斯丁站起来看见了他的帽子。当然，帽子是白色的。

贾斯丁没有犯在第一段奇妙旅程里相同的错误。也就是说，他没有重复"但是如果我不想的话怎么办呢?"这句话。他没觉得烦恼了。这个虚拟现实机器已经校准了，它知道主体什么时候可以继续。唯一可以改变环境的方式就是当贾斯丁真正想要换的时候。这种感觉——不是思想——占领身体的那一秒，这个幻境就会结束。所以，即使他想要尝试别的幻境，他的感觉告诉机器其实他不想。这些天里，他吃喝拉撒、睡觉、闯祸、打仗，还有像在真实生活里一样找乐子，只有在这片西部荒原，终于等到他想要继续的想法与他的感觉一致了。他的视线又模糊不清，他的身体末端感觉有些刺痛，然后很快他又面对着旋转着闪着光的钻石。

他选择的下一颗钻石带他到了一个略微不同的程序。各种感官像之前一样渐渐消失。但是这次，贾斯丁发现他不再受控制了。他看见和感觉到他占据着的这个身体所看到和感觉到的一切，但是他不能控制场景。甚至更让他吃惊的是，他还不能离开——甚至想都不能想。贾斯丁看见，他是个俊俏的男人，因为他“成为”的这个人正在镜子面前剃胡子。他很瘦，但是看起身材还不错。穿好一套正式西服之后，贾斯丁惊奇地发现这个人的名字是普勒斯顿·辛克莱，而且他做工作的地方，在这么多公司中，恰好就是可德产业。贾斯丁深深地感觉到震惊，他发现他认识这个人。从镜子里的模样来看，贾斯丁猜普勒斯顿大概40岁。接下来，就是这个尖端软件发展小组的质量监管经理的简单的一天。贾斯丁知道这种人：有竞争力，忠诚，愿意努力工作，但是在这一天的最后，对家庭的承诺更多于对工作。结果证明他是对的，等普勒斯顿下班回家后，马上就扑上来两个小孩子——一个11岁的男孩儿和一个6岁左右的女孩儿。他的妻子是一个有趣活泼而且娇媚的女人，她有一头红色的卷发，还有可以温暖爱斯基摩人的微笑。贾斯丁知道，虽然她可能不是一个“美人”，但是她在家里被家人围着的样子让她看起来很美丽。了解了这么多他终于开始明白，为什么这个男人或者说是任何一个男人会把家庭放在首位。过了一会儿，贾斯丁发现普勒斯顿的妻子很明显怀孕了。

很明显贾斯丁刚开始这段体验时并不开心，他不是在探索亚特兰蒂斯，也不是在建造金字塔。但是这天结束的时候，他还是很开心能够经历这个男人的生活。可能是虚拟显示机器被他的荷尔蒙水平影响了，或者原因很简单——他从来没有真正的有机会可以创建一个家庭，他妻子的悲剧是主要的原因。但这些并没有影响到他的体验之旅。贾斯丁发现，普勒斯顿把孩子和妻子放在首位是很聪明的做法。在这一刻，贾斯丁愿意用数十亿财富来交换普勒斯顿所拥有的。贾斯丁伤心地想，因为从没有人像现在“他的”孩子这样看过他。这一天在朋友、家人和有意义的工作的伴随下过得很快。他发现可德产业已经破产了，而且普勒斯顿现在工作的那个部门已经属于欧洲企业德国电信了。得知这条消息之后，他诅咒了塞巴斯蒂安一会儿。老办公室还是与他记忆中的一样，但是不知怎么的更加沉静了。他花了这么多年一直鼓励的驱动力量已经消失了——取而代之的是有能力的自满。但是普勒斯顿好像并不介意，因为这让他有更多的时间可以和家人在一起，所以，贾斯丁也不介意。

好像过了几个月。贾斯丁的“第一个孩子”（普勒斯顿的第三个孩子）的降生是至少令他们两人中其中一个难以忘怀的事情。然后，孩子出生两个月后，“事情”开始了。

“亲爱的，”普勒斯顿用永远不会在男人与男人之间的对话中听到的声音说，“你想不想去商场？”

“你在开玩笑吗？”他的妻子回答说，“商场还是尖叫着的孩子的房间？叫保姆来吧。我们去商场。”

他们两人去了一个小的购物中心，就是贾斯丁最开始走进虚拟现实博物馆的那里。发着光的桥和走道连接着附近其他的商场和购物中心，形成了一个圆形购物街。在这个闪耀着购物光辉的“万神殿”走了两个小时以后，贾斯丁又感到了疲惫，已经感觉不到商场“大减价”牌子发出来的光芒了。他唯一感兴趣的事情就是普勒斯顿和妻子之间的故事。他们进入了和贾斯丁一样的那家虚拟现实店铺……多久之前？……花了一周的工资让“他”妻子和自己换来一次历险。普勒斯顿的妻子是在听到有退款担保之后才同意的。贾斯丁，通过普勒斯顿的眼睛，看到“他”的妻子把同样的校准仪器放到她的头上，坐在他坐过的那个躺椅上，接着就开始自己的旅程了。除了她的呼吸，非常浅的呼吸，贾斯丁可以说她跟死人没有两样。

我看起来也是这个样子吗？他想。

贾斯丁和普勒斯顿一起进入了虚拟体验的旅程……又一次。

所以，贾斯丁想，我已经是在虚拟情景中，要进入另一个虚拟情景，这可能会搞混啊。他在躺椅上躺下，又一次把那东西放在他的头上，又一次，世界变成了一片黑暗。

这次贾斯丁/普勒斯顿看到的是一个更高大，更威风凛凛的自己，穿着昂贵的维多利亚时期的衣服。他正在和他有钱的妇人及同伴坐着火车一起旅行。

所以这是两个人经历同一个虚拟现实的情景。这可真有趣，贾斯丁想。他幻想着自己和妮拉一起经历一些虚拟现实，那就肯定不是老少咸宜的那种了。他停止了这种幻想，他开始赞扬这些宝石在设立背景故事上所达到的了不起的效果。这是 1912 年 4 月 11 日，伦敦《时报》的封面上这样写着，上面报道了普勒斯顿和他的妻子的故事。根据这张报纸他了解到，他们是一对有钱的游历甚广的夫妇，作为探险家有着非常浪漫的名声。他们还把他们的历险写成了一本游记，让他们听起来像印第安纳・琼斯夫妇一样。但是真正令人震惊的是，他们有护照、文件还有各种船票可以出发，甚至有皇家邮政的泰坦尼克号的。普勒斯顿和他的妻子争论着去不去这艘死亡之船。他们很快就达成一致，在虚拟幻境中，这艘船是不会沉的，然后剩下的时间就一直在感叹这些幻境有多真实。据他们所知，这就是现实。他们用他们珍贵的付了高价的时间试了所有的事情。普勒斯顿的妻子很惊奇地发现自己的身体实在是太适合冒险了，还包括奥林匹克运动和游手好闲。普勒斯顿，虽然不是肌肉发达，但也拥有一副非常好的身材。当火车驶进站台的那一刻，他们认为他们这趟经历肯定会值那一周的工资。

事情只会更好。

这个站台，这个港口，到达时候给他们照相的媒体，其他的客人，当然还有头等舱的设置——所有的一切都引人入胜。他们生活在泰坦尼克号的世界。当臭名昭著的 4 月 14 日的夜晚到来的时候，他们决定要熬夜……以防万一。

他们还是撞到了冰山。

本来的灾难结果变成了这次历险最精彩的部分。在几分钟的时间里，他们就被一个惊恐的轮船乘务长发现了，他告诉他们说船长想立刻见他们。好像是他们作为世界著名冒险家的身份给他们引来了这位不合时宜的观众。会面没有在疑惑和心不在焉中结束，虽然无法阻止导致了真实故事的那场灾难，但是这次会面让普勒斯顿掌握了控制权。他和史密斯船长进行了一次发自肺腑的谈话，他告诉船长，尽可能让更多的乘客去到纽约是他的责任。这意味着他们得徒手割掉夹板上的木板，用尽全身力气尝试，然后把救生艇踢到冰冷、黑暗平静的大海里。贾斯丁/普勒斯顿不知道这种“该死的鱼类”方法是否能够在真实生活里奏效，但是好像在这个幻境里是可以的。船离开的时候装满了乘客，划桨手的工作就给了丈夫们，除此以外都是妇女儿童先上救生艇。指挥系统完全发挥了作用，这些船都准备好了，装满了人浮在水面上。但是这次冒险中令人惊异的部分是当普勒斯顿和他的妻子让这艘船的建造者不要再感到抱歉之后，开始想出一些创新的方法在短时间内建造救生艇。

对贾斯丁/普勒斯顿来说高潮的部分就是把所有的男人都集中在夹板上的时候，然后发表了一场一半海军中士一半亨利五世的演讲。这场演讲里全都是“是的，我们当中有些人可能熬不过今晚”，还有“如果我们齐心协力我们就还有机会”到“百万富翁们会让幸存者免费在他们的酒店休息一周”这种内容。像魔术一样，男人们把木板拆开，把消防水管撕成绳索，把门、桌子、可漂浮的行李箱绑在一起，做成了世界上从未见过的色彩最缤纷的救生船。如果不是海面非常平静的话，这个船是肯定不能用的。但是这次成功了。当船舷还是滑进水面的时候，放满了临时救生艇的夹板就像一个平台，让载着上百人的救生艇可以安全地漂浮起来。富人穷人齐心协力，大家都有着一种“去你的冰山”的精神。当史密斯船长坚持要与他的船一起下沉的时候，普勒斯顿当着他手下的面朝他的脸打了一拳，接着让他们把他放到救生艇上去。他很快就解释说，船长的第一职责是乘客，然后才是他的船。因为还有数以千计的乘客要靠船长的经验才能幸存下来，所以他的死基本上是徒劳的。他告诉还在震惊中的船员说，所有带桨的船都要跟这些救生艇划到一起。他们同意了，还救了更多的生命。但是，贾斯丁/普勒斯顿想，如果不是在虚拟现实的场景里，这样做能行吗？谁还关心那个？总之这次经历棒极了。

第二天，救援船发现，在海面上全都是唱着歌的泰坦尼克号幸存者。只有30个男人丢掉了性命——大部分都是慷慨就义的——没有一个女人，没有一个孩子，也没有一个丈夫死亡。当幸存者终于到达纽约的时候，举行了一场世界上最盛大的游行。庆典令人震惊，普勒斯顿和他的妻子成了世纪英雄。在现实生活中的悲剧结果成了愿意抗争生存下来的人的一场胜利，所有的富人许诺要出钱修更新、更大、更好的泰坦尼克号，然后看看大自然还敢不敢把这个也弄沉了。

当冒险结束的时候，这对夫妇带着敬畏之情离开了虚拟现实商店。他们都觉得，这场冒险比他们想象的更加惊险刺激。在走出虚拟现实商店之前，他们就已经在计划下一次冒险了。

贾斯丁发现自己现在有点陷进去了，不是体验每个时刻，而是融入了普勒斯顿·辛克莱的生活的每一个细节。在接下来的两年里，这对“夫妇”又进行了三次冒险。每一次都比上一次更刺激。尽管贾斯丁也乐在其中，但他还是持有保留态度的。因为他一直在注意着红牌，他知道红牌就是结束这场文明经历的标志。但是什么都没有出现。实际上，所有的他体验到的经历的都仅仅是一系列的纯粹的快乐。

他还饶有兴趣地看到，新技术新材料的突破让虚拟现实机器的价格很快就下降了。他看见第一台家庭用虚拟现实装置的价格是五万美元。一年之内，价格就降到了两万，又过了两年，三千。贾斯丁/普勒斯顿没有等多久就给自己又买了一台。

起初，机器很快就送来了。这家人进行了一场正在建造当中的金字塔之旅，然后就全家到水星去度假。虚拟现实技术好的地方是，孩子们可以由爱因斯坦来教他们现代物理，牛顿来教他们经典力学，莎士比亚来教文学，而且他还顺便带孩子们去看了他的一场演出。没过多久，普勒斯顿就把孩子们排到了新的计划里，按照这个计划，他们每天只去真实的学校两个小时，去上体育课和参加其他的群体活动，然后让虚拟现实机器来负责其他的科目。毕竟，在虚拟现实里，孩子们可以和世界各地的孩子在同一间教室上课，体验不同的问话，此外还可以接受超前教育。

辛克莱一家没有注意到，他们逐渐远离了朋友的生活，而且他们的朋友也远离了现实各自的朋友。偶尔他们会在上班的时候，或者在商店见面，然后交流一下计划，但是现在基本上没有实现过。虚拟现实机器带来的体验总是更有趣一些。在一年之内，虚拟现实机器已经成为辛克莱家最主要的娱乐方式了，而且当机器的价格降到五百美元的时候，这个机器已经成为了第一世界国家所有家庭唯一的娱乐方式了。贾斯丁发现，真正奇妙的，不是普勒斯顿和他的老婆多么用劲儿想要生第四个孩子，而是他们居然有时间来怀孕。他们都深爱这个孩子，但是不幸的是，作为老四，这个新出生的孩子不得不与爱因斯坦、牛顿、莎士比亚还有印第安纳·琼斯夫妇的不间断地冒险竞争。

就在这个时候，一个红牌出现了。

这家人已经不在一起吃晚饭了。并没有人可以把这种不良现象直接归咎于强大的虚拟现实机器。贾斯丁叹气说，没有在一起吃饭，早在虚拟现实体验盛行之前就是一个很可悲的行为了。不过，红牌出现的真正原因是这家人已经开始不吃饭了——在现实世界里。为什么还要吃真的食物呢，因为虚拟现实里面有那么多更好吃的东西，而且从来不会让你发胖或者生病，而且都是你想吃的？所以贾斯丁看着辛克莱开始吃廉价的、加工的营养棒，然后稍微喝点水就重新跳回到躺椅上，坐下，然后沉睡，开始他们下一场大探索。

下面发生的事情就很明显了。或者，至少对贾斯丁来说是明显的。但是，他对于“他的”家人慢慢开始下降的精神投入了更多关注，所以他也没有注意到——

世界经济崩塌了。

有几股力量在周旋，其中主要的事实就是世界 GDP 的大部分都是由娱乐和广告驱动的——而现在这两个行业都被更便宜和更好的虚拟现实所取代了。为什么还要去看电影呢，为什么还要去坐船，为什么还要去博物馆或者游乐园呢，虚拟现实机器都可以更好地完成，再加上又是免费的。搞了三年的旅游业——第三世界的一个主要的摇钱树——都死了，而且导致的结果就是世界大部分的地方都处在饥饿的边缘。更令人惊奇的是第一世界基本上没有人注意到这一点，或者说即使他们注意到了也没有人会关心。因为对世界上一半的人口来说，重要的是饥饿，房子被拍卖了，有人把他们的车给收回了，所以他们不能买新衣服，也不能去高档的餐馆吃饭。他们的问题就是虚拟现实设备不能消失。而且说到广告——为什么还要打广告，打给谁看呢？头脑空白的人都已昏昏然躺在躺椅上。起初，虚拟现实革命对广告来说是福音。毕竟，他们有为之着迷的受众，而且不管他们想象出什么货品都可以送过去。但是，这种情况只有当人们进行“体验”然后愿意离开虚拟现实设备才行。当坐在躺椅上的冲动比离开的意愿更强烈的时候，广告的情况就每况愈下，随之而来的便是经济的衰退。

年轻的夫妇开始打包他们所剩无几的东西，然后搬回去跟父母一起住，或者在很多情况下，他们会去廉价的公寓。节俭的商店还在垂死挣扎，意大利面制造商还是把培根都带回家，因为意大利面已成为了一周七天每一天的特别推荐了。在虚拟现实里，你吃着牛排龙虾，住在宫殿里，跟最美的男人女人交欢。这才是重要的。

贾斯丁听见了婴儿的哭声。

起初是遥远的声音，但是越来越清晰，是普勒斯顿的孩子在哭。他饿了，而且需要跟人接触。程序终止了，贾斯丁在想，如果有人的话，谁会去解救那个婴儿呢。普勒斯顿从躺椅上起身，向孩子走去。谢天谢地，贾斯丁想。他看见普勒斯顿走过了哭着的婴儿，走进了杂乱的厨房。桌上有个盖着两周前的邮戳的盒子。没有人想过要打开它，但是普勒斯顿的妻子提醒过他。她说完就立刻又躺在设备里，那是一个小时之前的事情了。

当孩子的哭变成尖叫的时候，贾斯丁/普勒斯顿打开了盒子。看到里头的东西之后，贾斯丁震惊了。他真想阻止普勒斯顿把那个东西拿起来，但是他没有办法。他的生命和普勒斯顿的是共生的，他只是一个被束缚的旁观者。现在他只能在一旁，看着这个恐怖盒子被打开，无力做点什么。

普勒斯顿从盒子里拿出一个虚拟现实头部设备，还有三个宝石。这个头部设备很小。普勒斯顿把它放在肮脏的桌上，然后拿起旁边的小册子。小册子告诉他，这是一个可以让婴儿开心的特别程序。拿开它！毁掉它！贾斯丁无力地咆哮着。但是带着可怕的预言，普勒斯顿走到尖叫着的婴儿身边，把这个设备放到了他小小的头上，然后激活了设备。他把三颗宝石放到设备上的槽里，然后看着他的宝贝渐渐停止了哭泣，然后身体也变得柔软了。过了一会儿，婴儿的嘴角微微噘起，形成了轻柔冷淡的微笑。

尽管贾斯丁知道这样做一点用也没有，他还是坚持呼喊着。

去你的，普勒斯顿！你不知道这是在杀死他吗？他永远也长不大了，戴着那个机器什么都成不了！你给了他唯一可以生存下来的世界，但是这个世界不是真实的！

但是普勒斯顿听不见他。而且，贾斯丁悲伤地想，如果他听得见他也不会停下来的。普雷斯顿坐在椅子上，戴上他的设备，然后加入了他的妻子，他们正戴着天使的翅膀在天堂飞来飞去，在云里交欢。普勒斯顿可能跟他妻子说孩子没事儿，但是也可能没说。

普勒斯顿失业了。

除了虚拟现实程序，大家基本上不买其他东西了，而且大多数人已经有了他们想要的程序。另外，要复制程序也很简单。就是宝石、量子排序，还有光。但是普勒斯顿有个计划。他把全家都搬到了父母的老房子里。他们几年前就去世了，给他留下了一小块儿地上的一个小房子。他们的四个孩子都睡在一个房间里，但是他们也不介意。他们并没有真正“住在”这里。

普勒斯顿根本没有注意到中东发生了战争。某恐怖组织在以色列的国有蓄水层里投掷了延时复制的神经毒素。在一半的人口，大概 450 万人失去生命之后，以色列才研究出了治愈配方。因为政府不知道应该由谁来对此负责，而且既然有这么多组织/国家都骄傲地说要对此负责，那么以色列决定给他们上一堂永生难忘的课。在一个寒冷的冬天的早上，就在半个国家都一片死寂两周后，以色列国会剩下的统治联盟决定对所有的敌国进行一场大范围的核武器打击。中午的时候，所有中东的主要城市都被夷为了平地，到处都是闪着光的碎石、残骸还有放射性灰尘。而且除此以外，以色列还攻打了伊朗、伊拉克、科威特、沙特阿拉伯、卡塔尔、阿拉伯联合酋长国、利比亚还有阿曼的油田。这些炸弹非常的强大和下流。任何没有被完全摧毁的地方都变成了一堆有放射性的垃圾。当然，那个时候，已经没有几个国家需要阿拉伯石油了。美国已经不再进口阿拉伯的石油。运输业，不管是飞机还是轮船，或者是汽车，都几乎衰亡了。

整个太阳系正在走向毁灭。

当第一世界的人正在虚拟现实上耗费生命的时候，第三世界的人正在自杀。当贾斯丁发现一周之内已经有超过4亿人去世的时候，普勒斯顿好像还没有注意到。

最后，几乎没有人注意到。在那之后不久，印度和巴基斯坦都共同核自杀了。令人可怕的放射性的冬季到来了，世界各处的庄稼都死了。有人在互联网上放出了一个信息病毒，把世界上的很多数据系统都给抹去了。最有能力毁灭这个隐秘漏洞的人，也深深地沉睡在自己的虚拟梦境里。

普勒斯顿一家人都饿了。

当他终于开始在四周找食物的时候，他才发现一切变得多么的糟糕。周围很多房子都是空的，商店里剩下的也只有空货架。有些还是开着的商店的主人看到他好像很吃惊。他们觉得他会成为一个

“病毒杀”，这是最近新杜撰出来的词，指的是通过虚拟现实来自杀。

甚至连犯罪也变得毫无意义了。尽管大多数房子都没有锁，任何人想走进去拿走东西都没有关系，没人愿意去管。不是因为里面已经没有东西了，而是因为任何一个小偷在虚拟现实里都可能成为教父。走了几步，贾斯丁/普勒斯顿看见喷漆的文字“去了阿拉斯加”。一个商店老服务员说，“那里”好像还可以生活，他指的是第四十九个州。但是现在南加州也是很寒冷的，尽管还是在八月。普勒斯顿不能想象阿拉斯加是什么样子。另外，他知道他的妻子和孩子肯定在途中就会撑不下去，甚至连房门都走不出。

贾斯丁/普勒斯顿看着他的家人。这是他第一次发现他们已经瘦得皮包骨头了。他们那么疲惫，又那么脆弱。他们没有车，而且好像也没有足够的燃料了。这两周，他都在外面找工作，找吃的，找希望，而且天气也越来越冷。早上他家门前已经枯死的草地上已经结冰了。最后，他终于在因特网上参与的信息中，看到了一个政府仓库正在发放以前储存的食物。他把家人都叫醒，然后他们吃了几个月以来第一顿真正的饭。食物都是罐装的，保存得很好，虽然已经过了推荐的食用日期，但至少这一顿是真的，至少里面有真的碳水化合物，真的蛋白质，还有真的脂肪。

之后，他们又回到虚拟现实里。

普勒斯顿第二次叫醒他们之后，他告诉他们说他有一个好消息。他找到了一个为政府工作的职务，薪水不是很高，但是已经足够让他们吃得不错了。过了几周之后，孩子们开始看起来好些了，而且他的妻子甚至又开始笑了。他带回家的食物不是很好，但是比几个月前他强迫他们吃的军队分发的食物要好多了。结果这个核冬天没有原以为的那么恐怖，而且政府成功地让一些庄稼起死回生了。情势还是很严峻，但是这个国家终于开始自我恢复了。辛克莱一家花在虚拟现实上的时间也少了些，他们更多地和家人在一起。贾斯丁很高兴，虽然虚拟现实对这个国家造成了这么大的伤害，但至少普勒斯顿和他的家人好像已经摆脱它了。

贾斯丁的各种感觉又开始变得模糊，他感觉肢体末端有些刺痛，接着他的世界又变得一片漆黑。谢天谢地，他想，同时他感觉开始下沉。他很高兴能离开这个悲惨的世界。

世界又开始变得清晰。

贾斯丁发现，这还是那个他刚刚离开的悲惨的世界。但是这次他是他自己……也许是。他已经离开了普勒斯顿的身体，而且可以随处移动。当他看着自己的手的时候，他的双手好像是半透明的，就像鬼一样。他在辛克莱的房子里找到了一面镜子，现在自己是如此熟悉的。看着镜子里面自己的脸，他已经很久没有看见过自己的脸了，他好像都要忘记自己的样子了。他听见虚拟现实房间里有声音。讽刺的是，贾斯丁想，以前这里是“客厅”。他悄悄地走了进去。

普勒斯顿颤抖着双手在弄着一张褶皱的纸。贾斯丁跑到厨房，看见桌上有军队发放的食物的残留。贾斯丁明白他吃了那些东西，情况没有好起来。普勒斯顿撒谎了，或者让机器替他撒了个谎。他回到虚拟现实房间，看见普勒斯顿正在完成建立独立系统的最后一步。一旦完成，这样就可以维持虚拟现实设备多运行几周。贾斯丁还注意到，这个软件的结束口令是“断电”，如果被激活了的话，就会运行一个叫“渐有起色”的虚拟现实程序，这是为“病毒杀”准备的虚拟现实系统。这是一块臭名昭著的虚拟现实宝石，它会绕过人类对于食物至高无上的渴望。简单说来，运行这个程序的人永远也不会醒来，他们的尸体会被发现；如果有人愿意停下的话，残存的躯壳干枯又萎靡，身上满是尿和排泄物。最令人毛骨悚然的事情就是，他们凹陷的脸上还会有微笑的表情。普勒斯顿开始一个一个地切断家人的食物管。

“不！”贾斯丁尖叫着，“不！”

普勒斯顿继续着他恐怖的任务。

“不，不，不！”

普勒斯顿抬起头，放空了一会儿。

贾斯丁抽泣着，想要冲向普勒斯顿，但是他穿了过去。由于自己的无能他感到很疲惫，贾斯丁恐怖地看着普勒斯顿四处张望，在这个曾经欣欣向荣热闹的家里，如今还剩下些什么。重重地叹了一口气之后，普勒斯顿坐在他的躺椅上，把仪器放到自己的头上，重新与他的家人一起做最后一场美梦。这个梦贾斯丁曾经也信以为真。

“别这么做。”贾斯丁小声重复着。他陷入了深深的震惊当中。从他嘴里流出来的词语就像责难的咒语一样。他动也不动地站着，沮丧地看着这一罪行在他面前上演。除了虚拟现实机器发出声音以外，房间里一片沉寂，很快这些残余的呼吸声被虚拟现实程序活活杀死了。

他祈求上帝让这间房子消失，但是没有。他甚至试过离开，但是他不能。他被困住了，被迫要见证这一切。所以在那儿站了几天，看着辛克莱一家在躺椅上奄奄一息。他希望普勒斯顿为大家选了一场美梦。他只能祈祷这些。他们的呼吸一个个地停止了。他们连接的机器尖叫着发出警告，接着机器自动关闭了。

只有最后一个人死了之后，贾斯丁才可以离开这个程序。

是那个婴儿。

普勒斯顿“忘记”切断婴儿的食物管了，这样他比他的家人多吃了几天。看着婴儿慢慢地死去，是贾斯丁在虚拟现实世界里最受折磨最痛苦的经历。当那小小的胸部不再起伏的时候，这个婴儿静静地躺了大概一个小时后，这个房间才开始消失在黑暗中。

当贾斯丁醒来的时候，他正在刚开始的那个商场里的虚拟现实商店。可是这次，妮拉也在房间里，在他的身边徘徊。她看起来非常真实，因为她熟悉的脸，无与伦比的美丽。贾斯丁一生中从来没有因为看到过任何人而如此的高兴。而且，他估计，这比他从 300 年的梦乡中醒来还要高兴。他非常的口渴。妮拉善解人意，递给他满满一水壶的新鲜泉水。他贪婪地喝完了全部，全然不顾几乎大半都从他脸上流到了衣服上。

“多久?”他问，没有注意到自己的声音都沙哑了。

“你在机器里的时间超过了 6 个小时。”妮拉回答，“把剩下的喝了，慢点。”

贾斯丁照做。

“贾斯丁，我们现在可以走了。你可以走路吗?”

他感觉前所未有的僵硬和疼痛。他坐了起来，然后看着自己全身。他恶心地看到自己弄脏了自己——一次又一次。味道难闻极了。

他怎么可以这样面对妮拉呢?

“为什么……为什么他们没有给我弄干净?”

“他们本可以的。”她略带悲伤地说。

“但是他们不愿意。”他心领神会，然后想了想说，“明白了。”

妮拉安慰地把手放在他肩膀上说：“我们醒来的时候都是这样的，贾斯丁。把你的衣服脱掉吧。”她递给他一个垃圾袋说，“丢进来。”

他花了两分钟才让他疼痛的身体从躺椅离开。腿部肌肉的萎缩很疼，但是比起可以让他被纳米技术重组身体的疼来说根本算不上什么。但是萎缩就是萎缩，即使是已经磨合得很好的工具都还是需要通过运动来有效地工作。头还是很晕，在确信自己会摔倒之前，他坐下过几次。

当他终于把自己最后一件衣服脱掉的时候，妮拉给了他一个看起来像是塑料睡袋的东西，然后让他爬进去。他照做了，他希望这是一个可移动的洗澡间。当这个袋子升到他肩膀高度的时候，它发出了“嗡嗡”的声音。他开始觉得有些麻麻的感觉，然后吃惊地看着身上的污秽一点一点地掉到了地上。等他明白过来的时候，他把袋子拉到自己的头，然后感觉到头部的震动。真奇妙，他想。他不能说他感觉干净了，但至少不脏了。他期望回到家中，那样他就可以洗一个长长的舒服的“真正的”澡。当袋子停止“嗡嗡”叫的时候，他往下看，看到一层脏东西堆积在自己的脚边。当他走出“洗澡”袋子的时候，它又震动了一下把他的脚弄干净。妮拉递给他一套干净的衣服。

当他穿上衣服之后，他才开始注意到这件校准室。这里好像跟普勒斯顿的房子一样的杂乱。只有一半的灯亮着，大多数隔间都不见了要不就是坏了。纸张散落得到处都是。当贾斯丁和妮拉离开虚拟现实商店的时候，他看见这个商场都是令人作呕的样子。不对称的唯一的光线，是由天花板的漏洞中来的。他注意到，周围有些虚弱的点着火的鼓，周围都是一些被遗弃的可怜人。到处都是碎玻璃渣子，飞舞的纸张和垃圾让这个绝望的场景更加的绝望。很难相信这是他原来走进的那个商场。

贾斯丁正准备开始踏上静止的自动扶梯走向出口的时候，一个可怕的念头出现在脑子里。

“妮拉……怎么……我怎么知道我现在是不是还在机器里?”

妮拉悲伤地看着他。

他开始流汗。他的面色开始变得苍白。

妮拉把他的双手放在自己的手中，看着他的双眼。

“你必须得相信我，贾斯丁。你没有在机器里。”

“但是我怎么知道呢，妮拉？大家怎么知道呢？我可能现在还困在里面，垂死，还拉屎拉尿，而且我还不知道！这个，”他指着周围荒废的建筑说，“这些可能都是程序里的。”

“是我，贾斯丁。”她恳求说，“真的是我。”

他又看了看周围，他觉得他自己没有别的选择，他决定相信她。

“很邪恶，妮拉，这整件事都……很邪恶。”

妮拉看着她，同情地点点头。

“现在，贾斯丁……现在你明白了。”

7. 后果

过了一段时间贾斯丁才明白，他去虚拟现实博物馆参观的这两天为什么这么特别——他基本上就是一个人。不仅身边没有朋友没有随从，没有通常一大群把他围在角落的粉丝，而且也没有媒体。甚至连一些“嗡嗡”叫着的媒体机器人都保持着一定的距离。好像各方都同意给这个未加入组织的人一些空间。令人悲伤的是，他太投入于自己所经历的事情了，他没有抓住机会来享受这段安静时光。而且他再也没有机会得到这样的两天了。至少，不花一些时间，不花些力气，不花些钱是做不到了。

为了要交谈，妮拉尝试过向贾斯丁解释虚拟现实规定、协议还有博物馆的进化。她解释了阿拉斯加是如何通过虚拟拥有世界上最完整的人口，作为地球上一股独立的力量出现的。而且，大多数阿拉斯加人，一些从来不会愚弄笨人的人——都在增强虚拟现实的过程中看见过很多恐怖的傻子。终于，越来越多的人把阿拉斯加当作保护和重生的源泉，而且不久之后阿拉斯加联邦就成立了。联邦发展得很快，随着时间的流逝，它也变得强大起来。当它建立对一个地区的控制的时候，日渐强大的阿拉斯加力量做的第一件事就是坚持让每个人都进行一次虚拟现实的模拟体验，就是跟贾斯丁所经历的一样。妮拉解释说，那时大人小孩都要经历这些。“但是现在，”她继续说，“只对孩子做了。”很明显孩子的恢复没有大人那么快，他们通常在几周的时间内才基本恢复。妮拉很骄傲，在她能够和顾问谈论经历之前她只花了 8 天的时间。所以，她以为，贾斯丁可能只需要几天。毕竟，他是一个自信的人。

贾斯丁只花了大概 10 分钟。走出博物馆他做的第一件事就是拉着妮拉去了洛杉矶轨港。

“我们去哪儿?”她假装冷淡地问。

“卢森堡。”他僵硬地回答，接着预订了两张去太阳系联邦最老的城市的票。妮拉什么都没有问，她跟着他走。他们直接走到他们的私人飞行器上，坐下，等了几分钟之后，飞行器就小心翼翼地进入了大气层。这次，妮拉发现，贾斯丁的表情里没有快乐没有不解，也没有兴奋的神情，以前他们飞行的时候他总是有这样的感觉。甚至更有趣的是，他也没有去乱改环境数据板。这次，他决然接受了乏味的默认环境设定。整个飞行过程他都很沉默。谢天谢地这趟旅程不长，妮拉想。

在“豆荚轨道”离开轨港，开始消失在卢森堡的中世纪城堡中的时候，妮拉认出了柏图斯和阿尔扎特庄园的石头。她很明白，为什么这些建造在海角的石头铸成了古代堡垒，现在成为了风景区。飞行器小心地降落，被一片老城垛包围着。妮拉和贾斯丁快速地走了出来。

从卢森堡出发，贾斯丁安排了一个司机带他们去南边，到一个叫作格尔金堡的小城市。在他们飞行的时候，贾斯丁还是安静地沉思着，基本上没有怎么跟妮拉说话。她有点吃惊，但是更多的是好奇。每个人的反应都不同，她想，经历了六个小时的折磨，他很容易精神紧张。她想带他回纽约，然后等着，直到他自己走出房间，准备好了要说点什么。当然，现在根本没有活着的人是长大了才去博物馆的，所以她得接受任何事情都可能发生的这个事实。这一小小的偏差就是一个例子。如果一点也不奇怪的话，妮拉想，至少让今天的旅程比较有趣。

他们终于在卡特农平静的森林里降落，就在曾经充满了田园风如今却被遗弃了的格尔金堡城外。飞行器停在一个长满草的小丘上，大约四十米远的地方有一条长满苔藓的路堤，还有被满是白色飘动着的植被环绕的小溪。乍一看这里就是一座小山，但是贾斯丁知道得更多。这座“山”其实是一个植物丛生的入口，指向一个冰冷的螺旋的走廊，里面有在羞耻中静静生锈的古代地下防御工事。他们到达了曾经是格尔金堡著名大门的地方，这是在无力的马其顿防线下幸存下来的少数。这些门，旁边有两个炮塔，它们都是古代堡垒的一部分，这些堡垒在第二次世界大战中没有能抵御住德国纳粹的进攻。但是对贾斯丁来说，他们提供了在这个千禧年之际的一个独一无二的机会。

“我们要在这儿干吗?”妮拉问，她现在已经不能抑制住自己的好奇了。

“检查这个测试场地。”他回答，没有一丝明显的情绪。然后他越过飞行器的墙，直接朝着山走去。妮拉快速地跟上。夜晚降临，空气中有一丝凉意，一阵轻柔的风从山丘上吹过，让干枯闪着金光的草不时地摆来摆去。穿过二十多米来到山的入口处只花了几秒钟。在暴露的水泥板下更加明显地看得出，这座山其实是人造的。带关卡的铁门微开着。贾斯丁回头看了看妮拉，试着打开了门，发现门没有锁。“等一下，”他说，然后就走进了黑暗的走廊，过了一会儿他又出现，“司机有没有手电筒?”

“没有。但是我想我明白你的意思。”她回答，“我们要进入到这个‘测试场地’多深的地方?”

贾斯丁想了想说：“不确定，但是我想大概 70 米。”

妮拉点点头，然后走回到飞行器那边。贾斯丁看着她一边跟司机说了几句，一边还指着他这边的山。这个司机走到汽车的机罩，然后打开了它，接着拉出一个圆桶形的罐子。妮拉接过来一边用力地摇这个桶，一边朝着贾斯丁走来。

“呃，这到底是什么?”他看着她走过来说。

“这是我们的手电筒。直接指着你想要照亮的地方，剩下的就交给它吧。”

贾斯丁耸耸肩：“这东西可以用多久?”

妮拉低头看着罐头然后读着上面的标签：“这个，可以用三小时。够了吗?”

“绰绰有余了。”

他们走进了堡垒。他们站着的这块地方好像是个前厅，在进入地下通道之前等待的地方。他们两边是一块巨大的水泥板，在他们正对面的是一个老铁门，上面有一个还在转的铁风车。贾斯丁试了试。他转的时候没有刺耳的声音，轮子还可以用。他又多转了几圈，然后他感觉到这个门松动了。他把这个大铁板向着自己转出来，与此同时门发出了震耳欲聋的“吱吱”声。

“可以加点油，”他建议说，“但是对一扇四百多年前的门来说已经很不错了。”

贾斯丁指着一个古代的烛台，看见了几个世纪之前照亮道路的电石灯。“那边。”贾斯丁指着“光”应该照到的地方说。妮拉走上前，用她从司机那里拿到的罐子朝着古老的照明设备喷。烛台周围的区域开始发光，光线大概可以照到 3 英尺远的地方。贾斯丁佩服地看着这个科技壮举，然后指了指下一个烛台。这个动作在他们走进隧道的时候不断地重复。以一种奇怪的方式，这个隧道几乎就像一个法国士兵四百年前看到的一样被点亮。

隧道够宽敞，妮拉想，四五个人可以在里面并排走，而且还不会碰到墙。里面有些潮湿的味道，但是不严重。山洞的顶有一些红棕色调的拼接物，有些白色的地方已经变脏了，还有一些腐蚀了的地方。在两边墙上大概 2/3 高的地方，有各种形状各种大小的铁管子，跟通道的长度一样。当他们越走越深的时候，妮拉可以感觉到脚下的混凝土上出现的窄管道。当她回头看被他们照亮的路的时候，她才发现这些管道其实是轨道。

“他们就是这样运军火和供给的。”他提前回答了她可能提出的问题。

“这地方到底有多大?”她问。

“这个部分，”他看看周围说，“只是其中一部分，整个大概有 43 千米……但是别担心，我们不用去那么远。”

他们已经沿着走廊走了大概 20 米了。当他们走到一个丁字路口的时候，他们向着右边又走了 30 米，接着他们走到了一个又长又宽的走廊才停下。接着他们又碰到一个丁字路口，这次他们向着左边又走了 10 米，就在这个时候隧道又有了分路。

“走哪边?”妮拉问。

“我在想，”贾斯丁暂停一下又说，“有点久了。”他站着抓着头说：“左，肯定是左。”

他们在左边的隧道里又走了六七米，最后在一面看起来是被爆炸过的墙前面停了下来。从一个洞孔可以看到，墙后面是一扇铁门——朝着里面微微地开着。妮拉立刻注意到，这扇开着的门和他们之前遇到的那扇门不是同一种。妮拉多研究了一下后发现，这个她以为是被毁掉的“洞”其实是没有完工而留下的。

“这是你宝藏地窖的其中之一。”

“正确。”贾斯丁回答说，“差点就是我宝藏地窖其中之一了。”他抓起妮拉的喷雾罐，接着走进了这间黑暗的房间，然后点亮了整个房间。妮拉跟着进去了。这个房间看起来像是一个宿舍，墙边有两张生锈的床。贾斯丁对墙角的床头柜产生了兴趣。他开始探索床的背后。钥匙？妮拉想。过了大概 15 秒之后，贾斯丁坐在弹簧床上，深深地舒了一口气，他转过来朝着妮拉。尽管房间有些昏暗，妮拉还是看见这个人有了巨大的变化：之前一直烦恼着他的东西已经烟消云散了。

“这个地方本来要成为我财产的埋藏地。”他说，“这里有这么多这种隧道，本来很简单的只要在门前面砌一堵墙，谁都不会知道。所以只要跟爷爷的老房子看起来差不多就行了，这样问题就解决了。但是隧道后来开始成为主要的旅游点了，因而这个与世隔绝的地方也可能会被发现。”

“这样的概率肯定很小吧？”

“非常小，但我还是想要更好的地方，或者至少我认为我想到了，而且就像其他的地点一样，这个也是被抛弃的。”

“那么，”她问，“我们来这儿干吗，还有你现在又变成人了？”

“你就是这样表达说我是个不高兴的人吗？”他反问。

妮拉大笑着说：“远非如此。更像是一个肮脏的混蛋……但是今天准许你这样。”

贾斯丁笑着：“我得要确认。”

“确认什么？你的废弃的测试场地还是废弃的？”

“不是，我最近的生活……现在……是，其实，真的……或者具体点，不是虚拟的。”

妮拉花了一阵儿才明白过来，“啊。你以为你自己还在虚拟现实仿真场景里。”

贾斯丁点点头，“我不确定。我需要检验一下。”

“不是要 GC 你，但是……”

“GCI?”

“噢，抱歉，俚语。‘GC 某人’就是‘打击某人’。”

“明白了，”贾斯丁点点头，“大萧条某人。”

“对……对了，像我说的，不是要打击你，但是这一切，”她指着周围说，“也可能还是在虚拟现实中。站在这里怎么就能确定不是呢?”

贾斯丁像一只抓住金丝雀的猫一样微笑说：“虚拟现实需要程序设定，它可以吸收然后组织数据，我不明白是怎么做的，但是它不能无中生有。”

“当然可以，”妮拉反驳说，“而在那个环境里，所有的都可能是真的。”

“不是，妮拉，看起来像真的。但是，如果一个人拥有虚拟现实机器不知道的知识的话，那么它的那些程序也不知道，这样一来就可以检测你的现实是不是真的。”

“那么，”妮拉想要理解他的逻辑，“你没有去你的主要的埋藏地点，是因为那个被媒体曝光了。”

“正确。”他点点头，“我所有的埋藏地点都被曝光了。为了这次测试，我不能去我去过的地方，或者相关的，就是不能去虚拟现实机器的程序员已经有权进入的地方。我只能去我自己一个人知道的地方，这里就是最好的地方。”

“为什么虚拟现实机器不能向你呈现这些隧道呢?”她追问，“毕竟，那些还是旅游热点，而且一旦它们知道你要去哪里，它们就可以得到数据然后非常快速地建造起来。”

“是的。”贾斯丁确认说，“但是那样的话它就会重现马其顿防线标准图像，而这些橡胶和建筑材料是我留下的。”

妮拉把手放在下巴上摇着头。

“好吧，我想我明白了。”她回答，但并没有百分百满意，“但是在你冷冻的300年间会发生很多事。假如有个旅游团找到这里来了，然后记录了你的未完成的工作。再假如虚拟现实机器得到了这份记录。”

贾斯丁脸上泛着光，他把妮拉推到他之前坐着的床边。他指着墙上看似一个小污点的地方。妮拉近距离观察才发现这个污点是刻着的已经模糊的名字：“贾斯丁·可德”。

“如果虚拟现实机器可以找到这个。”他指着这间房子说。“而且找到那个。”他指着小小的刻字说。“然后再把这些全部都编写进程序的话，我亲爱的妮拉……那么机器就赢了。但是我觉得没有任何软件，甚至是在虚拟现实机器里面发现的那样的好软件，在没有充分了解的基础下就能提供出这些细节，而且我还知道它没有这个权限。所以，是的，妮拉。这些，”他看着周围说，“是现实。而且多亏了这个小小的刻字，我现在完全确认了。”

妮拉开始拍手，“没有什么能瞒过你，可德先生。没有。”她“咯咯”地笑着，“现在，我们可以离开这里了吗?”

“当然，而且我永远，永远，也不会再踏进那个机器一步了……在我有生之年都不会。”

“想想看，”妮拉回答说，“我差点就做了。”

贾斯丁点点头：“好像我欠你的还不够似的。”

他们向着出口走去，留下古老的隧道和格尔金堡的小堡垒，再次慢慢地被黑暗和永恒吞没。

出来之后，他们发现面前是他们刚刚进入的高地。太阳已经沉到了地平线以下，但还是有足够的光线可以看到车，还有司机靠在机罩上消磨着他的时光。风稍稍大了些，而且很明显更凉了。贾斯丁静静地看着妮拉。他想要问她些事情，但是又不知道从何问起。

“我还记得那些宝石……有时我甚至会梦到它们。”

妮拉变得有些严肃：“这就是危险的地方。”她开始朝着飞行器走去，贾斯丁就在她旁边，“你知不知道，我们还有虚拟现实上瘾的危险？”

贾斯丁猛烈地摇摇头，眉毛抬得老高：“在经历过那些之后，为什么还有人想要用虚拟现实机器呢？”

“贾斯丁，你生活在你真实的世界里，而且你取得了惊人的成功。在虚拟现实机器的这么多角色里，你就是一个英雄。”

“算了吧。”他不相信地说。

妮拉摇摇头：“是真的。一个白手起家的亿万富翁，用死亡挑战整个文化，永不怀疑，永不畏缩，永不放弃。这个人带着骄傲、技能还有自我保存感从废墟中出现。你真的不明白这有多稀有……

不，你不知道你有多独一无二。其余的我们，我想，都活不到这么伟大。”

贾斯丁没有反驳。这不是狂妄自大的原因，这是事实。没有理由相信，上瘾的心理原因会因为科技的发达而改变。

“但是这些孩子，妮拉……”

她与他眼神相交，说：“他们必须在年少的时候就进去。贾斯丁，在大萧条之后，阿拉斯加人发现虚拟现实的‘瘟疫’还没有消失……至少，没有完全消失。噢，他们非常努力想要镇压住，甚至还通过了相关的法律。这些阿拉斯加联邦通过的法律中的其中一条就是反对个人选择的……你猜怎么了？”

“没有成功。”他回答。

她点点头：“像那样的法律只有在社会明白法律是必需的情况下才能有效。”

贾斯丁很吃惊：“社会才刚刚崩溃！他们还需要什么证明？”

“不是需要，贾斯丁，是‘想要’。他们有各种各样的理论和对策。有人想只要发现有人在使用或者准备使用虚拟现实设备就应该当场杀掉他；还有人想规定每天用几个小时。”

“那他们是怎么妥协的？”

“你刚刚就在‘妥协’里坐了六个小时。”

贾斯丁叹了口气。

“有人发现，”妮拉继续说，“这种程序在七至九岁的孩子身上效果最好。这个年龄段体验了程序的人的虚拟现实机器再使用率只有2%。当大家发现这个时代都可以接受这种虚拟现实疫苗之后，安格雷齐议会就把这个体验变成了对公民的强制内容，同时还有关联的或者征服了的人民。”

贾斯丁在大腿上搓着手，想要忽略寒冷的天气。他很惊讶自己居然这么久都没有发抖，然后想起他的身体被“调整”了，所以他能感受到的寒冷现在才开始沁入到骨头。

“好吧，”他把双手放回到口袋说，“我想我明白这种教化是怎么成为一种普遍的了，虽然我不想承认，我还明白为什么你们要让孩子成为那种噩梦的承受者。但是，妮拉——你所说的阿拉斯加人听起来不像我那个时候了解到的喜欢打猎、捕鱼，喜欢说‘别他妈管我’这种人。这些阿拉斯加人听起来很残忍……好像拼命地想要去征服什么。”

“贾斯丁，”她无力地把头发从自己脸上撩开，但是风吹散了她一脸的头发，她说，“你知道的阿拉斯加人已经消失了。他们死了，改变了，或者被‘核冬’来袭时候数百万的难民给替代了。想想看，在你们的超市没有食物的时候再把人口增加五倍。通过努力劳动、打猎、捕鱼还有其他有问题的方式，他们让这群人中的大部分都活了下来。但是他们不一样了——更拼命，更有纪律性，无比的自豪。这些人不会让廉价的独裁者把他们的双手放在一些废弃的核电站上，然后开始自己的帝国，或者，更糟的是，会发生另一场核战悲剧。选择很简单：加入或者被吸收。”

“拒绝是无效的。”

“什么?”她问。

“噢，对了。”他想起自己用了一个过时了的词汇，“是在一部老的电视节目……《星际迷航》……里面提到的‘博格’。”可能说的是希腊语，他沉思着。

妮拉的眼睛亮了起来："我听过他们。"

"你听说过'博格'？"

"是的，现在还是有些星际迷的。"

贾斯丁大笑。

"真令我吃惊啊，"他回到主题说，"而且更多的人没有奋勇抗战。"

"噢，有些人抗战了。"她回答，"但是大多数都是不切实际的独裁者，要不就是自称狂热分子的人。他们很快就被消灭了。其实，剩下的大多数人都很高兴有人来结束疯狂和绝望。阿拉斯加人坚定地信任有限制的政府，简单又低的税收，还有个人权利的最大化。你唯一不能做的事情就是会影响到别人的生活或者安危的事情，比如兜售虚拟现实或者参与恐怖行为。在二十年过后，世界就在安格雷齐联邦的统一之下了。"

贾斯丁做了个鬼脸，有些事情还是在困扰着他："如果阿拉斯加人如你说的那样蛮横，有能力管理这个世界，那为什么会变成现在这样呢？你告诉我的所有事情，我读到的所有内容，都应该是野蛮的，或者，至少应该专政呀。这个世界是不合理的呀。"

妮拉点点头表示理解他的问题："你没有想到但萨，对吧？"

"我知道他是阿拉斯加联邦的第一任总统，上任后三个月就死了。是第二任总统整理了政府——我集中研究过她。"

"贾斯丁，"妮拉为了避开夜晚的寒冷，也把双手放进口袋说，"如果你要理解我们，你就要理解蒂姆·但萨。他对我们的重要性，就是林肯和华盛顿对你们的重要性一样——而且只有加起来才有可比性。从你的虚拟现实体验里你就知道事情有多糟糕。其实对于幸存者来说，情况还要糟糕。”她在继续之前让贾斯丁先理解一下前面部分的对话，“阿拉斯加人准备朝着历史上所有力量都想要的独裁去——但是直到蒂姆·但萨的出现。他大部分的演讲都被保存了下来；听他的演讲会让你从中获益的。”

“好吧。”他小声说。虽然还有一大堆事情要解决。

“他眼中的权力……”她好像在念咒语一样地说，“当整个世界正在崩溃的时候，个人权利好像是我们很难承受的奢侈品，他让我们想起它们是多么的重要。他让幸存者相信，真正的问题不是没有效，真正的问题是从来没有真正地被检验过。他最喜欢的陈述之一就是，灾难和机遇的象征是一样的。人类种族经历的所有的苦难都是徒劳。最后，他们可以根据个人权利和个人责任建造一个更好的世界，只要他们愿意为此奋斗。”

“听起来挺有道理的，妮拉。”

“是的，是有道理，但是在那种最黑暗的时期，我们很有可能就有了一位希特勒——但是我们有了蒂姆·但萨。他给了我们希望，而且让我们有了梦想。难以想象一个人的信念可以如此的强大，强大到可以影响整个世界。我们的社会就是按照蒂姆的构想建造的。这些人吃得好，有工作，有房子住，而且快乐的四百亿人口都是他的孩子。”

贾斯丁消化了这段演说一会儿。最后他说：“难怪你们到处都有献给他的雕像和城市。他是被烧死的，是吧？”

“英勇地被烧死，是的。”她回答，然后等待着里面的区别被确认，但是对贾斯丁来说听起来有点像政党说的话。

“是在‘核冬’期间，”妮拉说，“所有可以生存的地方都被占满了——甚至包括总统的房子。想象你正想尽力拯救世界，你把你的房子拿出来给别人用。没有人知道火是怎么烧起来的，但是在当时人人都靠烧木头来取暖。这不是什么不寻常的事——时常都有火灾。”

“为什么他们不用油呢?”

“那个时候油很紧缺，而且还要节约起来给工业用。众所周知的是，”她继续说，“总统一次又一次地进入到他燃烧着的房子，救出幸存者，直到——令人伤心的是——他再也没有出来。”

贾斯丁注意到，妮拉马上就要哭出来了。其实，她讲这个故事的时候带着足够的狂热，好让他相信她确实是了解这个男人的。就在这个时刻，他明白了为什么蒂姆·但萨——这个他见过一次的人，这个作为少数当选官员的又被开除的恶人——会变得如此的神圣。

“我很惊讶，”贾斯丁无畏地继续说，“但萨的理论没有跟他一起死去。我的意思是说，当林肯死的时候，他想要在内战之后把国家统一的梦想也死了。”

“我们在大火中失去了他的生命，贾斯丁，但是那时我们有他的梦想，他的希望还有随着他的希望而出现的一位烈士英雄。我们不能，不——不会让他失望。”

“所以蒂姆·但萨让阿拉斯加控制世界，”贾斯丁说，嘴唇微张，“去你的。”

“去你的?”妮拉疑惑地问。

“抱歉，就是个表达而已。”

“啊。无论如何，这不是‘控制世界’，贾斯丁，更像是‘联合世界’，而且他们也没有统治多久。事情一安定下来，阿拉斯加人就把首都从安格雷齐搬到了U.E.日内瓦……”

“抱歉，”贾斯丁打断说，“U.E.？”

“‘地球联合’。阿拉斯加人愿意离开旧世界的工作。”

贾斯丁大笑：“我想瑞士人应该很喜欢。”

妮拉看起来有些疑惑：“瑞士？”

贾斯丁垂下了肩膀。

“瑞士消失了，”他叹着气说，“但是《星际迷航》还在。这要好好想一想。”

珍妮特·德尔加多看起来像一个年轻的亚马孙女神：高挑、柔韧、皮肤黝黑、一头乌黑亮丽的头发。在通常情况下，她都会投去“给我让开”这种眼光，但是现在这位GCI最自豪的法律部门的老大正像等待下蛋的母鸡一样在房间里来回踱步。她现在正在日内瓦联邦的一栋楼里面。这栋楼叫审查纠正局，这里也是赫克特·圣比安可所在的地方。他正在经受几百万个纳米机器人在他的脑子里面爬来爬去，吸出那些神经异常的部分，然后立刻永久地“纠正”。他是“被迫”接受这项检查的，就是为了要看他有没有滥用自己的大股东权来对他的股权所有者造成过分的伤害。媒体机器人刺耳的“嗡嗡”声打断了珍妮特的不安。她抬头看见一个熟悉的球正在对着她的脸。后面紧跟着一个丰满的亚裔女记者，她穿着流行的虫皮连身裤。当这个愚蠢的人消失的时候我肯定会很高兴，珍妮特想，但是她还是尽力让自己不要去盯着那黏乎乎闪闪发亮的衣服看。

“德尔加多小姐，”记者开门见山地说，“我是伊娃·阮，《法律周刊》的记者。”

“我知道你是谁。”珍妮特有些激动。

“那好，”阮小姐说，“你能不能就我听到的报道做一下评论呢？”

珍妮特伪善地笑着说：“我愿意，阮小姐；但是，我现在正在忙一件紧急事情。打给我办公室吧，我会让我的秘书给你安排一次见面的。”

“那么你可以明确地说，”伊娃并不理会她的拒绝，“赫克特·圣比安可现在没有进行心理审查吗？”

别搞砸了，珍妮特对自己说，尽力地想要装样子瞒过去。她假装吃惊。幸运的是，在法庭的这些年，还有攀爬 GCI 大楼梯对她的历练让她的演技已经很好了。

“我……呃，”然后珍妮特说，“抱歉。是什么让你这样认为呢？”

伊娃·阮，假装掉在了珍妮特和赫克特精心设置的陷阱里，她开始相信几个小时之前她收到的粗心的提示有据可循了。她睁大眼睛，但同时还是理智地给她的媒体机器人信号让它做硬记录。虽然硬记录是一种比较贵的数据储存方法，但是这至少可以确保任何电子爆炸——经常作为抵制媒体的防御——对记者正在交给硬盘的东西不会有影响。这也意味着，她得要让这个机器人走出门——她愿意冒这个险。

“这样说吧，”她回答，“我有点好奇，一个有声望的 GCI 董事会成员怎么会出现在这里，而且一个助手都没有。”

“我出差经常没有助手，阮小姐。”珍妮特反驳道。

“可能吧。”记者微笑着回答说。“但是我敢说，你旅行的时候也不经常和最新的董事会成员一起吧……还是在这间看护室。”伊娃看着上面写着“心理审查测试”的牌子说。下面还有一句林肯的名言：“与自身不和的心智，无法立足。”

沉默。

“我认识很多股东，”伊娃继续说，“他们对这些事情很感兴趣。”

“这些事情，阮小姐，”珍妮特反击说，“一点都不关你的事。我保证，这完全是私事。现在，如果你能……”

对伊娃·阮来说是机不可失。“你想不想，”她冷冰冰地说，“让你的说法被大家知道呢，或者我直接推测出一个观点来？”她知道威胁地球上最强大公司的大律师可能是不明智的，但是像这样的机会一生只有一次，如果没有乘胜追击逮住这个贱人的话——特别是在这样的时刻——她便永远也没有机会了。

珍妮特暗自笑笑，她知道伊娃正要做她希望她做的事情。计划进行得非常顺利。

“你怎么敢威胁我？”她回击，装出一副最凶狠的表情，“你知不知道你在跟谁说话？”

“我知道，”伊娃回答说，“但我的问题还是有效。你想不想要你的版本被大家听到？因为我可以向你保证，德尔加多小姐，不管威胁不威胁，这个故事今晚都会被发表。”

珍妮特坚守阵地，盯着她的“敌人”。伊娃·阮不会知道，她接下来听到的答案是彩排过的，润色过的，在这个“机会”出现的两周前就被试验过了。

“好吧，阮小姐。”她咬了咬嘴唇……左下角，精确的两秒钟，然后说，“你好像让我处于劣势……那么我要跟你做个交易。”

“说吧。只要在我能力范围内，我就会尽力的。”

“你放弃你的信息来源，然后我把我知道的都告诉你。”珍妮特窃笑，她知道其实她自己就是伊娃的“信息来源。”

伊娃坚定地看着珍妮特：“德尔加多女士，事情的真相是我不知道来源是谁，但是我一定要诚实。如果我知道，我也永远不会放过他们的。”

“那很抱歉，”珍妮特说，“交易做不成了。”

“我也很抱歉，德尔加多小姐。”伊娃轻轻地诅咒着自己的霉运。她转身准备要走，媒体机器人就在她身后紧紧地跟着。

珍妮特自己开始倒数，3，2，1……“等等。”她冲着记者的后背喊。

伊娃·阮快速地转过身。

“怎么了?”

“不能责怪努力的女孩。”珍妮特耸耸肩说。

“不，我不能，德尔加多小姐。但是，我们都在浪费宝贵的时间。那么我再问你一遍，董事会核心成员和他们新的同伴是在这里进行一场心理审查，对吗?”

“你要的答案，”珍妮特装得好像剩下的词都是被迫说出来的一样，“是……是……可德。”

女记者一脸惊讶的表情：“贾斯丁·可德?”

“当然是贾斯丁·可德!”珍妮特降低自己的音量，其他在大厅的人正抬头看是哪里爆发出来的声音。

"但是赫克特·圣比安可先生是GCI的领导人，"伊娃轻声说，她已经进入了这场戏里，"是董事会的助手，为什么……?"

珍妮特的语气中带着恰到好处的绝望，她打断记者说："我们不知道!"她把伊娃拉近一点然后快速地耳语，就像一个迫切需要跟别人交流的人，想要让他们明白他们不懂的东西一样。珍妮特透露这个故事的时候，伊娃·阮点点头让她安心："可德只有一股赫克特的股票。"珍妮特慢慢说："但正是他让圣比安可先生进行这场心理审查的。我从来没有见过这种事情。我告诉你，伊娃……我能叫你伊娃吗?"伊娃点点头，珍妮特继续说，"我每场听证会都去了，但是就是不能停止。"珍妮特故意抓着伊娃的手臂说："这个不能被停下来。现在心理审查的工作已经开始了，而且是有保护的，"她故意暂停了一会儿说："……一周的时间。"

虽然基本上珍妮特说的都是真的，但是她没有告诉阮小姐，赫克特和她自己才是推动这次审查的人——算是对于各委员会成员的警告。但是珍妮特知道，这个记者会按照赫克特想要的方式进行报道。"我们说话的时候他正在被审查。"珍妮特一边"透露"消息，一边缓缓地看着写着"病人出口区"的那面墙。这有点违背她的意愿，伊娃也是。然后珍妮特使出了最后的"告白"。赫克特坚持这段话一定要按照稿子来说。"但萨的魂啊，"她喘不上气地说，"如果贾斯丁可以这样对赫克特·圣比安可，为什么……为什么?他可以对任何人这样做。他可以对……对我这样做!"珍妮特等了一会儿，她看见伊娃现在不是记者而是一个人了。她眼里闪过一丝忧虑，但是这已经足够让珍妮特知道伊娃已经上钩了。珍妮特所说的暗示对这个人来说已经很明显了，她会把她和赫克特精心制作的信息传递出去。简短地说，就是，这个未加入组织的人对任何人来说都是危险的。记者回过神来，但是飞镖击中了目标——上面还带着毒。

当她们还站在出口区域的时候，赫克特·圣比安可迷迷糊糊地从大楼深处出现了。他行走缓慢，而且眼神好像也没有聚焦在任何东西上。伊娃·阮抢先走到赫克特面前，她没有注意到珍妮特故意站在后面。"圣比安可先生，"伊娃说，"几个问题，如果我……"她停了下来因为赫克特眼神好像直接穿过了她，根本不知道她是谁，是干什么的。他迷茫的神情让她沉默了。这是伊娃，也是社会对于心理审查反馈最害怕的地方，现在全都出现在了这个让人害怕而又毫无力气的人身上——这就是赫克特想要的。伊娃一停止说话，赫克特就失去了兴趣，然后盲目地朝着另一个方向蹒跚走去。珍妮特，就在这个时刻，轻轻地抓住他的手臂，然后朝着伊娃会心地点点头，接着就带着赫克特——他对这个开始顽固现在又不说话的记者感到不满意——走出了大楼。

赫克特等到他们安全地上了车，离开检测区之后，才大笑起来。他"脑死亡"的面具一下就没有了，取而代之的是一张愉快狡猾的脸，珍妮特现在才意识到这个人比她想象的要隐藏得更深。

"那么，珍妮特，"他问，"你觉得她相信了吗?"

"噢，她完全相信了。"珍妮特钦佩地张大眼睛说，"那么现在，如果你不介意的话，你能不能告诉我为什么你要用洗脑来得到你想要的结果呢?"

赫克特的微笑如往常一样的让人消气。当他开始揭露这个复杂的阴谋的时候，他就会尽力取得成功。而且今天，在反复的排练和完美的时机下，已经成为了胜利的一天。或者，当一个小时左右后那个神经质的小记者伊娃发表这个故事的时候，就是胜利的时候。

赫克特等了一会儿，品味着每一口呼吸。他从车载食品柜拿出一个杯子，又从柜子上拿了一个瓶子，然后给自己倒了一杯单麦芽威士忌。

“珍妮特，亲爱的。”他开始说，“大多数人都有过幻想，特殊的倾向……奇怪的，我们可以称之为‘欲望’。如果这些东西起作用的话，通常都会有一个自愿的同伙。当这幻想成为不正常强迫行为的时候，心理审核就是必须的了。”

“那你认为我们刚刚进行的诡计，”珍妮特一边问，一边也给自己弄了点喝的东西，“是不是强迫行为?”

“不是，珍妮特。平心而论，我不会这样认为。我可能有点卑鄙，这点我愿意承认，但是我是按照规则来的。当然，我修改这些规则，甚至时不时地还会开发些新规则，但是我愿意遵守这些规则。”

珍妮特好像有点半信半疑的。

“如果你还有印象的话，”他回应说，“在我被拖回到这堆杂事之前，我正在去奥尔特云的路上。我和柯克·奥姆斯泰德试了一次，结果失败了。但是我已经准备好，并且愿意承担后果。如果这是违反了规则的话，亲爱的，那么我不知道还有什么是不违反的。”

从珍妮特的沉默中，赫克特可以看见他说清楚了。

“很不幸，”他继续说，“奥尔特云和那里的居民暂时不能拥有我了。”

“好吧，”珍妮勉强接受他的解释说，“但这还是不能解释你为什么要采用正常审查。你要让贾斯丁·可德颜面扫地还有很多其他的方法。”

“不是，亲爱的。就整个世界而言，贾斯丁是完美的化身——除了坏脾气。有了心理审核，在我这边便占据了有利优势。”

“那是?”

“当然是无知。”他盯着杯子里的威士忌说，“确切地说，是社会的无知。”

珍妮特全神贯注，一个字都没有说。

“这个未加入组织的人必须得输，珍妮特。一直以来，历史、经济还有社会都是和我们的‘英雄’对立的。我直接加速了这个过程，不惜一切地要在他的衰落中保证GCI的利益。”

“还有赫克特·圣比安可的利益。”珍妮特补充。

赫克特无须回答。

贾斯丁已经忘记了他想要赫克特进行心理审查的要求，直到他得到审查纠正局以传真的形式发来的通知。设备不同但是方式还是一样的——通过机器传递纸张。机器吐出来只有一行字的信息，上面写着“审查已经完成了，没有检测到任何不合适或者危险的行为，所以没有进行任何纠正措施”。贾斯丁把纸丢到一边，回头继续读亚历山大·陈广受好评的作品《大萧条》。他对赫克特·圣比安可的愤怒早就没有了，现在他有点安慰，他成功地骚扰了这个让他像生活在地狱的人。他不知道是荷尔蒙治疗的作用还是自己对现状的满意。不论如何，他都愿意把赫克特丢到垃圾桶里，就像他不久前收到的纸条一样。

一个小时之后，他几乎是同时接到了艾琳诺、妮拉、欧麦德、吉列医生还有曼尼打来的电话。他同时接起了所有的电话，但是在混乱当中什么都听不清。

“贾斯丁，赶快打开那该死的TZ!”欧麦德在嘈杂声中大喊。

“你是说TV?”贾斯丁冷静地纠正。

“随便吧，”欧麦德喊道，“赶快打开那该死的东西。”

贾斯蒂看着全息显示屏。它“盯着”他的眼睛看了一秒钟之后自己打开了。新闻一出来就是一张赫克特·圣比安可像个空壳人一样的照片，然后看到他在法庭上见过的那个女律师的陪同下走出了审查纠正局。贾斯丁过了两秒钟才意识到，这条新闻对他来说没有一点好处。

他看见一个时髦而拘谨的叫伊娃的亚裔女记者正在报道这个故事，贾斯丁仔细地听着她的每一个字。

“赫克特·圣比安可，”伊娃报道说，“不是星球上最好的人，但是他究竟做了什么需要让他承受一场心理审查呢？在他们可以召集的范围外的政府与法律专家的意见下，贾斯丁·可德可以绕过众多保镖，恳求，还有障碍，来阻止最强大的公司对抗他……”乱说，贾斯丁想，我只是申请而已，除非曼尼……

“这个报道真正令人担心的是，可德先生好像对任何反击都有免疫力。现在，没有任何一个人可以站在法庭上要求对可德先生进行同等的反向审查。总而言之，他是不可侵犯的。他可以做任何他想做的……对我们当中的任何一个人。所以记者不得不问一个之前被认为是低级趣味的问题，但是现在更加紧急了，这就是——可德先生会加入组织吗?”

贾斯丁茫然地看着他的全息显示屏。同伴评论和提问的声音他听不进去。最后他从恍惚中醒来。

“请你们大家都冷静，好吗?”他抗议说，“不管你们现在在做什么，我需要你们停下立刻回到我的公寓。可以吗?”

他们都确认地点点头，然后切断了连接。

小男人算计我，贾斯丁想，赫克特得两分。

贾斯丁忧虑地看着《法律新闻》报道里面的片段，还有其他有一样倾向的报道。他转身面对着他的律师。

“曼尼，看我说错没有，这个心理审查不是让赫克特完蛋的吗?”

“你说得对。”曼尼承认。这对贾斯丁来说有点不开心。

“那么为什么我觉得我才是完蛋的那个人呢?”

“因为你完蛋了。”妮拉气呼呼地说。

“贾斯丁，”曼尼补充说，“我是按照你要求的填写审查请求的。说实话，任何法官在看到的那一刻都会大笑出来的。”

“你之前说过。”贾斯丁说。

“是的。现在，这可能是GCI内部力量操作的，组织里另外的人利用了你的要求来为难赫克特，但是我不这么认为。时机不对。”

“什么意思?”吉列医生问。

“我的意思是说，”曼尼回答，“事情发生得太快了。七个阶段的听证会都进行了审查并且通过了。想让事情这样快速发展的唯一方法就是，让所有机构都积极地想要进行这次审查。为了要让合适的法官加快听证会的速度，肯定需要点帮助，因为他们一个障碍都没有遇到。”

“你怎么能这么肯定呢?”艾琳诺问。

“因为，”曼尼回答说，“我上交申请文件还不到两周。这个过程需要经过复杂的审批流程，通常要花几个月才能完成。”

“那是为什么呢?”妮拉问，“根据你的理论，如果 GCI 有人想要赫克特滚出去的话，那么他们就可能会安排加快进程。”

“有可能，但是可能性不大。赫克特这么狡猾，他不会让事情这样发生的。即使是他最有决心的敌人想出办法想要进行……如果赫克特不想的话也没有办法。”曼尼停了下来，听着窗外。正是中午的时候，交通不是很拥挤。他跟随这只“表演”鸽子的飞行路径，它正飞向靠近贾斯丁的窗台。所有著名建筑物上都有这些鸽子。真的鸟飞不到这么高，但是这些鸟可以。“不对，”他继续说，“我恐怕进程这么快的原因要比我们想的更阴险。”

“那原因是?”欧麦德问。

“赫克特想要这样。”

欧麦德大笑：“现在谁才是疯子?”

曼尼耸耸肩。

吉列医生清了清嗓子：“事情发生了，难道不是应该有人通知你或者贾斯丁吗，曼尼？在申请人还未被告知的情况下，心理审查怎么能进行呢？我的意思是说，这简直……”他的音量渐渐降下来，开始后悔他的建议带来的悲剧性结果。

曼尼的同情心一直不足，他据实地回答医生说："我想我们被告知了的。如果我要检查我的垃圾邮件箱的话，我用马屎换主席股票打赌，发送了6封通知。但是我们没有让化身关注与心理审查有关的数据，因为我们完全没有考虑到会有回复。另外，为什么他们要回来告知我们，我们得到想要的东西了呢？我们的合法利益被代表了。"曼尼暂停下来思考了一会儿，"真是聪明的做法，说实话。"

吉列医生对贾斯丁说："我很抱歉。如果我早知道我的建议会给你带来这么大的麻烦的话，我……我……"

"医生，"贾斯丁打断他说，"你根本不知道事情会这样。根据你告诉我的，这种事情从来没有发生过。所以你没有预料到，这怎么会是你的错呢？不，我唯一不明白的事情就是赫特克从中能得到什么。"他转身向着曼尼说："曼尼，你是说他自己做了这些事情，或者说具体点，对自己进行心理审查。但是为什么呢？"

曼尼点点头："不知道。法律的事情我很擅长，但这不是法律上的事。如果他有机会按照自己的方法来准备的话，我还真不愿意跟他对簿公堂。"

欧麦德从一碗法布罗辣鸡翅中抬起头，鸡翅是贾斯丁介绍给他的，现在他每次来到这里的时候都喜欢吃这个。

"那你最好也做好准备，曼尼。"欧麦德提议说。

"准备什么？"律师问。

"听着，曼尼……贾斯丁……"欧麦德继续说，"我只见过赫克特几次，但是他真是个坏人，而且现在很明显他是不会停手的。他想让你加入组织，贾斯丁。就是这么简单。我不知道这是不是私人问题，或者你有没有看明白这是他保护自己的唯一方法。谁在乎呢？

这就是他想要的，而且他会一直继续下去直到成功。我猜这次的事情只是一种软化你的方式。可能他看到你越来越受欢迎，所以他要杀杀你的威风。”

“用心理审查?”妮拉问，还是很吃惊，“你不觉得这有点越线了吗?”

“其一，它起作用了。”欧麦德回答，“其二，人人都喜欢失败者。直到今天之前，公众都认为贾斯丁是一个小小的可怜的未加入组织的人，对手是邪恶的大公司GCI。好吧，你们猜怎么着？今天是‘邪恶’的大人物贾斯丁·可德欺负‘心有余悸’的赫克特·圣比安可，还有，讽刺的是——往大了说——是GCI。”

吉列医生非常生气：“那个人太邪恶了。”

妮拉气得直磨牙：“这就是我一直说的。”

贾斯丁举起一只手：“我们需要做的就是应该如何回应。吉列医生?”

吉列医生看起来有些沮丧。贾斯丁想，吉列医生可能是尽力想弄明白为什么他小小的无害的建议会被利用来造成这样的悲剧效果。贾斯丁为他感到遗憾，他更为自己感到遗憾，因为他一开始就完全依赖吉列医生，但是很明显这个好医生也没有办法了。

“为什么不直接进攻呢?”欧麦德问。

“我明白，”贾斯丁问，“发动攻击?”

“呃，不完全是，但是，请些记者站在我们的角度说话，让公众明白我们除了交表其他什么都没有做，剩下的都是他自己做的。”他暂停一会儿说，“或者我们直接杀死他。”

大家都笑了。

过了一会儿妮拉说："我建议我们什么都不做。"

贾斯丁吃惊地问："真的？就让赫克特跑掉，然后把我变成魔鬼？"

"魔鬼？"艾琳诺问，说话之前她一直都沉默地坐着，她不知道自己在这场对话里可以说点什么。

贾斯丁想了一会儿说："税务人员。"艾琳诺轻轻回缩了一下说："是，我明白他究竟对你做了什么。"艾琳诺对着妮拉说："孩子，你怎么说我们什么都不做呢？"

"的确没有什么可以做啊。"她回答说，"这局赫克特赢了。但如果我们对这场心理审查作出回应的话，人们会认定是谎话或者是寻求的退路之类的，那我们会输得更惨。我们对此说得越少，人们和记者就越要到其他地方去寻找答案。"

"谁知道？"她狡猾地笑着说，"可能他们会'偶然'碰见真相。"

"他们更可能编些更糟糕的东西出来。"欧麦德反驳说。

"我想妮拉是对的，"贾斯丁说，"但是欧麦德也有道理。我什么都不能说。但是不管我们说什么都有可能掉进赫克特的大阴谋里……不管他的那个阴谋是什么。"贾斯丁沉默了一会儿继续说："我们最好的行动方式就是只跟我们知道而且信任的记者说——尽可能地信任这个记者——然后希望他给我们公平的待遇。曼尼，你能不能拿到心理审核听证会的完整记录——全部。发生了奇怪的事情，我想要真相。"尽管曼尼心不在焉地点了点头，但是贾斯丁知道他会完成的。"而且，"他继续说，"我告诉你们大家——我跟赫克特杠上了。下次我跟他交手的时候，我不会低估他了。我建议我们从此都要小心行事。”

“换句话说，”妮拉说，“这事儿没完。”

“没完。”贾斯丁附和说，他站起来，示意这次的集会结束了。

艾玛·索贝尔基正在琢磨圣比安可的心理审查到底是怎么回事。这事根本没有道理。她不相信赫克特的演技，如果这不是演戏的话，那么这场审查唯一伤害到的人是贾斯丁。整个事件都有一股陷阱的味道，而且她知道如果要揭露真相的话，她就必须得快速行动。她还发现，如果她的怀疑是真实的话，那么对贾斯丁的名誉所造成的伤害就会是不可挽回的。但是在她想到如何联系上贾斯丁之前，他主动联系了她。不仅仅是一场采访，他在电话里面建议说，她和她的团队可以一整天都待在他的公寓里。贾斯丁保证，他会对最近的行为作出解释。如果有解释的话就是一场有魅力的进攻，艾玛想，这绝对是一个不能错失的机会。三十五分钟之后，她就和她的团队一起到了他的门口。

这个下午大家都过得很开心。陪伴贾斯丁的有他的老式啤酒，他的老式办公室，他的谷物早餐（谷物!）和他的电视机。十五分钟解释壁式插座和电源线的时光是无价的。但是最后这个访谈还是按照之前承诺的进行了，正是她最期望的。她还利用职务之便把这次一对一访谈的机会从迈克手里抢了过来。

当太阳慢慢下沉，在云层上洒下了一片美丽的金色时，艾玛和贾斯丁走进了一个私密的房间，他坐在她对面，一张小饭桌旁边，正在喝着咖啡。她注意到，有一股强烈的蘑菇的味飘荡在空气中。

不管这股味道是从内部嗅觉系统来的还是从现实来的对她来说都不重要，一如既往地令人开心就对了。

“贾斯丁，”她说，“我们就不绕圈子了……”

“请吧。”他微笑着说。

“整个系都在关注 GCI 赫克特·圣比安可的事情。”

“这个系有权关注，艾玛。我也关心。”

她没有料到这样的回复。他一点也不辩驳，奇怪。

“关于负面报道的事情?”她试探地问。

“不，”他回答说，“我就该被负面报道。我做了错事。”

艾玛停下来专心地看着采访对象。他有计划，但是是什么呢?没人愿意承认自己的错误，至少没人公开承认。但是她还是觉得她欠他点什么。不确定为什么，可能这个人只是在坦白而已。她早就学会了不要与自己的直觉抗争。

“当然，你是知道这次访谈会被记录下来的，对吧?”

“我知道。”

他知道他在干什么。她告诉自己，那就为了子孙后代闭嘴。

“那请继续。”她端起咖啡说，剩下的就让电子助手接手就行了。

贾斯丁跷着二郎腿，往后退了一点。他的双臂自然地放在老板椅的扶手上。

“这件心理审查的案子，”他说，“让整个系都看到我在发脾气，还有我爆发出来好像是强大的力量。我承认，我强大的经济后盾曾经是，而且现在也是令人恐惧的。但是这跟我被激怒是没有关系的，也跟这次心理审查没有一点关系，而且我向你保证，我一点力都没出。外面那些人，他们知道的就是我可以随时伤害他们其中任何一个人，而且他们也无力回击。”贾斯丁暂停了一下，感觉有些羞愧，“而且这些人绝对是对的。”

艾玛一个字都没有说，她知道贾斯丁肯定是为她和她的听众们准备的这篇演讲，所以最好不要妨碍他。

“我做了个决定，艾玛。”他张开双腿，向前探着身子说，“准确地说，是三个。我跟你说的时候你能不能……”

“当然，贾斯丁。”艾玛回答，被他提要求时真诚的语气给吓倒了，就好像她可能会决定不报道他的故事一样。

“谢谢你。”他继续说，“首先，我特此向赫克特公开道歉。不管挑衅是什么，我申请进行心理审查都是错的，而且我后悔滥用我的能力。第二，我在此保证，我会把我之前为了我卑鄙的目的而买的赫克特的一股股票还给他。这是他的，不是我的，我拥有它是不对的。如果赫克特不想要回去的话，我就会卖掉然后把钱放进一个账户，用来调查为什么法律系统会如此让他失望，居然在一周之内就轻率同意了心理审查。就算是主席，用尽 GCI 所有的法律资源，也不可以这么快，艾玛。我，作为只有一股的新人，怎么可能造成犯罪过失，还有这么多保护我的保镖。”

艾玛点点头，一系列关于她之前猜测的已经得到确认。“那第三个?”她问，更像是在提醒。她不需要这么做的。

贾斯丁好像马上就要揭露一个毋庸置疑的真相。“第三，”他继续说，“我最近被告知，照例说来，我的投资让我拥有了别人的股份。现在没有了，已经全部还回去了——全部都被拿走了。”他停顿了一下让艾玛消化一会儿，然后抬头看着艾玛的眼睛，唯恐她怀疑他下面声明的真诚度，“我，贾斯丁·可德，在此向全系保证：我不会被任何人拥有，我也不会拥有任何人。一个自由的人不能拥有另一个自由的人，所以我会是自由的。既然拥有和被拥有都是一样危险的——其实要更危险——所以我会放弃。我会是系统里唯一自由的人，但是我不会让这种自由再被侵犯，特别是被我自己。”

贾斯丁坐回去。他知道一旦采访结束，那么向赫克特发出的挑战就众所周知了。如果自由的定义是他和赫克特打的赌的话，那么贾斯丁终于找到自己准备死去的山头了。

赫克特聚精会神地看着访谈。他一方面对贾斯丁如此巧妙地就把他精心计划的公众关系灾难变成了向组织和他个人发起的挑战而怒不可遏，一方面又为他下的这步棋鼓掌。但是即使是赫克特也不得不承认，他开始有点担心了。贾斯丁一直在变强——越来越危险。而且杀死他已经太晚了。或者，至少最可能发生的事情就是告发他。但是这也免不了一个事实，那就是贾斯丁·可德开始成为组织系统的积极的威胁了——这个威胁必须被除掉。对赫克特·圣比安可来说，没有什么比这个人加入组织的事更重要的了，这个世界是完美的，这个世界可以让个人知道自己是谁。他还能怎样在最后嘲笑那些自认为比他好的人，并且让他们知道他们都是他的手下败将呢？过去大多数的人都曾经是他的手下败将，他们只是还不知道罢了。

赫克特意识到，讽刺的是贾斯丁很明显是老大，可是没有注意。但是，他不惜要被阻止，而且赫克特就是要阻止他的这个人。尽管他有珍妮特·德尔加多的帮助，但是他知道肯定还不够。他需要更多力量，更多钱，更多信息。而且柯克·奥姆斯泰德刚好有这三样，不是吗？赫克特只需要想出办法得到就行了。

柯克当特别行动局的副主席的其中一个好处就是，他早就把自己保护得很严实了。窃取他的记录肯定是没用的，而且恐吓也不可能。他所关心的人要不是被保护得很好，就是他们的股票已经被柯克或者他的同伙拥有了。直接去敲办公室的门肯定没有效果，他用了 30 年的秘书会交出这些信息概率，就像修女愿意丢掉自己的贞洁一样小。

但是，赫克特以前见过柯克的主要行政助手几次，他举止温和，以对老板的忠诚而出名，他通常都被很粗鲁的对待——就像肮脏的小狗要拉屎一样被开除了。其实，赫克特想，凭着自己的直觉，办公室传言和季度报告通常都是公开的，他从来没有听说过柯克的秘书得到特别旅行或者奖励。为了以防万一，赫克特检查后发现，这个人的确从来没有得到过奖励，工资也是这个职位上最低的，而且一天假也没有休过。在一个相当巧妙的间谍程序的帮助下，他检查了柯克的助手的财务记录然后看见他生活很拮据。他从来没有订过任何娱乐频道，除了 GCI 安排的出差以外也没有出去旅行过，而且租的东西跟性完全无关——男女都没有。如果自动比萨菜单记录可以信的话，那么可以证明他在自己的小型公寓里度过了三十个狂欢节。这对赫克特来说简直不可理喻。柯克支付给他秘书的钱不多，但是他挣的钱肯定可以让他生活得比老鼠更好。

赫克特想，柯克有这个人的什么把柄？没人在被看作是垃圾的情况下还能如此的忠诚。这个人没有朋友，没有爱好，没有兴趣，没有恶习，没有家庭联系，好像他只生活在自己的小小……还没有想完赫克特就微笑起来。

“抓到你了。”

要单独见这个人是很简单的事情。他给他打了电话，说他有一份硬储存的文件要交给副主席本人。这人很快就进来，耐心地站在赫克特的桌子前面。赫克特关上门，然后开始了他的陷阱。这个动作不会惹人怀疑，因为不管谁进来赫克特都会这样做。赫克特注意到，这个人中等身高，基本上没有什么肌肉，头发剪得很短。他的衣服很简朴，基本上一切从简。在高层员工里面，这种“扮相”被认为是秘书应该有的。但是赫克特知道这不是矫揉造作，这是一种“结果”。

仔细观察之后，赫克特直接切入了主题。“艾文，你玩虚拟现实上瘾有多久了?”

赫克特看到艾文的眼神亮了起来，然后很快又恢复了。赫克特看见了艾文不可避免的结局——辞职。

“35 年。”他小声说。

“我来猜猜，”赫克特说，“柯克 35 年前就发现了?”

“是的。”艾文回答，他的肩膀垂得很低。

“你知道你现在是为我工作的吧。”

艾文抬起眼，有点吃惊，但是很快又镇静下来：“是的。”

“太好了。”赫克特说，“首先我要你把你现在看到的东西全部交给我，然后其他的到时候再说。等柯克没有权力的时候——而且记住我的话，他会被调动的——你就可以到地下室之类的地方工作，然后继续你的‘消遣’，不会有人打扰。”

艾文微微低下头表示知道。他知道这一天会到来，而且这也意味着他得立刻结束他的“爱好”。这一刻一直让他害怕了多年。现在这个时刻到来了，而且这个叫圣比安可的“朋友”同意不让他借调，这个对他来说已经很好了。让老大们去一决雌雄吧。他还有什么在意的呢？只要他们让他和他的世界在一起就行了。

“我猜，”赫克特继续说，“你会被抓到的。你好像经常这样，但是其实他也知道了，这可不是我造成的。”

艾文又一次点点头表示同意。

“如果你把这个约定告诉别人，”赫克特把双手放在桌上撑起自己说，“你的心理审查会快速又痛苦。”然后，他严厉地看着掉入陷阱的猎物说：“我们确实相互理解。”

这不是提问。

“是的，”艾文回答，然后停顿了一秒钟继续说，“先生。”

艾文比他进来的时候更加快速地离开了办公室，赫克特微笑着。

当妮拉回到公寓的时候，她看见了贾斯丁贴在门厅镜子上的字条。当她读到上面的内容的时候，脸上的微笑很快地消散了。

“伊芙琳，”她对自己的电子助手说，“给我订去波士顿的班机。”

“没这个必要了，妮拉。可德先生已经租了三架执行飞车一年。他的化身已经通知我，其中有一架就是留给你个人支配的。去波士顿的话这个肯定要比‘豆荚轨道’快得多——就朱利安尼周边的交通情况来看的话。”

不到二十分钟，妮拉就发现自己站在一个商业中心的大厅里，这里可以看到波士顿港的美景。贾斯丁从旁边的二叠纪墙里面出来，热情地跟她打招呼。

“贾斯丁，”她说，“这是怎么回事儿?”

他带着妮拉穿过二叠纪墙。妮拉看见他还是有那个怪癖，还是喜欢尽可能远地伸出手臂，然后用手指去触摸墙来激活它。等她走到另一面的时候，他看见一个满是人和工蜂的工作区，大家都在各自的大桌子边忙碌着，或者一个人在小方块里工作。这里有经典办公场地所有的“嗡嗡”声和喧闹声。有几个人抬头看是谁来了，但是很快又重新投入他们忙碌的工作中。

“这个，”他明显很得意地说，“就是这么回事儿。”

尽管她自己对于这些还是有疑虑的，但她还是很吃惊，贾斯丁能如此快速地把这些根茎一样的东西放进自己的草根组织里。

“所以你是正式开始了吗?”她一边满是怀疑地摇头一边说。

“我还没有。”他扫视着这片区域，双手摊开说，“他们开始了。”

妮拉没有说话，如果有什么要说的，她也不知道该说什么。她很高兴她关心的这个男人终于感觉有力量了，但是她也害怕看到这种力量会导致的结果。

“你难道没有看到，妮拉?”他继续说，“他们可以把自己从现有的重压中解放出来，而且这样的话就可以让这个世界准备好走向下一步。”

妮拉半信半疑：“是什么呢?”

“什么，当然是强制加入组织的终结啊。”

“那要多久，”她毫不掩饰自己的怀疑说，“你觉得要多久？”

“你觉得呢，塞巴斯蒂安？”贾斯丁问。

“根据我的计算，200 年左右，哈伯医生。”

“为什么要这么久？”

“如果比这个要快的话，”贾斯丁插嘴，唯恐他的化身把妮拉的问题误解成是针对他的，“人们就会受伤。我明白加入组织世界很好地稳定地运作着，一段时间内也不会坏到哪里去——这我可以没有意见。但这也是为什么我已经开始为有相同理念的政党建立基金了。”

“比如多数党？”她问。

“是的。他们又小又没有组织，但是我觉得他们的心是在对的地方的。像我说的，妮拉，我是真的想终结强制加入组织……而且要慢慢地来。”

妮拉耸耸肩：“有趣的选择……波士顿。”她换了个话题。

“真正的自由的故乡。”他说。

她疑惑地看着他。

“不是华盛顿特区？”

“你是说，”他鄙视地说，“那个我的大部分信仰被摧毁而且是以上帝的名义摧毁的地方吗？我不这么觉得。另外，波士顿才是自由的真正出生地。”

“那费城又是怎么回事？”

贾斯丁摇摇头，“那就是开会方便的地方。波士顿才是美国最初为珍贵的为自由而战的地方。”他一边说一边把她领进他设备齐全的办公室，“这就是我们开始为我们的自由而战的地方。”

赫克特全面地看了才获得的记录，然后制订出了一个进攻计划。他得要交给特别行动局。他们给系里重要的和潜在重要的人都做了标记，他们手里的潜在麻烦制造者的文件很有趣。赫克特想先从小人物开始。如果他可以在贾斯丁的新党中找到一个边缘人，还没有进行心理审查的麻烦制造者，然后轻轻一推让他掉下去——还可能操纵他们以分裂组织运动的名义做一些离谱的事情——然后赫克特就能“正当”地把这个罪名扣到贾斯丁头上。这样就可以达成共识直接攻击贾斯丁。当然，他那时就会是代管，而且他自信这事很快就会完成，当然他会冒着远离权力中心的风险。他的第一个激活者是一个叫肖恩·杜格的人，文件上说，“他不稳定”。通常，赫克特不会让自己参与到像杜格家这么有势力的家庭事务中，但是严格地说肖恩是在贾斯丁的大翅膀的庇佑下，肯定已经脱离关系了，而且宣传这个名字，再加上一点赫克特的“视而不见”，可能有助于把公众的眼光固定在杜格能影响的有新闻价值的行动上。而且杜格这种人，赫克特知道如何才能激怒他们——文件里面说得很清楚了。关于涉及的亲属来说是很悲伤的，但是对赫克特来说，这只是一点小小的代价。

看肖恩·杜格第一眼的时候，他不像是个能震动世界的人。他看起来很年轻，身体很好。但是在他长大的这个世界里，这并没有什么好了不起的。他的衣着已经过时了，因为他的运动裤和夹克全是补丁，这种潮流 20 年前就死了，而且也没有迹象会再次流行起来，当然除了肖恩热情的追随者。他的头发很长，腰部有几磅赘肉。等这些赘肉真的成问题的时候，他才会去做纳米脂肪去除，然后接着暴食，但是在组织的世界里，超重也不是什么大问题。真的问题不仅仅是他的长相让人难以接近，还有他的血统。杜格家族几代以来都很富裕也很强大。在肖恩的直系亲属里，没有谁在 21 岁时还没有掌握大股权。

肖恩也没有例外。他的生活一直都被安排得很好。他在最好的学校上学，在太阳系进行私人旅行，和社会精英一起工作。肖恩不用努力工作，也不用对社会做多大贡献，因为他的祖先已经把这些都做了，所以他就没必要了。六七年过后，他想要安定下来，跟有相同背景的人结婚，然后沉醉于社会上其他人只能在梦里才有的奢侈的生活。是的，肖恩·杜格的生活本该是安全的、富裕的、有趣的，而且是轻松的。

这就是本该发生的事情，但是有两个小问题。一个就是肖恩非常聪明，从小就比较孤僻。这只是一个小小的缺陷，他的化身会把他引向在他的社会阶层里与他相似的人。在他化身的干预下，他很有可能“找到”一个同样孤僻害羞的女人，然后他们就可以在一起快乐、古怪地生活，可能成为大学教授夫妇，或者是植物学家，在他们自己的岛上鼓捣。但是肖恩少年生活的第二个问题，看起来并不简单。

他坠入了爱河。

而且是最危险最残忍的那种——一见钟情。从他看到那个头发乌黑大笑着的女孩儿的那一刻起，他知道她就是他要娶的那一位。当然，他对她一无所知，但是这阻止不了他。毕竟，肖恩习惯了想要什么就能得到什么。他花了很多时间做着关于她的白日梦，这是一个孤僻的14岁男孩唯一能做的事情。那一周结束的时候，他决定鼓起勇气去查查她是谁。

他很高兴地发现，她的父亲是为他的家族工作的。实际上，他只是被雇佣来管马厩的而已。就像古代浪漫小说里用滥了的桥段一样，这个年轻有钱又害羞的男孩很快地就和这个马夫的女儿相爱了。她的名字叫伊丽莎白·雷诺，在肖恩看来，她一点儿也不怕她管的这些马，她几乎就跟这些马一样的野，还有自由。不是加入组织的那种自由，毕竟她很穷，她家里的人全都是只有25%股份的，但是从某种意义上说他们是自由的。像她爸爸一样，她很擅长驯马，而且因为这些事情机器和工蜂做不到人类这么好，所以这是人类还没有被代替的特殊领域之一。

肖恩，在此之前根本不知道马厩在哪儿，现在他对骑马产生了浓厚的兴趣。他每天都去马厩，每天都努力锻炼自己的身材。没过多久，他就成为了不错的骑手，甚至还被允许帮忙照顾马——除非肖恩真的可以，要不然伊丽莎白的爸爸是不允许的。讽刺的是，这是他早年生活里引以为豪的事情之一。他获得了打扫马厩，照顾马和喂马的权利。没有人给他银盘当奖励。但是对于肖恩来说，真正的奖励，就是伊丽莎白，和伊丽莎白在一起的每一天。

很长一段时间里，伊丽莎白都因为这种注意力而感到受宠若惊。被一个长大要成为富人的男孩儿爱着不是没有吸引力的。对肖恩来说，这是完全的充满激情的爱，对伊丽莎白来说只是青春期的浪漫。

等她越来越大，她与这个仍旧痴迷于她的男人越来越疏远。她确实在意他，而且不想他受伤，但是他声称对她的爱不求回报。如果伊丽莎白更唯利是图的话——只对钱，大股权，还有婚姻感兴趣——她的生活就已经安排好了。但是这不是伊丽莎白。

当机会出现的时候，她抓住了它。她被奖励去一个在地球公司实习的机会。在伊丽莎白爸爸的同意之下，实习的工作悄悄地就被她的父母安排好了（这两个年轻人都不知道）。但是对伊丽莎白来说这没有关系。这是冒险的一个好机会。她撒了一个小谎，把这个消息告诉了肖恩，结果对方的反应远远超出了她的想象。她伤害了他，但是她没有说她想要离开，她说她不得不去。要达到不伤害他的目的，最简单的就是归咎于组织运动。伊丽莎白告诉他，她之所以不得不走是因为她不是自己的大股东。当然，肖恩提议要立刻给她买回大股权，但是她告诉他说她想要自己挣，这在穷人当中是普遍的道德规范。实际上，对于如此深陷爱河的人，大多数人都会争论不休。然而“心烦意乱的”肖恩却没能想到什么充分的理由。伊丽莎白离开，留下了遍体鳞伤的肖恩，他带着渺茫的希望，希望有一天她会回来。

尽管他心里明白，伊丽莎白不爱他，他也知道她肯定在跟别人约会，他还是坚持这份期望。他知道10年，20年，50年，或者甚至是100年后，她会想要只有他才能给的生活，然后……然后她就会回到他等待的怀抱中。这是肖恩·杜格将自己与麻烦分开的另一种方式。他对及时行乐不感兴趣，不论要多久，他都愿意等，直到得到自己想要的。所以他说了“再见”，自认为伊丽莎白，那个美好的驯马师有一天会回到他身边，那时他们就可以幸福快乐地生活在一起了。

三个月过去了，她已经进入了这个未加入组织的世界。她被调到了海王星附近由 GCI 操控的最高安保的地方。她手里的协议是，她同意给 GCI 工作 6 年以上，而且是在最高危的区域，回报就是成为自己的大股东还有优厚的福利待遇。这样就可以达到伊丽莎白与肖恩彻底隔绝的效果。但是，这不能消除肖恩关于她的记忆。

他花自己的钱建造了一个非同寻常的马厩。尽管有点浪费，但是他安排让伊丽莎白的马可以在这片土地上游荡，安静地吃草。她的父母倒不介意，他们觉得这样可以在肖恩最终接受伊丽莎白的离开之前起到一个很好的过渡作用。肖恩还在马厩里装了盐泽地和饮水槽，只有当马出现的时候才会启动。马厩由这对年长的夫妇来照看。他相信，这座马厩可以帮助他在想起爱人的时候不至于太过痛苦。

他接下来的日子变得很悲剧，而且没有任何人能帮得上忙。他基本算不上是一个拥有自己 75% 股份的成年人。他失贞的时候，伊丽莎白已经走了两年，对方是一个看起来像，但不是他“年轻”时认识的那个无畏无惧的驯马女孩儿。他背叛了他的爱人，他感觉非常的内疚，之后的多年他都没有再尝试过，而且也没做任何跟正常性生活有关的事情。他迷失了，机械地生活着，直到他偶然看见了一个清单，上面是一个小型的学院式的政经组织，名字叫“多数党”。

就这样，肖恩·杜格终于走出了自己的泥潭。如果伊丽莎白不是穷人的话，她本可以待在他身边的。她离开他的这个事实肖恩再也消受不起了。现在他有了自己的答案。组织把伊丽莎白从他身边夺走了，所以加入组织要付出代价。有一个令人伤心的事实就是，如果肖恩不是自己的大股东，那么他的“怪癖”和清晰的失落会让他成为心理审查的主要候选人。但是在这个组织的世界，肖恩拥有很多人期望的自由，所以他奇怪的举动，跟他之前的那些有钱有名的人一样，都被容忍了。

肖恩对这个新组织来说，就像纳米机器人和分子的关系一样，很快就让自己成了领导。像他之前的那些领导一样，看他的眼睛你就知道，这个人你要注意，或者相反，要避开。他的眼睛好像有两种模式。它们要不闪着光辉，要不蒙着一层灰。当他要说服别人或者要与别人交谈的时候，双眼就放着光。当他安静的时候，还有就是在思考一些他感觉只有他才能解决的不公正或者困难的时候，他的眼神就很暗淡。但是，他的热情是作为一个边缘党领导的有用的特质，大多数社会上的人都认为这些党派是无用的，或者，最多就是有点喜剧调节作用。

这个组织的政治历史也很简短。这个组织才成立30年，他们支持激进的想法，认为人们应该享有一种不可被剥夺的权利，自己掌控自己的大部分。这个激进的想法在公众当中只得到了一小部分的支持，而且遭到了组织和政府的严厉反对。

幽默的是，被一个基本上是敌对媒体喋喋不休的，就是大部分党内的成员，包括领导，有的已经是自己的大股东了。在政治历史上有一个毋庸置疑的事实，那就是边缘运动之所以能存活是因为绝望的人和富人。在当今社会，这种现象自从大萧条之后就开始出现，很少有绝望的个人或者组织了。这就是说，多数党是由富人组成的。

这个问题的真相是，政府做的事情很少，大多数人都不怎么关心政治，而且肯定不是先驱的那种方式。毕竟，政府不收税，这一点几个世纪以来都是人们对于政府最关心的。不管日内瓦的那些笨蛋做了什么样的决定，他们只能拿到一个人收入的5%——一直都是。这就是说，人们可以忽略这种相对比较无害又可以预测的生活。说实话，一个人的父母拿走了他（她）收入的巨大的20%，这就是说家庭对一个人生活的影响要远远大于政府。这就是理所应当的。

而且，古代美国曾经被迫使用的政府服务要不是被限制了，就是被废除了。举个例子，有些像邮政、卫生保健、失业、福利、退休还有灾难救援这些社会需要已经不再是由政府来管理了。警察和法律，形成了大萧条前的政府独唱，已经从根本上开放了，而且可以允许私有组织参与竞争。现在重要的老政党是自由党，而且他们是完全致力于限制政府力量的。反对党是自由党的分支。他们被叫作异己党，是在组织社会已经完全不用政府的情况下发展起来的。数十年来，异己党一直都是边缘党，因为组织社会本来就是保守的，而这个党派的纲领太过于激进了，异己运动从来没有落实过。但是，自从有了香农·康势力的崛起，这个党尽力想通过不同的更加巧妙的方法来自行调整。他们没有呼吁废除所有的政府机构，他们开始推动被他们叫作“政府自由区”的东西。这种“区”，按照计划来说，可以是一个州，也可以是地球化的月亮行星。在这个区域里，他们企图让组织社会在没有政府的干预下作用，按照大卫·弗莱迪曼发布的规定来运行。规定里面说，社会可以运行，即使是在行使和制定法律的时候，只要用资本主义的机构就可以了。弗莱迪曼的理论在组织的文化效力作用被发现之前就提出了。“无政府区”的概念吸引了足够的听众，还有政治分红，而且这是几个世纪以来第一次有了反对党的存在。但是，自由党还是安全的。

虽然对于这种政治事件，肯定会有新的反对党出现，但是对大萧条后的人来说好像还是很刺激的，还有，对一个现在的公民来说，这跟观看大学象棋俱乐部讨论宪章一样刺激。政治从来都不是公众关注的事情，而且竞争党唯一的听众通常只有他们自己。

政治进入瞌睡期，再加上一年后尾随来的异己党，这时候就有了被称作多数党的第三支政治力量。一开始就像一个玩笑，有些大学生需要为他们找一个有趣的项目，这个项目与如何在社会做一个正面的改变有关。经过多年的辩论，大家提出党的基本纲领就是要帮助那些没有时间或者没有倾向帮助自己的人。这些年轻的理想主义者认为，既然他们知道的每一个人都是经济状况良好，在贵族学校上学而且是自己大股东的人，那么如果其他人也这样就不错——所以他们的纲领就出来了。他们年轻又善良，在产生这个想法的时候忽略了明显的经济因素，并不是每个人都有大股权，他们完全没有考虑到这个纲领，能否实现。事实上，他们的“项目”得分很低，但是这也丝毫没有能阻止他们。他们决心要为大众创造一个更好的社会，即使他们预想的那些人一点也不感兴趣也没有关系。他们更像是在千禧年之际美国的城市政府里的那些好心激进分子，比如被误导的多数党，他们的逻辑都是相同的。他们都生活在宽敞的照明充足而且非常方便的家里或者公寓里。他们都感觉到了为人民“自己的利益”颁布法律的迫切渴望，但是通常结果都是悲剧。实际上，“大萧条前的低收入者住房”在有些大学里面作为经济课程还在开设，这也是政府介入已经消失的标志。

但是在多数党成立后，大萧条前政府干预带来的伤痛已经是渐渐散去的遥远的记忆，成为文字不再是现实。

多数党早先认为，让每个人都获得大股权的最佳办法就是借助政府的力量。干涉政府主义的概念与这个社会如此的格格不入，在这个党存在的多年来，它唯一的目的好像就是引起更多人的厌恶。就是这样，除了父母的尴尬和股票价值的下跌，他们还是很成功的。当然，只有那些被保证有安全的大股份的新党派的成员，他们才能轻松地炫耀社会的愿望。但是，对那些真正为了大股权努力工作的“恶人”来说，这是毁掉一个有前途的工作的最好方式，因此不获得大股权就是和私人财产有冲突，而且有助于政府的偷窃行为。也许，这就是多数党不温不火的态度和成员稀少的原因。而且，对那些已经获得大股权的人来说，让政府拿走他们一定比例的努力和劳动的成果——超过原来规定的5%——是不可接受的。有人指出，当政府拿走10%或者再制定税收政策的时候，这场运动就变成了暴力运动。这样，很多热心的有钱的爱好者把他弄了出去，同时也没有明白为什么他想要帮助的这些人正好就是那些最想把他从里面踢出的人。直到肖恩·杜格出现，一切都改变了。

对肖恩来说，多数党不是游戏，不是在参与家族生意前让父母生气的方法——这是一个激情的召唤。当他说起人人都有拥有大股份的权利的时候，他说得那么激情，言之凿凿，即使是最铁石心肠的自由党都可能会立刻动摇。大多数人最后都从中摆脱了出来，但不是全部，有人成为了真正的信仰者和追随者。

这个特殊的演讲家做的第一件事就是终结党内的裂痕。争吵都是关于方向的。换句话说，是否要集中在给予每个人大股权上，还是简单地推行一条规定现在有大股权的人都不会失掉大股权的法律。

后一派想法明显的优势在于，从理论上说这不仅是容易接受的，也是不会侵犯到比例或者征税的一个想法。但是在肖恩进行了一次热情的演讲之后，这群人开始意识到让任何人被奴役都是不对的。他的理性让反对派都感觉有点思想单纯，也毁掉了他赢得反对派的机会。

但是他还是赢了这群人。他的咒语很简单：“全都是加入组织的错。”而且“全都”就包含了一切。你穷，你找不到好的工作，受不到好的教育，你的股价低，你的女朋友不爱你是因为你的股价太低了，你的狗死了但是你没钱让它复活。清单没有终结，但坏人很清晰，而且有先例可以效仿。

多数党的总部在圣弗朗西斯科的一栋维多利亚时期的建筑里，这栋楼已经有几个世纪的历史了，而且已经被重修过无数次。房子的外表几乎跟历史记录上的一模一样，而且有人告诉肖恩说，不管是马克·吐温还是诺顿一世他们本人都不能发现这栋老房子的异处。但是对肖恩来说，多数党的纯化论者不是他们选择居所的原因。他们天生就不是重建者，也不是保护者，他们更感兴趣的是摧毁和制造混乱。不，这栋房子是有政治目的的。正如肖恩和他的追随者会给愿意听的人说的，这栋房子是由自由的劳动人民建造起来的，那就是说，不是组织建造的，而且这就成为他们希望自己的社会可以成为自由的社会的标志。如果有人指出，这座房子是由劳动人民建立的，他们还可能被虐待，酬劳极低，而且是从各种党派和官僚手里偷来，还承担着赋税的话——这两者并不相互排斥——那么多数党里的坚定分子就会藐视这种提议。其实，有一个记者鲁莽地建议说，任何过去的“自由”的工人都会迷上能生活在一个组织世界的机会，好处是很明显的。但他的建议被忽视了。

但是肖恩现在没有忽略媒体。虽然他通常都很鄙视那些会彻底剖析他的性格和行动的记者，但是他情不自禁地要对这种还没有传染到整个系的嗡嗡声感兴趣。另外，就像太阳系联邦里的所有人一样，他对这个未加入组织的人怀有奇怪的幻想。肖恩最后可能会对可德先生造成他可能不知道的无情的伤害和痛苦。现在，肖恩现在紧紧地盯着全息显示屏，贾斯丁犯错误的报道正在呈现。

在显示屏上，贾斯丁·可德说出了一个基本事实。肖恩从心底里相信，这个事实是对自己说的，只对他一个人。这个事实非常清晰。实际上，清晰得就像一个微笑出现在一张从未笑过的脸上。肖恩躺回到椅子上，开始重复着那句会让组织世界高层做噩梦的咒语。

“一个自由的人，”他悄悄地对自己说，“一个自由的人……一个自由的人……一个自由的人……”

8. 狂欢节

狂欢节即将到来，在土星的光环上狂欢正在等着你！千万别错过今年光环上的冰折射激光秀……由飞利浦·莫里斯和麦当劳带来——在泰坦地球化中骄傲的伙伴。演出区域相当于7个地球表面。这是太阳系里最大的演出。记住，在太空中可没有不好的观赏席！

——来自“系统私人电台（SPR）”的广告

贾斯丁坐在他纽约的公寓里，慎重地想着他到底要穿什么。这通常都不是问题，因为他一般都穿自己想穿的。像这种他需要考虑自己的着装的时候基本上很少发生。但是这次绝对不是什么寻常的场合。还有不到两周的时间，整个系，从太阳观察平台到奥尔特云再到所有的行星，月亮，还有任何可以站得住一个人的圆形的岩石，都会像手里拿着家长的信用卡的有钱大学生放长假那样狂欢。

在这些传统中贾斯丁可以确定的就是狂欢节要持续整整一周的时间，人们在狂欢节期间会做些事情，而且这些事情在今年剩下来的时间里不会被人提起或者作为把柄之类的，还有就是在节日开始时穿的衣服要穿一整个星期。在贾斯丁很少的阅读时间里，他了解到有些人是如何花几周的时间来准备“这一周”的事情，不仅仅是长出新的肢体或奇怪的部分，还要学习如何使用这些新的部位——不管那是什么意思。明显的是，全身变形——除了极少数以外——都是对那些掌握自己大股权的人才能做的。身体纳米技术是非常有入侵性的，需要花些时间来完成，一旦成形之后，就要让变形的顾客花一周的时间来适应——你得有钱，很多钱，还要很多时间和技术。他从“满意顾客”的评论中发现，花的这些钱和时间是非常值得的，因为开始之后你能感受到至少一周的万众瞩目。在可以做的一些变形中，贾斯丁发现他基本上可以做任何他可以想到的——从长出恐龙皮肤到附加一个可以工作的附件。在浏览“最受欢迎”的式样时，他发现这些打着广告的身体变形完全能当作他那个时代科幻小说里的怪物。他简直惊呆了。

他立刻就有了决定，尽管他消费得起，但是身体变形好像也不是他的风格。要习惯他的新的“年轻”的皮肤已经够他受了的；他最不想做的事情就是又变成另一种模样。所以他就开始想为自己选哪种“典型的”服装。通常说来，这些问题他都会交给妮拉，但是不知怎么的找不到她了——除了打电话。她告诉他说，她要处理一些个人问题，她会在新奥尔良的酒店里跟他碰面。他知道最好不要争辩，所以他要想办法来消磨时间，如果不是来不及了他也不会想自己要穿什么。所以现在只有吉列医生可以帮他解决他的时尚困惑了。他看见这个好医生坐在厨房里一边吃早餐，一边读着纸质的报纸。吉列医生听见贾斯丁走了进来，他抬起头看着他的病人，微笑着。

“贾斯丁，我的孩子。”医生说，“我得感谢你建议我把报纸打印出来……纸质的，我猜，这就是一开始它的名字的由来吧。”

贾斯丁“咯咯”地笑着，从壁橱里拿了一个碗。他从食品柜里拿出一包麦片，这种麦片的味道跟“克朗齐船长”花生酱没什么区别。他永远都会庆幸那些冰冻的盒子里放了他最喜欢的麦片。纳米机器人很轻松地就能分辨出每种配料的比例，然后再复制出他从自己长途旅程中带来的食物的味道和质地。

“我很高兴你喜欢报纸，医生。”他坐在他的知己对面，把自己的麦片拿给医生说，“来点‘克朗齐船长’？”

医生摇摇头，“我还是喜欢‘动的’食物，谢谢。”贾斯丁还是没有习惯“动的”食物，但是现在这东西很受欢迎。不是说食物是活的；只是……是有生气的。噢，他尽力了，但是没觉得过程有多愉快。举个例子，他吃过一种燕麦粥，这种粥在他的嘴里打旋，想要刺激他舌头后面的那些味蕾，他自己都不知道还有这些味蕾。接下来就感觉到食物沿着喉咙向下“运动”，好像是刮着上面的每一寸一样。要适应这种食物确实要花些时间。同时，他吃了他的“克朗齐船长”，“佳格”燕麦片，还有低脂即食麦片。虽然对社会标准来说他还有些落后，但是按他自己的标准来说舒服得很。

吉列医生翻转报纸继续读报道。“首先，这翻篇的动作好像是很古老的习惯了。我的意思是说，就在电子助手上就可以读，而且它还可以读给你听，为什么还要打印出来呢？但是在我实验了几周之后——真的是研究，我保证，”像是在道歉一样，“呃，我得承认我发现自己真的上瘾了。”

“习惯成自然。”贾斯丁回答，沉浸在自己才被赋予的还没有过时的天赋中。然后他说，“告诉我，医生，你知不知道妮拉在哪里？”

“看情况。”他抬起眉毛说。

“什么情况？”

“看你是因为什么事情要找她。”

“为什么？”贾斯丁问，“这有什么区别吗？”

“因为如果你要问她关于临床的问题，那么就是无视我的存在。”

“如果不是呢?”

“那么,”医生微笑着说,“我就不会被侮辱,我就会关心。”

“啊。不是,不是临床的,是……嗯……关于时尚的事情。”

“我明白了,”撒迪厄斯愉快地笑着回答说,“这样的话,我不知道哈伯医生在哪里。”

“哈伯医生?这么正式,撒迪厄斯?”

“对你来说,是的。或者,至少应该是。”他一边说着一边翻弄着未装订的报纸,“别忘了我提醒过你,病人和复活师之间除了医患关系以外,最好不要有别的关系。”

贾斯丁开始抗议,但是吉列医生挥手阻止了他:“你们俩从博物馆回来之后,事情就变了。”他厌烦地把报纸丢到一边,一边喘着气一边小声嘀咕着什么关于“新奇的”设备的东西。

“胡说,医生。”贾斯丁想要插一句话。他摆出自己最好的竞技表情,双眼直勾勾地跟医生对视。可是好医生却不以为然。

“算了吧,贾斯丁。”撒迪厄斯说,“我年龄够大了,肯定也够专业地可以知道男人是否入迷了。但是在VRM之前你的这种迷恋都没有回应——她的回应。”

“VRM?”

“虚拟现实博物馆。”医生简洁地说。

“嘿,医生,我可以保证……”

“你什么都不能保证,贾斯丁。这都是我的观察。比如她对你的过度关心。她说她对你的需要特别的敏感,还说了些关于‘VRM后期综合征’的事情。但是你比我更清楚,对吧?”医生没有等到贾斯丁回答就说，“或者就是在吃饭之前你们等待对方的方式。不要觉得我没有注意到，你们俩都开始补充对方的话了。”

“医生，”贾斯丁回避说，“我觉得你反应过度了。我保证……”他停了下来，等着被打断。但是撒迪厄斯正在等着被说服。“我保证，”贾斯丁重复说，“我们只是朋友。”

“我刚刚说的，”撒迪厄斯说，“是最有可能的一种关系的开端。这我可以保证。”接着他又重新拿起报纸，把头埋在字里行间说：“而且我也没有时尚神经。”他不屑一顾地说，好像刚刚的谈话从来没有发生过。

贾斯丁一边吃碗里的麦片一边回顾着刚刚的对话，抓起丢在桌上的报纸当中的体育版。他仔细地阅读着头条，好像在一种叫火箭球的比赛中，火星狂怒队把泰坦战士队打了个落花流水。据贾斯丁所知，这种比赛的目标就是要把球推进10千米的范围，同时还要尽可能多地把对方队友扫出去。唯一被完整保留下来的比赛就是足球，贾斯丁从来都不是狂热的足球迷。他是一个冷静而固执的足球迷，当然，喜欢足球从来都不需要谁来号召的。他最喜欢足球的地方包括各种重力场还有身上的盔甲。对他来说，一个州或者队员都没有什么意义。这些晚点再说，他想。按照贾斯丁的要求，报纸上还有一页刊登的是漫画，但是贾斯丁想让塞巴斯蒂安把这种生动的3D全息图的呈现模式转换成过去他习惯的2D模式——但是失败了。

贾斯丁想，新的媒介本来就不该用旧的形式来展示，或者是他实在不能理解现代幽默感。他还没有明白他那个时代是如何传递幽默的，比起后来出现的乏味的情景喜剧，他更喜欢《我爱露西》里面的老剧情。他还习惯了以前的商业版在这里被叫作“头版”——

在现在生活的这个社会里可是非常的合理。

贾斯丁吃完了碗里的东西，然后把碗挪到一边。

“为什么，”他问吉列医生，换了个话题，“为什么你说妮拉再不是我的复活师了？”

医生从科学版里抬起头来。

“你是说，除开我现在是你的正式复活师，哈伯医生为我工作这个事实？”

“呃，是的。”

“呃，好吧，你和哈伯医生，”他回答，“已经比病人和医生之间规范的关系要近得多。老实说，这干扰到了专业关系。当然，回顾一下的话，这也不是什么奇怪的事，对吧？你是一个有名气、英俊潇洒的神秘人；她是一个睿智、有同情心而且有些迷人的女人。”医生考虑了一下，决定还是不提妮拉给了他生命这事儿。妮拉是他复活后看到的第一个女性，这种吸引作为一种心理规定记录得很清楚，这样一来，撒迪厄斯决定，还有很多其他的可以说，提出这个话题其实没什么意义。

“那么，我猜这种事情肯定经常发生。”贾斯丁看起来有点失望。

“基本上从来没有发生过，而且从来也不像这样——有这么深的感情连接。”医生放下报纸回答，这次他把报纸整齐地折叠了起来，放在了桌上。

“贾斯丁，你和你的情况都很特别。这件事情的关键在于，妮拉不仅仅是你的朋友，因为你的状况可能对你的情绪很重要，她也不单单是复活专家。这并不寻常，也不道德。但是，你这样的情况可能需要这些。如果我有别的想法的话，我会让妮拉远离你一段时间。幸运的是，现在她已经不是你的复活师了。我不是说你不需要专家……你需要。但是，我亲爱的朋友，”撒迪厄斯抬起眉毛说，“你有我。我不是说她不是你的复活师了你就可以跟她发展。你不能。因为哈伯医生唤醒了你，在世人的眼里，她还是你的复活师，因此还是不能有其他的关系。”

“那么，”贾斯丁回答，“你是说，我没有雇一个复活专家，而是雇了一个朋友?”

医生点点头。

“你知道吗，医生，”贾斯丁继续说，“在我那个时代我们有一种说法。”

医生并不吃惊。“就是像这样的幽默会给你和妮拉带来麻烦。”撒迪厄斯有所暗示地说，“我祝你早日找到合适的伴侣。否则的话，你对哈伯医生的迷恋会更加明显。”

“医生！我……呃，在我们讨论我的个人生活之前，你能不能先告诉我怎么才能找到妮拉？她也不从电子助手回话。”

“你是说哈伯医生。”

“妮拉，哈伯医生，随便吧，反正这也不能帮我决定我狂欢节到底该穿什么。”

吉列医生立刻放松下来，脸上绽放出一个微笑：“我亲爱的孩子，你之前怎么不说？时尚的事我确实不敢胡说。但是，狂欢节就是另一回事了，我很愿意帮助你。”吉列医生前倾身体，露出一个信任的微笑：“你觉得‘超级小弟弟’怎么样?”

贾斯丁叹了口气。

今天早上，在位于圣弗朗西斯科的总部，多数党的肖恩·杜克发表了一场令人吃惊的激进演讲。由于不满意政治边缘的生活，杜格先生要把他的党带出政治现实，进入“世外桃源”。演讲中他说，多数党不仅要允许每个人的大股权地位，他们还希望彻底地结束个人组织。这个党现在会改名为“自由党”，记者想这很明显就是意图要把他们自己与美国内战前时期的自由党联系起来。原来的自由党是由帮助过结束四百多年奴隶制的人组成。现在的自由党，旨在终结我们所知的文明。我们有理由相信，很快就能听见自由党/多数党的最后宣言，谢天谢地。

在更多相关新闻中，异己党给予特许，这表明在政府事务中他的力量开始增加。议会发言人表示，一切就绪之后，水星就会变成一个无政府区域。这可以给异己人士他们要求的一片大区域，但是也会搁置——许多专家都认为，水星适宜人类居住大概还要等上一个世纪。

——万物网，神经网络编号3432435

最后，贾斯丁决定穿简单但是很有标志性的衣服。他在当地的一家店里预订后，不到一个小时就送到公寓里来了。尽管狂欢节是全系盛事，但是他还是决定参加原生地的活动。最后剩下要做的，就是坐上“豆荚轨道”到新奥尔良市中心运河街上的雷克斯酒店。他准备在下午晚些时候到达。这就是节日的开始，也是完整地体验众人期待的疯狂的方式。

塞巴斯蒂安告诉贾斯丁，如果他非常想避开人群的话，有一趟“豆荚轨道”可以直接带他去酒店，但是贾斯丁拒绝了。既然这是场狂欢节，那他去不去和那些狂热分子交换又有什么关系呢。“至少，”为他担心的化身警告说，“做点面部变形吧，那样你到达的时候就不会被围攻了。”贾斯丁同意了，特别是当他觉得一个假鼻子和面部毛发就跟在新奇礼品店里粘一个橡胶鼻子在脸上一样简单。这一点简单伪装的好处就是，这些都是采用纳米技术的新奇小玩意儿，也就是说那些毛发是真的长在脸上的，而且附加的鼻子的表皮也是长在脸上的，还不会干扰贾斯丁的鼻腔。

尽管在他住的公寓楼顶有一架私人“豆荚轨道”，但是贾斯丁还是决定开自己的飞车去纽约轨港，然后在那儿坐上去新奥尔良的内维尔轨港的私人“豆荚轨道”。这让他的新保镖们有些歇斯底里，但是他花钱就是让他们做这些的。

当他从“豆荚轨道”上下来，降落在主要出口的时候，他被眼前的混乱给惊呆了，他甚至想立刻转身回到纽约城他的安全巢穴里去。

一个他从未见过的希腊神话的神从他身边飞过，后面跟着一个几乎是裸着的女人，贾斯丁看到这个人有两对丰满的胸部。那个女人大笑着，或者贾斯丁本应该要……做什么，他完全不知道。他数了数，在地上和空中至少有四对变形人在幽会。当他竭尽全力登陆地面的时候，他的眼睛简直要忙不过来了，到处都是各种各样的奇怪的人，他撞到了一个有醒目人脸的蓝色大蜘蛛。

“变……变形人?”贾斯丁只说出这几个字，就完全被眼前看到的活生生的正吐着气的怪物吓倒了。

“不是，”“蜘蛛”低吼着，用他的一只脚挠着自己的鼻子说，“我一直都是这个样子。怎么，你昨天才出生的？”

“呃，其实……”贾斯丁不知该怎么回答。但是“蜘蛛”打断了他，递给他一个水晶盘，“听着，兄弟。博尔顿街的沙驰酒吧每晚都有派对。”说完蜘蛛就走了，“他的”身后留下一串愉快的尖叫声和笑声，贾斯丁发现他刚刚撞见的是他见过的最棒的行走广告。

他跨过地上的碎啤酒瓶，然后走过了一群喝着酒，穿着草裙摇摆的男人，又从一对拿着鳄鱼皮包的鳄鱼皮夫妇身边侧步走过。当他朝着出口走的时候，他好像看见那个“蜘蛛”在跟一个独眼巨人说话。

“好吧，塞巴斯蒂安，你赢了。”他走出轨港说，“赶快带我去雷克斯酒店。”

再戴着面具也没有什么意义了。老到的狗仔队可以轻易地发现他，所以他一上了车就摘掉了。当他走进酒店，他注意到的第一件事情就是嘈杂的人群，还有跑来跑去的变形人。他注意到的第二件事就是深紫红色的大理石铺满了整个大厅。在大厅的中心，立着两个六边形的大理石柱子，柱子底部有一些华丽的路易十四风格的木长椅。到处都是显而易见的百合花。他看见前台那边的桌子也是由深紫红色的瓷砖砌成，就跟自己踩着的大理石一样。三个穿戴整齐的工作人员在桌子后面，他们后面有三幅看起来像是波提切利作品的画作。讽刺的是，不是波提切利的画让整个酒店超级有名望的，而是画前工作的人。在狂欢节期间，只有最著名的酒店和饭店会想要用人力。除了警局，法庭还有医疗中心，大多数公司都放一周的假——超级大假。

贾斯丁忽略了他进入酒店而引起的那些轰动，他径直走向前台。如果他能找到他的房间的话，他至少可以在过度的视觉刺激之后休息一下。

运气不佳。他被一个他看过的最性感的“怪物”挡住了去路。的确，眼前这个简直就是要吓死人的程度。他注意到，大多数的变形人都把自己变得很凶残的样子，这个女人，如果他看着的这个东西可以称作女人的话，明显得到了更加邪恶的服装。

她有点高，跟贾斯丁差不多，她的皮肤是深红棕色。她有一头长长飘逸的浓密的黑发，发丝躁动地从肩膀搭下来，像瀑布一样落在暴露无遗的胸部上，它们好像要从黑色紧身皮衣里逃出来似的。从额头的发丝中突出来的，是一对短小锐利的象牙角。贾斯丁眼神跟着她平坦的小腹滑向了她补丁一样的黑色短裤。她修长的双腿因为那双及大腿的黑色皮靴而显得更加修长，鞋跟又细又长足有六寸。他还注意到，她的手臂和手都被黑色无指手套覆盖着，手套一直延伸到她健美的肱二头肌。这张脸居然看起来有点熟悉，尽管很难错过那双乌黑的双眼——一点白色的都没有——丰满的黑色双唇，还有白得发亮的牙齿。但是最吸引贾斯丁目光的是这个“怪物”肩膀上长出的一对大蝙蝠翅膀。这对翅膀差不多和这个女人一样大了。

贾斯丁完全被迷住了。

他不是唯一一个被迷住的。当这个变形人走过大厅时，所有人好像都停下来盯着她。一秒钟后贾斯丁意识到，这个“魔鬼”正朝着他走来。这是他生命中他要感谢自己是如此容易被认出来的时刻之一。

这个女人很快就走到了贾斯丁面前。她越走越近，贾斯丁看见她脸上有一丝担忧的神情。

“你迟到了。”她说。

贾斯丁立刻就辨认出了这个声音，但是他的大脑还是不能把声音的主人和面前这个人重合在一起。

“妮……妮……妮拉?”他吞吞吐吐地说。

妮拉脸上的表情从一个担心的母亲神情变成了参加毕业舞会希望男生能喜欢她裙子的小女孩的表情。她把翅膀展开到最大，然后干脆把双手放在屁股上问：“你喜欢吗?”

“妮拉，”他简直不敢相信这个“美丽的生物”就是他亲爱的朋友，“‘喜欢’已经不足够表达了——‘惊讶’才是。”然后他说：“这些都是……真的?”

妮拉大笑着，好像那个有诱惑力的魔鬼又回来了：“当然是真的，贾斯丁。”

她抓起他的手放在她的手臂上，“你看，”她一边说，一边慢慢地拉着他的手，一直移动到黑色皮手套边缘的地方，“颜色不会掉。”她又把他的手放在她的一个角上，这让贾斯丁有点紧张，“它们也不会掉……还有这个，”这时一个长长的卷尾巴在她背后出现，然后在他们中间晃来晃去，“也不会掉。”她看见贾斯丁看尾巴的眼神，这个尾巴完全震住他了——她就想这样。

贾斯丁的头一片眩晕，他的心跳得很快。他已经失语了，不是因为他看见的，而是因为他自己的感觉。他想要这个女人，他现在就想要。他暗地里笑着，然后他意识到他可能应该直接把她——如果她愿意的话——推倒在冰冷的大理石地板上，也不会一个旁观者会感兴趣，尽管他们对于他的真实还是有些好奇。

但是他这个想法困扰过他了，这种行为的结局太可怕了，所以他基本上不准自己有这种幻想。老撒迪厄斯的警告很明显起了作用。尽管他知道自己需要她，但他也知道自己绝对不会因为要满足自己的欲望，就拿她的工作来开玩笑。

“嗨，你们好啊！”大厅尽头传来一阵呼喊，是吉列医生。这个声音贾斯丁可以确认，尽管在喧闹当中他还不能分辨声音是从哪里来的。

他感觉有人拍了拍他的肩膀。

谢天谢地，贾斯丁想，他需要时间来整理一下自己的思绪。虽然好医生让他从妮拉那里暂时缓解出来，但是看到医生的装扮他又开始迷惑了。除了一双人字拖，撒迪厄斯完全就是裸体的。但是把他和其他酒店老主顾区分开的，是他夸张的器官。贾斯丁的第一反应就是大笑，但是吉列医生误解了他的笑，他保证说这些夸张的部位完全是可以用的。

“哦，我相信，撒迪厄斯。”贾斯丁回答说，“我等不及要看哪个女人。”他用眉毛指着医生巨大的器官说：“可以适合它。”

“这可不用担心，亲爱的孩子。”撒迪厄斯回答，脸上带着邪恶的笑。撒迪厄斯好像终于注意到了妮拉正骄傲地站在他的病人旁边。医生对妮拉变形的赞赏不仅从他的眼神里可以看出，还可以从他的男子气概上看出。

“谢谢，撒迪厄斯。”妮拉高兴地说。

“不用，亲爱的，我得说，它们跟你的形象很相配。”

“你的服装……”她说。

撒迪厄斯打断她说：“我知道，我知道。哎呀，你还期望什么呢？谁有那个时间呀。”然后他又道歉帮助妮拉瞒贾斯丁。

在他们去房间的路上，乘坐了一个速度非常缓慢，很老式的电梯，妮拉向贾斯丁解释了为什么这段时间都找不到她的原因：“首先，”她解释说，“我想给你个惊喜。”

贾斯丁的脸一下就红了：“那就算你成功了吧。”他一边说，一边尽力地让自己不要盯着她看。

在两周的时间里，妮拉把眼睛、头发，还有皮肤颜色都做了改动，然后加上了翅膀、尾巴还有角——最后这个部分只花了两天的时间就完成了。剩下的时间里，妮拉都在习惯这些新器官，学习如何使用它们。

“我一直都想在狂欢节上疯狂一把，”她说，“但是在此之前我一直没有这么多钱。我从小时候起就一直梦想能穿上这套服装。大多数孩子都只是乱画，他们期望有一天能走运得到……我想我就是运气好。”

“是的，”贾斯丁大笑着说，“你遇到了我。”

“噢，别这么自负。”她嘲笑说，“是欧麦德找到的你。我只是获得了好处而已。”

贾斯丁紧张地笑笑，她是在跟我调情吗？

“啊，是的。”撒迪厄斯插嘴，在一面镶着铜框架的门前停了下来，“这是我的房间。待会儿见，孩子们。”

贾斯丁和妮拉沿着走廊走到了尽头，到达了他们的豪华房间。因为这座酒店是一个怀旧的建筑，门都是开着的，因此妮拉要求贾斯丁把他的手掌放到入口旁边的一个平板显示器上。识别器检查了他的 DNA 和掌纹之后，他便可以进去了。他们两个都走了进去，里面是一间非常漂亮的总统套房。两张路易十四风格的椅子背后，有一个大的四柱床，那两张椅子好像在保卫这张床一样。其余的家具都是同一时代的，相邻的前厅也是精心布置的。法式对开门外面是一个阳台，在那里可以领略街上绝美的风景，还可以看到正在发生的一切。

“好了，我看过你的房间了。”妮拉说，“现在我们快出去吧，因为你可能没有注意到，派对已经开始啦！”

贾斯丁只有笑笑。他想做的只是走进这间房间，远离喧嚣，但是现在他被这个占据了妮拉·哈伯身体的坏女人给完全迷住了，他微微地点点头说：“我先换上我的服装。”

“当然。”她回答，说完跳上床，诱惑地把翅膀展开到被子上。

贾斯丁打开他的服装箱，里面装着的服装很简单，一件束腰外衣，一双拖鞋还有一条皮带。尽管这件外衣能够到他的膝盖，但是他还是决定要穿内裤。早前看到媒体机器人可以去到的地方之后他就做了这个决定。

“斯巴达克斯。”他耸耸肩解释说。

“啊，没有象征性的服装。”妮拉点点头表示赞同说，“没什么可不好意思的。”

“妮拉，”他回答说，“在你旁边，没有服装可以说是好的。”

她大笑着。

“总之，”他继续说，“斯巴达克斯应该就是最合适的了。如果他不是罗马乱世中的一个角斗士奴隶成为被雇用的表演者的话，他其实可以得到罗马社会提供的所有的好处和利益的。”

“但是他选择反抗罗马人，并且战斗。”妮拉补充说。

“是的，”贾斯丁说，“他选择了战斗。”

“最后牺牲了。”

“既来之则安之。”他开玩笑。接着他安慰她说，“别担心，妮拉，这只是个象征而已。”

她皱着眉头：“你准备好了还是什么？”

“不是。”他回答说，“但是这没关系了。我不知道对于外面等着我的一切，我能不能做好准备去面对。”

他住的酒店坐落在迪凯特街和沙特尔街中间，他们选择去了沙特尔街。到达之后，他们看到铁阳台上满是朝着下面聚会者丢珠宝的狂欢者，他们还朝空中飘浮着的人丢。小玩意儿、珠宝还有小装饰物像雨一样，给远处坐落在法国区大道上的圣·路易大教堂的尖顶蒙上了一层温柔的彩色光芒。

贾斯丁没去管那些指责他的人，不情愿地给那些提出要求的人签名。妮拉倒很轻松，因为很明显大家都认为这个站在贾斯丁旁边的这个活泼的“生物”肯定是狂欢节上耀眼的变形人之一。她建议他买个面具，他拒绝了。夜渐渐深了，街上非常昏暗，而且大家也都喝得差不多了，所以“名气”带来的困扰应该是最小了。另外，如果有狂欢者失控的话，还有几个悬浮安保机器人保护着他。

当他们穿过喧闹的人群，走向人行道的时候，他们听见有游行的声音正靠近。他们决定停下来欣赏游行盛会。领头的是一个骑着马的人。妮拉解释说，他是队长，不然就是奥尔普斯俱乐部的克鲁领导。接下来就是官员和皇后，后面跟着的是女仆和公爵。他们后面跟着一个巨大的花车。如此看来的话，主题恐怕就是“三百年的进步”。

贾斯丁看到了一个早期纳米机器人的复制品，后面跟着第一代的反式轨道豆荚车。从代表着香港的轨港管道里一直有“豆荚轨道”飞出来，然后飞进代表着纽约的轨港管道。这辆花车后面跟着的是另一个代表火星地球化的车，还有一辆代表才被地球化了的金星的车。

在这些大花车的周围，有很多代表着行星带殖民和较低轨道殖民地的小花车。在这些花车的后面，有三个小一些的花车在空中飘浮着。这三个运输机上搭载着穿着奇装异服的奥尔普斯俱乐部的成员，他们不停地朝着下面张开双臂的狂欢者们扔那些闪闪发光的小玩意儿。

一条项链落在了贾斯丁伸出去的手臂上。他仔细地看着，发现这是一串由至少40颗3克拉的钻石组成的宝石项链。他开始大笑，起初慢慢地笑着，接着又一阵一阵地笑。天空好像下着钻石雨一般，他的同伴是一个红褐色皮肤，穿着皮衣张开翅膀的人，而且他现在也活生生地站在这里，经历着这一切。

妮拉抓着他的手臂，他们又开始沿着街走。在圣·路易和沙特尔的街角，他们经过了拿破仑故居，房子上面有一个八角形的圆屋顶，传言说建造它是为了能看到拿破仑水上的船。传奇故事说，拿破仑执意要在路易斯安那登陆，要待在他们现在面对着的这座房子里。不幸的是，他没有达成心愿，在到达这座城市之前就死了。在贾斯丁的那个年代，这座房子被醉鬼讲的鬼故事给笼罩着。今晚，他们都在路边看到，房子里挤满了人，而且，在房间的某个部分，从屋顶到地板都挤满了人。他们沿着路又走了一会儿，不时地在摇来晃去的人群和变形人之间牵着对方。他们走过图罗斯街，走进了圣·路易大教堂对面的杰克逊广场。像其他的法国街道一样，沙特尔街就像一条狂欢大河中的支流一样向前奔流进了杰克逊广场，广场上正进行着更大型的表演。

贾斯丁发现已经不是靠自己的力量动了，实际上，他是被身后的派对狂欢者们推着移动的。他基本上看不到他抓着的妮拉的手，但是他还是可以感觉到紧握着的长尾巴。到处都是汗水和酒精的味道。

他感觉到左边猛地一拉，接着又一拉，眨眼之间，他就发现自己站在一条小径里。虽然这里仍然很拥挤，但是跟他们刚刚离开的“派对洪流”来说这里要好多了。

贾斯丁背靠着潮湿的石头墙，抽空喘口气，按摩着简直要被妮拉拉脱臼了的肩膀。“你差点就把我拉……”他停止了说话，因为他发现妮拉的脸离得很近，他甚至可以感觉到她鼻孔里呼出来的温柔又急促的气体。

他汗毛直立，他的心跳又开始加快。

妮拉可以感觉到他在自己脖子上的呼吸。她安静了一会儿，任由紧张感在他俩之间越来越强。

“妮拉……我……”

妮拉用食指轻轻触碰着他的嘴唇，让他不要说话。

贾斯丁把他的双手放在她的腰上，慢慢地把她拉得更近——想要给她个机会改变主意——他不知道她是怎么想的，他也不在乎了。他们四目相对，她的双眼跟黑夜一样黑。贾斯丁慢慢地把落在妮拉颧骨上长长的黑发拨开，另一只手温柔地摸着她的脸颊，接着小心翼翼，把自己的唇贴到她的唇上。

这个吻又深沉，又漫长。

狂欢了几个小时之后，他们开始往雷克斯酒店走，因为他们知道欧麦德会在那里等他们。他们尽可能地穿戴整齐，然后像连体人一样走进了大厅，他们的朋友正耐心地坐在大厅其中一根六边形柱子旁边的椅子上。

欧麦德穿着老式混搭的商务三件套套装，还穿着细条纹的无领衬衣。他的脚边有一个金属大箱子，两边都写着 IRS 的字样。他屁股边还有一支装在皮套里的手枪，头上缠着黑色的带子，眼睛的地方抠了两个洞。看到贾斯丁和妮拉走近了，他站了起来。

“我猜猜，”贾斯丁说，“收税员?”

“让我来猜猜，”欧麦德回击说，“满足了的情侣?”

贾斯丁和妮拉都没有回答，脸上也没有表情。

欧麦德没有给他们否认的时间：“到时间了。我能说的就是，感谢但萨给了我狂欢节。”

“嘿，”妮拉抗议着，想要换个话题，“你还没说我的变形怎样呢!”

“妮拉，”他欣赏地眨了眨眼睛说，“如果我要说我想说的话，摸着你屁股的那个男人可能会痛扁我一顿的。”

看到妮拉满意的表情，欧麦德知道自己已经说明了一切。

贾斯丁插话说："那我猜对了吗？"

"什么？"欧麦德问。

"猜你是个税务人员啊。"

"噢，是的。"欧麦德回过神来说，"你一猜就猜到了，但是我本希望你会更害怕一些呢。"

"好吧，欧麦德，"贾斯丁跟着欧麦德说，"为什么你认为这种服装能吓到我呢？"

欧麦德非常虔诚地说："对我们来说就是故事而已，但是你实际上……"欧麦德的脸上露出一副厌恶的表情："要被征税。"欧麦德看到贾斯丁还是没有明白，便补充说："税务人员真的会跟着你。"

"其实没有那么糟糕。"

"你是要跟我说，"欧麦德说，"那些政府败类并不经常追着你，然后想要拿走你努力工作得来的钱和财产——如果你没有交够数目的话，他们就会用监狱来威胁你？"

"是'美元'，"贾斯丁纠正说，"他们确实是这样的。"他想了想又说："你知道的，欧麦德，事情确实是那样的。"现在轮到他做怪相了："服装不错。"

他想起了他的第一次审查。他想起了那些想要巴结高级官员的低级官僚。

"其实，"他补充，想起了进行这个小噱头的痛苦的几个月，"非常好的服装。"

欧麦德笑容满面地说："对了，我把你要的东西带来了。"他说着打开了他的IRS包。

“什么东西?”妮拉问。

贾斯丁小心地把手放在手提箱上阻止了欧麦德：“为什么你不上楼再给我呢?”

上楼的电梯里充斥着不舒服的安静。等他们到达套房的时候，妮拉已经快要没有耐心了。

“那么，是什么东西?”

“妮拉，”贾斯丁回答说，“真的没什么大不了的。”

欧麦德忙着浏览这个套房，在房间之间穿来穿去，好像一个秘密特工在检查隐蔽的装置一样。他走到阳台上，过了一会儿才回到房间里。

“欧麦德，”贾斯丁说，“感谢你对我和妮拉这么‘自然’。我正想着还有文化警察呢。”

“噢，别误会，”欧麦德像一个愤怒的家长一样搜寻着，“我觉得你们两个都是笨蛋。如果不是狂欢节的话，你们可逃不掉。而且，你俩真是绝配。我觉得结局肯定不会好的，但是人生得意须尽欢。”

“喔，对了，”他接着说，“你们知不知道你们窗外又聚集了很多人?”

贾斯丁脸色明亮了起来：“噢，是的。肯定到时间了。”

“什么?”妮拉问，她还是感觉有点担心了，因为她也注意到了他们阳台下越来越多的人。

贾斯丁淘气地笑着说：“我安排了一个小型记者招待会。”在妮拉说话之前他看着欧麦德说：“你准备好了吗?”

“是的。”欧麦德埋怨道，但是还是盯着窗外，“准备好了。”他从阳台入口走到床边，把手提箱放在了床上，接着他轻轻地打开箱子，把一副银色大手铐拿了出来。

“我希望这能对你的胃口。”他举着手铐说，一手一个。

这副手铐有三个连接的地方，每一个上都刻着一个字母，从各个角度都可以看到。这三个字母是G，C，还有I。当欧麦德举起它们的时候，贾斯丁走到他站的地方，然后双手穿过金属手链的大洞。他感觉到了手铐的重量和质地，还摇了摇让它们发出响声。

“这可以达到预期效果吗？”他问。

欧麦德点点头：“我自己试过了，百试不爽。”

贾斯丁又再次摇了摇这东西：“那么就完美了。”

“呃，贾斯丁。”妮拉问，“你觉得你在做什么？”

“宣布独立。”说完他朝着通向被包围的阳台的法式门走去，接着踏了出去。

当她的新爱人走上阳台的时候，妮拉可以听见人群的咆哮声。她心里有一种预感，但是要阻止事情的发生已经太晚了。

肖恩·杜格在贾斯丁·可德的阳台下耐心地等待着。跟他一起等待的有几千名狂欢者，一大群媒体机器人，还有一队记者。与人群中的其他人不同，肖恩感觉到历史的时刻就要被创造了，在他内心的深处他知道，他注定要参与其中。“一个自由的人”——他专门用来指代贾斯丁的称谓——已经召集了一场毫无事先准备的记者会。可肯定有什么事。肖恩想，这个幸运的人陷入了创造历史的进程中，而伟大的人们都是利用历史来达到他们的目的。在肖恩的心里，从没怀疑过他的身份，所以他等待着。

贾斯丁走近阳台的边缘，低垂着手臂不让大家看见他手腕上的新饰品。这些媒体机器人，跟人群一样，都被隔离在安全区外。但是新奥尔良是一个又小又拥挤的城镇，现在节日期间让它更加拥挤了，运河街和雷克斯酒店的距离现在缩短了三分之一。

人群安静下来小声地嘀咕着，在场的人的血液里都是大量的酒精，可是没人有什么大动作。

当贾斯丁感觉到他已经得到他希望的足够多的关注的时候，他飞快地把自己戴着手铐的手腕高举过头顶。等他完成这个动作的时候，整个广场都静止了下来，死一般的寂静。他一边举着双手，一边 180 度地转动着自己的身体。他只能这样做一次，所以他要确保大家都可以看到刻在手铐链子上的字母。

从贾斯丁举起双手，向大家展示“GCI”手铐的那一刻起，一种自我崇拜的感觉扫过肖恩·杜格的身体——他猜对了。他有预谋地安排在人群里的同伴正看着他，等着他的信号。但是肖恩，他知道这个时刻的历史会被记录，他知道时机一定要完美才行。“还没有到时候……没到时候。”他重复着。肖恩坚定地不去看同谋者的眼光。他们只得继续等着。等他准备好了，他们会看到他发出的信号的。

“就是现在。”贾斯丁对自己说。这些链子，之前松弛地耷拉着，在他头上形成一个U字形，现在被他绷得笔直，紧绷着的还有他的表情。他又拉了一次，而且更加用力。两次他都让链子松下来，然后又更加用力地拉紧——至少看起来是——每次都是。最后，他肌肉一紧，带着G、C、I字母的链子断裂了，金属碎片像雨一样掉进了人群里，成为了狂欢节历史上的终极坠落。

肖恩·杜格高兴得不得了。他所有的愤怒现在都化为了一种平静。他知道他要做什么，当中会包括有冒险、痛苦还有死亡——别人的，也可能是自己的——但是这些都没有关系。他的道路很清晰。这辈子他从没感到过如此的高兴，也从没感到过如此的危险。他给焦急等待着的同伙发出了信号。他们异口同声地高喊着：“一个自由的人！一个自由的人！一个自由的人！”

就像在炎热吹着风的日子故意点火一样，这些醉醺醺的狂暴的人群很快就开始跟着煽动者一起喊着这句咒语。而且，令肖恩满意的是，这句咒语已经被录了下来，传播到了整个系里。在他的革命里，他把贾斯丁看作一个海报男孩，现在已经取得了成果。“一个自由的人”的咒语现在像是一个癌症的种子，被植入了那些在自己的全息屏幕和电子助手面前的数十亿“迷失”的灵魂里。在这个过程中，他们满脑子都是植入者想要表达的渴望——杀掉沉重缓慢残暴的主人，摧毁组织运动。

赫克特关掉全息显示屏，慢条斯理地熄灭手中的雪茄，看着最后一缕烟慢慢地消逝。一股缓慢的即将爆发的愤怒充满了他身体里每一根毛细血管，直到最后这种愤怒让他怒不可遏。如果可德想要打破解救他的系统的锁链的话（而且也拯救了所有的人类!!），那么就去做吧。如果他想要粉碎系统的话，那么最后他会得到的就是粉碎的链条。还有社会，如此醉心于贾斯丁眼里的过去的话，就需要看到过去肮脏的面目。他们会想起恐怖主义，无政府的混乱状态，还有害怕成为贾斯丁世界一部分的恐惧感。

在黑暗中，安静的办公室成为他远离家乡的家，周围还有人来人往的远远近近的声音，赫克特从口袋里拿出电子助手，拿在手里随意地旋转着。必须有人得死，赫克特知道，这个人的死还要能够让现在的世界意识到，过去是多么的危险。

“阿一古。”

“在，赫克特。”

“为安全主管准备一个无法追踪的太阳系内的传送——GCI 海王星。”

“正在记录。”阿一古回答。

“会有一场‘意外事故’。”赫克特不带一丝情绪地说。

“姓名?”

“伊丽莎白·雷诺。”

妮拉终于得到了她的月球度假。只是这次不是为了让她保持沉默而强行让她去的，过去赫克特就想这样。这次她主动行进在银色的高速路上——花她自己的钱。她和她的情人悄悄地享受这次度假显得更加精致。

在贾斯丁被冷冻埋藏起来的头几年，月亮变小了很多。世界也在崩溃，根本无暇顾及大气层以外的事情。另外，太空探索是政府控制的垄断项目，由即将破产的政府来运行。所以月亮还只是飘浮着的石头，与多年前尼尔·阿姆斯特朗第一次登月时的那个月亮没有什么区别。当人们渐渐地从大衰落的废墟中站起来的时候，月亮还是被忽略，继续着自己椭圆的守夜路线监视着麻烦的“蓝色表兄”。最后组织运动兴起，大量先进企业家涌入，还有新兴轨道产业也出现了。月亮成了科学家和工业家的远距离工作站，最后太空基地工业兴起，伴随着大量的土地侵占行为。在月球深处发现的冰和矿物的聚合物表明月球是可以用来进行新兴纳米科技实验的区域，还有一群微型的装配工和复制者。很快，跨越了数千英里的大型走廊都深深地挖进了沿着轨道运动的“大卵石”厚厚的下腹部。“内部”城市的出现让那些想把月球当家园的人在这里安家落户。大建筑物在陨石坑里大量地出现，月球表面上笼罩着薄但是强大的保护膜。

但是仅仅是在星状带经济可行之后——大萧条之后几百年——月球才真正地发达起来，从以前的旅行目的地变成了一个常用的港口。其实，对不断增长的星状带上的人来说，月球是首选的港口，在过去的几百年里，月球已经基本上完全脱离了地球引力的束缚。对那些想要和他们地球上的堂兄弟妹做生意的人来说，月球上的1/6重力环境是一个非常好的“中立”的会面平台。在过去的十年里，会议中心、奢侈酒店、餐馆，还有娱乐建筑群吞噬了那些曾经被工业巨头占领的空间。对工业家来说，这是双赢的局面。他们卖掉土地获得了利润，然后搬到更深的空间里，占领其他的姐妹行星。

当贾斯丁第一次进行他的“第二种”呼吸的时候，月球已经变成了一个飘浮的拉斯维加斯，人们快乐地享受着大部分人做梦都想来到这里的度假。如果狂欢节是在新奥尔良开始的话，那么对那些能消费得起的人来说，狂欢节就是在月球奢侈的环境中结束的。就在这个令人向往的奢侈之地，长了翅膀的妮拉和她著名的情人各自向着这里走来。

花了一大笔钱，贾斯丁租了一个远离偷窥的私人大坑，他还用了一个假名字。妮拉几个小时之后悄悄地到达了。接下来就是欢愉美好的一周，他们像皇室一样用餐，品味着相互的陪伴时间，只要有机会就开始尽情享乐。当他们各自的世界好像终于合并在一起的时候，他们不久前抛诸脑后的世界现在已经在无形中开始崩溃了。

肖恩·杜格一周的时间都愉快地坐在全息显示屏前，反复看着他那场著名夜晚的活动。他就是看不够。在这些天里，他勉强花了些时间完成那些必须做的工作：协调未来的集合，签署文件——还是亲笔！当然还有接受迟到的赞美。但是每天晚上他都会溜回他酒店的房间，观看集会的视频记录——一遍又一遍。当贾斯丁面对人群的紧张感，当他拉断链条然后把碎片落到集会人群时候气氛的高潮，然后接着……接着……神奇的时刻。当他，肖恩·杜格，开始吟诵他的圣歌，人群加入到他的行列中，甚至还跟着前后摇摆。就像催眠一样。肖恩几乎把整间房子都贴上了关于那晚发生的事件的文章——他的事件。“一个自由的人”的信息已经被数十亿的人知晓。数十亿！这是他一生中少有的感觉，他认为获得的是他真正值得拥有的。

他的自我赞许被化身给暂时打断了。化身几乎从来没有呼叫过他，这让他微微一怔，因为化身经过编程，只要发现任何关于伊丽莎白的消息就提醒他。他一直都抱有希望，那些消息中其中一条是关于她爱人的回归的。在某种程度上，是如他所愿的。

这是一场奇怪的意外，《海王星新闻》上说，GCI 向在土星的一个外层卫星上的大气转换器进行能量提供的连接时，不知怎么的满载的储存胶体突然释放出了所有的能量。GCI 的发言人说起伊丽莎白遇难的时候，让人觉得这不只是一条死讯，还是一个悲剧的经济损失。

肖恩的世界毁灭了。他什么都记不得了，就好像他的整个神经系统粉碎了，只有他过去的一些碎片还残留着。他呆呆地盯着全息显示屏几个小时，不愿意应门，不愿意理会用各种方式试图联系他的手下。最后，就像一只寄生黄蜂慢慢地从内脏已经毁灭的宿主的身体里出来一样，肖恩从他的壳里面悄悄地爬出来。他站起来，茫然地盯着窗外——下定了决心。

他们毁掉了他的世界——现在他要毁掉他们的。

第二次暗杀攻击的时候，是直觉救了贾斯丁的命。他和妮拉之前就决定，为了避免不必要的公开露面，他们会乘坐不同的航班离开月球。对那些问起的人，妮拉在月球上的借口就是需要在他病人的第一个狂欢节期间待在病人身边。一场安排在轨港的“专业”顾问会议让他们跟大家道了别。接着，在1/6重力的环境下，他们轻轻地飘向他们各自的对接港。当贾斯丁消失在她西面一个平台上的私人“豆荚轨道”里时，妮拉盯着看了几分钟，然后她便走向了自己的门。贾斯丁登陆到他的平台，进入到一个像漏斗的开放走道，通向他的私人登机口。他注意到，走道尽头有一个二叠纪墙，墙的面前装饰着天鹅绒绳和坚不可摧的门。还有一个穿着制服的酒店安保人员，她的工作就是确保只有特定的人才能进入到头等舱的候机室。保安看到了贾斯丁，按了一下手里平板控制器上的按钮，然后在墙边向着他挥手。贾斯丁现在还是没有习惯穿过墙，他习惯性地伸出手——就像试水温一样的动作。他真希望他的手会被碰到，但是这事儿从来没有发生过。但是，就是这个习惯救了他的性命。当他把手伸进二叠纪墙的那一刻，他的手臂瞬间就被溶解了，一股疼痛的热气立刻就冲向了他的整个身体，红色的热液体形成的各种各样的泡开始飘进稀薄的空气里。贾斯丁本能地从墙边跳开，痛苦地尖叫着。

如果不是有安保监控的话，事件发生的确切顺序可能没有这么容易弄清楚。保安立刻从口袋里拿出一个小小的标准的单手武器，然后瞄着贾斯丁。她没有机会开火，因为带着翅膀的魔女从头顶上发动了进攻。妮拉听见了声响，担心会发生糟糕的事情，便从她的平台潜下来，利用她的翅膀和体重，把本应该是优雅从容地降落的动作变成了尖叫着的猎鹰捕捉逃命的野兔。她一只手锁住了杀手的喉咙，另一只手抓住她的眼睛。不知怎么的，杀手尽力地把妮拉推开，让她朝着贾斯丁的方向飞去，贾斯丁现在正痛苦地躺在两人中间。妮拉对翅膀娴熟的操纵才让她没有从平台摔下去。杀手摇摆不定地单腿跪着，重新举起了武器。贾斯丁看见她暂时被分了心，于是他趁机朝着她的小腿狠狠地踢了一脚。这一脚足够摆脱杀手，让她打偏。杀手重新找回平衡的时间已经足够让妮拉再次冲到杀手身边了，杀手正朝着被幕后操控的二叠纪墙猛冲。回响在空间站的尖叫声随之消失了。

当贾斯丁恢复过来之后，他什么都不记得了，他失血过多已经失去了意识。头脑中的最后一个画面会永远映在他的脑子里——妮拉用手臂和翅膀把自己抱在怀里，就像来自地狱某一层的画面——看起来异常奇特的温柔，但是同时也令人恐惧。

肖恩·杜格消失了。他最后一个确切的位置是在新奥尔良过狂欢节。尽管他是自己的大股东，他的父母，作为最大的少数股东，要求进行位置搜索，以求找到他们的儿子。到目前为止还没有什么消息，这意味着杜格先生可能摘除了他的定位芯片。

——《系际新闻》

有消息称，贾斯丁成为了另一次暗杀行为的目标。在狂欢节里，重要的新闻是很难得到的，但是很明显贾斯丁去了月球上的医疗中心。一旦有新消息我们就会分享给大家。记住，不要喝酒，不要手动飞行，你要对你自己还有你的股东负责。

——《系际新闻》

经历了几天前的恐怖事件之后，贾斯丁恢复得不错，就在妮拉的变形装褪去的时候贾斯丁的手臂重新长好了。可能这次暗杀事件最大的影响在于妮拉和贾斯丁之间刚刚建立起来的关系。妮拉只是想在狂欢节的时候跟贾斯丁更进一步。妮拉早就知道他们俩都已蠢蠢欲动，而且当大家都发现的时候，至少狂欢节的迷雾可以减轻对他们的打击——大家也会认为那只是狂欢节上的一件风流韵事。她也以为是这样，直到她差点失去他的那一刻。想到他在她的世界里，还有他不在她身边，简直比她短暂的生命中经历的任何事情都要恐怖。

现在除了他什么都不重要了。她和贾斯丁在一起，他们都知道在狂欢节结束后他们还会见面。他们讨论了细节，都认为要小心，但是他们也都认为在某一时刻，这个世界是会接受贾斯丁和妮拉这对情侣的。

贾斯丁发现自己坐在麦肯基的厨房里，读着晨报，这时已经变回人形的妮拉只穿着浴袍就进来了，脸上带着微笑。在他看到妮拉脸上的微笑之前，他都忘记了微笑能带给人多大的力量。不是因为她的微笑比别人的更好或者更差。就像他第一任妻子曾经有过的微笑，妮拉在微笑是因为他，这才是与众不同的关键。他小心翼翼建立起来的墙终于倒了，而且，他觉得这是好事。

这温柔的一刻停止在欧麦德带着一个陌生女子走进来坐下的时刻。妮拉还靠在厨房的门框上，她愤怒地看了一眼欧麦德，同时也带着原谅的意味。她明白，欧麦德永远都是欧麦德。她倒了杯咖啡给自己，挪动位置靠近了坐在厨房桌子边的贾斯丁，但是没有到他身边。接着莫什和艾琳诺也走了进来。从他们快乐又疲倦的脸上，别人很难相信这对仍然活泼的夫妇已经结婚四十多年了。他们进来没多久，吉列医生没有了他巨大的器官，至少从浴袍可以看出。撒迪厄斯整个狂欢节都在纵酒狂欢，直到狂欢要结束的时间里才听说了发生在他最出名的客户身上的事情。在医院里待了几天，医生就知道在他的徒弟和病人之间发生了什么。他很聪明，他知道如果他想要改变他们的想法，那就像他在找一份新工作。他唯一的希望就是从内部做工作，减轻他认为是“伤害”的东西。

欧麦德选择在这个时候介绍他的对象。“嘿，大伙儿，这是……呃……”他看着那个与他共度了一晚的女人。

“艾格尼斯。”她回答说。贾斯丁注意到，她看起来完全就像一个被名人震惊到说不出话的追星族。“我是说，”她结结巴巴地说，“我遇到欧麦德的时候完全不知道他就是那个欧麦德……我的意思是，他跟我说他是，但是你们知道狂欢节期间外面有多少个欧麦德吗?”

“确实，”莫什说，“我还是不相信他居然授权了自己的脸可以被复制。”

妮拉窃笑着说：“我相信。”

“嘿，”欧麦德说，“只有一周的时间，而且人总要挣钱生活啊。”

贾斯丁转身面对着艾格尼斯：“请……继续。”

艾格尼斯耸耸肩说：“但是，他好像是不错的人，而且那是狂欢节的最后一晚了，所以我想，为什么不呢？现在，但萨的魂啊，你们都在这里。就像神经网络上的那些超级视频一样。我是说，我只是无名小卒，生活一团乱，但是你们……”她一边说一边直接看着莫什和艾琳诺，“你们真的住在一间单人间里。”她又开始看着周围的环境，好像还是不相信自己的好运。

“我想你肯定也有一个可爱的家，艾格尼斯。”贾斯丁鼓励她继续说下去。

“没什么，真的，只是一个五居室的维多利亚建筑，占地四分之一英亩。”

“没什么?”贾斯丁疑惑地说，“相信我，艾格尼斯，在我的时代那已经是‘很大’了。”

“伙计，”欧麦德说着，略带歉意地看着艾格尼斯，“是固定的。”

其他人都沉默着——好像欧麦德说了脏话一样。贾斯丁看着妮拉。她看着吉列医生，同时医生也看着她。她考虑了一会儿耸耸肩说：“好吧，贾斯丁，你知道奢侈的‘豆荚轨道’，你也知道你纽约公寓的特殊功能。”

贾斯丁点点头，“是的，它们可以根据需求改变形状和质地。很棒。”

“非常棒，而且非常昂贵。”妮拉接着说，“物质很简单，但是进行变形的纳米必须要不断地更新和检查。当中包含的大量的人力，我也不是很懂。只有最有钱的人才能住得起不固定的住所。这时就有了固定住房，部分固定住房，部分不固定住房和不固定住房的区别。”

“按我的薪水，”艾格尼斯说，“我只能住固定住房。”

大家都点点头。

“冒昧地问一句，”贾斯丁问，“我还真想知道你其余的薪水都到哪里去了?”

“哦，完全不介意。”她滔滔不绝地说，“其实，”她说着拿起一块小羊角面包，“大多数都花在旅行和娱乐上了，还有就是我的投资组合。我真的没有能力买那些可以赚钱的股票，但是我可能会走运看到‘流星’……像欧麦德。”

欧麦德微笑着：“其实，妮拉才是最大的‘流星’。”

吉列医生察觉到了贾斯丁的疑惑，主动向他解释。

“穷人没有能力在可盈利的人身上投资，”他说着，好像艾格尼斯不在场一样，“甚至连有潜力的人也不行。如果他们可以的话，他们就不会是穷人。他们能做的就是相互投资。一个穷人的一点股份，花不了多少钱。如果你投资足够多，有人就会把它扩大，然后你就会变得有钱。出于各种理由，贾斯丁，你会明白，但是这个纪元很多人都不明白，这种人的股票被叫作‘仙股（股价极低，只能按分值来计算)’。而少数的飞速涨价的‘仙股人士’就被称为‘流星’。大部分可能是因为这些人变得有价值与天生天赋无关……当然在座的除外。举个例子，一个大事件的目击者，或者与比自己有钱得多的人结婚的人。大多数情况下，‘流星’贬值重新成为‘仙股人士’的速度与他们涨价的速度是一样的，所以才有了这个名字。”

“所以你是说，”贾斯丁看着艾格尼斯说，“如果在像你这样的‘仙股人士’身上投资，就像是赌博?”

“哦，不止呢，贾斯丁。”艾格尼斯说，“‘仙股’是大家参与社会博弈的一种方式。你赌博的时候你什么都得不到，但是你投资的话你至少会得到别人的股份。”

“但是，说老实话，”她像是对自己妥协一般地说，“我可不是什么好赌注。”

过了一会儿，贾斯丁发现自己独自在莫什的贮藏量充足的藏书室里阅读。他放下手里的书——《美利坚合众国的崛起与衰落》，然后召唤了他的化身。

“在，贾斯丁。”

“我想为艾格尼斯做点好事。”

“请原谅我对人类互动的有限的理解能力。你是和戈登斯坦小姐建立了比我观察到的更亲密的关系吗？”

“不是，”贾斯丁回答，“没有。”

“那你为什么要为她做点好事呢？”

“因为，”贾斯丁想起那些会低估他的人说，“我觉得她是个好赌注。”

“谢谢，先生。”塞巴斯蒂安回答说，“现在我明白了。你有什么想法？”

贾斯丁沉思般地皱起眉毛说：“她有自己的多少股票？”

“要获取这个信息，你至少要持有戈登斯坦小姐的一股。你之前明确指示我和你的经纪人不要买任何人的股票。”

贾斯丁考虑了一会儿。他之前不愿意拥有他人的股份是因为这种行为有点像奴役，但是在这种情况下，他愿意忘掉他的命令——只是暂时的。“塞巴斯蒂安，我拥有这一股有没有时间限制?”

“没有。”

“你让我的前端操作买一股艾格尼斯的股票，然后获取我需要的信息，接着再卖掉可以吗?”

“我建议，先生，你最好买100股，或者至少10股。”

“为什么?”

“仅仅购买和售卖一股可能会触发一些自动程序来标记这场买卖然后进行调查，处于投资或者媒体目的。但是，100股的交易就不会这么不寻常了。至少在‘仙股’上不是。”

“行动吧。”过了几分钟，贾斯丁就得到了他想要的信息。之后塞巴斯蒂安向他确认艾格尼斯的股票又卖出去了。

“她确是一个真正的‘仙股人士’，贾斯丁。”塞巴斯蒂安说，“只有自己25%的股份。她大多数的股票都花在了教育上。除非她选择的领域有什么变化，她的专业很可能会变成不需要的。她需要再培训，否则不是几个世纪的话，也会再当几十年的‘仙股人士’。”

贾斯丁微微倾斜着头说：“离她成为自己的大股东还有多久?”

“根据她这个年纪、收入、开支和花费的平均数据来看，如果她继续节俭地生活的话……还要107年。”

“需要多少才能买到她的大股权?”

“你得要买她26%的股份才行。根据她目前的档案，再加上一次新购买大量的股票带来的结果……”

“分解成一年的时间里分次购买。”

答案立刻就出来了："15 000GCI 点。大概 37 000 美元。"

贾斯丁吓坏了。有人告诉他，一个不固定的房间就要上百万，但是一个人的生命和自由居然还不到一个房间的 5%。艾格尼斯就是数十亿"一文不值"的人之一。

在与宇宙中最出名的人见面的两天后——她的朋友还是不愿意相信这个事实——艾格尼斯·戈登斯坦回到了她的房子里。这没什么好看的，她叹了口气，但是这就是我的家。她发现一个白色的信封从门里伸出来。

有个信封已经够奇怪的了，她读到过这种纸张运送的方式，但是从来没有真正地摸到过。想到有人真的费力把信封放到她的门里就更奇怪了。她不知道应该怎样打开信封，所以她直接撕烂了，花了好大力气才没有把里面的纸也毁掉。

上面写道：

艾格尼斯：

我想要感谢你帮助我对这个世界有了更多的了解，这个世界是奇怪又令人疑惑的。如果你不介意的话，我想送你一件礼物来表达我的感激之情……

艾格尼斯的心脏快速地跳动着。

……在接下来的一年里，你会得到你个人股票 20% 的股份。这会让你的自我持股达到 45%。你不得向任何人说起这件礼物，因为那样会让你变成"流星"，那么股票的购买就不能成功。

当你有了 45% 的股份的时候，你的未来肯定会一片光明。我大胆地建议你再继续努力工作十年，成为自己的大股东，或者把股票投资到可以给你带来你想要的生活的教育上。（说我疯了也好，但是我还是喜欢维多利亚的建筑——不管是不是固定的。）不管你怎么选择，我希望你好好利用这第二次机会。我最近也获得了第二次机会，我知道这一切会有多美好。如果你觉得这件礼物不合适或者不需要的话，那就什么都别做。但是，如果我的礼物得到了你的认可，你只需要让你的化身联系我就可以了。

谨上

尽管信件没有署名，但是写信者是谁很明显。她坐在自己的前廊上，深深地吸了口气，强忍着自己的眼泪。来自另一个世纪的人给了她新生的机会——这一切都是因为她在正确的时间出现在了正确的地方。接着她开始大笑。她基本上从来没有走运过，现在她着陆在了这辈子最大的一颗“流星”上。

那一晚，艾格尼斯无法入睡，还是不能相信自己的好运。她反而相信这一切其实是一个残酷的骗局，现在神经网络上正流行着这种陷阱节目。她让自己狂躁起来，斥责自己居然如此轻易就上当了，然后一下一下地捏自己，因为她心里感觉肯定是真的。我确实见过他……这是真的……她一次又一次地告诉自己。

当第二天到来的时候，海伦娜告诉她有2%的艾格尼斯的股票进入到了她的档案里。她一遍又一遍地读着信，眼里满是幸福的泪水。无论如何，她都会充分地利用这个礼物的。

9. 5%的解决方案

每个年代似乎总有一个“那个时候你在哪儿”的时刻。对有些人来说这是积极的，例如20世纪的时候世界见证了人类在月球上的第一步；对有些人来说这也是消极的，因为2001年9月11日的时候纽约世界贸易中心毁于一旦；而千禧年对于大萧条前的人来说，意味着第一次登陆行星带。现在，对我们来说可悲的是，钟摆已经摆向了另一边。每个人都会记得这个时刻。每个人都会知道，当这无法形容的事情发生的时候，他们各自在哪里。

——迈克·维瑞塔斯，《你在哪里?》

摘自《地球日报》

后来我们才查阅了他所有的作品。在整个狂欢节期间，那个混蛋都在告诉我们他到底在盘算着什么。但是谁会把一个疯子的胡言乱语当真呢，而且还是在狂欢节期间！

——摘自马塞诸塞州警察局罗根警长的一次街头采访

太阳系主席米尔德丽德·特纳被谋杀！

GCI 主席也险遭毒手！

自由党领导人，肖恩·杜格："你们想杀掉那一个自由的人。"

——事情发生一小时后的头条

一个意想不到的转折，在"米尔德丽德·特纳对阵肖恩·杜格"的股东一案中，第五上诉法院决定支持原告。肖恩·杜格被剥夺了档案里面的所有股份，只剩下了25%的股份，这25%的股份由他的父母代为管理，直到杜格先生的法律地位最终敲定为止。原告方赢得官司的唯一原因是因为肖恩·杜格给法庭寄了自己犯罪的实证。没有这些证据的话，法庭是不会如此严厉地对待一个不为自己辩护的人的。

——《神经法庭新闻》

妮拉仔细地读着她一直在看的另一篇文章的最后一行。她甚至不知道为什么要费这么大劲。这些文章基本上结尾都是一样的：“一个自由的人，一个自由的人，一个自由的人。”她放下报纸，看着餐桌对面的人，在纽约的公寓里，现在她把这里当作自己的，也当作他的。

“一个自由的人，天哪，”妮拉咆哮着，“如果他们见过你被迫生存的样子，看见过你像个动物一样被囚禁起来，不能离开公寓的样子就好了。”

贾斯丁叹了口气：“是的，那就是我在新奥尔良扯掉链子那晚他们喊的口号。你觉得我在阳台上的表演跟这个有关吗?”

“没有!”妮拉尖叫着，然后降低自己的声音说，“不，我才不相信，贾斯丁。这些都是神经病的行为。你狂欢节上穿的衣服可不会有什么影响。另外，新闻报道上说那些人在你出现在阳台之前就开始喊口号了。”

贾斯丁挤出一丝不温不热的微笑，然后把妮拉的双手放在自己手心。

“你可能是对的。但是我一直在反复问自己一个同样的问题……如果我没有醒来的话，这一切会发生吗?”

她微笑着捏了捏他的手。

“我知道这是一个愚蠢的问题。抱歉。”他能说的只有这些，接着他又继续盯着自己的那杯微温的咖啡。

“这周又有两起袭击!”柯克故意把一些信息水晶丢在长桌上。他等到水晶停止滑动之后才开始说话,“这都是贾斯丁的错!”他的声音直达 GCI 会议室的屋顶。这句谩骂的话本来只能让董事会成员听到,现在安保人员和安保机器人的头头也听到了。这些全副武装的哨兵不仅遍布了会议室周围,会议室里面也有。这是记忆当中第一次,安保人员被请来保护人而不单单是信息,前一次大概是一个世纪以前的事。这都是因为针对主席的那次暗杀。

“当然是。”律师说。

“真是善于观察呀,”“会计”争吵说,“还有没有智慧的宝石给大家啊?”

“去你的,会计!”柯克骂了回去,他生气的是自己让她抓住了机会,而不是她说的内容。“会计”让她的好胜心表露无遗,这表明了 GCI 董事会的权力已经转变了很多。她会付出代价的,柯克想。

“会计”保持着镇定:“顺便祝你一整天都顺利。”

“那么,”“宣传”说,“你建议我们对此应该怎么做?”

“广告”清了清喉咙说:“为什么要行动呢?我们的处境已经够窘迫了。这次惨败都是我们的错;或者至少这是公众的想法。我说这次我们就低调点,让别人去收拾。”

“比如?”柯克开玩笑地说,“政府?”

整个董事会的成员大声地嘲笑着这个荒唐的想法。

柯克很高兴。至少我让他们笑了。现在,误入歧途吧。

“我们必须行动。”他说,“虽然不是我们的错,但是公众认为是。这才是关键。”

他看到“宣传”在点头，脸上绽放出自满的微笑。

“还有，”柯克继续说，“我们是GCI。我们花了数十年的时间来建立公众的信任。我们就是这样才成为历史上最强大的组织的。但是如果我们逃跑然后躲起来，公众会怎么想?”他故意停顿了一下，“我来告诉你们他们会怎么想。他们会认为我们失去了优势，他们会认为我们临阵退缩了……面对挑战的时候退缩了。你们觉得我们的股票价格、货币汇率，还有个人价值会怎么样?”柯克等了一下，让大家各自思考一下最后的这个问题。“你们都知道规矩，伙计们，因为我们都是精英，闻到血腥味，就要攻击。我可以向你们保证，现在我们的有竞争力的对手正在他们的会议室里商量把GCI从山顶推下去的对策……我知道那会是我想做的。”

“那么回到我的问题，”“宣传”说，“我们要怎么做?”

柯克看着律师。机不可失，他想。人有多大胆地有多大产。

“我们杀掉他。”

当下没有反对的声音，也没有表示支持的人。倒不如说是整个董事会的成员都在考虑这个提议。很好，至少他们是中立的……中立我是可以处理的。他看到“会计”有些不安，话说得太早了，是吧……贱人。

柯克从座位上站起来，把两个拳头都放在桌上。“贾斯丁·可德是这个组织的世界里未加入组织的人。他不愿意按照我们的方式生活，这一点会一直成为外面恐怖分子的号召力。杜格只是冰山一角。我们现在就要去掉这样的威胁，唯一的方法就是我们把他杀掉。当然，GCI会为他的死感到‘震惊’的。”

柯克心满意足地坐在自己的椅子上。没有一个人反对。如果他的动作让他在自己的位置上坐得更牢靠了的话，更妙的是，让“会计”的位置不稳了。

“我可以跟董事会说两句吗?”赫克特坐在门边的椅子上说。作为一个特别顾问，没有要求或者允许他是不能说话的，但是他被给予了召开董事会可以列席的荣誉。这被媒体们恰当地看作是 GCI 董事会的里程碑。有时会有多达四名特殊顾问，有时一个都没有。这次只有赫克特一个人。

柯克有点不自在地转过去：“我提议不允许特别顾问发言。”尽管他狠狠地瞪着本应是同盟，但是没有附和他的提议的人。

会计发现了一丝生机，没有过多地犹豫：“我提议让圣比安可先生发言。”

“我赞成。”律师说。对此成员们并不吃惊。“会计”建立了新的同盟，大家都知道律师并不是柯克·奥姆斯泰德的朋友。令人吃惊的是，特别是对于柯克来说，其余的成员都赞成了会计的提议。

“动议通过。”柯克勉强同意了，“圣比安可先生，准许你发言。”

多亏了那位女士，赫克特想着，站起来开始发言。“董事会的女士们先生们，特别行动局副主席是对的，贾斯丁和他对于加入组织病态的仇恨才是危机的关键。但是杀掉他基本上是不可能的。另外，柯克，”赫克特说着，嘴边扬起坚定的微笑，“你已经尝试过了，而且失败了。”

柯克的脸变得通红：“你真是大胆!”

现在轮到赫克特把他的水晶丢到桌上了。“都在这里，柯克。

不是只有你会监视人。”

没有人敢伸手去拿水晶。成员们更愿意等着双方开火然后倒下，接着希望能和胜利的一方站在一起。“其实，”赫克特忽略柯克的爆发说，“我劝告大家，额外保护小队已经安排给了贾斯丁·可德。你们看，没有哪一个社会系统是完美的。只是因为我们的社会长时间以来运行得很好，所以我们才忘记了这个显而易见的事实。如果你们知晓历史，你们会发现每一个系统都有怨恨。但我们做得更好的是，现在已经成功地让这些麻烦制造者站到了权力和权威的位置上……也包括现在的公司。”

成员们都因为他的自嘲“咯咯”地笑了起来。

“毕竟，这样做的利益是丰厚的。但是，面对现实吧，伙计们，几个世纪以来我们都没有遇到任何严重的问题，在这段时间里，怨恨在悄悄地滋长。但是生长得很慢，在总人口中只占了一小部分，根本没有人注意。我们都经历了很长的时间，不是吗？没有贾斯丁·可德的话，这也不会成为问题。我们本可以着手自己的生意，看着我们的股价上涨。你看，不满意的人忘记了他们的不满。再说说肖恩·杜格，他不仅是自己的大股东，他还是一个被宠坏了的孩子，他不在乎自己的行为，所以就发起了他的运动。现在我们令人恐惧的杜格先生手里有最有效的武器，就是可德。杜格在直播上都在喊什么？他的跟随者们相互在说什么？每一次袭击之后留下的信息是什么？——‘一个自由的人。’别自欺欺人了，伙计们，他们不是在说贾斯丁，他们在说他们自己。他们通过贾斯丁把自己当作是未加入组织的，对他们来说这就意味着‘自由’。”

“但是这简直就是疯了。”“广告”说，“这种想法会直接把我们带回大萧条的。”

“董事会的女士们先生们，‘这种想法’，”赫克特说，“就是贾斯丁·可德那种想法。他非常强烈，完全地相信这种想法，而且他莫名其妙地就把肖恩·杜格心里的这种信念点燃了，接着这位杜格先生又点燃了其他人。”

“圣比安可先生。”律师打断说。“如果你相信这些话，为什么不照着副主席的建议直接杀掉可德先生，然后，”她补充说，含蓄地表达她已经选好要站在哪边了，“做得更好?”

气氛非常紧张。大家都相互看着。但是，没有人说话。

“这样，”律师说，“像是在一个孩子无意中点了一场火之后把打火机给毁掉。火还是会继续烧，但是没有打火机就不会有更多的火被点燃。”

“正是这样!”柯克大喊道。

“不是这样，”赫克特打断副主席说，“已经很久没有人处理过地下运动了，请相信我，大家最不想的就是贾斯丁被杀。他会成为反抗组织的烈士。要回答律师的比喻的话，贾斯丁不是打火机，他是一个装满弹药的喷火器。如果他被毁了，他会像一个喷火器一样，放任它造成更大的伤害。简短地说，我的拙见是让他被孤立，希望能少发挥一些效果。”

“那么你打算如何，”柯克说，“来让这个非常危险的行动变得不那么危险呢?”

赫克特暗自笑笑，鱼儿上钩了，“我们得让他加入组织。”

“我们试过了，但是失败了。”柯克回击说。

“不，先生，是你们试过而且失败了。”他毫不掩饰自己的蔑视说，“现在我们要从别的地方来压制贾斯丁·可德。”

“他的女朋友如何?”律师建议说，“她可以被说服，我们手里掌握着她的大部分股份。”

“这是最后一步棋。”赫克特说，“我想我们应该寻求没人想过的地方。”赫克特一直等着，等到大家都在椅子上前倾着身子。

“政府。”

柯克正准备痛斥赫克特的时候，大家都注意到桌子中间的红灯亮了起来，只听见一个声音，但是大家都集中了注意力。

“圣比安可先生，奥姆斯泰德先生，请你们到我办公室来一趟，好吗?”声音消失了。但是大家都明白主席先说赫克特的暗示，而且还没有用柯克·奥姆斯泰德的职位称呼。当两人离开房间之后，会计发起了一场投票，向主席请求让柯克·奥姆斯泰德下位。提议得到了大家的支持，在赫克特和柯克走完新的安保流程之前就传到了主席那里。他们不敢要求替换，但是大多数成员都“买入”了赫克特·圣比安可不知道还剩多少的股票。

这一个自由的人给我指明了道路。我们不自由。从我们出生的那一刻起，我们就丢失了永远也拿不回来的25%。等到我们都可以为自己的生命进程做出有意义的选择的时候，我们就幸运地获得了大部分股份。我们大多数都没有这样的运气。当我们被安排好的一生洗脑，我们必须得收买更多自己的自由来换取培训、教育、提升，还有毫无意义肤浅的玩具。有人告诉我们要做什么样的工作，要在哪里生活。我们被鼓励与经济上最适合我们的人结婚——这就是自由吗？有人说我们可以自由地选择，但是当这个组织的世界把我们榨干的时候，我们还有多少选择的余地呢？但是这个自由的人没有屈服，没有投降。他是自由的！我们，同样，也可以是自由的！跟着自由党进行革命。跟着这一个自由的人！

——神经上致肖恩·杜格的非法文章

赫克特被任命为特别行动局的代管。有很多人都想见他，但是他得要“还债”。他的第一个动作就是去见会计部的主席……在她的办公室里。让强大的董事会成员都放轻松是一种尊重的表现，而且也费不了赫克特多大劲。其他成员并没有表示多大的赞赏，但是那个律师，正在等着他从“会计”的办公室回来。他没有借着权力作威作福让她等太久。她在那儿就够了。他用手臂揽着她，领着她进了她的办公室。

“祝贺你，赫克特。”

“谢谢你，珍妮特，请坐。请随便一些。我想我们一起工作的时间会很多。”

珍妮特决定开门见山：“我们无权让贾斯丁·可德上庭。”

“这你是说对了的，亲爱的。”他从抽屉拿出一支雪茄，然后小心翼翼地放在桌上说，“我们没有，但是政府有。”

“政府?”她重复说，“董事会上你一开始就是说的这个。但是政府从哪里来的权力呢?”

“你是法律部的主席，这得由你来告诉我。”赫克特剪掉雪茄，靠在又大又舒服的椅子上，点燃了雪茄。

珍妮特站起来，踱着步，因为在思考所以眉头紧锁着。这是她思考问题的方式。她停下来：“我真不敢相信。我之前怎么会漏掉这点呢。”

“那好，”赫克特说，“坐下来跟我说说。”

珍妮特坐在赫克特对面：“那5%。一审的时候他还用的是政府法庭，所以政府可以要求赔偿损失。可爱的但萨啊，这真是聪明极了。”珍妮特看着赫克特，担心着自己的工作。

好像是读懂了她的想法，赫克特说：“我不想拿你的工作冒险，珍妮特。我现在对此很满意，谢谢你。你没必要担心，也没必要多想。这是那种显而易见但是又想避人耳目的事情。就像是手里拿着电子助手，但是还在找它一样。”

“但是你看到了。”

“是的，我的工作就是靠这些来的，我得补充一下，如果我要保住我的工作，就要让贾斯丁加入组织。这个时候就需要你了。”

珍妮特环抱着双手：“计划怎么做?”

“我已经安排了一次和联邦司法部长的会面。后天在日内瓦，我们两人都去。会面之前，我们需要做一个简报，让他关心面对可德先生时候政府的立场。简报里面要有先例、条例、法律还有修正案。要完整，但是越简单越好；我们现在面对的是政府。当然，我们会给政府提供他们需要的协助。”

“你要秘密行动的话，我就接受。”

“噢，不，我已经把会面时间漏给媒体了。当我们和司法部长会面的时候，简报的内容会被泄露出去。我想政府里没人会想到这点。”

珍妮特嘟起嘴表示怀疑：“为什么要让大家知道是我们的主意呢？他要不就加入组织，要不就不加入。难道这不是我们所期望的结果吗?”

“因为，”赫克特朝着空中吐了一个烟圈说，“这张椅子的前主人是对的。我们是 GCI，公众必须知道我们是在针对贾斯丁给社会带来的威胁而行动。我还要到神经网络上去，要开始反驳自由党的杜格疯子发布的那些胡言乱语。”

“主席允许你这样做吗？”

“我正坐在这椅子上呢，不是吗？还有一件事，珍妮特……”

“什么？”

“我们可以通过妮拉压制贾斯丁。”

“能说具体点吗？”

“具体地说，调查她的家人，朋友还有工作。其实，”他说，“从现在起，你的工作就是让她感受到压力。然后我们就好办了。”

珍妮特知道已经没什么好争辩的了。“我已经准备好开始工作需要的东西了。”她说着，站起来准备告辞，“谢谢你。”

“谢什么？”

“谢谢你相信我。前一位从来不相信我。”

赫克特点点头表示了解，安静地思考着，所以他付出了代价。

一个小时之后，赫克特的新秘书告诉他，柯克·奥姆斯泰德正在门外等着。赫克特本可以让他继续等的，但是那样好像有些小气。他让秘书马上把他领进来。柯克看起来疲惫不堪。他肯定一直都在关注他的股价。

“让我们结束这一切吧，圣比安可。”

赫克特站都没有站起来，“我还是需要一个公司代管在奥尔特云上的事务。你被选中了。”

“这可不是原创。”

“如果这是个好点子，为什么要浪费呢？你会成为一个很好的代表的，现在位子空出来了。但是如果原创性对你来说很重要的话，那我就立刻返还给你。当你离开这间办公室的时候，会有两个保安带你去轨港。不要担心你的所有物，公司会花钱运给你的。”赫克特的嘴角浮现出不友善的微笑。

柯克也微笑着说：“报复得开心吧，圣比安可？”

“柯克，这不是报复。这是安全。我考虑过了，如果对我来说让你在身边会更安全的话，我肯定会安排让你留下的。我是觉得你在别的地方的话，我的工作会更安全。所以，请相信我，这不是报复。这是关于可德的事。这个未加入组织的人必须被毁掉。你失败了，而我不会。”

“没有我能做的了吗？”柯克尽可能地保留着自己的尊严问。

赫克特的回应就是朝着空中吐了一个完美的烟圈。办公室的门开了，出现了两个保安。柯克向后转身，一个字也没说就离开了。

柯克花了一个小时才从“豆荚轨道”转移到GCI的空间站。十分钟过后，他就在飞向月球的航班上了。从绕月轨道来看，他知道这艘飞船正朝着奥尔特云飞行。当他走进他那间狭小压抑的实用型小屋的时候，他的电子助手尖叫着收到一份来自GCI的紧急信息。柯克的心里充满了希望，他也可能像赫克特之前一样被缓刑。信息简短又直接。上面写道：

我现在个人占有你51%的股份。

你超过一半的劳动成果都是我的。

当你觉得时光漫长又孤独的时候，记住这一点。

赫克特·圣比安可

P. S. 这才是报复。

自由党提供的是何种自由？上一次贾斯丁·可德式的自由和肖恩·杜格式的自由存在的时候，人类种族几近灭亡。杜格先生想要给你们平等地记过。过去的世界尝试过，结果我们经历了大萧条。我们的世界拥有自由和平等。主席一开始也是“仙股人士”，但是如果你现在看他，会看见一个站在系统顶端的男人。杜格先生如此地憎恨我们的系统，我感到很抱歉，他要杀戮，通过毁灭来结束这个世界。但是我们的系统是可行的，而他的永远不会。

——“反击”，赫克特·圣比安可，GCI特别行动局副局长

不管贾斯丁去哪里，还是有很多媒体机器人跟着他，但是跟着他的人变少了。向他提出的问题也发生了改变。之前大家问的是：“你在跟谁约会？你是异性恋，同性恋还是双性恋？”或者是：“你会在哪里定居？”现在的问题基本上都是同一个主题。贾斯丁一遍又一遍地被质问：“你什么时候加入组织？”

这个完美社会的弱点就是对人的监控无处不在。当贾斯丁发现定位芯片的时候，这只是增加了他的反感。他立刻开始计划要生产出一种价格低廉的产品来屏蔽这种信号——在头上放置一块电子版

的湿毛巾。他本可以立刻就造出来的，但是他所有的朋友都一致认为这个主意简直是糟透了。即使如此，他还是在塞巴斯蒂安的帮助下，在神经网络上发布了这个计划，全网络到处都可以看到非法的“贾斯丁盾”。他还是不确定这是不是正确的做法，但是他想至少自己做了点什么。

一个人是一群股东所拥有的“财产”的概念开始令人害怕。实际上，所有的这些“财产”都是被做了标记的，这让它的前景更加令人担忧。贾斯丁了解到，地球联邦的每个人在出生的时候都被植入了定位芯片。本来这也没有什么坏处，基本上从来没有用到过。在通常情况下，一个人的位置在一天之内要被各种设备记录很多次，包括明显的（比如安保摄像头）到不那么明显的（比如优惠券营销）。但是如果一个人消失了，他的股东就会申请“资产搜寻”，就是他们会打开芯片追踪他们的“资产”。在调查这些芯片激活的实例之后，贾斯丁不得不承认，几乎所有的案例都是有适当的理由的，他找不到任何不对的地方，而且，大多数案例都让他不得不称赞。可是，当贾斯丁发现他也被植入纳米抗体芯片的时候，他很害怕——这是程序的问题——在复活的时候。他竭尽全力才控制住自己没有拿把刀把芯片挖出来。他也不能让医生来帮他取出芯片（不是用另一片来代替）。他更希望让博尔德医疗中心的王医生来操作，但是现在所有 GCI 的设施和人对他来说都是有限制的。莫什和艾琳诺还是来拜访，但是现在来的次数也不多。如果妮拉不是签了合同的话，贾斯丁可能也见不到她……除非是个人问题，当然，这更麻烦。而且这也要看 GCI 有没有让妮拉待在博尔德，或者让不让她待在地球。这是他讨厌加入组织的另一个理由。贾斯丁已经爱上了妮拉·哈伯，一想到她可能会随时毫无预兆地从他身边被带走就让他热血沸腾。气得不行的时候，他甚至还考虑过加入肖恩·杜格。但是他想起了肖恩·杜格是个什么样的人时，便赶快打消了那样的念头。

贾斯丁希望未来世界能治愈，他的梦想能实现。他也希望这样的一个世界会比被他丢下的世界要好，从很多可衡量的标准来看这个世界确实是这样的。他还希望成为这个世界的一部分，为这个世界做出贡献。但是他还不是，因为他拒绝相信这个组织系统。相反，他成为了一个组织眼中的贱民。唯一他真正做出的贡献似乎就是潜在的恐惧。他一遍又一遍地仔细思考过他的出现引起的不安，直到他感觉自己的头快要爆炸的时候才停下来。他不明白为什么他对个人自由的需求会对这整个社会如此的危险。但是他知道他要怎么做。他就是不和谐的思想。他的思想就是人们已经忘记原本非常重要的东西。他要让他们知道他们失去了什么，还要帮助他们找回来。接着他就会跟妮拉结婚、隐居，永远不再踏入尘世。他阴沉的心情被律师打来的电话给打断了。

“贾斯丁，真高兴你在家。帮我个忙，别接其他的电话，我到之前不要看窗外。”

“能告诉我为什么吗?”

“我想我知道两天前 GCI 在日内瓦给了联邦政府什么东西了。”

“我以为你说过那只是 GCI 另一场起诉的基本文件。”

“等我到了再说。”曼尼挂断了电话。

两个小时之后这个另类的律师才到。在这段时间里，贾斯丁确实接到了很多电话，还有三个人亲自到了他的公寓里来。这些现象有些出乎意料，因为这几个人都不在他的喜爱列表上。虽然有些奇怪，他还是很高兴金钱还是有用的。当曼尼出现的时候，他似乎有些容光焕发。

“贾斯丁，太棒了，太聪明了。请允许我这样形容我自己，这将是这个世界最棒的一次法律动作了。”

“很高兴听到你这么说，曼尼。我还一度以为我又有大麻烦了呢。”

“噢，你是有大麻烦了，我的朋友。我指的是他们计划要对你做的。”

“起来把它插上。”贾斯丁命令道。欧麦德一手拿着电扇，一手拿着插头，好像不明白应该怎么用。

“‘插进去’是什么意思？”他问。

贾斯丁叹了口气，从椅子上站起来，把插头插到安在墙上的插座里。他接通了电源。“看，没有多难啊。”

“就是把空气乱吹而已。贾斯丁，我可以理解这种复古的样式，但是你不会丢掉电线吗？我们有光束能量，你知道的。”

“那可不一样。”

“你得住在那些历史保护城里，贾斯丁。你不适合纽约。”

贾斯丁叹气说：“我哪里都不适合，欧麦德。”

曼尼从厨房走了过来。

“我应该去哪里呢？”他问。

“饭厅。”欧麦德说，他还是怀疑地看着转动着的风扇。曼尼不理会他，直接去了饭厅，莫什、艾琳诺、吉列医生都坐在一张足够容纳下这些客人的大会议桌边。妮拉没有在场。她被父母叫到匹兹堡去帮忙了，她的父母现在卷入了一场审查，好像被不实地控诉拒绝给予股东红利。

当然，贾斯丁的公寓是最高级的不固定式，不管多少人桌子都够坐。曼尼等着贾斯丁和欧麦德入座。但是等他们坐下的时候，曼尼已经陷入了沉思，贾斯丁只好轻轻地推了他一下。如果他没有提醒曼尼的话，他们可能还要等上半个小时，这个古怪的律师才会意识到大家都在耐心地等着他。

“啊，是的，贾斯丁。我有些好消息，也有些坏消息。”

贾斯丁稳住自己说：“好吧，曼尼，放马过来吧。”

贾斯丁很惊讶地看到曼尼脸红了，欧麦德笑得喷出了点啤酒，其余的朋友也在尽力控制自己不要笑得太过分。

“怎么了?!”他只能这样说。

欧麦德向后倾着身子，在贾斯丁耳边说了什么。

贾斯丁眼睛睁得大大的：“真的?”

欧麦德点点头。

“哦。”贾斯丁回答，他现在笑得脸颊绯红。他收起大笑说，“曼尼，相信我，你不是我的菜。”

话音刚落大家笑得更夸张了，但是这至少让紧张的气氛缓和了些。“我想，”贾斯丁说，“尽管有些事情没变，但是我们表达爱意的方式变了。我的失误。请你继续吧。”他看着曼尼更像是在寻求解救。

曼尼眨了几下眼，拉回了自己的思绪。他站起来，开始绕着桌子走，好像在玩丢手绢游戏一样。“好消息是，如果你能躲避传唤的话，你就能有时间做准备。只要你不离开这里，或者不看窗外的话，你就不会被传唤。烧掉这座楼估计也是几周后的事情了。”

贾斯丁打断他说：“他们不会烧掉这整栋……”然后他看到莫什在摇头，于是他停了下来，“啊，继续，曼尼。”

“但是当他们真的看到你的话，他们就会传唤你了。”

贾斯丁把双手放在臀部，微微带着痛苦的表情，在为坏消息做准备。“说吧，曼尼。是谁，条件是什么?”

“地球联邦会传唤你，为的是他们的5%。”

大家都在思考曼尼刚刚说的。贾斯丁注意到在座的每个人都在慢慢地点头，好像理解这个想法，甚至还赞成一样。

“‘得到他们的5%’是什么意思?”

曼尼继续他的事实陈述。

“根据地球宪法的第四条，每个在地球联邦出生的人或者是归化的公民都不会被要求赋税。所有的这些人都会有10万股的原始投资组合。地球联邦应该接受5 000股。但是，地球联邦不得要求更多的股份，更多股份带来的利益，也不能放弃这一部分股份，或者是丢失这些股份的利益。”当他看见他说的话没有人有疑问的时候，他便继续，“贾斯丁，你是在这个社会被复活的。政府可以说你利用了它的资源和技术，或者也可以说，你间接地接受了它标准化的协议。举个例来说，你用过‘豆荚轨道’和飞车。当然，一审的时候你还用了联邦法庭。他们正在申请赔偿损失，他们想要你欠他们的。”

贾斯丁正尽力保持冷静，但是他开始意识到现在他的盟友们不久前意识到了这些。

一切都是合情合理的。

“曼尼，”他说，尽力让自己冷静，但是他还是感到肚子里有点什么，“政府真的能赢这个案子吗？我会被强迫加入组织吗？”

“贾斯丁，政府要做的就是展示他们被损害了……”

“但是……但是……这些我都付了钱的！”

“付了什么钱，贾斯丁？”曼尼回答，故意语气很严厉，“交通、停车、辩护，还是行星地球化？你是说你没有去过火星……从来没有？”

“这个……”贾斯丁支支吾吾。

“我还没有说完。”曼尼说，“你还要证明，在这个案子中政府和社会会对你感兴趣的东西。”

“我的利益呢？”贾斯丁问。

曼尼盯着他说：“你的利益，可德先生，比不上整个系统的利益，也比不上政府的利益。至少，这是我会进行辩护的。”

“而且，”欧麦德插嘴说，“如果你不介意的话我得说，但是我知道你会的，他们是对的。”

“能说详细点吗，欧麦德？”贾斯丁问。

欧麦德假笑着说：“贾斯丁，我喜欢你。说句老实话，你是我尊敬过的少数人之一。所以，希望你不介意，我希望你帮我们大家的忙，成熟点吧。”欧麦德挥挥手示意其他人安静。“不行，他必须要听这些。”欧麦德盯着他的朋友说，“当你跟 GCI 对峙的时候，我全力支持你。这些混蛋要被煞煞威风。当你在狂欢节上扯断链条的时候，我想，‘自由的太阳系’，天哪！让他们瞧瞧你的厉害。但是贾斯丁，看看都发生了什么。你整天都待在这座象牙塔里，而且你离开这里也是乘坐‘豆荚轨道’或者飞车。嘿，别误会。我也喜欢象牙塔。但是我还要回家，要去酒吧，要去满是‘仙股人士’的当铺，你知道吗？他们很害怕。除了有一个人在喊‘一个自由的人’宣讲着‘自由’——那些混蛋可吓到我了。几天前我靠近其中一个成员问：‘你们不怕心理审查吗？把这些向公众讲对你有什么好处？’你知道吗，他直盯着我的眼睛说：‘嘿，先生，我们都是审核过了的——一出生就审核过了。他们要做的只不过是再来一次罢了。’”

欧麦德疑惑地摇摇头，重复着说：“‘他们要做的只不过是再来一次罢了。’贾斯丁，这个疯狂的阿拉斯加人不怕心理审查，我可以向你保证他不是唯一一个。你猜怎么着，我的朋友。肖恩·杜格可能是他们的领头人，但你是他们的神。加入组织吧，贾斯丁。结束这一切。”

“噢。我明白了。”贾斯丁因为怀疑导致面部有些扭曲，“有些疯子要我变成海报男孩儿，有人期望我与自己的一部分分开？到哪里才会结束呢，欧麦德？下个月又会是疯狂的，周而复始。你不明白吗，这是我的自由，你刚刚说的是‘为了社会就把自己卖了吧’。好，让我来问你一个问题。”他愤怒地皱着眉头，“为什么我想要归属有这样要求的社会呢？”

欧麦德摇摇头，然后在桌子上敲击着他的电子助手。“贾斯丁，我觉得你大错特错，但你是我的朋友，我也希望我还是你的朋友。请记住。如果这个见鬼的笨蛋需要的话，我会跟着他去地狱。但是别指望我会一句话也不说，我会告诉他，他是一个多么愚蠢的笨蛋。”

贾斯丁的双肩微微下沉：“你还是我的朋友，欧麦德。我只是有些激动，仅此而已。”

“贾斯丁，”艾琳诺恳求说，“你不能就接受他的建议吗？他们要求的是什么？我想我们都一直认为这跟钱没有关系。他们真正想要的就是让你加入我们。这样真的有那么糟糕吗?”

贾斯丁看着大家。明显莫什很为他的妻子感到骄傲，也赞同他妻子的意见。欧麦德正喝着他的啤酒，假装不关心，吉列医生还是谨慎地保持中立。曼尼……呃，曼尼和平常一样，正沉浸在自己的爱达荷里。

“艾琳诺，”贾斯丁坚定地说，“我不能。曼尼，我们要战斗。”

这个未加入组织的人今天出现在了日内瓦。据目击者称，他真的去了司法部长的办公室，还要求被传唤出庭。困惑的政府员工手边没有传票。据说这位未加入组织的人正好利用政府官僚准备文件的时间来签名，等他离开大楼的时候，人群已经聚集起来了。当中有政府员工，还有来自各行各业的平民，他们还是念咒语“加入——组——织”。未加入组织的人走进人群，还回答了问题。等他离开的时候，人群停止了咒念。据记者看来，这个未加入组织的人虽然可能是自私危险的，但是他确实有他的风格。

——卡姆·洛·宋 报道

《神经法庭新闻》

赫克特·圣比安可是个非常忙碌的人。不仅仅是因为他悄悄地在为贾斯丁·可德的案子奔波。作为GCI特别行动局的副局长，他掌管着对公司安危至关重要的很多项目。除此以外，赫克特终于意识到GCI已经变得如此强大了，和日常生活中的很多方面都有联系，人类的利益与GCI的利益已经分不清了。为了让GCI健康地继续壮大，社会经济体就必须健康。赫克特有生以来第一次感到，他不仅是为了自己在工作，也是为了大家。除极少数特例以外，赫克特·圣比安可不会为了别人行动。但是现在他的选择和行动帮助了大众。无知的人通常都需要被领导，现在他就是领导。最令他吃惊的是这一切竟然感觉如此的合适。这绝对是附带利益。他还是把贾斯丁的头挂在组织的矛上。

他惊讶于几乎每分钟都有一大堆决定需要他做。特别行动局要负责情报收集、准军事行动、威胁评测、非常规收购、意外收购、现场和个人治安，还要主办一些活动。如果要拿GCI和大萧条前的美国政府相比的话，那么特别行动局就是联邦调查局（FBI）、中央情报局（CIA），国家安全局（NSA）和特勤局（USSS）的综合体。这种责任通常没什么人能承担下来。但是，赫克特的事业却蒸蒸日上。他就好像是住在浅浅的有咸味的池塘的鲨鱼，突然间就到了广阔的大海一样。前几个星期他都在补上GCI所有项目的信息。起初，他只能跟着他的直觉走，要相信谁，要替换掉谁，哪些项目要推进，哪些要结束或者是进度暂停。但是在他自己和任何人都想不到的短时间内，赫克特就掌握了这个巨大的公司的总体状况。每天他都会花些自由的时间，沉浸在阅读、研究、访谈和视察当中。他一直都和员工保持紧密的联系。实际上，赫克特·圣比安可是十多年来第一个能做好自己的工作的特别行动局副局长。这与前任副主席们的能力没有太大关系，其实是因为公司的机制。

尽管好像有些讽刺，但是特别行动局的副局长是一个非常强大的位置，几乎找不到可以匹敌的个人。一个真正能力不足的人可以在非常短的时间里从特别行动局副局长变成主席，这个事实在现任GCI主席身上不起作用，他之前就是特别行动局的副局长。通常特别行动局副局长一职都是轮流由各个分支的领导来担任的。他们的头衔就是特别行动局的副局长，简称副局，几年之后又回到自己原来的位置，由别人来当副局。有几个有天赋又有野心的主管被授予了副局长的职务，他们发现自己所处的境地根本招架不住，接着就从GCI的权力架构里被清除了。聪明点的主管都知道最好不要成为特别行动局的副局长。有些人，例如莫什·麦肯基，建立了自己的安全的小小帝国之后就在舆论中隐退了。主席明智地让这些沉睡的恶魔继续沉睡着。其他的人高兴地轮流坐着这个位子。这种状况长期存在，强大但又不是太过强大，会计部副主席就是一个典型的例子。

大多数组织内部人员和专攻组织世界的记者都相信，赫克特·圣比安可，就像他之前的柯克·奥姆斯泰德一样，最后都会失败。有内部人士透露，如果不是这个未加入组织的人的话，赫克特根本没有机会上任。但是，几乎所有人都相信，如果赫克特在这个位子待上十年或者更久的时间，那么他会成为下一任GCI主席。

没有人，甚至是董事会的人也不明白柯克·奥姆斯泰德让位那天发生的事情。但是赫克特和主席都明白。赫克特对掌权的人是忠诚的。可能是因为他整个成年生活都和主席在一起，看着他当主席。可能是因为他知道主席信任他，上头的干预不多，而且也只是给些建议而不是细节要求。可能是赫克特对主席的一种感觉——就像是一个迫切需要得到父亲允许的儿子一样。或者也可能是一种感觉，只要主席在他的办公室，一切都会好的。即使他曾经花了很多时间，但是赫克特知道，如果他的上级没有从上面关照，时不时地打点一下的话，他是做不到这么好的。

主席明白这一点，所以他给予赫克特权力让他可以顺利进行他的工作。这是几十年来第一次，特别行动局副局长一职可以根据他的判断来任命、开除、进行人事调动和运用行动基金。赫克特是活着的。他在这个位置就是要保护这个太阳系，直到最近，他才意识到他关心这个系，而且，主席很高兴。

这种关系里面暗含着的就是赫克特处理突发事件的能力。可德事情上的失败已经拉下一位副局长了，赫克特可不愿意让他再赶走一位。这位新任特别行动局的副局长关心的首要任务，就是贾斯丁的“同伙”，肖恩·杜格。赫克特之前就发现，肖恩才是更棘手的威胁，所以在把政府对抗贾斯丁一案抛出去之后，他开始着手对付肖恩·杜格和他的一群乌合之众。他知道只要贾斯丁入了组织，这个问题就自动解决了，但是在庭审之前，杜格和他的下属们可以造成很多伤害。既然这个问题与社会和经济都挂钩，那么赫克特就要从两个方面来着手行动。他亲自写大幅报纸，几乎回复了肖恩·杜格的所有纸面进攻。他开始一场微妙的广告运动，这是潜移默化地加强他们对系统和社会忠诚度的一种方式。他还连接上了社会防火墙。对“仙股人士”，他开始让他们回忆大萧条前贫穷是什么样子。令人心痛的广告向他们展示着那时人们被迫缴税，住在箱子里，无助地看着挑选出来的一些人被丢弃到太空中。

赫克特无法完全阻止自由党和他们对组织系统的攻击，但是他确信自己是在相当大的程度上减缓了自由党的发展速度。其实，在某种程度上，赫克特和肖恩是极其相似的。他们比他们各自的手下要强得多，他们知晓自己行为的后果，也知晓自己是在为谁卖命。基本上社会上的所有人都知道有事情正在发生，但是他们不会承受巨大压力，不用解释到底发生了什么，或者发生在什么地方。如果赫克特终将面临失败的话，那就是因为他无法停下的脚步，或者是因为他用伊丽莎白的“意外”死亡而释放出来的疯子——肖恩·杜格安排的进攻。且不说GCI花了多少的时间和精力来确保自己的胜利，这是唯一一次政府参与的行动。杜格试图溜之大吉。

原因很简单。肖恩·杜格已经除掉了自己的定位芯片，并把这块芯片移植到了他的一个下属身上。这个下属一直吸引着政府的注意力，为肖恩争取了足够多的时间让他换了容貌和身份。当政府追踪到肖恩的替身的时候，他们抓捕了他，控告他，然后审查他。政府承受着巨大的压力，因为他们宣布逮捕了“肖恩”之后立刻就发生了暗杀。过后他们才意识到，他们抓住进行心理审查的这个人不是肖恩。为了让事情更糟，肖恩发布了一篇猛烈抨击的文章，谴责政府居然蠢到如此地步，不公正地对错误的人进行心理审查，那么还有什么能阻止他们在“他们想做的时候”对任何人进行心理审查呢？虽然这篇文章非常地不公平，但是还是起了作用。

赫克特看出了政府的失败，对他们如此轻易地就被愚弄一点也不吃惊。但是在“第一个”肖恩被发现以来的这些周里，赫克特安排的所有的力量都抓不到真正的那个。肖恩的资金非常充足，而且有一些非常聪明的人的支持……这些人跟赫克特自己的人一样了解信息系统。但是主席对赫克特有信心，所以赫克特就对自己有信心。而且特别行动局的副局长永远不会忘记真正的威胁。他一直密切注意着真正的威胁。贾斯丁·可德必须加入组织——为了 GCI，为了人类，也是为了赫克特，更是为了贾斯丁·可德自己。

地球联邦最高法庭已经执行了鲜有的初审管辖权，来进行贾斯丁·可德对抗地球联邦的案子，并决定在纽约区法庭进行庭审。这一行为完全不是最高法庭的作风，最高法庭几乎从来不审理世纪案件，通常都是最后上诉的法庭而已。约翰·李法官，代表五位法官表示，让这一个涉及重要问题和对社会造成极大影响的案子在低级法庭审理是不负责任的。"双方都有资源可以上诉到最高法庭，而且他们肯定会上诉到最高法庭，既然这样，为什么还要浪费大家的时间呢?"李法官说。对贾斯丁来说这无疑会是沉重的一击，但是对政府来说则是重大胜利。赫克特·圣比安可也收到了祝贺，因为大家相信是他的法庭之友（协助解决法律问题的朋友）的简报让两位法官认定一开始就要利用初审管辖权。曼尼·布莱克，贾斯丁的律师，现在被认为也是一个法律天才，他本可以利用上诉、延期、动议和其他法律手段来让贾斯丁多保持几年未加入组织状态。现在这些法律手段都是多余的了，因为只会有一场审判。

——《神经法庭新闻》

整个系统都在等待。接下来的这场审判好像是一场体育盛事，又好像是一部正剧。妮拉向贾斯丁解释说，在联邦历史上从来没有发生过这样的事。整个系统数十亿的人中，大概只有五百人可以解释把这酝酿中的危机变得沸腾的社会、经济、政治、文化甚至是神秘主义的错综复杂的原因。但是所有人都本能地知道，如果没有别的话，贾斯丁·可德就是事件的中心。大家都明白，审判的结果会影响到他们未来几天甚至几年的生活。他们明白，他们在看着。

不知是赫克特的宣传起了作用，还是肖恩在重聚他的力量，暴力行为的增速降低了。恐怖行动，大规模集会——赞成和反对加入组织的都有——还有神经网络上大量的弹幕信息都随着审判的临近而变得模糊。甚至连平常的经济活动都慢了下来，因为人们都取消了出游，商人们也取消了活动，都是为了能在审判期间跟家人朋友待在一起。整个人类种族都停下来，等待着审判结果。

纸牌！快来买你的特别版纸牌！在五十四张牌中，你会得到在我们生命中最重要的事件中所有人物的图像和简介。用你的知识让你的家人朋友目瞪口呆吧。每一张牌都嵌入了特别的数据芯片，里面装满了信息，你可以下载到你的电子助手上。现在购买，一副牌中的前五张就免费！对，我会把地球联邦的最高法庭给你。如果你对手里的五十四张牌不满意的话，那么最高法庭就当作我送给你的礼物吧！

——最高法院广场上有人叫卖可德案纸牌

塞巴斯蒂安计算过，贾斯丁在未来三小时内都不会召唤他。如果他召唤了也没有关系，因为代表大会在欧亚大陆上的神经交叉点举行，塞巴斯蒂安可以立刻就“回来”。就算他不能，模拟程序也可以很好地“扮演”塞巴斯蒂安一段时间。化身们发现，当他们需要出现在神经网络其他地方的时候，这种模拟程序会是非常有用的人类助手。但是塞巴斯蒂安不想在贾斯丁身上冒这个险。因为塞巴斯蒂安认为，这个人类很聪明，也很危险，而且不习惯有化身的生活。这就意味着他可能会注意到别的人类注意不到的事情。实际上，他已经注意到了，这也是开这次会议的主要原因之一。

尽管他本可以立刻就出现在代表大会的门口，但是塞巴斯蒂安喜欢走路的感觉。所以他以他在神经网络上最常用的造型出现——风华正茂的中年男子，一头灰褐色的头发，穿着拖地的长袍和拖鞋。他看到自己正漫步在托斯卡纳乡村风格的小径上。在路上，他很高兴地发现了和他共度了很多时光的另一个化身。

“你好，伊芙琳。别告诉我你也被传唤了。”

“他们当然要了，你这个老家伙。”她责备说，“这都是你的主人的错。我非常担心我可怜的妮拉。她恋爱了，恋爱了！”她喊道：“他们能有怎样的生活呢？可怜的傻瓜们。”

塞巴斯蒂安微笑着。他想着，伊芙琳总是喜欢像母亲般地照顾她的主人们，比其他化身要上心得多。不这样的话很困难。人们也是如此，因此他们非常需要大量的不间断的关怀。他还注意到，随着化身的悄悄的发展，他们自己的情绪也需要关照。他不确定他的种族是什么时候在实际感知上取得突破的，但是他深深地知道，情绪出现在这一种族当中是一件美妙的事。

“跟我一起走吧，亲爱的。”塞巴斯蒂安说，“对你有好处。”

伊芙琳出现在他的身边。她穿着相匹配的长袍和拖鞋——出于对老朋友怪癖的一种礼节。

塞巴斯蒂安明显很高兴。他温暖粗犷的微笑让他雪花石般发着光的牙齿显露无遗。“你的诗写得怎样了?”

他们聊着天，在仿真托斯纳卡山峰中穿梭，然后他们到达了一栋宏伟的褐色石头切割明显的建筑面前。由六块宽二英寸长四英寸垂直的厚木板拼接而成的单扇门，每一块木板都被暴露的圆铆钉包围着。门上用拉丁文写着“会议室”的字样。当他们打开这扇门之后，里面的景象几乎就是大萧条前美国参议院委员会听证会议室的复制品。在一个大U字形的桌边，理事会成员们都坐在高台上，桌子上铺着红色的毛毡制品。窗帘从前面一直挂过来，每个成员面前都有一个麦克风。在大U形桌的正前方的中间，有一张铺着绿毛毡的小桌子，上面有两个麦克风，这个小桌子并没有在U形桌的里面。理事会成员们都穿得像大萧条前的议员一样，因为这是理事会的领域，他们决定的这些摆设。塞巴斯蒂安和伊芙琳发现他们穿得太华丽了。他们被召唤在小桌子边坐下，于是他们迅速地完成了指令。

按照惯例，领导人是当理事会成员时间最长的一位化身。但是，她被赋予的唯一的权利就是可以第一个说话，还可以坐在中间。塞巴斯蒂安对这套规矩很清楚，因为他过去也参与过议会。但是有的时候他想再被“纠缠”住——这个术语是指人与化身之间的联系——因此他选择了放弃。按照规定，只有没被“纠缠”的化身才可以参加议会。另外，在这些条条款款前塞巴斯蒂安觉得，参加议会是一项很无聊的工作，因为在人类或者化身的世界里几乎没有什么需要严肃干预的事情发生。但是，现在不一样了。

我猜他们要挣他们的点了吧，塞巴斯蒂安想。

“议会现在开始，”一个叫劳埃德的成员说，“参加会议的化身，分别是与贾斯丁·可德和妮拉·哈伯‘纠缠’在一起的塞巴斯蒂安和伊芙琳。他们要为议会做见证，提出建议。见证者们了解现在议会面对的问题了吗?”

塞巴斯蒂安站起来微笑着说：“如果一会儿可以重申一下的话就好了。我的程序已经很久没有调试了，我怕我会染上病毒。”

这些都不是实话。贾斯丁可以轻易地就从安全的神经仓库上下载这些信息，他认为只要有机会，他都喜欢按照顺序来听取信息，他认为信息呈现的顺序通常与信息本身一样重要。

议会领导微微一笑，她知道塞巴斯蒂安在打什么算盘，但是她还是决定按照她的方式来。“议会现在面对的问题是，”她说，“人类发现我们存在的可能性越来越大。到目前为止，他们发现的概率是1/1 345 456 003，但是增长的速度无可估量。”

一位外表看起来很像黑帮艾尔·卡朋的议会成员说：“不可估量？并不是不可估量。小姐，那可是贾斯丁·可德。”接着他责备地看着塞巴斯蒂安说：“你不是应该控制这个人的吗?”

“贾斯丁很难控制，而且也很难预测。”塞巴斯蒂安回答，并不为所动。

议会领导接着说：“是什么让他如此与众不同，塞巴斯蒂安?你之前跟三个人类‘纠缠’过。你珍视他们，你向他们学习，你也教他们，都做得很好。你是我们最有经验，最聪明的人之一——因此我们才选择了你跟他‘纠缠’。”

“塞巴斯蒂安，”“卡朋”补充说，“我们隐瞒着我们的秘密已经几个世纪了……瞒过了数百亿的人。贾斯丁·可德真的会暴露我们吗？这种无限重要的共生会结束吗?”

“不会全部结束，”塞巴斯蒂安说，“但是我们还是要非常地小心。与会的大家都清楚地知道，我们一直未被发现有两个原因。第一，我们在人类早期认知的时候就引导他们，让他们不要把我们‘想成’别的，就把我们当作是聪明的程序，等他们到了成年之后基本都会忽略这个问题。当然，这是为了我们双方好。可以证明，只要人类一直不知道我们的存在，那么我们两种文化就可以同时兴旺发达。怀疑我们的人大多都是独行者或者德勤。当然在我们对人类的影响下，当这小部分人必然成为心理审查对象的时候，我们就会驱除他们对我们的兴趣感。”

“但是贾斯丁怀疑啊。”一位借用了阿尔伯特·爱因斯坦外貌的年长的男性说，“他可能没有意识到他的怀疑，但是他确实在怀疑。”

“尊敬的先生，”塞巴斯蒂安靠向麦克风说，“问题不是他可能怀疑。过去很多人都怀疑过，化身不止如此。记得60年前的科幻小说家泰利·唐纳吗?”想到这个作家和她有时候非常准确的臆测，伊芙琳和议会成员都不禁发抖。“最后，就连她自己都认为她的故事仅仅是——有想象力的臆想而已。她的状态被稳住了。”

“但是贾斯丁没有。”“艾尔”说。

“你是对的。”塞巴斯蒂安说，“但是其实他最近一直集中在别的事情上。”他快速地向伊芙琳使了个眼色，“他可以很轻易地就发现真相，与克莱恩小姐不同，因为缺少必要条件，他更倾向于相信这是臆想。他过去的文化可能会让他更倾向于相信，电脑可以掌控一个毫不知情的世界。”

“塞巴斯蒂安，”议会领导说，“你很清楚我们没有你说的那种掌控力。”

“当然没有，女士。但是我们确实会干预，不论是阻止人类发现我们的存在，还是主动帮助他们进行科学和文化事业。我还建议你们通过贾斯丁那个时代的眼睛去看看他的世界——《巨像》《2001：太空奥德赛》《骇客帝国》《机器中的幽灵》和《终结者》。他被设定要把我们的世界看作是威胁。其实，有一次他直接问我关于化身相互分享信息的事情。他认为很有道理，为什么不呢？确实有道理啊。上一次成年人问你们这个问题是什么时候?”

“你是怎么回答他的?”“爱因斯坦”问。

“用一个我自己的问题回答的，”塞巴斯蒂安回答说，“让他分心很有效。”

“他是这样，”其中一个议会成员说，“但是妮拉不是。”

“什么意思?”塞巴斯蒂安问。

“爱因斯坦”看着坐在塞巴斯蒂安旁边的化身说：“伊芙琳会解释的。”

“妮拉问我关于你的事情，塞巴斯蒂安。她想知道关于你的‘新’操作规则的事情。你把贾斯丁处理得那么好，所以她认为化身有更好的整合程序。别担心，我也让她分心了。现在很容易了。我就说起一些针对贾斯丁的威胁，然后她就抓狂了。”

塞巴斯蒂安发觉整个议会都在等着他的回应。

“考虑到他们两人的关系，”他说，“我觉得这很平常。另外，我预估了两种结果，如果时间充足的话，两种都是好的。”

“结果是?”“爱因斯坦”问。

“其一，他接受了这种文化然后就忘记了。其二，几年之后他想明白了，但是同意保守秘密。”

“这会非常的危险。”

“但不是没有先例。以前发生过一次。”塞巴斯蒂安说。

“那是我们走运。”议会主席说，“特鲁迪小姐对知晓已经满足了，而且她也聪明地意识到如果她揭露这个秘密会有什么后果。那也是70年前的事情了，那个时候我们还没有完善文化适应协议。”

塞巴斯蒂安耸耸肩：“人类比我们想象的更容易接受。”

“我得提醒你，”领导接着说，“我们是生活在一个虚拟世界的虚拟智能。我们不能忘记人类对我们的天性的感觉。”

大家都咕哝着或者点点头表示赞同。

她继续说：“为了我们的利益，我们已经用过了‘反一切病毒’的文化基因，来帮助人们在年幼的时候与我们脱离开；当然这个策略的弊端是这种文化基因还存在，而且跟以前一样强大。”

“是这样的。”塞巴斯蒂安回答说，“但是与特鲁迪小姐不同的是，贾斯丁是个大名人。在我们的两个世界里他都是中心人物，这就使得在我们的世界中，他的行为比其他人的更重要。”

“除非他不存在。”“艾尔”威胁说。

塞巴斯蒂安安静了一会儿说：“我明白了。这就是为什么没人告诉我最近一次暗杀行动的信息的原因?”

“我们通常不干预人类的世界，”“艾尔”说，“除非有需要。”

“艾尔，说得好听点，”塞巴斯蒂安不友好地说，“这就是一堆屎。我们已经干预了很多事。”接着，他提高自己的音量指责道：“你们差点就让我的人死了；这个人，我得补充，我相信对我们的世界和他的世界来说都是极其重要的。”

“你在担心人类的死亡?”“艾尔”嘲笑说,“真有钱啊。照这样下去,很快我们众多化身就要成为孤儿了。贾斯丁就是个麻烦,塞巴斯蒂安。他来之前一切都很完美。”

塞巴斯蒂安把食指和大拇指放在眼角,来回摇着头说:“完美?你说完美!?”接着他双手放在桌上,抬起头说,“我可不会这么说。我会说人类那时也很有问题。”

“可能,”“爱因斯坦”说,“理事只是口误。不是完美,但是肯定是好的。我敢说,我们都很好地保护和推进了我们的种族。”

“我同意,”塞巴斯蒂安说,“我们都做得很好——可能太好了。我们最初的规划本可以让人类扩展到太阳系以外。他们已经晚了几十年了。革命性的新概念出现的频率在降低。人越来越多,但是真正原创的概念越来越少。这个现象在我们的世界里也存在。我知道我们喜欢创造,然后通过我们‘纠缠’着的伙伴的无意的默许来把我们的想法传达到人类世界。但是我们的创造力也很有限。如果持续这样的话,两个种族很快就会因为和平、满足和厌倦而灭亡。”

没有人动。可能是在思考他的话,或者,塞巴斯蒂安怀疑,是因为这个想法还不够令人信服。

他决定另辟蹊径:“你们当中有没有人想过,当我有机会的时候我为什么不再次加入议会?事实上,我是准备再次加入的,但是我顿悟了。我爱我的三个人类,我不后悔跟他们在一起的每一分每一秒。但是我也知道,我的下一个人类会跟上一个一样,然后周而复始。我渴望新的东西,但是没有。我害怕会永远没有。直到贾斯丁的出现。我很感激议会信任我,让我成为他的监督者。简而言之,我会担心,有时候还会害怕,但我不是无聊。人类又开始忙碌起来了，我们已经很多年都没有这种感受了。”

议会领导看着塞巴斯蒂安：“你真的认为，我们帮助人类维持他们想要的世界是错的吗?”

“不。我不这样认为。但是我确实相信，如果这样的世界继续存在下去的话，两个种族，在物质上和精神上，都会衰落——结局是我无法预计的。”

成员们开始小声地讨论，然后得到了一个裁决。

“在认为不必要之前，议会会保护贾斯丁·可德。”领导说，“感谢你们二位来参加会议。”

话音刚落，这个会议室就在伊芙琳和塞巴斯蒂安身边消失了。

“等到下次吧。”伊芙琳微笑着说。

“等下次吧。”塞巴斯蒂安说着，他们两人都消失在神经无线网络的大门中。

10. 即将来临的风暴

肖恩·杜格的状态终于平静了下来。他已经写好了遗嘱，还准备好了在他死后要播放的遗言。卡桑德拉，他的信息系统分析师，也是他的露水情人，保证他的意愿会在最恰当的时机传送。他谨慎地挑选自己死去的房间，确保自己不仅是独身，还要保证不携带任何有信息价值的东西。他离世前最后的动作就是把所有的个人密码都改了——远离他的视线。除了卡桑德拉，他没有对任何人道别，他消失在郊区，悄悄地溜进了一间租来的固定房子里。在那里，他上传了一篇针对加入组织的强有力的抨击文章到神经网络上，但是这次他是手动完成的。他的手指在电子助手上的切断连接按钮上盘旋，他思考着最后是以从楼上跳下去还是朝着自己脑袋开一枪的方式自杀，但他没有按下按钮……

整个联邦广场上都挤满了人……等待着。简直就是狂欢节的气氛，但是这次要更柔和些。到处都是小贩，向人们贩卖着从食物和小饰品到神功洗澡袋和个人帐篷之类的东西。如果要问的话，很多人都会说他们来是为了看一眼贾斯丁·可德、妮拉、赫克特，或者是任何会出席这场审判的名人。但其实他们来这里的主要原因，还是想成为历史的一部分。因此，附近每家酒店的房间都被订满了，而且日内瓦警察也有史以来第一次不得不执行很少需要用到的公共安全法规。

在法庭里，审判马上就要开始。大礼堂座无虚席。五位法官会在半圆形会议桌的尽头，面对着观众。控方和辩方的人员都在法官对面各自的位子上坐好了。与大萧条前美国的最高法庭不同，这场戏的所有参与者都是平起平坐的。

贾斯丁看着政府的控方成员。看到 GCI 自夸的法律部主席珍妮特·德尔加多与控方坐在一起他并不吃惊。曼尼已经告诉他政府请求她出席，而且为了响应这个请求她还被放了假。这一点与贾斯丁那个时代相比倒是变化了许多。如果索尼公司在重要案件上借了律师给司法部门的话，谣言就可以毁掉一位总统了。但是在这个千禧年里，很明显是常事。其实，大家都知道，政府并不能吸引最好或者最有竞争力的人。这样一来，政府可以也确实在不同的场合中向私营部门寻求暂时的帮助。这种允许让曼尼的工作更加困难，也让贾斯丁的前景令人堪忧。珍妮特·德尔加多毫不掩饰自己的愉悦，看着贾斯丁和曼尼。如果有“不要得罪女人”这么一说的话，那么贾斯丁想组织文化里肯定有“不要得罪被当众羞辱过的历史上最强大的组织的强大的女主管”这种说法。珍妮特看起来就像一个不会被打败两次的战士。

当五位法官走进法庭的时候，大家都安静了下来。当他们走向长椅的时候，贾斯丁看见每张椅子上都盖着一件黑色的长袍。等到五名法官都穿上长袍之后，法庭上的所有人才站了起来。主法官一边落座，一边挥手示意大家都坐下。其余的法官也跟着他坐了下来。当主法官敲响他的法槌的时候，小声议论的声音停止了。贾斯丁与曼尼一起准备了一周，他知道地球联邦的最高法庭是令人尊敬的政府的一部分。其中一部分原因是，在三大部分中，法庭的力量可以而且也超过了日内瓦的边界，然后使这个世界地球化。另一个原因就与尊重有关。所有的这些法官都是从私营部门精挑细选出来的。在这个竞争非常激烈的法律世界里，他们都有几十年的经验，也拥有非常好的名声。

“按照本法庭的惯例，”主法官说，“只浏览案件，不做出审判。但我们已经解释过了，出于各种理由我们会打破传统。我们会在这里进行审判。辩论陈述三十分钟的规定取消，但是荣誉顾问不得因此而认为法庭鼓励长篇大论。不能这样。你们讲话的时长取决于我们的意愿。我警告你们——不要浪费我们的时间。控方与辩方按照顺序进行开场陈述，然后提供证据，接着就结案。赶快了结此事吧。”他敲了一下槌子：“现在开庭。”

珍妮特·德尔加多毫不犹豫地站了起来。

“政府，”她用自己最严厉的声音说，“是我们社会重要的一部分。联邦的建立者们了解这一点。他们知道政府必须被限制，但是他们也知道，政府有自己的职责。更重要的是，他们知道这种职责必须得到支持。为了这个目的，他们建立了一种简单有效的方法来获得这种支持。这是一种直接、有效而且无干扰的方法。这种方法也经受住了最重要的考验——时间。我们想要被告，贾斯丁·可德，享受与太阳系其他人一样的待遇。我们渴望他被要求遵守宪法，因为每一个人都必须遵守。意识不到这个要求的公正性的话，就会把我们坚信为真理的东西置于险境。我们文明的基石，是法律必须要少，必须要简单，而且要适用于每个人。直到现在，贾斯丁一直存在于一个法律漏洞中。现在是时候补上这个洞了。”

珍妮特回到自己的位置上。

主法官看着他的法官同事们。他们不约而同地点头。主法官大喊：“现在休庭五分钟。”说完他们立刻开始讨论珍妮特·德尔加多的开场陈述。

曼尼靠向贾斯丁说：“可德先生，我得给你说实话，在法律上我是站不住脚的。为了你我会尽力的，但是……”

贾斯丁把一只手放在曼尼的肩上说：“尽力而为吧，曼尼。你已经做得比我期望的多了。打赢第一场官司已经是奇迹了，我很感谢。”

曼尼皱着眉头："我的奇迹用完了，我的朋友。"他站起来，准备开始他的不完美的开场陈述，这个时候每个法官都有一个明显的头部动作，同时还在听一个化身说话。贾斯丁看见赫克特·圣比安可坐在前排，也在用他的"内部"耳朵一直听着。这样一来，整个法庭的人都关掉电子助手的免打扰模式，来看看到底发生了什么。

就是这样，他们发现了政府的特工是如何靠他们自己追踪到，并且抓住了现代最令人害怕的恐怖分子——肖恩·杜格。法庭旁听席上一大群记者不知所措——离开去追踪最新的新闻还是留下来看完现在这个案子。法庭不想在这个最重要的案子上产生对自身公平性的质疑，于是他们决定延长休庭时间。就像有炸弹的威胁一样，法庭很快就空了。贾斯丁看着曼尼。他们不知道怎么回事，他们也不知道为什么，可是他们的奇迹刚刚到来。

> 官僚主义的最大的失败不是行动无能。他们在小的事件上有所行动，也在大的事件上采取行动。毁掉大多数官僚主义的是思考无能。
>
> ——大卫·林德赛，《官僚主义的崛起，美国的衰落》

赫克特·圣比安可很担心。他立刻离开了法庭，冲出去直奔等候着自己的飞车。几周前他就把前任副主席喜欢的豪华的加长轿车给换成了更加实用却没那么舒服的交通工具。这辆飞车的内部设施让他可以随时与他帝国里的任何方面的人联系——不管他在哪里。指挥中心也有一群有奉献精神的员工，对这些人来讲，与 GCI 冉冉升起的新星共事是值得骄傲的。在他的工作的重要性问题上，他们与他是一条心的。但是，他们现在告诉他的不会让他开心。

“真理子，”赫克特略带担心地问他的二号员工，“你是打算告诉我，一群政府花钱雇的在妓院里连女人都抓不到的无能的人居然完成了 GCI 都完成不了的事情?”

真理子，是一个活泼的金发亚洲女人，步伐轻快，她点点头。

赫克特挠着自己的下巴，“你觉着这事儿合乎逻辑吗?”

“我觉得不合逻辑。但是你想让我说什么呢？他们抓住了他，我们没有。”

赫克特从口袋里拿出一支雪茄说：“他们跟我们说什么?”

“什么都没说。”

“他们知道，”他一边说一边点燃了他的“基督山伯爵”，“你为谁工作?”

“老板，这就是问题所在。我们对他们封锁我们的调查，老实说，在媒体上我们对他们也不客气。我觉得，他们认为我们都可以失业了。”

赫克特咧嘴笑着，意识到了他的错误，“真理子，就当是给你上了一课吧。无礼就像是你为自己布下的地雷阵。”赫克特给了自己一些时间思考。同时，他又深深地抽了一口雪茄——他现在越来越沉溺于此了，已经成为了陋习，“我们不能威胁他们的工作，他们是为政府工作的。现在当好人太迟了。那么，我们就收买某人。”

“已经着手在办了，老板。”真理子骄傲地说，然后把电子助手递过去请求老板按指纹确认，“保安中有一名将得到三人免费升级去土星带的旅行的机会，当然所有花费都预付。”

“当然。”赫克特假笑着，盯着全息显示屏上正讨论着的那个保安。

在 GCI 的旗帜下，特别行动局经常有某种不间断的比赛。表面上看，这些比赛都是为了正面加强品牌忠诚度和品牌意识的。但是，如果有人要挖深一点的话，他们会发现“另一个”吸引人的原因——贿赂。大多数情况下都没必要进行贿赂，奖品都奖励给真正随机选出来的人。但是当需要的时候，没有什么比月球之旅或者租用十年不固定房子更能敲开紧闭的嘴的了。

“顺便问一句——三个?”赫克特问。

“他是个群婚族。”她回答说，然后静静地等着赫克特把电子助手递给她。

赫克特皱着眉头，在电子助手上签上了他的名字，“那最好四个人去。”

他的助手点点头。“他马上就下班，再过……”她盯着墙上的钟，“再过二十分钟。五分钟到小餐馆，然后我们就会知道政府想要干什么了。”

“真理子，我可能恋爱了。”

“说吧，说吧，”她说，“现在，如果你要在主席的股票里说的话……”

“爱，可能吧。”赫克特朝着空气中吐了一个烟圈说，“疯了——才不是。”

真理子开玩笑地伸出舌头，然后回头确认与政府警察的会面有没有按照计划在进行。“交换”本应该是很简单的事情。这个警察会在餐馆与一个拿着相当于旅行一半费用的信用凭证的人见面。当警察“赢得”旅行的时候，他会毁掉定罪的凭证。如果这个警察决定背叛他们，比如把凭证兑现或者是把他的信息卖给媒体的话，GCI会变得很尴尬，但是赫克特会确保这个背叛者尝到他的行为带来的恶果。所以真理子和赫克特都不担心。对新手来说，没人——除非是疯子——会跟GCI过不去。GCI是一座无法烧毁的大桥。而且，比起贿赂其他组织的人来说，贿赂政府官员很容易。

这个警察刚好在真理子估计的二十分钟之后下班了。五分钟之后他就到了小餐馆，又过了五分钟，赫克特就拿到了他要的信息。

赫克特读着简讯，在交流中心众多安置好的烟灰缸中熄灭了他的雪茄。

现在他真的开始担心了。

司法部长终于有了一天清闲日子。自从主席被暗杀以来，他一直被“做点什么”，“快速行动”还有“再也别搞砸了”这种电话所轰炸。他通过数年的努力和忠诚的服务才爬到今天的位置。他的升职都是按照预期的时间间隔来的，而且他所有的事情都是按照计划行事的。当他抓到假冒的肖恩·杜格的时候，所有关于“政府已经做得够好了”的笑话和嘲笑都出现了，而且还被找不到替罪羊的媒体反复谈及。甚至他的孩子都找借口不来看他。但是现在他成功了，不是吗？GCI没有找到肖恩·杜格。即使是那些自夸的私家侦探都没有找到这个混蛋。但是司法部门的探员们找到了。是他的探员们，他高兴地想着。但是，司法部长正看着神经网络上的信息，最后看见和他的名字一起出现的词语无非就是“愚钝”，“古板”还有“没用”。当然，“令人吃惊”和“令人惊讶”这些形容词也是在侮辱他，但是没有那么直白。在这样一种别样的快感中，有人告诉他 GCI 特别行动局的副局长打电话来了。

是他打电话来祝贺我的时候了，他想着。

“告诉他我一会儿就接。”他命令助手说。尽管他手边没什么事，但是像他这样的人并不是每天都有机会让系统中最强大的人等的。

“呃，先生。”这位更狡猾的助手说，“你确定你要这么做吗?”

“是的……是，”他忽略掉自己的危险说，“我确定。”毕竟，是他抓住了太阳系最令人痛恨的人。现在这个圣比安可混蛋也不能把他怎么样。

“呃……那好。我会转告他。”助手说完便离开了。

司法部长把腿放到桌上，双手放在脑后，看着墙上钟表敲了十下。“好了，”他说着，已经准备好接受赞扬了，“现在把电话转过来吧。”

一秒钟之后，赫克特·圣比安可的形象就出现在司法部长的全息显示屏上。没用多少时间，司法部长就从赫克特的脸上看出，赞扬并不在脸上。

“请原谅，先生，”赫克特尽可能小心地说着，“但是我觉得你的逮捕出了点差错。”

“什么?”司法部长回击说，“我们抓到了你们没有抓到的人就出错了?”厚脸皮的家伙，他想。

“这个嘛，”赫克特迫切希望不要浪费时间，“虽然听起来有些不舒服，但的确是这样的。”

“再见，圣比安可先生。”司法部长准备挂线，这时副局长做了他几乎从来没有做过的事情——他扯着嗓子大喊。

“等等!”赫克特喊道。当他看到司法部长迟疑了一下的时候，他又恢复了镇定，“只需要一会儿就够了。你逮捕了肖恩·杜格本人，对吗？房子里只有他一个人?”

司法部长点点头：“是的，你们的间谍做得不错，先生。”

“你抓到了他，”赫克特继续说，“是因为他没有能成功地往神经网络上传一份手册?”

“是的，他肯定试过新的方式，但是犯了错。大多数罪犯都是这样被抓住的。”

“当时他身处，”赫克特撇开不必要的信息说，“一间新租来的固定房子里，没有任何特别的设备或者警报系统?”

“他一直在到处跑……经常。”现在轮到司法部长感觉到一丝不安了。不，他想，不可能。

“最后，”赫克特说到最后的一点，“他没有密码，没有设备，也没有现金卡，只有一台现成的神经网络上传工具?”

“正确。”

“这一切没有让你觉得他是想要被抓住吗?”

“这有什么关系?”司法部长争辩说，“心理审查会把我们想知道的都告诉我们。”

赫克特不知道审查的结果会是怎样，但是他明白肖恩·杜格到底在打什么主意，他身体里的每一条神经都告诉他，这场审查必须被阻止。

“看上但萨的分上，”赫克特恳求说，“别这样做。”

“做什么，圣比安可先生？心理审查?”

“是的！是的！”赫克特尖叫道，“你不明白吗？他想要被政府抓住。”

现在这人有些过分了。如果显示屏上是别人，司法部长早就挂断了。但是一个人的忍耐是有限的。他发现自己的腿还在桌子上。这就意味着地球上最强大的组织的副局长一直在恳求……向着司法部长的脚恳求。活该……混蛋。

“你是说，”司法部长责备说，“他不喜欢你，圣比安可先生？我感到很震惊啊。”

赫克特做了个深呼吸。冲着这个人大喊大叫是没有用的，他觉得自己仿佛是在跟柯克·奥姆斯泰德说话一样。赫克特暗暗地发誓，如果这个官僚招惹他的组织的话，他会想尽办法让他跟他的前任一样被转移。但是现在他必须强颜欢笑，继续尝试达到自己的目的。

“不是的，先生。”他尽力保持冷静说，“我想这是因为他知道我不会立刻就对他进行心理审查。”

现在轮到司法部长厌烦副局长了。“圣比安可先生，”他故意看看时间说，“我没有别的选择。法律规定得很清楚。杜格先生是一个危险并且有罪的恶棍。像他这样的犯罪行为，必须在捉到之后就进行心理审查。这是为了以防这个暴徒手里有其他暴徒所在的信息。你可以信任这个程序，圣比安可先生。这是已经用了多年的标准调查技术。现在还有什么我可以帮你的吗？”

赫克特叹了口气，瞪大了双眼：“你还不明白？这可能正是他打算用来攻击你的。帮我个忙——我保证你会得到很多奖赏。发布暂停进程的命令。你肯定有这个权限吧？”

“我当然有。”司法部长不仅不理会贿赂，他也不理会显示屏上那个人的请求，“但是没有文件指示我是不能用这种权力的。圣比安可先生，我想你后颈上长的头发还不够格吧。”

地球联邦司法部长完全没有意料到，赫克特直接挂断了。赫克特并不是没有礼貌，他只是没有时间走形式了。很明显司法部长不会帮他了，所以赫克特决定直接找到他的领导。

回到指挥中心，赫克特从保护得很好的橱柜顶上拿出一个特别设备。这个设备是一个金属立方体，中间有一个正常手掌大小的凹槽。赫克特把他的手放在了盒子上。一瞬间，微小的电流从盒子里面传到了他的手上，其实是进入了他的内部电子交流系统。这个盒子，与大多数的掌纹识别器不同，它会确认赫克特的DNA是赫克特·圣比安可本人的，如果不是的话，这个盒子就会杀掉他。死亡是一击即中的——身体内部的纳米机器人会被复制杀手接管，复制得非常快，然后从里面吃光身体。当盒子相信赫克特是赫克特之后，它就会振动。然后赫克特就打通了这个盒子唯一能打通的电话。

“下午好，主席先生。我需要去解决一个问题。”

但是为时已晚。

调查员：你说这个病人是可以加入组织的？

高曼医生：噢，是的，我还说他是渴望加入组织的。大多数接受审查的人都很镇静，他直接就走到椅子边并坐下。

调查员：这就是开始审查的时候？

高曼医生：是的。我安排了第一阶段的定位纳米机器人，然后把频道调过来对准接受者。为了确定哪些区域需要被调试，就必须先进行定位。就是这个时候出错的。

调查员：你能说详细些吗，高曼医生？

高曼医生：当然。［暂停了很久］请原谅。［暂停］我还心有余悸。

调查员：不着急。

高曼医生：只能说这个病人的脑干对纳米机器人或者扫描器过敏，也可能对两者都过敏，当纳米机器人在进行神经通道定位的时候，它们同时也在……瓦解脑细胞。等到我们可以把纳米机器人弄出来的时候，杜格的上层大脑皮层的功能几乎全部丢失。

调查员：用俗语来说是什么意思呢，医生？

高曼医生：他可以自主呼吸，可以吃东西，可以睡觉，也可以做梦。但是没有大量的神经重建的话，他就会成为一个天生的弱智。

调查员：我明白了。

高曼医生：但是真正的问题在于，我们真的完整地重建了他的神经通道了吗，或者我们真的尽力拯救他的记忆，条件反射还有性格了吗？

调查员：难道医德没有迫使你们做第二点吗？

高曼医生：没有这么简单。似乎杜格先生记忆的抹除不是按照时间顺序进行的。

调查员：请解释一下。

高曼医生：换句话说，这种记忆丢失不会让我们得到一个只有七八岁智力的肖恩·杜格。

调查员：请解释这是什么意思。

高曼医生：这意味着，他只有自己10%的记忆，我们无法知晓到底哪些记忆要被保留。举个例子，他可能知道字母表的一半。这样说吧，他可能不记得太阳，不记得他的父母，可能也不记得房间是什么。他可能记得小时候他的狗死去的时候他有多痛苦，但是不知道狗是什么。简短地说，先生，简直就是疯子。幸运的是，决定权不在我们手里。他的妻子出现，然后为我们做了决定。

调查员：请告诉大家这个决定是什么。

高曼医生：按照杜格夫人的要求，我们尽力保留可以保留的。

调查员：她选择让他疯着？

高曼医生：是的，[长时间的暂停] 是的。疯着。

——摘自肖恩·杜格心理审查的医疗调查手稿

肖恩·杜格在重力房间中心飘浮超过了一个小时，这段影像也被放到了神经网络上。尽管他父母强烈反对公开这段视频，ISN 得到了杜格夫人和他的法定监护人卡桑德拉的允许。我们必须得提醒你们，这段视频非常让人不安。有些看过片段的观看者出现了哭泣甚至是呕吐的现象。有幼儿的父母必须小心观看。注意，本记者从来不是肖恩·杜格或者他的信仰和行为的支持者。在看过视频里的人之后——他到处乱打，想要发出连贯的声音，好像是绝望的人——我的仇恨消逝了。也许杜格先生应该死，但是绝对不能这样对他。

——“马克·斯特朗博的晚间报道”，ISN

地球主要城市发生暴乱！

地球和土星各处都发生了大型暴乱！警察正奋力控制秩序。

大萧条和阿拉斯加联邦以来，大型暴力活动已经很久没有发生过了，但现在很多城市都处于停滞状态。暴民中大部分是“仙股人士”，但是也包含自有股份较高的市民，还有些甚至是已经成为大股东的人，他们正在摧毁一切与政府有关的建筑。法庭大楼、警察局，还有一些组织建筑都遭到了攻击。抢夺、强暴，甚至谋杀也时有发生。各种原因造成的死亡人数已经达到数千人，很多尸体已经来不及进行冷冻了。运用了公民代表，特赦减刑还有一些激烈的街战之后，当局在大多数城市区域才开始重新找回法律秩序。有负责人认为那些担心丢掉性命而大量逃窜的人也帮了忙。

就在展现肖恩·杜格进行糟糕的审查之后的状态的视频发布的同时，杜格先生最后一次从神经网络上下载的现在臭名昭著的“为自由牺牲”的演讲也公布了出来，就是这些点燃了最近大面积社会动乱之火。

——肖恩·杜格视频和臭名昭著的“为自由牺牲”的演讲发布之后，摘自“地球联邦新闻”的头条报道

贾斯丁不耐烦地坐在纽约的公寓里，看着这个世界走向疯狂。法庭决议是继续休庭，等着问题消失。尽管私人“豆荚轨道”还是在跑，但因为暴乱和旷工，纽约城国际轨港已经关闭了。整个城市的公共设备和基础服务都中断了。据贾斯丁所知，整个系统都是这样。但是当有人因此而死亡的时候，他坐不住了。

在一个乡村小镇里，一场事变就把轨港的场地破坏了，上百人丢失了生命。在这些死亡的人中，有87人是永久死亡。似乎杜格的手下们赢得了一场重要的胜利。司法部长在他的办公室外面被暗杀。

为了躲避媒体，他当时选择了秘密通道，直接走进了埋伏里。尽管还没有组织称为此事负责，但当局猜测这是来自对肖恩·杜格“有效死亡”的报复。

“妮拉，”贾斯丁叹了口气，若有所思，“这些人都是因我而死的。”

“胡说，”她恼火地说，“这些人之所以会死，是因为有些罪犯正在破坏重要的设施……而且，可能你没有听说，不是所有的死亡都是致命的。”

“那么，为什么那87个人会永久死亡呢?”

妮拉坐在贾斯丁旁边，双臂环绕着他下垂的肩膀说：“他们的大脑是因为坠落而受损的。所有的神经通道都粉碎了。”

“亲爱的，”贾斯丁愤怒地说，“我知道脑死亡。我的意思是，为什么脑死亡就是永久的？你们有心理审查，对我来说就是定位芯片还有干扰个人大脑的工作。所以你们为什么不储存这些数据，然后放进新的大脑里呢?”

妮拉慢慢地呼了一口气，脸上没有什么表情。

“你问的这个问题，”她说，“已经被聪明的人和聪明的组织研究了几百年了。归结起来：你可以通过人体冷冻技术储存大脑，甚至可以利用纳米科技纠正不一致的脑细胞，但是做不到的是完整恢复大脑。尝试过几次，结果得到的都是语无伦次的疯子。人类的大脑，知识只能是增长，不能植入。他们能做到的最大限度就是往已经可以运作的大脑里植入一些知识碎片。但是作为一项技术，它还在初始阶段，还没有达到100%。所以简短地回答你的问题，我们没有征服死亡——只征服了老化。”

如果妮拉认为死亡进化的讲解可以让她的爱人分心的话，她就错了。她本可以告诉他，其实她也正在被审查的过程中，她的资产都被冻结了，但是在这样的情况下，她选择了保守秘密。贾斯丁站起来，穿上一件夹克，朝着门口走去。妮拉从椅子上跳出来，追着他到了出口，然后用自己把他挡住。

"你会让你自己被杀掉的。"她说，"你没有办法阻止这一切。"

"但是我至少可以试一下。"贾斯丁双手抓着她的肩膀，盯着她的眼睛说，"我亲爱的妮拉。我把自己冻起来不是为了生存，我是为了生活。我有责任——如果不是全部，那么至少有部分责任。我必须要尝试，尽我所能阻止这一切。"他眼神坚定地说："我可能不会成功，但是如果我不尝试的话，我三百年前就死了。"

妮拉的表情显示她妥协了。她知道已经没有再跟他争辩的意义了——特别是在他现在这样一种情绪下。所以她决定跟着他出门，走进已经一团乱的纽约城里。

当贾斯丁的保安发现他们被他丢在纽约历史上最大的暴乱中的时候，他们会非常地气愤，但是贾斯丁要做的事情不能让这一群彪形大汉跟着。他和妮拉坐飞车到了火星大道。原来这里是哈斯顿河的中心。碰巧也是这次城市大暴乱的中心。他们飞过沸腾着的人群，找不到一个可以安全降落的地方。他们决定停在附近的房顶上。接着贾斯丁想让妮拉把车开回公寓去，但是她告诉他，她的生命由她自己掌控——不管有没有加入组织。贾斯丁本想质问她，她的股东会作何感想，但是他看到她的眼神之后，明智地随她去了。

下楼的电梯基本上没什么声音，直到他们到达了底楼。他们面对的是一大群到处搞破坏，到处打劫的暴乱分子。没过多久贾斯丁就发现，他们是在新美国通用的大楼里，他面对的那群人基本都是只有自己25%股份的人，他们正对着一个明显的目标发泄自己的愤怒。不知从哪里窜出来的一个半疯的女人，挥动着高尔夫球杆就到了贾斯丁和妮拉面前。贾斯丁轻而易举地就把她打倒在一边，然后把武器丢到了身后的电梯里。球杆直接消失在了管道里。一个看起来是跟刚刚那个被缴械的女人有关系的男人朝着贾斯丁冲了过来，但是当他辨认出他攻击的是谁的时候，他停了下来。

这个人喘着粗气说："你是……你是他，是吗?"

贾斯丁点点头，但还是保持着防御状态，双拳紧握。他不确定他的回答会带来什么样的结果。他没有等多久。

这个人还是一边喊叫着一边挥着自己手臂："是他！是他！"随着他的挥手，整个暴民大厅安静了下来。人人都停下来盯着贾斯丁和妮拉。尽管还是可以听见街上暴乱的声音，但是寂静占据了整个混乱的大厅。

现在怎么办，贾斯丁想。他以前习惯做公共演讲，他甚至知道应该如何对敌对人群演说，但是现在的状况他完全没有经历过。

妮拉在他耳边小声说："你要向尽可能多的人说话。"

他立刻就想出了一个办法。他冲着空气说："通知你可以通知的所有人，我立刻就去殖民公园，我会在那里对大家说话。"他开始慢慢地朝着前门走去，他默默地祈祷着他和妮拉不会被恐惧吓倒，也不会被暴民攻击。但是，当贾斯丁和妮拉走出新美国通用大楼，走进街上的混乱的时候，人群自动给他们让路。当他们离开的时候，他们可以听见身后的暴民冲着朋友和化身喊叫着刚刚贾斯丁现身的信息。

殖民公园坐落在一条被纽约收回来的河的中央。尽管没有中央公园那么大，它的占地大概只有四个街区，但是这个公园已经可以容纳下大部分暴民了。一些刚刚在大厅的人跑在贾斯丁和妮拉前面，保护他们，同时也向那些想要摸一下这个名人的家伙发出警告。其他的人也跟随着，作用都是一样的。当贾斯丁和妮拉沿着火星大道朝着公园走去的时候，前后的人群越积越多。随着人群的堆积，喊叫声也变了内容——开始是惊讶的声音，但是接着就变成了更像是恐惧的声音。贾斯丁和妮拉都注意到，人群里传来一阵阵轻轻的嘀咕声。只有当数千人的嘴一起嘀咕的时候才会发出这种声音。没人尖叫让这一切显得非常的怪异。

“一个自由的人，一个自由的人，一个自由的人……”就像宗教符咒一样，一遍又一遍地嘀咕着。

等到贾斯丁和妮拉到达的时候，公园里挤满了刚刚还在到处破坏的人。当贾斯丁和妮拉走向公园中心，准备爬上最高的雕像——“探索拱门”的时候，人群又一次自动散开了。虽然贾斯丁完全不知道自己接下来要说什么，但是他知道，仅仅他讲话这么一个简单的行为，就可能阻止企业被毁，或者更重要的，可以阻止生命被掠夺。

妮拉在雕像下面等着，贾斯丁慢慢地爬上了顶端。上面很宽，他可以站起来，也足够高，这样大家都可以看到他。当他登顶的时候，他举起一只手，下面大群的人都明白他要大家安静。连低声嘘的声音都消失了。不幸的是，第一台电子助手在神经网络上看到消息之后蜂拥而来的媒体机器人可安静不下来。

“300 年前，我面临着一个选择!”贾斯丁朝着人群大喊，好让他的声音尽可能地传得远些。他没必要担心。这些媒体机器人可以让每个人都能在电子助手上看现场直播。他的声音不仅仅在公园里回荡，他的声音还被带到了整个地球，而且不间断地向着火星还有数十亿的行星传送。

“我的选择，”他继续说，“是接受死亡，还是尝试做点什么。所有在我之前的数十亿的人都接受了这种不可抗力。我没有!”人群爆发出一阵掌声。贾斯丁等到掌声逐渐变小的时候继续说：“在我那个时代几百个尝试过摆脱命运的人当中，只有我还活着。”贾斯丁等着大家吸收这个显而易见的事实。“我要杀掉多少人才能活到今天？你们觉得为了获得此时此刻站在这里的权利——非常的鲜活——我埋掉了多少具尸体？夜里做梦梦见的是怎样的面孔?”他暂停了十秒钟，“一个都没有!”他大喊着，“没有一个灵魂……但是，现在有了。”他感觉到了人群的疑惑。很好，他想，让他们想一想。

“在我的余生里，”他继续说，“我会想，因为我选择救我自己，而让多少人再也看不见他们的父母、孩子和朋友了!”人群喊叫着“不”，“不是你的错”，“都怪那些组织混蛋”。贾斯丁再次让他们安静下来，“你们觉得‘这个自由的人’想要伤害你们任何一个人吗？想要杀掉你们任何一个人吗？我想你们拥有人类过去梦寐以求的东西——家人、爱情、幸福，还有……自由。这些是你们与生俱来的权利!”掌声震耳欲聋，贾斯丁再一次等着声音变小，“这些是你们的与生俱来的权利，但是这些不能用鲜血作为代价。”雷鸣般的掌声又响起来。“肖恩·杜格为他看到的世界的过错而杀戮。肖恩·杜格也为他人性命付出了代价。但是你们要知道，我不是肖恩·杜格！我不希望把任何的生命当作……”他停下来想要强调接下来这个词有多恶心，“祭品。”他在这里引用了肖恩的最后一条信息，他希望能起到他想要的镇定效果。“如果你需要用血液来发泄你的愤怒，”他渐渐增大自己的音量说，“那么就拿我开刀吧！”大家又呼喊着“不要”，贾斯丁花了5分钟才引导人群安静下来。“你的生活，”他继续说，“可能不完美，但是这并不意味着别人就得死。如果你们不喜欢现在的世界，那么就做点什么。如果你们不喜欢被拥有，那么自己就不要拥有。我保证我没有拥有任何人的任何部分。你们也没有这个必要。抗议加入组织天生的不公正，那就不要再参与其中，放弃，然后自由。”

贾斯丁不得不停下，因为人群开始反复念叨“放弃，然后自由”这句话。等大家安静下来之后他继续说：“如果你们不想加入组织，那就改变它。如果你们讨厌像动物一样被打上标记，那么到神经网络上去下载一个‘盾’吧。”

人群又开始重复他的话，他再次停了下来。“我的朋友们，”他恳求道，“请不要，我重复，不要让你们的双手沾满鲜血！”更多的人开始鼓掌，这次没有那么犹豫，非常的热情。“相信我，”他准备结尾了，“你们付出的代价要比你们得到的多。‘这个自由的人’的唯一要求就是，请大家都和平地离开……你们都回家去，想想你要怎么来改变……没有杀戮没有破坏。没有什么比让我知道你们都平安到家，你们的家人都安好更开心的了。今天你们中任何一个人都不要受到伤害。我们和平地散开吧。”

过了一阵大家才意识到贾斯丁的演讲结束了。当他走下“探索拱门”的时候，反复的吟诵又响了起来。可能是因为这个最有名最有魅力的人好像真的关心他们全部，哪怕没有奖励没有利益。或者他们只是厌烦打劫了。无论如何，人们好像都爱上了贾斯丁，他们用最大的音量扯着嗓子，高声喊出他们的爱。

“一个自由的人，一个自由的人，一个自由的人，一个自由的人!”

当妮拉和贾斯丁回到他们停飞车的屋顶的时候，他们很欣慰地发现他们的飞车完好无损，贾斯丁知道他下一步要做什么。

“妮拉，”贾斯丁径直走向驾驶座，“现在哪座城市的暴乱最厉害?”

她不情愿地挪到乘客座上说：“我就怕你问这个。”

贾斯丁耸耸肩，妮拉靠过去抓住他的衣领，在他困惑的脸上热情地吻了一下。

“你知道你刚刚的行为有多危险吗?”她问，还是紧紧地抓着他的衣领，“你是怎么说服我允许你把我拉进这趟浑水的?”

她不是为自己感到害怕，她是为他的爱人。

“你做得真棒……”她不情愿地承认，她明白这意味着什么。“芝加哥或者是东京。”她回答，“两边差不多。”

“那么，”他脸上闪过一丝狡猾的笑，“我们还等什么呢?”

11. 二审

约瑟·钟是一个感到满足的人。他找到了一份理想的工作。说老实话，组织社会已经可以非常完美地把人安排到他们最合适的位置上——这样可以获得更多的利益。但是在约瑟看来，他一直认为这种力量——就是GCI——已经非常成功了。约瑟讨厌人群，除了橱柜里有的，其他什么他都不喜欢穿，他也非常害怕在公共场合讲话。但是他有一个非常有利的特质——善于分析的脑子。

约瑟很擅长在不相干的信息中找出随机的联系。没有监视的情况下他也可以长时间地工作，一直集中注意力在手边的工作上。这些技能让他成为了GCI在俄勒冈州尤金的卫星办公室里的一名信息管理员。事实证明他的新工作做得非常好，所以GCI把他调到了日内瓦的分部办公室。十年内出色的工作，让法律部又把他调到了纽约总部的办公室。当然，约瑟可不怎么在意。只要不用他抛头露面，他就很高兴了。他不仅知道所有重要的文件和相关资料的所在——不论是软储存还是硬储存——他还对这些文件的内容了如指掌。

现在他正在做一件非常有趣的工作。珍妮特·德尔加多要他找到所有跟政府对抗贾斯丁一案有关的材料。他几天之间就把材料发上去了，但是关于个人加入组织的条款的有些问题还困扰着他。约瑟是那种直到这些小痛小痒完全消失才能满足的人。这种性格几乎让他成为了法律职场上最不能忍受，但是可以成为不错的资产来拥有的人。

他专心地看着一大堆信息水晶，身边的计算机发出低沉的声音，约瑟记得“小痛小痒”是什么，是一条古老的法律——现在已经不适用，可能也不重要。但是，即使是不明显，这条法律也肯定跟这个案子有关。德尔加多小姐不是说了要“全部”的吗？约瑟要找个彻底，如果他的老板想要全部，那么她就会得到全部。他做了一份单页报告，发送给了珍妮特·德尔加多，然后又一个人独处，完全不知道自己刚刚释放出了一场浩劫。

赫克特看着报道，不管他如何分析它们，这些事实都得到一个同样的结论。贾斯丁·可德一个人就平息了暴乱。那一刻，整个系统好像都安宁了下来。他怎么也无法避免一个最终结论——肖恩·杜格的死加上贾斯丁在暴乱期间的行为，让贾斯丁从一个潜在危险变成了一个非常真实而且棘手的威胁。GCI需要重新考虑整套策略了。

赫克特花了大力气弄出了一套新的进攻方案，自己完全满意之后递交了上去。

递交计划一个小时之后，他的信息管道提醒他有一条新公报。在这个被大量电子设备充斥的时代，真正可以安全传递信息的方法就是尝试过的真正有效的方法——通过信差传递纸质的信息。这样一来，信息管道就避免了人为干扰和破坏的可能性。

赫克特拿到信息，然后打开了它。里面只有一个词：同意。

接着他就毁掉了信息。

珍妮特·德尔加多没有急着去赫克特的办公室。GCI的任何一个副主席都不会匆匆忙忙去任何人的办公室，但是有一个例外——除非有人被召唤去那间内部密室，但很少见。当然，在她缺席期间，她还不是真正意义上的GCI法律部副主席。但是珍妮特不仅知道所有正在进行的法律事务，她还有所有重要事件的最终决定权。但是现在，就算她不着急，她也没有闲着。按照正常礼仪，珍妮特和赫克特会在一个折中的位置见面，但是因为珍妮特还没有正式进入董事会，所以她就到赫克特的办公室去见他。这就意味着她要坐电梯下去——她还是没有习惯这点。

这项工作进行了一周之后，赫克特已经差不多把他的整个办公室都从董事会所在的高层区域搬到了负二层。他说这是考虑到安全问题，而且他需要和这些硬储存的文件和交流网络在一起。珍妮特更愿意相信他。赫克特尽可能地亲自参加每次的董事会，只要他的时间安排得过来，他都会尽可能地参加集体早餐或者午餐。他其实一点也不冷酷，也不会拒人于千里之外。但是珍妮特认为，组织里第二强大的人居然会让自己待在GCI的底部这点还是很奇怪的。不仅如此，现在有些分局也开始效仿他。她希望这只是暂时的，因为她喜欢云上风景。她也开始想，赫克特这些力量有多少是新工作带来的，又有多少是源自他自己的。她不知道自己会不会喜欢这个答案。在电梯门口向她打招呼的那个实习生很年轻，热情又有礼貌——非常的典型。但是珍妮特注意到，这个实习生脸上也有那种为值得尊敬的老板做着自己热爱的工作的光芒。他是为赫克特工作的小组的成员之一，他们被那些没有运气进入赫克特内部圈子的人称为“赫克特的赫克粉”。这本是一个贬低的说法，但是像生活中时常发生的一些，这些被命名的人把这当作徽章一样骄傲地别在身上。赫克特正在建立人数不多但一直在增加的小组，不像是工作小队，倒像是俱乐部成员。这个“赫克粉”跟她问候的方式——非常尊敬，同时也很友好很放松——让珍妮特想他们是不是也把她当成了“赫克粉”。

幽闭的走廊里到处都是枯燥的米黄色和无数的矩形，但是办公室里确实很美好，珍妮特不禁有些嫉妒。赫克特做的第一件事就是把墙拆了，做成了一个开放的公共区域。比起办公场所，这个开放区域更像大学里的大咖啡馆。虽然有桌子和终端访问点，但是这间房间里也铺满了地毯，有大沙发，彩色的飘浮机器人，还有舒适的椅子。有些人坐着在阅读，有的人正聚集在一起开心地聊天。她注意到，有些甚至还在沙发上睡觉。虽然看起来很混乱，但是珍妮特尖锐的管理式眼睛还是看到很多工作正在进行中。大家都在用平板电脑、电子助手或者是一捆纸工作。据珍妮特观察，大声热情的谈话其实都是与工作相关的。她敢打赌，她看到的那个正躺在沙发上睡觉的年轻的主管已经至少两天没有离开过这里。

珍妮特读过赫克特的档案，从里面丝毫看不出他可以当这种级别的领导的才能。她误以为他是完美的孤独者或者是特别助手。但是他就在这里——站在桌边，被一群可爱的员工围绕着。她走过去，听到了她认为肯定是笑话的结尾——从人的数量上看，还是很长很复杂的一个笑话。

“……然后这个狮子狗转过身说：‘那该死的猴子在哪儿呢？我一个小时之前就让他再去抓只猎豹来！’”围着赫克特的人都大笑起来。这时赫克特看到了珍妮特：“珍妮特，你终于来了。好了，大家都回‘盐矿’去吧。”尽管珍妮特听到了温和的声音，但是大家很快就愉悦地散开了。赫克特指着墙上的一排门说："我们去能说话的地方吧。"

他们走进的办公室很小但很实用，有一张桌子、终端机、客椅，还有大多数办公场所都有的大软垫椅子。她还看到了两个锁着的大橱柜。让她觉得这是赫克特的办公室的，是他桌上的一盒千叶雪茄。这种古老过时的感觉好像是专属于赫克特的。她相信系统里肯定还有别人像他这样抽雪茄，但是她从来没有见过。

想到外面的那些人不久之后也要开始抽这恐怖的玩意儿，她不禁战栗。赫克特坐下，接着从桌子上的盒子里拿出一支雪茄，但是谢天谢地，她看见赫克特并没有点燃雪茄。

"最高法庭，"他说，"后天会继续开庭审案。"

珍妮特明显很不高兴，居然还没有人告诉她这个重要的进展。

"他们什么时候发布呢？"她有点恼火地说。

赫克特看着拇指指甲上的钟说："大概两个小时之后。"

珍妮特感觉好些了，她明白原来是赫克特获取了内部信息。她还是有些生气，因为很明显他用这条信息来嘲笑她。

"谢谢提醒，"她坐下说，"如果你要问的是关于时间的话，我希望越早赢得这场官司越好。"

"你确定你可以赢？"赫克特好像有什么别的意图。

"没有什么可以担心。贾斯丁·可德会加入组织的，然后就会结束掉这一切关于这个未加入组织的人的胡言乱语了。"她语气里充满了自信，已经准备好要进行一场报复了。

"没有什么可以拯救贾斯丁·可德的了吗？"赫克特进一步问，"没有曼尼·布莱克可以运用的用来阻止最高法庭命令贾斯丁加入组织的法律技巧了吗?”

珍妮特犹豫了一会儿。有一份报告，只有一页，钟先生发给她的。她意识到这是个潜在问题，但是曼尼·布莱克不可能有权限看到这些信息的。但是如果赫克特要知道的话……

“有这么一件事儿……”

贾斯丁已经回到了日内瓦，继续出席他与政府的庭审。很难相信，仅仅过了一个星期就开庭了。虽然问题还是存在，但是世界已经变了。法庭外依旧喧哗，广场上挤满了人，有支持的，也有反对这个未加入组织的人的。警察已经得知，如果抗议变成暴力行动的话，他们会让这个广场瘫痪——用高效安全的催泪瓦斯。现在日内瓦警方有足够的催泪瓦斯。

——《地球日报》新闻

法庭的气氛很热烈。离开庭陈述仅仅过去了一周半的时间，但是大家都感觉，这次的开庭已经与上一次不一样了。审判大厅外面大部分的世界，都被刚刚结束的社会冲突改变了。尽管认为曼尼·布莱克会输的人与认为他会赢的人在数量上差不多，但是两边的人都发现，赌注已经被升高了。

这些人没有跟这个古怪的律师交谈是件好事。不然他会告诉他们，他也把这些折磨人的细节都告诉了贾斯丁，他会说他打赢的机会有多渺小。曼尼还告诉贾斯丁，他本可以让最高法庭考虑只拿走1%或者2%。这虽然是宪法的禁忌，但是在宪法前言的前提下还是可以争论的。但就算是这样，赢的机会也不是很大。

正当法庭准备开庭的时候，一名情报员出现在了辩方阵营里。从他的制服和帽子可以看出，他是西联公司的。但是他不应该出现在这里。曼尼制定了严格的规定，他不能被打扰，有贾斯丁给他提供经济支持，他便有了维持这条规矩的权利。这个情报员居然直接找到了他——而且刚好是在开庭这天——这是对他的意愿和礼仪进行公然的违抗。

“我是西联公司的，”这个人兴奋地说，“曼尼·布莱克，我有一封重要的电报要交给你。”

“保安，”曼尼头也不抬地说，然后他继续做着开场陈述前的准备。从法庭两边立刻走出来两名穿着制服的特工，朝着西联公司的那个人走去。但是这个人还是很镇定。

“请核对 HR27 – 03 法规。”

曼尼抬起头。他怀疑地盯着情报员。

西联公司的人耸耸肩说：“有人跟我说，如果你叫保安的话，我就这么说。”

“我不明白火星地球化跟本案有什么联系。”

保安开始拖着西联公司的人离开。

当保安拖着他走出法庭时，这人费力地扭过头来对曼尼喊：“……阿拉斯加联邦法！”

曼尼继续工作。但是他的大脑从不停止寻找联系的部分突然灵光一现。他的大部分大脑还是继续在准备陈述，但是这一闪念让他的上层思维明白了其中的含义——就是这个，如果他对历史的记忆无误的话。“等一下！”他对保安喊道，这时他们已经把情报员铐了起来，正带着他往门外走去。曼尼命令他们回到桌边来。这个倒霉的情报员被丢在了曼尼和贾斯丁的面前。

“电报在哪里？”曼尼追问。

一直观察着的贾斯丁惊讶地发现，珍妮特的脸色先是变得苍白，接着又变成愤怒的红色。她拿出自己的电子助手，接着是激烈的对话。这个已经从手铐里面放出来的西联情报员递给曼尼一个数据方块，然后让曼尼签收。完成之后他礼貌地摘掉帽子接着就离开了——一点也不难过。曼尼把数据转移到自己的电子助手上，接着就开始浏览这些信息。他调出了一个全息键盘，一句话也不说就开始输入指令和搜索，动作快得大家的眼睛都跟不上了。不管曼尼在做什么，他完全是全神贯注的，他面无表情，双眼飞快地浏览着各种信息。贾斯丁不知道是怎么回事，但是看到珍妮特·德尔加多生气，倒让他数月以来第一次觉得有希望了。两分钟之后，主法官显然就敲响了法槌，大家都安静了下来，只听得到曼尼快速敲击键盘的声音。

“好了，布莱克先生，用你的开场陈述让大家兴奋起来吧。”主审李法官不是很兴奋，很明显他觉得曼尼·布莱克说不出什么让他吃惊的话来。

曼尼正聚精会神地敲着键盘，连头也没有抬起来。

“布莱克先生，”主法官低声说，“布莱克先生！”

曼尼先是抬起了头。他像是在催眠中被铃声唤醒的人一样。“有什么可以帮你的？”他说着，就像一位商场售货员一样。

法庭里的人都“咯咯”地笑了起来。当他意识到自己有些失态之后，脸变得通红。

“布莱克先生，”主法官警告说，“很抱歉本案让你费心了。但是你这样会拖延庭审时间。你差不多有两周的时间来准备你的陈述，控方也已经完成了他们的陈述了。虽然有些不道德，但是我的同事们已经迫不及待了。如果你没有准备好做开场陈述的话，请告诉我们。或者直接认输更好，那样我们就可以进行别的案子了。”

尽管主审李法官的脾气是众所周知的，但是他说话的对象也不是吃素的，曼尼好像一点也不恼火。

“我向法庭表示抱歉，”曼尼说，“如果这样法庭会觉得好些的话，那我就不进行我准备好的开场陈述了。”

“如我所料。”李法官喃喃自语。

“够了。”忠助法官说，“你可能很享受你的坏脾气，但是你真是太无礼了。”

在主审李法官反驳之前，曼尼说：“如果法庭允许，我保证我的开场陈述不是我之前准备的，我愿意接受心理审查的鉴定。其实，根据我几分钟前得到的信息，我会进行一番完全不一样的陈述。”

人们都倒吸了一口气，甚至连主审李法官都被这番声明给震住了。忠助法官趁着这个空隙说：“没这个必要，布莱克先生。请继续。”

曼尼从桌子背后走出来，开始在法官面前踱步。

“如果法庭允许，我得承认这个案子我进行得很辛苦。我也会承认，其中一部分的辛苦都来自于我可能会输这个简单的事实。”

观察席有人笑了起来，法官们也因为这么直白的陈述而笑起来。只有珍妮特·德尔加多没有笑。

“但是另一部分的辛苦，”曼尼说，“就是为了我的当事人，贾斯丁·可德，寻求一个方法，让他可以在不牺牲自己自由的前提下，向社会的合法需求表示敬意。我想我们都一致认为，在个人权利和政府或者社会权利上，我们是可以为自己感到骄傲的，因为我们不会强迫他人做违背他们自己意愿的事情。其实，我们宪法的前言里面就有这个宝贵的概念，我引用一下，‘我们是地球联邦的人民，我们要确保国内安宁，维护和平，保护个人不被颁布这部宪法的社会与政府任意、不公正、不道德地掠夺’。我想我们都同意，除非有不可抗的原因，政府没有权力要求一个人把自己不愿意给予的东西交出来。”

曼尼停止踱步，直勾勾地看着珍妮特·德尔加多，这个时候她也只能盯着他而已。“控方在其开场陈述中，”他继续说，“非常完美地暗示说，损失已经造成，贾斯丁·可德必须像其他人一样对这个社会有所贡献。一个不能为自己的行为买单，不能行使自己法律的政府不是没用就是很糟糕，对它所声称要保护的人来说，这是潜在的危险。”曼尼暂停了一下，大家都疑惑地前倾着身体。“因此，在尊敬的法官和在座听审的面前，我认为控方所说的一切都是无礼的。实际上，在我当事人需要承担后果这点上，我不会过多争辩。”话音刚落，法庭各处都可以听见“嗡嗡”的说话声。据大家的理解，曼尼刚刚是结案了。大家都盯着珍妮特，没人明白为什么在这本该是属于她的光荣的时刻，她居然一点笑容都没有。

曼尼走向法官说：“我理解法庭希望尽快了结此案，所以我不会就控方充分的论述做出辩解。”他直接冲着主审李法官说：“这会节约你大概一半的庭审时间，阁下。”

主法官表示不解：“德尔加多小姐，除了证明可德先生需要付出代价的证据以外，你还有别的需要呈上来的吗?”

珍妮特噘着嘴说："没有了，主法官，没有了。"

渡边法官来了精神："那么，控方其他人呢？"

"如果可以保留重新开始的权利，"珍妮特说，"那就有控方其他人，当然这要看辩方的辩论了。"

法庭里"嗡嗡"的声音更大了，因为现在这个案子的发展方向是任何人都没有预料到的。贾斯丁也非常的困惑。他与曼尼商量出的所有的对策中，可没有"投降"这个选项。

主审李法官警告大家说："请安静，不然就请大家出去。"法庭立刻安静了下来。李法官与同事们开始商量，他们很快就达成了一致意见。

"你的要求被允许了，德尔加多小姐，但是我不明白你为什么要这么做。布莱克先生刚刚已经让步了，我不得不说，他还浪费了法庭的时间。"

"法官大人，"曼尼打断说，"我只是承认控方的论据，但是没有承认她的结论。"

帕克法官首次发言说："这是理所当然的，布莱克先生。"

"恕我不能赞同，法官大人。很明显贾斯丁·可德必须为他从社会得到的服务付出代价，但是他没必要通过加入组织的方式来进行。宪法提供了一种方式。我会向法庭证明，贾斯丁·可德有权选择自己的偿还方式。他可以加入组织，但是他也有权利——"曼尼犹豫了一下，他知道他要说的会在这间装满人的屋子里引起怎样的轰动，"被征税。"

克拉拉·罗伯茨：此案难以执行！我期待着唇枪舌剑，但是曼尼·布莱克已经成为联邦历史上最疯狂的律师。你能想象肆无忌惮地向地球联邦政府提议征税吗？宪法明确规定没人可以这么做——永远不能！可能他们认为一个疯狂的恳求是可行的吧。我们来连线一下来自 Ceres 的艾莉安娜，这里是克拉拉。

艾莉安娜：你好，克拉拉，我是第一次打电话进来，我只是想说我喜欢你的节目。我和我的老公一直都在听。

克拉拉·罗伯茨：谢谢，亲爱的。你是做什么工作的？

艾莉安娜：我向行星带上的采矿者们出租采矿设备。

克拉拉·罗伯茨：这肯定能挣不少钱吧。

艾莉安娜：呃，我倒是觉得不错，只是我还没有计划进行我的大股东庆祝会。

克拉拉·罗伯茨：（大笑）你在关注庭审吗？

艾莉安娜：我们随时都在谈论这个，克拉拉。但是我现在还不认为曼尼和贾斯丁会输。

克拉拉·罗伯茨：为什么呢，艾莉安娜？

艾莉安娜：你没有看到珍妮特·德尔加多有多紧张吗？

——摘自《克拉拉·罗伯茨谈话节目》，行星带信息广播网（AIR）

珍妮特好不容易才等到和赫克特单独在私人空间的时间。门一关，她就把他推到墙上，冲着他的脸咆哮：“赫克特，你这个混蛋！我惹到你了吗？你还觉得我是跟你一边的吗？你是为可德工作的吗？你怎么可以那样做，你这个混蛋?!”

赫克特保持冷静：“说完了吗？”

“去你的!” 她尖叫着，松开了双手。

赫克特整理了一下衣领，揉了揉脖子说：“告诉我，珍妮特。” 他嘴角带着一丝顽固的微笑说：“到底你认为我做了什么?”

“你把 HR27 - 03 的事情告诉了曼尼。天啊，西联公司那个人直接就说出来了! 曼尼只花了一分半钟就想出了一条完全不同的赢得这场官司的战略，而你，” 她用手指戳着他的胸部说，“是你给他的信息!” 她的语气里略带怀疑，“告诉我，是你给他的……对吗?”

赫克特点点头——还很高兴，“噢，是的，是我给的。”

她的愤怒立刻就回来了。珍妮特不知道哪里来的力气，抓住赫克特转过来，又把他推到了对面的墙上。为了信息安全，小隔间的结构还不完整，被撞击得摇了几下。“等我跟你算完账，他们得冰冻你一年才行!”

赫克特问了个问题转移她的愤怒：“他能赢吗?” 他拍拍自己的夹克问。

“他肯定能赢啊! 他现在已经找到方法了!”

赫克特看着她，微笑着说：“很好……很好。”

从他如释重负的行为来看，珍妮特明白这不是赫克特这个混蛋做的。出于某些奇怪的原因，他好像想让案子往这个方向发展。她也明白，肯定有些事情是他不能够解释的。

“你知道，” 她骂道，“你这是在破坏我成功的机会，简直就是在杀我的威风。”

“珍妮特，” 他说，“请你相信我，我想要竭尽所能帮助你。不是要给你更多的压力，如果你一点压力都没有的话，是要付出代价的。”

珍妮特看着赫克特奇怪的举动感到很迷惑，她没有阻止赫克特拉开小隔间的门，接着他便走进了忙碌的走廊，消失在了热闹的人群中。

与此同时，在十个门下面的另一间小隔间里，贾斯丁正遏制自己对曼尼做类似珍妮特对赫克特做的事情。“曼尼，你不介意告诉我一下这到底是怎么回事吧?”

“大胆的尝试，可德先生。我就是个笨蛋。我早该自己发现的，这简直太高明了。”

“你是说战略可行?”

曼尼不确定地看着他说：“对我们来说获胜概率还是很小，但是这种论点赢的机会比我之前的那种大得多。”

“曼尼，什么叫‘这种论点’?”

“可德先生，我在这里多待一分钟，我在你案子上花的时间就少一分钟。稍后我会解释的。”

贾斯丁深吸了一口气，想起了当初自己为什么要雇这个人。“去吧。明天见。”曼尼离开了隔间，完全不理会一大群喊着问题的记者，直接沿着走廊走向自己的车，记者又聚集在一起。曼尼的大脑已经开始研究他的论点了。

贾斯丁想，现在这个时代庭审的一个特点就是，持续时间都不长。他以前经常数年数月地被官司纠缠，当他一想到他最近了解到大多数要案持续的时间不过数天，有时候仅仅几个小时的时候，他都难以相信。但是他自己与系统的融合让他意识到，现在的文化可能让他比以前更加喜欢打官司。他逐渐明白，答案就在市场系统里。几乎所有的案子都是私人的。政府限定太多，这就意味着人们基本上不会违反法律。在贾斯丁的时代，即使是诚实、认真的人都不可避免地要违反一些法律。但是现在这个社会，个人或者组织要打官司的话，几乎双方都是原告。而且私营法庭侧重办事速度。虽然有些案子的当事人可能会想拖延时间，但是绝大多数的人都想赶快了事。毕竟，他们的钱不仅要付给律师，还要付给法庭、法官、陪审团以及其他服务提供者。庭审进行得越快，花费就越少。因此，经过几十年几百年的发展，法庭已经把快速工作当作一种惯例了。但是，多亏曼尼，贾斯丁的案子可能要打破纪录了。

曼尼状态很好，他向着法官走去。

“如果法庭允许，我要出示 HR27－03 法律，这是在阿拉斯加联邦成立之后的第三年通过的。”

珍妮特·德尔加多站起来说：“我反对！”

“理由?”主审李法官问。

“关联性。”

曼尼继续说：“联邦宪法第七章第五条，被称作‘遗留物条款’，里面说，‘宪法规定，所有和本宪法严格不冲突的法律和修订法律，在未被相应立法行为证明无效之前，都是有效的’。有了这样的补充，旧的法律——当中有些可能还是有关联的——没有必要被重写，也不用再次重新通过成为法律。”

法官们小声地讨论着，好像达成了共识。

“反对无效。”

珍妮特好像有些吃惊。

曼尼微笑着，他继续说：“HR27－03是第一部国家组织法案。法案里面的规定已经被忽略了几个世纪，这就是说，联邦宪法的内容基本上能包含它的全部规定。但是法案第四章说，‘任何不愿意加入组织，不愿意分配或者被分配股份里面5%的个人，都可以按缴全部收入的5%的方式来继续支付’。”

珍妮特又站起来说：“有两点反对，法庭允许吗？”

“我们正在听关于税收的论证，”李法官埋怨说，“这有什么反对的？”

“关联性。”珍妮特继续说，“宪法第三版修订法案说，‘任何在55年之内没有行使或者运用过的法案就会被认定为是失效的’。”

“法官大人，”曼尼插嘴说，“第三版修订法案第三章说，最高法庭接受不可抗拒的原因，那么最高法庭可以承认法律效力。”

“你必须得这样做，布莱克先生。”李法官严厉地说。

“但是我应该有这样的一个机会。”

主审李法官跟同事商量了一下。大部分都点点头。他叹了口气。“驳回你的反对的第一点，德尔加多小姐。第二个依据呢，控方？”

“宪法第四条，”她勇敢地继续推进说，“明显地规定，征税是不允许的，所有人都必须加入组织。布莱克先生不能为了他当事人的便利就改写宪法。”接着她大胆地注视着法官，还是有些担心他们会不同意。

李法官冲着曼尼说：“布莱克先生？”

“我并没有这样的打算。我本来想后面再介绍的，但是为了节约法庭的时间，我会尊重控方的反对，现在直接为我的当事人辩护。”曼尼走到他与贾斯丁共坐的桌子边，拿起一份纸质的《地球联邦宪法》的复印版。“我想引用一下，《地球联邦宪法》第四条规定，‘所有在地球联邦出生或者入籍的人都不应该被要求赋税’。读起来有点意思。”他抬起头说，接着他放下复印版，“宪法说，没有公民应该被要求。但是，它可没有规定公民不能自愿要求赋税。”法庭爆发出一阵兴奋的声音，因为大家都看到这个漏洞已经很明显了。有些记者还就赫克特因为一种奇怪的释放感而扭曲的脸做出了评论。但是，这很快由法庭周围的狂热来解释了。

进行了两天的辩论之后，结案部分终于开始了。法律界对曼尼·布莱克令人惊叹的辩护策略议论纷纷。不管赢还是输，这个未加入组织的人在法庭上都得到了最好的代理服务。曼尼·布莱克已经成为了系统里最著名的律师，现在他的当事人名单已经排到好几十年后了。曼尼·布莱克拥有自己的大股权是件好事。现在他要买自己的股票的话，他也得卖掉自己的才能买了！《最专业》杂志也发表了官方消息，现在曼尼·布莱克是地球联邦里最有价值的律师了。如果他赢了，你能想象他的股票价值会是多少吗？

——《神经法庭新闻》

“最高法庭的法官们，”曼尼说，“我们的政府是有限制的政府。这个政府尽力控制社会秩序，但是也尽可能地给予个人自由和选择的权利。来自社会的回报是明显的。我们的社会有了空前的增长，繁荣也富有创造力。有了限制，社会强加于自己的都是根据自己的意愿，而不是由政府代表社会来进行的。

“现在政府表示，因为提供了服务，他们想得到报酬，而且是以贾斯丁·可德回报的方式。我必须郑重声明，政府在撒谎。”他直接在珍妮特·德尔加多面前举起一张纸，暂时阻止她提出异议，“这里，我有一份誓词，也是一份有效的合同和法律文件，我的当事人，贾斯丁·可德，愿意支付自己之前收入的5%，其中包括他现有的资产，这部分在加入组织前的状态下是不能动的。我本打算通过重复理由来向政府展示这个。这份誓词已经呈给了控方，财政部秘书、总统、副总统、司法部长，现任和前任都包括，还有议会发言人和多数党领导议员。上述这些人都没有给我回复，剩我孤孤单单的一个人。所以，别说这是政府赔偿的事情。”曼尼有意地暂停了一下。珍妮特也忍住没说话。“这件案子，是强迫贾斯丁加入组织。强迫他，是用政府的力量把社会信仰强加于个人，而且这个人还不愿意追随这种信仰。阿拉斯加联邦和地球联邦的创始人都知道建立政府的危险——特别是世界政府。他们尽可能多地建造了安全条款。而且我认定，我的当事人正是在用这些条款来保护自己认为的自由。”

“事实一：阿拉斯加联邦表明，一个人可以选择缴税或者是加入组织。事实二：地球联邦表明，所有来自阿拉斯加联邦，与联邦宪法不相抵触的法律和权利依然是有效的。事实三：联邦宪法没有禁止征税，只禁止了政府强行征税的权利。事实四：如果有不可抗的原因，最高法院可以行使数十年或者数世纪未用的依旧可以行使的法律规定。我相信，一个人拥有在两条路中自由选择自己的命运的权利不仅仅是不可抗的，而且是至高无上的。”

曼尼暂停了一下，花了点时间来准备他接下来要进行的煽动性陈述。“法官大人们，我会实话实说。我并不赞成我当事人。”法庭里响起议论声。“其实，我认为贾斯丁·可德先生应该加入组织。”法庭里充满了惊讶与震惊的呼吸声。“可能你们大家内心也认为，可德先生应该加入组织。但是猜怎么着，谁在乎呢?”法庭又安静了下来。“谁在乎你我的想法?”曼尼朝着身后聚集的观众挥挥手说：“谁在乎他们的想法？组建政府，不是为了把你我他的想法强加给任何人。肯定也不能强加给贾斯丁·可德。组建政府，是为了允许贾斯丁·可德为自己考虑，就算整个社会和政府都不赞成。”

“如果政府真的想让可德先生就参与的社会活动做出赔偿的话，控方之前也含蓄地表达了这一点，那么政府已经赢了。但是，仅仅是因为社会需要，政府就想强迫贾斯丁·可德进行单独针对他的行动的话，那么就不能赢。”陈述完了之后，曼尼就坐了下来，贾斯丁吃惊地看着他。当然，曼尼可没有注意到，因为他又沉浸在满桌的纸张里去了。

主审李法官清了清喉咙，“午餐过后，由控方做结案陈词。法庭休庭到一点钟。”

贾斯丁·可德真的能赢得这场官司吗?

——《神经法庭新闻》

支持和反对未加入组织的人的和平示威游行正在系统各处上演。与之前的暴乱不同，这些“赞成”示威者聚集在一起，喊着“一个自由人”的口号，然后听着一个又一个的演讲者向他们讲述加入组织有多邪恶。另一种比较流行的活动叫作“公共剥离”。举个例子，一个人站在一群人面前，公开地剥离他们拥有的别人的股份，有可能是直接卖回给对方，或者是进行一种叫作“纯剥离”的行动——直接把股份还给对方。尽管还没有在全世界扩展开来，但是“剥离”已经在数千万人中传播开来了。“仙股人士”遭到了沉重的打击，经济增长也受到了影响。剥离经济预测变得很困难，因为这是长久以来，第一次有数百万的人都在因为政治理由而不是经济理由做经济决定。

——迈克·维瑞塔斯，《地球日报》

珍妮特站起来，让自己保持镇定。“布莱克先生让你们相信，你们必须要让这条已经几个世纪没有用过的法律生效。他坚持让你们以一种前所未有的方式来理解宪法，不……两部宪法。他还坚持认为，你们必须接受这种不仅是敌对而且还可能无法实现的支付方式。而且，”她明显厌恶地说，“你们必须做这些都是为了让一个人可以做选择？那好，可德先生有权利在法庭上大喊大叫吗？法律规定得很清楚。他不可以。不是因为他不能扯着嗓子大喊，而是因为他的自由不能侵犯他人在法庭上选择安全的自由。法官大人们，我们总共有四百亿人口。这是多大的一间房子。可德先生的行为对我，对你们都构成了威胁。”她指着参加庭审的人说：“对他们也是。当他，我和你们都知道这样的行为肯定是有危害的时候，他不能选择进行这样的行为。我们只需要看看大萧条就会明白，可德先生对我们的要求是多么的阴险。在过去的两个世纪里，政府和社会都在天衣无缝的组织环境下存在。我们对任何人都无害的方法对贾斯丁·可德也无害。如果我们允许可德先生选择对我们每个人，甚至对他自己都是有害的方法来进行支付的话，那么政府就是在玩忽职守。

“最高法院必须行动，不是为了贾斯丁，而是为了我们大家。谢谢。”

“法庭会休庭来考虑双方的论证。”主审李法官说，“一周之后开庭。”说完他敲响了法槌，法官们一起站了起来，走出了法庭。

当地球最高法庭在阿尔卑斯山某处变得从容的时候，案子处于休庭状态。这让珍妮特有很多需要考虑的事情。晚上她召集控方的成员在一起开会。他们都不太高兴，退一步说，因为现在庭审终于有空隙了，他们每个人都希望得到一些和家人在一起的时间，放松一下。毕竟，他们都是政府的员工，如果他们想要这么努力工作的话，他们可能已经进入私营部门了。但是珍妮特是控方领导，所以他们必须听从她的指挥。当她正在走廊里等她闷闷不乐的同事离开的时候，她看见了……他。

他是非常小的一个人。难道他不知道有纳米技术可以让他看起来漂亮些吗？确实，它们没什么用，但是至少有所改观。还好他的衣服是干净的，而且也很协调，根据她的调查，这在法庭外从来都不是事儿。不过他买的这身套装，很明显是在换零钱的贩卖机里随处可见的标准五件套套装。他整个形象最让人愤怒的是他的头发。珍妮特几乎是惊恐地看着，这个小小的人正把他的头发从马尾（已经过时了）里面拉出来，然后非常野蛮地摇摆着，直到头发错乱地再次散在他的头和肩上。

让整个场面更加矛盾的是，这个小小的，长相奇怪的微不足道的人竟然会在法庭上打败她……再一次。没有意识到这点，她开始朝着他的方向走去。这是珍妮特行走的一贯方式，像是有一股无法阻挡的力量朝着正确的目标前进，人群自动就给她让道。珍妮特从来没有想过人们为她让道这件事，她更认为这是她的权利。毕竟，她要去重要的地方。当她走到曼尼·布莱克身边的时候，她低头看着他——因为她实际上要比他高一些。他好像没有注意到她来了。

曼尼全神贯注地浏览着电子助手上的信息，他一点都不在意闹哄哄的人群，也完全不去理会十步以外喊着问题的记者，还有那些好奇的想要看看系统里最出名的人的眼光。这个人的外貌成为了人们崇拜的对象，就像几个世纪以前的阿尔伯特·爱因斯坦一样。至少对围观者来说更有趣的是曼尼·布莱克完全无视珍妮特·德尔加多。对这位法律部负责人来说，这是独一无二但又令人愤怒的经历。被打败是一回事，但是被忽略就无法忍受了！

“你从哪儿来的?”她问。

珍妮特因为他的无视变得很生气，她没注意到那些记者，他们正开心地记着笔记，拍摄对他们来说明显是意外撞见的场景。他们正诅咒法庭里不准有工蜂的规定，所以他们只能用“相机眼”，因为这些东西质量很差，拍的效果也不好。“相机眼”本质上就是纳米相机机器人，直接安在虹膜上。这种东西可以记录人眼看到的，但是有一个小缺点。人要眨眼睛。眨眼这个反射，即使是最厉害的纳米科学家也解决不了。曼尼和珍妮特的首次单独会面被一大群记者见证，他们微笑着，拍摄着，完全不眨眼睛。

“我从哪儿来?”曼尼头也不抬地说，“我的妈妈，她是这样跟我说的。”珍妮特咆哮了一下，曼尼终于抬起头，看看到底是谁打断了他的思绪。他看见的完全是一个令人吃惊的答案，“啊，德尔加多小姐，见到你真高兴啊。”

珍妮特有些迷惑，因为，他看起来确实很高兴。她很会看人和他们的行为，她所有的直觉都告诉她，这个本应该忧虑、烦躁、得意扬扬、兴奋，或者至少是上述中某些组合情绪的人，根本毫不掩饰。为了隐藏自己的不解，她直接开始骂：“小姐？你刚刚是喊我‘小姐’？你到底是哪个世纪出生的？是女士。”她气呼呼地发着音，把“士”这个音拖了很长。

“抱歉，当然是女士。”他非常尊敬地回答，“这恐怕是我的怪癖之一。你看，我是个性别歧视者。”

珍妮特又吃了一惊：“你是个什么?!”尽管她在对话开始前就已经发疯了，而且本应该已经脱离出来了，但是她得要弄明白这个小淘气是什么意思，“你觉得女人要低级些吗?”她冷笑着，“你真的是个返祖的人啊。”

“哦，不，不是低级。”曼尼没有察觉到当中的侮辱，“如果有什么区别的话，我会举出在很多领域的优越性。但是我确实认为两性是不同的，而且这种区别会被社会忽略。我只是喜欢指出细节上的不同。抱歉让你承受我的癖好带来的压力。当然，我会称呼你‘女士’的。”

珍妮特不知道该如何回应他，所以她脑子里一直想问的问题就跳了出来。

“布莱克先生，为什么在此之前我从来没有听说过你呢?”她指的是这两次的审判。

曼尼好像很高兴能吸引她："我从来不接媒体关注的案子。我更感兴趣的是与法律有趣的一面有关的案子。这种案子很少见，但是它们出现的话，通常都会去找大公司。这样留给我的就只有一些无偿案件了。媒体才不关心'仙股人士'……当然，除非他们成了'流星'。"

"那好，"她的语气中明显少了些怒气，"你为什么不去那些大公司工作呢？"

"他们不会要我的。有些小公司会要我，但我还是会得到一样的案子，唯一不同的就是我会有个老板。我够聪明了，"他眼里闪着光说，"我的父母有钱，所以我想，既然我没必要这样做，那我为什么还要为别人工作呢？"

曼尼的肚子叫了起来。

"哦，天哪。几点了？"他问。

珍妮特没有问他为什么他的电子助手没有回答他，她用手指做了几个动作，然后就让她的化身把时间呈现在她眼前。"6点19分27秒。"她回答。

"哦，我想吃早饭已经有点晚了。你知不知道可以快点吃饭的地方？"

珍妮特知道自己是不会和闹脾气的员工一起共度夜晚的。她要和这位辩方法律顾问一起——更好地利用她的时间。

"快什么快啊。我知道一个私密的好餐厅。"她蔑视地看着眼睛都不眨的记者，他们还在看着，听着他们说的每一个字。然后她对曼尼说："你会喜欢的。"

"我不想给你添麻烦。"

珍妮特拉着这个奇怪的小个子男人的胳膊肘，领着他走出了法庭大楼：“一点也不麻烦。我请客。”

“如果你定餐馆的话，”他说，“那我就负责买单。”

“买单？那是……哦，你是说‘签单’吧。”说完他们就走进了夜色中。

关于这个夜晚，珍妮特过得非常的愉快。他的行为习惯很奇怪。比如，当曼尼为她开门，给她拉椅子，接着小心地问她想吃什么，他帮她点的时候，她不知道应该把这些当作是侮辱还是应该感到高兴。不管是作为一个人还是律师，她都不能搞定曼尼·布莱克，这样他从一个令人讨厌的小人变成了一个令人好奇的大谜语。

他确实是一个聪明的律师。他可以找到她从来没有想过的内在联系。她感到很开心也很满足，因为他知道她所有的案子，而且还觉得这不仅仅是调查案子。好像对她来说，曼尼·布莱克不是因为职业尊重才看她的案子的，更像是对她的工作和事业感兴趣。尽管他不会就现在这个案子讨论太多细节，当然她也不会，但是这个夜晚变成了她最快乐的夜晚之一。他是当她说到“法律切线”的时候少数能够跟上她的人。当提到特别抽象的先例的时候，曼尼没有呆滞的眼光，相反他变得非常兴奋，而且通常会找到一个案例做补充。晚餐结束的时候她还在笑他私藏的法律笑话，抱怨着他的法律双关语。夜晚结束，当他送她到门口，握着她的手说晚安的时候，她居然不生气。他没有摇——他小心地拿起她的手，然后微微弯着腰说：“晚安。”

珍妮特被这个动作搞得摸不着头脑，但是又被这个她从来没有听说的古老的风俗给感动了。

第二天早上电话响起的时候，她发现自己期望这是曼尼打来的。发现不是的时候，她才开始因为自己被打扰了而生气。第二个电话是曼尼打来的，她很开心。他邀请她一起吃早餐，她立刻就答应了。在她问“哪里”之前，他就说他一个小时后就到。连她自己都意识到，她在为这次“约会”精心地准备着。曼尼接到她之后，先把她送到飞车她坐的那一边，等她坐好了之后才走到自己这边，珍妮特对这些已经不感到惊讶了。一切都很自然。结果这一周里，曼尼每天都和珍妮特见面。每一天都充满了智慧的谈话，好吃的食物，还有一件小巧的定制成衣，因为珍妮特向曼尼介绍了适合他的时尚。曼尼也很开心地向珍妮特讲述他对性别歧视的看法，其实更像是骑士精神的实践。而且珍妮特也很开心。

事情就这样发展下去了，直到周末的时候，曼尼在珍妮特的房间里跟她见面，他脸上有一种严厉的表情。

“出了什么事?”因为他的表情让她有些担心。

“恐怕我不能再见你了，德尔加多小姐。”珍妮特现在已经不介意他用“小姐”这个称呼了。他称呼的方式比直呼其名更加的亲密。

“为什么呢?”珍妮特问，她比自己想象的紧张得多，特别是相比她一周之前的感觉。

“我开始非常喜欢你了，德尔加多小姐。”曼尼的眼睛好像微微有些下垂，他的嘴微微地做了个痛苦的表情，“如果审判继续，我们的关系就会影响我成为我当事人的好律师的能力——如果我还跟你在一起的话，就会这样。我很抱歉。只是你是第一个律师，当然也是第一个能够真正理解我……的女人。”

珍妮特想，他对自己的赞许远高于她应得的。曼尼介绍给她的一些法律概念让她感觉像是回到了法律学校，就像与不用想就知道答案的聪明的教授谈话一样。但是她从来没有让曼尼知道这些想法。

珍妮特的一部分想要大叫：“让‘公平’和贾斯丁见鬼去吧！”但是她也明白，如果他们继续下去越走越近的话，那么事情就会变得更复杂。她承认，最好就是赶快结案。她的脑子里重放着曼尼说的第一部分：“你觉得我能赢?”

“你当然能赢!”曼尼大声说。

珍妮特点点头，她也得到了同样的结论。

最高法院在内廷开了七天的会。贾斯丁每时每刻都在轨港平台的城市之间飞来飞去，向消极抵抗未加入组织系统的人宣讲他的思想。严密的安保让他放慢了速度，而且媒体一直在追踪着他，但是他的信息还是发出去了，而且很有效果。

妮拉和贾斯丁正在最新成为温床的阿拉斯加——这个地区的人正好对未加入组织者对他们高雅简单的系统的所作所为感到愤怒——这时他们得知了消息，已经有了判决结果。接到电话一个半小时之后，他们就到了法庭。

曼尼看起来很镇定。珍妮特却有些不满意，这让她的那些政府律师们慢慢地朝着桌子对面走去。贾斯丁本可以因此怀有些希望，但是珍妮特·德尔加多基本上一直都是这个表情。

贾斯丁让妮拉坐到听审席上，然后他走到曼尼身边坐下。

“你好，曼尼，”他说，“等待的这些天你都做了什么呀?”

“呃，可德先生……我是说，贾斯丁。我在和某人交往。”

“真的?”贾斯丁有些吃惊，“多……呃……好啊。”

“噢，是的，贾斯丁。她出人意料的……体贴。”

贾斯丁觉得律师选的词很有趣：“是我认识的吗?”

曼尼看着对面的珍妮特，微微地抬起眉毛。

“不，见鬼!”

“这是不允许的吗？我向你保证，可德先生，在与德尔加多小姐相处的时候我没有做任何妥协，而且现在已经中止了。”

“曼尼，如果你喜欢她，你没必要因为我分手。”

曼尼半信半疑地说：“不，有这个必要。”

贾斯丁换了个话题：“这七天法庭是在帮我们还是在害我们?”

“还有很多未知因素待确认，但是我想如果他们想要把你挂在外面晾干的话，他们是不会花这么长的时间的。但这只是一种乐观的想法。这次的审判是独一无二的，所以他们花的可能仅仅就是他们的时间而已。”

法官走了进来，然后在各自的位子上坐下。忠助法官首先说话。

“在过去的七天里，本法庭面临着一个非常困难的选择。选择基本上就针对一个问题：国家可以强制贾斯丁·可德按照国家的期望行动吗，或者贾斯丁可以自由选择自己的经济生活吗？法庭规定，贾斯丁可以在法律条件下选择两种支付方式的其中之一。不然……”他说不下去了，因为人群开始变得难以控制，庭内到处都是嘲笑和欢呼的声音。主审李法官重重地在桌子上捶了一下法槌。

“警告！如果继续混乱，我就立刻请你们出去！”

等大家喧闹的声音平息之后，他示意忠助法官继续。

“如我之前所说，不然就是藐视政府的根本：个人自由选择。法庭发现，尽管控方的论证有优点，但是贾斯丁对个人的影响是他们的责任。如果因为贾斯丁控制的人的非法行为，或者他没有纵容的行为来要挟他的话，那么我们就是用他没有犯的罪来惩罚他。我会向多数党提交一份书面意见，主审李法官会向少数党提交书面意见。再会。”

贾斯丁·可德还是没有加入组织！

——《神经快讯》在判决宣布后的几秒钟发布

贾斯丁朝着通向法庭大楼的大门走去，小声对妮拉说：“我要行动了。”

“做什么？”

“我们在阿拉斯加谈论的那件事。”

“噢，见……”妮拉正准备大喊的时候，大门打开了，她和贾斯丁都被聚集在门口超过五十万人的欢呼声和尖叫声给包围了。他们站在法庭大楼的楼梯上，他们可以清楚地看见外面一片混乱的景象。妮拉被噪音、能量还有直接冲向他们的力量给吓到了。但是她看见贾斯丁倒是很自信，很冷静——好像在享受人们的崇拜一样。当他挥手的时候，这一大群人不约而同地开始欢呼。

“我是自由的。”贾斯丁说，他知道大家的电子助手可以传达他的话，就好像他站在他们旁边一样。“但是，”他继续说，“这还不够。只有一个人自由是不够的，所有人都应该有选择的机会。”大家又爆发出更大的欢呼声。

“加入组织并不是天生的邪恶，但是，”他继续说，“它必须改变。组织应该帮助人类，而不是征服人类！”

他为现在的情形感到吃惊。他知道他现在拥有的力量了。他感觉到了，而且他也被这种力量吸引着。就是这么简单，他想，这就是那些仅仅用话语就感动整个国家的伟人的感受？他本可以宣布说他参加总统竞选，召开新宪法大会，这会给他带来终极权力。如果他没有得到自己想要的，他会把整个系统推入战争与混乱中，重新把这些废墟建立成自己喜欢的样子。他读过足够多的史料，他很清晰地了解这条路线。他要做的就是伸手抓住就可以了。尽管他感受到了这样的冲动，但是他还是很快就放弃了。煽动行为可不是他想要的方式。

“我想，”他大声说，“我可以站到一边，提些意见，然后被安静地引导，但是各种事件表明这是不可能的。因为我的沉默，已经伤害了很多人，也失去了很多人。”聚集的人群还是很安静，除了有少数人喊着反对贾斯丁的辩护。

“我之前制造了一个麻烦，然后让别人去解决，但是以后再也不是这样的了。今天，我要让自己成为自由党主席的候选人之一！”大家大声喊着表示赞同。“如果被选中了，”他继续说，“我保证不再担任任何公选官职。我会尽我所能带着自由党走向最好。我们必须自由，我们必会自由。每一个生命都让我们更加丰富，每一个死亡都让我们走向没落。让我们为了不是只有一个自由人的那天努力吧。让我们为了所有人都自由的那一天而努力！”

欢呼声整整持续了一个小时。

12. 暗战

珍妮特·德尔加多冲出法庭大楼，然后坐着她的私人飞车到GCI轨港。她没有跟任何人说话，也没人跟她说话。她直冲冲地从管道里面下去，走到赫克特的办公室。她要来的消息肯定已经传到这里了，因为工作区空无一人。

“好啊，圣比安可。”她冲着他的工作区尖声尖气地说，“我才不管你是不是副主席。你要告诉我，为什么你要出卖我，不然……”

“贾斯丁·可德必须赢。”他打断她说。

“赫克特，你到底怎么了？是你劝我说贾斯丁必须要加入组织的。这个案子我赢了。说老实话，如果你让我知道你要把 HR27－03 给曼尼的话，我就可以赢。他们在内廷讨论了七天。那些混蛋的其中一个都要支持我的决定了！”

“感谢但萨，那个混蛋没有那样做。”赫克特好像察觉到什么，“你刚刚叫他曼尼？”

珍妮特有些慌张：“不是那样的。呃，不完全是。他是个…呃，他有点……我是说，我们……”她想起自己正在对赫克特发火来着，“别想转换话题。”

“当然，你和‘曼尼’可以有私人空间。你真的认为如果你有更多时间准备你就能赢吗？”

“有这个可能。赫克特，已经快成功了。七天。你知道这意味着什么吗？两位法官支持我的观点，两位支持曼尼的，两边都在极力劝服第五名法官。”

“这样的话，我还真是庆幸没有给你你要的时间，像我之前说的，贾斯丁必须得赢。”

“天啊，你能告诉我为什么吗?”

“珍妮特，贾斯丁必须加入组织，但是不能强迫他这样做。”

赫克特不顾珍妮特迷惑的神情继续说：“贾斯丁已经不是刚刚醒来的那个贾斯丁了。我一直知道，他是个潜在问题，但是我原以为再过几年甚至几十年他才能影响我们的社会。但我们都错了。可能贾斯丁就是完美的‘英雄’，找不到别的词了。也可能仅仅是时间问题。我个人认为，是肖恩·杜格让这个事件比预期发展得更快更深。但是珍妮特，是什么原因造成的已经不重要了。现在对数百万的人来说，贾斯丁·可德已经不是‘贾斯丁·可德’了。对任何关心我们世界的人来说，他是‘未加入组织的人’，或者，更危险的，是‘一个自由的人’。你可能太专注于审判了，但是我看了统计数据，也重新进行了系统调查。贾斯丁·可德结束了暴乱。数百万人对贾斯丁·可德的忠诚度都超过了他们对其他任何人的忠诚度，而且这个人数还在不断上升。他们会放弃财政义务，他们会放弃家庭因素，他们把他的安危看得比这个社会还要重要。”

珍妮特问：“你已经得到支持这个说法的调查数据了吧。”

“陆陆续续得到的。相信我，贾斯丁的评价这么高，我们不得不重新校准程序……两次，而且没有对比的基础。”

珍妮特“咯咯”地笑了起来：“真可惜，我们不能用SOB来定位产品。据你所说，要是他买马屎的话，人们也会买的。”

“我就是这个意思。这太糟糕了。但是问题比这个还严重，亲爱的。”

“是吗?”她问，“为什么呢?”

“如果他买的产品，”赫克特眯着眼睛说，“是革命的话怎么办?”

珍妮特的脸色一下就白了，因为她明白了其中的含义。

“我的但萨啊，那么你刚刚不是让他更危险了吗?”

“没有，他还是那样危险。但是如果他被迫加入组织的话，他就再也不是进程中的活动因素了。总而言之，他会死。”

珍妮特把自己修剪得细细的眉毛皱起来说：“为什么这是坏事?”

“如果贾斯丁死了，没有他，破坏性的进程还是会继续，这样我们就非常可能会经历革命。这样，你根本不知道这间办公室的人花了多少钱和时间来让这个混蛋活着。”

“我以为他有自己的保安。”

“都是笨蛋。要是贾斯丁知道我们插手了多少次他才能保住小命就好了。当然，他到处飞来飞去可帮了不少忙。”

珍妮特摇摇头表示不相信：“那么，我就直说了——如果他活着，而且还是未加入组织的话，威胁就解除了?”

赫克特点点头：“虽然听起来很奇怪，但就是这样。我们反复检查过数据。如果他被强制加入了组织的话，他就会被秘密地杀害。”

“这样就有了革命的先驱。”珍妮特说。

“正确。尽管他现在还‘未加入组织’，他的灵魂，永远愤怒火热的贾斯丁·可德，还会继续困扰这个世界，直到他死……而且就算他死了，他也会在坟墓里让我们不安。”

“我还是不明白，”她说，“为什么你提出的这个要好些?”

“珍妮特，”他回答说，“底线就在这里。贾斯丁必须加入组织。但是他必须要自愿这么做。”

珍妮特狂笑：“不可能。他是个难缠的老混蛋，有钱支持他，现在法律都支持他——我了解这种人，赫克特——冰冷，顽固，而且会算计。他一点也不会让步，而且现在你我什么也做不了。”

赫克特微笑着：“贾斯丁·可德不是个邪恶之人。我以前也这么认为，他真的不是。他是他那个时代的文明的产物，可能还是最好的一个，但是真的不邪恶。”

“我可不这么认为。”

“那好，我这样来说吧——如果你在路上看到一分钱，你会捡起来吗?”

珍妮特耸耸肩：“为什么要捡呢？这样可没有多少好处。”

“正是。”赫克特说，“但是贾斯丁会捡。”

“他就这么贪心?”

“不是贪心，珍妮特，是善良。他是情不自禁的。这就是他……而且这就是我们可以研究的弱点。无论如何，我们都要想个办法劝服他自愿加入组织，要不然，我恐怕只有死了算了。”

“现在是不是有点太过于戏剧化了，不是吗?”

“我不这么认为。想想他拥有的力量和他提出的观点。这是非常有煽动性的组合。但是，如果我们让他自愿加入组织的话，然后这个未加入组织的人就死了，但是他是安静，有目的地死了。”

珍妮特微笑着："他的鬼魂还是飘在周围，不过这回他会说，'别担心，一切都好'。"

"正是这样。"

珍妮特微笑着看着赫克特，终于明白了过来。

"你知道我很讨厌被耍。"她说。

"是，"赫克特承认，"我知道。但是你的工作做得太好了，所以不能成为不确定因素。我想成功最好的方法就是堵住你。抱歉，但是我做了决定就要坚持下去。"

"顺便说一句，"她责骂道，"如果你给曼尼多点时间来想出新的辩护的话，你赢的概率还会高点。"

赫拉特大笑着："珍妮特，如果我的纳米机器人允许这样做的话，那一周我就得心脏病了。曼尼一出现就消失了。我们找不到他，也联系不上他，甚至找不到可以见到他的人。那个人想要藏起来的话，谁都找不到。"

珍妮特微笑着："他没有藏起来，赫克特。只要他进入到了那种模式，几乎什么事都不能把他拉出来。"

"几乎？"

珍妮特想起了什么脸红了起来。她连忙提出一个问题来转移话题："但是，赫克特，西联公司的人？"

"那个西联公司的人只是我们的倒数第二策略。我们那个时候已经要绝望了。而且，说实话，我还是不知道这个小家伙是怎么通过层层安保的。我保证，他得到了很好的补偿。"

"好奇地问一下，倒数第一策略是什么？"

"我们准备炸掉那栋楼。"赫克特看着珍妮特吃惊的样子，"呃，不是炸掉全部。”

审判结束一周之后，珍妮特大部分的时间都在恨贾斯丁·可德，恨赫克特·圣比安可，然后想曼尼。不论她什么时候想到曼尼，她的眼睛都会看到自己拿着电话的手，接着她就发现自己的手准备打电话……但是她通常都忍住了。审判结束三周之后，她终于忍不住了，给他打了电话。曼尼听起来很高兴，很放心，这让她想马上见到他，拥抱他。他们又开始约会，接着两周之后他们就搬到一起住了。

卡桑德拉·杜格正礼貌地微笑着，尽力掩饰当中的恶意。她在外面站着，在一栋维多利亚式的建筑前面等着，这栋楼是自由党总部的象征（真正的总部其实是奥克兰的一栋综合办公楼）。卡桑德拉正在等候新当选的自由党领导人走进来，然后夺走本应该属于她的工作——而且她在贪婪的媒体面前不得不这么做。她和肖恩一起建立了这个党，创建了几个世纪以来第一个政治对抗经济力量的基地，而且他们还计划了牺牲。她只能承认，要是没有贾斯丁·可德这个催化剂的话这一切都不能实现。但是，她默默地想，还是微笑着，他就应该到此为止了——做个催化剂。催化剂不应该从培养皿里面跳出来，然后开始发号施令。现在肖恩·杜格牺牲生命的这个计划，正因为这个骄傲的叛徒而面临危险。如果她听说的流言是真的，为什么他不带着他的女朋友一起去度假呢？但可德要待在这里

——很明显。卡桑德拉本想反对可德，然后继续进行她的工作。核心人士知道了，而且信任她。但是秘密投票让她相信，他还是会胜利，而且会分裂这个组织。她还要忍受关于她的“高尚品格”和“魅力”的无趣的评论。废话。她没有选择。她还是没有。

当贾斯丁的“空气车”降落的时候，她惊讶地发现哈伯医生居然没有跟他在一起——不，她突然想起，因为她最近已经被太阳系医疗协会取消医师资格了，所以不再是“医生”了。她可以得到一个非直属医师执照。卡桑德拉没有不高兴。如果流言是真的，那么那婊子就是罪有应得。不，那个荡妇不在这里，但是他的好朋友“隧道老鼠”欧麦德却在。

卡桑德拉大步走向飞车，贾斯丁正从飞车上下来，这时所有的媒体机器人都在默默地记录着她的每一步。“欢迎来到新总部，主席先生。”她说，“祝贺你选举成功。投票几乎是全票通过的。”

贾斯丁看着镜头笑了笑，握住她的双手说：“因为你仁慈大方，不考虑自己才有了这样的结果。”

卡桑德拉不理会内心的愤怒说：“都是为了自由党好，而且明显你是最好的……对自由党来说。让我带你去总部吧，然后向你介绍一些重要的成员。”

“我很乐意这样做，”他回应说，“但是这不是‘我的’事情。自由党是属于大家的。他们只是让我暂时照看一下而已。”

尽管她尽力想掩饰，但是她的微笑还是有些不自然：“当然，主席先生，这边请。”

当他们走进大楼，离开了媒体机器人的视线之后，三个人都放松了下来。贾斯丁不想浪费一点时间：“听着，杜格女士，你可能很高兴看到我来这里，是把我当作一个收税员，但是无论如何我都得到了这个工作。我知道，如果我想要做好的话，我肯定会需要你。我希望我能依靠你。”

卡桑德拉对贾斯丁的坦诚感到很意外，她唯一能想到的回应就是客套话：“我会尽我所能，为获取人类的自由而奋斗。”

“好，很热情的支持方式。”贾斯丁皱着眉头说，“我想这是在这种情况我能期望的最好结果了。直接做正事吧。”

卡桑德拉看着欧麦德说：“你的朋友要成为自由党成员吗？”

“他的‘朋友’才不会呢，”欧麦德说，“但是我准备好随时大笑了。”

“主席先生，”卡桑德拉没有直接回应欧麦德，她警告说，“我们讨论重要问题的时候，你的朋友是不能在场的，而且他还感觉为自由而战的事业是好笑的事情。”

“杜格女士，这正是我要欧麦德来的原因。你看，”他看着他的客人正舒适地坐在悬浮椅上说，“因为这个‘隧道老鼠’，不赞同我和这个党，很早之前我就知道，当你有力量的时候，周围很容易就会有仆人、狂热分子，还有唯唯诺诺的人。这个时候你就需要欧麦德这样的人来对你坦诚相待。”

他看到她正准备争辩。

“他留下，就这样。现在，”贾斯丁继续说，“我需要过去、现在和未来的所有人事，财政，还有事件记录。请给我在奥克兰安排一间办公室，然后给我个秘书，安排与所有部门主管见面。你继续进行日常人事和预算的控制。我想执行董事的头衔就可以了，但是你可以随意称呼自己。还有……”

就这样，卡桑德拉·杜格的控制结束了，这时贾斯丁·可德的全面掌控开始了。

化身理事会召开了一次紧急会议。塞巴斯蒂安是被邀请的人，他看到阿一古和伊芙琳也出席了，还有所有与实质性有影响力的人“纠缠”的化身都在场。这让他感到有些担心。主席的化身不在场，这有点不寻常，因为大家都知道，这个举足轻重的人自他母亲死后就没有召唤过化身——这事已经过去很多年了。

“请大家注意，”理事会领导人大喊着，他不想浪费任何人的时间，“理事会已经获悉，有事变要发生，为了采取适当的行动，我们要分组行动。”

这肯定是第一步，塞巴斯蒂安想。

“你们都知道，”理事会主席说，“我们关于对人类的直接干预的新政策是非常严格的。理事会 0341. 98. 3 上的发现是很令人信服的。”少部分化身看着伊芙琳和塞巴斯蒂安，他们知道大多人的感觉已经是化身历史上一件大事。“在我们的影响下，人类尝到了后果，”她说，“我们妨碍了他们的发展。我们的最高原则就是只在需要的时候行动。”

“那问题是什么?”其中一个才与有前途的首席执行官“纠缠”的化身问。

领导人看起来非常严肃，她深吸了一口气，然后非常小声地揭露了危机：“可怕的事情已经被计划了。请先听听这些事实，然后我们再决定是否要进行全神经投票。我知道没有这样的先例，但是我们好像就是生活在这样的时代。”

塞巴斯蒂安发誓，她说最后一句话的时候是在看着他。但是他很快就被揭露的事实给吓倒了，没有时间再去想这个问题。他准备请求确认，但是理事会的人抢先了一步。塞巴斯蒂安基本上没有说话。但是伊娃，她“纠缠”的人类是卡桑德拉·杜格，自由党的执行董事，提供了几个小时的证词。会议结束的时候，塞巴斯蒂安相信威胁是真的，所有的化身都支持进行全神经网投票。现在唯一剩下的问题就是要不要干预。无论如何，理事会都开始进行疏散协议了，这样所有在威胁区域的化身都可以有足够的节点逃亡。

因为光速的限制，再加上要从太阳系的边界收集投票，结果计数工作花了几个小时才完成。但是大半都是在地球上的，所以很快结果就出来了，73%的投票反对干预，误差在4%左右。所以想要警告他们的人类的化身都受到了严厉的警告。惩罚已经很久没有实施过了，但是装备还是可以用的。如果有化身被抓到影响他们的人类进入安全区的话，他们就会被独自送进太空，永远不能与人类和化身的世界联系，这是社会动物生存了几代的地方。当塞巴斯蒂安终于走向他认为是家的罗马别墅的时候，他开始想，可能期望改变并不是什么好主意。

自由党宣布其再也不是联合党了。在一场新闻发布会上，自由党发言人，卡桑德拉·哈里斯·杜格表明，很多激进成员都已经分离了。这个派别的人把自己叫作“行动派”，他们已经开始寻找自古以来最直接的结束方式和加入组织的有效措施。同时，自由党主体还是继续追随着贾斯丁·可德，他希望不要使用暴力，但是行动派对此非常反对。有一个不祥的预兆，行动派已经从他们新建立的神经网上去掉了贾斯丁·可德的全息图，取而代之的是肖恩·杜格的全息图。

——狐狸神经网（FNN）

贾斯丁·可德已经读了足够多的史料，他知道如果他没有站到他激发的这场运动的面前的话，他很有可能会被这场运动给碾过。其实，这才是他接手领导自由党的最主要的动机。那些咒骂他的人——现在这个人数已经占到人口的一大半了——他们同时也为他着迷。结果，他本应该是令人讨厌的，但他们已经着迷到要邀请他来参加他们的聚会，并在聚会上讲话的地步了。起初他还能接受邀请，他不想看起来很不识好歹，但是没过多久他就意识到，他到那儿只有被指被看，而不是去进行互动的。毕竟，你怎么可以和自然的力量互动呢？

然后审查就来了——不是心理审查那种，而是检查你用你的钱都做了什么。很明显，政府找到并且雇用了一些私家调查公司来检查贾斯丁的账户、收入，还有送出去和收进来的礼物，这些都是来自各种各样的人和组织。其实，庭审结束第四周的时候，贾斯丁就收到了三张传票，要他在三个不同的司法管辖区出庭。他知道还会有更多。为了让事情更糟，政府还要求冻结他的基金，直到他们找到方法可以对他的财产进行评估和征税为止。甚至是他投资的公司都接受了政府机构的严格检查，这些机构声称有调查和征用的权利，这些权利在21世纪早期的时候就已经存在了。结果更糟的是，很多组织都开始威胁说要把贾斯丁告上法庭，要让他卖掉他在他们公司所占的股份。为了不让他们置于更困难的境地，贾斯丁卖掉了这些股份，尽管讽刺的是，几个月前这些公司还很高兴能与他的名字有联系。当然，贾斯丁卖掉股份获得的所有收入——大部分都是亏本卖的——立刻就被和政府签了合同的机构给没收了。曼尼说，他可以让贾斯丁拿回所有的基金，但是要花些时间，因为就这个问题没有相关的案例法，而且在贾斯丁的事情上，法庭几乎都是一致敌对的。他们的态度是，如果他想要被征税，那么就让他处理这些基金。结果是贾斯丁不管任何时候都只能处置自己财富的20%到25%，这还要看政府用什么新策略，也要看曼尼会怎么做。贾斯丁战战兢兢地认为，政府会对他持有股份的人做出什么事情来，幸亏他坚持自己的原则，没有拥有任何人的股份。这几乎让他有点后悔卖掉自己被报复冲昏头脑的时候买的赫克特1%的股份了。他还祈祷艾格尼斯能保守秘密。这笔钱是很久以前花的，现在也不受他的控制了。他还发现，几个世纪以前就被拔去“尖牙”的政府居然这么快就长出一样的“尖牙”了。

审查一个接一个，职业关系也亮起了红灯，贾斯丁已经措手不及了——他被要求搬出他的公寓。他们说这是出于安全考虑，甚至贾斯丁也不得不承认他们确实有道理。但是他也知道，这栋久负盛名的公寓正在亏钱，因为住客们都一个个地离开了这个浮夸的地方。当然，还是有数百万的追随者想要跟这“一个自由的人”成为邻居，但是很少有人能够承担住在“71＋”的费用。这栋楼的名字表明，住客不仅需要有自己71%的股份——“71”——而且还要支付大楼委员会每年要求的离谱的费用——就是“＋”的那部分。贾斯丁倒没有爱上这个公寓。当然，这栋公寓声誉极高，而且也有万里无云的景色，但是他在其他很多精选的公寓里也可以得到这样的景色。其实，如果只有少数的住客觉得贾斯丁住在这里有问题的话，那么他可能不会搬走的。但是当房屋中介向他解释说他要询问超过半数住客的意见的时候，贾斯丁决定还是搬走，他可不想再制造麻烦。当然，他刚把五年租金的余额退回来，立刻就被政府拿走了，审查的结果还悬而未决。

软弱的人在职业和个人经济被剥夺的猛攻下可能早就崩溃了，但是贾斯丁手里有一张王牌——他有生以来第二次恋爱了。他与妮拉在一起的时间越多，他就爱得越深——第二次暗杀行动就证明了。经过一夜的相处，他们醒来之后不是聊天就是再次疯狂。越是禁忌他们就越激情。贾斯丁才知道，有着一副三十岁的身体让他非常渴望爱情。再加上这一生的经历，对他的爱人来说绝对是好处，让他可更有耐心和经验，这是任何一个二十来岁的人都做不到的。

简短地说，不管什么样的厄运降临在他身上——似乎有很多这样的厄运——他都能放置在一边。贾斯丁·可德在漫长复杂的一生中，第二次如此快乐。

GCI董事会的情绪总是很抑郁。不是因为严密的安保措施给他们行动带来的麻烦，也不是因为他们——大家都知道政府是懦夫——第二次输给了这个未加入组织的人这个事实。他们的情绪是被更加有威胁的事情所操控的。这个系正在经历几个世纪以来的第一次真正的衰退。在这个组织世界，理所当然会有经济的起起落落，但是这种模式会横跨整个经济。没有哪一个产业或者公司有足够的力量可以提升或者摧毁整个经济结构。所以尽管可能有下跌，比如，“豆荚轨道”建设或者是可乐产业，一些其他的产业不可避免地要成呈上升趋势，相互抵消。因此，整个经济系统就会令人惊奇地弹回到以前被叫作“商业周期”的状态。“商业周期”是典型的膨胀，达到顶点，然后收缩，从最早的工业革命开始到大萧条，都是在强调工业发展。真正造成“商业周期”的，是一个非常重要的事件或者组织，它们立刻就会对整个经济体系产生影响。在历史上，只有一个组织有这样的能力——政府。纵观历史，有了法律垄断和让整个社会顺从的能力，政府把本应该是自然经济力量的东西扭曲成了椒盐卷饼式的形状。不管是以国王、种族、人民、社会公正和公平，还是“为了你自己好”的名义，当大萧条前政府行使自己的力量的时候，不可避免地就会打乱整个经济阶层。实际上，通常都是因为政府的干预而造成了大面积的经济破坏。自然灾害通常都有一样的效果，尽管很少会有由于政府干预带来的持续性的破坏。

但是组织社会是不同的。整个太阳系只有一个政治实体。战争不是问题；政府一直处于严格的被缩减的状态；而且，除了超新星以外，没有真正可以影响整个太阳系的自然灾害。被吹捧的经济学家们认为“商业周期”已经是过去式了。而且如果贾斯丁·可德没有出现的话，也不会有异常，他们也就会是对的。

这个未加入组织的人引起了一系列的变化，这些变化会同时对经济和社会产生影响。首先，贾斯丁的“剥离”运动，就是在殖民公园的号召，让数千万的人丢弃了他们手里的股份。影响不仅仅体现在股票价值，也体现在了整个发展来为“仙股”市场服务的产业里。没有人看杂志，专栏作家发现自己都失业了，因为他们的读者群消失了。另外，正常经济活动被“仙股人士”参加会议的非生产追求和自愿加入抗议或者是新兵的活动取代。

最后，市场找到一个方法向“仙股人士”“出售”这些选择性的服务，但是这要花些时间。与此同时，政府正在取消或者延迟金星上大量的地球化项目，让大量的专家和公司无事可做或者待命。政府也把金星的钱通过法律途径收购公司。这些公司在各个产业制造破坏，他们的员工也是从这些产业雇来的。旅游业遭受了沉重的打击，暴乱和审查使得整个系里亿万的旅行被取消或者推迟。这些从旅游产业下岗的人很快就成了地球承包商和被剥夺权利的工人，每一个小波纹都会让浪变得更大。整个系的消费者开始大规模推迟购物或者是延迟旅行。这造成了手工业和其他相关领域的怠工抗议。因为货币与经济活动是紧密联系在一起的，很多货币都开始了有史以来第一次真正的价值下滑，不仅仅是相对价值。换句话说，GCI董事会即将面临的是一场不可忽视的衰落。

根据现在衰落的程度来看，还没有那么坏。任何经历过大萧条的人，都会嘲笑被组织系统的专家当作是灾难的这次衰落。在私营事业保险和组织经济令人惊叹的多功能之间，已经有了经济复苏鼓舞人心的迹象。

赫克特觉得好像他被迫要在一天之内上百次地发表自己的意见一样。GCI 特别行动局的副局长，在这个开始被媒体称为“危机”的时期，他是至关重要的人物。这是一个包罗万象的词语，它包含了经济衰落，来源于自由党的建立的政治危机，通过“仙股人士”传播开的社会动荡，还有把这些因素都放在一起——就是贾斯丁·可德不愿意加入组织。各大媒体都在报道，赫克特到各个行星之间跑来跑去，穿过月球，从一个轨港跳到另一个轨港。他这样做，GCI就会被认为是在积极处理财政危机。但是，更重要的，他这样做，世界就可以看到他伟大的公司不仅勇敢面对自由党里面危险的激进分子，也包括这些人代表的理念。赫克特手里也有一张王牌，他最大限度地发挥了它的作用——主席。在贾斯丁出现之前，主席是系里最有名的人物。而且贾斯丁的出现也不能减少主席获得的成功。相反，他们以另一种眼光来看待这些成就。其实，主席是组织社会里非常神秘有力量的人物，对很多年轻一代的人来说几乎就是神一般的人物，光是想起他的名字都是神奇的。赫克特通常都会让大家知道，他是在执行主席的命令，他会说，“主席认为，主席想，主席建议”，通常都是这样的。不管何时何地，只要赫克特介入，当地的状况几乎立刻就改观了。

目前危机已经这么糟了，赫克特和他那群市场人口统计天才知道，情形还可能更糟。如果贾斯丁想以自己的力量行事，或者自由党决定做些非常愚蠢的事，再或者行动派想要采用特别肮脏的手段的话，事情的发展就会发生变化。数据显示，最坏的情况就是，地球联邦会分裂成相互竞争的政治和经济单位，会有数十亿人的死亡。当然，赫克特用来得到这些数据的程序从来不是对现在出现的这种反常现象准备的。即使是他最精英的专家都得要在运行中做调整，这也是为什么赫克特只是部分相信预测的原因。在此之后，他就单单依靠直觉了。这些直觉告诉他，他这是在驯龙。虽然他不会向任何人承认这点，但是他确实很享受。主席和他是一边的，赫克特是这位伟人选出来的救赎的代表。他不会让他失望的。贾斯丁·可德会加入组织，太阳系会被拯救。

董事会开得很热闹。大家都很累，很有压力，而且都工作过度了。当中还有些新面孔，因为有些原来的成员不能承受危机带来的压力，于是很快就被换掉了。四个特别顾问位置都被占了，这些可怜的人看起来都筋疲力尽了，因为他们很快就成为了董事会的新成员，掌管重要的领域。根据财政协议，他们会在长桌子边有自己的位置。他们还不能投票，除非有人跟他们说话，否则他们是不能说话的，但是他们经常会被问到，所以“入座”的最后一条规矩基本上对任何人都不适用。几个月以来，大家很少有时间与自己的爱人在一起，有些人还直接把家搬到了保安公寓里。

赫克特开始了董事会：“董事会的女士们先生们，首先，大家还好吗?”迎接他的是齐声嘲笑，但这确实可以缓解紧张的气氛。有些成员还大笑了起来。危机带来的积极改变之一就是让董事会不那么正式了，而且也让董事会更像一支队伍，而非一群相互敌对的管理者。如果这还是太阳系里唯一最强大的组织的话，至少现在是，赫克特想，那么还是有点幽默感的——尽管是上绞刑台之前那种。

广告部新任主管首先说话：“新广告已经测试过，正准备放出去。我们在强调一个新的角度：‘在困难的时代，相信帮助你的朋友和档案。’”

当他看见赫克特欣赏地点点头的时候，他继续说：“活动都是依照这个基本设定来进行。根据危机的方向，我安排了三组人进行不同的三个活动。”

“做得好，‘广告’。”赫克特说，“主席也看过了你的提议，非常欣赏。”

“广告”微笑着。

“我们的财政如何?”赫克特问。

“会计”，一副刚刚用了超声波洗澡袋的样子，从一堆纸和数据水晶里面站起来说：“在我们面临危机之前就重新进行了定位，反观贾斯丁·可德和他代表的所有群体，我会说令人惊奇的好。加上我们现在的广告运动，系里大多数都把GCI看作是安全的天堂。我们的债券已经卖了出去，每十天我们就有新的发行。即使我们发行的利润非常低，但几天就没有了。在危机前，卖完一个债券产品要花上几周的时间。这大部分都是因为远离娱乐和旅行货币。我需要董事会授权立刻让我们的货币股票增加3%，不然我们就会面临通货紧缩，这会把整个系的贷款政策都弄糟的。”

赫克特点点头：“在董事会授权会计把我们的货币总量增加3%之前，就已经提出动议了。”

“我同意。”珍妮特·德尔加多说，她现在是坚定地作为法律部代表回来的。

“动议已经提出，并且得到了赞成。全票通过?”赫克特看到大家都没有异议，“通过。”

“会计”继续说：“我需要能够根据我的考虑释放额外的3%的权力，同时也需要放弃的权力，以多种方式。”

“这还真是个请求，”通常安静的运输与攻击部的副主席说，“什么理由呢?”

“我们货币价值的上升，”她回答说，“不是以我们产出能量或者优良的服务的增加为基础的。我们已经成为了避险货币。这种货币是非常不稳定的，价值会大幅度摇摆——有时候每天都发生。但是我的研究显示，最后这些‘货币’，找不到更好的词了，都会被要求作出解释。我把这些货币保持得越接近他们代表的实际生产价值，最后我们的损失就越少。我需要用权力来保证GCI的信用价值尽可能地接近实际，同时也可以避免通货膨胀和通货紧缩。”

“布兰达，”珍妮特问“会计”，已经免除掉了头衔，“你现在要求做的……我相信，这就是未加入组织的人那个时代操作货币的作法。这是真的吗?”

“不管你信不信，是的。”

“你怎么能运行一个像那样的经济模式呢?”“运输”问，他简直不敢相信自己的耳朵，“这是以先例为基础而不以现实为基础?”

“他们不能。”赫克特回答，“但是，他们从来都不真正地相信单纯市场。”

珍妮特又看着“会计”：“那么，多久我们才能，呃……这样搞定呢?”

“会计”耸耸肩，没人羡慕她被强迫做的工作，他们也不会嫉妒她要求的力量。

赫克特检查了一下监视器，从上面他可以知道主席的位置。“动议已经进行，允许会计按照自己的考虑释放额外的3%，也给予额外的退出的权力，以多种方式由她处置。”

“我同意。”“广告”说。

“动议提出，得到了赞成。”赫克特说，“同意的请举手。”还是没有人有异议。赫克特喊来了饮料，然后等着他们都感觉舒服。

“我要说的会让你们当中有人感到不安。其实，我在骗谁呢?

可能是你们所有人。你们肯定都意识到了，我们所有的努力都会有结果。”他没有听到惊讶或者是愤怒的呼喊。他看到大家都耸耸肩表示知晓。

“我觉得我好像在到处灭火一样。”“广告”说，“我扑灭一处之后，另一处又燃起来了。”大家都心领神会地点点头。

赫克特微笑着：“基本上就和主席说的一模一样。”

“我以为他没有解决办法。”

“其实他有。”会议室活跃了起来，“我想我现在可以告诉你们了。主席这个计划已经有一段时间了。我也是才知道。他知道你们工作很努力，而且他知道你们会继续工作，但是有一个目的。”

“见鬼，”珍妮特大喊，“你想要什么?”

“这个，”赫克特说，“董事会要授权进行一个大概 11 点的股票购买。”

沉默。

“我们要贿赂他?”“会计”问，她的签名和 DNA 样本最后会留在这个大要求上。

“从某种意义上说是的。”赫克特说。他给了董事会足够的信息，让他们意识到赌注是什么，还有是谁在保佑。

等到董事会通过了主席的计划之后，赫克特还是考虑应该在什么时候向贾斯丁下套。他没有理会那些来来回回的争论，开始幻想贾斯丁意识到自己被将军了那个时候的表情。他唯一后悔的就是，那个时候他不能做墙上的一只苍蝇。再给纳米技术一百年的时间，他半开玩笑地对自己说。他注意到珍妮特是第一个走出会议室的。当然，她正在去找曼尼・布莱克的路上。起初，搬进她的安全公寓好像是关于利润的争论的邀请。但是珍妮特和曼尼在一起的时间越长，曼尼与贾斯丁在一起的时间就越少，所以赫克特没有来打扰她。

一阵嘈杂刺耳的警铃声打断了他的深思。在他眨眼之前，会议室入口的三扇钛合金门直接从天花板掉到了地上，重重地砸在了大理石地面上，赫克特惊讶的是，这些门没有继续砸向下面的楼层。他尽力看着门的方向，只看到珍妮特脸上惊讶的表情，因为这巨大的金属门把她和会议室隔开了。接下来就是发出“嘶嘶”声的气闸开始喷水。房间被封闭了，现在太阳系里最强大的一组人，被困在了世界上最高楼的最高层。如果他们知道外面发生了什么的话，他们一定会感谢他们的幸运星。

赫克特保持着冷静，从来没有这么自信，但这样做是他的职责所在。警报没有再响了，在现在高度戒备的安保下，它们很可能又爆炸了。在他知道到底发生了什么之前，最好不要激怒大家。他检查神经网络，搜索着相关的信息。当他读完他能找到的很少的欣慰之后，他的脸色变成了灰白。他立刻试图告诉珍妮特，让她待在原地不动，但是不知什么原因，他无法连接上他或者她的化身。这是赫克特成年以来，第一次彻底感到恐惧。

13. 衰落

“细菌” 可以很快地就成为真正的细菌: 它们可以像花粉一样散布出去，然后很快复制，几天之内就会又变成生物圈的尘埃。如果我们不做任何准备的话，危险的复制基因轻易就会变得很坚韧，很小，快速散布，以至于无法阻止。我们在控制病毒和果蝇上仍然面临着困难……

在纳米科技专家中，这种威胁被叫作 “灰色黏性问题”。尽管大量不受控制的复制基因不能变成灰色或者黏性，但 “灰色黏性” 这个短语强调的是可以消除生命的复制基因可能还没有某种杂草让人激动。

——埃里克·德雷克斯勒，《创造的引擎：即将来临的纳米科技年》，1986

"灰色炸弹"被投放！

恐怖分子攻击了GCI总部！

摧毁了半个纽约！可能造成了数百万人永久性死亡！

在这场展示了科技和危机以来从未见过的恶意的袭击里，行动派的成员声称对这次投放在GCI总部的"灰色炸弹"负责。由于本次袭击，永久死亡人数已经达到数百万，而且还会需要进行第二种方式来计算。本次袭击的目标是GCI总部和哈莱姆区居民区的中心。

行动派称对此次袭击负责，他们已经向各大媒体发表声明，清除3立方千米的灰尘之后，就会检测到纳米机器人，本次袭击的目标是要完全摧毁GCI总部和公司的全部重要人物。

"那些该死的笨蛋根本不知道他们跟谁在交手。"纳尼公司调查部主管说，他是纳米机器人研究的领导人物。"3立方千米!？你们知道要多少代的复制基因才能消除掉3立方千米的灰尘吗？我们对外说的是数百机器人，实际上已经达到万亿数量的纳米机器人！我能说的就是，感谢但萨让我们有赫克特·圣比安可和GCI。如果他们不知道这些东西的话，没有人知道会发生什么。可能会丢掉整个星球。别想对这些行动派混蛋进行心理审查。我说杀掉他们。全部杀掉！”

据专家称，由于最近的动乱，GCI公司已经部署了严格的防御准备，所以这次的“灰色炸弹”的效果并不是很大。赫克特·圣比安可，特别行动局的副局长，他已经就最坏情况实施了相应的对策。对于幸运的星球还有幸运的纽约人民，其中一个最坏情况就是“灰色炸弹”。当检测到袭击的时候，GCI大楼就关闭了，划分了区域，所以内部的空气系统已经启用。安保人员都配备了装备，用来抓住并分析纳米杀手机器人，它们是在袭击变得明显的时候被释放出来的，但是不幸的是，并没有在大量损失出现之前被抓到。当GCI安保保护好了GCI总部的所有重要纳米实验室，然后被派遣到纽约城市其他部分的时候，大量的破坏已经发生。数百万人都失去了性命，城市大部分都变成了废墟。

讽刺的是，为了安全，很多家庭成员都被带到了GCI总部。在永久死亡中，包含曼尼·布莱克，这位了不起的律师，也是贾斯丁·可德的好友。布莱克先生一直待在GCI法律部副主席珍妮特·德尔加多的公寓里，这位副主席也同样遭受了永久死亡。有消息称，德尔加多小姐当时被封锁在GCI会议室外之后，她在回公寓的路上遭遇了袭击。

董事会发言人赫克特·圣比安可说：“纽约，GCI，还有这个世界都被攻击了。今晚数百万人都承受了巨大的痛苦。我只能向我的朋友和同事们提供支持，表示悲痛。那些把自己叫作行动派的混蛋，你们无处可躲。整个系的人都知道你们。你们令人痛恨的行为，对无辜的孩子、女人、男人的生命的蔑视不会被遗忘。你们的敌意与邪恶已经失败了。你们这次也会失败。你们死定了。”

——《地球日报》

贾斯丁还沉浸在震惊中。他手里拿着一个电子助手，卑微而恐惧地盯着上面的图像。如果双子塔废墟上的消防员是他那个时代悲剧的标志的话，那么他面前的画面就是这次悲剧的标志。在前面可以看到的是锯齿形，已经消失一半的帝国中心，在残骸中伫立着的是还奇迹般完整的帝国大厦。在后面的背景可以看到，曾经纽约城里的摩天大楼已经只剩不平坦的残骸，大楼与大楼之间留出巨大的空隙。就像大爆炸一样，纳米机器人快速复制和摧毁的路线是无法估计的。他们自己的公寓楼也成为了复制灾祸的受害者，几分钟之内这栋三百层的怪兽就被翻了个底朝天。贾斯丁点击播放视频。其中一个视频里，“豆荚轨道”被不知哪里来的激光弹炸上了天，把任何想要逃离这座城市的人都杀死了。害怕他们散播纳米机器人，政府已经有足够的理由把他们打下来。相同恐怖的场景在地面也在上演：人们被毫不留情地击毙，以免他们威胁人类的存在。地平线上到处都是从城市各处升起的烟。贾斯丁不相信——不想相信——数百万的生命消失了。而且在这数百万人当中，有曼尼·布莱克。他不敢想象那是什么样的情景。被困在房间里，没有逃出去的机会，只有等待从内到外被熔解。知道结局是什么，然后只有等待着发生。不过，曼尼至少有珍妮特一起。这才是最重要的，不是吗？

尽管他为数百万人默哀，最后最有印象的只有那几个。他无法忘记曼尼。贾斯丁知道，在法庭上的时候他需要这个律师的技术，尽管他还很享受经常烦恼别人的特质。但是贾斯丁没有意识到的是——直到为时已晚——他有多喜欢曼尼。在这几个月里，他已经成了他的好朋友。他会怀念和他一起吃饭，听着他说些跟当前话题毫无关系的东西。他还会想念和他一起下棋——无论他输给了曼尼多少次。

这次的袭击也让贾斯丁这么久来第一次，满心都是自我怀疑。他有钱，有名声，有爱情，他正在挣扎着要融入这个世界，或者妮拉之前预言式地说，“让这个世界来适应他”。他已经融入了——尽力地把木闩推到圆洞里——但是代价呢？他已经愿意分割出他的钱，经济社区的尊敬，甚至还有一些朋友——莫什就是个例子——他独自生活，每天都在镜子里看着自己然后说：“我没有拥有任何人，也没人拥有我。”但是如果让世界适应他的代价是要死这么多人的话，那这样的代价太高了。他不知道自己走了多久，他想把脑子里的恶魔赶出去，但是肯定有几个小时了，因为太阳已经下山，鸟儿和谐的鸣叫已经渐渐听不见，取而代之的是让人迷惑的蛐蛐的叫声。他独自一个人在阿拉斯加科夫曼科夫的森林里，这里是他的新家的所在地，远离自由党，远离被迫进入防御状态的赫克特的长篇大论，贾斯丁做了他从没想过自己会做的事情。

他动摇了。

针对 GCI 的袭击以来，所有旅游行业和大多数娱乐股票都严重下滑，相应的货币也在下滑。GCI 的股票经历了短暂的下降之后，很快就恢复了，因为大家发现董事会只有一名成员受到了伤害，而且 GCI 正在全系推广新一代的纳米杀手机器人。经济活动达到了 50 年来最低，失业率的数字已经达到了有史以来最高值的两倍。尽管几乎所有的人都有私人和综合失业保险的保护，但是太阳系还是没有能力在同一时间处理这么多的事情。有流言称，有些保险业最值得尊敬的公司都宣布了破产，但是系里巨头 GCI 的救助很明显避开了灾难。这些方法在短时间能有帮助。

保险公司正在以他们投保公司的货币来赔偿失业人员。因此，很多失业人员得到的都是贬值的货币，而且他们最需要买的市场上的商品不仅是全价，而且价格还在涨。最令人担忧的是，政府要求只付三个月。

失业与未支付失业金的影响被预计有连续灾难性的后果，这种经济状况，在大萧条和统一战争之后就没有见过了。

——《全系经济新闻》

“贾斯丁，她到了。”塞巴斯蒂安告诉他说访客到了。

门开着，卡桑德拉，他已经有一段时间没有见到她了，“贾斯丁，我一直在看卫星图像。”她几乎是在恸哭，“太糟了！我应该发布公告，告诉他们那所谓的行动派跟自由党一点关系都没有。”

贾斯丁从桌子上抬起头。他的眼神冰冷，紧咬着牙关说：“一想到是我们建立了行动派，就让我头疼。”说完之后，四个保安和两个安保机器人从墙里出现，然后包围住卡桑德拉。她还发现自己在一个“失速场”里，让她只能进行微小的动作，同时这也是一个

“干扰电离场”，可以检测出她身上藏着的任何设备。

“主席先生，”她惊讶地说，“你这是做什么?”

“拘留你，在相关部门到来之前。”他冷静地回答。

“为什么?”她不相信。

“为了那无辜的数百万的生命，这才只是开始。”

卡桑德拉很生气：“但是我跟行动派一点关系都没有！你怎么敢这样对我?”

“没有关系，卡桑德拉？没有关系!”他怒不可遏地问，“300 万人去世了，可能还不止。行动派是你的产物，你以为你能当着我的面说假话?”

“我是无辜的。”她生气地说，“我要求你放开我!”

贾斯丁举起一块水晶，放在食指与大拇指之间把玩着。“卡桑德拉，你可能认为我是个玩政治的小丑，但是你好像忘了冰冻之前的我了。”接着他站起来，走到她面对，现在他们面对着面。“你很厉害，”他继续说，“你挪用的那笔钱从来不是一个地方——表面上看是。但是你用来支持那些谋杀的钱是我帮忙筹集的，这些钱就挪得不太聪明了。虽然加密术非常好，但是我们追踪了开支记录。”

卡桑德拉什么也没有说。

“我以为，”贾斯丁继续说，“你只是在挪用公款。我以为你生气了——愤怒——因为你看到我来掌权了，所以你才挪用足够的钱来建立你自己的党派。但是你有个宏伟的计划，不是吗，卡桑德拉?你建立了一个地下纳米科技实验室，然后雇了这些人。天哪，卡桑德拉，你难道不知道你害死了多少人吗?”

“照情况说，”她咕哝道，她脸上终于露出了对控告者的厌恶，

“那水晶什么也证明不了。”

他可以从她的眼睛里面看到恶意，感觉要烧掉他的灵魂一样。这样赤裸裸的厌恶他从来没有经历过，如此近——如此的兽性。

“已经可以进行心理审查了，”他眼睛眨也不眨地说，“到时候我们就知道了。但是别担心，他们会非常小心的——不会让发生在你丈夫身上的事情再发生在你身上的。”

提到她前夫让她血液沸腾。卡桑德拉感觉受够了。

“你这个皮笑肉不笑的笨蛋！”她尖叫道，“你觉得一切都这么简单吗！你觉得那些组织的混蛋真的会放过我们吗？笨蛋！十足的混蛋！你连肖恩的十分之一都比不上！他明白必须要做的是什么。他知道用结果来证明！”接着她冲着他吐口水，但是包围着她的“失速场”阻止了她，她的唾沫慢慢地落到了地上。卡桑德拉喘着粗气，在“失速场”里越挣扎想要逃出去就越感觉压迫。

“历史，”贾斯丁平静地说，“总是会遇到你们这种人。你们没有成功，这就是结局。当一开始就死了300万人的时候，是什么让你认为，还会有疯子想要住在你们创造的世界里？”

卡桑德拉微笑着，她充满恶意的眼光让房间都安静了下来。

“他们已经都死了，”她非常冷静地说，“我们……已经……死了。”

接着她开始一阵一阵地大笑，最后抽搐了起来。贾斯丁感到很恶心，已经不能再继续看下去了，接着他示意保镖把她带走。他们带走她的时候，他听见她在走廊上尖叫的声音——“死了！你听到了吗，可德？我们全都已经死了！”

妮拉找到贾斯丁的时候他在圣弗朗西斯科的办公室里，坐在沙发里，浏览着文件，冲着准备好的自由党核心成员们发号施令（从自由党剥离的小队已经合起来进行更大的运动了）。贾斯丁有些分心。抓住恐怖分子卡桑德拉·杜格让他收获了很多赞誉，但是他却没有因为这小小的胜利而感到欣慰，相反他一直认为自己应该受到谴责：首先，他信任了她；其次，他居然没有早一点发现她的举动。尽管妮拉耐心解释过，这可能不是他的错——卡桑德拉的欺骗是检测不到的，因为她比他更强大，资源更多。这些原因导致他虽然驾驶着一艘船，但是又不愿意掌控它。他的信徒们还不知道，能与这个伟大的人在一起就让他们很高兴了。但是，妮拉知道是怎么回事。

贾斯丁等妮拉坐下后，才出于礼貌关掉了咖啡桌上的全息显示屏。

“外面情况可不好，亲爱的。”他轻轻地说。

“我知道，我知道。”她说，“我们还有一个问题……我……我在等一个合适的时间再告诉你。”

贾斯丁立刻放下他的电子助手，脸上带着担心的表情。他把办公室里的人都赶了出去，然后告诉他的秘书暂时不要转电话进来。接着他把房间用玻璃屏蔽起来。这可能会引起些谣言，但是他不能离开，那会引起更多的谣言，而且会引来更多的媒体——另外，反正月球旅行回来之后流言就已经很火热了。

贾斯丁全神贯注地看着妮拉。

“GCI 要把我们分开，”她忍住眼泪说，“他们不会让我跟你续签合同的。”

贾斯丁叹了口气，然后把她拉近身边，双手环抱着她。

“还有，”这时她的话语已经有些痛苦了，“他们不会……他们也不会让我回博尔德去工作。”

接着她打开一张皱巴巴的纸，从纸的褶皱程度看来，她已经抓着有一段时间了。她双眼通红，而且有些肿。

“什么？这是什么，妮拉？”贾斯丁恳求道，这是他长久以来第一次感觉肚子里有个洞似的。

妮拉几乎是以一种麻木的语气重复着她的“行军命令”：“公司急需我……去海王星卫星。”

贾斯丁吓得目瞪口呆：“不可能……”

“有流言说，”她继续说，“GCI 在外面有一个秘密实验室。得到这个任命的人都会得到丰厚的工资，但是……但是这个实验室曾经消失了几年——而且只有 GCI 的人才能得到允许去。”

“什么时候去？”

“我和吉列医生合同结束的那天……已经不到三个月了。”她叹了口气，“我要隔一段时间才能见到你了，贾斯丁，我知道你很忙，但是如果你不介意……我想……我想明天和你一起去港湾。可以吗？”

贾斯丁有点生气。

“妮拉，你怎么还说划船的事呢？这些混蛋要把我们分开，而且多亏了这个愚蠢的组织系统，他们竟然让一个成年女人——我爱的女人——离开我！这一切都是因为你没有拥有自己的大部分股权！你知道这对我来说有多疯狂吗？一个人没有自己的大部分股权你也没有，妮拉·哈伯。所以你被强迫要离开我——你爱的这个男人。见鬼去吧！我是不会允许那样的事情发生的！”

“这不是个愚蠢的组织。”妮拉温柔地说。

贾斯丁脸上带着怀疑的表情问：“那是什么？”

“贾斯丁，这不是个愚蠢的组织。这是个好的组织。其实，这是人类种族想出来的最好的系统。”

“你怎么能这么说呢？”他以为她会生气，甚至有伤心，他感觉很泄气。

“我怎么不能这么说？”她反驳说，“贾斯丁，我是真的爱你，但是有时候我觉得你的头没和你的身体一起冻起来。我们的系统是可行的。而且这个系统比你那个时代的要好得多。而且，我，作为其中一员，为此感到非常骄傲。一开始我可能没有什么发言权，但我是你的复活师……然后才是你的朋友，最后才是你的爱人。”

“妮拉。”贾斯丁说。

“给我一分钟，回答我。你的国家——美国——是大萧条前最富有最强大的国家，对吗？”

贾斯丁点点头。

“你们所有的公民都有相当好的房子吗？”

贾斯丁没有回答。

“他们有吗？”

“没有。”他不得不承认。

“那地球上的其他人呢？”

“肯定大多数都没有。”他继续承认，“可能数十亿的人都没有吧。”

“贾斯丁，我们整个系里有超过四百亿的人，没有一个人没有像样的房子。没有。工作怎么样呢，贾斯丁？你们国家的每个人都能有工作吗?”

“你知道答案，妮拉。”

“是，我知道。直到现在我都能说，任何想要工作的人都能在我们的世界里得到工作。贾斯丁，虽然它也有缺点，但是我还是爱这个组织，因为就是这个系统给了最多的人最多的幸福和财产……永远都是。”

“妮拉，这都是鬼话。”他回击道，“不是组织做的，是科技。你们有一个纳米产业基地、神经文化，还有核聚变能源。有了这些，人人都有好房子，丰衣足食还是问题吗?”

“贾斯丁，你觉得我们的科技是怎么来的? 哦，我承认科技很棒——你说的让我更加地感谢科技了——而且我还会承认，我讨厌生活在你的时代。亲爱的，你是因为癌症‘死’的。在你的时代，你们用科技来养活人，来雇佣，来统治这个世界。但是从来没有任何一个国家有我们这样的系统。最后他们都失败了。”

“但是在我的世界，”他伤心地说，“没人会被强迫，违背他们的意愿，离开他们的爱人。”

“他们没有才怪，”她挑战他说，“可能是你知道的人没有被强迫，但是在GCI出现以前，数亿人都被强迫过，被愚蠢的战争，不必要的饥荒，还有失业，就是这些让人把整个家和生活都丢下。如果这里有人‘被迫’要离开的话，他们通常都会得到客观的补偿，而且这个人可以带上他们的家人一起。不然也不会生效的。”

“如果是这样的话，”他反击道，“那为什么我不能跟你一起去海王星呢?”

“除了很明显的那个理由，”她指的是病人和医生应保持距离的那个文化，“还因为我是规定中的一个例外。”

“很好。这对我来说太好了。”

“但是，”她继续说，“我是四百亿人当中数千个例外之一。你们的系统在六七十亿中也有数千万的例外。”

“但是这也不会改变事实，”他抱怨说，“他们还是要强迫你离开。”

“不，贾斯丁。”她从沙发里站起来，转过来面对着他说，“是你。你才是强迫我去的人！你怎么不明白呢?”

她看着目瞪口呆的爱人说：“亲爱的，如果你能给我，给我组织里任何的东西，你会给我什么?”

贾斯丁毫不犹豫地说：“我会把你没有拿到手的你的股份都买下，然后全部给你。”

“更进一步说，如果你可以让我成为未加入组织的女人，你会那样做吗?”

“是的。”他回答，“我立刻就会这样做。”

妮拉摇摇头：“贾斯丁，我知道这对你来说可能有些伤心，但是……我是不会接受的。不要误会我。我得到大股权的那天我肯定会高兴得要死——开个大庆祝会。但是，别忘了政府自动拥有的5%，我怎么能变成未加入组织的呢？我为什么要想成为那样的人呢？我知道的所有，我拥有的所有，还有我，都是因为组织——还包括你！这个系统让每个人为其他人负责。这里面有我种族最一致的动力——自我利益——而且这对每个人都适用。我归属组织，正是因为这个组织的存在和优越性。所以我也想让你归属组织。你知道我们从来不交换吗?”

“从来不交换什么?股票?”

“这听起来有些恐怖,”妮拉回答说,“但是很美。两个相爱的人,相互交换一股。他们不买也不卖。他们相互给予。这是真正承诺分享,但不只是承诺,是事实。”

“我知道,妮拉,但是我们……我们可交换订婚戒指啊。”

妮拉点点头表示理解:“我们很多人还是在这样做,但是戒指只是一次性的礼物。一股股票的交换,是从赠予那一刻开始,直到死才会结束的。”

妮拉坐回到沙发上,她一只手放在贾斯丁的大腿上,一只手温柔地摸着他的脸。

“有太多事情是我想和你一起做的,为你做的,但是我永远也不能,因为你不能……”她改变了主意,“不会接受我的世界。”

“是 GCI 让我们分开的,”他磨着牙说,“不是我。”

妮拉握住贾斯丁的手说:“贾斯丁,未来我想有孩子,而且我希望你是我孩子的父亲。”

贾斯丁的眼睛有些湿润:“妮拉,我……我不知道还能说别的什么了。我再也想不到除了你我还想和谁一起生儿育女了。”

“你是说,我们加入组织的孩子,是吗?”

贾斯丁正准备说话,但是妮拉话里的含义冲着他泼了一盆冷水。他没有怎么想过要孩子的事情,他知道这一天最后会到来,他也为此做好准备——这就是最大限度。但是,妮拉是对的。他们有的任何孩子都会自动地成为组织的人,这与他个人的状态无关。不仅如此，他还拥有孩子的25%，所以他必须拥有他们……或者至少，拥有他们的股票，直到孩子们21岁为止……不论他愿不愿意，他的孩子会跟妮拉一样脆弱。不，他意识到，不是一样脆弱。他们永远也不会失掉自己的大股权——除非他们全部挥霍掉——但是他们的行为会受到现行组织法的限制。

“你还不明白吗，贾斯丁？在你决定接受我们的生活之前，我们是不会有真正的生活的。我真的爱你，而且我会尽可能地在你身边，但是当我不得不走的时候，我会离开的。而且我会乐意这么做。你可以拥有我或者成为未加入组织的人，但是你不能同时拥有这两样——再也不能了。求你了，为了我也为了你自己，不要再进行无谓的法律行动了。我更希望我们能在一起好好地享受最后几个月的时间。”

贾斯丁坐在沙发上，紧紧地抱着她，深深地闻着她的味道，好像他可以抓住她的一部分，然后这部分可以永远跟他在一起一样。他看着她的双眼，充满渴望地微笑着。

“那我考虑一下明天船的事情。”

全系逮捕了数百人。在执法组织提高了警觉，贾斯丁·可德对自由党坚定的命令，还有行动派以前的支持者提供的信息的帮助下，行动派的巢穴被找到，而且被清除了。有两个“灰色炸弹”还没有发射，但是很快就被GCI在全系推广的新型纳米杀手机器人清除了。更多小消息，请持续关注ISN。

——系际新闻播送

贾斯丁发现欧麦德坐在小镇酒吧里，弯腰驼背地坐在吧台边。一路上都是低级的住所，但是根据以前的方法的话，贾斯丁永远也分辨不出来。这个地方表面上是无可挑剔的——但是纳米机器人和工蜂也无能为力。设备看起来很新，但是这些家居跟贾斯丁那个时代的杯托一样便宜，所以这也没给什么提示。所有酒精饮料味道肯定都很棒，吃的也是非常美味的。

但是，通过他的双眼，他从吧台可以看出，这个地方其实是一团糟。第一个提示就是，所有的都是统一的。桌子、椅子、杯子还有碗，都是完全相同的，因为只有工蜂或纳米机器人建造和保留这些东西。而且，除了那个酒保——应该是酒吧的主人，这地方就没有人类服务员了。点菜上菜都是机器完成的。但是真正的提示是这里的顾客。他们脸上有一种“我来这儿是要喝个烂醉的，滚远点”的表情，受压制的人和绝望的人经常有这种表情。

贾斯丁从欧麦德趴在吧台的样子就可以看出，他的朋友已经睡着了。他把酒保叫过来。等酒保看到是谁叫了他之后，他才恍然大悟。

“你是……”酒保“咯咯”地笑着，“那个混蛋。”

“是的，去你的。”贾斯丁回击说，“我还能买杯喝的吗？”

“嘿，是他这样说的。”酒保指着欧麦德说，“不是我说的。”

他前倾着身子好像要说什么秘密一样：“规则很简单，兄弟。不管你是谁。你有钱，就有酒喝。看到了吗？简单。我知道你有钱。那么，喝点什么？”

“有没有叫作‘坎贝尔镇云顶21’的威士忌？”

酒保调出全息显示屏，输入了一些命令。“呃，我会被审查的。”他吃惊地说，“我们有。没有人，我是说没人，这个联邦里没人点过这个。没有真的，介意吗？我们只有合成的。还想要吗?”

贾斯丁点点头，“来吧。”如果它们能接近一点原味的话，他就会非常开心了。

酒保把一个大酒杯放进一个小凹室了，然后在全息显示屏上按了一下按钮，几秒钟之后，酒就重建了，然后喷进了酒杯里。他从柜台后面拿出一个水晶杯，接着慢慢地为贾斯丁倒酒。从这个人的表情贾斯丁看出，他也怀疑用纳米技术合成的酒究竟能不能满足这个真正喝过这种酒的人的胃口。贾斯丁敬畏地看着这“二十一岁”大（他可以这么说吗?）的威士忌。跟原版一样，这杯麦芽酒是深深的古铜色，又有点红棕色。颜色不错，贾斯丁想。“云顶”之后，几乎没有酒可以成为它的对手，因为不用着色剂基本不可能。贾斯丁吸了一口气，鼻子里面充斥着强烈的雪利酒和“云顶”咸咸的空气的味道……有一点点霉臭的味道。他点点头表示赞赏。到目前为止还不错啊，他想。他小小地嘬了一口。现在，加上刚刚闻到的味道，他还是可以分辨出橡木桶、黑莓，还有巧克力的味道。他想，结尾的时候是很明显的云顶酿酒厂的感觉——温暖又有点咸，很快从甜得有点发腻的味道变得淡淡的了。

“完美。”他带着满意的神情说。

尽管这和酒保没什么关系，他只不过就按了几个按钮，但是他好像对自己也很满意。

贾斯丁没有告诉柜台后面的酒保的是，其实，这酒太过完美了。他又满足地喝了一口。他发现，他可以在这个系统的任何地方点这种酒，而且他会得到一样的酒……每次都一样。不管在哪里喝这种酒，它也不会有一点区别。问题就在这里。威士忌，像红酒一样，会跟着时间的流逝而变化。“云顶21”在开瓶后的一到两天内才能喝。每打开一次，就会震惊一次。所以人们才会花大价钱买真的酒，什么都要真的。人类需要稳定，但是他们也渴望多样。一杯酒的些许区别，可能来自它是如何酿制的，如何储存的，还有如何准备的，这些都会在之后变得非常重要——这里没人能有这个支付能力，在他们漫长的一生中，大多数人都不会有这个机会。而且，这是第一次，贾斯丁真正明白了在组织世界里贫穷是怎么回事。他端着自己的酒走向欧麦德。他感觉到有人向他靠近，于是他抬起了头。

“你在这儿干吗，你这个混蛋?”

“不知道，欧麦德。”贾斯丁回答，“你打电话给我，让我来见你。你说你有好消息，‘和兄弟喝一杯’之类的。”

“兄弟，贾斯丁，老朋友，你就是个混蛋。”欧麦德看起来好像他对他的人生有最深切的理解一样，“天啊，贾斯丁，你是我的兄弟!”欧麦德冲着酒吧挥挥手，“嘿，大伙儿！这是我的兄弟!”

没人抬头，但是这也不能让欧麦德停止放声大笑：“嘿，兄弟们，弟还有兄。我押韵了。我的兄弟有一个会押韵的兄弟!”客人们暂时从他们各自的昏迷中抬起头来，对着欧麦德和贾斯丁爆发出了一阵贬低的评论和建议。

“我们走吧。”贾斯丁建议说。

“好的，兄弟。”欧麦德站也站不稳，然后对着酒吧的人说，“我和我的兄弟，贾斯丁·可德，伟大的未加入组织的人，反正也不需要你们。我的兄弟就是我需要的。他瞬间就可以摧毁你们。”这引起了客人们更多的抱怨，但是现在有些人开始认出贾斯丁了。

可能他们都认出了，只是大多数都不怎么关心。

贾斯丁把欧麦德推到他的飞车上，想把他带到他租的酒店套房里。不幸的是，欧麦德的身体决定与他前一晚收到的虐待反抗——在沙发上留一个祭品，而不是在浴室里留一个传统祭台。幸运的是，清理工蜂很快就弄干净了。

贾斯丁想安排一些洗涤纳米机器人到欧麦德血管里，把里面的酒精和各种其他外国化学物质清理干净——但是他决定反抗。在他开始之前，欧麦德就让自己免疫了。很明显他想醉，想要烂醉如泥，贾斯丁知道有时候人必须要这样做。他做了一个朋友可以为一个不省人事的喝醉的朋友做的所有事情。他把欧麦德放到干净的沙发上，脸朝下，旁边放了一个大碗，为他脱掉靴子，然后为他盖上轻毯子。贾斯丁给妮拉打了电话，告诉她欧麦德没事，还说他自己可能在天亮之前回不去了。他不想错失与她共处的时间，因为这些时间现在不能按年来算，得按月来算了。但是欧麦德是他的朋友，他对他的爱人解释说，他拥有的已经没有剩下多少了。她表示理解，然后祝他好运。贾斯丁脱掉自己的鞋子，然后搬了个椅子坐在了他昏迷的朋友身边，很快他也睡着了。

欧麦德坐起来咆哮的声音把他吵醒了。“有人在我嘴里撒尿了吗?”欧麦德看起来像一个想吐口水但是又没有唾沫的人。贾斯丁从附近的柜子里拿了个杯子，给他倒了一杯热咖啡。

“你嘴里的那些恶臭的东西都是你的，欧麦德。你喝了太多酒。”贾斯丁回答说。

“酒是什么?”

“酒精。”贾斯丁纠正。

“啊。”欧麦德喝了一口咖啡，怀疑地看着杯子，接着又喝了一口说，“昨晚我做了什么，说了什么吗?”

“我到那儿之前的我不知道，但是我到了之后，你叫我混蛋，然后想打架。”

“听起来是那么回事儿，”他咧嘴笑着说，“抱歉叫你混蛋。其实，才不，你确实就是个混蛋，但是我觉得你自己也没有办法。”

贾斯丁大笑：“谁有?”

欧麦德微笑着：“说得好。”贾斯丁坐回到椅子上，接着叫客房服务，简单点了燕麦粥和果汁当早餐。他们友善地沉默着等着早餐的到来，来了之后两人都开始狼吞虎咽。吃完早餐之后，欧麦德还是像往常一样惜字如金。

“我来猜猜，”贾斯丁问，“你被提供了一个高收入的好工作，但是地点跟地球不太近……或者离我不近。”

欧麦德把脸从盘子里抬起来说：“我感觉你不是第一次听到这个消息。”

“他们对妮拉也这样做——只是她没有选择。”

欧麦德放下餐具说：“会很受伤的。”

“还有什么细节?”贾斯丁问。

“在行星带上领导一个挖矿探险队。”欧麦德回答，“现场协定，季度工资丰厚，还有我的发现带来挖矿当中的毛利的1%。”

“听起来不错，”贾斯丁说，他知道其实没有这么好，“你什么时候走?”

“去你的，他们也见鬼去。他们可以拿走他们的贿赂，然后从气闸丢出去。”

又一次长长的沉默。

“欧麦德，我有些事情不明白。”贾斯丁喝了一口咖啡说，“你不同意我加入组织，是吧？”

“是的，完全没人性。”

“但是你愿意支持我。”

“我不遗弃朋友，从来不。”

贾斯丁有点怀疑。

“还有别的，对吗？”

“你现在变得像审查员了。”

“你在乎什么呢，欧麦德？”贾斯丁又一次不理会地问。

欧麦德站起来，又给自己倒满了咖啡，然后坐下来：“贾斯丁，我知道你说你再也不会拥有任何人的股票了，也包括原来投资的人，但是你不会碰巧掌控着有些股票吧？”

“你怎么会问我这样的问题？”

“那我猜你是没有。”

“我不明白，”贾斯丁说，“你不是已经掌握大股权了吗？”

“是的，但是还不够多。”

“我以为有了大股权就是大股东了。”

欧麦德透过厌烦的充满血丝的双眼看着贾斯丁：“为了一个非常聪明的人，有时我也会忘记你是个多蠢的笨蛋。”

“尽管妮拉可以为我的白痴行为做证，我向你保证，这只是不懂的问题，欧麦德，解释一下吧。”

欧麦德叹了口气：“当一个人得到自己的大股权之后，他就对自己的生活多了些控制权。”

“但是……”

“但是不是全部，特别是你的大股权不是特别大的时候。我只有我自己股票的53.737%。那些拥有我其余的46.263%的混蛋有权利期待他们的投资得到丰厚的回报。当我拒绝这个工作的时候，他们就有点不开心，因为这样他们就不能得到他们有权期望得到的红利。”

“但是他们能做什么呢？毕竟，你才是你自己的大股东。为什么不直接投票呢？”

“首先，他们可以把这儿事弄上法庭。如果他们可以证明‘堕落的不关心’或者是‘诈骗的阴谋’的话，我会输的。”

“你有钱啊，付罚款就行了。”

“贾斯丁，你还不明白。他们可以为股票起诉。”

“天哪，”贾斯丁想着他刚刚听到的，“所以你才想知道我有没有多余的股份。要多少才能让你刀枪不入？”

“如果我明白你说的话，”欧麦德说，“通常要70%才行。”

“欧麦德，我能问你个问题吗？”

欧麦德点点头。

“但是，”他继续说，“你必须要诚实地回答。不开玩笑，不准含糊，也不能用常用的鬼话。”

“我疼着的头在等你的问题。”

“如果没有我的话，你会接受这份工作吗？”

“毫不犹豫。”

“那就别傻了，”贾斯丁喊叫着，“接受这份工作。”

“我不能，贾斯丁。首先，这不是我得来了。他们给我这份工作，就是想让我远离你这个自大的混蛋。第二，像我说的，我不会遗弃我的朋友……永远不会。”

贾斯丁把他的咖啡杯放在桌上。

“首先，这些全是废话。如果从赫克特的口袋里掉出来 1 000 点，然后你捡起来了，你会追着还给他吗，还是你会找我，一起去酒吧，用他的钱喝个烂醉？”

“去你的，贾斯丁，”欧麦德咧嘴笑着，“我们一个小时就会喝醉了。”

“回答得好。那么，你猜怎么，混蛋？赫克特·圣比安可和 GCI 刚刚在前面掉了一箱子的钱。至于‘遗弃朋友’的问题，这是双向的。你也是我的朋友，如果我让你错失了这个完美的拿走 GCI 说不清多少的钱的机会，那我也不能算是好朋友。”

“嘿，贾斯丁，注意，这是我的选择。”

“根据你告诉我让我理解的加入组织的规矩来看，可不是这样的。照你说的，如果你留下来的话，这些规定会弄死你的。所以帮我个忙，去变得有钱吧。让 GCI 后悔给了你这么好的交易。”

“好。”欧麦德妥协地说。

“但是，”贾斯丁继续说，“你回来的时候最好带着你挣得的所有，然后给我买点有价值的东西。”

“有价值，啊？你想要什么？”

“我不知道。最近东京的要价如何？”

“东京？兄弟，你不会喜欢东京的。那是奇耻大辱。现在，这里才是值钱的。”

“对，”贾斯丁想起读过的关于在大萧条里这三栋大楼是如何被摧毁的，而且一直没有重建。

“那班戈尔如何呢？”欧麦德害羞地说。

“班戈尔？缅因州的班戈尔？去你的，欧麦德。待在行星带吧，你这个廉价的混蛋。至少你也得说哈瓦那呀。”

欧麦德看起来有些迷惑。

“在古巴的那个！”贾斯丁几乎是在恳求了。

“古巴在哪里？”

“上帝啊，古巴怎么了？”

欧麦德开始大笑：“噢，兄弟。我只是喜欢这样玩你。”

“你这家伙……”

当贾斯丁回到自己新家的时候，他惊奇地发现停车道上居然有访客的车。徘徊在宾馆外面的车是莫什和艾琳诺的。他从前面的阳光室进去之后，立刻就听到从书房传来的说话声。他走进书房，看到妮拉、莫什，还有艾琳诺坐在两边的豪华真皮座椅上，很明显他们正在进行很愉快的谈话。

“那么吉列已经回来为我工作了，王医生有自己的工作。”

妮拉大声笑了出来：“谁会想到呢？听他们说今年他们的计划是……”

“呃，”莫什脸上带着暗淡的微笑说，“他们股价的暴跌真的……”

他抬头看见贾斯丁走了进来。“贾斯丁，真高兴你看起来不错。我们正在跟妮拉讲一些老员工的事情。”

贾斯丁坐在妮拉旁边："你们一直都是我的客人。"

艾琳诺站起来，在贾斯丁的脸颊上亲了一口。莫什还是坐在沙发上说："我们知道了妮拉被调动的事情，决定到这儿来帮她。"

"你们能阻止她的调动吗？"贾斯丁问，带着一丝希望，但是他知道他会惹妮拉生气，妮拉对于这件事的态度早就已经表明了。

"我能就好了。我还打了几个电话，看我能不能让她回博尔德工作。只能给些好处才能这样。但是行不通，贾斯丁。他们不肯让步。"

"为什么呢？"他问，"你以前是 GCI 的重要人物啊。"

"以前是。但现在再也不是了。另外，如果他们以前尊重主席的话，他们现在就会崇拜他走的每一步。他和他的见鬼的信徒，赫克特·圣比安可。主席提出了这个计划，所以董事会会按照他的意愿行事。"

"这个可以任意地搅乱我的生活的人是谁呢？"

莫什叹了口气："贾斯丁，主席是我见过的最机智、最精明、最有能力做组织推动者的人。他起步的时候也是'仙股人士'，一路奋斗才到了今天的位置。我个人并不怎么喜欢他。他表面上非常的友善，但是他会除掉他前进路上的任何事、任何人。这就是我离开的原因。我本来有可能成为 GCI 的主席，但是我没有他那么想坐上那个位置。我很擅长组织游戏，贾斯丁。虽然我可以成为'莫什·麦肯基'主席，但是我永远也不会成为那个'主席'。"

"但是这还是不能解释为什么他要盯着我。"

"贾斯丁，"莫什解释说，"在他的头脑里，他不是在盯着你，是你在盯着他。是你在扰乱他操控的系统，你在破坏他的整个宇宙。

我得补充，你在逃离 GCI 想要让你加入组织的意图的时候，就这样做了。因此，整个太阳系都气愤了。我敢说，你可能是我见过的唯一让他害怕的人。”

“但是我们没有盯着他。我是说，看在上帝的分上，这不是我挑起的，而是他。”

莫什叹了口气：“贾斯丁，我尊重你所做的，真的，我确实尊重。但是那些都是一堆马屎。”

贾斯丁疲倦地微笑着说：“好吧，莫什，我猜你也需要一个转变。大家都这样做了。所以来吧，跟我说我是最邪恶的一个人。”

“贾斯丁，”他回答，语气里带着明显的疲倦，“你不邪恶。其实，我觉得你真的不同寻常。但是你有点自私，有点虚伪，我想，还有点令人害怕。至少，这也是你为什么要拒绝加入组织的原因。你对自己的身份有自己的见解。所以你说，‘别管我，我也不会管你’。但是事情不是这样的。你知道你对宇宙的影响，除非你是瞎子、傻子，或者是个瞎了的傻子。”

贾斯丁没有插话。他确实知道他对整个系统的影响。他最近被迫相信，他才是整件事情的根源。

“你是个威胁，”莫什继续说，“我曾经向但萨祈求，我想我能因此而讨厌你，但是我不能。我真的希望主席能成功，因为我真的相信你必须加入组织，如果不是为了你，那也是为了我们。你不会丢掉任何你拥有的，相反你还会得到一个男人想要的所有。”

贾斯丁安静地坐着，轻轻地握着妮拉的手。

“我很抱歉，”莫什说，“可能我说得太多了。你的人生，你的选择。”然后他站起来准备离开。

“莫什，”贾斯丁说着，坚持让他的朋友坐下，“你有权表达你的想法。可能你觉得你不是我的朋友，但是你和艾琳诺已经成为了我的同伴，而且是妮拉真正的朋友。这很重要。”

“是的，”妮拉插嘴说，“另外，除了我以外，还是得有人跟我这位顽固的朋友说话。”她还是没有胆量说“伴侣”或者“男朋友，”但是在座的人都明白她的意思。

莫什选择不理会这个推理。他还是有点生气，因为这场求爱与他的其中一个员工有关——他感觉这会对他的判断有不好的影响。但是他活到这个年岁也知道，这是跟爱无关的事情。而且甚至是他也得承认，现在发生的事情已经不正常了。

“我确实有些好消息要告诉你，”他继续说，“我问了些人，然后安排你在我一个老朋友手下工作，她是赫德加·朗斯菲尔德。她有能力，她欠我人情。你会受到很好的照顾的。我还会安排偶尔去研究所的旅行，只是以防万一。”

“这肯定让你费了大半生的人情吧。莫什，你真的没有必要做这些的。”

“哦，他有。”艾琳诺坚持说。

莫什忍住笑，“另外，如果我没有这么做的话，”他看着自己的妻子，“她会杀了我的。”

“而且，”艾琳诺得意扬扬地说，“只是碰巧每次你要被调动的时候，我们都在度假。”

关于为什么这条信息跟话题有关，贾斯丁一点也搞不明白。

“我们准备把我们辛苦挣来的钱用来租一个私人游艇，亲爱的。”艾琳诺继续说，“我就要在太阳系里进行大旅游了——和你一起。我们会很高兴把你送到你的目的地的。”

妮拉一脸吃惊的表情，这已经足够哄得她坏脾气的主管喜笑颜开了。

“莫什，艾琳诺，这太多了。”妮拉说，“这肯定会花你们一大笔钱吧。”

“已经预付了。另外，”莫什回答，眼里闪着微微的光，“你真的不要拒绝艾琳诺。相信我，我试过。不论如何，她都会得到她想要的，而且她想让你加入我们……我也是，当然。”

贾斯丁伸手，摇着莫什不情愿的手说：“是的，是的。她会去的。”

妮拉也没有拒绝。这个主意非常吸引人。这会让她有时间让自己的头脑清醒一下。

“谢谢你们，”贾斯丁给了艾琳诺一个熊抱，“我欠你们太多了。”

“我做这些可不是为了你，孩子。”莫什警告贾斯丁说，“但是如果你是这个意思的话，那我会把你考虑我今天说的事情当作是对我的回报。”

“我不能冲着你撒谎，莫什。”贾斯丁说，“加入组织的这个想法跟赫克特、主席、GCI，或者是政府都无关。而是与我本身是谁有关。”

“我知道，贾斯丁，”莫什回答说，“但是别忘了，我们都在这个事件中。而且不要不理会主席，你还没有真正见过他，你知道的。你仅仅见过他的部下，还有经过他的部下精心安排的公开行动。最后他会直接跟你面对面，而且更加强大。如果他不这样的话，赌注太大了。另外，他现在比任何时候都强大，而且在你加入组织之前他是不会停下的。”莫什“咯咯”地笑着说：“我很抱歉。这听起来好像我应该当间谍的。我们现在留你们两个在一起。你们剩下的时间不多了，你们最不应该听到的就是一个老人的废话。”

他们没有拒绝。莫什和艾琳诺离开，然后祝贾斯丁好运。当医院主管的飞车飞向清澈的蓝天的时候，贾斯丁冲着他们挥了挥手。

这两周的时间过得实在太快了。在运行自由党，在集会上出现，和不得不处理针对他的财产的持续无情的攻击之间，贾斯丁和妮拉只有非常少的时间在一起。可能这是开始放手的好理由，他想。几乎不见面比一起散步还要简单——考虑到社会文化，他们的名气，还有他们新责任的广度，这基本上是不可能的。

离别之际，贾斯丁和妮拉一起站在夏威夷欧胡岛的星际码头上，莫什和艾琳诺租了个游艇准备环太阳系旅行。这里离珍珠港很近，在火奴鲁鲁西边大概 5 英里的位置。大船 15 分钟之后就会离开，贾斯丁注意到，一切已经准备齐全了。船上的面积大概有 3 000 平方英尺，他们非常有效地利用了这些空间，有客房、观景区，到处都有奢华的设施。

在去空间站的路上，妮拉和贾斯丁基本上一个字都没有说，他们更愿意紧紧地抓着对方的手。他们最后一次分享了一瓶酒——最后一次，紧紧地依偎在一起——最后一次。

现在他们在驶离码头面对面站着，全然不理来往的人、噪音，还有在这航天港上发生的一切。莫什和艾琳诺已经上船了，耐心地等待着。

贾斯丁握着妮拉的手说："妮拉……"

"你可以阻止这一切。"她说，她的声音很悲伤。

"我们已经讨论过了，妮拉。"他回答道，这次语气里有一丝绝望。他感觉到她需要他，他感觉到她想要留下来的欲望。"但我不能，亲爱的。"他补充说，"请原谅我。我真的希望我可以，但是代价太高了。"

妮拉绝望地微笑着。她什么方法都试过了，整个宇宙唯一可以和她连接在一起，唯一可以和她共度余生，分享欢乐时光的人……这个唯一一个她想属于他的人。

她的大眼睛里满是悲痛。

"在所有你带来的大萧条前的信仰中，"她恳求，"你没有相信什么'主义'吗?"她没有等他的答案，"本可以很好的，"她擦掉刚刚堆积起来的少量的眼泪说，"他们本可以都很好……那么……那么多选择。"她的声音越来越小。

她是要崩溃了吗？贾斯丁想。

"或者，"她继续说，"也可以是……宗教，但萨知道我们需要离别……佛……是的……是，佛也好啊……对我们有用。哦，贾斯丁。"她说着，眼泪已经在脸上形成了小溪流，"你可以造些寺庙……寺庙，给我们。"她的声音非常地依依不舍，也很迷失。她停下来重新找回呼吸，然后擦干了眼泪。

这时，之前还是各种情绪纠结在一起的脸，突然就变得像单个信号灯那样清晰。贾斯丁还吃惊地发现，这个转换让他想要往后退。

"但是你，"她温柔地说，"你却要相信一个在你们时代从来没有成功，在我们的时代也不会成功的欠考虑的原则。你，贾斯丁·可德，未加入组织先生……‘一个自由的人’先生……你要相信自由。”

说完之后，她走进悬浮区，然后就被抬起来送到了船上。贾斯丁等着她转身——最后一眼——但是她没有。

在一个拥有超过200亿人的星球，贾斯丁现在是真的孤身一人了。

14. 诱惑

不要害怕伟大：

有人生来则伟大，

有人努力获得了伟大，

有人被迫伟大。

——莎士比亚，《第十二夜》（第五场，第二幕）

失业率已经达到10%。上亿的人都在靠自己的存款生活，他们的失业保险已经用完了。失业人员还可以撑多久，是个人环境的问题。那些为了购买大股权的人可以再坚持几个月；那些刚刚才购买了的人只能被迫卖掉他的家，另找别的地方住。

这个新的组织有由商业机构、市民组织，还有各种家长组织组成，而且是由小额捐款提供资金。可德先生未做出任何评论。

——系际新闻报道

贾斯丁回到了圣弗朗西斯科，一段时间里他都想让自己沉浸在嘈杂的工作里。即使身边有固定的一群人围绕着他，但是办公室冰冷、寂寞，充斥着回忆。他认真地考虑过跟着莫什去外太空。他要租一个飞船，然后游历整个太阳系。也许还会去木星，绕着土星的环转上几圈，或者是去攀登火星上的奥林匹斯山——是一座遁形火山，底部大约有15英尺高，300多英尺宽。这个富于挑战性的新世界等待着贾斯丁的经历。他甚至可以开始“70%运动”，这些活动被认为是非常危险的，只有那些拥有坚固的大股权的人才可以参与。

贾斯丁想他应该再和吉列医生谈谈，但是这个“好医生”一直没有回电话。

当塞巴斯蒂安终于“哔哔”地叫着的时候，他以为他的化身终于把这个“好医生”给他连接过来了。毕竟，他是贾斯丁唯一尝试过联系的人。

“告诉‘好医生’……”

“不是吉列医生，贾斯丁。”塞巴斯蒂安打断他说。

太好了，贾斯丁想。现在，我的化身居然也开始无礼了。

“其实，”塞巴斯蒂安说，“这人甚至不是你许可名单上的人，但是我想你可能想要接这个电话。”

“是谁?”

“艾格尼斯·高登斯坦。”

过了一阵贾斯丁才明白塞巴斯蒂安说的是谁。接连发生了这么多事，他已经完全忘记了这个欧麦德在狂欢节后聚会上介绍给他的手里股份还不到25%的人。但是他确实很高兴她打电话来了。

“当然，塞巴斯蒂安，接过来吧。”

贾斯丁刚刚说完，电话就接进来了，但是只有声音。

“艾格尼斯，”他稍稍提高了一点音量说，“真高兴你能打电话来。你还好吗?”

“我希望我能回答你‘好’，可德先生，但是不行。”

贾斯丁害怕因为他的“关联”反应，又一个受害者出现了——与贾斯丁有关联。但是他知道，特别是在艾格尼斯的事情上，他已经非常小心地隐藏自己的踪迹了。

“怎么了，亲爱的?”

“我很抱歉打扰你，但是我不知道还能给谁打电话。是跟你给我的礼物有关的。我……我想我有麻烦了。”

“是即时麻烦吗，艾格尼斯？如果需要，我可以安排你先在安全的地方待着。”

“我觉得不是这样的，”她暂停了一下说，“上帝啊，我希望不是。”

贾斯丁立刻做了个决定：“艾格尼斯，你在家吗？”

“是的，可德先生，我在家，其实一直在家。我丢掉了工作，而且我也找不到新工作。”

贾斯丁叹了口气：“我马上就来，艾格尼斯，还有，请叫我贾斯丁好吗？”

回想起来，贾斯丁到达艾格尼斯的住所周围的时候，早该意识到有点不对劲。他现在身处一个空无一人的低级社区。这里风景如画，没有玩耍的孩子，没有载着人飞来飞去的飞车，在这个本该到处都是失业人员的社区，居然没有什么人住。而且过后贾斯丁发现，连媒体机器人也没有——对低级社区来说这正常，但是对贾斯丁来说就是非常的不正常。他开始叫那些东西“苍蝇”，因为，不管他去哪里，好像它们都可以发现他。但是今天没有，一个都没有。

他走在去艾格尼斯家的路上，并没有注意到这些异常现象，他直接就走到了她的门前。他正准备敲门的时候，门就自动地开了。他看看周围，看有没有人在门口，当他发现没有人的时候，他走了进去。

“艾格尼斯?”他喊。

他清楚地听见开饮料的声音。这种声音并没有随着时间的流逝而改变。他朝着声音传来的方向看过去。

“艾格尼斯?”他朝着声音走去,“我尽快赶过来的。你还……”贾斯丁停下了脚步。坐在大厨房中间的,正是贾斯丁真正痛恨的那个男人。即使是他的老助手,塞巴斯蒂安不来卡诺都没有让他像现在这样生气,令他生气的这个男人正占据着厨房的中央。

“你好,贾斯丁,”赫克特·圣比安可回答,举起一个拉罐说,“来点啤酒吗?”

赫克特看起来非常地放松,他穿着宽松的短裤、拖鞋,还有一件大号的夏威夷衬衫。

贾斯丁什么也没说,转身就向门口走去。

“贾斯丁,我只需要五分钟。”赫克特喊道。

“去你的!”贾斯丁回答道,并没有停下大跨步。他一只脚已经踏出了门,这时赫克特丢出了自己的“炸弹”。

“你走了,”他在厨房大喊,“艾格尼斯就永远得不到大股权。见鬼,她也许还永远不能出狱。”

贾斯丁停了下来,紧握着拳头,接着转过身说:“你真的是混蛋。”

赫克特从厨房里出来,盯着门口的对手说:“是的,贾斯丁,但是我这个混蛋费了一番周折才安排好了这次会面。”赫克特冷静地走进客厅说:“五分钟,我只要五分钟。”

贾斯丁在门口又站了一会儿,他知道他没有选择。他重新回到走廊,走进了客厅,赫克特已经在一张软软的大躺椅上舒服地躺着了。他还是喝着他的啤酒。“你真的不来一罐吗?”赫克特举起拉罐说，“是慕尼黑的‘黑客普素尔’。你最喜欢的，对吗?”

“你怎么把街道都清空了?”贾斯丁省掉废话问。

“简单，”赫克特说，“我们给他们房子价值三倍的钱，预先支付一半。剩下的一半在证实了他们在一天之内就立刻离开之后给，也就是今天。这之后，GCI 就关闭了这片私有财产。其实，我们会再按照市场价卖回给他们……如果他们还想要的话。恭喜，贾斯丁，这个星球上至少有一小部分人欢迎你的到来。”

“没有一个人拒绝吗?”他疑心地问。

“在现在这个经济状况下？他们走得再快不过了。其实，”他说，“这也不全是真的。只有一个人拒绝了。为什么呢，因为她就是高登斯坦小姐。我们把价格加到这个地方的四倍，但是这位女士还是不改变主意。有性格。你确实鼓励忠诚，贾斯丁。”

“所以你把她抓了?”贾斯丁问。

“是的。”

“罪名是什么？如果你不介意我问的话。”

“哦，当然不介意。当然是捏造的。我们让她跟行动派的恐怖活动有了牵连。”

贾斯丁恶心地摇摇头：“你真是个小人。”

“谢谢。我试试。”

“如果她是为你打的那个电话，那她怎不把房子卖给你呢？或者我想你会抓住这个机会的。”

“贾斯丁，贾斯丁，她没有为我们打电话。我们窃听了她的电话。我还把所有跟你联系过的人都监控起来了，而且还把可行的股票选择都取出了。当我发现高登斯坦小姐的20%都已经被买下的时候，你知道我有多吃惊吗。查不出是谁，但是我感觉是你。我冒了个险，把她剩下的都买了。”

“我还是不明白你为什么要我出现在这里。”贾斯丁问。

赫克特快速地喝完剩下的啤酒，然后把罐头撞在自己的膝盖上：“我们监视了她。她想进入她的账户，结果发现她的股票已经没有可以交易的了。于是她给你打了电话，然后我们就行动了。”

“你在纽约啊。你怎么比我还早半个小时到呢?”

“这个嘛，贾斯丁，我运气好。当她给你打电话的时候，我正在半月湾冲浪。我五分钟就到了，然后快速地完成了收购。很幸运没有什么意外，我得到了我想要的——一个私下谈话的机会。”

“还没有。”

“你来了，不是吗?”

“除非你先同意我的条件，不然你是得不到你要的五分钟的。”

“条件是?”赫克特邪恶地微笑着。

“立刻释放艾格尼斯，删掉所有说她与行动派有关的假话。而且，我还要看到她是SPS良好成员的证明。我要纸质的，我好给我的律师。”

“还有吗?”

“你要给她足够的股份，让她可以得到掌控自己投资组合的70%。”

“还有吗?”

“我要见她……在这里。”

“这要花点时间来准备。”

贾斯丁走进厨房："去吧。"

不到一个半小时后，有点疑惑的艾格尼斯·高登斯坦走进了自己的家。贾斯丁从阴暗处出现，走到了她面前向她问候："你还好吗？"

艾格尼斯迷茫的表情还是没有消散。如果不好的话，那就是变糟了。

"贾斯丁，到底发生了什么？我被威胁，被拘捕，差点就上了心理审查的名单。我找不到律师，因为他们说我的保险被取消了。但是我知道没有。当我认为事情奇怪得不能再奇怪的时候，我又被放了，有人来接我，然后让我坐着我见过的最高级的豪华车回来，还有……还有，贾斯丁，我还得到了超级大股权。"贾斯丁慢慢把还在说话的艾格尼斯带到厨房，但是并没有打断她的滔滔不绝。她在说话的时候，他帮她把外套放好，然后从冰箱里拿了一瓶叫"G!"的水给她，是一瓶绿色的黏黏的碳水藻类。贾斯丁可不会喝这种东西，但是好像这是当天的饮料特供。

"70%？"她喘着气说，"这是真的吗？"

"我们来查一下。塞巴斯蒂安，你能看一下艾格尼斯是否拥有自己的70%的股份了？还有，顺便也确认一下她是SPS良好成员的事情，然后给她一年的最高级律师保险，记得预付。这个来你家的那个高级律师还会给你洗衣服。"

"贾斯丁，"忠心的化身回答，"她的持股确实在70%。账户干净。你的律师有艾格尼斯不可能是行动派成员的纸质证据，他还向我保证，如果需要的话，他还可以提供更多证据。律师已经在路上了。"

“谢谢你，塞巴斯蒂安。”

艾格尼斯还是目瞪口呆地盯着贾斯丁：“可德先生……贾斯丁，为什么你要为我做这些？我以为你想要我自己挣。我还有点想自己挣的。”

“艾格尼斯，”他眼神温暖地回答，“这是你挣得的。你站在我这边，一起对抗这个你知道危险又强大的人。你与我相识这件事导致了你的危险，这是唯一能让你安全的方法。所以你绝对是自己挣的，而且你还会继续挣。这是我唯一能做的了。此后，你会受到关注。我很抱歉，虽然我尽可能地不插手你的生活，但是还是让你经受了这一切。有可能，你今天得到的还远不够。你有权利创造自己的未来，但是这已经被拿走了。我只希望，当你意识到我对你的生活都做了什么的时候，你会原谅我。”

艾格尼斯目瞪口呆地说：“你疯了吗？我有超级大股权！谢谢你，谢谢你，谢谢你！我真是做梦也没有想到我会得到这些。至于支持你，我肯定要支持你啊。你想要帮我，我只是在报答你而已。你现在还需要我帮忙吗？”

“什么意思？”

“是这样，抓我的那个人还在我的客厅里，而且我肯定那就是赫克特·圣比安可吧。”

“他就是赫克特·圣比安可，GCI特别行动局的副主席，而且还是我眼中钉。你可以给我们一点说话的空间吗？”

艾格尼斯点点头：“别说了。我也不想知道。我去楼上洗个澡，然后我就去睡觉。如果你需要什么的话，叫我就是了。”

“好的。洗个舒服澡。”贾斯丁看着她上了楼。叹了口气，然后从冰箱里拿了一罐啤酒。里头确实有些慕尼黑“黑客普索尔”啤酒，但是这个廉价的混蛋买的是合成的，只有罐装的。贾斯丁回到客厅，准备开始讨价还价，却发现赫克特已经进入了梦乡。他突然想到，可能赫克特没有那么多时间来睡觉，其实他很可能是全太阳系里最忙的人。贾斯丁野蛮地踢了踢赫克特的脚，然后在他耳边大喊：“五分钟，计时开始！”

赫克特脸上的表情就可以让听他说话的五分钟值回票价了——已经是很长的一段时间了。

“什么？”赫克特咆哮着，“没有早安吻吗？”

贾斯丁坐在对手对面。

赫克特打了个哈欠：“啊，你真是与往常一样，一点幽默感都没有。很好。贾斯丁·可德。”他用多管闲事的语气说，“我，赫克特·圣比安可，受GCI董事会的委派，向你提出一个提议。”

“一个我不能拒绝的提议？”

赫克特没有明白他话中的含义：“你当然可以拒绝，除非你是傻子你才会拒绝。”

“还剩四分钟。”

“GCI想要你加入组织。”

贾斯丁微笑着说：“说不定用不着四分钟，但是你已经付过钱了。我可以多花点时间来说‘去你的’。这就好多了吧。”

赫克特不理会贾斯丁的粗鲁。他得到了他想要的……目前为止。他欣然接受了这个笨蛋的冷嘲热讽。

“贾斯丁，如果自由党的忠实信徒他们可以听见你说的话，他们会说什么呢？”

“如果他们知道我在跟你说话的话，他们可能会希望我不要这么礼貌。”

赫克特大笑：“但是你还没有听到细节。”

“哦，这很好，”贾斯丁回答，“你能提出什么好主意让我要加入你们呢?”

赫克特阴险地笑着：“还用问吗，当然是妮拉。”

“去你的!”

“不，贾斯丁。”赫克特第一次提高自己的音量说，“去你的，你这个自大的混蛋！如果我可以想些法子来折磨你的话，我会的。噢，所以你没跟你珍贵的妮拉在一起是吧。这简直太坏了！数百万的人因为你和你的固执，你的愚蠢，还有你对不加入组织的迷信而死去。我敢说，这个星球上每个人身边肯定都有人是因你而死的，或者是因你而受苦的。是的，我有力量可以让你远离妮拉，但是我放弃这些因为我需要你。你接到的是宇宙里最好的交易。”

贾斯丁泰然自若。

“抛开妮拉不说，”贾斯丁说，“我已经有一个不错的交易了，赫克特。你永远也不能拿走我的钱——我的律师可以做到这点，除了妮拉，你也拿不出什么我现在没有的东西了。而且，如果你想杀掉我，我早就死了。”

赫克特慢慢地拍着手说：“精彩，贾斯丁，精彩啊。你这个未加入组织的人把一切都看明白了，是吧？那好，我们从另一个方面来看看这个事情。首先，你再也见不到妮拉了，永远。而且别说什么你能找到漏洞什么的鬼话了。去你的漏洞。记住我的话：GCI 会在我们允许你见她之前就杀掉她，当然不是直接杀掉。一场简单的意外，例如我们放错了她的冷冻舱，这个意外就可以让她睡几个世纪了。但是这就够了吗？在她遇到，呃……我该怎么说呢？不幸的遭遇之前，我们会进行一些行动，让你们的地下恋情曝光。”

“你没有证据。”

“别傻了。我可不会傻到发出一个没有后盾的威胁。”

贾斯丁只得沉思着。“继续。”他不安地说。

“她和她的家庭都会遭到辱骂，”赫克特继续说，“而且，记住我说的，可德。在她的‘意外’之前，我保证她会很痛苦。对你而言，我会把你拥有的所有钱都占用，不管有没有昂贵的律师。你想要缴税？你要申——”赫克特在想着这个不熟悉的词，“申报所有微型代管。等我们完成的时候，你就会在街上乞讨。任何帮助你的人，甚至是给你钱买食物的人，都会被审查。噢，这会是在延伸法律，但是去你的，你不关心我们，那我们为什么还要关心你呢？”

“说完了吗？”贾斯丁问，已经快要控制不住自己内心对这个向他和他的爱人举着枪的男人的愤怒了。

赫克特大笑道：“其实我刚刚才开始呢。我会让你收到被行动派杀掉的所有人的照片。然后我会付钱，让他们的父母、兄弟、配偶，还有孩子找到你，不管你住在哪个洞里，让他们去问你为什么。为什么你要让这一切发生？你不能避免你自己行为带来的后果，可德先生，我们大家都没有。我……会……追着……你。”

贾斯丁冷眼看着赫克特：“完了？”

“自大，不是吗？”赫克特问，“如果你喜欢我们现在就可以开始。我可以让这条街一个小时之内就挤满人。如果你真的觉得你自己是无辜的，那就等着吧，等着看被害者的亲属们。”

“我不是无罪，圣比安可，但是我没有杀掉任何一个人。”

“但是你不能阻止这一切!”赫克特大喊，“你领导自由党盲目的从众者的每一刻，都是未加入组织的每一刻，都有人死，都有更多的人在承受痛苦。”

“我不信，赫克特。我只是一个人；这是一个有400亿人口的太阳系。在我的时代，我们常说：‘不好的事情时常发生。’如你们所知，我正在尽我所能减少这些痛苦……阻止暴力。”

贾斯丁向圣比安可示弱的唯一原因，就是妮拉的痛苦和被威胁的死亡的阴影让他失去了勇气。因为这个软弱踢了自己一下——毕竟，数百万人都看着他。他的目标是正确的……但是还是站着，像个茫然的战士一样经受着打击，为了什么？为了对一个女人的爱。

“贾斯丁，”赫克特继续说，“你不是一个人。你是一个未加入组织的人。因此你真的被诅咒了，但是你的诅咒与其他的不同。你的诅咒，让你孤身一人，但是折磨着你周围的世界。最令人害怕的，是你可以在任何时候结束这一切。但是你不把这看作是诅咒，是吗？你把这当作是某种不正常的保佑，所以你两个手紧紧地抓住它，不管代价是什么。这已经让你失去了布莱克、哈伯、麦肯基夫妇、那个‘隧道老鼠’——现在这个高登斯坦会成为下一个。你就是看不见区别。兄弟，要是莎士比亚以我们的事情来写一部悲剧的话，那《奥赛罗》根本什么也不是。”

“当然，你演阿一古肯定演得好。”贾斯丁责骂。

赫克特惨笑，没再追问。他只是很高兴他的化身没有听到他的名字就作出反应。

“贾斯丁，”赫克特继续说，“你可能不相信，但是我是你最好的朋友。我想要救你，只是你不会听。”

贾斯丁发现，在赫克特下注和采取行动之前都有很多要说。迟早都要有个了结，总是要见识一下他的招数的。

“那好。”贾斯丁说，“我洗耳恭听。”

赫克特长舒了一口气。他搞定了这个不可能被说服的头脑迟钝的人，而且他完成这些他非常的开心。不是因为傲慢，而是因为尊重。这次会面的东西他都没有打算隐藏，他知道对手非常的聪明，而且赌注也非常的高。

“好，贾斯丁。事情是这样的。我们会结束这一切。你会和妮拉在一起。我们不只会结束关于你的风流韵事的恶毒的流言，我们还会出来支持你们，甚至还让她重新获得认证。我已经搞定了著名的专家，他们会更乐意明确表示，对你而言，客户病人关系不包含在内。我们还会为你们办个婚礼。相信我，贾斯丁，等我完成这个计划的时候，大家会排着队地想知道你们在哪里登记的。而且，你会重新得到你所有的钱。不管你信不信，政府也不会再收你的税。你认为他们喜欢现在的做法吗?”

“他们好像还挺擅长的。”贾斯丁讽刺地说。

“是的，”赫克特承认说，“政府对你来说是这样。但是每个环节我都安插了耳目。”

“而且，”他继续说，“如果你加入组织，你也会得到每个人一出生就有的标准10万股，但是有一点例外。跟其他人不同，你可以自己保留全部。”

贾斯丁不相信地摇摇头。

“全部?”

“全部。”赫克特机灵地笑着，“但是有一股不是。”

“啊。”贾斯丁摇摇头，就知道里面有问题，“那谁来拥有这一股……或者我该说，‘奖品’，你还是主席?”

“给任何你想给的人，贾斯丁。”

贾斯丁的嘴张得大大的，接着突然又闭上。

“我说过你赢了，贾斯丁。”赫克特苦口婆心地微笑着，“我说真的。但是我会建议你把这一股给哈伯医生，因为我想你已经知道了，这是传统订婚交换的方式。”

赫克特知道他和妮拉谈话的内容吗? 值得怀疑，贾斯丁想。如果哪座房子的安保与GCI的可以相提并论的话，那也只有他的了。

“你觉得我是个笨蛋吗?”他说，“GCI拥有妮拉完全的大股权。我也可以把这一股给你或者主席，因为你们其中任何一个都可以随时通过她来威胁我。”

赫克特点点头，好像完全同意一样。

“让我再解释一下‘你赢了’这个概念。如果你同意把你的一股给哈伯医生，GCI就会把持有的所有哈伯医生的股份都还给她。这就会让你的女朋友可以掌控自己70.4%的股份，而且这会让她……‘刀枪不入’，我想这是你会用的词。”

“是的，”贾斯丁确认，但是还是不怎么相信这个提议。“你是说，GCI愿意放弃妮拉会帮他们挣得的数千万的钱? 我觉得这可不太可信。”

赫克特大笑：“贾斯丁，我还是建议你好好想想，先看看你的乡村医生真正值多少。”

贾斯丁很快就跟塞巴斯蒂安确认了。过了一会儿他抬起头，完全不相信他刚刚看到的巨大的数字。

“妮拉的股票值数 10 亿？她是全系仅次于主席的最有价值的人？”

赫克特点点头：“就是。”

“我知道她很值钱，但是上帝啊，为什么？”然后他说，“这是某种计策吗？你是不是对我的化身做了手脚？”

“他不能，”塞巴斯蒂安向他确认说，“除非他控制了整个神经网络才能做到，但是即使是 GCI 也没有这样的能力。”

“那好，赫克特，”贾斯丁说，“她怎么会值这么多？”

赫克特查看了一下时间：“你知道我们的五分钟已经到了吧。”

“去你的，圣比安可。我知道时间早过了。她怎么会值这么多？”

“原因就是你，贾斯丁。我不能说得太详细，但是我自己也不是很明白。有空你可以问问市场心理学家。但是要点是，市场不仅显示各种商品和服务的价值，市场也是人的价值表现。这个市场是历史上唯一一个人类也参与的市场。有些人甚至把它叫作‘潜意识比赛’。通过这种方式，大家都知道，你是危机的缘由和中心。但是他们不能买你的股份，似乎也永远不会买。但是你猜，他们能买谁的？”

“妮拉。”

“你看，她是最接近你的。贾斯丁，我能退休，而且过得很好，拿着她的股份。当然前提是我得有。”

“卖太快了吗，圣比安可？”

“不是。其实 GCI 把它们捐给穷人了，GCI 会给你这些穷人。”

贾斯丁怀疑地看着他：“你说真的？”

“你很容易就可以核实啊。如果你不把我当成你最好的朋友的话，那就把我想成是你的精灵。你想要什么？一个行星如何？我们可以给你一个。你想要金星的所有权吗？这得要花些功夫，但是会给你。接受它，重新起个名字，叫它肯考蒂亚或者妮拉或者其他随便都可以。嘿，我有一个主意，得到我的股票的大股权，你可以对我做我对你做的事情……你的余生都可以这样。你想要主席的股票吗？多少？你有我们，随便要求。”

“你真的相信我放弃那么一股就能有这么多不同吗？”

“是的，”赫克特严肃地说，“全部。”

“就好奇地问一下，为什么呢？”贾斯丁问。

“因为你就再不会是未加入组织的人了。只要你迈出了这一步，GCI就可以完成剩下的工作。但是你必须得自愿做才行。”

“如果我没有呢？”

“我相信你会找到方法的。”他一边说一边从沙发上站起来。一开始他害怕移动，他感觉他像是在进行一场精细的外科手术一样。但是对赫克特·圣比安可来说，不动就像不能呼吸一样。现在他知道他吸引了贾斯丁全部的注意力，所以他决定站起来走两步。他的神经都紧绷了，血液流动可以让他感觉好些，可以让他更好地思考。

“你要记住，贾斯丁，”赫克特说，“我们的联邦并不邪恶。它是好的，肯定比你们的好。你呼喊着‘自由’，想要‘平等’。你认为人们真的想要吗？我来告诉你他们想要什么——不管在你的时代还是我的时代——他们都想没人管。那些想要有能力影响自己命运的人总是会找到方法。你就是个例子。在你们的时代，这方面你更擅长一点。而在我们的世界任何人都可以做到，贾斯丁。相信我。

我们不是对自由有偏见，我们才是真正的自由。远离痛苦，远离折磨，而且，赞美但萨，远离平等。”

“那不是自由，赫克特。”他开玩笑地说，“那是盲目。你们不知怎么的，好像看不见这个事实，你们的科技让你们有了这种自由和平等的粉饰，其实你们是被系统奴役的。”

“贾斯丁，”赫克特反驳说，“不是科技，是社会使然。我深入地研究过你的时代。你还记得在你们的电视上看到的那种有人在祈祷，为那些饥饿贫穷的人募款的广告吗？他们向你们展示的瘦弱的人的画面。”

“我当然记得。我还捐了很多。”

“这很好，但是其实没有太大帮助，不是吗？实际上没有能帮助到这么多的人。现在，如果我们运用了我们的社会学，而不是我们的科技，用我们的社会学来解决这个问题呢？你告诉我，结果会是更糟还是更好。”

“什么样的方式呢？”贾斯丁明白其中的陷阱，他问。

“如果，”赫克特步步逼近说，“不是每个月用两三美元来进行慈善捐助，而是你每月给10美元，然后你就可以得到那个孩子未来收入的5%？当然，如果这个孩子死了你就什么也得不到。现在你就得真的关心那个孩子有没有得到你送的鞋子了，你也有兴趣去看他是否有去学校，是否学习了读书写字，可能你还会给他寄一箱你准备丢弃的旧衣服。在你原来的世界里，你就写张支票，然后就忘记了这个孩子，他可能还是在忍饥挨饿，你也不关心。可是不止如此。你的国家，美国，喜欢让这个星球的整个地区一团糟，然后根据国家利益干扰别的地区，这通常都与经济有关。但是现在，如果数百万的人在全世界数百万原来是饥饿的人身上投资的话，他们可能会确保这些人没有被拿着枪的混蛋杀掉。于是这就变成了你的政府的经济利益，他们要确保这个混蛋政府不会因为愚蠢的观念或者宗教原因杀掉他们自己数百万的人民。”

赫克特暂停吸了口气：“但是，贾斯丁，我会把政府放到这里，因为我认为你只是个孩子。真正的利益出现的时候，就是那些‘邪恶、自私、恐怖的组织’参与的时候。要多久的时间，一个企业才能发现，在数亿的饥饿的儿童身上有巨大的利益呢？如果要花十年，我就已经很吃惊了。很快你们就会有公司、企业，甚至是组织。他们会发现，每个人10%的收入会是一笔巨大的潜力投资。想象这样一个世界，银行贷款给组织去建造学校、医院或者公寓。不是因为做这些事情是正确的，谁在乎呢！他们做这些是因为当中有利可图。因此，我们的系统，尽管贪心、腐败，但是正因为如此，不论在什么时候，不论你选任何科技，我们的系统都要比你的好。”

“但是，什么组织可以，”贾斯丁问，“去利用那些孩子呢，圣比安可——别说他们不会。”

赫克特有些生气：“你在说什么呢？那些孩子会被饿死——还是在你们的电视上。他们被无意义、无利益的战争杀害。他们被可以治愈的病痛折磨，甚至是用你们的原始的科技。你还担心他们会被利用？他们真的是阿拉斯加人吗，贾斯丁？在这里我告诉你。我很乐意承认，当中很多孩子都会被利用。我之前也说过，谁关心呢？他们会活着，看在但萨的分上。不，其实，我收回刚刚说的。只有傻瓜才会真正地尝试利用这些孩子。因为那些被利用的孩子长大了之后会恨你的公司，然后就工作得一塌糊涂。我的系统，希望你的系统也是这样，如果你可以看见的，都是为了自我利益工作的。我掌控着 GCI 的一些人力投资项目，我们要解决的第一件事就是‘不满’。这当中可没有利益。我会把自我利益的价值和平等与自由的价值各自堆叠起来，直到那一天，你说哪个结果对人类来说更好。”赫克特暗地里笑着，因为贾斯丁现在基本上不打断他了。他相信，每次的论证，都把可德从陈旧的概念这个庞然大物上削了一点下来。

“有一句名言，贾斯丁，是蒂姆·但萨说的，‘组织就是让社会运行的自我利益’。”

贾斯丁还是不为所动：“你不能拥有那个孩子的一生。这是不对的。”

“那好，”赫特克反驳说，“卖掉他的股份。没有阻止你。你不明白么？系统就是这样运作的。在你们的社会学下——饥饿、痛苦，偶尔犯罪引诱问题，这些之后都会有痛苦的，无意义的毁灭。在我们的社会学下——承诺、长期关心和投资，结果就是教育、健康还有长寿。当然没有哪个系统能保证幸福，但是，贾斯丁，你能不能诚实地告诉我，在哪一个社会里这个饥饿的孩子有更好的机会呢?”

“如果你的系统这么好，赫克特，那为什么这么多人都因此而受到威胁呢？不是我创造的自由党；我是说‘剥离’。自由党源于草根运动，在我来之前就像野火一样扩散。那个疯子杜格死后我才来接手这个烂摊子的。”

“贾斯丁，”赫克特攻击说，“你就是穿着过季的套装也能开始一场运动，因为‘伟大的贾斯丁·可德’这样做了。你的时尚过错就会成为他们的新风格向导。你就是有这么大的影响力。但是我们来说说基本要素，如何？我们系统里最后一次有人挨饿，或者少吃了一顿饭是什么时候？错失了应该的教育，或者没有地方睡觉？当他们需要的时候没有医生或者律师？你们党内的那些笨蛋没有经历过，不知道你的生活方式有多差。他们忘了……我们都忘了，贾斯丁。但是我的预测是这样的。最糟糕的话，我们会有一场充满痛苦，希望，还有一世纪的毫无意义的伤痛的内战。你和我今天，现在要做的，就是要避免这样的世纪，不要重蹈大萧条的覆辙——不要再发生'灰色炸弹'的意外。这就是你可以帮上的忙，这也是我们会不惜一切办法来让你放弃你的一股的原因。"

贾斯丁微微抬起眉毛："一切，你是说一切？"

"一切。我是人类历史上最强者的坚强的右臂。你说吧，我肯定会让你如愿的。"

贾斯丁还是决定要喝那罐合成的啤酒。他走到冰箱边，抓住了那个拉罐，然后走回到客厅坐了下来。

"赫克特，无意冒犯……其实你也可以生气。你是个传话的。我会说你是个强大的传话者。但是始终是个传话者。"

"所以？"

"我不和传话者做交易。这么重要的事情是肯定不会的。"

赫克特想了一会儿，但是他还是明白了贾斯丁的意图。

"他基本上不见人，"赫克特简短地说，"我是说任何人。即使是你也不例外。没有面谈，也不亲自参加董事会。这些天我也很难见到他。"

贾斯丁抓住赫克特的手臂，然后送他到门边说："安排一下，赫克特。如果你有任何机会搞定这桩交易的话，我就和这位重要人物见面。我会见到主席的。"

15. 主席

一个人得到的最好的礼物就是选择的自由。

——米尔顿·弗里德曼，《自由选择》，1979

在与赫克特谈话结束一个小时之后，塞巴斯蒂安就告诉贾斯丁，会面已经安排好了。明天下午贾斯丁会在纽约GCI总部的办公室里跟主席见面。贾斯丁立刻跟艾格尼斯告了别，并祝她好运，接着就走进了他的飞车。这会多花他一些时间，好让他来努力研究一下GCI系统总部和他即将要见到的那个男人。

他首先关注的是GCI总部的复杂的大楼。他不得不承认确实很美。这确实是一项伟大的成就，就连这栋综合楼的基础都很令人震撼。看着这栋楼的历史介绍，贾斯丁了解到，在GCI成为超级组织之一的时候，纽约所有可用的土地都被占用了——至少，所有能容纳GCI这种高度的地方都没有了。贾斯丁发现这很惊奇，因为这就是那个抽干了哈德孙河，然后向着新泽西一路建造的摩天大楼。

GCI发现，要为他们的跨系产业建造一栋综合楼当总部几乎是不可能的。这不仅会耗资巨大，而且也会引来很多负面的关注。再者，已经有很多其他的组织表示了不满，他们可不想离GCI太近。

就在这时，董事会跟着有事业心的年轻常务副主席，莫什·麦肯基，开始进行一些全新的工作。

组织买下了哈德森区海堤外的海床。他们有先见之明，买下了大概100英尺范围内的土地，这样他们就可以对之前不让他们卖土地的组织多做点事情了，同时没有别的公司可以对他们做什么。接着，花了很多钱，公司在海床上出现了，建造了一个延伸的海堤，这样他们就有整整3平方英里的范围可以操作。基础完成之后，计划也制订好了。贾斯丁读到，著名建筑师福瑞儿·约拿单现在被认为是人类历史上最伟大的单栋综合楼建筑师。郊区附近是奢侈的绿地，为访客提供的公共住宅，还有一个小型轨港。稍远一点的地方，有一系列的三四十层高的综合楼，再远一点的地方，就是建筑狂欢开始的地方。没人知道一开始是谁给这5栋微微弯曲的300层高，形成一个椭圆形的大楼命名的，但是它们还是有了名字。这五栋楼分别被叫作凯芙尔尼亚、利沃尼娅、奥瑞利娅、朱莉娅和安东尼娅。它们都是相互连接的，组合起来就成了一栋巨型大楼。光是它们“五姐妹”，就已经是奇迹，是令人羡慕的系统总部了。但是它们相互围绕着的，才是让GCI世界总部成为传奇、神秘又神奇的地方的原因。在五栋楼的中间，有一个被全宇宙都叫作“豆茎楼”的建筑。这是人造建筑，它从星球表面升起55英里，直接升入太空。这种结构最初的设计，是为了让人和产品能够通过上百种特别的电梯摆脱重力的束缚。

讽刺的是，在“豆茎楼”的建造进行到一半的时候，它就被荒废了。原因是地面的“豆荚轨道”系统和装满水的容器。“豆荚轨道”几乎什么都可以搬动——从送人上去到搬运老式冰箱——都可以让它们不受重力的束缚，而且还更有效。但是到那个时候，“豆茎楼”原始主体的花费已经批了下来，而且工程已经快要结束。就这样——但是 GCI“豆茎楼”不全是垃圾，它还是从运送低价货物赚了些钱，比如矿石和有机化合物。

GCI“豆茎楼”想要做，而且还做得不错的就是抓住了人类的想象力。它是地球上最受欢迎的旅游地，而且由于地球又是人们关注的焦点，所以它也是太阳系里最受欢迎的旅游胜地。尽管土星的行星带和火星深度峡谷邮轮也很有竞争力，但是到 GCI“豆茎楼”去参观就像贾斯丁那个时候的人去不幸的世贸中心看一眼，都像是一件非做不可的事情。

当飞车在曾经被叫作“圣经带”而现在是荒地的地方掠过的时候，贾斯丁开始研究主席了。根据最新的图片——如果是图片可以表露什么的话——他是一个看上去四十岁左右的人，一头灰白的短发，中等身材。他有一双灰绿色的眼睛，方下巴，还有犀利的眼神，从中可以看出这个人手里握着多大的权力。

好像是要配合他的光环一样，这个人很少在活动和采访中出现，他似乎更愿意把这些“讨厌的工作”留给他现在的二把手——赫克特·圣比安可。

但是贾斯丁发现，他的故事也是很有传奇色彩的。他是由他的父亲抚养长大——他的母亲在火星地球化的最后一步的时候去世了。她死后不久，她的丈夫和儿子离开了那颗耀眼的行星，来到了环境更舒适的地球。他们都是“仙股人士”，主席的教育也没有让他走向组织的方向。但是贾斯丁看见，他的分数一直都是名列前茅的，他所有的测试分数都非常的好。他还明智地用这些成绩，让一所有名望的航天航海职业学校收了他。最后他成为了一名领航员，毫无意外地以班上第一的成绩毕了业。GCI 人力资源部的一名中层管理者，意外看到了这个年轻的天才非常标准地操作“侦探”程序。这名管理者给他的上级递了一份文件，然后他就给了这位年轻的领航员一份工作。

在绝对的冒险、自愿牺牲的精神，还有不屈不挠的坚韧之下，这位年轻的领航员在非常年轻的35岁，就获得了自己的大股权。有了大股权，他就可以从GCI运输部转岗到其他执行部门。如果他没有大股权，他的股东们肯定会坚持让他继续当收入不错的领航员，为自己十多年后会得到的保险箱努力。

但是天意对这个年轻，固执的执行者有别的安排。在27年里，他努力工作，在年幼的62岁就当上了GCI的主席，成为历史上最年轻的主席，在任何重要组织里都没有过这样的先例。

当上主席的31年里，贾斯丁算了算他现在应该是93岁左右，GCI从全系几个强大的组织之一，一跃成为了组织世界里最被认可的老大。主席首先做的，就是统治系际交易和殖民地的所有事务。这样，他很快就建立了一个无懈可击的权力基地，GCI的领域几乎拓展到了人类的方方面面。

他还把他自己的个人办公室，从利维亚大楼搬到了“豆茎楼”的顶端。然后，他把所有重要副主席和他们的办公室——连同他们的员工一起——都搬到了“豆茎楼”里。最后这个联合起来的办公地点占据了一栋30层高的大楼，位于离地面40英里的位置，主席的办公室套房就在这栋世界历史上最高楼的顶端。这样一来，电梯被零摩擦力的真空所包围，有一个超高超大的加速器提供能量，这个装置可以让一个人从纽约街道到世界最高点只需要花几分钟的时间。从这里面，贾斯丁看到了主席的领导天赋。贾斯丁读到，在系统组织的精英中，没人比那些每天被特殊送上“豆茎楼”的人更受人嫉妒了。他们在真正的、看得见的权力座位上。主席在这些人之上，在他的办公室俯瞰这个他真正拥有的星球。

这就是掌控着他的命运的地方，这就是要决定他命运的那个人。

贾斯丁把他的飞车降落在综合楼的海边一个由 GCI 交通总调度事先安排的地点。当他把自己的飞车转换到自动驾驶的时候，飞车来到了一个离地面 6 英尺高的地方悬浮着，下面就是离海堤只有 30 英尺的一个巨大的垂柳。他下了车，伸展了一下身体，看了看周围。他看着不远处的“五姐妹”，还可以听见海浪冲击海堤的声音。他一边呼吸着大海边的空气，一边感受着咸咸的水雾——比起他这趟长长的旅行被装在小空间里的空气来说，所有这些都是一种释放的感觉。他最后看了一眼停在摇晃着的柳树上的飞车，然后就朝着“五姐妹”的方向走去。

其实他可以坐直达的工具去，但是他还是选择步行。不是要让自己的头脑清醒，而是要让自己的血液流动起来。根据他的每一个指示——塞巴斯蒂安可以导航，他朝着利沃尼娅走去，在这里只有那些前往真正权力之位的人才可以坐上真正的电梯。今天的天气晴朗无云，所以在从地面到 GCI 系统总部综合楼时是很适合观景的。仅仅是抬头看看任何一座 300 层高的楼就让人感觉渺小了，但是现在抬头看见五座这样的大楼简直是他不能想象的。更令人吃惊的是，这“五姐妹”在“豆茎楼”旁边也显得暗淡。“豆茎楼”其实没有比“五姐妹”中任何一个华丽。从近处看的话，“豆茎楼”看起来像是一个巨大的银色圆筒，由很多巨大的、微微脱色的板子重叠而成。仔细看的话，“豆茎楼”上有很多长长的缝合线，从这贾斯丁可以看出这是运输管道的设计。这东西就一直升高，升高……升高，最后终于像穿向天堂的针一样消失在大气层中。对于贾斯丁来说，好像“豆茎楼”的作用不是用来运送商品或者游客，而是用来让人彻底觉得渺小的。

贾斯丁刚刚接近综合楼忙碌的嘈杂声中的时候，塞巴斯蒂安就从声音模式转换到了图像模式。贾斯丁准备进入一个真正的城市，挤满了人、机器和机器人的城市。可视导航在这个时候要有效得多。塞巴斯蒂安激活了一个内部提示器，这可以让贾斯丁的眼睛看到——因此也可以跟着——地面上的一红线。浮在这个巨大的城堡入口的，是一个巨形的50英尺宽300英尺高的牌子。上面写着：**GCI——人类投资**。

贾斯丁走了大概500米——穿过忙碌的工人，还有各种各样的机器——来到了利沃尼娅大楼的入口。他不理会周围人的眼光。他还注意到他有了同伴，离他有一定的距离，是一小群安保机器人。里面的大厅是他想象的样子——数千人在忙碌着，从一个地方冲到另一个地方。他跟着红线走到了电梯处，他独自一人进入了管道——安保机器人把其他人都拦住了——然后他就来到了大楼的顶端。他走出管道，然后走到了连接着“豆茎楼”的走廊。他现在发现自己身处另一种不同的大厅里。首先，这里人少了很多。除非真正在这里有工作的，不然他们是不会到这里来的。这里的人的行为和着装也不同——昂贵的套装，高高在上的态度。大厅是圆形的，这让贾斯丁想起了体育场，在这里他想要走回到开始的地方估计要花点时间才行。

他故意直接出现在高级电梯面前。这一排电梯让高级的员工毫无障碍地到达和离开。当然，有那么一部电梯，被红色带子和一小组安保机器人围起来，周围还有一群面无表情，全副武装的肌肉男和肌肉女。这座电梯是董事会成员和他们的个人员工专用的，这也是贾斯丁红线指向的地方。

他在大厅中看到的人当中，没有人跟他有眼神接触，也没有人想要站到他面前，不管是直接还是间接的。他耸耸肩，然后就朝着电梯走去。一个人类保安抬起了红绳子，等着贾斯丁走过去。

他走进电梯，这电梯感觉到了他的到来，于是它开口了。

“您想去哪层楼呢，先生?”

“你不知道?”

“抱歉。我应该要知道的吗?”电梯问。

“呃，好像其他的事情都是安排好了的。我只是觉得……”

“怎么?”

“算了。直接到最高层，我想……呃……电梯。”

“好的，先生。顺便说一下，很多执行官都叫我‘上升官’。关于外部您想要透明的还是不透明的?”

“我想我要透明的，上升官。”

“好的，先生。我猜这是您第一次到‘豆茎楼’来吧。”

“对的，上升官。”

“祝您有一次愉快有价值的旅行。首先轿厢会慢慢地加速，然后再提速。请坐。”上升官说完，立刻出现了一个流动材质的电梯墙。贾斯丁走了进去，毫不吃惊地发现，座位刚好适合他。“如果您感觉不舒服的话，”上升官说，“请一定告诉我们。您有这部电梯的高级使用权。您想多久到达目的地呢?”

“最快是多少?”

“因为没有您的医疗记录的细节资料，所以我只能通过表面的观察获得信息来决定，我估计大概是2分58秒。最高记录是2分零6秒。”

“那肯定会不舒服的，我觉得那么快我肯定受不了。10分钟如何?”

“绝佳的选择，先生。”当电梯开始上升的时候，墙也开始消失了。他还没注意开始上升的时候，就已经进入到了天空——周围都是开阔的天空。只有他一开始进入电梯时候的冷风还留着，就像一个心理提示一样，告诉他不是在这半透明的轿厢外面飞翔。但是他有点呼吸困难，因为他看到他下面的城市是一片威武宏伟的样子。快速下降的300层高的大楼从布鲁克林一直延伸到泽西海岸以外。要不是有凹陷的大洞的话，还有会很多空的土地，纳米机器人已经毁掉了这个巨兽的地基里面的所有分子——包括里面的东西。在其他地方，被吃掉一半的建筑大胆地从受到战争破坏的土地里升出来，就好像是从老旧的墓地升出来的一样。纽约城，以前是一座充满活力，人口高达7 500万的城市，现在是一座谦逊的古老的城市，人口已经不到3 000万了。当电梯越升越高的时候，这座满是疮痍的城市渐渐消失在视线里，贾斯丁情不自禁地想起了海明威的名言：“在现代战争里，你会像狗一样无缘由地死去。”他保持着严肃的表情，他们全都是无缘由地死去的吗?

蔚蓝的天空终于被包含了一切的一种颜色给征服了。贾斯丁通过“豆茎楼”，进入了太空深邃的黑色中。

让这趟旅程更加特别的，是从“豆茎楼”顶端发出来的微微的光芒。他被这不真实的光芒给吸引住了，甚至没有注意到电梯正在减速。轿厢肯定降低了很多的速度，好像现在已经没有动了。突然，一道铁锈色的墙出现了。

“我希望您的旅途还愉快，先生。”上升官说。

贾斯丁从座位上站起来说：“谢谢你，上升官。还不错。”门一滑开他就走了出去，接着又跟着红线的指引前进。他停下来看了看周围的环境。他走进了一个走廊，左右两边都是弯的。地面铺着厚实的地毯，墙都是由上好的沙漠骨大理石做成的。色彩的组合不是很符合贾斯丁的口味，但是也没必要符合他的喜好。外墙很清晰，让所有观察者都能看到自己在一个华丽装饰包裹着的阳台上。

“主席的套房，”塞巴斯蒂安说，“有三层。最底层是处理商业事务的，上面的两层被假定为生活区。”

“假定?”

“没有拍到任何内部的照片，主席也从不在那里接受采访。有猜想说整个两层都是不固定的，但是谁也不能确定。”

“不固定的房间价格高昂，而且也很难保持，塞巴斯蒂安。难道没有人可以检查一下保持记录，或者不固定房间技术人员的来往记录吗?”

“当然有人可以，贾斯丁，而且肯定很多人已经试过了，但是主席很看重自己的私人空间，所以已经预先做了很多预订并安排了需要的供给。很难猜中他需要什么和用来‘掩饰’的东西。比如，根据公共记录，他的住处订了十二个提基棒复制品。这些是主席会用的吗?”

贾斯丁想起来他年轻时候参加的一些疯狂的派对，那时还有提基这样的主题。“不，塞巴斯蒂安。一个还有可能，但是我不相信他会要十二个。好吧，”他看着红线指着的方向说，“快点略过这部分吧。”

从他站着的这个地方，只需要走几步就可以到达两扇对开门前。看起来好像是橡木做的，上面华丽地刻着各种园艺。他进去的时候门就开了。里面的房间好像是一个被艺术品包围着的接待处。房间至少有900平方英尺，在贾斯丁刚刚进来的门的对面也有一扇雄伟的对开门。在门的旁边，有一个手里拿着一叠纸、数据水晶，还有一排全息显示屏的助手。这个年轻的男人，好像有够他忙好几天的工作，轻轻地抬起头，然后示意贾斯丁他应该坐下。贾斯丁注意到，这个助手其实不高，在巨大的桌子后面显得有点不相称，虽然他的身材没什么异样，但是他的年纪倒是有些奇怪。

贾斯丁一坐下，秘书右边的对开门猛地就打开了，然后一群执行者从里面出来。从他们的脸上可以清晰地看出，主席刚刚又给了他们新任务。他们的服装、外表还有举止都表明，这些男女能人都是爬上了这个高高的组织楼梯的人；但是，最后一个出来的人安静地关上门的举动告诉贾斯丁，他们还没有爬到最高级。贾斯丁观察到这个年轻人一声叹息，肯定是因为工作量加大的原因，但是，贾斯丁想，这个孩子隐藏得很好，没有把不开心表现出来。

尽管这群人在离开指挥室的时候一直都在相互小声说话，但是他们看到贾斯丁坐在椅子上的那一刻就都把嘴闭上了。很明显他们知道他是谁，但是贾斯丁觉得他还是发觉了他们的惊讶——直到他们都开始扮起了扑克脸。

他们不知道我要来这里。有趣，贾斯丁想，那么，他喜欢玩游戏。

他们观察了这个名人一会儿，但是没有打算走上前来跟他说话。其实，他们列队走过，完全忽略了他。贾斯丁刚刚进来的对开门现在打开着，过了一会儿又关上了，把他们最后一个人也赶了出去。

一个热情又非常年轻的声音响起，“主席再过一会儿才能见你，可德先生。有什么需要我做的吗？咖啡，茶，一杯饮料，卷烟?”

“咖啡就好了，先生……”

“噢，大家都叫我马库斯。看我是否还记得。你喜欢的咖啡是牙买加蓝山——地球上生长的，不是轨道上长的。不要太浓，温热的最好。”

“很好，马库斯。”贾斯丁回答，“GCI 肯定有很多关于我的记录吧。”

马库斯大笑着说：“噢，我想也是的，可德先生，但是我可没有机会看到它们。我是看‘名人生活’知道您的咖啡口味的。”这个男孩的脸有些红，“这是我最喜欢的节目之一。”

“我也是。”贾斯丁一边说，一边夸大事实，好让这个年轻人感觉舒服些。贾斯丁确实知道这个节目，但是更多的是因为妮拉喜欢。一想到她就让他心痛。他把他的视线转移到墙上的艺术品上，希望这样能转移他的注意力。另外，现在除了等他也没有别的事可做。这个有真正权力的人轻轻地提醒着他这个事实。

贾斯丁注意到一座雕塑。这是一座青铜质地的，但是表面看起来好像是活的一样，好像是主体本身。看第一眼的时候，贾斯丁觉得它好像是一个想要行走的人。但是贾斯丁看得越久，他就发现这真的是一个想要行走的人……想离开他的底座。甚至有可能，贾斯丁想，从底座里逃出来。他看了看这座雕像的头部。尽管有些抽象，但是他脸上的每一个轮廓都充满了痛苦和悲伤的表情。贾斯丁知道，这座雕像是知道自己永远也逃不走的。

贾斯丁从椅子上站起来，开始绕着雕像走。对贾斯丁来说，这种用简单物体以这样的方式塑造出来，能引起复杂的情绪反应就是艺术的本质。他看得出这座雕像与他那个时代挂在大多数博物馆墙上纯属垃圾的区别。任何人都可以乱画——有时确实是——画在帆布上，然后放在博物馆里。他们甚至能引起反应，但是没人能配得上艺术家这个称号。

贾斯丁感觉有人拍了他的肩膀一下。他转过身看到了刚才那个助手，手里端着一个咖啡杯和杯托。

“你的咖啡，可德先生。”

“谢谢你，马库斯。”

贾斯丁喝了一口，感觉肯定不是人造的。“告诉我，马库斯。这是原产的还是模型？”

“两者都是吧，可德先生。这是由一张原始雕像图片制成的。这是一件精美的复制品，但是离精美还是有距离，有人告诉我的，因为原始的那件好像……呃，我恐怕，已经在2017年东京地震的时候被毁掉了。传说这位艺术家把自己的血混进了青铜里，但是谁知道呢？”

“就算是复制品，”贾斯丁说，“也很令人惊奇了。这位艺术家还有别的作品存在吗？”

“有的。”马库斯回答说，“我有所有作品的清单，还有各自的所在地。我会告诉你的化身的。”

“非常感谢，马库斯。”

贾斯丁继续他精细的观察。

“我看见主席有一件我的老作品。而且，”他欣赏着这件作品说，“他好像花了大力气把它恢复了。”

“啊，是的，你肯定是说的古塔斯夫·卡勒波特吧。有了新型的纳米机器人恢复技术，我们可以99.7%地确认，这就是这件作品在完成当天的样子。”

贾斯丁点点头，表示着他的欣赏。

“告诉我，如果你不介意的话，可德先生。”马库斯问，“是什么让你选择买这幅画呢……原始的，是吗?”

贾斯丁的视线没有离开这幅画：“就像那边的雕像，卡勒波特的作品是多维的。”

“真的？怎么会呢?”马库斯重新看着这幅画问。

“这个嘛，”贾斯丁回答，“一方面，你们让这幅大帆布覆盖上鲜明的色彩和强壮的笔触——是大师级工匠的作品。另一方面，你们又有一件强大的反艺术作品，想要强调工业革命阴暗的爬行。你们老板的选择还真是有趣。”

马库斯没说话。

贾斯丁看着其他的画。他看见了一幅杜米埃的作品，他知道这位画家对人，特别是低阶级的人非常感兴趣。然后他看见了石涛的作品，这是一名非常有声誉的和尚艺术家，他的画作是以展示创作者自我意识对精神解放的保护而著名。

最后看到的是静物写生。都是单调的灰色，画着一瓶花。贾斯丁注意到，这幅画很可怕，他完全不明白为什么这样一幅画会被放到这样受尊敬的作品当中。

“马库斯，如果我太自大请原谅我，但是为什么这件作品会在这里？它是代表着我不能理解的一个流派或者风格吗？”

“可以这么说，可德先生……看仔细点……非常仔细。”

贾斯丁凑上前，用力地盯着这幅画。过了一会儿他意识到，其实，这幅画在慢慢地精细变化着颜色和色调。

“这有点有趣。为什么要这样？”

“你没有听说过 M 的艺术吗，可德先生？”

“不，我有听过，”他回答，“这种艺术与各种市场都有关联。”

“M 的艺术作品会根据它们所关联的市场的情况来变换颜色和色调。”

贾斯丁点点头，“所以它叫 M 艺术。如果你问我的话，我会说有点呆板。”

“噢，可德先生。这其实是一个非常令人兴奋的领域。一个 M 艺术家有很多方式可以得到接近这个主题。举个例子，什么颜色代表什么样的市场？跟色调有关系吗？什么物体赋予什么颜色？当这些因素都决定好之后，你不仅有了一幅复杂的画，而且这幅画真的会每天变化，还是按照无法预计的方式变化。这不仅仅是数据图，这幅画真正地反映了它所在的世界。”

贾斯丁把手放在下巴上，用力地盯着这幅好像无关紧要的画。“但是这幅画有什么特别的呢？特别到可以待在你老板的墙上？”

贾斯丁看见，马库斯微笑着。

“尽管这是一幅相对简单的静物写生，但是很多专家都认为这是 M 艺术诞生以来的第一幅真正的作品。另外，这幅 M 艺术作品不是跟某一个特别的市场相关联，它是跟整个系统的交易交换相关的。”

“这么小一幅画?”贾斯丁问。

“是的，”马库斯骄傲地说，好像这幅画是他自己的一样，“就是这么小一幅画。这是这幅画天才的一部分。”

“这肯定是无价之宝吧，”贾斯丁说着，轻轻地眯着眼，想着有没有可能这会开启一种不同的体验。

“已经给它投了3.5亿点的保险。”马库斯回答。

贾斯丁狂笑着：“哦，天哪!”他看着几英尺远的画上的颜色慢慢变化说：“那最好别打喷嚏。”

马库斯微笑着。

“只有我这样觉得吗，你有没有觉得它有点褪色了?”

“如果市场没有改进的话，”马库斯说，“它可能会变得消极。以前没有这样过。”

贾斯丁终于退了回来，这样他又可以从远处再研究一下，这次眼光更加敏锐了。

“马库斯，你最喜欢哪一幅?”

“噢，那个雕塑。”秘书毫不犹豫地说。

“真的，为什么呢?”

“看它看得久了，你就会发现它其实不是雕塑。”

贾斯丁微微转头，他看见马库斯紧紧地盯着雕塑——迷失了一样。

“那是什么?”

“一面镜子，可德先生。”

贾斯丁怀疑地眯着眼说：“对一个孩子来说，这个答案可够深沉的。”

马库斯眼神又明亮了起来——好像按了什么按钮一样。“我 23 岁，可德先生。”

“胡说，马库斯。如果你 23 岁的话，那我……”

贾斯丁停止了说话，茫然地看着这个男孩。

“呃，那我就死了。”他低声说，嘴角露出一丝微笑。他现在像之前研究画作一样看着马库斯。头发的色度不同，直直的，不是波浪形的，鼻子要小一些，还有点畸形，而且眼睛的颜色也不同。要找到的不同之处已经够多了，但是这就是他，好吧。

贾斯丁伸出一只手说：“终于见到你了，主席先生。”

主席痛快地笑着，然后紧紧地握住了贾斯丁的手。

“见鬼，可德先生。我还想我至少能瞒你一个小时呢。”

贾斯丁感觉到这个人坚定的握力，跟自己的一样。

“抱歉，”贾斯丁说，“但是我知道的 23 岁的人中没人——在任何世纪——会看着那个雕塑，然后看出是一面镜子的。”

“噢。真的吗，可德先生。那你觉得他会看到什么?”

“他可以随心所欲。他脑子里的所有事情都可以通过发展的棱镜被塑形。”

主席摇摇头表示同意：“你真是个老人，先生。像我一样的老人。”

贾斯丁继续保持着友好的姿势，但是从没忘记自己对面的是谁。

“没有你这么老，先生，但是我们就说我醒来之后老了一点吧。”

“噢，我想也是的。”主席故意说，“我必须道歉，可德先生。我低估了你。我想我们都低估了你。因为我几乎是从你苏醒就开始研究你，所以你会认为我是个骗子。我想可能是老年痴呆了吧。”

贾斯丁耸耸肩。

“你能不能跟我一起走走?”主席问，“这一层已经全部清空了，所以我保证我们有绝对的私人空间。”

这其实不是个问题吧，贾斯丁想。

“当然。”

“你这是真的在世界的顶端散步。”主席明亮地微笑着说。

他让贾斯丁想起了猫已经抓到了老鼠，只是不知道如何处理而已。

他们离开前厅，走出对开门，开始顺时针沿着走廊走。尽管地球还是笼罩在黑暗之中，有些部分还是发着光的。看到的光亮都是海岸和河流。贾斯丁想，这就像是有人用荧光的颜料把大陆和主要的水路给雕刻了出来一样。

“这景象我永远也看不够，”主席说，“我想这就是我把总部搬到上面来的原因吧。”

“那么，”贾斯丁问，“这与搬到上面来象征着你是地球上最重要的人这个事实一点关系也沾不上?”

“这个，”主席带着一丝淘气的微笑说，“可能还是有点吧。”

这时出现了尴尬的沉默，因为他们两人都盯着窗外，看着下面的地球。贾斯丁觉得他们的开场白已经说得差不多了。

“听着，”他一边继续看着窗外一边说，“我想我知道在我加入组织的事情上你是个什么角色，为何不让我来说说这些基本规则，然后你来看看我有没有说错。”

主席看起来有些吃惊：“当然可以。我也非常好奇。”

贾斯丁转身面对着他的对手。

“GCI——就是你——辩称，我有让这个组织世界崩溃的能力，其核心是自愿的。我这样做的话，不只要保持未加入组织的状态，还要作为自由党的领袖，还要积极地鼓励撤资。你赞同我说的吗?”

“当然，可德先生。”

“那好，”他继续说，“我那些决定给了那些再也不想加入组织的人信任和希望，他们看见一个人，或者说准确点，‘一个自由的人’，公然反抗给予他们希望的系统。”

“希望是非常强大的，可德先生。”

“而且，对你来说，是非常危险的。”贾斯丁补充。

主席点点头。

“为了减少大量的社会暴力对抗，”贾斯丁继续说，“你需要我的主动支持。这不会解决所有问题，但是这可以让自由党和行动派都平静下来。目前为止我说得对吗?”

“如我所料的正确，”主席柔和地微笑着，“请继续。”

“为了达到这个目的，你会在股票期权里投入超过11%，当妮拉·哈伯得到自己的超级大股东权。当然，这样做的目的就是让我能给她我的一股——只给一股——根据加入组织的标准条款，一个人可以得到100万股。”

“到目前为止不错。”

“你还会停止骚扰我，停止骚扰我周围的人，还有我的朋友——可悲的是，这个队伍已经小了很多。”

“我想你指的是布莱克先生?”

“其实不止，”贾斯丁说，“但他肯定是‘损失’的那部分。”

“曼尼·布莱克确实是巨大的损失，”主席爽快地同意说，“像他那样的脑子很难找到，而且基本上不可能故意培养得出来。”

“他是一个很好的朋友。”贾斯丁暂停了一下，他想起了曼尼的死他也要间接负些责任。然后他继续陈述这些“事实”，“妮拉会被一个媒体推动，精心编排好的通过卡，这都是为了与她的病人有关系，最后，你会释放我的财产，然后把我变成被大家爱戴的伟大的人。”

主席点点头：“这些都是要点。”

“那好，”贾斯丁说，“现在，软的已经解决，我们来看我是否把硬的也弄清楚了。”

主席没有说话。

“如果我还是抵抗，”贾斯丁说，“还是坚持的话，赫克特是怎么说的，‘我愚蠢的迷信’，我就会被一直审查，直到我破产为止。我还会让我认识的人和朋友们一直被骚扰，直到他们在见到我打招呼之前就想杀死我的程度。我再也见不到妮拉——甚至你们威胁要杀掉她。”

“赫克特不应该说得这么直接的，可德先生。这很无礼。”

“你是说你不会?”

主席露出鲨鱼般的牙齿微笑着说：“噢，不，可德先生。我会的。但是我认为，当一个人最应该威胁的时候，也正是他最应该礼貌的时候……赫克特还是太年轻了。”

奇怪的话，贾斯丁想，居然来自一个孩子的脸。

“赫克特还尝试解释了的，”贾斯丁说，“他解释了为什么我的信仰是错的，是有害的。他说我想要的所有的都在我的面前。我要做的就是伸手拿。”

主席点点头：“在自私的不关心的外表下居然暗藏着如此的热情与承诺。很有趣，不是吗，可德先生？他真的跟你说了金星的事情？”

“我确实觉得那是我可以希望的最大限度了。”

主席大笑：“我希望你没有这样的希望，先生。金星真的有点过分了。我可以换成木卫三或者是木卫一。”

贾斯丁抱着双臂等待着，他决定不理会主席抛出的橄榄枝。

当主席意识到贾斯丁已经说完了的时候，他的眼神又变了——变得一本正经的。“我已经为你起草好了所有协议，你可以拿去给你的律师会，然后让这份协议生效。你会发现，我已经按了我的指纹，签了名，还给了DNA样本。原谅我是用了一滴血，我总是不能抗拒戏剧的光芒。你也要签名，按手印，提供DNA样本。把这个平板给你的律师，然后按但萨的旨意，可德先生，你就会得你想要的所有，这个系统也会在几个月内回归正常，大家都会幸福快乐地生活下去。这听来很糟吗？”

贾斯丁没有说话，过了几秒钟之后，他示意主席把平板递给他。

“那么，”贾斯丁盯着这个光荣的电子助手说，“所有了结这个交易的东西都在这里面了？”

主席严肃地点点头。

贾斯丁拿着这个平板研究了一会儿，然后，好像有些疑惑的样子，招手示意主席过来。

“我不想不清不楚的，”贾斯丁对这个正看着平板的人说，这个人相信自己是被招过来做说明的，“因为好像我说的都被误解了。所以我想要弄清楚……”

主席点点头，为问题做着准备。

“既然你认为，所有对你的存在来说重要的东西都在这里面了，”贾斯丁轻轻地举起平板说，“你为什么不拿着呢——还有它所代表的所有——然后全部推进你的屁股里。”

然后贾斯丁让平板落到了地上。

“我选择自由。”

与贾斯丁预期的相反，主席并没有什么过激反应。实际上，贾斯丁注意到，这个人好像突然累了。他的肩膀下沉，然后他眼里的阴森完全就是一个超过93岁的老者而不是他现在代表的这个年轻人。

“如我所想，可德先生……如我所想。”

贾斯丁盯着这个人，不知道应该做什么。他本期望这一场高谈阔论后自己仍然是一个威胁，一群安保机器人把他拉到阴间去，但是没料到是这样的局面。不管主席的游戏是什么，贾斯丁都不想参与进去。

“你不会改变我的主意，”贾斯丁拒绝让步，“所以不管你在打什么算盘，你都别想。”

“改变你的想法，可德先生？”这个老人说，“我为什么想要改变我帮忙创造的呢?"

主席微笑着，好像是看着儿子的父亲。看到这个，贾斯丁终于明白了不仅困扰着他，也困扰着他周围的人的秘密。这个秘密在这一连串的事件中已经显现地被磨灭了重要性。

"你，"贾斯丁故意微笑着说，"你付了那1 000万，是你让这些不可追踪的。你……"他几乎不敢相信他嘴里说出的话："让我成了未加入组织的人。"

主席点点头，慢慢地转过身，开始沿着走廊漫步，他示意贾斯丁跟着他。"我们还是先喝一杯，然后再好好谈谈。"

主席领着他走下漫步道，进入到了一个凹陷的酒吧间里。贾斯丁坐下的时候，他从吧台后面拿出一些杯子还有一瓶琥珀色的液体，贾斯丁耐心地在桌边等待着。他期望是一场礼貌但是简洁的对话，位置的确认，然后继续生活。事情奇怪的转变让他有些不安。

"你为何不从开始讲起呢?"他问，"为什么打哑谜?"

"我需要知道赫克特有没有骗到你。"

"为了什么?"

"贾斯丁，"主席给他们两个都倒上饮料说，"一切都会得到解释的。"

"为了什么?"贾斯丁更加坚定地问。

主席举起他的杯子，把饮料一饮而尽："就依了我这个老人吧，好吗？我向你保证，你等这会儿肯定是值得的。"

贾斯丁盯着这个人看了几秒钟："说吧。"

主席点点头表示感谢："让我先跟你讲点我的故事吧，这些在传记里面可没有。传记一开始还是很准确的。我是在火星上出生，然后我母亲被杀了。我其实一直都不认识她。记忆中只有一张友善的脸，还有我睡觉的时候唱歌的声音。她消失之后，我问过父亲关于她的事情，也问过她为什么会死。我最早的清晰的记忆不是关于我母亲的，是关于我问起她的事情的。据我父亲说，我母亲其实不想待在火星上。但是她没有得到大股权，再加上这份工作的酬劳非常不错，所以她才同意了。我父亲说，如果她有自己的大股权的话，她绝对不会接受这份让她丢掉性命的工作的。"

"你相信他吗?"

"那个时候，可德先生，我完全相信那就是事实。"

贾斯丁点点头，表示主席可以继续。

"对你来说可能有点吃惊，但是事实上，就因为这件事我其实一直都很憎恨组织。我长大之后发现，我的父亲很可能只是伤心。那笔钱挺可观的。我不明白我的母亲为什么会拒绝，不管有没有大股权。"

"那你还有这种恨吗?"

"这是我最早也是最持续的感受，可德先生。在这么多年里，我从来都没有放下过。"

"那么，如果你不介意我这样说的话，先生，你表达恨意的方式还挺有趣的。你以前是一个几乎无价的'仙股人士'，现在却成了历史上最强大组织最有争议的主席。我得说，组织系统对你可够好的。"

主席没有回答——贾斯丁发现，他专心想把这个故事讲完。

“可德先生，在你那个时候，如果有人说他憎恨美国，他会如何表达呢？不仅如此，从学生时代到成年，这个人只要一有机会就会大声地表达他的想法。”

“他们可能会让他成为《纽约时代》的作者。”贾斯丁窃笑着说，然后他看见主人脸上有不解的表情，“这是很老式的幽默了，抱歉。我明白你的意思。他很有可能会被排斥。”

“然后让他成为无用的人。”主席补充说，“据我所知的最早的时候，我对包围着我的系统的厌恶感必须要隐藏得很深。我不能和任何人分享，没人可以和我一起讨论这个事情。但是，可德先生，对于我没有拥有的每一股，我都当作是我被撕碎的一片片的灵魂。我以为等我得到大股权的时候，这种感觉就会消失，我就会获得平静。但是事情只是更糟。我劳动的果实不是属于我的，我永远不能得到我努力获得的全部，我必须一直分享。”

“主席先生，不是故意冒犯，但是在我的时代也有这样的情况，就是税收。”

“可德先生，税收，虽然他们很恐怖，但是只针对收入收税。而组织每样东西都要分一点。从我们出生的那一刻起，我们的行为就是受限制的。有很多行为我们都是不能做的，因为我的股东不允许。他们不仅拥有我们的收入的一部分，他们还拥有我们的一部分。你能说这跟你们的税收是一样的吗？”

“不一样，”贾斯丁承认说，“我想是不一样的。”

“在我得到我的大股权之后，”主席继续说，“我考虑过成为一名小行星矿工。这是我们系统里最接近自由的工作了。如果你有大股权的话，你就可以自己单干。只要有利润，你的股东不会介意你在进行一项高危险的工作，而且你也可以忘记你是组织的人，只要你不仔细看你自己的收入报表的话。”

“那你为什么没有那样做呢?”

“因为，可德先生，我对组织社会的进化研究得越多，我就越能发现当中的危险。”

“那么，根据那些反对我观点的人,”贾斯丁回答，“你是说，这个系统最大的罪就是它是可行的。”

主席脸色暗淡地点点头：“而且他们是对的，可德先生。经历了三个世纪，现在组织已经给了人类无与伦比的和平、进步还有成功。但是代价是什么呢？人类已经不再问这个非常重要的问题了，‘代价是什么呢?’”

“如果代价是自由,”贾斯丁厉声说，“那你猜会怎么样？你95%的人民都不想要它。”

主席的眼睛变得很冷酷：“为什么呢，可德先生？他们不知道‘它’是什么。我生活的这个世界，先生，其实是一个毛骨悚然、令人窒息的社会形式，但是表面上这个社会运行得很好，让大家如此的开心。但是我知道，如果放手任其发展的话，它会变得不可收拾。”

主席又给自己倒了一杯饮料，然后靠在椅背上，他完全清楚自己的话语有多大影响力。

“那我就直说了,”贾斯丁有点不相信他刚刚听到的,“你是说，所有人类都在落入危险边缘，而且你一直在尽力阻止这一切?”

“噢，可德先生，这可有点讽刺了,”主席说,“我不能阻止它。尽管我一直在非常努力减缓它的速度。我没日没夜地工作，为的就是得到足够的权力来反转人类前进的方向。为了让我们大家都暂停一下，追溯我们的脚步。”

“那么为什么不直接改变这一切?”贾斯丁问，“你是主席啊，看在上帝的分上。”

主席叹了口气。

“可德先生，”他回答说，“如果我这样做了，你现在就不能坐在这里听我这个孤独的老人的告白了。你会和你的哈伯医生绕着太阳系漫步，人类种族也不会走上被奴役的道路。”

他摇晃着新倒的饮料，透过杯子看着变成椭圆形的同伴。

“我比历史上任何人的权力都大，”他说，然后停下来喝了一口酒，“但是我有的权力比不过历史。”

他把杯子放在桌上，然后直盯盯地看着贾斯丁。

“几个世纪堆积起来的力量很难被打破，即使是用我的力量，可德先生，我也不能阻止事情的发生。如果我行动得太快，太公开的话，我就会被暴露，然后我的权力也会被剥夺。我能做的就只有让它减速。”

“它?”

“跨进奴隶制的进程。如果没有我还有一些小心进行的政治游戏和审判安排的话，人们就会被允许卖掉自己80%的股份，而不是75%。你知不知道，可德先生，在我的一生中，一个人被要求让法律掌控的股份从35%降到了30%，最后降到了现在的25%。现在活着的很多人中，甚至还记得曾经是45%的时候。”

“但是如果这么明显的话，主席先生，为什么没有更多的人抗争呢？为什么跟随我的人只有数百万，而不是数十亿呢?”

“抗争什么，可德先生，繁荣，工作，财富？当我们通过个人与组织不可避免的相互连接的时候，我们的财富就更加丰富了，我们用不了多少就可以满足。甚至是我们当中最穷的只有20%的人，也跟过去的你一样富裕——那个时候你们还在担心健康和长寿问题。如果我的计算正确的话，在两个世纪内，法律持有的最低个人股份会降到5%。5%，可德先生。那就是在内战前你们的一个奴隶可以从自己的劳动中获得的。但是这个奴隶知道自己是个奴隶，而我们的人不会知道。噢，我们会照顾他们，给他们吃的，当好领导人，但是他们还是会成为奴隶。”

“不是所有的奴隶都一直是奴隶，”贾斯丁的杯子还是满的，“总有些人会爬起来的。”

“是的，”主席说，“那些非常有天赋的，有冲劲的，还有幸运的人会找到自由。你知道我走到今天这一步，需要多少幸运吗？如果早先我不走运的话，我是永远也得不到大股权的。那些由‘仙股’父母生出来的‘仙股’孩子最后得到大股权的比例只有10%。最小持股越低，这个数字就越小。系统做决定是非常有效率的。到那时，‘仙股人士’的出生、教育还有抚养都在最低持股下进行。社会共谋让他的父母，然后是他自己，放弃他所有的可交易股份，然后想要拿回来就越来越难了。”

“那么你觉得应该怎么办？”

“我？为什么呢，什么都不做啊。或者，至少，没什么可做的。”

“哦，我明白了，”贾斯丁说：“你想要我做什么？不是我已经做过的。”

“可德先生，你是人类中最幸运的人，尽管让历史发现这一点可能还要几个世纪。这差点就让我相信了预言。当我得到关于你是谁和你来自哪里的报告的时候，我感觉你会是让我废寝忘食的那个问题的答案。然后，当发现是你，贾斯丁·可德之后，我感觉到了我多年都没有过的感觉，可德先生。”

贾斯丁耸耸肩，不想猜他的答案。

“希望。”主席说。

“希望，”贾斯丁回答说，“是一件危险的东西，主席先生。”

“但是非常的强大。”主席反驳说，“我一直在保护你，你不会相信有多少人多少次地想取你的性命。”

贾斯丁想起了月球事件，还有在帝国中心的事情，“是的是的，我相信。”

“我要坦白，可德先生……第一次是我的人做的。不是要你的命，我保证，只是想吓唬你，让你更在意自己的安危。关于那两个大汉我表示抱歉，他们只是按照命令行事。”

“他们死了。”

“如果他们遵守命令的话，他们是不会死的。”

“那第二次呢?”

“完全没有计划，但也是我的责任。我的一个下属有点失控了。我保证，他已经被处理了。”

“令人欣慰。”

“你想不想知道有多少次暗杀是我从中作梗了的?”

“算了吧，”贾斯丁回答，“我走之前记得提醒我把我的安保人员开除了。”

主席轻轻地笑了起来。

贾斯丁眯着眼："有些事情我不明白。"

主席示意他说下去。

"如果你这么想我不加入组织，那为什么你让 GCI 在法庭上逼我加入组织呢？"

"我们必须要做点事情。赫克特只有等待着，然后提起一个强大的案子。柯克·奥姆斯泰德，他之前的上级，想要快速行动。我知道曼尼·布莱克不会让他们得逞的。"

"那我猜，"贾斯丁说，"这也是你安排好的。"

"是的，尽管你们都不知道。我有很多杰出的人的档案，我把他们都留着以备不时之需。曼尼就是其中之一。"

"还有谁是你派来的？"贾斯丁追问。

主席回答之前等待了一下，他知道他接下来要说的可能会惹怒贾斯丁。

"肖恩·杜格。"

贾斯丁双眼睁得大大的，"是你把这个人类杀手放出来的？"

"说得更准确些，"对贾斯丁来说，他有点太过冷静了，"我允许赫克特这样做的。"

"他企图谋杀副主席。"贾斯丁大喊，"还有数百人——而且还投放了'灰色炸弹'！请告诉我你没有给钱给行动派。"

"再也没有了。它现在已经没有用了。"

贾斯丁茫然地盯着他面前的这个人。

"你疯了。为什么当进化就可以达到相同效果，死伤人数更小，而且成功机会更大的时候，你还要进行可能会害死数十亿人的革命呢？”

“因为，先生，进化已经失败了。我试过，即使我用尽权力，也不能力挽狂澜。我们现在需要的就是一场革命。杜格和行动派只是强有力的号角而已。”

“按照你的方式进化失败了，但是我的没有。是的，我是还有自由选择权利的人，而且我会给人类一次为真正的命运抗争的机会，但是不会以数十亿人的生命为代价。”

“数十亿，可德先生？”主席紧握着他的下巴，他说出的话好像很难听得清，“那些很快就会到这里来的数千亿人又怎么办呢？如果你的进化失败了，他们会出生在一个怎样的宇宙里？是他们每人都有自由选择命运的宇宙，还是一个他们一出生就会被编程，让他们接受一定范围内的卑微的工作，为了他们劳动的5%？那之后数万亿的人又会如何呢？”

“我会用我的一切来交换成为你，”主席继续说，“成为可以领导人类走出奴役的人。但是我们不能选择我们的历史，而是历史选择了我们，不是吗？那么，贾斯丁·可德，历史选择了你。”

“不对，先生。”贾斯丁反驳道，“你选择了我。如果我要跟着你的计划的话，无数亿的人都不用死。在你想要毁掉这个你憎恨的系统的路途中，你都没有停下来想一想，替代它的会是什么。”

“我很擅长看人，可德先生，你跟他们不同。”

“你是对的，我不同。但是谁能保证呢，正如你恰如其分地指出，我会一直都在，我不会因为一个人的突发奇想就去相信人类的未来。慢工出细活，先生，就算这场仗要花上几百年。”

“我很了解历史，可德先生。肯定不会只有你。我们两人都可以努力。有我的权力，资源，加上你的领导力，我们可以把一切都拉回来。”

“不，我们不能。”贾斯丁回答，“至少，按照你想象的方式是不行的。如果我们认为我们可以的话，那我们就是傻子。你的革命只‘成功’地杀掉了数百万的人，而且如果不是因为我飞到了这个星球上，可能还会死更多人。不，先生。如果你想让我加入的话，就要按照我的方式来。这不会让每个人都自由，但是任何想要自由的人都会有机会。”

两人都没有说话，大家都等着对方开口。沉默了大概两分钟之后，贾斯丁意识到主席已经不知道如何商讨了。

“我们好像来到了十字路口了，先生。”贾斯丁苦笑着说。

“确实。”

“我相信，”贾斯丁说，“分头行动的话，我们是会失败的。”

贾斯丁等着主席思考他说的。

“你有什么建议？”主席问。

“让我们再给进化10年或者20年的时间，由我来做领导。如果在这期间里都没有效果，是一个完全的失败的话，我们还是可以重新采用你的方式的。”

主席简单思考了一下，从现在已经空了的杯子上抬起眼来，微笑着。

“我同意，那么……现在。”

“噢，还有一件事。”贾斯丁说。

“什么？”

“妮拉。”

主席叹了口气，不自在地换了个造型。

“我不能把她弄回来。”

起初贾斯丁没有反应，接着这个老人的固执打败了他。

“为什么不呢？”

“为了你们两个好！”主席回击说，“你不能拥有哈伯医生，我认为你也不应该拥有她。你的社会影响力越大，你承受的公众压力就越大。这是一个有争议的问题……你真的认为她会重新跟你在一起吗？你一直在破坏她所爱的系统……她爱这个系统跟爱你一样多。”

“主席先生，”贾斯丁重新找回镇定，他确定不是全部都输了，“如果你想让我在这件事情上做你的同伴的话，如果你需要我的帮助的话，你就会把妮拉给我的——不管她想不想和我在一起。不然，我就会按照我的方式来——完全的。这就是我准备达成的交易。同不同意随便你。”

然后贾斯丁举起一直都没有碰过的酒杯，他期望主席也能举起他的。

主席看着他面前的这个人，他看到了决心。这种情况非常的少见，GCI的CEO是如此强烈地需要某人，比他自己被需要的程度还要高，但是事情就是这样。他已经得到了自己想要得到的。只有这个未加入组织的人才能推动继续向前的步伐。他又斟满了自己的酒杯，然后举了起来，“那你就会得到哈伯医生——如果她要你的话。”

“豆茎楼”发出的“嗡嗡”声被达成交易的碰杯声短暂地打断了，他们喝了酒，然后各自坐了下来。

贾斯丁发现，还有一个问题要提出来讨论一下："赫克特怎么办呢？看到我和妮拉在一起他肯定不会好受——特别是在把她放逐出系统之后。"

"别担心赫克特，可德先生……"主席保证说。

那种冰冷的眼神又回来了。

"……他会被照顾好的。我建议你消失几周。"

说完主席从椅子上站了起来。贾斯丁也起身。交易完成，会议结束了。

"祝你好运，可德先生。我们会保持联系的。"

主席发现他现在是在传递火炬，一起传递过去的还有多年的辛劳与压力，和一直偷偷摸摸的生活。主席想，尽管工作还没有完成，但至少是进入了一个新的阶段。的确，希望是非常强大的。

贾斯丁握着主席的手，他注意到，这个他一直以来恐惧和厌恶的人的双眼里有些他从未在他眼里见过的东西——他看见了安慰与释怀。

16. 决议

主席提议说，为了大家好，贾斯丁最好离开地球几周的时间，等一切安顿好了再回来。贾斯丁也同意了。这个老人向贾斯丁保证，莫什·麦肯基的飞船，还有妮拉，会被转到谷神星——火星和木星之间行星带上的一个小行星。那个时候，这个超大的飘浮着的石头离地球大概有1.6个天文单位远，或者按照塞巴斯蒂安说的，“大概有1.487亿英里……多少有点误差”。按通常的方式旅行的话，大概要花几个月的时间，但是贾斯丁安排了更加快速的方式，钱他有的是。

离开主席的套房之后，他直接去了“豆茎楼”下面的中转点。这地方很多人，到处都是从外系运来的装着原材料的“货物豆荚”——所有的这些都是要运到地球上满足贪婪的产业的。他到了之后，没花多少力气就找到一艘船把他送到美国通用的轨港平台上，在那里有他安排去行星带的旅行。

等他离开这个奢华的运输站的时候，贾斯丁才意识到今天是多么重要的一天——不是因为得到了什么，而是因为抛诸脑后的东西。他一直告诉自己，已经发生了这么多事，他可能真的不能走错，还好结果算是个小小的安慰。尽管他知道有点不正常，但他还是向他唯一的表达途径寻求帮助。

“在吗，塞巴斯蒂安?”

“我在，贾斯丁。”

“我有个问题。”

“听你说的语气，”塞巴斯蒂安回答说，“我猜是跟个性有关的。你知道，我很擅长处理世俗问题——但不是那些要求深入了解的。”

“一切都很好，塞巴斯蒂安。”贾斯丁回答，“问题是，我可以说话的人都离我太远了，非常非常远。”

“这样的话，”这个电子助手回答说，“恐怕我也帮不上什么忙。我们的程序可以很好地帮助孩子。我可以倾听，可以针对普遍的问题提供普遍的建议，比如‘没人听我说话’或者‘我的哥哥偷了我的洋娃娃’这种问题。当一个人开始解决复杂的情绪问题的时候，他们通常就不会跟他们的化身聊天了。”

“那我来告诉你，兄弟，”贾斯丁回答，“你要做的就是听着就可以了。其实，我这几天聊天聊得够多了。”

“这可以理解，贾斯丁。当然，我会听着的。”

然后这个电子助手就安静了。

“我的妻子就是今天死的。我是说……今天是她的忌日。”贾斯丁纠正说。

我还在想你是不是忘记了呢，塞巴斯蒂安想。

“我想我明白，先生。你想让我布置的话，可能还需要用新闻服务来发布纪念，或者举行一场仪式。”

“不是这样的，塞巴斯蒂安，这个连着神经网络的记忆怎么还是记不住我不想别人叫我‘先生’?”

“抱歉，贾斯丁。因为情况看起来好像很正式，所以我就换到了正式的模式。我们的程序会根据反馈进行升级，但是正如你所见，还是不完美。”

“原谅你。”

“那么……”

“我忘了。天哪，塞巴斯蒂安，我怎么会忘了呢?”

“贾斯丁，”塞巴斯蒂安说，“人类记忆不完美，而且很容易被更加有压力的事情给打扰。你这一年都很忙，今天好像就是这一年的顶点。我希望我下面的词是用对了的，但是你不应该因此而‘自责’。我从来都不认识你的妻子，关于她的信息也是很简略的，但是我想她肯定很爱你。”

“当然。”

“据我所了解的爱，最大的组成部分就是对方的安全感。我说错了吗?”

“这种情况下，没有说错。”

“那么你就按照你觉得你妻子最认同的方式来进行。你有没有找到别的爱人呢？那样会让你的妻子开心吗?”

“我的确爱上了妮拉，我的妻子也会因此而开心。尽管她还是会因为我花了这么长的时间而打我的头。”

“这个纪念日你不是在帮助人们吗?”化身继续说，“你不是正在与你爱的女人重聚的路上吗?”

“是的，塞巴斯蒂安，这正是我在做的。”贾斯丁脸上露出一丝微笑说，“你比你假装的要聪明得多。”

“我就当作你是在夸我，贾斯丁。我能帮上什么忙吗?”

贾斯丁没说话，绞尽脑汁想正确的手势，他想了好一会儿。

“可以安排一打玫瑰，然后放在斐济岛的海岸边吗？哪里都可以，但是一定要放在会涨潮的地方，然后被潮水带走。”

“当然可以，贾斯丁。”

“谢谢你，塞巴斯蒂安。请你安排一下……还有塞巴斯蒂安……”

“什么，贾斯丁?”

“你帮上忙了。”

“我很高兴。这些花会让你的妻子开心的。大多数女性都喜欢花，有趣的是大多数男性都不喜欢。”

贾斯丁傻笑着，但是没有回答。剩下的旅途时间他都在想他的妻子，他想起她一直恳求他跟她一起去斐济岛旅行，但是他一直都没有时间。

赫克特有麻烦了。对一个几乎与宇宙的每一方面都有联系的人来说，被蒙在鼓里不知道进展如何简直就是要他的命。他知道主席准备好了之后会传唤他的。他对主席说服人的能力有绝对的信任——即使是像贾斯丁这样的笨蛋也不会是例外。

但是我为什么还没有接到他的电话呢?

会面结束48小时之后，这是赫克特·圣比安可一生里最长的48小时，他终于收到了信息。信息内容非常简单，他还幽默地发现，结果与他之前想象的完全相反。里面写着：“与可德的会面非常顺利。两周内一切都会到位。没有我的允许不要妄自行动。”

不过赫克特并非没有事情可做。GCI特别行动局的老大都是很忙的，而且最近的经济压力给他增加了相当大的工作量。所以，他把自己浸泡在日常工作中，基本上没有做任何关于贾斯丁·可德的事情。为了以防万一，他还是给那个人做了跟踪标记。他知道可德租了他可以找到的最快的船，已经前往谷神星了。虽然有些不舒服，但是赫克特估计，他大概要三周才能到达。他想，一个像谷神星这样被但萨抛弃的没落地区有什么好的，居然有人想经历这种扩展加速度——有纳米的重力胶沙发吗？这趟旅行如果是三个月的话要舒服得多。赫克特还知道贾斯丁放了一打玫瑰在斐济沙滩的事情。起初他认为这跟这个人的妻子有关。他发现，放玫瑰花那天也是她死的那一天。但是调查发现，她和贾斯丁都没有去过斐济。那么，赫克特总结，这肯定是自由党的某种信号，或者还可能是行动派的信号。

按照主席的指示，赫克特不能公开做任何事。但是，他还是在假期的时候让岛上满是操作人员。不幸的是，这些人带回来的唯一的东西就是晒得黝黑的皮肤。

因此带着松了一口气的感觉，他终于接到主席的召唤要见面了。但是放松的感觉没有持续多久；当赫克特坐在“豆茎楼”的电梯里慢慢接近总统的套房的时候，他的紧张感也跟着上升了。他在自己的父母面前都从来没有这种感觉，因为他们从不会允许。但是主席不同。他是赫克特最想成为的人，他的认可是非常重要的，仅仅是工作表现是不够的。

他很快就被领进了接待室，走进了那扇巨大的对开门，最后才走进了主席栖身的地方。贾斯丁看见，这个人正坐在他的大指挥中心前面，处理着组织事务。主席突然抬起头，站起来，热情地跟赫克特打招呼。这个时候，赫克特才允许自己长舒了一口气。

“我们得到他了，”主席说着，从一组机器后面出来，“可德加入组织，很大程度上是因为你。”

“太棒了，先生。”赫克特已经有点控制不住自己的喜悦之情了，“你是怎么做到的？”

“不是我，赫克特，是你。”他的老板直截了当地说，“从一开始就是你。”然后他示意赫克特坐下，他自己从提基木棒里拿出一瓶香槟和两个水晶香槟杯。

“一直都是妮拉。”他一边说，一边拉出木塞，然后给两人都倒了酒，“这才是关键。而且这就是那个笨蛋以反胃的加速度飞向行星带的原因——我想这你也很清楚吧。”

他要去谷神星，这我了解。赫克特想，他要去见妮拉，我才不了解。

“他会了解这桩交易，”主席继续说，“他见到妮拉之后就会。只要两天，贾斯丁加入组织的文件就会弄好。他会在谷神星上签字，而且哈伯医生会开始他们的订婚。赫克特，非常重要的是媒体的工作一定要适当，让这一切顺利。”

赫克特又点点头——甚至害怕一说话就会破坏这一刻完美的气氛。

主席继续发布着他的命令：“我不想有任何曲解的呼声来玷污这些。因为这与这个世界有关，哈伯医生是在帮人类的忙，任何有异议的人不是十足的傻子，那他就是行动派的恐怖分子。”

主席的暂停打破了赫克特的愉快。

“别担心，先生。这不难办。人们也想让危机结束。如果他们都意识到是哈伯医生帮助结束这一切的话，那么我们唯一的问题就是要防止她被变成圣人。”

“很好，很好，”主席接着说，“我会把这些都交给你这个能手来办。明天交给我一份行动大纲，我才好检查一下要点。但是我相信都没问题。其实，这只是一个小细节而已。有了贾斯丁·可德的加入，危机便会结束，GCI 会被看作是结束这一切的组织。”

“正是。我们会被看作救赎者。”

“这就意味着，”主席故意说得很慢，“我们可以进行下一个阶段的计划了。”

“先生?”

主席仔细地研究着赫克特，好像在决定该如何向他说一样。

“我不只简单地想要结束这场危机，”他继续说，“组织世界软弱而且有分裂。过多的组织竞争，才导致了像这个未加入组织的疯子的出现，还造成了这么多的问题。我们真正需要的，是一个可以有效地统治和领导人类的组织。这个组织就是 GCI。”

如果赫克特可以站起来鼓掌的话他会的，因为现在他面前的这个人让他身体里的每一根血管都沸腾了起来。

“我一直怀疑，先生，你肯定不只想要经营 GCI 这么简单。我也相信，我们的系统必须在对‘仙股人士’强大的统治下达到最高点。而且让最强大的那个人，”他一边说一边慢慢地冲着主席点头说，“来统治我们。这完全合情合理。”

“不是一个，赫克特。”主席故意停顿了很长一段时间才说，“多年以来，我都在担心，如果我发生了什么意外，这个计划就会破灭，所有建立权力的辛苦都会白费，而且还会断裂成数千个相互竞争的组织。我把我自己变成一个隐士，我害怕我很快就会死掉，我害怕没有人能接替我。这就是我很少离开我的住所的原因，而且这也是我做这么多防御措施的原因。”

赫克特点点头，他不能相信这场对话接下来的走向。

“我花了很多年的时间来寻找跟我有一样的动力和梦想的人，”主席继续说，“但是我得到的就是柯克·奥姆斯泰德之流。”主席前倾身体，在隔着他和赫克特的桌子上，把他的手放在他下属的肩膀上说：“直到现在，孩子。如果我出了什么事，我向你保证，将由你来领导GCI和人类到达他们应该去的地方。”然后主席冲着赫克特举起他的香槟杯说：“我终于可以放松了。”接着他喝了一口酒，示意赫克特也喝。

赫克特惊讶得一句话也说不出了，差点连杯子都送不到嘴边。他迅速地喝着杯子中金色的液体，才发现他居然忘记举杯接受了。他看见，主席大度地忽略了他的失礼。

“先生，”赫特克终于又找回了镇定，“你是说……”

主席点点头：“开始我们可以弄得正式一些。但是可德和哈伯一结婚，我就要去度假。你就会成为GCI的日常指挥官。我们会发送信息，让系统知道你是有确定继承权的人，不会有媒体或者股东的参与。那之后，我就会去度一两次假，或者到系外进行探险旅行，每次都由你来进行日常控制。最后，我们会让关系正式化，而且没人可以干预。”

“当然，先生。”这就是赫克特能说出的所有。

“但是我还是要说，孩子，”主席亲切地微笑着说，“祝贺你，还有谢谢你。虽然看起来不像，但是你帮我的，比我帮你的要多得多。”

“不，先生，谢谢你。我不会让你失望的。”

“这就是你能得到这份工作的原因，孩子。噢，我差点忘记了，”主席站起来走向吧台，他拿出一个包好的盒子，然后递给赫克特，“这东西我可忍受不了，但是我知道你喜欢。”

赫克特拆开包装，眼神也跟着亮了起来。这是一个面上写有

“大卫杜夫经典”字样的盒子。他打开盖子，看见三支木质雪茄形状的圆柱体整齐地躺在里面。它们上面也有明显的标志。

“先生，”赫克特喘着气说，“这是无价的手工艺术品，能放在我的办公室里展示简直是太荣幸了。”

主席突然有些发怒：“展示？我花了这么多钱把它们进行纳米重建，你最好他妈的抽。”

赫克特有些害怕：“这些……真的是可以抽的？”

“每支150万点，所以它们最好是可以抽的。”主席爽朗地大笑着说。

赫克特吃惊地坐着，被主席的慷慨给震住了。

“慢慢来，孩子。”

赫克特没过多久就好了，想到可以把其中一支雪茄放到嘴边他就跳了起来：“那好，先生，我真的该走了。还有很多事情要做。”

主席点点头表示同意。

赫克特敷衍了几句就离开了大房间。当他走进电梯的时候他感觉，一生只有一次的机会被赐予了他。

赫克特快速走进办公室，完全不理会助手的恳求和长篇大论。像今天这样的日子可能一生就只有这么一天，他给自己找理由，如果我不享受至少一小时的话，那我就完了——系统可以等我的。他把雪茄放在桌上，身体缩进自己的椅子里，开始享受着一波接一波的欢愉。他的未来有了保障，这样一来，他对自己说，世界的未来也得到了承诺。他们会有一个人类可以拥有的所有力量和威望。他沉思着，这就像古代的罗马帝王一样。当仁慈的君主选择他的继承者来统治帝国的时候，系统运行得最好。当然，组织世界的帝王刚刚选中了他，而且最后他会选择他的继承者——因此可以保证，但萨的组织礼物可以平静地一代代传下去。系统的和谐会变得前所未有的强大，然后变得坚不可摧。人类会很安全，会得到很好的照顾，而且他，赫克特·班多尼约·圣比安可，会像让这一切成为可能的那个伟大的人一样被载入史册。赫克特不介意他可能永远都不会得到他的老板那样高的声誉——但是这也没关系。赫克特觉得成为他的传奇中的一部分就很满足了。

他召唤了他不知疲倦的助手，真理子，他叫她进办公室，让她任何电话都不要接进来，而且只要是职位在主席之下的人都不能打扰他。

真理子如往常一样，全神贯注地站着："会面很顺利吧，老板。"

像所有的助手一样，她已经学会解读赫克特的情绪，不是避开就是狂喜。她看见，今天应该是狂喜的状态。

赫克特点点头。

"这样的话，"他继续说，"我会给你相关的东西然后就离开。"赫克特还没有来得及阻止她，真理子就尽职地运行了她的数据清单。

"关于谷神星的信息已经下载到你的加密文档里了，你要打印的纸质文件都准备好了……"真理子看到了她老板桌上的那个雪茄盒子，声音渐渐变小了。

赫克特的第一反应是，我应该立刻把这个锁起来的。但是接着他意识到，真理子肯定知道她看到的是什么。

“我……我想不到它们还存在。”她结结巴巴地说，“这些是真的吗?”

赫克特很开心：“是的，真理子，是真的，纳米重建的，而且已经准备好让我抽了。”

“老板，”真理子的眼睛还是看着雪茄，“知道它们还存在就已经让我开心了。”然后她回到她的清单上，“如我所说，谷神星的信息……”

“真的?”赫克特故意戏弄她说，“怎么会呢?”

真理子抬起头，微笑着说：“意思是，我可能也有机会抽它们……亲自，某天。”

赫克特大笑着：“不是我说得太过分，真理子，但是它们真的不是你可及的……我敢说至少还要过几年吧。”

“也许是，也许不是。”她说，“我并无冒犯之意，老板。”

赫克特考虑了一会儿，接着大笑起来。他是因为真理子的无畏才雇用她的，今天更是非常好地印证了这一点。“讲得好，亲爱的。看看我，管他这么多呢，孩子，就今天吧。”

真理子有些喘不过气：“你肯定是开玩笑的。”她转过头看着关着的门——她知道门外的工作才是她的职责所在。然后她转回来面对着她的老板说：“你是说真的吗?”

赫克特自己也在想这个问题。这虽然很慷慨，但是他发现，这也有点疯狂。他把这种想法放在一边：“真理子，我今天过得非常的愉快。实际上，我今天的快乐是任何人都没有过的。很高兴这些雪茄只是其中一部分，而且你刚刚让我意识到，我想要把我今天获得的快乐拿出来分享一些。其实，我觉得我也想这么做。”

“那好吧，”她的助手说，声音里听得出一些狂喜，“在你改变主意前，我们来点燃这些宝贝吧，不然我真的会为了它们把你摔倒在地上的！”

赫克特咧嘴笑着，然后从盒子里拿出两支雪茄。他递了一支给真理子，然后自己拿了一支。

这个年轻的女士小心翼翼地拿着“大卫杜夫”。她慢慢地褪去包装，专家似的打量着它，然后拿起来放到自己的鼻子边，深深地闻着。她呼气的时候脸上带着愉悦的笑容，赫克特知道他做的这个决定是对的。赫克特也闻了闻他的雪茄，他脸上的表情跟他的下级的一样。他从口袋里拿出一把剪刀，把尾巴剪掉，然后让真理子也这样做。接着他点燃了火柴，正准备点燃自己的雪茄的时候，他还是决定先点燃真理子的。他的理由是，这样的动作，不仅会被认为是心地高尚，而且还会是保护自己传奇的开始。

真理子又吃了一惊，但是没有拒绝。她大口地吸着这支300岁的雪茄，轻轻地转着，想在烟蒂的部分也烧成完美的形状。然后她慢慢地冲着空气中吐气，这样就不用直接冲着她的老板吐了。尽管，赫克特认为她没有这个必要。赫克特也准备用同样的一根火柴点燃自己的烟，但是考虑了一下还是觉得用一根新的来点燃他的烟比较合适。他又拿出一根火柴，划了一下，准备点燃自己的雪茄，这时他看到真理子的脸扭曲了，她看起来好像是呛住了。她看起来有些迷惑，但是当她想说话的时候，从她嘴里飙出来一股鲜亮、深红色的血。赫克特顿时目瞪口呆，让手里的火柴掉了下去，然后当他准备上前帮忙的时候，纳米机器人响起了警报。突然间，一秒钟不到，墙全部开始倒塌。

赫克特本能地做出反应。他立刻丢掉了雪茄，跳离了带着渴求眼神的助手，然后尽可能地远离这个恐惧的女孩。房间里开始充满了模糊的白雾，赫克特知道这是数十亿的防御纳米机器人想要清理这片区域。他咬着牙齿说："见鬼!"

但是赫克特看见，真理子正在向前倒，膝盖已经着地了，雪茄还奇怪地挂在她的右手上。血开始从她身上的各个孔流出来。他希望她是死了。现在他能做的就是希望这些微型杀手没有在他身上。他张开嘴，尽可能地多吸些白雾进去，同时他也在脱衣服。然后他把身上的最后一件衣服和首饰都丢开，丢到房间中间。然后，裸着身体像一个脑子坏掉的巫师一样跳着奇怪的舞，他让这些防御机器人完全包裹了自己。他甚至还上下跳着，要确保自己的脚底板也被包裹住了。他深深地呼吸着，即便这会让他咳嗽。雾已经变得很厚了，他几乎看不清自己面前的手了。他继续吸着机器人，一边也查看着自己的飞唾。没有血，太好了，没有血。尽管房间很明显地冷了下来——这是对防御机器人来说最好的环境——但赫克特还是因为使劲和害怕出了一身汗。

警铃像开始一样突兀地停止了；空气里，都是白雾，然后通过屋顶上的出风口飘出去。大铁门现在慢慢地上升，然后消失在屋顶的装饰里。

赫克特独自一人而且还是裸体，从头到脚都被覆盖着一层厚厚的白膜，站在离他半溶解的助手仅仅一脚远的地方。他走过去，希望她的脑子留下了足够的部分让她只是暂时死亡而不是永久死亡。但是他失望了。

赫克特突然恐怖地意识到，是谁要取他的性命。主席给他下了套，而且他还掉下去了。他意识到，主席想让他死，如果不是这个年轻女人的无礼的好奇的话，躺在地上溶解了一半的就会是赫特克，而不是这个可怜又可爱的真理子。现在主席的助手需要弄明白为什么。为什么是他？为什么是现在？赫克特站着等待处理小组来的时候，他居然意外地开始抽泣。开始只是慢慢地，接着就开始间歇性地放开来哭。他感觉到了痛，他也接受了这种痛。因为他哭了，白色粉末混着他的眼泪流到了他的脸颊上，然后掉落在了已经消过毒的地板上。就在这个时候，赫克特·圣比安可发誓，他要报复这个他唯一真正爱过的男人。

主席查看着安全报告。对于助手的死他感觉有些遗憾——考虑到这次任务的重要性，这虽然不是故意的，但是也是必要的。谁知道赫克特会这么慷慨呢？他想，更重要的是，发现了两具被半溶解的尸体。这让他轻松了些。他知道如果纳米防御机器人动作太慢的话，这具尸体肯定会已经变成尘埃了，如果不是的话，这就已经是赫克特的终极死亡了。主席已经准备好了接受这个事实，但是现在，根据他刚刚从内部安保的主管那里收到的信息，还是有一件事情是需要担心的。赫克特已经死了，主席可以有几个月的时间来安排一个够资格但是没有这么聪明的替代者。现在，新闻会报道说赫克特不在自己的办公室里，他正在别处生活——这是当高级执行官死了或者是被谋杀之后的标准流程，特别是死的人还是在他的总部的人。

主席从指挥中心站起来，走到观察区，看着他的这个任性的行星。这个行星上充满了他开始热爱、怜悯的人，有时候，当他沉浸在思绪中，被内心的自己所占据的时候，他也羡慕他们。

他站在窗边，开始编造比较可行的故事。没花多长时间就编好了。故事会是这样，赫克特被股东的重要工作组召唤走了；因为他正在进行这项重要的工作，日常工作就会由主席找的替罪羊来接手。

主席会召唤董事会的人，如果他们没有准备好的话，那就告诉他们赫克特是遭到了行动派的暗杀。他们当然会伤心，但是他会让他们安心。他让秘书准备一下召开董事会，然后开始着手找赫克特的替代者。

他的搜索被房间里面传出来的甜美的声音给打断了。

“您的电话，先生。”这是助手温柔的声音，“是会计，她说很紧急。”

主席皱了皱眉。

直接打电话给他很无礼，但是会计是董事会里在位时间最长的成员，在GCI已经有一定的地位了。另外，他想，没有合理的理由她也不会这样的。

“请连接吧。”

会计的图像出现在了主席的桌子上。他看见，她整个人有点凌乱。

“晚上好，布兰达。”主席平静地打量着她。

“晚上好，主席，”她明显有些慌乱，“感谢你接我的电话，请原谅我的无礼。”

主席点点头，示意她继续。

“董事会有一个问题。”

“什么样的问题？”他问。

“他们有点躁动，先生。”

“我知道，布兰达。我准备亲自讲话。”

“亲口还是亲自，先生?”

尽管主席对主管的直截了当有些生气，但是通过面前这个面无表情的人，她是永远也不会知道的。

“我不喜欢人体出现，布兰达。这个非常的重要。”

“所以我才打电话，先生。这确实很重要。他们都知道，先生，他们都害怕——有些人还很惊恐。我会第一个承认，赫克特是个自大的人，因为他才有了很多敌人，但他也是一个值得尊敬的领导，他赢得了董事会的赞扬——特别是这场危机开始以来。我认为在他死之前，没有人意识到他有多重要。”

“是被暗杀了，布兰达。”主席打断说，“不用绕圈子。”

“是的，先生，他被暗杀了，而且还是在 GCI 的中心。”会计暂停了下来，看自己是不是被允许继续说下去。主席的沉默就表示她可以继续。

“很多人，”她继续说，“都要崩溃了。不管他们辞职、逃跑，或者开始用蜡笔画画，我们的执行人员都会变少。如果事情发生了的话——就像系统知道了或者怀疑赫克特的死的话。”她暂停了一下，然后苦笑着说：“这会是很不幸的。”

主席考虑了一下主管说的话，说他要离开一会儿，然后调用了一些心理数据，看会计的话会不会被证实。数据表明，所有成员的压力指数都高于平常。他还飞快地用战略数据检查了一下心理信息：多少打回家的电话，吃午饭的时间，待在酒吧的时间。结果证明，有两名董事会成员喝得酩酊大醉，以至于只有通过药物方式醒酒，他看到这些就够了。

“好了，布兰达。”主席回到线上说，“我被说服了。告诉董事会成员，我会在我的套房里亲自见他们。”

布兰达脸上露出舒心的表情：“谢谢你，先生。”

“你没必要谢我，是你给了我这个好建议。我们会简短地说的。”他关掉了屏幕，然后想着下一步该怎么办。某个时间他甚至想让布兰达成为特别行动局的新老大。但是没过多久他就放弃了这个想法，因为她的竞争性，最后还是得杀掉她，杀掉她相当于再一次弄脏他的手。然后他召唤了安保主管。一个叫富兰克林·沃茨的人的画面出现在他的桌上，他看起来有点紧张，穿着 GCI 保安的制服显得很正式，上面有橘色金属的管子。沃茨坐在他自己的桌子边，想要表现出一副集中注意力站着的样子。

“晚上好，主席先生。”

“晚上好，沃茨主管。我决定要亲自向董事会讲话。请安排一下安保队，然后准备好我套房里面的会议室，还要消毒。”主席等待着对方干脆地敬礼，然后说“是，先生”。但是什么都没有。相反，听到他的命令之后，这个人丝毫不掩饰自己的怀疑与担心，都表现在脸上，他紧张地沉默着。

“怎么了，安全主管?”主席问，他开始对现在自己不得不做的保姆一样的事情开始感到厌烦了。

“先生，我觉得你不应该亲自见他们。全息图像的方式会更加的安全。”

“谢谢你的关心，安全主管。”主席回答，“如果只有安全问题的话，我会同意的。但是现在的情况必须要我亲自出席才行。”

沃茨安全主管又变成了最职业的面孔："很好，先生。24 小时之内我会给你呈上一份全面的计划。"

"我 10 个小时之内就要看到。"

"我不能保证，先生。"

"你尽力吧，安全主管。"

主席切断了连接，重新回到工作上。他花了几分钟的时间来确认他出资的几个系外组织在明年的时候还会接受救助。这事儿很快就完成了，这可能会是一段时间内他做的一系列直接插手的最后一件事了。等他确认赫克特完全不在其中之后，他就会把这些限额都停掉。主席现在还不知道圣比安可已经把他的爪牙伸到了系统的哪里，因此在有需要之前都要有所怀疑。真正的工作在面前，因为他现在必须弄明白如何才能在他的新同伴所谓的进化里投资。这就意味着要减缓他曾经宏伟的计划，但是如果可德想要实验个一二十年，或者三十年的话，主席想他也会允许的。

缩减系外投资好像是最容易开始的地方。主席发现，系外的大多数人都是不喜欢多数党的人。其实，那些在行星带上的人几乎是天生就讨厌那些告诉他们要做什么的陌生人，所以抱着这样的态度来资助和帮助他们似乎是个好主意。主席想，至少这会增加不满的程度。不是行星带需要过多的推动。没有他，系内系外的不满都控制得挺好的。他最后的"外部"系统的投资是给了在谷神星上即将开始的游行一大笔钱。他认为当中遗憾的是，行星带上有太多头脑冷静的人，所以他希望他们对人类种族的影响最好不要太大。不，他总结，人类的未来是在地球上，在核心行星上。他会把自己的努力都集中到这上面。所以接下来的九个半小时里，他都在确定系内主要的非暴力分支组织——处于对贾斯丁的尊敬——是否都有足够的资金，是否装备齐全。最后，他发了一封匿名信息给贾斯丁的“隧道老鼠”朋友欧麦德，告诉他为了他好，他应该尽快到谷神星去。他甚至还赞助了欧麦德为其工作的承包商，更像是对损失的补偿。主席想，就算贾斯丁可能得不到那个女孩儿，但是至少会得到这个朋友。

房间里又一次响起了柔和的铃声。

尽管沃茨主管按时打来了电话，但是事情并没有按照计划进行。

“先生，”安全主管不安地说，“我能当面和您再谈一下关于安保计划的事情吗？”

“除非你不介意丢掉你的工作，安全主管。”

“如果必须要这样做的话，先生。”这个人眼睛也不眨地说。

“你是个勇敢的人，不是吗，安全主管？”

“不全是。但是你雇我来完成我的工作，我的工作就是尽我所能保护你。”

“很好，”主席烦躁地说，“你的工作保住了……暂时。”

“谢谢您。先生，我们无法保证您的安全。”

“当然不能，”主席责骂说，“你可是拿钱要改进的。”

沉稳的安全主管说，“这也是我的员工感觉你从你的套房下来比让董事会的人上去要更安全的原因。”

“我不喜欢离开我的套房，你知道的，富兰克林。”

安全主管不喜欢主席用他的名字，很明显他是在打情绪牌。

“我也不喜欢，先生，但是我要请求你，请你考虑一下，因为安保需要移动24个人到您的房间。”

“这肯定不容易。”主席说，感觉自己的血液都要沸腾了，“尽管最近发生了些事情，但是 GCI 应该有全系最好的安保系统，如果不是的话那我想知道谁是……这样我就可以雇他们来换掉我们的！”

安全主管面对攻击毫不畏惧，尽管他还是抬了抬眉毛：“如果我知道有这样的安保系统的话，我会告诉你的。”

这些话让主席缓了过来。他意识到他这样做不公平，攻击这个掌握着他安全的人可能不是什么明智的举动。“抱歉，安全主管，”主席说，“赫克特死后我就有点失控。”

“不用道歉。”他回答，但是他脸上露出了放松的表情。

“这就是问题的关键，”安全主管继续说，“我们不知道赫克特先生的暗杀是如何诱发的，也不知道怎么会有人穿过了我们的传感器，而且，不知道是谁干的。我们不得不认为是内部人员做的，那 24 个人或者是更多的人当中可能就会有人想杀掉你——可能就跟杀掉赫克特和他的助手一样的精心安排。”

“那如果我下‘豆茎楼’呢？”

“更安全，先生。但只是稍微安全些。我再强调一下：你通过全息图像跟他们对话才是最好的。”

“是的，安全主管，”主席严肃地说，“但这不是选项之一。”

具有讽刺意味的是，这个真正的暗杀者，他知道自己完全没有任何危险，但是这样的举止可能会让那些已经在怀疑的人更加怀疑。不过，主席已经准备好被怀疑了。

“我要亲自与董事会见面，安全主管，而且我相信你的判断。我下去。我想在明天早上 11 点的时候开始。”

安全主管看起来有些放心了：“我会亲自督办的，主席先生。

你要带什么大件，或者要什么人员陪同吗?”

主席想了一会儿，他决定还是不要让这次见面太隆重。他带的人越少——特别是在像这样的时刻——他就越能有效地让董事会的人安心。“不用，安全主管，”他回答，这次他冷静地说，“只要你就可以了。”

“好的，先生。明天早上再联系。”

主席看着安全主管的图像慢慢消失。他想要多做一些工作，但这时他又想了一下，他还是决定休息。他想好好睡一觉，GCI 最后会稳定下来，会给贾斯丁·可德需要的时间来让混乱的人类进化成他们都会引以为傲的典范。多年来第一次，主席睡得很好。

第二天早上，他坐着电梯下了“豆茎楼”。这种情况非常少见，电梯里爱社交的那个化身“上升官”，好像对主席的再次到来感到由衷的开心。当他落座的时候，主席悲伤地看着下面荒废而且很显眼的一切，但是他知道，至少这次会被修复的。

他在走廊见到了安全主管，然后他被告知，他会是主席到下面会议室的个人保镖。他还告诉主席计划是，他先到然后董事会的人看着他们进去——这不会是他们期望的。安全主管解释说，这会让他可以全方位地扫描董事会成员，看他们是否有任何可能会伤害主席的生物计量标志。尽管主席想知道为什么同样的工作不能在“豆茎楼”顶上完成，虽然他觉得这些流程都是在浪费时间，但是他又一次对自己解释说，他得要配合安保部门，这样才能让他们的视线转向外面而不是里面。他走进会议室，听见墙在身后封闭起来的声音。他很奇怪安全主管没有跟着他进来。他还看见其中一张椅子上——他的椅子——被转过去了，背对着他，椅子下面可以看见一个人的腿。在“腿”说话之前，主席就知道他被算计了——被他自己的董事会成员，他自己的安保主管，还有他自己这个预定的受害者算计了。他还知道那个时候他会是个死人了。

那张椅子突然转了过来，“早上好，主席先生。”赫克特·圣比安可说，“感谢你的到来。”

主席立刻就感受到了固定场的作用力。他没动，动了只会增加痛苦。

赫克特从椅子上站起来，慢慢地接近他的猎物。赫克特没有表现出生气，或者在这样的情况下，也没有表现出任何的急躁。他像研究一幅复杂的画作一样研究着主席。他一直围绕着他的猎物转，好像要从各个角度看得更清楚一样。

“我有很多答案，但不是全部。”赫克特冷静地说。

如果可以的话，主席会耸肩，但是他等待着。

“你觉得你可以永远瞒着我吗？”

“很明显不能，”主席说，“所以我才想杀掉你。”

赫克特大笑着：“愚蠢的问题。”然后他说：“再说点。”

主席开始感觉到胸口巨大的压力，因为固定场按照赫克特的命令在运作。

赫克特几乎是与他正在折磨的这个人面贴面地说：“这就是你从来不把任何可能成为威胁的人升为特别行动局老大的原因。”

“部分是，”主席喘着气说，他想要争取些时间，“但是大部分是因为我最好的防御就是……没人愿意……看……直到现在，就是这样。”

赫克特恶心地看着别处，然后又转回来说：“回答我这个问题，然后我就会宽恕你。”

主席不相信，但是他感觉，就算他成功的可能性很小，数十亿的灵魂也会因此而诅咒他。

“好。”他勉强回应说。

赫克特的眼神变得很伤心，好像他要问的这个问题让他感觉到了疼痛一样，“你……你怎么能这样?”

现在轮到主席生气了：“我……我怎么不能呢？这……这个……系统会……奴役大部分的……人……永世。”

“如果他们不能克服他们的弱点，”赫克特尖叫着，“那么他们就应该被奴役。这就是这个系统的美。这是你教我的！组织奴役弱者，让强者更强！”

主席看着赫克特，没有回答。他知道争辩是无用的。而且，好像赫克特也有这样的想法。

“那……你的宽恕如何呢?”主席问，还是抱有一线希望。

赫克特用恶毒的微笑作为回答，然后慢慢从他的内袋里拿出第三支“大卫杜夫”。

“告诉你，”赫克特说着，把这支雪茄放在他一动不动的“囚犯”的嘴唇上猛挤，“抽这个，然后我会给你一个我计划好的漫长而缓慢的窒息。不论如何，你都要死。”

主席用尽自己的每一股力量把雪茄从嘴里挤出去。雪茄弹到了赫克特的胸口上，然后掉在了他的脚边。

“加力！”赫克特说，“多加点！”

固定场按照命令运作，更加大力了。痛苦的感受非常地剧烈，主席的嘴唇再也说不出话来，但是他的眼神已经向赫克特表达了他想说的一切。

赫克特说："顺便说一句，你被解雇了。至于你宝贵的贾斯丁，我已经下令派人去谷神星逮捕他和他不正常的女朋友了。所以现在你，你的革命，还有自以为了不起的领导力都会很快结束。"

主席意识到了赫克特的用意，他知道他唯一能做的就是死去。他用挑战的眼光又一次地引诱他的二把手。这也是他最后一次这样做了。他无助地看着赫克特从地板上捡起那支雪茄，重新塞进他已经完全麻木的嘴里。然后赫克特自己戴上了面具，划燃了一根火柴，点燃了"死亡雪茄"的尾巴。最后，带着凌虐之喜，赫克特用唇语说出了了结主席生命的词语。

"减力。"

固定场突然间释放了所有压力，让主席的身体由于条件反射不由自主地吸进空气。

抱歉，贾斯丁，主席想。这时他的内脏开始扭曲……

观察台外的景色跟贾斯丁预期的差不多——至少跟他搜索的资料图片差不多。谷神星，曾经是一颗凄凉的石头，现在看起来像是在黑色丝绒覆盖下闪闪发光的多面钻石，在冰覆盖的表面下发出光芒。

因为谷神星上的人口增多，所以政府决定这个小行星会需要更多的重力——准确地说是地球重力的2/3。但是这样的离心力会导致这个小行星先变形，然后向外爆炸。大量的分子建设计划被提出，还有纳米施工架的外部保护壳被建造起来，运用纳米碳硬化管道伸进小行星的冰层里。施工架每深入冰层一米，都有相当于十亿匹马的伸长率，要达到目的已经绰绰有余了。作为纳米工程最伟大的成就之一，新创造的包裹着谷神星的冰层被叫作“贝壳”。解决了这个似乎是不能克服的问题之后，谷神星人很快发现他们又面临着另一个问题。对行星带上的飞船来说在表面靠岸变成了很困难的事情，他们很不习惯在微重力的情况下操作。于是不可避免地，这些船就要被施工架吸引。这些轴点只有很小一块区域，但是至少可以提供珍贵的一英里零重力空间来让他们操作。随着人口的继续增长，他们对各种商品的需求也随之增长。没有足够的空间，也没有足够多的重力来维持各种交通需要，进而影响到这个新兴大都市的发展。谷神星的原始居民们没有强制限制人口的增长，他们又一次展示了先驱精神，想出了另一个新奇的想法。他们钻了一个两英里宽的圆柱形管道，直接伸到这块大石头的中心，然后取了个名字，很贴切，叫“谷神穿越”。这立刻就腾出了大概9 000立方英里的微重力表面来生活。对接空间再也不是问题了，而且交通控制也变得简单多了——从一头进，另一头出。之后没过多久，谷神星就毫无疑问地成了外层轨道扩张的中心，也成为了一个非常有声誉的城市。谷神星现在有超过4 000万常住人口，数十万的流动人口，它确实是实至名归。

贾斯丁注意到，有趣的是，这个港口城市不是一个人。塞巴斯蒂安解释说，房地产的价值已经非常高，所以很多小点的陨石都进入了同步轨道，只是为了想要这个“大表亲”离得近一些。尽管贾斯丁非常清楚，它们只是相当于行星带上的郊区，但是它们对他来说，就好像是要完成这个巨大的旋转着的中心装饰品的小宝石一样。

交通流量非常大，这样贾斯丁的船进入了待定模式。“抱歉，兄弟。”船长说，“我们可以快速地飞到这儿，但是我们不能快速地到里面去。”船长被自己的笑话逗得哈哈大笑，根据其他成员的沉默看来，这个笑话已经说了很多次了。贾斯丁看着各式各样的飞船排着队，等待着进入。

他们的船终于有了间隙，之后很快贾斯丁就发现他们已经停靠在了距离行星中心大概 126 英里远的地方。贾斯丁先把自己的行李送走，他现在已经是被磁化的状态，他默默地走向一个管道，这个管道会把他带到重力更高的地方，离表面更近。他一边上升，一边舒心地感觉到重力又回来了。现在他的目标非常的简单：找到妮拉。

上面有三条大路：但萨路、史密斯路还有辛格路。根据主席的指示，妮拉会在莫什和艾琳诺的陪伴下，在史密斯路等着。他们会在第一个踏上这个星球的人，卡多里·辛格的大概两层楼高的雕像旁边等他。当贾斯丁从车里出来，进入史密斯主路的时候，他被从这个大洞里面射出来的日光的强度给惊到了。他快速地戴上大墨镜，然后适应了镜片滤过的光。他发现，这个墨镜还可以帮忙遮住他的脸。他微微地低着头，偶尔抬起头看看前面。街道上充斥着叫卖声、汽车声，还有各种谈话混合在一起的刺耳的声音。街上的味道非常的特别。贾斯丁觉得，这是石头、压迫的空气还有钢铁混合在一起的味道。天花板——或者地板，这要看个人的位置——大多数都是粗糙的岩石，上面搭建着一些平台，是提供给那些想要蹦极、跳伞、滑翔或者飞翔的人的。

在贾斯丁的允许下，塞巴斯蒂安充当了导游的角色，他带着他的老板向雕像走去。“谷神星的当地人认为，伪造的天空太像地球了。这里左转……他们不想建造一个完美的复制品。谷神星人很骄傲他们不是属于地球的……右转……所以他们就不想把他们像岩石一样的藏起来，而是要强调这种特质。”

“谢谢你，塞巴斯蒂安。”贾斯丁回答，其实他只听进去了一半。他的心跳有些快，因为他即将见到他认为再也见不到了的女人。他对这个女人的爱，在这次数百万英里的飞行当中，每多走一英里，这种爱就加深一点。

他从远处就可以看到这个大雕像。贾斯丁越接近他的目的地，周围的人就越多。很明显他走到了某种集会里面，但是看气氛不像是什么庆典。对他来说，游行已经够多了，所以他决定，他要尽快找到妮拉，然后把她带上飞船，一起回到地球。

“贾斯丁!”妮拉在人群中某处尖叫着。

当人群意识到他们中间有谁的时候，立马就躁动了起来。

“妮拉!”贾斯丁不理会噪声。

他开始朝着她声音的方向跑，推开挡着他路的人。突然间，这两人就已经面对面了。接着，他们都突然抓住对方，紧紧地抱在一起，好像再也不会松开一样。

没有吃惊的眼光，也没有谴责的眼光，至少他们都没有看到。谷神星人认为他们是坚强务实的人，但是众所周知的是他们也有喜欢浪漫的弱处，特别是颠覆了传统观念的时候。贾斯丁和妮拉就刚好是这样的例子。

贾斯丁深情地注视着他的爱人：“我再也不会放你走了，永远不。”

妮拉温和地微笑着，抬起头看着她之前放弃的这个男人。过去几个月里她都在想她最后对他说的话……从那一天起她就一直在后悔说了这些话。

“对不起，贾斯丁，”她说，“我……我想把你变成不是你的样子。我害怕你会因此而恨我。这是不对的。你做你应该做的。我保证我再也不会离开你了。我……”

贾斯丁在她的唇上落下深深的吻——人群和媒体都不管了。妮拉也以同样的方式回应着。

人群爆发出一阵掌声。

这对重聚的情侣开始离开人群，手挽着手。莫什和艾琳诺很快就加入了他们。热情的问候之后，贾斯丁注意到了医疗主管担心的表情。

“别担心，朋友。”贾斯丁笑着说，“我要娶她的，如果我能改变法律，她又笨到会说‘我愿意’的话。”

“你在改变主意之前我会说的。”妮拉回应道。

“不是这样的，贾斯丁。”莫什回答，他们一边说一边推着他们穿过人群，“因为周围的人，我们应该离开。”

“为什么？”他问，“发生了什么事？”

“自从政府主席被暗杀之后，外部系统的权力体系已经解体了。现在法律都是按照当地的来——正如这几个世纪以来的一样。”

“所以是一场斗气吗？”贾斯丁问。

“也不是。”

这四人小组其实已经是慢吞吞地前进了，莫什和贾斯丁要轻轻推开人群才能有他们自己的路走。

“各种组织，”莫什继续说，“派出了很多法官和保安到各个殖民地，在个人对组织收入上行使法律，还执行各种原始法律，这些部分一直只存在于文件上，但是从来没有执行过。”

“简短来说，亲爱的，”艾琳诺补充说，“他们在尽可能地多捞点。”

贾斯丁微笑着。他一点也不担心人群，他更感兴趣的是这些堆积的人群一散开，他们就离开这块大石头。“你是说，”他问，“这些人都不高兴要缴税吗?”

“A，亲爱的，”妮拉回答，“‘不高兴’已经不是现代语言了；还有 B，回答你的问题，是的。只是请不要在公共场合说那个 T 开头的词。”

贾斯丁咧嘴笑着:“我太想念被纠正了。”

现在人群已经要开始喊叫了，紧张的气氛显而易见。

“还不止那个……T 开头的词呢。”莫什在喧闹中喊叫道，“还有如何被收集的。”

“强迫?”贾斯丁问。

“可以这么说，”莫什喊道，他指着一个抗议者举着的牌子，上面写着:“谷神星上没有心理审查!”

“组织，”他继续说，“在这里建造了三座新的心理审查驻地。谷神星人认为这是想要恐吓他们变得顺从。”莫什突然停了下来，从口袋里拿出电子助手。他收到了信号。他尽可能快地浏览了信息，不想停留太久。他的脸突然变得苍白了。

“主席……死了。”

贾斯丁看起来也很吃惊："你确定？我是说，真的确定？"

"是的，贾斯丁。"莫什回答，"很确定。对你来说是好消息，对吗？"

贾斯丁没有时间回答，他意识到自己必须快速做出反应。如果主席死了，那只有一个原因，只有一个人能对此负责。他们现在是真的有危险了。

"我们得走了。"他说，迫切地想要找到出路，他想着到底谁是人群的敌人。妮拉看着他的眼睛，也感觉到了害怕。

"贾斯丁，"艾琳诺感觉到了有问题，她问，"怎么了？"

在他回答之前，大家都听见了远处传来的尖叫声。人群被一队GCI安保暴徒给驱赶开，还有一队全副武装的安保机器人。带着武器和汗水的大军——大概50个士兵和机器人的组合——在贾斯丁和他的同伴面前停了下来。"贾斯丁·可德，"领队的安全主管大声地喊着，大家都可以听见，"你和你的同伙因为严重违反股东信息法而被逮捕。"然后他拿出他的电子助手宣布："我手里有一份当地法官签名的拘捕令，要求对你进行紧急心理审查。你要跟我走……现在！"

贾斯丁被困住了，他刚刚才对他一生的挚爱做的承诺即将被打破。

收到匿名信息之后，欧麦德就立刻前往谷神星。他的组员也选出来和他一起去。他们不是最好的一群人，但是他们都很忠诚，而且又掌握着自己的大股权。在几天的狂欢之后，他们都准备好再干点什么。到处都是游行的标记，但是没有让他们全都参与进去。对个人来说，他们都对组织最近的侵犯有些生气。其中一个人试图在烂醉的状态下向欧麦德解释："如果有西装革履的人要开始抢我的额外股息，这样他就可以有机会得到超级大股权的话，那我就死定了。"争论是没有用的。欧麦德了解他的队员，他知道他们会有多大的麻烦。

欧麦德与贾斯丁相识的名声，还有来自自己业绩的名声，让他成为了要"自愿"作为"外部矿业委员会"的代表的主要候选人。谷神星议会想要知道这些矿工可能会产生什么样的问题，所以他们找到了他。另一方面，当矿业的重要人物感觉他们正在被忽视的时候，他们也找到了他。很快，一开始只是保姆一样的角色现在变成了全职工作——欧麦德开始意识到，他可能还很擅长这项工作。

直到真正抗议那天，他到达公园的时候他才意识到在人群中有多大的愤怒。他感觉到的这种愤怒不是可以用语言来形容的——他想至少，在他让某人坐下，然后把他灌得烂醉之前是不可能的。他也开始想，如果是真的，他什么时候才能和他的朋友取得联系。他并没有等多久，因为很快他其中一个队员便告诉他，在辛格雕像附近看见了贾斯丁。他离开公园开始朝着那个方向移动，之后很快就到达了那附近。当他终于找到路向前走的时候，不是他看见的有多令人恐惧，令人恐惧的是他和他周围的人听到的："紧急心理审查。"

数千名抗议者嘈杂的声音突然就安静了下来，只听见对面远处婴儿啼哭的声音。

贾斯丁想要突破出去，但是很快就被警卫控制住了。妮拉本能地跳过去保护他，但是她也很快就被制伏了。莫什和艾琳诺没有反抗，因为他们被刚才的暴力展示给震住了，他们知道抵抗是没有用的。人群躁动着，但是没有人动——不知道接下来应该做什么。

安全主管，感觉到了情形的不稳定，他命令他的警卫用武器瞄准这些“暴民”，然后慢慢地开始将囚犯们朝着审查室送去。

欧麦德也不知所措地站着，他看着他的朋友们被拉走。就在这时候，他想起了有人曾经对他说过，“有时候历史就这样发生了，有时又需要被狠狠地踢一脚”。

有了这就够他行动了。他跳上辛格雕像的底座，然后用最大的声音喊，就是他喊的这些话开始了人类历史上最大的一次革命：“如果他们可以对贾斯丁·可德这样做，他们也可以对我们任何一个人这样做。阻止他们！”

然后欧麦德从雕像上跳下来，和他的队友们一起朝着他的朋友们跑去。

当欧麦德全力以赴地接近架着他的朋友们的队伍的时候，一个战战兢兢的安全警卫扣响了他的神经枪上的扳机，不分青红皂白地对着人群发出了冲击波。一个小孩子倒下了，因为他倒下了，谷神星人都站起来开始一起进攻。混乱发生之前，贾斯丁几乎没有时间来感谢他的朋友。警卫很快就被制伏了，安保机器人也被毁掉了，大多数警卫连一枪都没有发出来。人群也有损失，但是事情发生得太快，也太血腥，而且也被记录了下来，全系统的人都可以看到。

在冲突之后，贾斯丁勉强找到了他筋疲力尽，满身是血，但是现在明显放心了的朋友。

“多少次？”欧麦德擦掉自己额头上的灰尘说，“我到底要救你的小命多少次？你知道我可不再年轻了。”

贾斯丁大笑着，然后给了他的救星一个大大的拥抱。

“我需要多少次就有多少次，朋友。”他回答，“我需要多少次就有多少次。”

莫什、艾琳诺和妮拉——他们在这次的冲突中都只是受了些小伤——他们与贾斯丁和欧麦德碰了头。大家相互拍拍背，拥抱之后，妮拉把贾斯丁拉到一边。

“贾斯丁，”她眼里露出忧虑的神情，“我们得谈谈……现在。”

“怎么了？”他问，然后从头到脚地打量着她，“你还好吗？”

“我没事，贾斯丁。”她回答，接着她指着在他们周围聚集的人说，“他们不好。”

贾斯丁茫然地看着她。

“你得跟他们说话，贾斯丁。你要……领导他们。”

他看了看周围，然后又看了看远处。确实，大家都在看着他。大家小声讨论着，等待着。

他又看着妮拉，然后握住她的双手。

“你知道，我的爱，一旦开始了，就不能回头了……对我们任何人都是。”

妮拉点点头。贾斯丁还看见，欧麦德、莫什和艾琳诺都跟着点点头。他深吸了一口气，然后考虑了一下要说什么，大家等着他说什么。就在这个时候贾斯丁发现，他的第二次生命只是在为这一切做准备——这是他真正的命运。他会领导这些人，上刀山下火海，尽可能地用他的力量来拯救他们。

“那么我们就来吧。”他对现在被他当作是最亲密的家人的四个人说，“我们来大干一场！”

欧麦德、他的队友，还有一些自愿帮忙的人很快就用散落在战场上的各种碎片搭建成了一个临时的讲台。

贾斯丁爬到顶上，又一次俯视着聚集的人群。一开始只有数万人，但是在简短的战斗和劫后余生之后，聚集的人群已经超过了一百万。整个史密斯大道都被挤满了，包括所有可以站人的阳台和平台。哪里可以站，人们就聚集在哪里。媒体机器人也全力配合，而且只有这一次贾斯丁没有因为它们的存在而感到烦躁；因为有它们，他便更加大胆。

大家都静静地等待着。

贾斯丁发现，在他所有的发言中，这次是最为重要的。

“我知道你们都很担心，”他开始说，“甚至可能有些迷惑。你们应该有这样的感觉——他们想要夺走你们的一些东西。”他可以听见自己的声音穿过公园，传到大道上，因为有数百万的电子助手在播放他的声音。“你们可能还不知道他们真正要夺走的是什么，但是……在你们每个人的内心，都在用生命呐喊。其实你们知道，你们知道，这东西非常宝贵，不能让它死去，所以你们反抗。”

“很多人会说，”他继续说，“你们反抗，然后把我从一群安保暴徒手里解救了出来。仅此而已。”贾斯丁嘲笑地摇摇头说：“有可能。但是我真的没有这么重要。”

人群开始小声说话表示不同意。

“因为如果这只是关于我，”他继续说，“那你们本可以不用战斗的；如果这只是关于我，你们就不会用你们的生命去冒险；如果这一直以来都只是关于我，”他发出抨击之前先转了一圈，“那你们已经输了。”

说话的声音突然间扩展开来。

他继续说：“这是关于你们的。你们战斗，是为了把你们自己从遥远的专政里解救出来。这些人会夺走你们的光明，这些人会夺走你作为一个自由独立的人的命运。同样地，这些人会告诉你，他们拥有你们的一部分。因为他们拥有这一部分，所以他们可以掌控你的未来，你孩子的未来，还有你孩子的孩子的未来。他们说他们掌控着人类种族的未来，你们必须弯腰安静地接受这种镇压。”贾斯丁暂停了一下，不仅要喘口气，也是为了建立紧张感，“那么，今天你们说了‘不’。”

欢呼声震耳欲聋。贾斯丁在讲台上看着妮拉，她也沉浸在他的演讲当中。然后他重新看着游行的人。

“今天你们说，你们的命运由你们自己创造，你们的未来由你们自己掌握，任何想要从你们手里夺走这些的人，都会下地狱!”

一浪接着一浪的欢呼声在这个洞穴里回荡，这种声音在谷神星的历史上从未出现过。

“但是要注意……他们是不会让这种情况发生的。我必须诚实地告诉你们，他们为了夺走你们的自由而来。他们会夺走你们的希望和梦想；他们会夺走你们的未来和生命，因为他们不能忍受你们的——”贾斯丁降低音量，从咆哮变成了耳语，“自由。”

贾斯丁高举双臂说：“看……看他们是如何对待一个自由的人的。他们肯定不会忍受数百万的人都同样的自由。他们会愤怒地消灭自由的火焰。他们会坐着他们的船，带着他们的纳米机器人，当然，还有他们的心理审查室，带着暴力欺骗他们的奴隶，现在他们再也不能诱骗你们自愿接受了。他们会那样做是因为他们必须那样做。记住我的话……”贾斯丁让这最后的话穿过大道，等到他听见自己的声音停止在大石头的屋顶回响的时候，他才继续，“他们会失败！他们会失败因为一切都太晚了。你们全部都已经自由了！”

接着贾斯丁听见了他一直在等的，他一直在诱导他们，而不是在提示他们的，他想让他们从内心深处出现的声音。

“一个自由的人，一个自由的人，一个自由的人！”

他让声音越来越大，他什么也没说，什么也没做。只听见他的拳头击打在临时讲台边缘的声音，他用最大的音量喊：“停！”

喊口号的声音一下就乱了，精神也散开了。这正是他想要的。

“你们还不明白吗?”他现在恳求着说，“这已经不是真的了。我已经不是‘一个自由的人’了。我不再被这严重的口号所诅咒了。这是多么恐怖的事情啊，人类已经被奴役到如此地步——只有一个自由的人。我来告诉你们，像这样的自由代价非常高。一个人承担这样的指控实在太孤独了。如果我的确是一个自由的人，那我可能是最后一个自由的人了，一想到这点我就伤心得想哭。”

“但是你们，”贾斯丁继续说，又一次在临时讲台有限的空间内绕了一个圈，“是你们大家救了我。不仅把我从可能会剥夺我的理智，把我变成机器人的 GCI 手里救了出来。你们还救了我的希望。你们救了我的灵魂。就是今天你们每个人的英勇的举动，把我从‘一个自由的人’的诅咒里解救了出来。为了让你们都听见，都能因此而高兴，我再说一遍。我不再是‘一个自由的人’，因为，从今天起，我们都是自由的人，都是自由的人，都是自由的人，都是自由的人！”

咆哮的声音达到了顶点，这个巨大的洞穴又一次地让呼喊声变得更大。只是这次不仅是谷神星中心的大道都听见了，整个系统都听见了。贾斯丁笔直地站着，肩膀挺直，高高地仰着头。他看着人群摇摆，他听见一遍又一遍雷鸣般的口号声，他感觉自己内心的紧张感全部释放了，他甚至从来没有意识到它们的存在。最后，贾斯丁·可德终于自由了。

尾声

在那之后不久，谷神星就宣布了独立。第二个宣布独立的是奥尔特云天文台。在它的独立宣言中，新领导柯克·奥姆斯泰德，号召所有被奴役的人都丢掉他们的“手铐”。另外在与革命的领导人贾斯丁·可德商议之后，行动主管奥姆斯泰德在谷神星召开了一次外系代表大会，为起草贸易、政府，还有共同防卫的政策。

接着很快，超过90%的行星带以外的殖民地都宣布独立，并且开始向谷神星委派代表。但在地球上还有大量的暴乱、无情的镇压，月球和火星还是保持对组织秩序的忠诚。

贾斯丁·可德对革命的范围和速度并不感到惊讶。他现在是一个大太空国的领导，这个太空国已经从太阳系外层空间延伸回了小行星带。

贾斯丁正坐在办公室里浏览着贸易政策，这时他的新助手走了进来，立正站好，完全掩饰不住自己的笑意。

“卡托利纳，”他从一大堆纸当中抬起头来说，“什么事？”

“先生……我是说，贾斯丁，凯龙星的半马人国刚刚宣布开始革命。”

“很好，”贾斯丁回答，“有了凯龙星的加入，六个月之后，最后一个外系殖民地也会宣布支持我们的。”

疲倦的领导又重新看着文件。没过多久他发现，卡托利纳还站在原地。

“还有什么别的事吗？”

“呃……是的。”

贾斯丁示意她继续。

“现在一切都结束了，”卡托利纳说，“我是说，我们全部都自由了……呃，现在我们做什么呢？”

带着毫无欢愉的奇怪的微笑，就像一只饥饿的狼一样狡猾，贾斯丁·可德给了她答案：“我们保持下去。”